69

sixty nine

sixty nine

식스티 나인

무라카미 류

양억관 옮김

작가
정신

차례

랭보

1969년, 도쿄대학은 입시를 중지했다. 비틀스는 《화이트》, 《옐로 서브마린》, 《애비 로드》를 발표했고, 롤링 스톤스는 최고의 싱글 〈홍키 통키 우먼〉을 히트시켰으며, 머리칼을 마구 기른 히피들이 사랑과 평화를 부르짖고 있었다. 파리의 드골은 정권에서 물러났다. 베트남전쟁은 여전히 계속되고 있었다. 그리고 이때부터 여학생들은 생리대를 사용하기 시작했다.

1969년은 그런 해였다. 나는 고등학교 2학년을 마치고 3학년으로 진급했다. 규슈 서쪽 끝자락에 있는 미군 기지촌 도시의 인문계 고등학교에 다니고 있었다. 자연계 반이라 여학생은 일곱 명뿐이었다. 그나마 일곱 명이라도 있는 게 다행이었다. 1학년, 2학년 때는 남학생들만 모인 반에서 지냈기 때문이다. 대체로 자연계를 지망하는 여학생들은 못난이들이다. 애석하게도 그 중 하나인 모치즈키 유코는 목재상집 딸로 큐피와 닮은 여학생이었다. 우리 반의 큐피는 빨간 표지의 차트식 수학II와 영어 참고서만 사랑했다. 우리는 큐피의 보지는 분명 나무로 되어 있을 거라고 키득거렸다.

또 한 여학생 나가다 요코는 삼 년 후 세상을 놀라게 한 적군파의 리더와 이름이 같은 미소녀였다.

유치원 시절, 그 나가다 요코와 함께 오르간을 배웠다는 행복한 남자가 있었는데, 그의 이름은 야마다 다다시山田正다. 초등학교 1학년이라도 알 수 있는 간단한 한자만으로 구성된 단순명쾌한 이름을 가진 그는 국립대학 의학부를 지망하는 수재였다. 게다가 다른 학교에까지 소문이 자자한 미남이기도 했다.

그렇지만 어딘가 나사가 하나쯤 빠진 듯한 꺼벙한 느낌을 주는 미남이었다. 그것은 야마다 다다시의 얼굴에서 엿보이는 촌티 때문이었다. 야마다는 시외의 탄광촌 출신이었다. 우리가 사용하는 언어를 방언이라 한다면, 야마다는 탄광촌 특유의 거칠고 뒤틀린 은어를 사용했다. 그것은 참으로 애석한 일이었다. 만일 야마다가 시내 중학교 출신이었다면 기타를 치고, 오토바이를 타고, 로큰롤도 흥얼거리고, 찻집에서 카레라이스와 아이스티를 주문하고, 또 은밀히 유행하고 있던 마리화나의 힘을 빌려 불량 여학생에게 한번 대달라고 조를 수도 있었을 것이다.

그래도 야마다가 잘생겼다는 사실에는 변함이 없었다. 당시 우리들 사이에서 그는 '아다마(머리—옮긴이)'라 불렸다. 프랑스 가수 아다모와 닮았기 때문이다.

내 이름은 야자키 겐스케. 반 친구들은 겐스케, 겐, 켄, 캥 따위로 부르고 있었는데, 왠지 겐이라는 어감이 좋아서 친한 애들에게는 모두 겐으로 불러달라 하였다. 왜냐하면 〈늑대소년 겐〉이라는 만화를 좋아했기 때문에.

1969년 봄이었다.

그날, 3학년 최초의 종합시험이 끝났다. 아마도 내 생애 최악의 성적이 될 것 같았다.

학년이 올라갈수록 나의 성적은 끝없이 하강해갔다. 이유는 여러 가지가 있다. 부모의 이혼, 동생의 갑작스러운 자살, 니체에 대한 지나친 경도, 불치병에 걸린 할머니 때문, 이라고 하면 거짓말이고, 그냥 공부가 싫었을 뿐이다.

그러나 이 당시는 시험공부를 하는 놈은 **자본가의 앞잡이**라는 편리한 사고방식이 만연해 있었던 것도 사실이다. 전공투(1960~1970년대의 일본 학생운동조직─옮긴이)는 점점 힘을 잃어가고 있었지만, 그래도 도쿄대학의 입시를 중지시켜버릴 정도의 힘은 발휘하고 있었다.

뭔가가 변할지도 모른다는 안이한 사고가 지배하던 시절이었다. 그 변화에 부응하기 위해서는 대학입학을 염두에 두어서는 안 되며, 차라리 마리화나를 피우는 것이 낫다는 분위기가 널리 퍼져 있었다.

내 뒷자리에는 아다마가 앉아 있었다. 선생이 "이제 그만! 답안지를 걷어!" 하는 순간 아다마의 답안지를 슬쩍 훔쳐보았다. 아다마의 답안지에는 나보나 세 배나 많은 글씨가 쓰여 있었다.

시험이 끝나고 홈룸 시간과 청소를 빼먹으려고 눈치를 살피던 나는 갑자기 아다마를 꼬드기고 싶어졌다.

"야, 아다마. 너 크림 아니?"

"크림? 아이스크림?"

"짜식, 크림은 영국의 밴드 이름이야. 그것도 몰라?"

"몰라."

"한심하군, 넌 구제불능이야."

"구제불능? 왜?"

"그럼 너, 랭보는 아니?"

"그 사람도 밴드?"

"바보! 시인이야. 한번 읽어봐. 자, 여기 있어."

나는 아다마에게 랭보의 시를 보여주었다. 그때, 아다마는 필요 없다고 거절했어야만 했다. 아다마는 소리 내어 읽기 시작했다. 지금 돌이켜보면, 아다마의 인생은 바로 그 순간에 바뀌고 말았던 것이다.

나는 보았다.

무엇을?

영원을.

그것은 태양에 녹아드는 바다.

삼십 분 후, 아다마와 나는 학교에서 멀리 떨어진 시립동물원의 긴팔원숭이 우리 앞에 서 있었다. 시험이 끝난 다음, 홈룸과 청소를 땡땡이치고 멀리까지 왔으니 배가 고플 때도 됐다. 아다마는 탄광촌에서 통학하기가 너무 멀어 하숙을 하고 있었다. 하숙집에서는 매일 도시락을 싸주었다.

나는 도시락을 싸 다니지 않았다. 점심 값으로 매일 어머니에게 150엔을 받고 있었다. 150엔이라는 말에 놀라지 말길 바란다. 과거 십오 년 동안의 인플레이션 때문에 적게 보일 뿐이다. 우리 집은 극빈에 속하지 않았다. 1969년 당시, 150엔은 큰돈이었다. 어려운 집의 아들딸들은 50엔으로 20엔짜리 우유, 10엔짜리 팥빵, 20엔짜리 카레빵을 사서 점심을 때웠다.

150엔은, 수타 라면을 먹고, 우유를 마신 다음, 카레빵과 메론빵과 잼빵을 하나씩 사 먹을 수 있을 정도의 돈이었다.

그러나 나는 우유도 없이 카레빵 하나로 주린 배를 채우고 나머지 돈은 저축했다. 사르트르, 주네, 셀린, 카뮈, 바타유, 아놀드 프랑스, 오에 겐자부로의 책을 사서 읽기 위해서, 라고 하면 거짓말이고, 사실은 미녀율이 20퍼센트가 넘는 사립 준와여자학원의 나긋나긋한 여학생을 찻집이나 디스코텍에 데려가서 꼬실 자금을 마련하기 위해서였다.

내가 사는 도시에는 북고와 남고라는 두 개의 현립 인문고, 현립 공고, 시립 상고, 사립 여고 셋, 사립 인문고 하나가 있었다.

작은 지방도시라 사립고는 열등생의 소굴이었다.

내가 다니는 북고는 진학률 최고를 자랑했고, 남고가 그 뒤를 이었다. 공고는 야구로 유명했고, 상고는 여학생이 못생긴 것으로 이름을 날렸으며, 사립 준와여고는 가톨릭계라 그런지 몰라도 어쨌든 미녀들이 많았고, 사립 야마노테학원의 여학생들은 라디오 진공관으로 오나니를 너무 열심히 하다가 폭발사고가 빈발하여 아무튼 거기에 상처가 난 애들이 많다는 평판이 자자했으며, 사립 고카여고 학생들은 거의 화제의 대상이 되지 못할 정도로 성격이 어두웠고, 사립 아사히고는 남녀 할 것 없이 머리를 흔들면 깡통 소리가 시끄럽게 들린다는 소문이 떠돌았다.

가장 바람직한 북고 학생상은 북고 영어연극부 여학생을 여자친구로, 준와의 제복을 입은 여학생을 정부로 두고, 야마노테학원 여학생의 상처 난 그것을 구경한 경험을 가지고, 고카여고와 아사히고 여학생에게는 돈을 내게 하는 것이었다. 급한 대로 재빨리 옷을 벗을 상대를 찾아야만 할 긴박한 상황이었던 만큼, 150엔이란 거금으로 카레빵 하나만 먹고 나머지는 저축해둘 필요가 있었던 것이다.

"잠깐만, 나 카레빵 하나 사올게."

나는 긴팔원숭이 우리 앞에서 아다마의 도시락을 눈이 빠지
게 내려다보면서 그렇게 말했다.

"반씩 나눠 먹는 게 어때."

아다마는 너무도 메이드 인 하숙집다운, 반찬 없는 도시락 밥
을 반으로 나누어 뚜껑에 담아주었다. 학교에서 동물원까지 버
스비까지 내게 하고, 지금쯤 교실 유리창을 닦고 있었을 착실한
아다마의 도시락까지 뺏어 먹는다는 것이 도저히 양심에 걸려
단호하게 사양했다, 고 하면 물론 거짓말이고, 사실은 세 개나
되는 어묵을 나에게는 하나밖에 주지 않는 아다마에 대해, 이 자
식 짠돌이 아냐, 나중에 의사가 되는 것보다 신용금고 직원이 되
는 게 더 나을지 몰라, 하고 생각하면서 삼 분 만에 뚝딱 먹어치
웠다.

이제 막 사귀기 시작한 커플의 소풍이 그렇듯이, 밥을 먹고 나
자 할 일이 없어졌다. 지겹게 하품을 하면서 긴팔원숭이를 보고
있자니 괜히 화가 치밀었다. 배가 확실히 부르면 낮잠이라도 청
하겠지만, 빈약한 하숙집 도시락을 둘이서 나눠 먹은 상태에서
는 불가능한 일이었다.

아무 할 일이 없는 우리는 이야기를 나누기 시작했다.

"캥, 어느 대학 갈 생각이니?"

"캥이라 하지 마. 이제부터 겐이라 불러."

　나는 네 가지 이유로 학교에서 이름을 날렸다. 하나는 1학년 가을에 실시한 의과대학 진학 희망자를 대상으로 한 아카데미 모의시험에서 전국 2만 명 학생 중 321등을 했기 때문이고, 둘은 비틀스, 롤링 스톤스, 워커 브라더스, 프로클하름, 몽키스, 폴 리비아&레이더스 등의 레퍼토리를 연주할 수 있는 록 밴드의 드럼주자였기 때문이고, 셋은 신문부 활동을 하면서 고문선생 허락 없이 세 번이나 신문을 발행하여 '발행금지 처분'을 받았기 때문이고, 넷은 1학년 2학기 때 미국의 원자력 항공모함의 나가사키 기항을 저지하기 위해 나가사키로 집결한 삼파계 전학련三派系全學連의 투쟁을 연극으로 꾸며 졸업생 송별회에서 공연을 시도하다가 선생들에게 제지당한 경력이 있기 때문이다. 괴짜로 소문이 나 있었던 것이다.

"의과대학에는 못 가. 도저히 무리야."
"그럼 겐은 문학부에 갈 생각이야?"
"문학부에도 안 가."
"그럼 왜 시를 읽니?"

여학생 앞에서 폼을 잡기 위해서라고 말할 수는 없었다. 아다마는 완고한 사내였기 때문이다.

"시를 좋아하는 편은 아니야. 랭보는 예외지만. 랭보는 하나의 상식이라 해야 할 거야."

"상식?"

"랭보가 고다르의 영향을 받았다는 거, 알아?"

"아, 고다르! 나도 알지. 작년 세계사 시간에 배웠잖아."

"세계사?"

"인도의 시인 아냐?"

"그 친구는 타고르야. 고다르는 영화감독이라구."

나는 고다르에 관해 약 십 분간 강의했다. '누벨바그'의 기수로 혁명적인 영화를 만들고 있다는 것, 〈네 멋대로 해라〉의 라스트 신이 얼마나 멋졌는지, 〈남자와 여자가 있는 포도〉에 그려진 부조리한 죽음, 〈위크 엔드〉의 파격적인 장면에 대해 열변을 토했다. 물론 나는 고다르의 영화 따위는 한 편도 본 적이 없었다. 규슈의 시골도시에 고다르의 영화가 들어올 리가 없으니까.

"이미 문학이나 영화 따위는 고리타분해. 죽었어."

"영화도?"

"그래. 영화도 이미 죽었어."

"그럼 뭐가 있는데?"

"페스티벌. 영화, 음악, 연극을 한꺼번에 해치우는 거지. 몰라?"

"모르겠는데."

그렇다. 내가 하려는 것은 페스티벌이었다. 페스티벌, 그 말만으로도 나는 흥분했다. 다양한 전시회, 연극이나 영화나 록 밴드. 많은 사람들이 몰려들 것이다. 준와 여고생들도 몇백 명은 모여들 것이다. 나는 드럼을 치고, 감독이 되어 영화를 만들어 상영하고, 자작 극본으로 연극 무대의 주연을 맡는 것이다. 준와 여고생도 올 것이다. 북고 영어연극부 학생들도 보러 올 것이다. 진공관을 좋아하는 여학생들도 올 것이다. 깡통 소리를 내는 아이들도 올 것이다. 고카의 여학생들도 돈과 꽃다발을 들고 파도처럼 밀려올 것이다.

"난 말이야, 그런 페스티벌을 이 거리에서 하고 싶어."

나는 말했다.

"아다마! 나를 도와줘."

당시 북고 내의 반체제파는 세 갈래로 나누어져 있었다. 놀자파, 록파, 정치파. 놀자파는 술과 여학생과 담배와 싸움을 중심으로 하여 토박이 야쿠자들과 손을 잡고 있었고, 시로쿠시 유지가 그 중심인물이었다. 록파는 다른 말로 예술파로 불리기도 했는데 《뉴 뮤직 매거진》과 〈지미 핸드릭스 스매시 히트〉와 《미술수첩》을 옆구리에 끼고는 기를 수 있는 데까지 머리칼을 기르고, 손가락 두 개로 브이 사인을 만들면서 입으로는 '피스, 피스'를 중얼거리며 걸어 다닌다. 정치파는 나가사키대학의 사청동해방파社靑同解放派와 긴밀하게 연락을 취하면서, 회원의 호주머니에서 갹출하여 방을 한 칸 빌려 벽에 마오쩌둥과 체 게바라의 사진을 붙여두고 교내에 전단을 뿌리기도 하였는데, 나리사마 고로와 오다키 요시가 중심인물이었다. 그 밖에 기타이키(北一輝, 1883~1937. 대표적인 우익사상가. 일본개조론을 발표하고, 쿠데타를 일으켰다가 사형당함—옮긴이)를 숭배하는 우익파, 포크송을 좋아하는 민청파民靑派, 오토바이파, 동인지를 내는 문예파 등이 있었지만 소수였기 때문에 동원력은 거의 없었다.

나는 어느 쪽에도 속하지 않았지만, 주류 3파와 평화로운 관계를 유지했다. 밴드를 하고 있었기 때문에 록파와 자주 어울렸고, 시로쿠시 그룹과는 가끔씩 맥주를 마셨고, 나리시마와 오다키의 아지트에서 벌어지는 토론회에도 가끔씩 참가했다.

"페스티벌이 뭔데?"

"뭐라 할까? 우리말로 하면 축제인 셈이지."

"오, 축제였군."

신문부에는 이와세라는 구멍가겟집 아들이 있었는데, 과연 구멍가겟집 아들답게 행동하는 놈이었다. 1학년 때 같은 반이었던 이와세는 머리가 나쁜 데다 몸도 왜소했는데, 일찍이 아버지를 여의고 누나 넷에게 둘러싸여 자란 가정환경 때문에 예술에 대한 갈증이 대단하여, 화가의 아들인 나를 친구로 삼고 싶어했다.

나는 늘 이와세와 페스티벌에 대한 꿈을 이야기했다. 나와 이와세는 《미술수첩》과 《뉴 뮤직 매거진》의 애독자여서, 거기에 실린 록 페스티벌이나 해프닝을 중심으로 한 페스티벌을 동경했다. 록 페스티벌이나 해프닝에 공통된 것은 여자의 나체였다. 우리 둘은 그런 말을 입 밖에 내지는 않았지만 열심히 그것만 생각했다.

그러던 어느 날 이와세가 나에게 말했다.

"겐! 야마다를 우리 편에 넣으면 어때? 그 친구는 공부도 잘하고 얼굴도 잘생겼으니 겐과 일을 벌인다면 뭐든 할 수 있을 거야."

그럼 나는 공부도 못하고 얼굴도 못생겼단 말이냐고 이와세에게 항의했고, 이와세는 힘주어 아니, 아니, 아니 하고 세 번 부정했다.

"그런데 말이야, 겐은 뭐라 할까, 기분 나쁘게 듣지 마. 넌 무슨 아이디어를 내는 데는 천재적이지만, 실제로 아무것도 하지 않잖아? 아니, 아무것도 하지 않는다고 하면 이상하지만, 눈앞의 여학생과 먹을 것만 밝히잖아."

이와세와 나는 영화 제작을 위한 8밀리 카메라를 사기 위해 2학년 때부터 저금을 하고 있었다. 용돈과 점심 값을 절약하여 열심히 모았다. 6백 엔을 모았을 때, 나는 그 돈으로 준와 여학생에게 슈크림과 치킨 프라이를 사주고 말았다. 이와세의 비판은 바로 그것을 두고 하는 말이었다.

이와세의 말 그대로, 아다마는 탄광촌 출신으로 잘생겼고 성적이 뛰어나 많은 학생들의 선망의 대상이었다. 2학년까지 자신이 속해 있던 농구부에서, 부원들 간의 뒤틀린 인간관계, 돈관계, 여자관계를 깨끗이 해결해준 실적도 가지고 있었다.

페스티벌을 실현시키기 위해서는 아다마를 끌어들이지 않으면 안 되었다.

아다마와 나는 긴팔원숭이 우리 앞을 떠나 전망대로 올라갔다. 해는 조금 바다 쪽으로 기울어져 있었다.

"지금쯤 모두들 청소를 하느라 바쁘겠지."

아다마는 바다를 보면서 그렇게 말하고, 웃었다. 나도 웃었다. 아다마는 땡땡이를 치는 재미를 처음으로 만끽하고 있었다. 시집을 다시 한번 보여줘, 하고 아다마는 손을 내밀었다.

나는 보았다.

무엇을?

영원을.

그것은 태양에 녹아드는 바다.

아다마는 소리 내어 랭보의 시를 읽었다. 태양이 빛의 띠를 만들어내며 반짝이는 바다를 바라보면서, 아다마는 시집을 빌려줄 수 있냐고 물었다. 나는 시집에 덧붙여 크림과 바닐라 퍼지의 앨범까지 빌려주었다.

지금까지 삼십이 년의 인생 중에서 세 번째로 재미있었던 1969년은 그렇게 시작되었다.

우리는 열일곱 살이었다.

아이언 버터플라이

1969년 우리는 열일곱 살이었다. 그리고 동정이었다. 열일곱에 동정이라는 것은 딱히 자랑할 일도 부끄러워할 일도 아니지만, 중요한 일이었다.

막 열여섯이 되던 해 겨울, 나는 가출했다.

그 이유는 수험체제의 모순을 느꼈고, 당시 한창 기세를 올리고 있던 삼파계 전학련의 엔터프라이즈 투쟁의 의미를 학교와 가정의 외부에서 객관적인 시각으로 생각해보고 싶었기 때문, 이라고 하면 거짓말이고, 사실은 역전 마라톤에 참가하기 싫어서였다. 나는 옛날부터 장거리를 싫어했다. 중학교 때부터 싫어했다. 물론 서른두 살이 된 지금도 정말 싫다.

허약했기 때문은 아니다. 걷는 버릇이 있었을 뿐이다. 나는 달리다가도 어느샌가 걷고 있는 자신을 발견한다. 옆구리가 아프다든지, 토할 것 같다든지, 현기증이 난다든지 따위의 이유가 아니라, 그냥 약간 피로하다는 생각이 들면 자동적으로 다리가 걸어갈 뿐이었다. 나의 폐활량은 6천을 넘었다. 고등학교 입학 직후 나는 열두서너 명의 학생과 함께 육상부에 차출되었다. 육상부 부장은 일본체육대학 출신으로 젊은 선생이었다. 이 년 후에 전국체전이 나가사키에서 열릴 예정이라 젊은 체육교사가 여섯 명이나 새로 부임해 왔다. 그들은 제각기 유도, 핸드볼, 농구, 창던지기, 수영, 육상장거리 선수 출신들이었다. 1969년 우리가 전국체전 분쇄를 외치며 일어섰을 때, 그들은 희생양으로 우리들의 공격목표가 되었다. 그들 역시 우리들을 미워했다.

육상부장 가와사키 선생은 5천 미터 부문에서 전국 3위의 기록을 가지고 있었다. 유명한 코미디언과 닮은 그 선생은 늘 육상부 학생들 앞에서 이렇게 말했다.

"자네들은 열다섯 살 난 청소년에게서는 도저히 찾아보기 힘들 만큼 훌륭한 폐활량을 가지고 있다. 자네들을 중심으로 역전마라톤 팀을 만들어 반드시 우승하고 싶다. 물론 강제로 하진 않겠지만, 장거리를 달릴 운명을 타고났다는 자각과 각오를 가지고 반드시 전국체전에서 입상할 수 있도록 노력해주길 바란다. 이상."

나는 내가 장거리 주자에 적합한 심폐기능을 가지고 있다는 사실에 경악을 금치 못했다.

겨울방학이 끝나자, 체육시간에는 오로지 로드레이스 연습만 했다. 1학년 때, 나는 가와사키 선생에게 욕이란 욕은 다 얻어먹었다. 뛰다가도 갑자기 걸어버리는 나를 보고 가와사키 선생은 인간쓰레기라고 했다.

"잘 들어. 달리기는 모든 스포츠의, 아니 인간이 살아가는 모든 행위의 기본이야. 마라톤을 인생에 자주 비유하는 것도 그 때문이지. 야자키, 너는 폐활량이 6100이나 되는데도 늘 허우적거리기만 하고, 한 번도 완주하는 것을 보지 못했어. 네놈은 쓰레기다. 인생의 낙오자가 되고 말 것이다."

아무리 그래도 그렇지, 열다섯 소년에게 '인간쓰레기' '인생의 낙오자'라고 해도 좋단 말인가? 그것이 과연 교육자의 입에서 나올 수 있는 말인가? 그렇지만 가와사키 선생의 기분도 조금은 이해가 갔다. 왜냐하면 나는 처음 500미터까지만 열심히 달리는 척하다가, 뒤에 처진 허약 체질들과 함께 비틀스니 여자니 오토바이니 하는 잡담을 나누면서 걷다가는, 골인 500미터 전부터 전속력으로 달려 들어온 다음에도 숨결 하나 흐트러지는 법이 없었기 때문이다.

"내가 널 잘못 키워서 그래."

전쟁이 끝난 후, 한국에서 귀국하여 고생이 심했던 어머니는 그렇게 말했다. 조금이라도 피로하면 그만둬버리고, 조그만 장애가 있어도 하던 일을 놓아버리고, 편한 쪽으로만 하염없이 흘러가려는 것이 바로 나라는 사람이었다. 슬픈 일이지만 사실이다.

그래도 1학년 때는 로드레이스에 참가했다. 북고의 로드레이스 코스는 교문을 출발하여 에보시다케산 중턱까지 뛰어올라갔다가 돌아오는 7킬로미터의 거리였다. 나는 허약 체질들과 끈기 없는 애들과 함께 쉬엄쉬엄 달렸다. 오 분이나 늦게 출발한 여학생들이 우리를 추월한 다음에도 산의 중턱까지 한없이 느긋하게 걸어 올라갔다가, 내리막길에 들어서서는 마치 총알처럼 달렸다. 먼저 도착한 대부분의 학생들은 숨을 헉헉대며 담요로 몸을 둘둘 말고 있었고, 토하는 아이들은 양호실로 옮겨지기도 했다. 나는 달달 떨리는 손으로 따뜻한 차를 마시고 있는 학생들 틈바구니에서 〈어 데이 인 더 라이프〉를 흥얼거리며 남자 662명 중 598위로 골인 테이프를 끊었다. 그래서 가와사키 선생뿐만 아니라 다른 모든 선생들로부터 인간쓰레기라는 욕을 얻어먹었던 것이다.

상처받기 쉬운 나는 다시는 그런 욕을 먹기 싫어서 열여섯 겨울에 가출을 감행했던 것이다.

나는 3만 엔도 채 안 되는 저금을 모두 찾아서 규슈의 대도시 하카다로 갔다. 그때의 가출에는 로드레이스로부터의 도피 외에도 또 다른 하나의 과제가 있었다.

동정을 떼는 것이었다.

하카다에 도착하자마자 당시 규슈에서 가장 호화로웠던 덴신의 젠니쿠 호텔에 체크인하고, 조지 해리슨 풍의 트위드 재킷으로 갈아입은 다음 거리로 나섰다. 낙엽이 떨어진 도로를 〈쉬즈 어 레인보우〉를 흥얼거리며 걷고 있는데, 학생! 하고 부르는 소리가 들려왔다. 가슴이 두근거리는 엷은 자줏빛 노을이 깔린 시간이었다. 나를 부른 여자는 은색 재규어 E를 탄, 마리안느 페이스풀과 무척 닮은 순수 일본산 누나였다. 누나는 손가락 하나를 세워 까닥하며 나를 부르더니 재규어의 문을 열고, 잠깐 부탁할 게 있으니 타지 않을래, 하고 유창한 표준어로 말했다. 재규어에 오르자 정신이 아찔할 정도로 강렬한 향수 냄새가 풍겼다. 사실은…… 하고 누나는 사연을 털어놓기 시작했다.

"난 말이야, 좀 곤란한 사건에 휘말려 할 수 없이 낙향한 초일류 모델이야. 지금은 나카스에 있는 '사보텐'이라는 초 A급 클럽에서 아르바이트를 하고 있는데, 손님이 치근덕거리는 바람에 애를 먹고 있거든. 구마모토의 깡패 같은 목재소 사장이 나를 어떻게 해보려고 자꾸 귀찮게 구는 거야. 난 돈이 아쉬운 것도 아니고 그런 뚱배의 정부가 되기는 죽어도 싫어서, 불치의 심장병을 앓고 있는 동생을 돌보면서 살아가는 몸이라며 거절했는데, 사실 나한테는 동생이 없거든. 그런데 그자와 약속한 날이 바로 오늘이란 말이야……."

요컨대 하루만 동생 흉내를 내달라는 부탁이었다. 은빛 여우 털 코트와 붉은 매니큐어, 짧은 미니스커트 아래로 쭉 빠진 다리에 눈길을 빼앗긴 채 나는 물론 OK, 하고 대답했다.

누나와 함께 들어선 곳은 강변에 서 있는 한 건물 7층의 사무실이었다. 그곳이 바로 목재소 사장 아저씨의 아지트였다. 아저씨는 목이 굵은 육십 대 전반의 거구로, 부하가 일곱이나 있었다. 문신을 새긴 부하도 있었다. 심장병치고는 안색이 좋군, 하고 아저씨는 나를 바라보더니, 내가 수술비를 대지, 하고 가슴을 탁 쳤다.

나는 돈이 궁한 게 아니니 당신의 도움은 필요 없다고 말했다.

부하들이 뭐라고! 하고 화를 내면서 그중 두 놈이 품속에서 칼을 빼 들었다.

죽이려면 나를 죽여라, 라고 소리치며 나는 누나를 가로막고 섰다. 일찍이 부모와 사별하고 할머니 밑에서 자랐지만, 그 할머니도 사 년 전에 돌아가셔서, 이 세상에 단둘만 남은 누나와 나는 외로움을 견디면서 살아왔다, 우리는 둘이서 행복하게 살기만을 늘 꿈꾸어왔다, 고 나는 처절한 목소리로 대사를 읊었다. 아저씨는 정이 많은 사람인지 내 말에 감동하여 눈물을 주르륵 흘리면서 내가 졌다, 하고 중얼거렸다. 누나는 기뻐하며 아저씨의 사무실을 나와서는 나에게 저녁을 사주었다. 프랑스 요리를 풀코스로. 미성년자라도 이 정도는 괜찮겠지? 하고 속삭이면서 붉은 포도주를 따라주었다. 식사가 끝나자 누나는 나를 자기 집으로 데리고 갔다. 영화에 자주 나오는 넓은 원룸 맨션으로, 킹 사이즈 침대가 방 한복판에 놓여 있었다. 나 샤워 좀 하고 올게, 라며 누나는 욕실로 들어갔다. 침착해야 해, 침착해야 해, 하고 중얼거리면서 나는 어쩔 줄을 몰라 바지춤을 올렸다 내렸다 엉거주춤 기다리고 있었다. 누나는 가슴이 훤히 들여다보이는 검은 네글리제를 입고 내 앞으로 다가와서는, 학생 정말 고마워, 상으로 내 몸을 줄게, 그리고 재규어도 네가 가져, 하고 말했다……. 지금까지의 이야기는 가출에서 돌아온 다음, 반 친구들에게 들려준 나의 창작 드라마다. 사실은 다음과 같은 드라마였다.

하카다에 도착한 나는 바로 세 편을 연속상영하는 포르노 영화관으로 들어갔다. 그린 다음, 라면과 교자로 배를 채우고 스트립쇼를 보러 갔다. 쇼를 보고 거리로 나온 게 밤 1시. 나는 강변길을 무턱대고 터벅터벅 걸었다. 그때였다. 학생, 한 번 하고 가, 하고 포주 할망구가 나를 불러 세웠다. 할망구에게 3천 엔을 지불하고 지저분한 여인숙으로 들어서니, 안녕, 하면서 눈 주위가 거무튀튀한 너구리 같은 아줌마가 나타났다. 너구리의 배를 보는 순간, 나를 걱정하면서 울고 있을지도 모를 어머니 얼굴이 떠올랐다. 울고 싶은 기분이 들어 동정의 딱지를 떼고 말겠다는 굳은 결심도 사라져버렸지만, 너구리는 사정없이 나의 옷을 홀딱 벗겨버렸다. 너구리는 빨리 일을 끝내고 싶어 했다. 그러나 나의 그것이 서주지 않았다. 너구리를 앞에 두고 그게 설 리가 없는 것이다. 할 수 없군, 내가 다리를 벌려 보여줄게, 학생 혼자서 어떻게 해봐, 하고 너구리는 귀찮다는 듯이 말했다. 나는 그것을 처음 보았다. 별 볼 일 없어 보였다. 나는 너구리를 쫓아버렸다. 너구리는 방을 나서면서 1만 엔을 챙겼다. 나는 절망적인 기분으로 여인숙을 나서 다시 강둑을 걸었다. 이제 돈도 반이나 없어졌으니 역의 대합실에서나 잘까 하고 역으로 갔다. 나는 말끔하게 넥타이를 맨 샐러리맨인 듯한 남자에게 역으로 가는 길을 물었다. 지금 시간에 역으로 가서 뭘 할 생각이냐고 남자는 물었다. 역에서 잘 생각이라고 하자, 남자는 그럼 자기 방에서 자고 가라고 했다. 기분은 엉망이었지만 남자의 친절이 고마워 남자의 방까지 따라갔다. 남자는 콘비프 샌드위치를 만들어주었는데, 알고보니 호모였다. 두 번이나 재난을 당하다 보니 나는 정말 화가 치밀었다. 나는 가방에 든 등산용 나이프를 꺼내 테이블에 꽂았다. 갑자기 내 사타구니를 만지면서, 기분 좋지, 하고 속삭이더니 입술을 빼앗으려 했기 때문이다. 테이블에 꽂힌 나이프를 본 순간 남자는 온몸을 사시나무 떨듯 했다. 할머니와 너구리에게 갈취당한 13000엔(여기에 여인숙비 4천 엔까지)을 되찾을 수 있을지 모른다는 생각이 퍼뜩 뇌리를 스쳤지만, 왜 그리 일이 꼬이는지, 갑자기 오줌이 마려워 참을 수가 없었다. 어이, 화장실은 어디야? 나이프를 빼 든 사나이의 대사치고 이만큼 어처구니없는 말도 없을 것이다. 화장실에 들어선 순간, 남자가 도망치는 소리가 들렸다. 오줌을 누면서, 잠깐, 이건 강도잖아?라는 생각이 들었다. 남자는 틀림없이 경찰에 신고할 것이다. 빨리 도망쳐야 해, 그러나 그럴 때일수록 오줌발은 왜 그리 긴지…….

호모의 방을 나와 나는 달렸다. 로드레이스가 싫어서 가출한 주제에 걸음아 나 살려라 하고 전속력으로 달리는 내 자신이 너무도 서글펐다. 여느 때의 체육수업 때보다도 열심히 달렸다. 필요할 때는 빨리, 오래 달릴 수 있다는 자신감이 들 정도로 달렸다. 달리는 사이에 날이 밝아왔다. 꽤 큰 공원이 보였다. 나는 공원 수돗가에서 물을 마셨다. 벤치에 누워 해가 뜨기를 기다렸다. 햇볕을 받고 몸이 따뜻해지자 조금 기분이 나아진 것 같은 느낌이 들었다. 아침 해를 기다리면서 잠깐 졸았다. 볼에 닿는 부드러운 햇살과 음악 소리에 눈을 떴다. 아침 안개가 뿌옇게 깔린 공원에는 작은 스테이지가 마련되어 있었고, 장발의 젊은이가 악기를 늘어놓고 열심히 튜닝을 하고 있었다. 스테이지에는 드럼이 없었다. 어쿠스틱 기타에 마이크를 단 걸로 봐서 포크송을 연주할 모양이었다. 신주쿠에서 포크 집회가 자주 열린다는 신문보도가 나온 후로, 규슈에서도 포크 연주가 유행하기 시작했다. 사람들이 하나둘씩 모여들었다. 역시 포크 연주회였다. 아침 안개가 걷힐 무렵 연주가 시작되었다. 긴 머리에 턱수염을 기르고 더러운 점퍼를 입은 남자가 다카이시, 오카바야시 노부야스, 다카다 와타루의 노래를 불렀다. 간판에는 '주최 후쿠오카 베평련('베트남에 평화를! 시민연합'의 약자)'이라 적혀 있었다. 나는 포크를 싫어했다. 베평련도 싫었다. 기지의 거리에서 매일 팬텀기의 폭음을 듣고 자란 고교생에게는 포크송이란 나약하면서도 수준 이하인 음악에 지나지 않았다. 그래서 노래가 끝나고 사람들이 손뼉을 치기 시작했을 때도, 바보자식들, 하고 멀리서 차가운 눈길로 바라보았을 뿐이다. 연주 중간중간에 연설이 들어갔다. 미국은 베트남에서 물러가라, 라는 틀에 박힌 내용의 연설이었다.

중학교 동급생 중에 가슴이 큰 마스다 초코라는 여자애가 있었다. 서예부 활동을 하고 상도 자주 받는 착실한 학생이었다. 중학교 2학년 때 나는 마스다 초코에게 연애편지를 받았다. 나와 편지를 주고받고 싶다는 내용이었다. 나는 헤세를 좋아해요, 언젠가 자치회 시간 때 헤세를 좋아한다는 야자키의 말을 듣고 무척 기뻤어요. 편지로 헤세에 대해 대화를 나누면 얼마나 좋을까 생각했어요……. 나는 다른 여학생을 좋아했기 때문에 답장은 쓰지 않았다. 고등학교 1학년이던 어느 날, 마스다 초코가 머리에 물을 들이고, 흑인 병사와 팔짱을 끼고 걸어가는 모습을 보았다. 우리 집 옆에는 창녀들이 살고 있었기 때문에, 나는 미군 병사와 그녀들이 섹스하는 걸 몇 번 훔쳐본 적이 있었다. 붓글씨와 헤세가 흑인 병사의 성기로 변해버린 사연을 도무지 알 수 없었다. 베평련의 평화로운 반전 포크송을 듣는 사이에 나는 왠지 기분이 우울해져 그 자리에서 도망치고 싶었지만, 너무 피로하기도 하고 어디로 가야 할지를 몰라 그냥 멍하니 앉아 있었다. 포크 모임에 욕을 퍼붓는 내 곁에 한 소녀가 비닐봉지에 얼굴을 박고 열심히 신나 냄새를 맡으며 서 있었다. 너도 포크가 싫니? 신나 소녀는 말했다. 그래, 하고 나는 대답했다. 나, 아이라고 해, 하고 어딘가 나사가 하나쯤 빠진 듯한 표정으로 신나 소녀는 말했다. 나는 아이와 아이언 버터플라이, 다이아몬드, 프로클하름에 대해 이야기를 나누었다. 눈이 반쯤 풀린 그 아이와 나는 손을 잡고 공원을 걸었다. 아이는 미국으로 가서 그레이트풀 데드를 보는 것이 꿈이라 했다. 아이는 미용사였다. 쥐꼬리만 한 월급을 받을 때마다 그것으로는 도저히 미국에 갈 수 없을 것 같아 모든 것을 포기하고 그냥 불량소녀가 되고 말았다. 찻집에서 크림소다를 마시고, 록 찻집에서 도어스를 듣고, 백화점을 어슬렁거리다가 식당에서 튀김우동을 먹고, 밤을 기다렸다가 디스코텍에 갔지만, 불량배 사절이라 하여 나와 아이는 쫓겨나고 말았다. 나를 안아도 좋아, 하고 아이는 자기 집으로 나를 데리고 갔다. 조금 모자란 듯 보이는, 록을 좋아하는 신나 소녀. 동정을 바치기에는 이상적인 상대라고 생각했다. 북고 영어연극부의 머리 좋은 아가씨에게 동정을 바쳤다가는 결혼이라는 굴레를 쓸 위험이 있고, 그렇다고 너구리에게 바칠 수도 없는 노릇이었다. 아이의 집은 도심지에서 벗어난 높은 곳에 자리 잡고 있었다. 너무 반듯한 집이라 이상하다는 생각이 들었다. 아니나 다를까 아이의 어머니가 문을 열어주었다. 어머니는 눈물을 글썽이며 고등학교, 중퇴, 사회인, 불량, 아빠의 회사, 세상의 눈, 자살 따위의 말을 늘어놓으며 비명을 질러댔다. 아이는 어머니를 무시하고 나를 현관 안으로 끌고 들어가려 했다. 그러나 나는 주춤거렸다. 거구의 사나이가 나타나 나를 노려보았기 때문이다. 사나이는 아이의 손에 들린 비닐봉지를 빼앗고, 아이의 뺨을 후려쳤다. 그러고는 나가! 하고 나에게 고함질렀다. 두들겨 맞을 것 같아서 나는 도망쳤다. 아이는 미안해, 하고 힘없이 속삭이면서 나의 손을 꼭 잡아주었다.

나는 하카다가 싫어져서 구마모토를 거쳐 가고시마로 가는 배를 타고 아와미오시마로 갔다. 딱지는 결국 떼지 못했다. 더욱 슬픈 일은, 이 주 후에 학교로 돌아왔지만, 오랜 비 때문에 로드 레이스가 연기되었다는 사실이었다.

그런 사연으로 열일곱 살의 나는 여전히 순결한 몸이었다. 그러나 가볍게 여자를 손에 넣는 솜씨 좋은 열일곱 살도 있었다.

내가 드럼을 맡고 있는 밴드 '시라칸스'의 베이스 기타 후쿠시마 기요시였다. 우리는 그 친구를 후쿠라고 불렀다. 후쿠는 열일곱밖에 안 된 주제에 중년남자 같은 얼굴을 하고 있었다. 몸집도 컸다. 후쿠와 나는 고등학교 1학년 때, 함께 반년간 럭비부에서 활동했다. 럭비부의 옆방은 육상부였다. 2학년 중에 현 기록을 보유한 유명한 육상선수가 있었는데, 복도에서 후쿠와 나는 그 선수와 마주쳤다. 그 선수는, 1학년인데도 이십 대 중반쯤은 되어 보이는 후쿠를 선배로 착각하고 머리 숙여 인사했다. 후쿠는 장난기가 발동하여, 어이, 너 상당히 빠르던데, 라며 어깨를 툭 쳤다. 예, 백 미터 11초 4입니다, 하고 직립 부동자세로 그 선수가 대답했다. 그래, 열심히 해봐, 하고 후쿠는 선배 같은 말투로 격려해주었다. 후쿠와 나는 배를 잡고 웃었다. 그리하여 우리는 육상부와 럭비부 선배들에게 죽도록 두들겨 맞았다. 후쿠는 그런 사내였다. 우리는 늘 그에게, 어떻게 하면 여학생을 꼬실 수 있을까? 하고 물었다. 그의 대답은 늘 정해져 있었다.

"오르지 못할 나무는 쳐다보지 마."

페스티벌에서 상영할 영화를 만들고 싶었던 나는, 아다마가 눈 깜짝할 사이에 베르하우엘 8밀리 카메라를 조달해 온 것을 보고 놀라지 않을 수 없었다. 후배 중에 카메라를 가진 사람은 없는가 하나하나 면밀히 조사한 다음, 시로쿠시에게 부탁하여 반협박으로 손에 넣은 것이었다.

다음 일은 주연 여배우를 찾는 것이었다. 마쓰이 가즈코밖에 없다고 나는 강력히 주장했다. 아다마와 이와세는 그건 무리라고 말했다. 마쓰이 가즈코는 '레이디 제인(Lady Jane. 롤링 스톤스의 히트곡 제목—옮긴이)'이라는 닉네임을 가졌을 정도로 미소녀인데다가 영어연극부 소속이었기 때문이다.

레이디 제인

아마추어 영화 제작이 유행이었다. 도쿄의 고등학생이 필름 비엔날레에서 베테랑 전위 영화감독들을 제치고 그랑프리를 손에 넣은 이래로 영화 제작은 산불처럼 번져갔다. 모두들 영화란 간단하고 쉬우면서도 최첨단의 표현방법이라고 생각했다. 왜 그렇게들 생각했는지 이상한 일이다. 나나 이와세 할 것 없이, 독립 언더그라운드 영화 따위는 한 편도 본 적이 없었음에도 불구하고 그것을 동경하고 있었다. 나치 점령하의 대서양 연안의 프랑스인들이 한 번도 본 적 없는 미국 병사들을 동경한 것과 비슷하다.

"좋아, 이렇게 하지. 잘 들어봐! 고다르 풍의 즉흥적인 촬영은

피하고, 그럴듯한 시나리오를 쓰는 거야. 뭐랄까, 아주 끈끈한 이야기를 하나 만드는 거지. 케네스 앵거 풍으로 말이야. 그리고 카메라 워크는 요나스 메카스 풍으로 하고."

내가 그렇게 말하자 아다마와 이와세는 응, 응, 하고 고개를 끄덕이긴 했지만, 정녕 어떤 영화를 만들고 싶어 하는지는 아무도 몰랐다. 어쨌든 사랑에 빠지고 싶어 하는 여자처럼, 무조건 영화란 걸 만들어보고 싶었을 뿐이다.

따스한 사월 하순의 어느 날, 나와 이와세와 아다마는 두근거리는 가슴으로 영어연극부의 연습을 견학하러 갔다. 규슈대회 최고상을 목표로, 북고가 자랑하는 미소녀들은 셰익스피어에 푹 빠져 있었다.

강당 입구는 이미 남학생들로 꽉 들어 차 있었다. 놀자파 학생들을 중심으로 서로 밀치고 당기고 야단법석을 떨고 있었는데, 나팔바지에 뱀가죽 샌들을 신은 시로쿠시가 그 무리의 한가운데에 서 있었다. 시로쿠시 유지는 1학년 때부터 마쓰이 가즈코에게 푹 빠져 있었다. 왜 깡패 같은 사나이들은 한결같이 청순한 여자를 좋아하는 것일까? 물론 마쓰이 가즈코는 전혀 상대도 해주지 않았다.

"어, 겐! 뭐 하러 왔니?"

시로쿠시는 나를 보더니 손을 흔들었다.

"영어 공부 좀 해보려고."

시로쿠시는 벌써 새빨간 거짓말인 줄 알고는 인상을 찌푸리며 말했다.

"거짓말하지 마."

왜 깡패 같은 사나이는 나같이 순진한 학생의 거짓말을 단숨에 알아채는 것일까?

"누굴 보러 왔는지 이실직고해봐. 유미? 마사코? 에미코? 사키코?"

영어연극부에는 유명한 미소녀가 그렇게도 많았던 것이다. 나와 이와세와 아다마는 서로 얼굴을 바라보았다. 벌써 시로쿠시 유지는 눈치를 채버렸다.

"설마 사랑스러운 나의 천사 가즈코를 보러 온 건 아니겠지? 너 정말 가즈코를 보러 온 건 아니겠지?"

"아니야. 아니야."

그러고 나서 시로쿠시는 나의 허벅지에 칼을 갖다 댔다, 라고 하면 거짓말이고, 사실은 나의 멱살을 거머쥐었다.

"가즈코에게 손대면, 겐! 아무리 너라 해도 가만두지 않을 거야."

시로쿠시 유지는 험악한 표정으로 나를 노려보았다. 그러나 아다마가, 유지 그만둬, 하고 말하자 금방 멱살을 놓으면서, 농담, 농담도 못 하냐, 하고 웃었다. 아다마는 설명했다.

"유지, 잘 들어. 겐은 사실 영화를 찍고 싶어 해. 저번에 마스가키에게 8밀리 카메라 빌렸잖아, 그 카메라로 영화를 찍으려는 거야."

"영화? 그게 뭔데? 가즈코와 무슨 관계가 있는데?"

"그러니까 마쓰이 가즈코를 주연 여배우로 할 생각이란 말이야" 하고 나는 표준어로 엄숙하게 선언했다.

"유지, 북고 학생이 영화를 만드는 것은 북고 역사상 처음 있는 일이야. 그런 역사적인 영화를 찍는데 누구를 주연으로 하겠어? 마쓰이 가즈코를 주연으로 하지 않으면 다른 누구를 주연으로 하겠니?" 하고 아다마는 멋들어지게 유지를 설득해버렸다. 시로쿠시 유지의 얼굴이 갑자기 환해졌다. 그랬구나, 그렇다면, 응, 좋아, 나도 그렇게 생각해, 마쓰이 가즈코 말고는 있을 수 없어…….

"너도 그렇게 생각하지? 가즈코를 잘 관찰해야 어떤 영화를 찍을지 이미지가 떠오르지 않겠어?"

아다마가 그렇게 말하자 시로쿠시 유지는 몇 번이나 고개를 끄덕이고, 나의 손을 잡더니 "알았어, 아사오카 루리코보다 더 예쁘게 찍어야 해" 하고는 강당 입구를 가득 메운 학생들의 엉덩이를 마구 걷어차 나를 위해 자리를 만들어주었다. 마쓰이 가즈코가 주연 여배우를 맡는다는 말을 듣고 갑자기 시로쿠시는 흥분하고 말았다. 주제가는 이시하라 유지로가 좋아, 마쓰이 가즈코는 고아원 출신의 버스 안내양으로 하는 게 어때, 살인자 역이 있으면 내가 나가면 좋을 텐데, 하고 큰 소리로 떠들었다. 열에 들뜬 시로쿠시의 모습을 보고 아다마는 "겐, 일이 이상하게 돌아가는데" 하고 나에게 속삭였다. 만일 마쓰이 가즈코가 이런 광경을 목격이라도 한다면 절대로 영화에 나오려 하지 않을 것이다. 요컨대 시로쿠시 유지와 함께 영화, 영화, 영화라고 떠들어대는 광경을 목격당하는 날에는 모든 것이 끝장이다. 왜냐하면 마쓰이 가즈코가 시로쿠시 유지를 싫어하기 때문이다. 아다마는 정말 머리가 잘 돌아가는 사내였다.

"겐, 혼자서 갔다 와. 아직 마쓰이 가즈코는 대기실에 있을 거야."

"무슨 소릴 하는 거야, 여자들만 있는 방에 내가 어떻게 가."

"겐은 신문부잖아?"

"그렇지."

"취재하러 왔다면 되잖아."

그렇게 하여 나는 혼자서 강당 한구석에 있는 미소녀의 성역, 영어연극부 방으로 향했던 것이다.

나는 주인공처럼 뒤를 돌아보았다. 힘내, 남학생들은 모두 선망의 눈길로 나에게 손을 흔들어주었다. 같이 가겠다고 성화를 부리는 시로쿠시 유지를 아다마가 필사적으로 말리고 있었다.

방에는 꽃향기가 가득했다. 타이거스의 〈꽃목걸이〉를 부르고 싶은 심정이었다. 꽃 피는 여자애들이 꽃 핀 들판에서 영어로 뭐라고 중얼거리고 있었다. 첫말이 어려웠다. 아, 저, 안녕, 사실은, 따위의 말은 처음부터 패배를 선언하는 것이나 다름없다. 폼이 날 만한 말을 열심히 찾았지만 떠오르는 게 없었다. 차라리 영어로 인사를 할까 하고 망설이고 있는데 영어연극부 고문 요시오카 선생이 나를 보고 걸어왔다. 영국제 양복을 입는 것을 자랑으로 생각하는, 포마드를 물처럼 덮어쓴 중년의 기분 나쁜 사나이였다.

"자네는 뭐야?"

너 같은 자식이 이렇게 신성한 장소에 무슨 일로? 요시오카 선생의 어투는 그런 느낌을 주었다.

"아, 저, 저는 신문부의……."

"야자키! 네 이름은 알고 있어. 네 반에서 영어문법을 가르치는 내가 너를 모를 리가 없지."

"예, 야자키입니다."

"매일 수업이나 빼먹는 주제에 여긴 뭐 하러 왔어?"

이거 큰일이다. 이런 선생이 갑자기 나타나 이런 말을 하리라곤 예상하지 못했다. 불리하다. 마음에 들지 않는 사나이지만 성격이 온후해서 손찌검 따위는 하지 않기 때문에 마음 놓고 수업을 빼먹곤 했던 것이다. 학기 초의 시험도 빵점이었다. 검은 테 안경 속의 두 눈이 나의 얼굴을 뚫어져라 응시하고 있었다.

"그런데 여긴 뭘 하러 왔어, 자네 실력으로 영어연극은 무리일 텐데?"

안쪽에서 밝은 웃음소리가 들려왔다. 미소녀들이 이쪽의 대화를 듣고 있었던 것이다. 여기서 물러설 수는 없다.

"취재하러 왔습니다."

"무슨 취재?"

"**베트남전쟁입니다.**"

"난 아무런 연락도 받지 못했는데. 너도 알지? 우선 신문부 고문선생의 허락을 받아야 하고, 그 선생이 먼저 나에게 이야기를 해서 내 동의를 받아야 해. 제멋대로 취재하는 건 안 돼."

도쿄건 규슈건 신문부는 반항아들의 소굴이었다. 다른 부서와도 단절되어 있었다. 학교는 학생 조직을 가장 싫어했다. 신문부의 사소한 취재활동조차 사전에 고문선생의 허락을 받지 않으면 안 되었다. 집회는 생각도 할 수 없는 일이었다. 학생회는 학교 측의 그런 요구를 받아들이고 있었다. 말을 잘 듣는 어용 학생회를 내세워 모든 것을 학생 스스로 결정한 듯이 만들어버리는 것이다. 이건 형무소와 다름없다. 군사정권의 지배를 받는 식민지다. 구역질 난다.

"그럼, 취재가 아니라고 하지요."

"그럼 뭐야?"

"그냥 세상 돌아가는 이야기나 할까 해서요."

"너도 보다시피 이렇게들 바빠. 그럴 여유는 없어."

모두들 프린트된 영문 대본을 묶느라 여념이 없었다. 사각사각하는 종이 소리가 들려왔다. 그러면서도 반쯤은 나와 요시오카 선생이 대화하는 모습을 보고 있었다. 마쓰이 가즈코는 연필을 볼에 갖다 대고 이쪽을 보고 있었다. 아기사슴 밤비 같은 눈이었다. 남자에게 전의를 갖게 하는 눈이다.

"참, 기가 차서."

혀를 차면서 내가 말했다. 놀란 듯, 요시오카의 눈이 커졌다.

"기가 차다니, 뭐가?"

"시국이 어떤 시국인데 셰익스피어 따위를, 정말 웃겨. 베트남에서 하루에 몇 사람이나 죽어 나가는지 아세요, 선생님?"

"뭐라고?"

"저 창밖으로 보이는 항구에서 매일 사람을 죽이기 위해 미국의 군함이 출항하고 있는 걸 모르세요?"

요시오카 선생은 당황하고 있었다. 시골 선생은 반항아를 어떻게 처리해야 하는지 잘 모른다. 단순한 불량아는 두들겨 패주면 되지만, 이런 경우는 그렇게 할 수도 없다.

"신문부 고문선생에게 보고할 테다."

"선생님은 전쟁이 좋습니까?"

"지금 무슨 말을 하는 거야."

요시오카 선생의 젊은 시절은 전쟁시대였다. 많은 일들이 있었을 것이다. 그의 안색이 변하는 것도 무리는 아니다. 전쟁은 편리하다. 선생과 토론을 벌일 때도 적절히 이용할 수 있다. 전쟁은 부도덕한 것이라고 가르치는 선생이다 보니, 자연히 입장이 약할 수밖에 없다. 때문에 이런 대화가 시작되면 반드시 도망친다.

"야자키, 돌아가. 여긴 지금 바빠."

"전쟁을 싫어하세요?"

요시오카 선생은 예술파였다. 몸집도 크지 않다. 군대에도 갔을 것이다. 군대에서 많이 당할 그런 타입이다.

"싫어한다면 반대해야지요. 비겁합니다."

"나와는 관계없는 일이야."

"관계있습니다. 미군은 지금 우리 항구를 이용하고 있습니다, 사람을 죽이기 위해서 말이죠."

"자네가 생각할 그런 문제가 아니야."

"그럼 누가 생각해야 할 문제인가요?"

"야자키, 그런 일은 대학을 나오고 취직하고 결혼도 하고 아이도 만들고 어른이 된 다음 말하도록 해."

개새끼. 뭘 말하란 말이야.

"어른이 아니면 전쟁에 반대할 수 없단 말인가요? 그럼, 전쟁에서 어린이는 죽지 않습니까? 고등학생은 죽지 않나요?"

요시오카 선생의 얼굴이 새빨개졌다. 마침 육상부 부장을 맡고 있는 체육선생 가와사키가 곁을 지나갔다. 유도부의 아이하라 선생도 함께였다. 나는 눈치채지 못했다. 아무것도 하지 않는다는 것은 찬성한다는 거예요, 전쟁에 찬성하는 거란 말입니다, 교육자가 사람 죽이는 일에 찬성해도 좋단 말인가요, 하고 요시오카 선생을 향해 열변을 토하고 있는 나의 머리카락을 잡은 아이하라 선생은 내 뺨을 세 번 후려치고 바닥에 내동댕이쳤다. 야자키이이이이! 하고 아이하라 선생은 외쳤다. 아이하라 선생은 우익 학생들이 득실거리는 대학을 나온 멍청인데, 중량급에서 전국 우승을 한 경력이 있고, 귀가 뭉개진, 공포 그 자체였다. 일어서어어어엇! 하고 그가 외쳤다. 사람을 자빠뜨려놓고 일어서라는 건 또 뭐야, 화가 치밀었지만 뭉개진 귀와 내려앉은 코를 보는 순간 나는 용수철처럼 벌떡 일어섰다. 이 자식, 선생님께 무슨 말버릇이 그래애애애애, 하고 다시 내 뺨을 후려쳤다. 손바닥이 두툼하고 딱딱해서 소리도 잘 난다. 야자키, 주둥이 하나는 잘 놀리는 것 같은데, 달리기도 못하는 주제에 입만 살아가지고……. 이것은 가와사키 선생의 대사다. 왜 하필이면 이런 때 로드레이스 이야기가 나와야 한단 말인가. 너무 억울해서 눈물이 나왔다. 그렇지만 울었다가는 모든 것이 끝장이다. 마쓰이 가즈코가 보고 있다. 울면 안 돼, 울면 안 돼. 아이하라 선생은 빙긋이 웃고 있다. 아이하라 선생은 똥통 대학을 나온 콤플렉스 때문에 우리 같은 학생들을 두들겨 패는 것을 너무너무 즐긴다. 시로쿠시 유지 패거리도 아이하라 선생의 표적이었다. 유도 수업 중에 조르기를 당한다든지, 귀를 잡고 다리를 건다든지. 힘센 선생은 역시 강하다. 나는 머리카락이 잡힌 채 교무실 쪽으로 질질 끌려갔다. 시로쿠시 유지, 아다마, 이와세는 놀란 토끼 같은 눈으로 나를 보고 있었다. 서, 설마 하고 유지는 외쳤다. 서, 설마, 가즈코를, 가즈코를 덮친 것은 아니겠지…….

교무실 앞에서 한 시간 동안 벌을 섰다. 벌을 설 때 가장 싫은 것은 오가는 선생들이 하나같이 무슨 짓을 했어? 하고 묻는 것이다. 그때마다 사정을 설명하지 않으면 안 된다. 신문부 고문선생과 담임선생이 요시오카, 가와사키, 아이하라 선생에게 사과했다. 나를 위해 두 선생이 창피를 무릅쓰고 사과한 것이다.
어쨌든 가즈코와는 이야기를 나누지 못하고 말았다.

아다마에게 8밀리 카메라를 빼앗긴 2학년 학생이 찾아왔다. 마스가키 다쓰오라는 학생이었다. 마스가키, 전형적인 구두쇠 이름이라고 나와 아다마는 킥킥거리고 웃었다. 마스가키는 엄숙한 표정을 짓고 있었다. 마스가키는 나리시마와 오다키 일파가 주재하는 정치 클럽에 들어 있었는데, 투쟁적인 테마가 아니면 카메라를 빌려줄 수 없다고 말하기 위해 온 것이다. 알았어, 알았어, 하고 아다마는 마스가키를 달랬다. 투쟁 그 자체를 테마로 하지 않더라도 이를테면 고다르처럼 상징적인 수법을 사용할 수도 있잖아? 그런 말로 후배를 속였다. 어쨌든 오다키와 나리시마를 만나달라는 말을 남기고 마스가키는 사라졌다.

"안녕" 하는 시원스러운 목소리가 들려왔다. 등교 시간, 언덕길, 뒤를 돌아보니 아기사슴 밤비가 서 있었다. 마쓰이 가즈코였다. 몸이 떨렸다.

"어, 안녕" 하고 나는 웃으면서 마쓰이 가즈코의 어깨에 팔을 두르고 머리카락을 쓰다듬으며, 라고 하면 거짓말이고, 사실은 너무 황홀해서 말이 나오지 않았다.

"야자키, 버스로 오니?"

통학수단이 뭐냐는 말일 것이다.

"아니, 걸어서. 마쓰이는?"

"난 버스."

"버스 복잡하지?"

"응, 그렇지만 익숙해졌어."

"그런데 '레이디 제인'이라는 이름은 누가 붙여줬니?"

"선배."

"롤링 스톤스의 곡에서?"

"응. 난 그 곡, 좋아해."

"그래, 참 좋은 곡이야. 스톤스 좋아해?"

"아니, 스톤스는 잘 몰라. 듀란이나 비틀스를 좋아해. 그렇지만 가장 좋아하는 가수는 사이먼 앤드 가펑클."

"아, 그래? 나도 좋아해."

"야자키, 레코드 가지고 있니?"

"응. 《웬즈데이 모닝 쓰리 에이엠》하고 《파슬리, 세이즈, 로즈메리 앤드 타임》하고 《홈워드 바운드》하고."

"《북엔드》는?"

"물론 가지고 있지."

"좀 빌려줄래?"

"좋아."

"와, 고마워. 난 그 레코드 가운데서 〈앳 더 주〉가 제일 좋아. 가사도 최고고."

"그렇지, 최고야."

나는 어떻게 《북엔드》를 손에 넣을까 궁리해보았다. 아다마와 이와세의 호주머니를 털어서라도 오늘 중에 《북엔드》를 사야 한다. 주연 여배우가 좋아하는 것인 만큼 어쩔 수 없다.

"야자키, 늘 그렇게 사색하면서 지내니?"

"뭘?"

"지난번에 요시오카 선생님께 한 말."

"아, 베트남?"

"응."

"딱히 생각하는 건 없어. 그냥 뉴스를 통해 귀에 들어오니까."

"책도 많이 읽니?"

"응, 읽어."

"재미있는 책 있으면 빌려줘."

학교에 이르는 이 언덕길이 영원히 계속되기를 빌었다. 언제까지고 언제까지고 마쓰이 가즈코와 이야기를 나누고 싶었다. 예쁜 여학생과 함께라면 걷는 것만으로도 가슴이 두근거릴 수 있음을 비로소 알게 되었다.

"텔레비전에 학생들의 데모와 바리케이드가 자주 나오잖니? 나와는 전혀 다른 세계지만, 왠지 알 것 같은 생각이 들어."

"응?"

"셰익스피어 따위 별 볼 일 없다고 야자키는 말했잖니? 나도 그렇게 생각해."

"으응?"

"사이먼 앤드 가펑클은 가슴에 와닿지만, 셰익스피어에게는 그런 걸 느낄 수 없어."

기어이 학교에 도착하고 말았다. 《북엔드》를 약속하고 바이바이, 하고 우리는 헤어졌다. 나는 헤어진 다음에도 마치 꽃밭에 서 있는 듯한 기분이었다.

갑자기 내가 '바리케이드 봉쇄를 하자'고 외치자 아다마는 깜짝 놀랐다. 바리케이드나 데모에 참가하는 사람을 좋아한다고 마쓰이 가즈코가 말한 듯한 느낌이 들었다.

"카메라를 빌려준 마스가키하고도 이야기를 해야 하니까, 나리시마와 오다키의 아지트를 한번 방문하도록 하자" 하고 아다마가 말했다.

다니엘 콘반디

사세보북고 전학공투회의佐世保北高全學共鬪會議.

이것이 오다키와 나리시마가 주재하는 학생 조직의 명칭이다. 북고 전공투인 셈이다. 아지트는 사세보 역 위에 있었다. 위라고 해서 역의 2층을 말하는 것은 아니다. 사세보의 거리는 나가사키와 마찬가지로 언덕길이 많다. 뒤로는 산이 바싹 다가서 있고, 둥그런 해안선을 따라 평지가 이어지고 있지만, 무척 좁아서 전형적인 항구도시의 모습을 띤 곳이라 할 것이다. 이 거리의 손바닥만 한 평지에 백화점, 영화관, 상점가, 미군 기지 따위가 자리 잡고 있다. 어느 기지촌이나 마찬가지로 미군은 항상 제일 좋은 자리를 차지하고 있었다.

북고 전공투의 아지트는 역에서 북으로 뻗은 언덕길을 따라 한참 올라가서, 담배 가게 2층에 있었다.

"오로지 비탈길이로군."

땀을 뻘뻘 흘리면서 아다마가 불만스럽게 말했다. 사세보 시민의 98퍼센트는 높은 곳에 살고 있다. 산중턱에 집이 있는 것이다. 아이들은 언덕길을 달려 내려와 번화가에서 놀다가 지치고 배고프면 다시 언덕을 올라 집으로 돌아간다.

담배 가게는, 거의 모든 담배 가게가 그러하듯 살았는지 죽었는지 모를 그런 할머니가 지키고 있었다.

안녕하세요, 하고 아다마와 나는 힘차게 인사를 했지만 할머니는 꼼짝도 하지 않았다. 죽은 줄 알았다. 아다마는 그 할머니를 정교하게 만든 인형으로 생각한 듯했다. 졸고 있는 것도 아니었다. 등을 구부정하게 굽히고 앉아 양손을 무릎 위에 포개고 있다. 안경 저 안쪽의 눈은 열려 있었다. 우리는 걱정이 되어 할머니가 눈을 깜빡일 때까지 기다려보기로 했다. 할머니의 눈꺼풀은 너무 늘어져 있어서 어지간히 주의해 보지 않고는 깜빡이는 순간을 포착할 수 없었다. 처마 밑에는 코스모스인 듯한 꽃이 말라붙어 있었다. 할머니의 듬성듬성한 머리카락이 바람에 날렸다. 역시, 인형 아니면 미라가 분명하다는 결론을 내리려는 순간 할머니의 눈이 깜빡거렸다. 아다마와 나는 서로 얼굴을 바라보면서 웃었다.

현관에는 '북고경제연구회'라는 문패가 걸려 있었다. 문패라곤 하지만, 빗물에 얼룩진 마분지에 지나지 않았다. 현관 옆의 계단을 올라갔다. 어둡다. 일본식 집은 왜 이리 채광이 좋지 않은 걸까. 내가 그렇게 중얼거리자, 아다마는 일본인 모두가 색을 너무 밝히기 때문이라고 대답했다. 의외로 아다마의 말이 맞는지도 모른다.

아지트에는 아무도 없었다. 다다미 열두 장짜리(약 6평 — 옮긴이) 방의 벽에는 체 게바라와 마오쩌둥, 트로츠키의 포스터가 붙어 있었다. 책상 위에는 등사도구와 문고본, 싸구려 포크 기타, 핸드 스피커, 사청동해방파의 기관지 따위가 널려 있었다. 아마도 이들이 나가사키대학의 자치회와 긴밀한 관계를 맺고 있고, 때때로 이곳에서 모임을 가지기 때문일 것이다.

"왠지 기분이 으스스해."

아무렇게나 널브러져 있는 이불과 베개 그리고 화장지를 바라보면서 아다마가 말했다. 일본 주택이 채광이 좋지 않은 탓도 있지만 반체제파의 아지트는 분위기 자체가 어둡다. 이불이 있다는 것은 오다키와 나리시마가 여기서 잠도 잔다는 사실을 말해준다. 오다키 일파에는 여고생도 끼어 있었다. 북고 여학생은 아니다. 여상 학생들 같았다. 이불과 베개와 화장지와 여상 학생. 이보다 더 음침해 보이는 조합도 없을 것이다.

십 분 정도가 지난 후에 이와세가 방으로 들어섰다. 땀을 뻘뻘 흘리면서 커피우유를 세 개 사왔다. 빵이 있으면 좋을 텐데, 하면서 우리는 커피우유를 마셨다.

벽에 걸린 싸구려 기타를 들더니 이와세가 손가락으로 퉁기기 시작했다. 노래는 〈섬타임스 아이 필 라이크 어 머더리스 차일드〉였다. 엘비스 프레슬리 이후로 지방 학생들에게 기타는 보물이었다. 기타를 살 수 없는 계급의 소년들은 우쿨렐레를 샀다. 우쿨렐레는 하와이안밖에 연주할 수 없었기 때문에, 한때 이유도 없이 하와이안이 유행한 적도 있었다.

전자기타가 유행한 것은 내가 중학교 시절이었다. 전자기타는 테스코, 앰프는 구야톤, 드럼은 펄, 깁슨, 팬더, 뮤직 맨, 로랜드, 바이스테. 그런 것들은 잡지 속에서만 볼 수 있었다. 벤처스 붐이 지나고 비틀스로 대표되는 시대가 도래하자, 존 레넌의 리켄배커를 흉내낸 세미 어쿠스틱 기타가 동경의 대상이 되었다.

베평련과 반전 포크의 유행에 맞추어 야마하가 새로운 타입의 포크 기타를 발매하자, 모두들 기를 쓰고 그것을 사들였다. 그러나 북고 전공투의 아지트에 있는 기타는 야마하가 아니라 야마사라는 이상한 회사의 제품이었다. 이와세는 야마사 기타로 〈섬타임스 아이 필 라이크 어 머더리스 차일드〉를 부르고, 〈다케다의 자장가〉를 이어서 불렀다. 한결같이 한두 개의 코드만으로 이루어진 간단한 노래였다. 슬픈 노래를 두 곡이나 이어서 부르는 바람에 감상적이 되었는지 이와세는 "겐과 아다마는 졸업하고 대학에 갈 테지?" 하고 현실적인 이야기를 끄집어냈다. 그때까지만 해도 아다마는 국립대학의 의학부를 지망하고 있었다. 의학부가 꿈속의 꿈으로 변해버리리란 것도 모르고 생각만 그렇게 하고 있었다. 나는 무슨 생각을 하고 있었는지 자세히는 기억에 없지만, 아마도 진학 문제는 생각하지 않았을 것이다. 나는 그 시절부터 장래는 아예 생각하지 않는 인간이었다. 그러나 성적이 급강하하는 현실 앞에서는 당황하지 않을 수 없었다. 불안했고 초조했다. 탈락자가 될지도 모른다는 두려움도 있었다. 그러나 1969년 당시의 탈락자들은 무척 즐거워 보였다. 대학 거부 선언을 책으로 묶어 낸 고교생도 있었고, 데모대 가운데는 반드시 예쁜 누나 학생이 끼어 있었다. 문제는 여자다. 탈락자가 되는 것을 두려워하는 까닭은 암컷을 손에 넣을 수 없기 때문이다. 결혼상대나 제도의 문제가 아니다. 불특정 다수의 암컷이 문제였다. 암컷에게 잘 보일 수 없을 때, 남자들은 살맛을 잃고 마는 것이다.

"이와세는 어쩔 생각이니?" 하고 아다마가 물었다.

이와세는 대학 진학을 포기한 학생들만 모인 반에 있었다.

"몰라."

이와세는 "대학에는 안 갈 것 같아" 하고 덧붙였다.

"겐은? 어쩔 생각인데?"

"나도 몰라, 미대에 갈지도 몰라, 아니, 문학부에 갈지도 몰라, 그렇지만 아직 몰라, 정하지 않았어."

"겐은 좋겠다."

이와세는 A마이너를 치면서 말했다.

"겐은 재능이 많아서 좋고, 아다마는 머리가 있어서 좋겠지만, 나는 아무것도 없어."

이와세가 그렇게 슬픈 말을 지껄이는 것은 A마이너 때문이라 생각하여, 나는 기타를 빼앗아 G코드를 치기 시작했다.

"이와세, 그런 말 하지 마."

커피우유를 홀짝이면서 아다마가 말했다.

"아직은 몰라, 재능이 있는지 없는지. 지금 어떻게 아니? 저 번에 텔레비전에서 봤잖아, 존 레넌 말이야. 어릴 때는 정말 평범하기 짝이 없는 아이였다잖아."

그런 말로 달렸다. 이와세는 고개를 떨구고 겸연쩍게 웃으며 고개를 저었다.

"난 알아, 내 수준은 내가 잘 알지. 겐과 아다마는 졸업 후에도 나를 친구로 생각해줄 거지?"

나는 이와세가 왜 그렇게 슬픈 표정으로 말하는지 알 수 있을 것 같았다. 아다마와 내가 친해지자 자신의 존재감이 옅어졌다고 느끼는 것이다. 나와 만나기 전의 이와세는 공부 못하고, 상냥하고, 청순한 못난이 여학생을 좋아하는 축구부원이었다. 나와 친구가 되고부터 이와세는 다치하라 미치조(立原道造, 시인. 음악적인 서정시를 씀—옮긴이)를 읽게 되었고, 콜트레인(John Coltrane, 미국의 흑인 재즈 색소폰 연주자, 작곡가—옮긴이)을 듣기 시작하더니, 청순한 못난이 여학생과 축구를 버렸다. 그러나 지금 생각해보면 이와세를 변하게 한 것은 내가 아니었다. 나는 단순한 소개자에 지나지 않았다. 이와세를 바꾼 것은 시인과 재즈와 팝아트였다. 이와세는 면역이 없었던 만큼, 그 세계로 푹 빠져들었다. 재즈, 팝아트, 언더그라운드 연극, 시, 영화에 대해 나보다 훨씬 더 많은 지식을 가지게 되었다. 그는 오랫동안 나와 단짝이었다. 아다마를 끌어들이자고 제안한 것은 이와세였지만, 아다마가 참가하고부터 자신과 나의 역학관계가 미묘해졌음을 느끼게 된 것이다. 이와세는 자신이 할 수 있는 일은 커피우유를 사는 정도라고 생각했음이 틀림없다.

"나를 친구로 생각해줄 거지?"라고 말하는 이와세의 표정이 무척이나 외로워 보였다. 그렇게 슬픈 얼굴을 보는 것은 참 오랜만이었다. 1학년 때 그런 표정을 한 번 본 적이 있었다. 고어古語를 가르치는 얼굴이 기다란 시미즈라는 선생이 있었다. 음험한 선생이었다. 시험 답안지를 나눠주면서 70점은 한 대, 60점은 두 대, 50점은 세 대, 40점은 네 대, 라는 식으로 막대기로 머리를 때리는 놈이었다. 이와세는 다른 두셋 열등생들과 함께 늘 너덧 대를 맞았다. 2학기가 끝날 무렵 시미즈 선생은 이렇게 말했다.

"많이 때리면 시간이 많이 들어서 공부할 시간을 잡아먹으므로 지금부터 네 대 이상은 때리지 않기로 하겠다."

모두들 즐거워했지만, 최하위 열등생인 이와세의 표정은 딱딱하게 굳었다. 시미즈 선생은 "이와세, 이제 많이 안 맞을 테니 기분 좋지?" 하고 이와세에게 답안지를 건네주었다. 이와세가

40점 이하라는 사실을 알고 모두들 웃었다. 이와세는 눈을 내리깔고 겸연쩍게 웃으면서 서글픈 표정을 지었다. 나는 그런 이와세를 보고, 무시당하는 것보다는 맞는 쪽이 낫다는 생각을 했던 것이다.

"어라! 오나키는?"

여학생의 목소리에 이와세의 어두운 표정이 밝아졌다. 여상 제복을 입은, 마쓰이 가즈코에 비하면 한없이 고릴라에 가까운 몸매였지만, 아무도 없는 것보다는 훨씬 낫다는 느낌을 주는 여학생 둘이 나타난 것이다. 두 사람은 아다마를 보고, 호옷! 하고 웃었다. 아다마는 그런 때에 편리한 친구다. 너무 잘생겨서 여학생들이 괜히 호옷! 하고 웃는 것이다. 그런 만큼 여학생의 방어 심리가 약해진다.

"어이, 안녕. 난 북고의 야자키고 이쪽은 아다마, 저기는 이와세. 너희들은 여상? 자, 들어와. 어? 뭐야, 그 봉지? 비스킷? 좀 줄래? 아, 물론 우리도 동지야"라고 말해도 괜찮은 것이다. 『여공애사(女工哀史. 호소이 와키조[細井和喜藏, 1897~1925]의 소설. 방직공장 여공의 처참한 노동 현실을 사실적으로 묘사한 작품—옮긴이)』에 등장하는 인물과 똑같은 데이코와 후미요라는 이름의 두 여학생과 우리는, 엘드리지 클리버와 다니엘 콘반디와 프란츠 파농에 대해 이야기를 나누고, 마키아벨리의 『군주론』과 전후 일본의 천황제의 유사점을 지적하며, 아나키즘의 본질이 볼리비아의 체 게바라의 사상과 행동에 잘 나타나 있다는 수준 높은 대화를 나눴다, 라고 하면 거짓말이고, 나는 비스킷을 먹으면서 사이먼 앤드 가펑클의 〈에이프릴 컴 쉬 윌〉을 기타 반주에 맞춰 불렀고, 처녀성을 지키는 것이 얼마나 여고생의 건강에 좋지 않은 영향을 끼치는가를 역설하고, 오다키와 나리시마가 북고에서도 알아주는 열등생으로 선생까지 두 손을 든 사나이들임을 가르쳐주었다. 그러나 아무래도 『여공애사』의 두 주인공은 오다키와 나리시마의 애인인 것 같았다. 이불과 베개와 화장지였던 것이다. 북고 전공투에 들어오면 섹스도 할 수 있다고 오다키와 나리시마가 은근히 자랑하고 다닌다는 소문이 떠돌고 있었다. 사실이었던 것이다. 더러운 놈들, 좀 더 진솔한 태도로 투쟁하지 못하고, 라고 나는 분개하고, 또 눈물이 나올 만큼 부러워했다.

교미하는 개에 물을 끼얹으면 떨어진다고들 하지만, 그렇지 않을 때도 있다고 낄낄거리며 여공애사들에게 떠들고 있는데, 오다키와 나리시마 일파 아홉 명이 들어섰다. 헬멧을 쓴 대학생

하나도 있었다. 나머지는 호모같이 생긴 웅변부의 후세와 미야치, 자전거를 훔친 죄로 퇴학 일보 직전에서 헤매고 있는 미조구치, 8밀리 카메라를 우리에게 빼앗긴 마스가키를 비롯한 2학년 세 명이 섞여 있었다.

나리시마와 오다키는 나를 보더니 당혹스럽게 웃었다. 두 사람은 2학년 때 나와 같은 반이었다. 둘 다 열등생이었다. 내가 내용도 모르는 『제국주의론』을 떠들어대고 있을 때, 아직 레닌이라는 이름조차 모르고 있었던 것이다. 그 둘은 스스로 머리가 나쁘다는 사실을 깨우치고 반쯤은 포기한 그런 보통의 열등생이었다. 전공투가 두 사람의 뇌를 개조하고 말았다. 열등생이라도 스타가 될 수 있는 길을 두 사람에게 가르쳐주었던 것이다. 나가사키대학의 사청동해방파 발행의 전단을 은밀히 뿌리고 다니는 재미를 만끽하고 있는 두 사람을, 나는 경멸하고 있었다. 두 사람은 나에게 열등감을 가지고 있을 터였다. 그러나 이불과 베개와 화장지 그리고 같은 열등생 부하를 거느린 배경도 있고 해서 이전보다 모든 행동에 자신감이 배어 있었다.

"웬일이야, 야자키가 이런 델 다 오고."

나리시마가 말했다.

"북고 전공투에 들어올 생각이니?"

그렇게 말한 것은 오다키였다. 이전에 전공투를 만들자고 제안하던 것을 나는 거절했다. 아직 시기상조라고 판단했기 때문, 이라고 하면 거짓말이고, 그런 모임을 만들었다가 괜히 교칙 위반으로 처벌받는 것이 싫었을 뿐 아니라, 영화 쪽이 이불과 베개와 화장지에 보다 가깝다고 생각했기 때문이다. 그러나 지금은 한가하게 그런 생각을 하고 있을 때가 아니다. 마쓰이 가즈코를 위해서라면 무슨 짓이든 하지 않으면 안 된다. 아기사슴 밤비는 투쟁하는 사나이를 좋아하는 것이다.

"응, 가입하고 싶어."

내가 그렇게 말하자 오다키와 나리시마는 처음에는 놀랐다가, 이윽고 기뻐하며 악수를 청해 왔다. 그러고는, 여기 있는 야자키는 2학년 때부터 마르쿠제와 레닌을 읽던 우수한 이론가, 라고 헬멧에게 소개해주었다. 헬멧은 "이론뿐이잖아" 하면서 나를 바라보았다. 머리가 나빠 보이는 자식이었다. 그러나 상대는 아홉 명이나 된다. 단번에 주도권을 장악할 필요가 있었다.

"오다키, 지금부터 투쟁방침에 대해 설명을 해줘" 하고 내가 말했다. 오다키와 나리시마는 얼굴을 마주 보고 곤혹스러운 표정을 지었다. 투쟁방침 따위가 있을 리 없다. 그럴 머리와 용맹도 없는 놈들이다. 방침이라고 해봐야 우선 나가사키대학생들과

연구회를 열고 베평련의 요코다 씨의 전단을 뿌린다든가 동지를 늘리는 등…….

"바리케이드 봉쇄를 하지 뭐."

규슈의 고등학교에서 바리케이드 봉쇄를 하는 학생은 아직 없다. 나가사키대학에서도 한 적이 없다. 규슈 서쪽 귀퉁이의 시골 학교에서는 전공투, 바리케이드, 고다르, 레드 제플린과 같은 말들이 멀고 먼 나라의 이야기에 지나지 않았다. 그러니 내 말에 놀랄 수밖에.

"알았지? 난 결정했어. 7월 19일 종업식 때, 옥상을 바리케이드 봉쇄한다."

내가 그렇게 말하자 그건 무리다, 너무 심하다, 하고 헬멧이 말했다.

"어이, 당신은 입 다물어, 이건 어디까지나 북고의 문제니까. 바리케이드 봉쇄도 하지 않는 나가사키대학하고는 관계없어."

마스가키를 비롯한 2학년들은 존경스러운 눈으로 나를 바라보았다.

"문제는 아직 열 명도 안 되는 조직이야. 바리케이드 봉쇄를 했다가는 금방 퇴학당하고 말 거야. 일을 벌이기도 전에 무너지고 말 수도 있어."

나는 자신만만하게 그렇게 말했다.

"동조자를 늘려야 해. 동지가 늘 때까지는 비밀로 해두자구. 지하조직을 만드는 거야. 그래서 7월 19일의 바리케이드 봉쇄를 조직원 확보의 이벤트로 삼는 거지. 그러므로 바리케이드 봉쇄에 사람은 참가하지 않아. 게릴라 전술을 쓰는 거야."

나는 자신만만하게 다시 말을 이었다.

"전술은 말이야, 건물 벽에 우리의 슬로건을 적어 넣고, 옥상에서 플래카드를 아래로 늘어뜨리는 거야. 옥상으로 통하는 입구를 바리케이드로 봉쇄해서 쉽사리 플래카드를 제거하지 못하게 하는 거지. 깊은 밤에 게릴라적으로 해치우는 거야. 그리고 북고 전공투라는 이름도 사용하지 않고 말이야. 만일 북고 전공투라는 이름을 사용하면 오다키와 나리시마는 금방 퇴학당하고 말 테니까. 조직이 아직 약할 때는 그런 위험은 일단 피해두는 게 좋아. 게릴라 교본에 그렇게 적혀 있어."

아무도 입을 열지 않았다. 아다마만이 빙긋이 웃으면서 고개를 끄덕이고 있었다. 마쓰이 가즈코를 위한 연출임을 아다마는 잘 알고 있었다.

"이 정도 일이니 자금도 필요 없고 인원도 그리 많지 않아도 될 거야. 1학기 종업식을 거사일로 잡은 것은 금방 여름방학에 들어가기 때문에 학교 측에서 수사 활동 하기도 어려울 거고, 학생들에게 끼칠 영향은 크기 때문이지. 생각해봐, 내일부터 방학이라고 들뜬 기분으로 학교에 왔다가 플래카드가 늘어져 있는 것을 보고 앗! 하고 놀라지 않겠어? 그리고 여름방학 동안에는 선생들과의 접촉도 별로 없으니까 그만큼 반혁명적인 언동에 세뇌당하는 것도 덜할 테고 말이야. 혹시 알아? 여름방학 동안 마르쿠제의 책이라도 한 권 읽을지, 베트남전쟁에 관한 책이라도 한 권 읽을지 모르고. 또 하나 중요한 사항은 나가사키 전국체전 분쇄를 외치는 것이지. 전국체전은 일본 정부의 반혁명적인 행사고, 여학생들은 매스게임 연습이다 뭐다 하여 시험공부를 못해서 불만이 많아. 그걸 이용하는 거야. 투쟁은 구체적인 요구가 있는 쪽이 더 많은 지지를 받을 수 있어. 인민은 구체적인 투쟁 테마에다 자신들이 품은 불만을 기대어 표현하니까. 물론 북고생이 한 일이라고 알리지는 않을 생각이야. 그렇다고 외부 인물이 했다는 느낌을 주지도 않아. 그냥 북고생이 했을지도 모른다는 냄새만 피워놓는 정도지."

오다키가 잠깐, 하고 손을 들었다.

"북고 전공투를 내세우지 않는다면 명칭을 뭘로 할 건데."

걱정 마, 라고 나는 힘주어 말했다.

"바사라단跋折羅團. 산스크리트어인데, 에로틱하면서도 분노하는 신을 가리키는 말이야. 어때, 멋있지?"

멋있어, 최고야! 하고 마스가키가 외치자 박수가 터졌다. 나는 북고 반체제조직 '바사라단'의 리더가 되었던 것이다.

클라우디아 카르디날레

완전히 망친 정기시험이 끝난 어느 날, 아다마와 나와 이와세는 아지트로 이어지는 언덕길을 걷고 있었다.

"겐, 작년에 하카다에 놀러갔었잖아, 생각나?"

이와세가 말했다.

"응, 영화관에서 잤을 때 말이지."

이와세는 나와 함께 기차를 타고 하카다까지 영화를 보러 갔던 일을 말하고 있었다. 심야에 폴란드 영화 특별상영이 있다는 광고를 보고, 우리는 여름날 어느 토요일에 하카다로 갔던 것이다.

"우리 재즈 찻집에 들어갔잖아?"

"응."

"그 찻집 이름이 뭐였지?"

"리버사이드? 나카스의 강변에 있던 그 찻집 말이야?"

"나 이번 여름방학 때, 그 찻집에서 아르바이트 할 생각이야."

"리버사이드에서?"

"응, 편지를 보냈어. 주방장 참 좋은 사람이더라."

"그래?"

작년에 홈룸을 빼먹고 하카다로 갔던 나와 이와세는 먼저 규슈대학에 추락하여 건물에 걸린 채로 방치되어 있던 팬텀기를 구경하고, 라면을 먹은 후에 영화관으로 갔다. 우리는 폴란드 영화를 상영하는 ATG(Art Theater Guild. 예술적이고 실험적인 영화를 전문으로 상영하는 영화관. 1930년대 유럽에서 시작되었고, 일본에는 1962년에 체인으로 설립되었다—옮긴이) 계열의 마이너 영화관의 원색 간판 앞에 섰다. 간판에는 유방을 드러낸 핑크빛 피부의 여자가 그려져 있었고, 〈천사의 옆구리〉〈태아가 밀렵을 할 때〉〈황야의 더치 와이프〉라 적혀 있었다. 나는 뚫어져라 간판을 쳐다보았다. 이와세는 내가 뭘 생각하는지 알아채고 〈파사제르카〉〈여승 요안나〉〈지하수도〉 쪽으로 끌고 갔다. 잠깐, 잠깐, 잠깐, 이와세, 여관비까지 갖다 넣으면서 여승이나 빨치산의 고뇌를 보는 것은 말이

안 돼, 억울해서 잠도 못 잘 거야…….

성실한 이와세는 가위바위보로 결정하자고 말했다. 내가 졌다. 그렇지만 나는 나치스가 싫다고 포르노 영화 쪽으로 발길을 돌렸다. 하나의 작은 여행이었다. 다음 날 오후, 우리는 재즈 찻집 리버사이드에 들어섰다. 이와세는 콜트레인의 발라드를, 나는 스탄 게츠의 보사노바를 신청했다. 콜트레인과 스탄 게츠 사이에 칼라 블레이가 흘러나왔다. 그 곡을 신청한 것은 이십 대 중반의 누나들이었다. 누나는 모두 세 명, 백화점의 부인복 코너에 근무하는 듯한 분위기였다. 1960년대 말은 백화점 아가씨가 칼라 블레이를 듣는 그런 시대였다. 세 명 중에 이와세가 좋아하는 누나가 있었다. 물어보지 않아도 전문대를 나와 백화점에 취직했을 것 같은 분위기를 풍기는 아가씨로, 기다랗게 머리카락을 늘어뜨려 소박해 보였고, 가무잡잡한 얼굴에 눈이 단춧구멍만 한 누나였다. 그 누나와 이와세가 편지를 주고받고 있었다. 여름방학 때 아르바이트를 한다는 것은 그 누나를 만나기 위한 구실이라고 나는 생각했다. 이와세가 누나에게 온 편지를 한 번 보여준 적이 있었다. 그 편지는, 히데오 잘 지내고 있니?라고 시작되고 있었다. 이와세의 이름은 히데오다. 난 지금 부커 리틀과 돌피의 합주를 들으면서 이 편지를 쓰고 있어요. 히데오의 말대로 난 너무 나약한 여자인지도 몰라요. 주위에 신경 쓰지 않고 나만 생각하면 그만인데 말예요. 나 자신을 사랑한다면, 그럴 필요도 없는데, 주위의 시선에 신경을 쓰다가 그만 자신감을 잃고 말아요……. 무슨 뜻이야? 물었더니, 이와세는, 나도 몰라, 하고 말꼬리를 흐렸다. 아무래도 누나는 이루어질 수 없는 사랑을 하고 있는 것 같았다. 처자식이 있는 상사거나, 야쿠자거나, 양아버지 아니면 애견 따위를 사랑하고 있음이 틀림없었다. 그리고 그 누나를 대하는 태도에 한해서 말하건대, 이와세는 나보다 어른스러웠다. 누나에 관해 내가 무슨 말을 하면, 그녀는 어른이야, 하고 이와세는 빙긋이 웃으면서 어른스러운 말투로 중얼거리곤 했다. 그렇군, 그 누나를 만나러 가는 거로군, 하고 나는 속으로 부러워했다. 이러다간 이와세에 뒤질지 모른다는 생각이 들었다. 얇은 원피스를 입은 누나의 모습을 떠올려보았다. 이와세의 말대로 어른의 냄새가 났다. 그것은 외국인 바를 가득 채운 매춘부의 싸구려 향수 냄새가 아니라, 평범한 백화점 아가씨가 풍기는 냄새였다. 그런데 왜 이와세는 이렇게 비가 내리는 날, 그것도 아지트로 향하는 도중에 리버사이드 이야기를 끄집어낸 것일까? 그 누나를 만나러 갈 생각이지? 하고 내가 묻자, 어떻게 알았어? 하고 환한 표정으로 몇 번이고 고개를 끄덕이면서,

크크크크, 하고 기분 나쁜 웃음을 터뜨렸다. 나와 아다마가 북고 전공투의 주도권을 장악해가자 자신의 존재감이 점차로 엷어져 간다고 생각하여 반발심 때문에 그런다는 생각이 들었다. 좋은 냄새를 풍기는 백화점 아가씨의 알몸이 눈 안쪽에서 아릿아릿하게 비쳤다. 나는 화가 치밀었다. 자식, 가거든 원도 한도 없이 반쯤 죽여놓고 오라고 속으로 친구를 축복해주었다. 아다마는 우리 둘 사이의 이런 미묘한 심리전을 아는지 모르는지 우산 끝으로 시들어가는 수국을 쿡쿡 찔러대고 있었다.

아다마는 담백한 사내였다.

"상상력이 권력을 쟁취한다."

옥상에서 아래로 늘어뜨릴 플래카드의 슬로건을 정했다. 나리시마와 오다키는 '조반유리(모든 항거에는 무릇 정당한 이유가 있다 —옮긴이)' 같은 상투적인 문구를 적고 싶어 했지만, 나와 아다마가 파리 5월혁명의 낙서집에서 가려낸 '예정조화설을 거부하자'라든지, '돌계단 아래는 모래사장이다' 같은 문구가 2학년 마스가키를 비롯한 동지들에게 압도적인 지지를 받았다.

슬로건의 문구를 생각하는 일은 즐거웠다. 메모지에 각자 문구를 적고는 모두 소리 내어 읽어보았다. 창밖에는 가느다란 바늘 같은 비가 내리고 있었다. 만일 창밖에 대나무 밭이라도 있었다면 7월의 하이쿠 짓기 모임으로 보였을 것이다.

"겐, 바리케이드 봉쇄도 좋지만 페스티벌은 어떻게 해야 되지? 그리고 영화는?"

아지트를 나서서 클래식 찻집 '길'에서 커피를 마시며 이와세가 물었다. 어느 지방도시건 그러하지만, 평범한 학생들은 커피를 좋아한다.

"여름방학 때 하지 뭐."

아다마는 소다수를 마시고 있다. 어느 지방도시건 그러하지만, 벽지에서 온 학생들은 소다수를 동경한다.

"겐, 어떤 영화를 만들 생각이니?"

소다수를 쪽쪽 빨면서 아다마가 물었다.

"아직 정하지 않았어."

토마토 주스를 마시면서 내가 대답했다. 어느 지방도시건 그러하지만, 당시 세련된 청소년은 토마토 주스를 마셨다, 라고 말하면 거짓말이고, 당시 토마토 주스는 무척 희귀한 음료수였다. 냄새가 강렬하고, 달지도 않을 뿐 아니라, 빨간 게 기분 나쁘다고 아무도 마시려 하지 않았지만 가능한 한 다른 사람 눈에 띄기를 좋아했던 나는 일부러 토마토 주스를 마시기로 늘 마음에 새겨두고 있었던 것이다.

"이전에 내가 잠깐 말하지 않았니? 알지? 쉬르리얼리즘이라고."

"응, 말한 적 있지, 있어!"

"음악은 뭘로 한다고 했더라?"

"메시안 아냐?"

"그래, 그래, 맞아."

이 당시부터 나는 타인을 속이는 기술을 몸에 익히기 시작했다. 누군가에게 자신의 의견을 강요할 때, 상대가 모르는 세계를 일부러 내세우는 것이 좋은 효과를 발휘한다는 것을 알았다. 문학에 강한 녀석에게는 벨벳 언더그라운드 이야기를, 록에 강한 녀석에게는 메시안 이야기를, 클래식에 강한 녀석에게는 로이 리히텐슈타인 이야기를, 팝아트에 강한 녀석에게는 장 주네 이야기를 적당히 얼버무리면 지방도시에서는 절대로 논쟁에서 지지 않는다.

"전위적인 영화가 되겠네?"라고 말하면서 아다마는 수첩을 끄집어냈다. 볼펜도 함께.

"대강이라도 좋으니, 스토리를 한번 얘기해볼래."

"왜?"

"그렇지 않니, 여름방학 때 촬영에 들어가려면 미리 준비를 해둬야지. 도구라든지, 배우라든지 말이야."

아다마는 선천적인 프로덕션 매니저 기질을 가지고 있었다. 나는 감동했다. 너무 감동한 나머지 지금까지 머릿속에서만 그리고 있던 스토리를 이야기했다. 〈안달루시아의 개〉와 〈스콜피오 라이징〉을 적당히 섞은 듯한 스토리였다. ……그래서 말이야, 검은 고양이 시체를 이렇게 나무에 매달고, 가솔린을 부어 나무째 불태우는 거야, 그때 나무 밑에서 연기도 조금 피우고 말이야, 역광을 써야 해, 바로 그때 오토바이 세 대가 달려오는 거야. ……아냐, 이러면 마쓰이 가즈코가 나올 데가 없는데, 하고 나는 당혹해했다. 그러나 나는 금방, 그래도 좋잖아, 하고 마음을 정해버렸다. 아기사슴 밤비는 어차피 쉬르리얼리즘에는 어울리지 않는 것이다.

"그만두자, 그만둬" 하고 나는 말했다.

검은 고양이 시체, 가솔린, 오토바이 세 대를 적고 있던 아다마가 놀란 눈으로 "뭣?" 하고 외치면서 얼굴을 들었다.

"그만두자. 이런 영화는 만들어봐야 재미도 없어. 잠깐만……

좋아, 전혀 다른 이야기를 한번 만들어보지."

이와세와 아다마가 서로의 얼굴을 멀뚱히 바라보았다.

"잘 들어. 먼저 퍼스트 신은 고원의 아침, 아직 안개가 걷히지 않은 아소산의 구사센리 분위기를 내는 게 좋겠어."

"구사센리? 아침?" 하고 되뇌면서 아다마와 이와세는 풋 하고 웃음을 터뜨렸다. 검은 고양이가 왜 갑자기 고원의 아침으로 변했을까?

"이미지, 이미지, 가장 중요한 것은 순수한 이미지라구!"라고 내가 말했다.

"이미지, 너희들도 그 정도는 알겠지? 좋아, 고원에서 말이 야, 카메라가 줌다운을 하면, 안개 속에서 플루트를 입에 문 소년이……."

"마스가키의 카메라에 줌이 붙어 있을까?"

"아다마, 가만 좀 들어. 사소한 변경은 있을 수 있는 거야. 그리고 말이야, 플루트를 든 소년이 멋지게 한 곡 뽑는 거지, 깨끗한 음악으로."

"알았어. 타이거즈의 〈꽃목걸이〉 말이지."

"그렇지, 그렇지, 좋은 아이디어! 그런 좋은 아이디어가 있으면 자꾸 제안을 해야 해. 그런 다음 한 소녀가 나타나는 거지."

"레이디 제인!"

"그렇지, 그렇지. 소녀는 **하얀 옷**을 입고, 순백색으로 말이야, 웨딩드레스보다는 네글리제 같은 느낌을 주는 속이 훤히 비치는 옷으로. 그리고 소녀를 **하얀 말** 위에 태우도록 하지."

'플루트' '하얀 옷(그것도 웨딩드레스보다는 네글리제에 가까운)'이라고 메모를 하던 아다마가 갑자기 "말?" 하고 외치면서 고개를 들었다.

"말? 하얀 말?"

"그래."

"안 돼, 안 돼, 어디서 하얀 말을 구한단 말이니?"

"넌 너무 현실적으로만 생각하는 게 흠이야. 아다마, 이미지, 이미지!"

"아무리 이미지도 좋지만 말을 준비해두지 않으면 촬영을 할 수 없잖아? 하얀 말이 어디 있단 말이니? 그냥 말도 구하기 힘든 판에. 겐, 개는 어때? 개라면 우리 옆집에 하얀 아키다 견이 있어."

"개?"

"응, 시로라는 놈인데, 몸집이 커서 억지로 태우면 여자 하나 정도는 괜찮을 거야."

"마쓰이 가즈코가 아키다 견을 타고 나타나면 모두들 웃을 거야. 코미디를 만들 셈이야?"

잠깐, 잠깐, 잠깐, 하고 이와세가 스톱을 걸었다. 나와 아다마는 입을 다물었다. 이와세의 말을 듣기 위해서가 아니라, 준와의 제복을 입은 눈꼬리가 치켜 올라간 클라우디아 카르디날레 같은 여학생이 들어와서 우리 바로 옆 테이블에 앉았기 때문이다. 클라우디아 카르디날레는 레몬티를 주문했다. 주문을 받으러 온 '길'의 주인에게 나는 베를리오즈의 〈환상〉을 신청하고, 주빈 메터 지휘로, 하고 한마디 덧붙였다. 또 눈에 띄려 한다고 이와세가 핀잔을 주었다.

"베를리오즈의 〈환상〉, 주빈 메터 지휘, 그것밖에 모르는 주제에."

"아니야, 이 무지치의 〈사계〉도 알아."

"그만, 그만, 그만" 하고 이번에는 아다마가 스톱을 걸었다. 클라우디아 카르디날레는 레몬티를 기다리는 동안 종이봉투를 들고 화장실로 사라졌다. 화장실에서 나온 클라우디아 카르디날레는 마치 딴 사람처럼 보였다. 머리카락은 안쪽으로 부드럽게 휘어 있고, 아이라인이 그려지고, 입술은 핑크빛으로 물들고, 흰색과 감색이 조화를 이루던 준와의 제복은 어느새 크림색 원피

스로 탈바꿈하고, 검은 단화는 하이힐로 바뀌고, 매니큐어 냄새
가 코를 찔렀다. 흘끗흘끗 쳐다보는 우리들을 한번 스윽 훑어보
더니 클라우디아 카르디날레는, 내게 볼일 있니? 하고 짤막하게
묻고, 아냐, 라는 우리의 대답에, 흥 하고 코웃음을 친 다음, 하이
라이트 디럭스 한 개비를 우아하게 입에 물고 〈환상〉의 1악장이
흐르는 찻집의 텅 빈 공간 속으로 하얀 연기를 훅 뿜어냈다.

관둬, 관둬, 관둬, 하고 필사적으로 말리는 이와세와 아다마의
충고를 무시하고 나는 클라우디아 카르디날레에게, 영화에 나갈
마음 없니? 하고 물었다.

"영화가 뭔데?"

"우리가 이번에 8밀리 영화를 만들 생각인데, 어때, 출연해보
지 않을래?"

내가 그렇게 말하자 클라우디아 카르디날레는 예쁜 잇몸을
드러내고 소리 높여 웃었다.

"너희들 북고생이지?"

영화 이야기는 무시해버리고 클라우디아 카르디날레는 그렇
게 물었다.

"아이코중학 출신인데…… 아니? 키가 크고 눈썹이 짙은 학
생?"

클라우디아 카르디날레가 말하는 사나이는 시로쿠시 일파로, 유명한 불량학생이었다. 내가 안다고 말하자, 안부 전해줘, 하고 웃으며 말했다. 넌? 하고 내가 이름을 물었다. 클라우디아 카르디날레는 나가야마 미에, 라고 했다.

조금 더 영화 이야기를 하려는 순간, 갑자기 이와세가 벌떡 일어서더니 아나마를 재촉하고 나의 소매를 잡아끌면서 카운터 쪽으로 나아갔다. 카운터 가까이에서 공고 교복을 입은 남학생 세 명과 스쳤다. 세 명 모두 스포츠머리를 하고 높이 세운 칼라에 나팔바지를 입고 있었다. 눈이 마주칠 것 같아 우리는 급히 눈길을 옆으로 돌렸다. 공고 주먹들은 나가야마 미에의 테이블에 앉았다. 나가야마 미에가 우리를 향해 손을 흔들어주었다. 공고 주먹이 얼굴을 돌려 우리를 째려보았다. 우리는 급히 찻값을 지불하고 가게를 나와서 백 미터를 달렸다. 숨을 헐떡거리면서, 저 애가 그 유명한 준와의 나가야마 미에였어, 하고 이와세가 중얼거렸다. 유명한 여학생인 것 같았다. 딱히 공고 주먹의 애인인 것 같지는 않았다. 누구에게도 속하지 않고, 교칙 위반의 경계선을 오가면서 화려하게 놀고 있는 여학생인 듯했다. 좋아, 저 여학생을 페스티벌의 오프닝 세리머니에 내세우는 거야, 하고 나는 말했다. 공고 주먹은 검도부 고수야, 나가야마 미에에게 홀딱

반했단 말이야, 겐! 잘못하다가는 목도로 반 죽도록 맞을지도 몰라, 그만둬, 하고 이와세는 넌더리가 난다는 어투로 말했다.

아다마는, 목도에 맞아 뒈져도 난 몰라, 하고 장난스럽게 웃으며 말했다.

지루한 장마가 끝났다. 학교 수영장을 청소하던 중에 나는 이제 생리도 끝나버린 여자 체육선생을 더러운 풀 속으로 슬쩍 밀어넣었는데, 그것을 어느 학생이 일러바치는 바람에 아이하라 선생에게 귀를 잡힌 채 교무실로 끌려가 뺨을 열세 대나 맞았다. 중간고사에서 아다마는 성적이 80등으로 급강하했다. 화학을 비롯한 과학 과목에서 전교 톱을 자랑하던 아다마는 그 과목에서조차 꼴지 근처를 맴돌았다. 진학담당교사는 나에게, 네놈은 아다마의 장래를 망칠 생각이야? 하고 노한 음성으로 나무랐다. 아다마의 성적이 내려갔는데 왜 내가 야단을 맞아야 하는지 도무지 알 수 없었다. 이와세는 고등학교에 들어와 세 번째 실연을 맛보았다. 상대는 배구부의 공격수였다. 마쓰이 가즈코와는 그후 복도에서 한번 이야기를 나눴다. 사이먼 앤드 가펑클의 재킷은? 하고 마쓰이는 말했다. 나는, 다음에 꼭 가져올게, 하고 황망하게 대답했다. 마쓰이는, 응, 언제라도 괜찮아, 하고 천사처럼 상냥하게 말했다. 천사 밤비를 위해서라도 반드시 바리케이드 봉쇄는 성공시켜야 한다. 준비는 착착 진행되고 있었다. 결행은 예정대로 7월 19일 종업식 전야. 플래카드와 페인트가 마련되고, 아지트는 활기에 넘쳤다. 바리케이드 봉쇄에 필요한 자금은 총액 9255엔, 우리는 천 엔씩 갹출하기로 했다.

"잘 들어!"

나는 표준어로 말했다.

"집합은 심야 영시, 장소는 풀장 옆 벚꽃나무 아래. 절대로 택시는 타지 마. 오다키는? 그렇지 집에서 걸어오면 되겠군. 나리시마도 걸어올 테고. 후세와 미야케는? 나리시마 집에서 자도록 해. 좋아, 마스가키 집은 여관이니까 미조구치와 2학년 두 명, 나카무라와 호리도 마스가키 집에 머물다가 한 사람씩 집을 나서는 거야. 절대로 같이 오지 마, 알았지? 다시 한번 말하겠는데, 펜치와 철사와 로프와 플래카드는 제각기 하나씩 나눠서 하루 전날 여기서 마스가키의 집과 나리시마의 집으로 옮기는 거야. 그날 복장은 모두 검은색으로 통일할 것. 절대로 구두 같은 건 신지 마. 페인트통과 작업 후에 남은 쓰레기는 하나도 남김없이 모두 가지고 돌아가야 해. 신문사에는 나와 아다마가 전화를 할 거야."

"상상력이 권력을 쟁취한다." 나는 하얀 천에 빨간 페인트로 썼다. 정말 기분이 좋았다.

작전 결행 사흘 전 점심시간, 이와세가 그만두겠다는 뜻을 전하기 위해 나와 아다마를 찾아왔다. 규슈의 태양이 그려내는 여름의 짙은 나무 그림자 아래서 이와세는 눈물을 글썽이면서, 나와 바리케이드 봉쇄는 어울리지 않아, 미안해 겐, 아다마, 준비하는 것도 도울 거고 페스티벌에도 참가할 생각이지만 바리케이드 봉쇄는 별로 좋아하지…… 겐, 너는 정치 따위에는 아무런 관심도 없으면서 오로지 남의 눈에 띄고 싶어서 바리케이드 봉쇄를 하려는 거지?라고 말하는 듯한 우울한 표정을 지었다. 이와세가 가고 난 다음, 나는 아다마에게 그런 느낌이 들더란 말을 해주었다. 아다마는 정말로 담백한 사나이였다. 정치 따위는 아무럼 어때, 그냥 재미있으니까 해보는 거잖아? 겐, 재미있으면 그걸로 됐잖아, 아다마는 그런 말을 했지만, 역시 나처럼 쓸쓸한 표정만은 감추지 못했다.

그리고 7월 19일이 찾아왔다.

상상력이 권력을 쟁취한다

11시에 집을 나서지 않으면 안 된다. 집을 나서기가 어렵다. 어머니, 여동생, 할아버지, 할머니는 이미 잠들었지만 아버지는 깨어 있다. 〈일레븐 PM〉을 보고 있는 것이다. 〈일레븐 PM〉이 시작되면서 아버지의 취침시간이 늦어졌다.

이 거리의 모든 집이 그러하듯이, 우리 집도 언덕에 서 있다. 좁은 평야 지대에 사는 사람들은 미군과, 미군을 상대로 생활을 하는 소수의 상인들뿐이다.

아버지가 깨어 있으니 현관으로 나갈 수는 없는 노릇이다. 집이 언덕에 서 있는 만큼, 돌계단이 많다. 우리 집은 현관이 평평한 도로에 면해 있고, 뒤쪽은 좁은 돌계단에 면해 있다. 내 방은

2층이다. 우선 아버지에게 밤인사를 하지 않으면 안 된다. 화가인 아버지의 아틀리에 겸 서재 문을 노크한 다음 나는 말했다.

"아버님, 안녕히 주무십시오."

잘 아시겠지만 이렇게 예의 바른 인사를 했다, 고 하면 거짓말이고, 사실은, 나 이제 잘래, 하고 말했다. 아버지는 〈일레븐 PM〉에 나오는 비키니 차림의 여자를 감상하고 있는 주제에 짐짓 점잔을 빼며, 뭐라고? 벌써 잔다고? 하면서 나를 노려보았다. 내가 고등학생일 때는 새벽 4시까지⋯⋯라고 말하다가 〈일레븐 PM〉의 화면을 보고는 겸연쩍었는지 괜스레, 흠! 하고 헛기침을 한 다음, 어머니를 슬프게 하면 안 돼, 라고 일침을 주었다. 가슴이 덜컹했다. 아버지가 혹시 오늘밤의 거사를 눈치챈 것은 아닐까 하는 생각이 들었다. 그러나 알 리가 없다. 괜히 어머니를 슬프게 하지 말라는 처절한 문구를 던져 나를 꼼짝 못하게 하려는 것이다. 쳇⋯⋯. 나는 2층으로 올라가 옷을 갈아입고 빨래 건조대를 타고 올랐다. 보름달이 둥실 떠 있었다. 소리 나지 않게 주의하면서 농구화 속으로 발을 밀어넣었다. 그 당시에는 스니커라는 단어도 없었다. 모두들 농구화를 신었다. 건조대에서 지붕으로 내려간다. 눈앞에 묘지가 있다. 달빛을 받으며 지붕과 같은 높이로 묘비석이 나란히 서 있다. 우리 집 뒤편은 묘지였던 것이다. 묘지가 우리 집보다 한 단 정도 높았기 때문에 1층 지붕에서 묘지 쪽으로 가볍게 뛰어 내릴 수 있다. 아니, 정확히는 묘지라기보다는 비석이라 해야 할 것이다. 신앙심 때문은 아니지만 묘지 위를 밟고 내려선다는 것이 왠지 뒤가 켕겼다. 늘 이렇게 집을 빠져나와 재즈 찻집이나 포르노 영화관 또는 아다마의 하숙집을 드나들었기 때문에 언젠가는 벌을 받을지도 모른다는 불안한 생각이 들었다. 할아버지의 친구 중에 머리가 벗어진 해군 중좌 출신이 하나 있었다. 할아버지는 해군 소좌 출신이었는데, 그 때문에 그 대머리는 전후 십 몇 년이 지나고도 줄곧 할아버지에게 거드름을 피웠다. 대머리는 대낮부터 술을 마시러 왔다. 물론 할아버지도 대낮부터 술을 마셨다. 늘 어린 나에게 줄 그림책을 사들고 왔기 때문에 나는 대머리를 좋아했다. 대머리에게는 나쁜 버릇이 있었다. 술에 취하면 반드시 비석에 오줌을 누는 것이었다. 할머니는 그런 대머리가 미웠던지, 언젠가는 천벌을 받아 죽을 거라고 했다. 정말 대머리는 어느 날 갑자기 심부전증으로 세상을 떠나고 말았다. 어린 나도 그것 참 잘됐다고 고소해했다. 그 후로는 올나이트 포르노 영화를 보러 비석에 내려설 때마다 두 손을 합장하고, 미안해요, 죄송해요를 주문처럼 외웠다. 이번에도 합장을 하고 빌었지만, 예전과는 전혀 다른 기분이었다. 포르노 영화를 보러 가는 것이 아니라 바리케이드 봉쇄를 감행하러 가는 것이다. 혁명이다. 필시 사자의 영혼도 나를 용서해줄 것이다.

달빛이 무척 밝게 느껴졌다. 학교에 이르는 길이 무척 신선했다. 시간과 목적이 달라지면 풍경을 느끼는 감정도 달라질 수 있음을 알았다.

풀장 옆 벚꽃나무 아래, 자정, 전원이 모였다. 우리는 두 팀으로 나누었다. 학교 벽에다 스프레이로 낙서를 하는 팀과, 옥상으로 통하는 출입구를 봉쇄하고 플래카드를 늘어뜨리는 팀이다. 나는 낙서를 하는 쪽이었다. 아다마도 나와 같은 팀이다. 옥상팀은 위험을 무릅쓰지 않으면 안 된다. 출입구를 봉쇄하기 때문에 로프를 타고 옥상에서 아래로 내려와야 하는 것이다. 그런 위험한 임무를 가장 혁명적인 행동이라고 입이 마르도록 강조하면서, 나는 나리시마와 오다키와 마스가키를 비롯한 2학년들에게 그 일을 떠넘겼다. 아다마는 고소공포증이 있었고, 나는 다치고 싶지 않았다.

자, 출발, 하고 외치려는 순간, 후세라는 키가 작고 음험한 색골 같은 놈이, 잠깐, 하고 스톱을 걸었다.

"뭐야? 이미 할 말은 다 했는데."

후세는 말하기가 무척 곤란하다는 표정을 지으면서 음침하게 웃었다.

"그런데…… 말이야, 이런 찬스는 좀처럼 오지 않잖니."

"찬스라니?"

"아까 슬쩍 밀어보니 자물쇠가 채워져 있지 않더라."

"자물쇠라니?"

"여자 탈의실 말이야. 제발 오 분만 보고 가자, 응."

그렇게 말하고 후세는 또 음침하게 웃었다. 미친 자식, 무슨 말을 하는 거야, 우리는 지금 바리케이드 봉쇄라는 신성한 목적을 위해 모인 것이 아닌가, 여자 탈의실을 본다고? 그런 파렴치한 짓을 생각하는 것 자체가 이미 자신의 패배를 선언하는 것이나 다름없어, 하고 말하는 사람은 아무도 없었다. 후세의 제안에 모두 찬성이었다.

여자 탈의실은 여기저기서 달콤한 향기를 뿜어내고 있었다. 물론 탈의실 전체에 향기가 가득 찬 건 아니다. 어둠 속을 손으로 더듬어가는 사이에 성숙해가는 소녀들의 몸 냄새와 만나게 되는 것이다. 팬티를 입은 채로 수영을 하는 사람은 없다. 그러므로 여학생들은 여기서 완전히 옷을 벗는다, 라는 사실을 모두가 상상하고 있다. 지문이 묻으면 안 된다고 내가 말했음에도 불구하고, 모두들 열심히 선반을 손으로 더듬고 있었다. 마스가키가 맨 아래 선반의 구석에 떨어져 있는 슈미즈를 발견해내자 모두들 열광하여, 지문이 묻는다는 사실도 잊은 채 또 다른 보물찾기에 열을 올렸다.

"지문, 어떡하지, 이미 묻을 대로 다 묻어버렸는데."

전부 장갑을 끼라고 분명히 내가 지시했음에도 불구하고 모두 잊고 있었다. 나는 아다마와 지금의 사태에 대해 의논했다.

"우리는 전과가 없기 때문에 경찰서에 지문이 보관되어 있지 않잖아."

여자 속옷을 보고서도 덤덤하기 짝이 없는 아다마는 그런 냉철한 분석력으로 나를 안심시켰다.

"설마 탈의실에서 지문을 채취하여 전교생의 지문과 대조해 보지는 않을 거야. 무슨 살인사건도 아니고 말이야."

그때 2학년 나카무라가 다 죽어가는 목소리로, 선배님, 하고 부르면서 나와 아다마 사이로 끼어 들어왔다.

"미안해요. 나, 더 이상 참을 수 없어요."

금방 울음이라도 터뜨릴 것 같은 목소리였다.

"참을 수 없다고? 뭘?"

아다마는 긴장했다.

"지문 말입니다. 나, 장갑을 잊어먹어서 사방에 지문을……."

"괜찮아. 이런 일로 지문을 채취하러 온다는 것은 말도 안 돼. 설사 지문을 조사한다 해도 누구 지문인지 어떻게 알겠니?"

"내, 내 것만은 알 수 있어요. 중학교 1학년 과학실험 시간에 소금을 만들잖아요? 그때 수산화나트륨 원액을 손가락에 떨어뜨려서 지문이 녹아버렸단 말예요. 그래서 나 같은 지문을 가진 사람은 일본에 없을 거라고 형이 〈나만의 비밀〉이라는 NHK 프로그램에 나가보라고 그랬단 말예요. 지문 없는 사나이로 우리 반에서도 유명했구요. 그 때문에 오늘 반드시 장갑을 껴야 한다고 생각했는데, 마스가키가 여학생 슈미즈를 발견하는 바람에 그만 정신이 몽롱해져서 잊어버렸어요. 이제 어떡하면 좋죠?"

나카무라의 손가락 지문은 녹아내린 촛물처럼 엉켜 있었다. 아다마와 나는 굉장한 지문이라며 웃음을 터뜨렸다. 어쨌든 아다마는 절대로 경찰이 개입하지 않을 거라고 나카무라를 안심시켰다.

아, 여기서 저 아기사슴 밤비, 마쓰이 가즈코가 옷을 갈아입는 구나, 하고 감격에 젖어 있을 때, 밝힘증 후세가 지갑을 하나 발견했다. 지갑이다! 하고 후세는 손전등을 흔들면서 기뻐했다. 나는, 바보자식! 하고 화를 냈고, 아다마는 어이없다고 혀를 끌끌 찼다. 지갑을 갈취해서는 안 된다. 잃어버린 사람은 반드시 분실 신고를 할 것이다. 그러면 이곳을 조사할 수도 있다. 우리도 모르는 사이에 어떤 단서가 될 만한 흔적을 남길지도 모르는 것이 아닌가. 종잇조각이나 발자국, 머리카락 같은 것 말이다. 제자리에 놔두라고 내가 말했지만, 어두워서 처음에 지갑이 놓여 있던 선반을 잊어버렸다고 밝힘증 후세는 멍청하기 짝이 없는 말만 늘어놓았다. 오다키와 나리시마는 괜찮아, 그냥 가지고 가버려, 하고 말했고, 지문이 없는 나카무라는 나중에 주인이 찾으면 그때 살짝 가져다 두면 어떨까요, 하고 걱정스럽게 말했다. 이런 하잘것없는 일 때문에 바리케이드 봉쇄라는 거사를 망쳐서는 안 된다. 우리는 지갑 안을 살펴보기로 했다. 스누피가 프린트된 비닐 지갑으로, 여자애들이 즐겨 사용하는 것이었다. 천 엔 지폐가 두 장, 5백 엔 지폐가 한 장, 버스 정기권이 있고, 이름이 적혀 있었다. 이름을 읽는 순간 나는 풋, 하고 웃음을 터뜨렸다. 이 주 전에 내가 풀 속에 밀어넣었던, 이제 막 폐경기를 맞이한 그 여선생이었다. 우리가 후미 양이란 애칭을 붙여준, 광대뼈가 튀어나오고 엉덩이가 아래로 힘껏 처진 그 독신 체육선생이었다. 동전, 단추, 낡은 명함, 영화 할인티켓, 사진이 들어 있었다. 흑백사진으로, 구 해군의 군복을 입은 오이처럼 생긴 사나이와 젊은 시절의 후미 양이 사이좋게 서 있었다. 모두 한숨을 쉬었다. 2500엔밖에 가지고 있지 않고, 생리가 끝나고 엉덩이가 힘껏 아래로 처진 전쟁미망인 여선생. 이보다 더 어두운 인간이 이 세상에 있을까? 그냥 두고 가자, 하고 아다마가 말했다. 모두들 고개를 끄덕였다.

"전국체전분쇄."

파란 페인트로 정문 기둥에 그렇게 적었다. 표면이 거친 돌기둥에 붓을 쑤셔 넣듯 페인트로 글자를 그렸다. 한쪽 기둥에 아다마가 "조반유리"라고 적어넣었다. 그런 구태의연한 구호는 그만두라고 말했지만, 평범한 구호를 적어놓으면 범인을 찾기 어려울 거라고 아다마는 냉정하게 대답했다.

손전등은 교내에 들어서고부터 일절 사용하지 않기로 했다. 정문으로 들어서면 손질이 잘된 꽃밭이 나온다. ㄴ자로 꺾인 본관 건물은 달빛을 받아 장방형 그림자를 만들어내고 있었다. 그 그림자를 보고 있자니 가슴이 두근거렸다. 교직원실 창문에 "권력의 개들아, 자아비판하라!"라고 적었다. '개'라는 글자만 붉은 페인트로 썼다. 하늘에는 구름 한 점 없었지만 기분 때문인지 무더웠고, 검은 체육복은 땀으로 흠뻑 젖었다. 도서실 벽에도 "동지여, 무기를 들어라!"라고 적었다. 나카무라가 다가와서 옥상 부대가 체육관의 비상구를 통해 학교 건물로 침투하는 데 성공했다고 알려주었다. 좋아, 우리도 안으로 들어간다, 하고 낙서부대도 비상구로 나아갔다.

땀방울이 콘크리트 바닥에 방울방울 떨어졌다. 그것이 증거로 남을까 두려워 땀방울이 마를 때까지 지켜보았다. 비상구로 들어서면 3학년 자연계 교실들이 복도 저쪽으로 이어진다. 낙서부대는 나와 아다마, 나카무라 세 명이었다. 내 인생에서 이만큼 긴장되는 순간은 다시 오지 않을 것 같은 생각이 들어요, 라고 나카무라가 입술을 핥으면서 말했다. 바보, 말하지 마, 하고 아다마가 나무랐다. 나도 입술이 바싹 타들었다. 이렇게 땀을 흘리니 당연한 일이다. 교직원실, 사무실, 교장실을 지나 현관으로 나섰다. 대부분의 학생들은 이곳을 통하여 들어온다. 붉은 페인트로 "살殺"이라고 크게 썼다. 그렇게 과격한 말은 쓰지 않아도 되잖아요, 하고 나카무라가 새파랗게 질린 얼굴로 말했다. 입 닥쳐, 하고 아다마가 현관 오른쪽을 손가락으로 가리켰다. 수위실이다. 수위는 두 사람. 한 사람은 노인이고, 한 사람은 젊다. 불은 꺼져 있었다. 〈일레븐 PM〉을 보고 잠자리에 들었을 것이다. 현관 바닥에 "네놈들은 시체다, 대학진학을 포기하라"라고 썼다. 나카무라는 점점 더 심하게 몸을 떨기 시작했다. 기둥 뒤에 쭈그리고 앉은 채 작업에는 신경도 쓰지 않았다. 저 녀석 큰일인데, 하고 아다마가 귓속말을 했다. 아다마도 목이 마른지 열심히 혀로 입술을 축이고 있었다. 달빛만 어렴풋이 스며드는 어둡고 정적에 휩싸인 학교는 마치 다른 행성에 있는 궁전 같아 보였다. 우리는 긴장했다. 평소에 활보하던 곳인 만큼 우리는 더욱더 긴장했다. 나카무라를 억지로 일으켜 교장실 앞까지 질질 끌고 갔다. 수위실에서 조금 떨어진 것만으로도 마음이 놓였는지, 나카무라는 가슴을 활짝 펴고 심호흡을 했다. 바보자식, 풀장 있는 데로 가 있어, 하고 내가 말했다. 아니에요, 아니에요, 아니에요, 하고 나카무라는 괴로운 표정으로 고개를 저어 세 번 부정했다. 아니라고, 뭐가 아닌데? 그렇게 물어도 나카무라는 고개를 저을 따름이었다. 아다마가 나카무라의 어깨를 쓰다듬어주었다. 말해봐, 겐이나 나나 무섭긴 마찬가지야, 부끄러워하지 말고 왜 그러는지 말해봐……

"똥이 마려워요."

우리도 배가 아픈 것 같았다. 아다마와 나는 콘크리트 바닥에 앉아 오른손으로는 입을 막고, 왼손으로는 배를 잡고 경련하듯이 웃었다. 긴장은 웃음을 유발한다. 웃어서는 안 될 때, 더욱더 웃음이 나오는 것은 무엇 때문일까? 똥, 이라는 그 말의 울림이 가슴 깊은 곳에서 웃음을 폭발시켜, 목으로 솟구쳐 오르게 하는 것이다. 눈을 감고 지금까지 보았던 가장 슬픈 장면을 떠올리려 애를 썼다. 중2 설날 때 나는 패튼 전차가 갖고 싶었지만 어머니는 사주지 않았다, 아버지가 바람을 피워 어머니가 사흘간 집을 나갔다, 여동생이 천식에 걸렸다, 날려 보낸 비둘기가 돌아오지 않았다, 시궁창에 동전을 빠뜨리고 말았다, 중학교 대항 축구시합 때 PK전에서 졌다, 이런 추억들을 떠올렸다. 그래도 웃음은 멈추지 않았다. 아다마는 양손으로 입을 막고 몸을 구부린 채 힛, 힛, 하고 숨을 헐떡이고 있었다. 웃음을 참는 일이 이렇게도 어려운 일인 줄은 예전에 미처 몰랐다. 나는 마쓰이 가즈코를 생각했다. 미끈한 장딴지, 아기사슴 밤비의 눈, 수평선 같은 하얀 팔, 신비로운 곡선을 그리는 발뒤꿈치…… 이윽고 경련이 멈추었다. 예쁜 소녀는 웃음을 멈추게 하는 약이 되기도 한다. 남자를 진지하게 만들어주는 것이다. 잠시 후 아다마도 땀에 흠뻑 젖은 몸을 일으켰다. 나중에 들은 이야기지만, 아다마는 이때 탄광 폭발사고에서 불에 타버린 시체를 생각하며 웃음을 참았다고 했다. 그런 비참한 장면을 떠올려야만 했던 아다마는 나카무라의 머리에 꿀밤을 한 대 먹였다. 나는, 바보자식, 죽는 줄 알았잖아, 라고 욕을 한 다음, 교장실 문을 열어젖혔다.

"나카무라."

"예."

"설사냐?"

"모르겠어요."

"급하니?"

"항문에서 뿌, 뿌, 소리가 납니다."

"저기 올라가서 하고 와."

나카무라는, 예? 하고 입을 멍하니 벌렸다. 내가 교장실 책상을 가리켰기 때문이다.

"그럴 수는 없습니다."

"까불지 마, 사람을 웃겨서 들킬 뻔하게 해놓고는. 이건 벌이다. 만일 게릴라였다면 넌 그 자리에서 총살이야."

나카무라는 울상이 되어 빌었지만 아다마와 나는 용서하지 않았다. 나카무라는 달빛이 내리는 교장 책상 위로 올라갔다.

"보지 말아요."

바지를 내리고 힘없는 목소리로 나카무라는 말했다.

"소리가 크게 날 것 같으면 그만둬, 알았지?"

손가락으로 코를 집은 채 아다마가 말했다.

"그만두라고요? 한번 나오면 그만둘 수 없어요."

"그만두라니까. 퇴학당해도 좋단 말이야?"

"화장실에 가면 안 될까요?"

"안 돼."

나카무라의 허연 엉덩이가 달빛 아래 둥실 떠올랐다.

"안 나오는데요. 너무 긴장해서 안 됩니다."

기합을 넣어, 하고 아다마가 말한 바로 그 순간이었다. 으앗!
하는 비명과 함께 고장 난 펌프에서 물이 새는 듯한 소리가 들
려왔다. 너무 소리가 커, 종이로 항문을 막아, 하고 아다마가 다
가가서 귀에 대고 외쳤다. 그러나 브레이크가 듣지 않는 것 같
았다. 굉장한 소리였다. 나는 소름이 끼쳤다. 수위실 쪽을 살펴
보러 갔다. 똥 때문에 퇴학당한다면 웃음거리가 되고 말 것이다.
수위실 쪽에서는 아무런 기척도 없었다. 나카무라는 나가사키
현립 고등학교 교장회의 월보를 손바닥으로 비벼 뒤를 닦고 난
다음, 시원스러운 표정으로 활짝 웃었다.

와이어로프로 책상, 의자 따위를 묶자 옥상 봉쇄는 완료되었다. 용접기로 하면 완벽할 텐데, 하고 오다키가 애석한 듯이 말했다.

옥상에 남은 사람은 나리시마와 마스가키뿐이었다. 두 사람은 밖에서 옥상의 출입구 문을 와이어로 봉쇄한 다음, 로프를 타고 3층 창까지 내려오게 되어 있다. 우리는 그들의 활약상을 꽃밭에서 구경했다. 나리시마는 등산부 출신이라 걱정이 없었다.

"만일 마스가키가 떨어지면 어떡하지? 미리 생각해두어야 하지 않겠어?" 하고 오다키가 말했다.

"119에 전화하고 도망치면 돼."

아다마가 아니면 아무도 이런 말을 할 수 없다. 그렇잖아, 구해줄 거라고 야단을 떨었다가는 모두 체포되고 말 테니까……. 나리시마와 달리 마스가키는 벌벌 떨고 있었다. 마스가키는 틀림없이 오줌을 쌌을 거야, 하고 후세가 주접을 떨었다. 거기에 덧붙여 내가 나카무라의 혁명적인 배설에 대해 말하자 모두들 배를 잡고 웃었다. 마스가키는 무사히 내려온 것 같았다. 옥상에서 아래로 플래카드가 늘어뜨려져 있었다.

"상상력이 권력을 쟁취한다."

우리는 한참 동안 말없이 그것을 바라보았다.

저스트 라이크 어 우먼

아사히신문 사세보 지국, 요미우리신문 사세보 지국, 니시니혼신문사, 나가사키신문사, NHK 사세보 지국, NBC 나가사키 방송국. 아다마와 나는 오전 6시에 일곱 개 매스컴에 전화를 걸었다.

범행성명이다.

"우리는 반권력 조직 '바사라단'이다. 오늘 새벽, 체제의 교육 거점인 사세보북고에 바리케이드 봉쇄를 감행하였다."

그렇게 말할 생각이었지만 익숙하지 못해서인지 그만, 저, 사세보북고에 바리케이드 봉쇄가 있다고 하는데요, 라고 말했다.

그러나 그 전화 덕분에 북고의 바리케이드 봉쇄와 낙서는 수위, 선생, 학생, 주민보다도 더 빨리 매스컴이 발견하게 되었다.

NHK와 NBC는 오전 7시 지방 뉴스 시간에 '현립 사세보북고 바리케이드 봉쇄'를 톱뉴스로 보도했다.

그 시간, 나는 긴장과 흥분으로 잠도 자지 못하고 침대 속에서 페인트 자국이 어디 남아 있지는 않을까 하고 몇십 번이나 점검에 점검을 거듭했다. 그때 뉴스를 본 아버지가 내 방으로 들어왔다. 아버지는 무서운 표정을 지었다.

"겐짱!"

아버지는 마치 어린 시절의 나를 대하는 듯한 태도로 나를 불렀다. 초등학교 고학년 때부터 '겐짱'에서 '겐'으로 호칭이 바뀌었지만, 부자관계가 긴장상태로 들어가면 본능적으로 자식이 말을 잘 듣던 어린 시절이 그리워지는지, 아버지도 어머니도 '겐짱'으로 부른다. 뉴스를 들었구나, 하고 나는 생각했다.

"겐짱, 아버지 얼굴을 똑바로 봐."

아버지는 엄숙한 표정으로 그렇게 말했다. 아버지는 이십 년 근속의 미술선생이었다. 소년의 거짓말 정도는 안색 하나만으로도 판단할 자신이 있다는 태도였다. 미간을 찌푸리고 잠시 나의 얼굴을 살펴보았다. 수면 부족과 흥분의 여운이 남은 얼굴로 아버지를 바라보았다. 무죄, 라고 아버지는 판단한 것 같았다. 아무리 노련한 선생이라 해도 자신의 자식에 대해서는 느슨한 법이다. 이 당시부터 과격파 남학생, 여학생 중에 선생의 자식들이 많다는 것이 문제가 되어, 엄격한 가정환경이 오히려 문제아를 양산한다는 의견이 분분하였는데, 그 엄격함도 자기 자식에 대한 속수무책의 이면적인 표현에 지나지 않는 것이다. 자위관이나 경찰관도 마찬가지지만, 선생이라는 직업도 이상한 것이다. 거의가 별 볼 일 없는 속물인 주제에, 지역사회에서는 성직자 같은 분위기를 풍기며 폼을 잡고 있다. 전쟁 때에 파시즘을 지지해주는 대신 아무런 근거도 없이 무조건 존경받아야 할 직업이라는 이념이 만들어지고, 그 버릇이 아직도 남아 있는 것이다. 나의 아버지는 학생들 사이에서 인기 있는 폭력교사였다. 학생들을 두드려 팰 뿐 아니라, 육성회 회장을 패는 일도 있었다. 그러나 나는 한 번도 맞지 않았다. 언젠가 그 이유를 묻자, 자신의 자식은 너무 귀여워 때릴 수 없다고 하였다. 정직한 아버지였다.

"알았어, 겐은 아무 관계도 없단 말이지?" 하고 아버지는 확인하듯이 말했다.

"무슨 일인데?"

눈을 비비면서 잠에서 덜 깬 표정으로 나는 물었다.

"북고에서 바리케이드 봉쇄가 있었단다."

나는 그 말을 듣고, 눈을 휘둥그레 뜨고, 침대에서 용수철처럼 뛰어올라, 삼 초 만에 바지를 입고, 사 초에 셔츠를, 이 초에 양말을 신었다. 그런 나의 모습을 보고 아버지는 더욱더 나의 결백을 믿는 것 같았다. 아버지를 뒤로하고 계단을 뛰어 내려와, 밥 안 먹어, 다녀올게ㅡ요, 라는 말을 던지면서 100미터를 달리듯 전력으로 질주했다.

북고가 보이는 언덕 아래로 내려오니 저 멀리 플래카드가 보였다.

상상력이 권력을 쟁취한다.

감동했다. 우리의 힘으로 너무 낯익어 지겨운 풍경을 바꾸어 놓았음을 알 수 있었다.

가슴을 두근거리면서 학교 앞 언덕길을 오르고 있는데, 물리 선생과 학생 십여 명이 교문의 낙서를 지우고 있었다. 신나 냄새가 지독했다. 풍경을 제자리로 돌려놓으려는 놈들의 모습이 너무도 보기 싫었다. 라디오 기자가 그 추한 학생들에게 마이크를 들이대고 있었다.

"누가 했을까요?"

"북고생이 아닙니다. 북고생은 이런 짓을 하지 않습니다."

손톱 끝에 파란 페인트가 잔뜩 묻은 한 못생긴 여학생이 울먹이며 그렇게 말했다.

　교실로 들어서자 아다마는 즐거운 표정으로 나에게 윙크를 보냈다. 우리는 아무도 보지 않게 은밀히 악수를 나누었다.

　8시 반이 넘어도 홈룸은 시작되지 않았다. 교직원회의가 계속되었고, 학생들은 교실에서 자습을 하라는 방송이 몇 번이나 울려나왔다. 그러나 북고 전체는 당혹과 혼란에 가득 차 있었다. 하늘에는 헬리콥터가 떠돌고 있었다. 체육선생을 중심으로 하여 일부 추악한 학생들이 옥상의 바리케이드 철거작업을 하고 있었다.

　플래카드와 낙서를 없애는 것이 급선무라고 선생들은 결론을 내린 것 같았다. 체제는 풍경이 바뀌는 것을 두려워한다. 매스컴이 두렵기도 했겠지만, 무엇보다도 학교의 풍경을 한순간이라도 빨리 원상 복귀하려 했다.

　예상 외로 많은 학생들이 걸레를 들고 낙서를 지우려 애를 쓰고 있었다. 현관 앞의 살殺이라는 빨간 페인트를 지우던 학생회장이 나를 발견하고는 달려왔다. 눈이 빨개져 있었다. 빨간 페인트를 지우며 울고 있던 그 녀석이 갑자기 걸레를 든 손으로 나의 멱살을 잡고 외쳤다.

"야자키, 설마 네놈은 아니겠지, 응? 네가 한 짓은 아니겠지? 북고생이 북고를 더럽히는 짓은 하지 않겠지? 야자키, 대답해, 대답해! 아니라고 대답하란 말이야."

차가운 걸레가 목에 닿아 기분이 나빴다. 두들겨 패주고 싶었지만 소동을 일으키면 남의 이목을 끌 것 같아 참으면서, 이 손놈! 하고 노한 음성으로 외치며 학생회장을 노려보았다. 왜 내가 그렇게 화를 냈는지 이해할 수 없었다. 안경을 끼고, 키가 작고, 뻐드렁니가 난 데다 열일곱 고등학생 주제에 흰머리가 듬성듬성 보이는 학생회장. 네놈은 모교 현관에 빨간 페인트로 글이 적혀 있다는 이유 하나 때문에 울먹인단 말이냐? 이 학교 건물이 너의 신전이라도 된단 말이냐? 그러나 이런 유의 인간이 정말 무서운 것이다. 무엇이든 한번 믿으면 정신을 차리지 못한다. 한국이나 중국에서 학살과 고문과 강간을 일삼은 것도 이런 인간들이다. 이런 인간은 한낱 낙서 때문에 울지만, 중학교 동창 여학생이 졸업과 동시에 흑인 병사의 자지를 핥는 것에 대해서는 눈 하나 깜짝하지 않는다.

"겐, 지고 말았군."

아다마가 나와 학생회장의 승강이를 보고 그렇게 말했다.

"지지 않았어. 그렇지만 저 바보새끼, 꽤 박력 있더군."

"응, 저렇게 열심히 할 생각을 가진다는 것 자체가 신기해."

"그래. 저만큼 열성을 보이면 지지 않고는 배길 수 없지. 저런 열성에는 기가 죽어."

"그랬구나. 겐은 뭐가 켕기는지 기가 죽었더라고."

"왜 그랬을까?"

"그건 말이야, 역시, 우리가 불순했기 때문일 거야."

"불순?"

"우리의 동기가 불순하지 않았니?"

"동기라니? 바리케이드 봉쇄의 동기 말이야?"

"바리케이드 봉쇄를 했다고 죽지는 않잖아?"

"아다마, 바보, 베트남 인민이 매일 몇 명이나 죽는지 아니?"

그런 말을 할 때면 나는 왠지 표준어를 쓰게 된다. 베평련이 연설을 할 때 사투리를 쓰면 어딘가 이상해 보인다. 왜 그럴까?

"베트남이라……."

"대체로 저런 학생회장 같은 놈들이 난징이나 상하이에서 사람들을 마구 죽였던 거라구."

"난징이라……. 그런데 말이야, 저놈들이 저리도 열심히 청소를 하는 걸 보면 왠지 이상한 기분이 들지 않니?"

"당연하지, 저놈들은 체제파니까. 체제파가 저렇게 많을 줄은 정말 몰랐어."

"아니야, 내 말은 그런 게 아냐."

"무슨 뜻인데?"

"저놈들이 정신없이 빠져들 무엇을 우리가 제공해주었다는 생각이 들지 않니?"

아다마는 쓸쓸한 어조로 그렇게 말했다. 아다마는 늘 이렇다. 허무감이 뒤섞인 말을 하는 것이다. 그렇지만 묘하게도 설득력이 있는 말이었다.

교직원실 창에도, 교장실 앞 복도에도, 도서실 벽에도 많은 학생들이 모여 규슈의 무더운 7월 햇빛 아래서 땀을 흘리며 열심히 낙서를 지우고 있었다. 아다마가 말한 그대로일지도 모른다. 우등생뿐 아니다. 언제든 이 학교 때문에 죽고 싶을 정도로 콤플렉스를 느껴야 했던 열등생들마저 걸레를 들고 열심히 페인트를 닦아내고 있었다.

교장실 앞 복도에 나카무라가 파랗게 질린 얼굴로 서 있었다.

손에는 걸레를 들고 있었다. 아다마와 나를 보더니 겸연쩍은 미소를 띠었다.

"네가 왜 걸레를 들고 있니?"

아다마가 그렇게 말하자 나카무라는 혀를 쏙 내밀었다.

"아무것도 않고 가만있으면 의심받지 않아요? 잊지 않았겠지요, 난 지문 없는 사나이라구요. 그보다 겐 선배, 좀 이상해요."

"뭐가?"

그렇게 물으면서 나는 아다마의 소매를 잡아끌어 그 자리에 퍼질러 앉았다. 복도의 낙서를 지우는 것처럼 보이기 위해서다. 등 뒤에서 생활주임과 수위 둘, 거기에다 교감과 제복경관, 사복형사들이 걸어오고 있었다. 아다마와 나와 나카무라는 놈들이 지나갈 때까지 복도를 닦는 시늉을 했다. 경관을 보니 오금이 저렸다. 경관들은 걸을 때 왜 차박차박 소리를 내는 것일까. 게다가 투박한 군화 같은 걸 신어서 다른 구두보다 소리가 더 크다. 나는 심장이 터질 것만 같았다. 제일 앞에서 걸어가던 생활주임의 슬리퍼가 내 눈앞에서 우뚝 멈추어 섰기 때문이다. 차박차박, 하는 경관의 발소리도 멈추었다.

"자네들."

생활주임이 불렀다. 우리는 두근거리는 가슴으로 얼굴을 들었다.

"자네들 마음은 잘 알겠지만, 페인트는 그렇게 한다고 없어지는 게 아냐. 전문가들을 부를 생각이니 그냥 교실로 들어가. 곧 홈룸이 시작될 거고, 종업식도 예정대로 할 거야. 그만 들어가."

생활주임은 그렇게 말했다. 이 자리에서 체포되어 두들겨 맞지나 않을까 하고 가슴을 졸이던 나는 화가 치밀었지만, 미간을 찌푸리고 괴로운 표정을 짓고 있는 생활주임의 얼굴을 대하고 보니 그렇게 기분이 좋을 수 없었다. 규슈 제국대학 법학과 졸업생인 생활주임은 재즈 찻집에서 A. C. 조빔을 듣고 있던 나의 콜라 잔을 탈취하고 그 자리에서 뺨을 열 대나 때린 다음, 나흘간 정학 처분을 내린 놈이다. 조례나 종업식 때마다 논어를 인용하며 비행의 우를 범한 학생의 예를 자신감 가득 찬 목소리로 소개하면서 즐거워하는 나쁜 놈이다. 키가 크고 은발에다, 고대 형법에 관한 책을 몇 권이나 출간하였고, 넌더리 나는 어투로 설교를 한다. 결코 흥분하는 법이 없는 냉정한 시선으로, 네놈은 쓰레기다, 네놈을 선도할 만큼 우리 학교는 여유가 없다, 학교가 싫으면 빨리 퇴학해서 다른 학교로 가, 라는 식으로 나무라는 놈이다. 그런 놈이 어깨를 축 늘어뜨리고 괴로운 표정을 짓고 있지 않은가. 교직원실 쪽으로 멀어져가는 생활주임. 개교 이래 처음 있는 불상사입니다, 라는 말이 들려왔다. 개교 이래⋯⋯. 아다마와 나는 얼굴을 마주 보고 다시 한번 악수를 나누었다.

옥상에 가보자, 하고 아다마가 말했다. 나카무라도 따라왔다.

"나카무라, 아까 뭔가 이상하다고 말했었지?"

계단을 오르면서 아다마가 물었다. 난간 기둥의 낙서에도 많은 학생들이 달라붙어 걸레로 문지르고 있었다.

"예, 마음에 걸려 죽겠어요. 등교해서 맨 먼저 교장실을 들여다보았거든요. 그런데 이상하게도 아무 냄새도 나지 않는 거예요."

"그야, 똥을 맨 먼저 치울 것은 뻔한 일이니까" 하고 아다마가 말했다.

"아, 그러고 보니 소독약 냄새가 조금 난 것도 같군요."

"아마도 수위가 치웠을 거야. 수위는 6시에 일어나니까, 낙서를 보고는 깜짝 놀라 제일 먼저 교장실과 교직원실을 둘러보았겠지. 그때 똥을 발견하고 치웠을 거야. 똥이란 말이야, 뭐라고 할까, 농담이 되기 어려운 거니까."

아다마의 분석은 어디까지나 냉정했다.

"농담이 되기 어렵다는 건 무슨 뜻인가요?"

"나카무라, 똥에 사상이 있다고 생각하니?" 하고 내가 물었다.

"사상? 똥에요? 무슨 뜻인지 모르겠는데요."

"옛날부터 사상범은 일단 헌병이나 고등경찰에서도 특별 취급을 받았어. 사상이 없는 범죄는 그냥 감옥에 처넣어버리지. 거기에 똥 아니냐? 더럽기도 하고, 사상과는 도저히 인연이 없잖아. 도무지 어울리지가 않아."

잠깐만요, 하고 나카무라는 계단 중간에서 멈추어 섰다.

"똥을 싸라고 한 사람은 겐 선배입니다."

울먹이는 표정으로 나카무라는 그렇게 말했다.

"똥을 싸라 한다고 똥을 싸는 고등학생이 세상에 어디 있니. 농담을 정말로 들으면 어떡해."

나카무라는 정말로 울음을 터뜨릴 것 같은 표정을 지었다. 아다마는 나카무라의 어깨를 감싸주면서 달랬다.

"나카무라, 농담, 농담. 겐의 농담을 진담으로 받아들이지 마."

그 후에도 똥에 관해서는 신문이나 라디오, 텔레비전, 경찰의 발표, 교장의 이야기에도 나오지 않았다. 아마 수위만이 가슴에 품고 감추어버린 것 같았다.

"겐 선배, 도서실 벽에 '무기를 들어라'라고 적은 것도 선배
죠?"

똥의 복수를 하고 싶었는지 나카무라는 도서실 낙서를 들고
나왔다.

"그래, 내가 그랬지."

"한자 하나가 틀렸더라구요."

"응?"

"무기武器의 '武'를 시험試驗의 '試'로 썼지요? 학생들 사이
에서 말이 많아요. 이런 멍청이 북고생은 한자 시험만 치면 금방
잡을 수 있을 거라고 말이에요."

그 말을 듣고 아다마가 배를 잡고 웃었다. 나카무라는 즐거운
표정이었다.

옥상 입구의 바리케이드 철거작업은 이미 시작되었다. 아이
하라 선생과 가와사키 선생이 땀에 젖은 채 열심이었다. 아이하
라 선생은 펜치로 철사를 자르고, 가와사키 선생은 쌓아올린 책
상과 의자를 옆으로 치우고 있었다. 아이하라 선생이 작업을 중
단하고 나를 노려보았다. 아이하라 선생은 빙긋 웃었다.

"어이, 야자키, 뭐 하러 왔어?"

이놈에게만은 비굴하게 거짓말을 하고 싶지 않았다. 이런 놈에게, 철거를 도우러 왔습니다, 하고 거짓말을 할 수는 없다. 그런 말을 해봐야 경멸과 미움이 얼굴에 드러나기 때문에 금방 탄로 나고 만다.

"바리케이드 봉쇄가 어떤 것인지 구경하러 왔습니다."

내가 그렇게 말하자, 선생은 얼굴에서 웃음을 거두고 나를 째려보았다.

"네놈이 한 짓은 아니겠지?"

땀에 젖은 셔츠가 몸에 찰싹 달라붙은 가와사키 선생이 그렇게 내게 물었다. 웃으면서 속이려 했지만 얼굴이 얼어붙은 채 움직여주지 않았다. 그러나 이미 대부분의 선생들이 외부 소행으로 결론을 내린 상황이었다. 나를 향해, 흥, 하고 코웃음을 치더니, 만일 네가 범인이라면, 하고 아이하라 선생이 말했다.

"목을 졸라 죽여버릴 거야."

인문계 진학반이 모여 있는 복도에서 마쓰이 가즈코를 만났다. 레이디 제인은 양손을 뒤로 돌리고 〈저스트 라이크 어 우먼〉을 허밍하면서 나를 향해 미소 지었다. 땀도 흘리지 않고, 걸레도 들지 않은 것으로 보아 낙서 청소에 가담하지 않았음이 분명했다. 나는 마음이 놓였다. 안녕 야자키, 하고 시원스러운 알토로 나에게 인사를 한 레이디 제인은 달콤한 향기를 남긴 채 내 앞을 지나갔다. 용기가 솟아올랐다. 정말 잘했다는 생각이 들었다. 바리케이드 봉쇄를 해서 정말 좋았다고 생각했다.

꽃밭 앞으로 나와 철거되는 플래카드를 올려다보았다. 아이하라 선생과 가와사키 선생이 플래카드를 둘둘 말아 종이상자 안에 쑤셔 박고 있었다.

'상상력이 권력을 쟁취한다'는 문구도 마구 구겨져 상자 안으로 들어갔다. 헬리콥터가 춤을 추는 하늘 위로 7월의 기분 좋은 뭉게구름이 떠 있었다. 바리케이드는 반나절도 연명하지 못했지만, 밝디밝은 여름 하늘과 구름이 우리들을 지지해주는 것 같은 생각이 들었다.

여름방학이 시작된 지 사흘째, 아이스캔디를 빨면서 텔레비전 멜로드라마 재방송을 보고 있을 때였다.

네 명의 형사가 우리 집 문을 두드렸다.

알랭 들롱

형사는 언제나 갑자기 나타난다.

"나는 형사입니다. 지금 당신을 체포하러 갈 테니 꼭 집에 있어주세요. 그럼 안녕" 하고 절대로 말하지 않는다. 형사의 방문을 받아본 사람은 인생의 중요한 가르침 하나를 배우게 될 것이다. 즉, 불행이란 자신이 모르는 사이에, 모르는 곳에서 제멋대로 자라고 있다가 어느 날 갑자기 눈앞에 나타난다는 중요한 사실 말이다. 행복은 그 반대다. 행복은 베란다에 있는 작고 예쁜 꽃이다. 또는 한 쌍의 카나리아다. 눈앞에서 조금씩 성장해 간다.

아침부터 활짝 갠 그런 날이었다. 풍경도 어제와 조금도 다르지 않았다. 텔레비전 프로그램도 평소와 조금도 다르지 않았다. 장기 알같이 생긴 싸구려 아이스캔디의 맛도 그대로였다. 남자들은 현관에서 벨을 눌러 어머니를 불렀다. 그러나 집 안에 들어오지는 않았다. 어머니는 새파랗게 질려 아버지를 불렀다. 무슨 일일까, 하고 나는 멍하니 어머니를 바라보았다. 네 명인 걸로 봐서 가스수금원이 아닌 것만은 분명했다. 불길한 예감이 들었다. 나쁜 예감은 안개 같은 것이다. 그것은 차갑고 축축하게 허공을 떠돌다가 갑자기 구체적인 모습으로 드러난다. 남자들 가운데 하나가 현관문 너머로 고개를 빼고 나를 보았다. 아버지와 어머니도 얼굴을 돌려 나를 보았다. 안개는 점점 짙어졌다. 어머니는 그 자리에 털썩 주저앉았다.

"저놈들은 형사다."

아버지가 나에게 와서 그렇게 말했다.

"북고 바리케이드 사건의 중요 참고인으로 너를 데리러 온 거야."

그 순간 아이스캔디의 맛이 사라졌다. 풍경도 바뀌었다. 예감의 안개가 구체적인 모습으로 드러났다. 나는 멍해졌다. 들킨 것이다. 그러나 어떻게? 모든 의문과 불안이 목을 바싹 마르게 했다.

"뭔가 오해가 있을 거라고 하긴 했는데, 그래, 네가 했니?"

장기 알 같은 아이스캔디가 녹아 바닥에 한 방울 두 방울 떨어져 내렸다. 했어, 나는 대답했다.

"그랬군."

아버지는 아이스캔디가 녹아 떨어진 마루를 잠시 내려다보다가, 괴로운 표정으로 형사들에게 갔다 돌아왔다.

경찰서는 다른 어떤 곳과도 닮지 않았다. 마치 엉성하게 짜인 고등학교 교무실 같은 인상을 준다고 할까. 묵비묵비묵비묵비묵비, 하고 중얼거리면서 나는 취조실로 들어갔다. 조잡한 책상 앞에서 나를 맞이한 사람은 사사키라는 이름의 초로의 형사였다. 눈이 마주치자, 우후후후, 하고 웃었다. 철창이 보였다. 사사키는 셔츠 단추를 풀더니 공작이 그려진 부채를 흔들어댔다. 더웠다. 나는 이마에서 뺨을 타고 목으로 흘러내리는 땀을 열심히 닦아냈다.

"덥지?"

사사키가 물었다. 나는 대답하지 않았다.

"나도 더워. 야마다와 오다키, 나리시마, 너의 동지들이 다 불었어."

사사키는 하이라이트를 한 개비 빼 들고 불을 붙였다.

"야자키 군, 모두 네가 리더라고 하던데, 사실이냐?"

뭔가를 마시고 싶었다. 끈끈하면서도 달콤한 아이스캔디의 찌꺼기가 목에 걸려 있는 것 같았다.

다른 형사 하나가 보리차를 들고 와서 나와 사사키 앞에 놓았다. 나는 손을 댈 수 없었다. 보리차를 마시는 순간 모든 것을 털어놓고 말 것 같았기 때문이다.

"말하지 않겠단 말이지. 그럼 시간이 걸리겠군. 야마다와 오다키는 이미 전부 불었으니까 점심때가 지나면 집으로 돌아갈 거야. 야자키 군은 불지 않겠단 말이지. 잘 들어, 자네는 아직 열일곱이야. 그러니까 이번의 취조도 참고인 조사에 지나지 않아. 말하지 않는다고 밤까지 잡아두지도 않을 테고, 내일 다시 만날 테니까. 오늘 다른 동료들 이야기를 모두 정리한 다음 자네를 체포할지도 몰라."

집을 나설 때 아버지는 말했다. 겐짱, 경찰은 모두 알고 있어, 친구를 파는 일 외에는 다 말해버리고 빨리 돌아오도록 해, 사람을 죽인 것도 아니잖아. 아들이 형사에게 잡혀가는데 아버지로서 그렇게 냉정할 수 있다니, 나는 감탄하지 않을 수 없었다.

"잘 들어, 야자키 군. 경찰이란 이런 일을 하는 게 직업이야,

알아들어? 이런 무덥고 좁은 방에서, 자네처럼 도쿄대 지망생만 상대하는 것도 아니고 말이야. 그리고 마쓰나가 선생이 그러더군, 자네가 아주 우수한 학생이라고 말이야."

경찰은 눈 깜짝할 사이에 모든 것을 조사해버린다. 불행은 늘 모르는 사이에 착착 진행되어가는 것이다. 마치 충치처럼.

"난 자네 같은 학생들만 상대하는 게 아냐. 야쿠자도 있고, 부랑자, 맛이 간 창녀, 아무 뜻도 없는 말을 중얼거리는 마약 중독자도 있어. 그래서 늘 피곤해. 여름은 덥지, 겨울은 무릎이 시리지, 나같이 신경통이 있는 사람은 더 그래. 그렇지만 이게 직업이니 어떡하겠나. 아무리 귀찮아도 일이 생기면 밤 1시고 2시고 사람들을 취조하지 않으면 안 돼. 그렇지만 자네들은 달라, 수험생이잖아? 어때, 힘들지? 정말 묵비권을 행사하겠다면 체포할 수밖에 없어."

이때 내가 과연 어떤 표정을 하고 있었는지 알 수 없다. 나는 약했다. 동기가 그랬기 때문일지도 모른다. 친형제가 살해당한 것도 아니다. 형사가 말한 그대로다. 이런 귀찮고 별 볼 일 없는 심문에서 일 초라도 빨리 해방되고 싶었다. 버틸 만한 근거 따위는 아무 데도 없다. 나를 버티게 하는 건 오로지 반항심뿐이다. 그러나 이런 불쾌한 장소에서 벗어나고 싶다는 생각은 점점 더 강해졌다.

"왜 탄로가 났는지 아니?"

나는 고개를 저었다. 보리차가 담긴 싸구려 플라스틱 컵의 표면에서 물방울이 떨어져 내렸다. 취조실의 그런 서글픈 분위기가 참고인이나 피의자의 반항심을 무너뜨린다는 사실을 고교생인 내가 알 리가 없었다. 자존심을 하나씩 무너뜨려 저절로 자백하게 만들어가는 취조의 공식을, 소시민 출신의 열일곱 살 고등학생이 알 리 없었던 것이다. 집으로 가고 싶어, 달콤한 아이스캔디를 빨고 싶어, 나는 오로지 그런 생각만 하고 있었다.

"몰라? 누가 말하지 않았다면 우리가 알 리가 없잖겠어? 응? 틀리니?"

나는 서서히 수치심을 잃어갔다. 자신을 떠받쳐줄 무엇을 찾고 있었다. 〈알제리의 투쟁〉을 본 게 언제였더라? 아버지와 함께 보러 갔었다. 알제리의 테러리스트들은 가스버너로 등을 지져도 자백하지 않았다. 그렇다. 동료를 파는 것은 죽음보다 더한 수치다……. 그러나 빨리 집으로 돌아가서 아이스캔디를 빨고 싶은 내가 속삭였다. 여기가 무슨 알제리냐? 네 눈앞에 있는 사람이 무슨 프랑스의 비밀경찰이라도 되는 줄 아니? 네가 지금 독립전쟁이라도 하는 줄 알아? 자백한다고 누가 죽어?

"이걸 봐."

형사는 책상 한쪽에 쌓여 있는 조서를 가리켰다.

"네 동료들은 모두 자백했어."

모두 자백했다는 말에 가슴이 덜컹 내려앉는 것 같았다. 나카무라는 똥 이야기도 했을까? 야자키 선배의 지시로 교장실 책상 위에 똥을 쌌습니다, 라고 말했을까? 두려웠다. 아다마가 말한 그대로, 똥은 농담이 되지 못한다. 똥에는 사상이 없다. 여러 대학의 전공투 투쟁 기록을 읽어보았지만, 똥을 투쟁 수단으로 삼았다는 내용은 기억에 없다. 죄가 무거워지기보다는, 변태 취급을 당하지 않을까? 마쓰이 가즈코의 미움을 사지는 않을까? 낭만이라고는 하나도 없으니까…….

"네가 자백하지 않아도 벌써 다 알고 있어, 네 동료들이 모두 말했으니까. 말해봐, 왜 자백하지 않지? 어리석구만, 누구를 감쌀 생각이냐? 네 이름을 대면서 모두가 야자키의 지시 때문이라고, 네 탓으로 돌리는 그 동료들을 감쌀 생각이냐? 그래도 기분이 좋아?"

형사가 한 말은 아이스캔디를 빨고 싶다고 생각하는 나 자신의 독백과 똑같은 것이었다. 아다마의 이름도 나왔다. 신용할 수 있는 놈은 아다마뿐이다. 다른 애들과는 사상적으로 결합된 것은 아니다, 그놈들과는 다르다, 놈들은 열등생이다, 그런 콤플렉스를 극복하기 위해 바리케이드 봉쇄를 한 데에 지나지 않는다, 그런 놈들하고 한 무리로 취급당하다니 말이 안 된다……. 일단 프라이드만 버리고 나면 인간은 어디까지고 자신을 정당화시킬 수 있다. 열등생이 콤플렉스 극복을 위해 바리케이드 봉쇄를 한다, 그 자체로 멋진 일이 아닌가, 이런 당연한 판단조차 나는 제대로 할 수 없게 되었다. 알제리도 베트남도 멀다. 여기는 평화로운 일본이다. 물론 팬텀기의 폭음은 들린다. 동급생이었던 여학생이 흑인 병사의 좆대가리를 빨고 있다. 그러나 피는 흐르지 않는다. 폭탄도 떨어지지 않는다. 네이팜 폭탄으로 등줄기가 타버린 어린이도 없다. 그런 나라의 서쪽 한구석의, 작은 거리의, 경찰서의, 무덥고 좁은 취조실에서, 대체 나는 무엇을 하고 있는 것일까? 여기서 입을 다문다고 세상이 변할까? 도쿄대와 니혼대의 전공투는 이미 패배하지 않았는가……. 나는 뭔가를 바랐다. 눈앞의, 주름투성이의, 탁한 눈을 하고 있는 초로의, 이 사내에게 대항할 수 있는 하나의 근거를 발견하고 싶었다. 난 너를 싫어해, 하고 혀를 날름 내민다. 내가 할 수 있는 것이라곤 고작 그것뿐이다. 아이스캔디를 빨고 싶은 나는 끊임없이 나 자신에게 물었다. 무엇 때문에 바리케이드를 쳤을까? 알제리의 테

러리스트도 아니고, 베트콩도 아니고, 체 게바라가 이끄는 게릴
라도 아닌 내가 왜 이런 장소에 있단 말인가? 마쓰이 가즈코의
눈길을 끌고 싶어서라는 사실은 너무도 잘 알고 있다. 그러나 무
엇 때문인지 멋진 동기라고 가슴을 활짝 펼 수가 없다.

"거지가 되고 싶니?"

사사키 형사는 자세를 고치고 엄한 표정으로 그렇게 말했다.

"난 많이 알고 있어, 거지가 된 인간 말이야. 거리를 걸어봐,
여기저기서 어슬렁거리고 있잖아? 응, 야자키는 거지 기질이 있
는지도 몰라. 넌 불량배를 좋아할 것 같구만. 거지가 된 인간을
난 많이 알고 있는데 말이야, 가만 보면 야자키와 닮은 사람이
많아. 거지 중에 바보는 거의 없어. 물론 거지가 되고 나면 반쯤
머리가 가서 멍청이가 되어버리지만 그 이전에는 말이야, 그들
은 절대로 바보가 아니었어. 도쿄대고 교토대고 모두 갈 수 있는
그런 사람들이란 말이야. 그런데 박자가 조금 안 맞아서, 생각을
조금 잘못해서 간단히 거지가 되어버리는 거야. 거지는 냄새가
심해."

나는 보리차를 마셨다. 그리고 패배를 선언했다.

집으로 돌아온 것은 밤 11시가 넘어서였다. 아이스캔디가 문

제가 아니었다. 아버지와 어머니는 한참 동안 아무 말도 하지 않았다. 여동생이 일어나서, 아, 오빠 돌아왔네, 왜 이리 늦었어, 하고 예쁜 돼지 잠옷 차림으로 말했다. 오빠, 알랭 들롱 나오는 영화 보여줘, 하고 말했다. 아무것도 모르는지, 알면서도 분위기를 부드럽게 하려고 일부러 그러는지 알 수 없었다. 응, 알았어, 데리고 가줄게. 웃는 얼굴로 내가 그렇게 대답하자, 와, 신난다! 하고 나에게 안기며 볼에 입을 맞추었다.

여동생이 잠들고 난 다음, 아버지는 알랭 들롱? 하고 중얼거렸다. 팔짱을 끼고 천장을 바라보면서.

"알랭 들롱과 장 가방이 나오는 영화 제목이 뭐였지? 어머니와 함께 봤잖아, 몇 년 전에."

눈물 자국이 아직도 볼에 선명한 어머니가 〈지하실의 멜로디〉였잖아요, 하고 말했다.

"아, 맞아."

아버지는 다시 침묵에 빠져들었다. 이럴 때일수록 시곗바늘 소리가 더 크게 들리는 것은 왜일까. 이럴 때도 시간은 어김없이 흐르는구나, 하고 나는 이상하게 생각했다.

"너는" 하고 아버지는 내 쪽을 돌아보았다.

"**퇴학**당하면 어쩔 생각이냐?"

내가 돌아올 때까지 두 사람은 많은 이야기를 나눈 것 같았다.

"그러면 검정고시를 쳐서 대학에 가지 뭐."

나는 그렇게 대답했다.

"알았어. 이제 자자."

아버지는 조용한 목소리로 그렇게 말했다.

"어제, 경찰에서 연락이 있었다. 이건 나무라거나 설교를 할 그런 문제가 아니다. 처분은 학교 측에서 결정해서 교장 선생님이 발표하실 거야. 어쨌든 그때까지는 자숙하고 조용히 지내도록 해."

보충수업이 시작되기 전에 담임 마쓰나가는 아다마와 나를 교무실에 불러 그렇게 말했다. 교무실은 묘한 분위기에 감싸여 있었다. 이를테면 모의고사를 빼먹거나 재즈 찻집을 출입하다 들켰거나 화장실에서 담배를 피우다 잡혀온 때와는 분위기가 전혀 달랐다. 어색했다. 또 야자키로군, 가끔은 칭찬받으러 와봐라, 라는 농담도 하지 않았다. 체육선생도, 학생주임도, 멀리 책상에 앉아 우리 담임선생을 멀뚱히 바라보고 있을 따름이었다. 눈이 마주치면 얼굴을 숙여버리는 선생도 있었다. 필시 어떻게 대해야 좋을지를 몰랐기 때문일 것이다. 하기야 개교 이래 처음 있는 불상사니까…….

교실 분위기도 마찬가지였다. 반 친구들은 아무 일도 없었던
것처럼 『마쿠라노소시枕草子』를 읽었다. 나와 아다마는 규슈 서
쪽의 시골 고교생의 상식을 초월하는 행동을 했던 것이다. 반 친
구들도 어떻게 우리를 대해야 할지를 몰라 했다.

쉬는 시간, 가까운 친구 몇몇이 나와 아다마 주위에 모여들
었다. 나는 큰 소리로, 야! 참 재밌더라, 하고 이야기를 시작
했다. 계획, 실행, 경찰에서의 취조를 재미있게 과장해서 떠벌
렸다. 나카무라의 똥에 이르러서는 폭소가 터졌고, 반 친구들 대
부분이 아다마와 내 주위를 둘러쌌다. 이야기를 들려주는 것으
로 나는 스타가 되었다. 한 가지를 배웠다. 기가 죽어 반성해봐
야 아무도 알아주지 않는다. 아무도 판단할 수 없는 것이다. 이
런 고등학교에서 바리케이드 봉쇄를 사상적으로 판단할 수 있
는 학생이 있을 리 없다. 그렇기 때문에 즐기는 자가 이긴다. 힘
차게 웃으면서 바리케이드 봉쇄가 얼마나 재미있었는지를 떠들
어대면 오히려 보통 학생들은 마음을 놓는다. 사실은 누구라도
그런 행동을 하고 싶었던 것이다. 그러나 그런 학생도 반수에 지
나지 않는다. 나머지는 적의를 품고 있을 따름이다. 내가 울면서

용서를 빌기를 바라는 놈들이다. 그놈들의 증오심 가득한 눈길을 의식하면서, 나는 끝도 없이 떠들어댔다. 퇴학을 당해도 좋다고 그놈들을 향해 중얼거렸다. 비록 퇴학당하는 일이 있어도 나는 네놈들에게 지지 않아. 평생, 나의 즐거운 웃음소리를 들려줄 테다……

보충수업이 끝난 후, 아다마와 이와세와 나는 도서실에서 이야기를 나누었다.

"도대체 어디서 이야기가 새나갔지?" 하고 이와세가 물었다.

"후세, 바보자식!" 하고 아다마가 설명해주었다.

"후세네 집은 여기서 멀잖아? 그 바보자식, 페인트가 묻은 옷을 입은 채 밤중에 자전거를 타고 집에 간 거야. 가다가 경찰이 불러 세웠대. 그 애 집은 시골이잖아. 그런 데서 밤중에 자전거를 타는 사람은 도둑밖에 없어. 말만 잘했으면 됐을 텐데, 시골 경찰이 뭘 알겠어. 속이려면 간단히 속일 수 있었을 텐데 말이야. 아무 말도 못 하고 머뭇머뭇했대. 그때만 해도 경찰은 아무 의심도 없이 그냥 학교와 이름만 묻고 보내주었대. 아무리 바보 경찰이지만 뉴스를 본 다음에는 후세를 수상쩍게 생각 않겠어? 바로 잡혔지 뭐. 형사 앞에 앉자마자 겁을 먹고 모조리 불어버린 거야."

뒤에서 야자키, 하는 천사의 목소리가 들려왔다. 마쓰이 가즈코가 서 있었다. 엄숙한 표정이었다. 레이디 제인의 곁에는 북고 영어연극부의 앤 마가렛으로 불리는 사토 유미도 서 있었다.

"유미하고 이야기했는데, 서명운동을 할 생각이야……. 야자키하고 다른 애들이 퇴학당하지 않게 하려고……."

그 말을 듣는 순간, 만일 내가 개였다면 떨어져라 꼬리를 흔들어대다가, 오줌을 싸고, 입에는 거품을 물고, 땅에 드러누워 마구 뒹굴었을 것이다.

린든 존슨

3학년 여학생 전체가 운동장에 모여 전국체전 매스게임 연습을 하고 있었다. 매스게임 지도는 전쟁미망인 후미 선생. 운전교습소의 교관이 가장 좋은 예인데, 모든 선생은 자신의 입장을 이용하여 학생들에게 공갈을 침으로써 충족되지 않는 생활의 빈틈을 메우려 한다. 어둡고 외로운 인간관계가 수치를 모르는 선생들을 생산해내는 것이다.

"저기 저기, 3반 학생, 남학생은 아무도 보지 않아. 남학생 눈을 의식하니까 다리가 올라가지 않는 거야. 아무도 네 다리를 보지 않아. 힘껏 올려."

후미 양은 핸드 마이크를 잡고 고함을 쳐댔다. 삼백 명이나 되는 소녀들을 내려다보고 있었지만 나와 아다마는 흥이 나지 않았다. 교장이 내일 우리들에 대한 처분을 발표할 것이다. 레이디 제인과 앤 마가렛이 기획한 서명운동은 하나의 꿈으로 끝나고 말았다. 사전에 정보를 입수한 학교 당국의 탄압 때문에.

어제 오후였다. 보충수업이 끝난 다음, 동지들은 한자리에 모여 지미 페이지와 제프 벡 중 누가 더 손가락이 빠른지, 누가 더 빨리 달릴지, 누가 더 빨리 밥을 먹을지에 대해 이야기를 나누고 있었다. 제니스 조플린은 필시 방귀 소리도 갈라져 터져나올 거라고 내가 말하자, 모두들 배를 잡고 웃었다. 한 사람이 웃음을 멈추고 교실 입구를 손가락으로 가리켰다. 갑자기 정적이 감돌았다. 거기에는 천사가 서 있었다. 마쓰이 가즈코가 이쪽을 보고 있었던 것이다. 미소녀는 남자들의 폭소를 멈추게 하는 힘을 가지고 있다. 못난이는 정반대다. 폭소의 원인을 제공한다.

"야자키, 잠깐……."

그렇게 말하고 마쓰이 가즈코는 시선을 아래로 떨어뜨렸다. 나는 춤을 추는 듯한 경쾌한 발걸음으로 그녀에게 다가갔다. 천사는 교실을 나와 힘없이 복도의 벽에 기대서더니 뒤로 손을 돌린 채, 눈을 위로 치켜뜨면서 나를 바라보았다. 이런 눈이 나를 바라보며 속삭이면 나는 기꺼이 전쟁터라도 달려갈 것이다.

"야자키, 나……."

천사의 목소리는 아주 작았다. 알아듣기 위해 더욱 가까이 다가가지 않으면 안 되었다. 나는 마쓰이 가즈코의 샴푸 냄새가 닿을 정도의 거리까지 접근했다. 약간 땀이 밴 이마와 핑크빛 입술의 가느다란 주름과 가늘게 떨리는 기다란 속눈썹을 보고, 이렇게 아름다운 타원형의 얼굴을 꽉 끌어안을 수 있다면 얼마나 좋을까 하고 멍하니 공상의 날개를 펴고 있었다. 아다마는 교실에서 얼굴을 내밀고 빙긋빙긋 웃고 있었다. 주먹을 쥐고 엄지손가락을 집게손가락과 가운뎃손가락 사이에 끼우고 흔들어대는 놈도 있었다.

"도서실에 가는 게 좋을까?"라고 내가 말했다.

"아니, 여기서 얘기할래."

천사는 두 사람만의 공간을 원하지 않았다.

"음, 유미와 다른 학생들하고 서명운동을 벌이려 했는데, 선생님이 불러서 말이야. 나 너무 부끄러워서 야자키에게 말할 수 없을 것 같았지만……. 역시 말해버리는 게 시원할 것 같아서. 나, 사과할 일이 있어, 저……."

나는 무슨 일인지 알 것 같았다. 마쓰이 가즈코는 선생에게 협박당한 것이다. 저 수치를 모르는 선생들이 그렇게 한 것이다.

어떤 식으로 겁을 주었는지는 듣지 않고도 알 수 있다. 수법은 마찬가지다. 경찰관이나 헌병과 본질적으로 다를 바가 없다. 그들은 법제도 편에 서 있다.

뭐가 불만이니? 말해봐, 이렇게 평화롭고 자유로운 나라에서, 게다가 현에서 가장 도쿄대 입학률이 높은 학교에서, 그대들은 장래를 위해 열심히 공부를 하고 있지 않는가, 그런데, 뭐가 그리 불만이야? 하고 공략했을 것이다.

"미안해."

마쓰이 가즈코는 입술을 꼭 깨물었다. 선생과의 굴욕적인 대화를 떠올리고 있는 것 같았다. 정말 화가 치민다. 놈들이 주장하는 유일한 이상은 '안정'이다. 즉, '진학' '취직' '결혼'이다. 놈들에게는 그것이 유일한 행복의 전제조건이다. 구역질 나는 전제조건이지만, 그것이 의외로 효과를 발휘한다. 아직 아무것도 되지 않은 진흙 상태와도 같은 고교생들에게 그것은 큰 힘을 발휘한다.

"마쓰이는 3반이지?" 하고 내가 묻자, 천사는 고개를 끄덕였다.

"담임은? 시미즈?"

"응, 시미즈 선생님이야."

시미즈 선생은 옆에서 보면 초승달처럼 턱이 튀어나온 음험한 놈이다. 나는 시미즈 선생 흉내를 냈다. 어이, 마쓰이, 대체 무슨 생각을 하는 거야? 야자키 같은 불량학생과 네가 무슨 관계가 있다고 그래? 좀 신중하게 생각할 수 없을까? 시미즈 선생은 사가대학 국문과 출신이다. 일본에서도 가장 평범한 대학의, 그것도 국문과다. 사가에는 현청 앞의 일곱 색깔 분수와 옛날 성과 밭밖에 없다. 라면도 맛없고, 젊은 여자도 별로 없다. 후쿠오카와 나가사키에 쌀을 공급하는 농업 중심의 현이다. 그런 시골에서 국문학 따위를 전공한 인간이 마쓰이 가즈코 같은 아름답고 용기 있는 여고생에게 대체 무슨 말을 할 권리가 있단 말인가.

나의 시미즈 선생 흉내는 그리 잘된 것은 아니었지만, 마쓰이 가즈코는 한 손을 입에 대고 웃었다.

"아, 그렇지, 그렇지, 잠깐만 기다려줘."

나는 그렇게 말하고 교실로 돌아와서 미용실 체인경영자의 아들인 에자키라는 놈에게, 아까 그 레코드 좀 빌려줘, 하고 귓속말을 했다. 뭐? 이걸…… 하고 에자키는 싫은 표정을 지었다. 이 멍청이, 잠깐 빌려달라니까 그러네, 하고 째려보면서 가방을 열게 하고 아직 포장지도 뜯지 않은 신품《치프 스릴》을 빼앗았다. 아, 아직 난 한 번도 듣지 못했는데……. 에자키의 슬픈 목

소리도 아랑곳하지 않고, 나는 레코드를 들고 천사 쪽으로 달려
갔다. 포기해, 포기해, 포기해, 한번 마음먹었다 하면 겐은 상대
가 경찰이건 선생이건 손에 넣어야만 하는 운명을 타고난 사람
이라 생각하고 포기해, 하고 아다마는 에자키를 달랬다.

"마쓰이, 제니스 조플린 좋아하니?"

"아, 그 레코드는 알고 있어. 쉰 목소리를 내는 여자 가수잖
니?"

"응, 들어봐, 최고야."

"나, 듀란이나 도노반이나 바에즈 같은 포크밖에 잘 모르지
만, 이 레코드는 알고 있어. 〈서머 타임〉도 들어 있잖니?"

마쓰이 가즈코는 상냥하다. 내가 스스로 약속한 사이먼 앤드
가펑클의 이름은 결코 입 밖에 내지 않았다.

"이것, 빌려줄게. 그 일은 잊어버려. 서명운동 따위는 잊어버
리면 돼. 퇴학은 안 될 거야."

"그렇지만 금방 산 것 같은데, 야자키. 아직 한 번도 듣지 않
은 레코드 아니니?"

"아니, 괜찮아. 난 지금부터 정학 아니면 근신일 테니 시간은
많아. 나중에 천천히 듣지 뭐."

나는 북고의 교실 창밖으로 먼 산을 바라보며 가능한 외로워

보이도록 신경을 쓰면서, 쓸쓸히 웃으며 그렇게 말했다. 마쓰이 가즈코가 눈을 올려 뜨고 뚫어져라 나를 바라보는 것을 느끼며, 이제 됐다, 성공이다, 하고 쾌재를 불렀다. 지금이라도 당장 교실과 복도를 춤추며 뛰어다니고 싶은 기분이었다. 천사가 몇 번이나 뒤를 돌아보며 사라진 다음 교실로 들어서자, 저만 좋으면 다른 사람은 아무래도 좋다는 말인가…… 라고 에자키는 눈을 희번덕거리며 중얼거렸고, 아다마는 백점 만점이라고 칭찬해주었다.

이렇게 하여 교내 서명운동은 물거품으로 돌아가고, 판결을 기다리는 일만 남았던 것이다.

운동장에 하얀 선을 그어놓고 달리기도 하고 뛰어오르기도 하는 여고생 집단을 내려다보면서, 아다마는 짜증스러운 표정으로 말했다. 그런 표정을 짓는 아다마는 처음 보았다. 아다마는 온화하고 냉정한 사나이였다. 슬픔과 증오와 분노를 다른 사람에게 잘 드러내지 않는다. 벽지의 탄광촌에서 태어나긴 했지만, 아버지는 관리직이었고, 어머니는 고등사범을 나온 양갓집 규수였기 때문에 애정과 장난감에 둘러싸여 자랐다. 다섯 살 때까지 오르간을 배웠다는 것만 보아도 탄광촌 출신으로서는 얼마나 특권계급에 속했는지를 알 수 있다.

그런 아다마가 풀이 죽어 있다. 처분 발표가 마음에 걸리기 때문일 것이다.

"아니야, 그게 아니라고 아까부터 몇 번이나 말했잖아" 하고 여고생들을 나무라는 후미 양의 화난 음성이 신경에 거슬렸다. 깡마른 목에 불거져 나온 푸른 혈관이다. 아래로 축 늘어진 엉덩이를 흔들어대는 후미 양. 그녀에게 그렇게 거만을 떨 권리가 어디 있단 말인가. 아다마가 말하지 않아도 구역질이 날 것 같았다. 열일곱 살 소녀들의 몸이 명령에 따라 기계처럼 움직이는 걸 보는 것은 유쾌하지 못한 일이다. 이런 8월의 염천에, 허름한 체육복을 입고 지시에 따라 움직이기 위해 열일곱 살의 육체가 존재하는 것은 아니다. 개중에는 당연히 하마 같은 소녀도 있긴 하다. 그러나 미끈하고 탄력 있는 피부는 해변에서 밀려오는 파도를 향해 환성을 지르며 달리기 위해 존재하는 것이다.

우리가 이렇게 맥이 빠져 있는 것은 내일로 다가온 처분 발표 때문만은 아니었다. 여학생 매스게임을 보고 있자니 기분이 나빠진 탓도 있는 것이다. 뭔가 강제를 당하고 있는 개인과 집단을 보면 단지 그것만으로도 기분이 나빠진다.

아버지와 어머니는 저녁식사 중에 처분에 대해서는 일언반구도 하지 않았다. 나는 잠옷을 입은 여동생과 불꽃놀이를 했다. 여동생은 오빠! 내일 도리가이를 데리고 와서 놀 거야, 하고 말했다. 도리가이는 초등학교 6학년인 여동생의 반 친구로 묘하게 섹시한 분위기를 풍기는 미국인과 일본인 사이에 난 튀기였다. 여동생에게 소개해달라고 말해둔 참이었다. 여동생은 그 말을 기억해두고, 불꽃놀이를 하면서도 왠지 힘이 없어 보이는 나에게 희망을 주기 위해 그렇게 말한 것이다.

아버지가 마루 끝에 서 있다가, 나도 해보자, 하고 맨발로 마당에 내려서더니 불꽃 세 개를 한꺼번에 붙여 빙글빙글 돌렸다. 와, 예뻐, 하고 여동생은 재잘대면서 손뼉을 쳤다.

"겐짱, 내일 말이야" 하고 아버지가 드디어 입을 열었다. 나는 도리가이의 푸른 눈동자와 봉긋이 솟아오르기 시작한 가슴을 상상하느라 처분 발표 따위는 잊어버리고 있었다.

"내일, 난 가지 않을 거야. 어머니와 같이 가도록 해라. 내가 가면 싸움을 하게 될지 모르잖아."

아버지는 늘 그랬다. 학교에서 호출하면 반드시 어머니를 보냈다. 나도 그런 쪽이 마음이 편했다. 고개를 숙이며 사과하는 아버지의 모습은 보고 싶지 않았다.

"눈을 돌리면 안 돼."

아버지는 다짐을 주듯이 말했다.

"교장이 말을 할 때, 눈을 돌리거나 아래를 보거나 해선 안 돼. 절대로 비굴한 태도를 보이지 마. 딱히 허세를 부릴 필요는 없지만, 비굴하게 머리를 숙이는 짓을 해서는 안 된다. 너희들은 사람을 죽인 것도 아니고 강간을 한 것도 아니야. 당당하게 처분을 받도록 해."

눈물이 나올 것 같았다. 바리케이드 봉쇄가 끝난 다음, 우리는 어른들에게 일방적으로 공격만 받아왔다. 용기를 불어넣어준 사람은 아버지 한 사람뿐이었다.

"혁명이 일어나면 너희들은 영웅이 될지 몰라. 교수형을 당할 사람은 교장일지도 모르고. 그러니 가슴을 쫙 펴고 서도록 해."

아버지는 그런 말을 하고 다시 불꽃을 빙글빙글 돌렸다. 준비한 불꽃은 금방 바닥이 나고 말았다. 그러나 그날 밤의 불꽃놀이는 너무도 아름다웠다.

어머니와 함께 학교 정문을 통과하기는 처음이었다. 초등학교 입학식은 할아버지와 함께였다. 어머니 아버지 둘 다 선생이었기 때문이다. 아다마의 어머니와 만났다. 키가 크고 아다마처럼 윤곽이 뚜렷한 얼굴이었다. 이번에 우리 아들 때문에 폐를 끼쳐 정말 죄송합니다, 하고 어머니는 아다마의 어머니에게 고개를 숙였다. 무슨 말을 하는 거야, 엄마! 아다마의 어머니에게 사과할 필요는 없어, 하고 나는 어머니에게 귓속말을 했다. 어릴 적부터 너는 늘 주모자였잖아, 그게 아주 버릇이 되었어, 그런 주제에 무슨 할 말이 있니, 하고 어머니는 나에게 핀잔을 주었다. 아다마의 어머니는 나의 얼굴을 뚫어져라 바라보았다. 이 학생이 우리 아이를 타락하게 만든……. 그런 말을 하는 듯한 눈길이었지만, 나는 웃는 얼굴로, 안녕하세요, 야자키입니다, 하고 힘차게 인사를 했다. 나도 그렇게 말하는 것이 버릇이 되어 있었던 것이다.

무기 자택근신, 이라고 교장은 선언했다. 무기라고는 하지만 반성하는 태도에 따라서는 빨리 해금할 수도 있다는 말이다. 졸업과 진학을 눈앞에 두고 있는 만큼, 차후 절대로 불량한 행동을 하지 못하도록 부모와 학생 모두 반성해주길 바랍니다……라는 설교를 덧붙였다.

"퇴학은 면했어요."

어머니는 눈물을 흘리면서 아버지에게 전화로 보고했다. 무기라는 말은 무기징역을 연상시키는 우울한 용어이긴 하였지만, 자택근신은 정정당당하게 학교를 빼먹을 수 있다는 뜻이므로 나는 날아갈 듯이 기뻤다.

교장실을 나와 교문으로 이어지는 길을 걷고 있는데, 보충수업을 받는 중이었음에도 놀자파 대표 시로쿠시 유지가 창으로 목을 쑥 뽑고는, 겐! 아다마! 어떻게 되었어? 하고 큰 소리로 외쳤다. 겐, 가만있어, 겐, 가만있어, 하고 애타게 부르는 어머니의 목소리를 무시하고, 어이! 퇴학은 아니야, 무기근신 먹었어, 하고 학교가 떠나갈 듯이 큰 소리로 외쳤다. 밴드의 멤버들, 반 친구들, 마스가키 일파의 하급생들, 시로쿠시가 이끄는 놀자파들 그리고, 그리고, 그리고, 그리고, 그리고, 그리고, 마쓰이 가즈코가 창문으로 얼굴을 내밀어주었다. 모두들 우리를 향해 손을 흔들었다. 나는 마쓰이 가즈코에게만 손을 흔들어 답례해주었다.

자택근신이란 집에서 한 발도 나갈 수 없는 것이 원칙이지만, 그렇게 하다가는 오히려 역효과가 날지 모른다고 해서, 너그럽게도 '동네 산책'이라는 약간의 자유가 허용되었다.

그러나 나는 완벽하게 자유로웠다. 영화관이나 재즈 찻집에 가는 것은 무리였지만, 우리 집은 시내 중심가에 가까웠기 때문에 공원이나 기지 부근을 개와 함께 아이스캔디를 빨면서 거닐 수도 있었고, 책방이나 레코드 가게도 얼마든지 드나들 수 있었으며, 흑인 병사와 엉겨붙은 창녀집도 구경할 수 있었다. 또 귀여운 여동생은 도리가이를 데리고 와서 소개까지 해주었다.

아다마는 비참하기 짝이 없었다. 아다마는 하숙집을 떠나 탄광촌으로 돌아갔다. 경기가 좋지 않은 폐광 직전의 탄광촌이고 보니 아무것도 없었다. 신발 가게, 건어물상, 문방구, 옷 가게 정도가 다였다. 그것도 작업용 양말밖에 없는 옷 가게, 마분지와 똥종이밖에 없는 문방구. 건어물 집에 카레라이스가 있을 리 없고, 신발 가게에는 작업화밖에 없었다. 폐광이 된다는 소문이 작년부터 탄광촌 주변을 떠돌자, 사람은 점점 줄어들었고, 오갈 데 없는 노인들만 득실대는 거리가 되고 말았다.

그런 거리에서 레드 제플린과 장 주네와 말 타기 체위를 알아버린 열일곱 살이 어떻게 가만히 앉아 근신할 수 있단 말인가.

그런데 너는 어떻게 그렇게 요령이 좋으냐, 하고 아버지가 놀라워할 정도로 나는 감시를 위해 가끔씩 집에 찾아오는 선생 앞에 웃는 얼굴로 보리차를 내밀고, 담소를 나누며 진심으로 반성하는 듯한 분위기를 풍겼다. 그러나 아다마는 도무지 그럴 여유가 없었다.

아다마는 전화를 할 때마다 울화통이 터져 못 살겠다고 입버

룻처럼 말했다. 그래서 나와는 반대로 감시하러 찾아오는 선생과 말싸움만 벌였다.

"울화통이 터져 죽을 것 같아."

"그러지 말고 조금만 참아라."

"겐, 겐은 정말로 반성하고 있다고 선생이 그러더라. 정말이냐?"

"포즈!"

"포즈?"

"그래."

"잘도 그런 포즈를 취하는군. 겐, 넌 부끄럽지도 않니?"

"극단적이 되어선 안 돼. 극단은 금물이야."

"겐, 페스티벌은 어떻게 되어가니?"

"해야지."

"시나리오는 만들어졌어?"

"이제 곧."

"바로 보내줘, 알았지? 여기서 준비할 수 있는 건 모두 준비해 갈 테니까."

"준비라고 해봐야, 거기는 작업화하고 석탄밖에 없을 텐데, 어떻게?"

근신 중의 아다마는 그런 농담도 받아넘길 여유가 없었다. 내가 그런 말을 하면 탁! 하고 전화를 끊어버린다. 미안, 미안 하고 다시 전화를 걸지 않으면 안 되었다.

"미안, 미안, 화내지 마, 화내지 마. 이제 곧 시나리오가 완성될 거야. 금방 보내줄게. 그리고 말이야, 오프닝은, 생각 안 나니? 저번에 '길'에서 만난 애 있잖니? 나가야마 미에라고, 준와의, 그 애에게 네글리제 같은 옷을 입히고 말이야, 촛불을 들게 하는 거야. 음악은 바흐의 〈브란덴부르크 협주곡 3번〉이 좋겠어. 그리고 한 손에는 도끼를 들게 하고 말씀이야. 무대 위에는 우리 북고의 선생이나 사토 총리나 린든 존슨의 이름을 베니어판에 적어두었다가, 그 도끼로 마구 난도질하는 거야. 어때, 재밌겠지?"

내가 그런 말을 하자 아다마는 유쾌해졌다. 울화통이 치밀어 견딜 수 없는 아다마를 북돋워준 유일한 단어는 페스티벌이었다. 바리케이드 봉쇄가 끝난 후, 아다마뿐 아니라 우리 모두가 '축제'를 기다리고 있었다.

치프 스릴

담임 마쓰나가는 학생 시절 오랫동안 결핵을 앓았기 때문에 무척 몸이 여윈 사람이었다. 세상에 태어난 이래로 한 번도 큰소리를 질러본 적이 없다는 온화한 신사였다. 여름방학 동안 이틀에 한 번, 때로는 매일 우리 집을 방문했다.

방문을 하긴 했지만 거의 말이 없었다. 잘 지내니, 너무 초조해하지 마, 하고 두세 마디 하는 것이 고작이었다. 아다마의 집에도 거의 매일 얼굴을 내밀고 있다고 했다. 모든 선생들은 자본가의 앞잡이라고 날카롭게 아다마가 외쳐대면, 그냥 빙긋이 웃을 뿐, 거기에 대해서는 한마디도 하지 않고, 마당에 핀 해바라기를 바라보며 아름답다고 중얼거리고는 그냥 돌아간다는 것이었다.

마쓰나가 선생은 매일 보충수업을 한 다음, 높은 언덕에 있는 우리 집과 아다마가 사는 탄광촌을 버스를 타고 오갔던 것이다.

내 방에서는 버스 정류장이 보인다. 버스 정류장에 내린 다음에 영원처럼 펼쳐진 좁다란 언덕길과 계단을 올라야 한다. 언제나 마쓰나가 선생은 그 언덕길을 걸어 우리 집으로 왔다. 도중에 몇 번이나 멈추어 서서 휴식을 취하면서. 폐병 경력을 가진 선생이, 그것도 설교를 하기 위해서가 아니라, 온통 땀으로 젖은 얼굴로 들어서서는, 잘 지내고 있니?라는 단 한마디를 하기 위해 이렇게 높은 우리 집까지 찾아온다……. 내 마음속에서 마쓰나가 선생에 대한 경멸감이 사라져갔다.

"야자키는 아직 이런 말을 이해 못할지 모르겠지만, 난 사범학교 시절에 큰 수술을 여섯 번이나 받았지. 내 가슴은 상처투성이라 쳐다보기도 싫을 정도야. 의식불명이 되기도 했어. 처음에는 무서웠지만, 인간은 무슨 일에든 익숙해지게 마련이야. 수술에도, 마취에도, 의식불명에도 익숙해진 거야. 그래서 나는 무슨 일에든 괜찮다는 생각을 가지게 되었지. 이를테면 여름에는 해바라기와 칸나가 아름답게 피지 않니, 난 그것을 보는 것만으로 괜찮다고 모든 것을 체념할 수 있게 되었어."

마쓰나가 선생은 가끔 그런 말을 했다. 내 마음속에서 경멸감이 사라지고 마쓰나가 선생에 대한 존경심이 싹 트기 시작했지만, 나나 아다마는 '괜찮아' 하는 경지에는 이르지 못했다.

아다마의 초조감은 절정에 달해 있었고, 2학기가 시작되자 나도 초조해지기 시작했다. 지방도시의 주중, 오전, 아이들은 모두 학교에 가고, 어른들도 없고, 여자와 노인과 젖을 먹는 아이와 개만이 집을 지키고 있었다. 초등학교 시절, 조퇴를 하고 일찍 집으로 돌아올 때, 거리가 무엇 때문인지 평소와는 다르게 보였다. 셔터가 반쯤 열린 꽃집에서는 향기로운 꽃 내음이 퍼져나오고, 방금 문을 연 구두 가게의 주인은 작업복을 걸치면서 길게 하품을 하고, 처음 듣는 텔레비전 프로그램의 소리가 창을 통해 퍼져나오고, 유치원 아이들은 철조망 안에서 뛰어놀고, 나무 그늘 아래서 노인들이 웃고 있는 거리가 너무도 낯설게 느껴졌다.

그런 거리에서 근신해야만 했던 것이다. 여름방학이 끝나자 각 과목의 출석일수도 마음에 걸리기 시작했다. 난 이전에도 학교를 빼먹은 날이 많았다. **유급**, 이라는 생각만 해도 가슴이 덜컹 내려앉는 것 같았다. 이런 고등학교에 일 년 더 다닐 생각을 하니 치가 떨렸다.

어느 비 오는 날, 늘 개와 함께하던 산책도 포기하고, 나는 드럼을 두드리고 있었다. 벨이 오래오래 울렸다. 현관문을 열어보니 아다마의 어머니가 서 있었다.

"야마다 에미입니다. 겐에게 좀 할 얘기가 있어 찾아왔어요."

힘없는 목소리였다.

"내가 왔다는 말은 우리 다다시에게는 비밀로 해주세요. 그 애가 화를 낼 거예요."

정확하고 예쁜 표준어였다.

"겐을 만나서 딱히 할말이 있는 것은 아니지만, 달리 이야기 해볼 사람이 없어서 말이에요. 알고 있겠지요? 우리 동네는 지금 폐광이 가까워져서 남편은 너무 바빠 다다시 일에 신경 쓸 틈이 없어요."

아다마의 어머니는 등을 곧게 펴고, 하얀 손수건으로 목에 흐르는 땀을 훔쳤다. 된통 걸렸다, 하고 나는 생각했다. 울기라도 하면 어쩌나……

"이삼 일 동안 전화도 없었는데, 다다시는 잘 지내나요?"

그렇게 묻자 어머니는 한숨을 쉬면서 고개를 저었다. 그리고 잠시 입을 다물었다. 설마 발광을 한 것은 아니겠지, 라고 생각하면서도 나는 한편 겁이 덜컥 났다. 아다마처럼 냉정하고 온화한 놈일수록 의외로 역경에 약한 법이다. 설마 머리에 리본을 달고 꽃무늬 잠옷 차림에 오르간을 연주하면서 지랄 춤을 추는 것은 아니겠지.

"난 우리 다다시의 이런 모습을 처음 봐요."

틀림없어……. 산에 걸린 보름달을 쳐다보며 우— 우— 하고 울부짖을 것이다…….

"다다시는 형제 중에서도 나를 가장 닮아서 착했지요. 온화하고, 그랬어요. 어린아이치고는 대단하다 싶을 정도로 냉정하고 침착했어요. 무슨 일에도 마음이 흔들리지 않았으니까요."

그렇지 않아요. 『내일의 조』를 보고 울먹이기도 하고, 《헤이본 펀치》(일본의 대중잡지—옮긴이)를 보고는 침을 꿀꺽 삼키기도 했다구요, 라고 말하려다가 그만두었다.

"그런 아이가 난폭한 말을 하면서 선생님께 대들기도 해요. 왠지 요즘 들어 다다시를 보면 나에게서 너무 멀어져버린 듯한 느낌이 들어요."

고3이나 되어 어머니에게서 멀어지지 않는 쪽이 이상하지요, 라고 말하려다가 그만두었다. 어머니의 눈에 눈물이 글썽이고 있었기 때문이다.

"근신하기 전에도 자주 겐에 대해 말하더군요. 겐이라는 친구

가 있다고. 겐은, 저, 나는 그래서 겐과 좀 이야기를 나눠볼까 생
각했어요. 겐은 어떻게 생각해요?"

"뭘 말씀하시는 건지?"

"우선 대학 시험을."

"별다른 생각은 없습니다. 지금 일본의 교육은 사회인을 양성
하기 위해서라기보다는, 자본과 국가를 위한 사람을 뽑는 제도
라고 보는 것이……."

나는 꽤 길게 내 생각을 말했다. 전공투운동, 마르크스주의,
1960년대 안보투쟁의 교훈, 카뮈의 부조리소설, 자살과 프리섹
스, 나치즘, 스탈린, 천황제와 종교, 학도 출진, 비틀스, 니힐리즘
에서 이웃 이발소 주인의 권태와 퇴폐에 이르기까지, 숨도 쉬지
않고 말했다.

"나에겐 이해하기 힘든 말뿐이로군요."

그렇습니다, 사실은 나도 무슨 뜻인지 모르는 말입니다, 라
고 나 스스로 말할 수는 없는 처지였다. 그래서 나는 세대 차는
수치가 아닙니다, 라고 말했다. 오랜만에 떠든 덕분에 목이 말
랐다. 마쓰나가 선생에게는 이야기해봐야 웃을 뿐이므로 재미없
고, 부모에게 말하기에는 너무 겸연쩍다. 나를 입혀주고 먹여주
는 데다, 나의 언어에도 문제가 있다. 이를테면 카뮈의 『페스트』

를 사투리로 떠들어대면 거의 농담에 가까워지고 만다.『페스트』
는 말이여, 단순한 질병 이야기가 아니랑께, 메타포랑께, 파시즘
이나 공산주의를 상징하는 것이랑께……. 사투리는 귀동냥으
로 얻은 지식임을 금방 드러내버린다. 친구의 어머니는 정말 편
하다. 내 기저귀를 갈아준 사람도 아니고, 여동생과 엄마 젖을
놓고 싸우다가 매를 맞고 운 것도 모를 테고, 다리뼈가 부러져
업혀본 적도 없기 때문이다. 그래서 당당하게 제멋대로 지껄일
수 있는 것이다.

"그렇지만 겐이 말하는 내용을 조금은 알 것 같아요. 나도 전
쟁 중에는 산 위의 고사포 부대에서 사무를 보았고, 공습으로 죽
은 사람들의 시체도 보았어요. 겐과 다다시는 그런 세상을 만들
지 않기 위해 일을 벌인 거겠죠?"

아뇨, 그냥 여학생 시선을 끌고 싶어서 했을 뿐이에요, 라고는
말할 수 없었다.

"사실은 다다시도 요즘 들어 조금 안정을 되찾는 것 같아요.
친구도 찾아와주어서, 아, 사실은 금지되어 있다고 하던데…….
마쓰나가 선생님이 눈감아주셔서. 어제도 예쁜 여학생 둘이 해
수욕장에서 돌아오는 길이라고 우리 집에 찾아와주었어요."

엇? 하고 나는 고개를 들었다.

"예쁜 여학생? 고교생이었습니까?"

"그래요. 반은 다르지만, 누구라더라, 마쓰이라던가? 아주 미인이었고, 또 한 사람은 사토라고, 키가 훤칠한……."

머리에 피가 올라 그 후의 말은 귀에 들어오지 않았다. 레이디 제인과 앤 마가렛이 아다마의 집에 놀러간 것이다. 그 정도로 도회적이고 지적이고 용기 있고 아름다운 두 여인이 왜 사투리도 아닌 은어를 쓰는 아다마를 찾아가야 했단 말인가. 아무리 호기심 강한 공주님이기로서니, 《치프 스릴》을 빌려준 프린스를 내팽개치고 그런 불륜을 저지르다니. 해수욕장에서 돌아가는 길? 설마 수영복 차림으로 찾아간 것은 아닐 테지. 필시 어깨에 하얀 수영복 끈 자국이 선명한 몸으로 선탠 오일 냄새를 풍기면서, 그 지역 특산물인 수박을 금방 밭에서 따다가 개울물에 식힌 다음, 같이 베어 먹었을 것이다. 그렇다면 나는 대체 뭔가, 아다마의 어머니를 상대로? 고사포 부대의 사무일이 어쨌단 말인가, 이런 부조리가 어디 있단 말인가. 사람을 쏘아 죽이고 뫼르소는 모든 것이 태양 때문이라고 말하지 않았던가. 나도 카뮈가 되고픈 심정이었다.

부조리다.

울화통이 치밀어 아다마에게 전화를 걸었다.

"어, 겐, 오늘 어머니가 좀 귀찮게 했겠군?"

어, 이 자식, 알고 있잖아.

"미안하지만, 아직 있니?"

"아니, 지금 막 돌아갔어."

"겐, 네 부모님은?"

"둘 다 선생이야."

"그러니, 그럼 그 방에서 단둘이, 사이가 좋았겠군?"

"내가 보리차와 아이스크림을 대접했어."

"설마 네놈이?"

"뭘?"

"키스 따위는 안 했겠지?"

"짜식이!"

"미안, 농담, 농담. 오늘 말이야, 어머니가 겐의 주소를 묻더라구. 아하, 겐의 집에 갈 생각이구나 하고 눈치를 챘지. 그랬군, 역시 갔었어. 무슨 말 하데?"

나는 말이 나오지 않았다. 머리 위로 피가 치솟았다. 자존심이 상하는 것도 싫었다. 어떻게 하면 레이디 제인을 화제에 올릴 수 있을까? 상대에게 속마음을 들켜버린 사람은 절대로 불리하다.

"무슨 말 했니? 설마 어머니와 내 욕을 하지는 않았겠지."

"아니야, 사실은, 아다마, 실망하지 마."

"뭐?"

"놀라지 마."

"뭘?"

"아냐, 역시 그만두는 게 좋겠어."

"뭔지 말해봐."

"이것만은 도저히 내 입으로 말할 수 없어."

"나에 관한 일?"

"당연하지."

"제발 말해줘."

"아다마, 이 말을 듣고도 냉정해질 수 있을까? 약속해!"

"빨리 말하라니까!"

"네 어머니는 아버지와 의논해서 학교를 그만두게 하고 일을 시킬 생각이래. 오카야마에 친척이 있다면서?"

"응, 있어."

"그곳에 머슴으로 보내겠대. 넌 다음 주부터 복숭아에 묻혀 살게 될 거야."

"너 왜 그래? 전혀 그럴듯하지가 않잖아. 거짓말로는 빵점."

"그래?"

"거짓말이 유일한 특기인 겐답지 못하게."

"젠장!"

"농담이야, 농담."

아다마는 의미심장하게 웃었다. 침착한 사나이의 의미심장한 미소는 기분 나쁘다.

"마쓰이와 사토가 어제 놀러 와서 말이야."

"뭐라고?" 하고 나는 놀라는 척했다.

"해수욕장에 갔다 돌아오는 길이라면서 들렀더라."

그 해수욕장은 아다마가 사는 바로 그 지역에 있는 것이었다.

"호오, 그랬어?"

나는 냉정을 가장했다.

"난 말이야, 그런 일에는 익숙지가 못해서, 정말 어쩔 줄 모르겠어."

"무엇을?"

"편지를 주더라. 참 곤란했어."

"편지, 러브레터?"

"글쎄, 나도 잘 모르겠어."

"러브레터?"

"아마, 그런 것 같아. 문체가 너무 고풍스러워. 말씀드린다는 둥, 뵙겠다는 둥. 난 그런 말 안 좋아해. 랭보가 좋아."

눈앞이 캄캄해졌다.

"아, 마쓰이가 겐의 주소를 묻기에 가르쳐주었어. 괜찮지?"

"마쓰이 걔가 아무렴 어때. 그런 여자, 지성도 교양도 없고, 의리도 없어."

"그럴까?"

"그렇지, 그런 여자는 세상에 없을 거야. 애써 마음먹고《치프 스릴》을 선물했는데도 인사 한마디 없고 말이야. 우리 아버지는 연하장을 보내준 사람에게 모두 답장을 하는데."

"선물이라고? 그건 에자키 거잖아."

"몰라!"

"난 마쓰이가 우아해서 더 좋더라. 마쓰이라면 사토처럼 그런 고문체로는 쓰지 않을 거야."

"어?"

"사토는 글래머긴 하지만, 머리는 마쓰이가 더 좋은 것 같아."

"아다마, 그럼 너, 글래머 사토에게 편지를 받았단 말이지?"

"그럼."

갑자기 머리에 전깃불이 들어왔다. 백만 룩스의 전깃불이.

"그렇지, 마쓰이는 사실 인간이 아니야. 천사지, 천사. 인간의 모습을 하긴 했지만, 그 애는 신이 나를 위해 내려준 천사라구."

네놈의 성격은 알다가도 모르겠다. 빨리 시나리오나 완성해라, 그렇게 말하고 아다마는 전화를 끊었다.

그날 저녁, 꽃다발이 배달되어 왔다.

와! 정말 예뻐, 오빠가 받은 거야? 영화 같아, 하고 여동생이 손뼉을 치며 좋아했다. 나는 여동생과 손에 손을 마주잡고 노래를 부르며 방 안을 빙글빙글 돌았다.

장미꽃 다발 속에는 편지가 꽂혀 있었다.

"이 일곱 송이 장미꽃이 당신의 고뇌를 조금이라도 녹여줄 수 있기를…… . 제인이 겐에게."

여동생이 그 꽃을 꽃병에 꽂아주었다. 나는 장미를 책상 위에 두고, 밤이 새도록 바라보았다. 카뮈가 틀렸다는 생각이 들었다.

인생은 부조리가 아니다.

장밋빛이다.

이틀 만에 영화 시나리오를 완성했다. 타이틀은 '인형과 남고생을 위한 에튀드'였다. 당시에는 기다란 제목이 유행했다. 밤을 새워 원고를 썼다. 세 살 적 일이었다. 아버지에게 들은 이야기다. 아버지는 나를 수영장에 데리고 갔다. 그 전에 바다에 빠져 죽을 뻔한 경험이 있었던 나는 물을 무서워해서 풀에 들어가려 하지 않았다. 화를 내기도 하고, 걸레 자루로 때리기도 하고, 아이스크림으로 꼬드기기도 했지만, 나는 울면서 절대로 풀에 들어가려 하지 않았다. 그때 같은 또래의 예쁘장한 여자애가 나타났다. 그 애가 풀 안에서 나를 불렀다. 나는 망설이다가 그 애를 위해 풀에 뛰어들었다고 한다.

영화 시나리오를 완성한 다음, 잠도 거의 자지 않고 나는 연극 대본을 쓰기 시작했다. 사흘이 걸렸다. 타이틀은 '거부와 반항의 저편'. 등장인물은 두 사람. 이혼한 누나와 대학시험에 떨어진 남동생.

"연극? 누가 하는데?"

아다마가 물었다.

"나, 나와 마쓰이."

"마쓰이는 그렇다 치고, 겐, 너 연기할 줄 아니?"

"초등학교 때, 〈세 마리 아기 돼지〉의 둘째 역을 해봤어. 연출도 물론 내가 하지."

"설마 '헤어'가 나오는 누드 신은 없겠지?"

"바보, 누가 그런 걸 한대."

"겐, 너라면 갑자기 **키스 신**을 만들어낼 수도 있을 거야. 그런 신을 넣었다가는 마쓰이의 미움을 살걸."

나는 서둘러 키스 신을 대본에서 지웠다.

레이디 제인의 장미가 시들고, 그 시든 꽃잎을 소중히 책상 서랍에 갈무리했을 때, 활짝 웃는 얼굴로 마쓰나가 선생이 나타났다.

근신이 풀렸다.

119일째였다.

꿈꾸는 마음

119일 만에 책상에 앉아 수업을 받았다. 교문도, 교정도, 교실도, 그리운 그 무엇이 아니었다. 처분 전과 전혀 다를 바 없이 서먹서먹한 곳이었다.

담임 마쓰나가만은 달랐지만, 다른 선생들은 단 한 번의 잘못을 마음에 깊이 새겨두고, 아다마와 나를 마치 불의의 자식을 보는 듯한 눈으로 바라보았다. 우리는 영웅도 악당도 아닌, 그냥 귀찮은 떨거지였을 뿐이었다.

영문법 수업이었다. 잇몸을 드러낸 키 작은 영어선생이 예문을 읽어주고 있다. 어처구니없는 발음이다. 도저히 영어라고는 생각할 수 없는 발음. 이런 발음은 지방도시의 고등학교 교실에서만 통용될 수 있을 뿐이다. 런던에서 이런 말을 했다가는 동양의 특별한 주문이라도 외는 줄 알 것이다. 아다마는 하릴없이 그런 생각을 하고 있는 내 쪽을 바라보고 있었다. 지겨운 것이다. 아다마가 시선을 옮기는 데로 따라가보니, 창밖에는 초등학교 어린이들이 줄을 지어 걸어가고 있었다. 가을 소풍일 것이다. 북고 건너편에는 가파른 언덕길을 사이에 두고 나지막한 언덕이 있고, 공원과 아동문화센터가 서 있다. 수건 돌리기나 보물 찾기를 하면서 도시락을 까먹을 것이다. 정말 부럽다.

초등학교 때 감기에 걸려 사흘간 쉰 적이 있었다. 그때는 친구들과 교실이 그리웠다. 119일 동안이나 결석을 했음에도 이 교실에 대해 아무런 감회가 없는 것은, 이곳이 선별과 경쟁의 장소이기 때문이다. 개나 소, 돼지도 어릴 때는 그냥 놀면서 지낸다. 북경요리의 돼지새끼 통구이용 돼지새끼만 빼고. 동물이건 사람이건, 어른이 되기 일보 직전에 선별이 행해지고, 등급이 나눠진다. 고등학생도 마찬가지다. 고등학교는 가축이 되는 첫걸음인 것이다.

"겐, 나리시마와 오다키가 함께 모이자고 하더라."

쉬는 시간, 아다마가 내 책상으로 와서 그렇게 말했다.

"모여서 뭘 하는데?"

몰라, 하고 아다마는 고개를 저었다.

"모여서 이야기를 해봐야 별 볼 일 없잖아."

나는 그렇게 쏘듯이 말했다.

"겐은 이제 손을 뺄 생각인 모양이군."

"손, 을 뺀다고, 어디서?"

"응, 정치활동."

"우리가 한 일이 정치활동이라 생각하니?"

아다마는, 흐흥, 하고 코웃음을 쳤다. 바리케이드 봉쇄는 정치활동이었을까. 잘 모르겠지만, 하나의 축제였던 것만은 틀림없다. 엔터프라이즈호가 사세보에 들어왔을 때도 그랬다. 그것은 하나의 축제였다. 물론 피가 흐르긴 했지만, 축제에서도 피가 흐르기는 마찬가지가 아닌가. 슈프레히코어(Sprechchor. 합창극. 무대에서 대사를 노래처럼 낭독하는 표현형식—옮긴이)에 비해 팬텀기의 폭음은 너무도 컸다. 데모, 그것이 의사표시였을까. 정말로 사세보 다리를 돌파할 생각이라면, 깃발 따위는 던져버리고 총과 폭탄을 들어야 했던 것이다. 이런 말을 아다마에게 늘어놓을 때였다. 갑자기 귀를 간질이는 천사의 목소리가 들려왔다.

"야자키!"

교실 입구에 마쓰이 가즈코가 서 있었다. 그 얼굴을 보는 순간 머리가 텅 비는 것 같았다.

"잠깐만, 잠깐만."

천사는 손짓으로 나를 불렀다. 천사는 세상을 밝게 해준다. 천사가 나타났을 때, 우리 교실은 정적에 감싸였다. 우리 반 여학생 일곱 명이 수학 참고서에서 질투 섞인 눈길을 들어올렸고, 서서히 가축이 되어가는 남학생들은 뭔가 고귀한 것을 보았다는 듯이 한 번 눈길을 주었다가는 아래로 내리깔았다. 개중에는 손에 든 수학책을 바닥에 떨어뜨리고는 무릎을 꿇고 두 손으로 들어올리며, 이것을 천사에게 바치나이다, 하고 외치는 학생도 있었다, 고 하면 거짓말이고, 어쨌든 나는 너무도 자랑스러워 그만 얼굴을 붉히고 말았다. 자, 여기를 봐, 저렇게 아름다운 여자에게 나는 장미꽃을 받았어, 하고 큰 소리로 외치고 싶은 충동을 억누르며 천사 쪽으로 달려갔다.

"제니스 조플린을 돌려주려고."

천사 레이디 제인의 곁에 선 요부 앤 마가렛은 뜨거운 시선으로 아다마를 바라보고 있었다.

"근신이 풀려서 정말 다행이야."

천사의 말을 듣는 순간 나는 감옥에서 출소한 후 정부를 맞이하는 알랭 들롱이 된 듯한 기분이 들었다.

"응, 레코드는 언제 줘도 괜찮은데."

교실의 한구석에서 《치프 스릴》의 주인 에자키가, 아, 내 레코드, 하고 작지만 높은 톤으로 외치는 소리를 듣고, 천사 레이디 제인은 약간 불쾌한 표정을 지었다. 나는 나중에 에자키를 한 대 때려주리라 결심했다.

"저 에자키라는 미용실집 아들은 공부를 너무 해서 바보가 되어버렸어. 곧 정신병원에 간다고 해" 하고 내가 말하자, 레이디 제인은 뭐가 뭔지 모르겠다는 표정을 지었다. 그다음, 사라센 제국의 보물궁전에 있는 순금과 비취로 만든, 세계에서 가장 아름다운 방울 같은 목소리로 웃음을 터뜨렸다.

"저, 꽃, 정말 고마워."

장미꽃 다발에 대해 감사인사를 했다.

"그런 일, 나 처음이야."

"응?"

"장미를 내 손으로 사기는 처음이라구."

"나도 부끄럽지만, 그런 것을 받기는 처음."

처음……. 버진이구나, 하고 나는 기뻐했다. 나는 페스티벌에 대해 이야기하고, 영화와 연극 출연을 의뢰했다. 종이 울렸다. 그 이야기는 나중에 천천히 해줘, 하고 천사는 방과 후에 만날 찻집 이름을 말하고는 떠났다. 그녀가 떠난 다음, 나는 지리오라 친쿠에티의 옛날 명곡 〈꿈꾸는 마음〉을 노래하면서 아다마의 어깨를 탁 쳤다.

"왜 그렇게 흥분하니? 나리시마와 오다키에게는 뭐라고 말하지?"

"무슨 말?"

"아까 말한 거, 이제 정치에는 테러밖에 없다고 생각하니?"

"테러? 테러가 문제냐, 마쓰이가 버진이란 것이 더 중요해. 장미꽃을 보내기는 처음이래."

"바보!"

아다마는 늘 그렇듯이 어처구니없다는 표정을 지었다.

점심시간, 나리시마파가 모여 있는 웅변부 방으로 가는 도중에 다시 천사와 만났다. 천사는 나쁜 소식을 전해주었다.

"야자키, 미안. 오늘 수업 끝나고 매스게임 연습이 있대. 섭섭하지만 만날 수 없게 되었어."

매스게임, 이 말만큼 듣기 싫은 말도 세상에 없을 것이다.

"그리고 남학생들도 방과 후에 대청소를 한대, 종합운동장 청소……."

청소와 매스게임 연습 때문에 천사와의 데이트를 포기하라니, 대체 누구에게 그런 권리가 있단 말인가.

분노에 떨면서 나는 웅변부 방으로 향했다.

"야자키는 어떻게 생각하니? 바리케이드 봉쇄를 하는 바람에 우리도 각계에서 주목받는 입장이 되어서 말이야. 나가사키대학의 반제학평反帝學評이 우리와 함께 졸업식 분쇄투쟁을 전개하자고 정식으로 요청해왔어."

듣기도 싫었다. 그런 일은 이제 생각조차 하기 싫었다. 나리시마와 오다키와 2학년 마스가키는 정말로 그런 생각을 하고 있는 것일까? 이제 나리시마와 오다키의 얼굴도 보기 싫었다. 바보 자식들! 하고 일갈한 다음 웅변부 방을 나가버리고 싶었다. 그러나 바리케이드 봉쇄를 주도했던 내가 아닌가. 동지들을 끌어들인 책임감을 절실히 느꼈기 때문에, 라고 말하면 새빨간 거짓말이고, 사실은 천사에게 장미꽃 다발을 받은 것도 바리케이드 봉쇄 때문이라는 것을 알고 있었기 때문에, 나는 냉정한 얼굴을 하고 표준어로 말했다.

"나는 이제 그만두겠어. 솔직히 말할 테니 잘 들어줘. 각목과 헬멧으로는 아무것도 할 수 없어. 나가사키대학이건 규슈대학이건, 어디와 손을 잡아도 마찬가지야. 바리케이드 봉쇄를 후회하는 건 아냐. 그건 그것대로 좋았어. 잘 들어, 지난번에도 말했잖아? 이런 시골 고등학교에서 게릴라적인 방법이 아니면 금방 실패하고 만다고. 더 이상 같은 수법을 써먹을 수는 없어. 졸업식 분쇄라고는 하지만, 우리처럼 오래 근신을 먹은 학생이 졸업을 할 수 있을지 없을지 어떻게 알아."

나리시마가 졸업식이란 것이 얼마나 제국주의 국가의 권위적인 행사인가를 길게길게 설명하기 시작했다. 그러는 사이에 체육선생과 생활주임선생이 고개를 들이밀었다.

"어이, 너희들 지금 뭘 하니?"

나리시마와 오다키는 당황했다. 어떻게 알았을까?라는 표정이었다. 발각되는 게 당연하지, 근신이 풀린 첫날이 아닌가? 선생들도 우리들의 움직임을 예의 주시하고 있음이 틀림없다.

"집회는 금지되어 있다는 거 몰라?"

생활주임의 착 가라앉은 허스키 보이스가 실내에 울렸다.

"아닙니다, 집회가 아닙니다. 저, 오늘부터 학교에 오게 된 것을 감사하며, 근신을 먹은 학생들끼리 반성회를 가질 생각으로……. 지금부터 학교생활을 잘하기 위해서 우리 스스로 연 반성회입니다. 그렇지, 여러분?"이라고 나는 텔레비전 프로그램 〈중학생 일기〉에 나오는 주인공처럼 웃었지만, 다른 학생들은 딱딱한 표정으로 가만히 앉아 있었다. 아다마만 손으로 입을 가리고 웃음을 참느라 애를 쓰고 있었다.

우리는 해산당했고, 나는 교무실로 불려갔다. 생활주임 앞에 꿇어앉았고, 내 주위를 열 명이 넘는 선생들이 둘러쌌다. 나는 천장에 거꾸로 매달려 물에 들어갔다 나왔다를 반복했고, 죽도로 얼굴을 맞고, 등에 인두질을 당하고, 가스버너 불로 허벅지에 화상을 입었다, 고 하면 새빨간 거짓말이고, 슬리퍼로 발바닥을 두들겨 맞으면서 오래도록 설교를 들어야만 했다.

"넌 쓰레기야. 네 자신이 쓰레기라는 사실을 자각하고 다른 학생들을 끌어들이지 마. 잘 들어, 우리 학교에 불만이 있다면 지금이라도 전학을 가. 열흘 전에 난 너희들의 대선배들을 만났어. 선배들은 북고의 얼굴에 황칠을 하는 놈들을 모두 잡아 죽이겠다고 야단이었어."

수업 시작종이 울렸다. 교실로 보내주세요, 라고 나는 말했다.

"나는 수업료를 납부했습니다. 수업을 받을 권리가 있습니다.

교실로 보내주세요."

아버지의 가르침대로 상대방 눈을 똑바로 바라보면서 그렇게 말했다. 즉시에 효과가 나타났다. 뺨에서 번갯불이 번쩍 일었다. 체육선생 가와사키였다. 아파서가 아니라, 왜 내가 이런 놈한테 맞아야만 한단 말인가, 라는 억울한 생각이 들어 눈물이 날 것만 같았다. 울면 진다. 자신보다 강한 자에게 눈물을 보이면 그것으로 막은 내려진다. 그러나 그런 마음과는 정반대로 나의 목소리는 애원하는 투가 되어버렸다.

그때였다.

갑자기 벨이 울리더니 교내 방송이 시작되었다.

"3학년 여러분에게 알립니다. 지금부터 오늘의 매스게임 연습과 종합운동장 청소에 대한 토론을 위한 학생집회가 있겠습니다. 모두 소운동장으로 모여주시기 바랍니다. 반복합니다. 지금부터……."

아이하라 선생과 가와사키 선생이 방송을 그만두게 하려고 번개처럼 달려 나갔다. 그러나 교무실 입구에는 아다마와 이와세를 선두로 하여 열 명이 넘는 학생들이 두 사람을 가로막고 섰다.

너희들 뭐야, 비키지 못해? 가와사키 선생은 이마에 새파란 핏줄을 세우고서 분노하여 외쳤다.

"야자키를 보내주세요."

아다마가 말했다.

"야자키는 아무 잘못도 없습니다."

아다마의 뒤에는 이와세와 밴드 멤버와 시로쿠시와 그 부하들, 게다가 럭비부, 신문부, 육상부, 농구부 학생들, 또 게다가 우리 반 친구 일고여덟 명이 서 있었다. 그 모든 학생들이 모두 아다마의 인맥이다. 교내 방송은 그들 중 누군가가 했을 것이다.

소운동장으로 학생들이 모여들기 시작했다. 물론 3학년 전부는 아니었다. 바리케이드 봉쇄 이후 우리가 쓴 낙서를 있는 힘을 다해 지우려 애쓰던 학생들은 나오지 않았다. 아다마는 냉정 침착하고 머리가 좋다. 교무실 입구를 가로막고 선 학생들 가운데 나리시마와 오다키의 모습은 보이지 않았다. 그 둘은 열등생인데다, 스포츠도 잘 못해서 인기가 없었다. 그 둘이 선두에 서면 오히려 일반 학생의 지지가 떨어질 거라 판단한 것이다. 그런 점에서 볼 때, 시로쿠시는 물론이고, 럭비부의 나가세나 농구부의 안토니오 퍼킨스라 불리는 타바라나 밴드부의 베이스 기타 후쿠는 폭넓은 지지도를 가진 인기 있는 학생들이었다. 그리고 인기 있는 스타들은 한결같이 종합운동장 청소 같은 불쾌한 행사에 대해서는 반감을 가지고 있다.

소운동장에서 떠들썩한 소리가 들려왔다. 교실로 들어가, 라는 선생의 고함 소리도 들려왔다. 3학년의 약 3분의 1, 그러니까 한 3백 명 정도 되는 학생들 속에서 레이디 제인의 모습을 발견했을 때, 나는 일어섰다. 오랜 시간 꿇어앉아 있었기 때문에 잠시 비틀거렸지만, 기어이 일어서서 아다마를 비롯한 학생들이 서 있는 쪽으로 걸어갔다. 생활주임이 무슨 말을 했지만 뒤도 돌아보지 않았다.

아다마가 악수로 나를 맞이해주었다. 좋아, 집회다, 집회. 모두들 그렇게 외치면서 소운동장으로 걸어 내려갔다.

"겐, 기다려!"

아다마가 나를 잡고 귓속말을 했다.

"지금부터 어쩔 생각이야?"

아다마는 이제부터의 일은 생각해두지 않았던 것이다. 우수한 실무파긴 했지만, 상상력에 한계가 있었다.

"그렇다면 아무것도 정해두지 않았단 말이야?"

"응, 어쨌든 학생들만 모이게 하면 될 것 같아서."

"내가 연설을 하면 어떨까?"

"영웅이 되겠지!"

"바보, 퇴학당하고 싶어? 잠시 교장실에 갔다 올게. 내가 교장 선생과 교섭을 벌이고 있다고 모두에게 전해줘."

"어쩔 셈이야?"

"가만히 보고 있어. 아, 그리고 말이야, 학생회장 히사우라를 좀 불러줘."

나는 혼자서 교장실로 향했다.

"교장 선생님, 야자키입니다. 들어가도 되겠습니까? 혼자 왔습니다."

집회라곤 하지만 모두들 재미로 모였을 뿐이다. 오래 끌면 지겨워져 선생 말을 고분고분 듣고 말 것이다. 지겨움을 느끼기 전에 결론을 내지 않으면 안 된다. 이런 고등학교 따위는 그냥 불이라도 질러버리면 속이 후련하겠지만, 그런 과격한 인간은 하나도 없다. 또 근신이니, 퇴학이니 말을 듣는 것도 질색이다. 나는 교장 선생에게 말했다.

"매스게임 연습과 청소는 중지해주십시오. 그렇게만 해주신다면 집회를 바로 해산시키겠습니다. 만일 그렇게 하지 않으면 학생들이 무슨 짓을 할지 아무도 모릅니다. 저, 그리고 이 일에 저는 아무런 관계도 없습니다. 누가 리드해서가 아니라, 자연스럽게 스스로 모여든 것뿐입니다."

다른 선생들과 의논을 해볼 테니 당장 교실로 돌아가, 하고 교장은 말했다.

교장실을 나선 후 나는 학생회장 히사우라를 잡고 이야기했다.

"잘 들어, 지금 교장 선생과 이야기를 하고 나오는 길이야. 오늘의 매스게임 연습과 종합운동장 청소는 중지한다고 말해. 네가 학생들에게 말하는 거야. 너도 빨리 집회가 해산되기를 바라지?"

진학이 목표인 인문계 고등학교의 학생회장에 입후보하는 놈들은 남의 눈에 띄기를 좋아하는 얼간이들뿐이다. 히사우라도 그중 하나였다. 해안가의 벽지 과수원집 아들로 태어나, 오로지 남의 시선을 끌고 싶어 학생회장이 된 히사우라 같은 추남을 속이기는 너무도 쉽다. 판단력이라고는 눈곱만큼도 없으니 너무도 간단하다.

추남은 나의 지시대로 핸드 마이크로 소운동장에 모인 학생들에게 전했다. 학생들은 환성을 지르면서, 역시 집회는 좋아, 하고 교실로 돌아갔다.

천사와의 데이트는 수포로 돌아갔다. 종합운동장 청소는 중지되었지만, 다른 학교와 함께 연습하던 매스게임은 그대로 실시되었기 때문이다.

그렇지만 우리의 승리였다. 그때부터 나는 선생에게 야단맞는 일이 없었다. 수업을 빼먹든, 지각을 하든, 조퇴를 하든, 아무도 간섭하지 않았다. 아다마도 마찬가지였다. 선생들은 우리들이 다른 학생들을 유혹하지 않는 한, 끝없이 우리를 무시하면서 빨리 졸업해주기만을 바랐다.

그러나 담임 마쓰나가만은 달랐다.

"야자키, 너는 어쩔 수 없는 놈이야. 네놈은 어떤 사회생활도 견뎌낼 수 없을 거야. 네가 어떻게 살아갈지 참 걱정스럽고 한심해."

그런 말을 하고는 이렇게 덧붙였다.

"그렇지만 너는 목을 졸라도 죽지 않을 놈 같기도 해."

'이야야.'

이것이 페스티벌을 주최하는 우리 그룹의 이름이다. 이와세의 이, 야자키와 야마다의 야를 따서 내가 지은 것이다.

페스티벌의 명칭도 정해졌다.

'모닝 이렉션 페스티벌Morning Erection Festival', 풀어 쓰면 아

침에 서는 축제라는 뜻이 된다.

천사 레이디 제인과 요부 앤 마가렛도 기꺼이 협력해주기로
했다.

우리들의 장밋빛 날들이 시작되었다.

웨스 몽고메리

레이디 제인과 앤 마가렛을 협력자로 하여 영화를 만들고, 연극 연습을 한다. 준와의 클라우디아 카르디날레, 나가야마 미에는 네글리제를 입고 오프닝 세리머니의 꽃이 될 것이다. 진공관을 좋아하는 야마노테학원이나 고카여고와 아사히고등학교 여학생들에게는 '사세보를 위한 록 페스티벌'이라고 과장 선전을 하여 티켓을 사게 하는 것이다.

선생들은 우리의 행동을 완전히 무시했지만, 매일 우리의 책상에는 꽃다발과 곰 인형과 초콜릿과 사진을 동봉한 이력서와 '당신에게 나의 몸과 마음을 모두 바치고 싶어요, 진공관으로 상처 난 이 몸이라도 괜찮다면'이라는 내용의 편지와 현금과 수표와 예금통장이 산처럼 쌓였다, 고 하면 완전히 거짓말이지만, 미소만은 내 얼굴에서 결코 떠나는 법이 없었다. 그러나 아다마는 천성적으로 고생을 사서 하는 실무파였기에, 허공에 붕 떠오른 내 가슴을 현실이라는 대지로 끌어내려주었다.

찻집 '길'에서 나와 아다마와 이와세는 카페오레를 마시면서 천사와 요부가 나타나기만을 기다리고 있었다.

"뭐야, 이거. 그냥 커피하고 우유잖아."

아다마는 카페오레를 이해하지 못했다. 나는 랭보가 카페오레를 마시면서 저 유명한 「지옥의 계절」을 썼다는 사실을 알려주고, 이런 맛을 이해하지 못하는 인간은 예술을 말할 자격이 없다고 주장했다.

"랭보? 거짓말. 랭보는 압생트를 마시면서 시를 썼어."

"아니, 어떻게 알았어?"

"고바야시 히데오라는 사람이 그렇게 써놓았더라."

아다마는 책을 많이 읽고 있었다. 원래 근면한 천성이라 마음만 먹으면 착실하게 공부를 하는 사나이였다. 이전에는 간단히 속일 수 있었지만, 이제는 거짓말도 힘들어졌다. 며칠 전에도 카뮈의 『페스트』와 바타유의 『유죄인』과 위스망스의 『역로』를 읽었다고 흥분해서 떠들어댔다. 이제야 그걸 읽었어, 자식, 시대에 뒤떨어졌어, 하고 말하긴 했지만 속마음은 초조하기 짝이 없었다. 물론 나는 사르트르 전집, 프루스트의 『잃어버린 시간을 찾아서』, 조이스의 『율리시즈』, 세계문학전집, 동유럽문학전집, 세계의 대사상, 밀교전집, 『카마수트라』, 『자본론』, 『전쟁과 평화』, 『신곡』, 『죽음에 이르는 병』, 케인즈전집, 루카치전집, 다니자키전집을 모두 하나도 빠짐없이 제목만은 알고 있었다. 그러나 가장 마음에 들어 밑줄을 그은 것은 누가 뭐라 해도 『내일의 조』이고 『류의 길』이며, 『쓸모없는 스케』, 『천재 멍청이』였던 것이다.

그러나 그런 초조감조차 지금의 내 기분을 상하게 할 수는 없었다. 오늘은 천사와 요부와 함께 영화와 연극에 대해 의논을 한 다음, 준와의 나가야마 미에와 재즈 찻집에서 출연 교섭을 하기로 되어 있다. 그런 나의 미소를 과연 누가 빼앗을 수 있단 말인가.

"겐, 공연장은 어쩔 생각이니?"

어떻게 아다마는 늘 현실적일 수 있단 말인가. 이 녀석에게는 꿈이라든지, 공상이라는 게 없는 걸까? 불쌍한 자식이라는 생각이 들었다. 유아 체험이 나와는 다를 것이다. 나는 밝은 햇살이 가득한 오렌지 밭과 송사리가 헤엄치는 맑은 개울이 흐르고, 미군 장교와 그 가족들이 왈츠를 추는 서양식 건물에 둘러싸여 자랐다, 고 하면 거짓말이고, 밀감나무 네 그루와 금붕어가 헤엄치는 방화용수, GI와 창녀들이 온갖 욕설을 주고받는 단독주택가에서 살았다. 하지만 보타산은 없었다. 보타산은, 낭만이라고는 눈을 씻고 봐도 찾을 수 없는, 경제부흥의 길을 달리는 전후 일본의 상징이었다. 보타산은 꿈을 키워주지 않는다.

"공연장, 아마 공연장은 필요할 거야."

"당연하지, 커피에 우유 타서 마시면서 뭐가 좋다고 싱글벙글하니? 싱글벙글하고만 있으면 페스티벌이 저절로 되는 거야? 설마 북고의 체육관을 빌릴 생각은 아니겠지?"

"빌려줄 거야."

"그럼 퇴학당하겠지."

"그렇군. 그게 문제야."

"공민관, 시민 홀은 전부 예약제야. 허가를 받아야 한다구. 공연 내용을 문서로 제출하고, 주최자의 인감도장을 찍어야 해. 겐은 아직 인감 없잖아?"

"그렇군, 정말 큰일이네."

"티켓은? 어쩔 생각이야?"

"나눠주고 팔지 뭐."

"멍청이, 어디서 인쇄할 거야? 시내 인쇄소에 부탁하러 갔다가는 당장 학교에 알려버릴 텐데."

말 그대로였다. 보타산 출신의 현실감 있는 설득은 나의 얼굴에서 미소를 빼앗아가버렸다.

"그럼 손으로 쓰면 어때? 티켓."

"손으로 천 장을?"

"아니, 안 돼. 손으로 쓰는 건 안 돼."

필사와 등사만은 안 된다. 그런 것이 통용되는 것은 생일 초대장이나 양로원의 학예회 정도일 것이다.

"어떡하면 좋지? 페스티벌 그만둘까?"

그렇게 말하면서 아다마는 나를 보았다. 즐거워 죽겠다는 듯한 표정이었다. 아다마는 말을 이었다.

"인쇄소는 걱정하지 마. 우리 형이 히로시마대학에 다니고 있어. 대학 내에 인쇄소가 있으니 거기 부탁하지 뭐, 괜찮지? 타이프 인쇄도 아니고 옵셋 인쇄도 아니야. 정식으로 사진식자로 하는 거야. 대학 인쇄소니까 비용도 반밖에 안 들어. 그리고 공연장은 말이야, 거기 있잖니? 기지 입구의 노동회관 말이야. 그곳은 노동자의 집회 때나 사용하는 거라서 규제도 없고, 대표자 한 사람의 인감만 있으면 빌려줄 수 있대. 고정된 의자도 없이 그냥 바닥에 앉게 되어 있어서 천 명은 무리지만, 내 계산으로는 8백 명은 충분히 수용할 수 있어. 천 명의 관객을 수용할 수 있는 공연장은 사세보에는 없어. 시민회관도 2층까지 합해서 6백 정도야. 무대 깊이가 오 미터나 되니까 드럼이나 앰프를 놓기에는 너무 넓어서 걱정스러울 정도지. 조명은 좌우에 여섯 개가 있고, 영사실도 있어. 물론 8밀리 영화에 영사실을 사용할 수는 없지만 말씀이야. 커튼도 필요하겠지? 너무 밝으면 기분이 나지 않을 테니까. 커튼은 이미 세트되어 있어. 삼 분 만에 겐이 정말로 좋아하는 어둠이 펼쳐지는 거지. 아, 그리고 주최 대표자는 농구부 선배로 머리가 멍한 사람 있잖아, 그 사람에게 벌써 부탁해두었어. 인감은 적당히 파서 주소와 이름만 빌리면 되지 않겠어? 나와 겐이 주최자라는 사실을 남에게 들킬 염려 없이 일을 벌일 수 있게 되었어. 어때?"

아다마는 수첩을 훑어보면서 단숨에 논리 정연하게 설명해주었다.

"너는 천재다! 카페오레는 커피우유고, 보타산은 일본의 자랑이다."

나는 두 손을 꼭 쥐고 아다마에게 머리를 숙였다. 그런 바보 같은 소리만 하고 있지 말고 하루라도 빨리 티켓 디자인을 해와, 하고 아다마는 침착 냉정하게 말했다.

"그런데 연극의 등장인물이 두 사람뿐이잖아?"

천사 레이디 제인은 귀족들이나 마시는 밀크티를 소리도 없이 빨아들이면서 그렇게 말했다. 내 곁에 앉아서. 앤 마가렛은 아다마 곁에 앉아 있다. 이와세를 밀어내는 듯이 하면서까지 아다마에게 찰싹 달라붙어 있는 것이다. 이와세는 할 수 없이 옆 테이블로 자리를 옮길 수밖에 없었다. 때때로 스커트 사이로 천사의 허벅지가 나의 허벅지에 닿았다. 그때마다 찻집 '길'의 소파는 전기의자로 바뀌었다. 머리 꼭대기로 전기가 통하며, 머리카락이 쭈뼛 서고, 가슴이 무거워지고, 사타구니가 가려워지고, 목은 마르고, 손바닥은 땀으로 축축이 젖고, 외로운 표정을 짓고 있는 이와세 따위는 눈에 들어오지도 않았다.

"그렇지, 하나는 누나, 하나는 동생."

아다마는 의미 있는 미소를 지었다. 둘만 연습을 하면 가까이 접근할 수 있는 찬스를 무한대로 가질 거란 나의 속셈을 알고 있다고 말하고 싶은 눈치였다.

"내 생각은 유미가 더 어울릴 것 같아서……."

나는 입으로 가져가던 찻잔을 그만 떨어뜨릴 뻔했다.

"아니야, 마쓰이가 해야 해. 그렇지 않으면, 할 수 없어."

"유미, 우리 오는 길에 정했지, 그지? 야자키, 유미는 작년 연극제에서 2학년인데도 심사위원상을 탔어."

요부 앤 마가렛은, 아이, 부끄럽게 왜 그런 말을, 하고 손을 입에 갖다 대고 금방이라도 뒤로 넘어갈 듯한 포즈를 취했다. 그 때문에 아다마에게 몸을 기대는 꼴이 되었고, 블라우스 아래의 크고 부드러운 유방이 흔들렸다.

"아, 나도 보았어. 육성회 신문에도 났었지? 아, 겐, 우리 그때 사토를 취재하지 않았니?"

이와세의 그 말이 떨어지자 나의 전기의자는 축축한 화장실 의자로 바뀌려 하고 있었다. 넌 입 닥쳐, 하고 나는 이와세에게 화를 내고 싶었지만, 그랬다가는 마쓰이에게 잘못 보일 것 같아 찻잔을 이빨로 깨물면서 참았다. 아다마는 눈을 아래로 깔고 통쾌하게 웃고 있었다.

연극부 방은 사용할 수 없어, 연습은 내가 다니는 성당에서 하기로 해, 하고 가슴이 큰 크리스천 사토가 즐겁게 재잘대는 말에 건성으로 맞장구를 치면서, 나는 섹시한 누나를 욕실에 넣을 수 있도록 어떻게든 각본을 다시 구성할 수 없을까를 필사적으로 생각했고, 또 동생을 진심으로 사랑하는 연인을 또 한 사람 등장시킬 가능성은 없을까 하고 생각에 생각을 거듭했지만, 나는 바로 그것이 불가능한 일임을 깨닫고, 온몸에 힘이 빠지고 말았다. 등장인물이 단 두 사람이고, 게다가 가족으로 설정한 그 각본이 얼마나 혁명적일 정도로 참신하고 청결한지를, 입에 침이 마르도록 역설한 것이 바로 오 분 전의 일이었기 때문이다.

잘 부탁해, 라고 사토는 말했다. 나도, 하고 나는 풀 죽은 작은 목소리로 말했다.

사세보 다리는 엔터프라이즈 투쟁의 주전장이었다. 다리 건너편에는 미군 기지가 있다. 다리로 이어지는 플라타너스 가로수 길가에는 재즈 클럽 '포 비트'가 있다. 고등학교 1학년 여름부터 나와 이와세는 이 기지 곁에 있는 재즈 클럽을 자주 찾았다. 가게 안은 흑인 냄새가 가득했다. 우리는 블루스의 냄새라고 말했다. 그 냄새는 카운터와 소파와 테이블과 재떨이 속에 가득 배어 있었다.

왼쪽 어깨에 인어 문신을 새긴 해병대원이 쳇 베이커와 흡사한 트럼펫을 부는 밤도 있었고, 흑인 MP가 순찰을 나왔다가 레코드에서 흘러나오는 음악에 맞추어 〈세인트 제임스 호스피탈〉을 노래한 적도 있었고, 금색, 적색, 갈색으로 물들인 외국인 바

의 호스티스들이 싸구려 향수 내음을 풍기며 싸움을 벌이는 날
도 있었다. 우리가 콜라 한 잔으로 다섯 시간이나 죽치고 있어도
아무 말도 않는 아다치라는 이름의 마스터는 술과 약과 마약 중
하나에 늘 취해 있었다. 그리고 심하게 취했을 때는 반드시 울
었다. 씨팔, 나는 왜 흑인으로 태어나지 못했단 말인가, 하고 탄
식하며 울었던 것이다.

나가야마 미에와 만나는 장소로는 가장 좋은 곳이라 생각
했다. 천사와 요부에게는 주최자끼리 할 이야기가 있다고 거짓
말을 해서 금방 돌려보냈다. 딱히 거짓말을 할 이유도 없었지만,
나는 다른 학교의 미인과 만난다는 것만으로도 레이디 제인에
대한 양심의 가책을 느낀다, 라고 하면 거짓말이고, 아름다운 소
녀가 세 명이나 앞에 앉아 있으면 내가 이성을 잃고 터무니없는
말을 지껄일 것이 뻔하다는 아다마의 판단에 의해서였다.

"누굴 만나니?"

카운터 건너편에서 마스터 아다치가 말을 걸었다.

"겐이 안절부절못하는 걸 보니, 여자로군?"

아다마가 고개를 끄덕였다.

"아다치 아저씨, 준와 넘버원 미녀예요."

내가 그렇게 말하자 마스터는, 흥, 하고 흥미 없다는 듯이 코

웃음을 치고, 술과 약과 마약 때문에 누렇게 변색돼 풀어진 눈동자를 벽에 걸린 찰스 밍거스의 포스터 쪽으로 돌렸다. 아다치는 여자에게 별로 흥미를 나타내지 않았다. 언젠가 술과 약과 마약 때문에 그게 서지 않는다고 말한 적이 있었다.

"아참, 아다치 아저씨, 모자를 눌러쓴 여자가 들어오면 뭐가 좋을까요? BGM이 좋을까요, 아니면 스탄 게츠나 허비 만 같은 가벼운 것이 좋을까요?"

내 말에 아다치는 고개를 끄덕였다.

"아, 좋은 게 있어. 웨스 몽고메리의 신곡이 들어왔거든. 스트링스가 들어가서 무드 있지."

앗, 그것 최고, 하고 나는 좋아라 외쳤지만, 그러나 아다치는 그렇게 단순히 사람만 좋은 것이 아니었다. 흑인으로 태어나지 못한 것이 한스럽다고 탄식하며 울 정도로 이상한 사람은 신용하지 않는 게 좋다는 걸 나는 그때서야 알았다. 빨간 새틴 셔츠와 검은 진과 은색 샌들과 18금 귀걸이에 분홍빛 매니큐어를 칠한 도전적인 스타일의 나가야마 미에가 나타났을 때, 아다치는 빙긋이 웃으면서 콜트레인의 〈어센션〉을 틀었던 것이다. 존 치카이와 마리온 브라운이 부는 도살장의 돼지 멱따는 소리 같은 알토 색소폰이 울려퍼지자 나가야마 미에는 그 기다란 눈꼬리를 바짝 치켜올렸다.

찻집 '길'로 돌아와서, 아다치 같은 악당은 금단 증상으로 도로에서 발작을 일으켜 트럭에 깔려 죽어야 한다고 생각하면서, 나가야마 미에에게 출연을 의뢰했다.

"페스티벌이 뭔데?"

나가야마 미에는 핑크 매니큐어를 칠한 손가락에 하이라이트 디럭스 한 개비를 끼우고, 오렌지색 입술로 물고는 한 모금 연기를 뿜어냈다. 그때 나는 여자의 입술이란 이를테면 랭보의 시, 지미 핸드릭스의 기타, 고다르의 커트 워크 따위도 따를 수 없는 뭔가를 가지고 있음을 비로소 알게 되었다. 이런 입술을 내 것으로 삼아 자유롭게 사용할 수 있다면 얼마나 좋을까, 하고 나는 생각했다. 먹어!라고 말만 해준다면 나는 석탄이라도 먹어치울 것이다. 보타산이라도 먹겠다고 약속하고 결의할 것이다. 나는 보타산이라도 먹어치울 것 같은 기세로, 열을 올려 페스티벌에 대해 설명했다.

"나 연기해본 적도 없고, 할 줄도 몰라."

나가야마 미에는 잔 속의 얼음을 아지직 깨물며 말했다.

"연기력 따위는 필요 없어."

나는 표준어로 말했다.

"말하자면 나가야마가 대표가 되는 거지."

"대표?"

"응, 아까 말했잖니? 사세보에서, 가장 진보적인 학생들이, 천 명이나 모여들 축제인데 말이야. 선생들의 힘을 빌리지 않고 우리만의 힘으로 하는 거야. 도쿄나 오사카, 교토에서도 하고는 있지만, 우리처럼 고등학생의 힘만으로 하는 데는 없을 거야. 뉴욕이나 파리에도 아마 없을걸? 그만큼 굉장한 일을 벌이는 거지."

"파리?"

"응, 이런 일은 파리의 고등학생이라도 하지 못할 거야."

"나 파리 좋아해."

"그래서 말인데, 그런 굉장한 페스티벌의 오프닝에는 반드시, 꼭, 사세보에서 가장 예쁜, 여고생을 내보내야 한다는 게 내 생각이야."

그렇게 말하자 나가야마 미에는 담배연기를 뿜는 것도 잊어버리고 놀란 눈으로 내 얼굴을 바라보았다.

"내가?"

"응."

"내가 제일 예쁘다고?"

"응."

"누가 그러는데?"

"북고 학생회에서 만장일치로 결정된 사항이다."

나가야마 미에는 나와 아다마와 이와세의 얼굴을 번갈아 바라보고, 이윽고 그때 찻집 '길'의 공기를 가득 채우고 흐르던 〈미완성교향곡〉보다 더 큰 목소리로 웃어젖혔다. 나가야마 미에는 나를 손가락으로 가리키며, 얘 혹시 바보 아니니, 하고 말했고, 아다마도 같이 웃으면서, 그래 이 친구 바보, 라고 세 번이나 반복했다. 이와세도 웃었다. 나는 화가 치밀었지만, 어쩔 수 없이 따라 웃었다. 웃음은 〈미완성교향곡〉의 1악장이 끝날 때까지 이어졌다.

"너희들 정말 재미있다."

웃음을 멈추고, 아직 눈꼬리에 눈물을 남긴 채 나가야마 미에는 말했다.

"출연할래."

주역이 교체되기는 했지만, 재능과 아름다움을 겸비한 북고 영어연극부의 진과 선을 스태프로 하고, 열광적인 놀자파 팬을 다수 확보하고 있는 사립 미션계 여자고교의 얼짱 오프닝 세리머니의 출연을 쾌히 승낙하였고, 머리가 약간 간 재수생 선배가 티켓 두 장을 공짜로 제공받는다는 가벼운 조건으로 공연장인 노동회관을 빌리는 보증인 역을 맡아주었고, 티켓은 히로시마대학 교양학부 내의 사진식자와 인쇄기의 노력으로 멋지게 만들어져 있었다.

그 티켓은 아무리 바라보아도 지겹지 않았다.

일시 : 11월 13일(노동감사일) 오후 2시에서 9시까지

장소 : 사세보 시 노동회관

주최 : 이야야

록 뮤직, 영화, 연극, 이벤트, 시 낭독, 해프닝, 뭐가 일어날지 모를 흥분과 전율……

"모닝 이렉션 페스티벌, 아침에 서는 축제."

굵은 글씨로 쓰여지고, 립스틱을 바른 여자애와 발기한 남근이 폭발하는 화산을 감싸고 있는 그림도 그려놓았다. 입장료는 2백 엔, 구 북고전공투의 '바사라단'과 신문부, 영어연극부, 거의

모든 운동부, 시로쿠시 유지가 이끄는 불량 서클, 록 밴드 그리고 선배들을 통하여 북고뿐만 아니라 다른 모든 고등학교로 티켓이 흘러가기 시작했다. 매일 현금이 '이야야'의 품속으로 들어왔다. 마치 세계의 중심이 된 듯한 기분이 들었다.

그러나 록펠러나 카네기가 가난한 자들의 미움을 받았듯이, 나는 다른 학교의 불량 서클 보스들의 표적이 되었다.

레드 제플린

외국인 바 거리를 걸으면 가슴이 두근거린다. 인류에게 없어서는 안 될 장소라는 것을 잘 알 수 있다. '블랙 로즈'는 저녁이 되면 호모가 출현하는 곳으로 유명한 공원 건너편에 자리잡고 있었다. 입구에 검은 벨벳 천을 이중으로 늘어뜨려 가게 안에 항상 밤을 마련해두고, 오후 일찍부터 문을 연다. 오전부터 교성이 들리는 때도 있었다. 해군 아저씨들이 갑자기 상륙할 때도 있기 때문이다.

나는 아다마를 데리고 '블랙 로즈'의 뒷문으로 들어섰다. 웃통을 벗어젖힌 점장과 나비넥타이를 맨 웨이터가 친치로린(주사위를 그릇 안에 넣고 흔들어 던진 후 홀짝을 맞추는 도박—옮긴이)을 하고 있었다.

"밴드입니다, 실례합니다."

그렇게 말하고 악단실로 걸어갔다.

"너희들 북고냐?"

점장이 얼굴을 들었다. 한쪽 어깨에 벚꽃 문신이 새겨져 있었다. 흑백 문신이었다.

"예, 그렇습니다."

내가 대답했다. 아다마는 가게에 들어설 때부터 미간을 찌푸리고 있었다. 이런 분위기에 익숙지 않기 때문이다.

"사사야마 선생, 아직 있어?"

사사야마는 전쟁 중에 헌병대에 속해 있었다는 체육선생이다. 나이 쉰을 넘어선 지금도 조금 철이 덜 든 사람인데, 옛날에는 목도로 학생의 머리를 때려 피를 냈다는 유명한 사람이다. 패전 직후의 혼란기에 선생 부족 현상 때문에 수많은 불량배들이 교육자로 변신했다는 아버지의 말 그대로, 사사야마 선생도 거기에 속하는 인간이었다.

내가 고개를 끄덕이자 점장은, 그래, 아직 건강하군, 안부나 전해줘, 하고는 왕방울 같은 눈으로 주사위를 던졌다. 흥, 줏대가 없군, 하고 나는 흑백 문신을 새긴 사나이를 향해 중얼거

렸다. 문신에 색깔도 넣지 않은 별 볼 일 없는 놈이라고 생각
했다. 필시 사사야마 선생과 옛날에 무슨 해프닝이 있었을 것
이다. 목도에 맞아 머리가 찢어졌는지도 모른다. 그러나 그런
추억을 그리워하고 있는 것이다. 이런 점장 같은 인간을 볼 때
마다, 일본은 과연 전쟁에 지긴 졌군, 하는 생각이 든다. 품성이
나쁜 인간임을 한눈에 알 수 있다.

　프라이드가 없는 것이다.

　가게로 들어선다. 아다마의 표정은 더 일그러졌다. 가게에는
미국 냄새가 가득했다. 아다마는 그게 싫었던 것이다. 미국 냄새
라 해도 실제로 미국에는 그런 냄새가 없다. 그러나 그 냄새는
기지촌의 단독주택에도 혼혈아의 머리카락에도 기지의 PX에도
있다. 인간의 지방 냄새다. 나는 그 냄새가 싫지 않았다. 영양이
가득한 듯한 느낌이 들기 때문이다.

　'시라칸스'는 드럼 없이 스펜서 데이비스의 〈김미 섬 러빙〉을
연주하고 있다. 베이스의 후쿠가 보컬을 맡고, 기타의 겐지와 오
르간의 시라이가 마이크 블룸필드와 알 쿠퍼가 된 기분으로 눈
을 감고, 머리카락을 흔들고, 혀를 내밀면서 연주하고 있다. 시
라이는 코드를 세 개밖에 모른다. 이 시절에는 코드를 세 개밖에
몰라도 록 연주가가 될 수 있었다.

나는 무대 위로 올라갔다. 아다마는 얼굴을 찌푸린 채, 슬립 한 장만 걸친 호스티스들이 라면을 먹고 있는 카운터에 앉았다.

후쿠는 드럼을 치라고 턱으로 신호를 보냈다. 후쿠의 영어 가사는 엉터리였다. 가사를 잊어버리면, 돈추노를 몇 번이고 반복한다. 이 시절에는 돈추노만 외쳐대면 누구라도 록 가수가 될 수 있었다.

손님은 한 명밖에 없었다. 너무 앳되어 보이는 십 대 해군이었다. 큰 맥주를 병째로 마시면서 차이나 드레스를 입은 웨이트리스의 허벅지에 손을 넣지 못해 안달하고 있었다. 프루츠 OK? 프루츠 OK? 하고 환갑이나 됨 직한 호스티스가 말하자, 아무것도 모르는 겁쟁이는, 슈어, 하고 밝은 표정으로 고개를 끄덕였다. 이윽고 늘 보는 그런 풍경이 펼쳐졌다. 알루미늄 접시에 파인애플 통조림과 귤과 백도와 오래된 파슬리를 갖춘 과일 안주가 놓이고, 겁쟁이는 잠깐 놀란 눈을 동그랗게 떴다가 맥주병을 바닥에 던져 박살을 내고, 점장은 즉시 MP를 부르고, 불쌍한 겁쟁이는 헌병에게 잡혀 지프에 실려 갔다.

그러는 중에도 밴드는 돈추노, 돈추노를 외쳐댔다.

"이야기, 잘 되었니?"

손님도 없는데 마이크로 땡큐, 땡큐를 연발하는 후쿠에게 물었다. '아침에 서는 축제'에 사용할 앰프와 마이크를 이 가게에서 빌릴 예정이었던 것이다. 그 때문에 밴드는 오후 내내, 라면과 만두만 제공받는다는 파격적인 조건으로 이 가게의 무대에 서고 있는 것이다.

"아직 점장에게 말하지 않았어" 하고 후쿠는 머리를 흔들었다.

카운터의 호스티스들이 아다마를 가지고 놀고 있었다.

"너, 북고생이니?"

"미남인데."

"내가 한잔 살게, 맥주 마셔."

"애인 있니?"

"있겠지, 이렇게 미남인데."

"키스는 해보았겠지?"

"콘돔 하지 않으면 아기가 생겨."

"배고프지 않니?"

"라면, 반 줄게."

"오뎅 먹을래?"

전국에서 흘러 들어온, 염색을 하고 미국 냄새를 풍기는 50이나 60을 눈앞에 둔 그녀들의 눈에, 필시 아다마는 후광을 방사하

는 신선하고 청결한 성자처럼 보였을 것이다. 아다마가 신흥종
교를 만들었다면 틀림없이 모두 신자가 되었을 것이다. 보타산
을 감싸고 도는 맑은 강가에서 송사리를 잡으며 놀던 아다마는
전후 일본 경제를 이면에서 떠받쳤던 호스티스들의 고통스럽고
아름다운 인생을 이해할 수 없었다. 주름진 여자 손이 무릎에 닿
자 몸을 부르르 떨었다.

"저, 11월 13일 노동감사일에 앰프를 좀 빌리고 싶은데, 점장
에게 말 좀 해주지 않을래요?"

나는 세 명의 호스티스에게 머리를 숙이며 부탁했다.

"여기 있는 아다마는 북고의 알랭 들롱이라 불리는 사나인데,
만일 점장에게 말만 잘해준다면 사나흘 빌려줄 수도 있어요."

그렇게 말하자 아다마가 화를 냈다.

"알랭 들롱보다는 게리 쿠퍼를 닮았어."

"빌려준다는 게 무슨 뜻이야?"

"데이트해도 좋다는 말이야?"

"나, 우리 딸에게 소개해주고 싶지. 이런 미남 북고생이라면
흑인 GI와 헤어질 수도 있지. 다섯 번이나 아기를 지웠으니, 몸
이 성할지 걱정이야."

아다마는 '블랙 로즈'를 뛰쳐나갔고, 나는 후쿠에게, 앰프 부탁해, 라고 외치고는 따라나섰다.

"네놈은 도무지 신용할 수 없어. 자기밖에 모르는 에고이스트. 저 창녀들에게 나를 빌려준다고? 그런 터무니없는 말, 다시 했단 봐라. 나 정말로 화낼 거야."

열세 번이나 미안하다고 말했지만 아다마는 용서해주지 않았다.

"화내지 마, 농담이라니까."

"아냐, 농담이 아냐. 겐은 자신의 목적을 위해서라면 다른 사람은 어떻게 되어도 좋다는 생각을 가지고 있어."

"그렇지만 아다마, 나 같은 인간이 없었더라면 인류는 진화할 수 없었을지도 몰라."

"말 돌리지 마."

아다마는 나를 속속들이 알아버렸기 때문에, 나는 더 이상 그를 속이기 힘들게 되었다.

"잘 들어봐. 그 호스티스들은 패전 직후의 혼란기를 극복하기 위해 몸을 팔았어. 우리들을 위해, 즉 21세기를 위해 자신을 희생한 거야."

"나와 무슨 상관이 있어?"

그렇다.

아무 관계도 없었다.

"이와세가 우리 교실로 와서, 이 편지를 야자키와 야마다에게 전해달라고 하더라."

성모 마리아상이 미소 짓고 있는 성당에서, 성모 마리아보다 아름다운 마쓰이 가즈코가 그렇게 말했다. 요부 앤 마가렛, 사토 유미가 추천한 연극 연습장이었다. 앤 마가렛은 매주 일요일, 그림엽서에 반드시 등장하는, 역 주변의 언덕에 서 있는 이 성당에서 기도를 드린다고 했다. 어릴 적부터 그랬다고 했다. 가슴이 저렇게 큰 것도 기도 덕분인지 모른다. 앤 마가렛의 유방은 진짜 앤 마가렛에게도 지지 않을 정도였다. 멋진 가슴이었다. 아마도 거짓말이겠지만, 목축업을 하는 집안의 이시야마라는 학생이 신체검사장에서 우연히 엿보았는데, 사토의 유방이 젖소의 그것보다 크더라고 했다. 하느님, 유방을 크게 해주세요, 하고 어릴 적부터 매일 기도를 했는지도 모른다.

엄숙한 분위기의 성당이었지만, 사부로라는 신부가 연극을 좋아하여 연습하는 데는 아무런 어려움이 없었다. 나는 재미가 없었다. 도시샤대학 신학부를 졸업하고, 반년 정도 문학좌에서 연극을 했다는 사부로 신부가 연출에 간섭을 했기 때문이다.

동생, 우리는 거부의 저편으로 가지 않으면 안 돼,

동생은 잘못 생각하고 있는 거야,

거부에 의미가 있는 거야,

거부의 내용에 의미가 있는 게 아니야,

나 이제 그것을 알게 되었어,

그 남자의 아이를 눈 위에 버렸을 때,

그것을 알았어,

중요한 것은 죽음도 두려워 않는 거부라는 것을,

죽음을 건 거부만이,

죽음을 건 언어를 낳을 수 있음을……

앤 마가렛은 마치 셰익스피어 극의 배우처럼 양손을 벌리고, 외치듯 연기를 했다. 너무 과장되어 부자연스럽다는 생각이 들었지만, 사부로 씨는 그것을 칭찬했다. '아이를 눈 위에 버렸을 때'라는 대목이 너무 부도덕하다고 대본에도 손을 대려 했다.

"이 대사에 무슨 의미가 있어? 너무 강해, 다른 표현을 쓰면 어떨까?"

멍청이 신부 주제에, 하고 나는 속으로 중얼거렸다. 의미란 애초부터 없었다. 소설과 연극대본 여기저기에서 짜깁기를 했을 뿐이다.

그러나 레이디 제인을 보면 내 마음은 부드러워져버린다. 평소에는 경건한 크리스천이 신에게 머리를 숙이고 기도를 드리는 의자에 앉아 있었지만, 이날따라 제인은 제단 가까이 와서 연기를 하는 나와 앤 마가렛을 심각한 표정으로 번갈아 바라보고 있었다. 레이디 제인은 성서를 놓아두는 곳에 팔꿈치를 모으고 턱을 받치고 있었다. 스테인드글라스를 통해 비쳐 드는 햇빛을 받고 있었다. 마치 인상파의 그림 같았다. 보는 것만으로도 나는 행복했다. 초등학교 시절, 《소년 매거진》 최신호를 사서 아이스캔디를 빨며 〈필승의 마구〉를 양지바른 곳에 앉아 보던 때의 행복감과 비슷했다.

사부로만 없으면 좋을 텐데, 하고 아다마 쪽을 바라보니 이와세에게 온 편지를 읽고 있었다. 우울한 표정이었다.

겐, 아다마, 난 이야야를 탈퇴할게. 미안해. 셋이서 '아침에 서는 축제'를 준비할 때는 무척 즐거웠고, 하루하루가 꿈만 같았어. 그렇지만 나는 내 일을 하고 싶어. 겐과 함께 있으면 나를 발견할 수가 없어. 겐은 아다마와 함께라면 어떤 일이라도 해낼 수 있을 거야. 난 아무리 작은 일이라도 내가 할 수 있는 일을 찾겠어.

이와세의 편지는 그런 내용이었다.

이와세의 집은 러브 여관이 늘어선 사세보강 상류에 있었다. 실, 단추, 문방구, 양말, 작업화, 화장품 따위까지 갖추어놓은 구멍가게를 하고 있었다.

가게 안을 들여다보니 이와세의 어머니 같아 보이는 사람이 선반을 정리하고 있었다. 안온한 시골 가게의 풍경이었다. 정말로 평범한 시골 가게였다. 문화란 무서운 것이라고 생각하면서 가게 뒤를 돌아갔다.

"아다마, 문화란 정말 무서운 것이란 생각이 들어."

"왜?"

"이와세 말이야, 만일 일본에 이만큼 외래문화가 들어오지 않았더라면 제플린도 베를렌도 토마토 주스도 모르고 한평생을 구멍가게 주인으로 보냈을 게 아니겠니?"

"그렇게 말하면 겐이나 나도 마찬가지야. 겐도 그냥 보통의 선생 아들이었겠지."

"바보, 나는 예술가의 아들이라구. 너처럼 연탄……."

탄광 출신이라고 말하려다 그만두었다. 아다마는 아직 호스티스 건의 충격에서 완전히 헤어나지 못하고 있었기 때문이다.

좁은 뒤뜰에 코스모스가 피어 있었다. 빨래가 널려 있었다. 스타킹, 팬티, 슈미즈가 가득했고, 남자 속옷은 거의 없었다. 이와세에게는 누나가 네 명 있었다.

코스모스가 바람에 흔들리고, 이와세의 방에서 기타와 노랫소리가 들려왔다.

연못에 비치는
파란 하늘,
그 곁을 지나가는
그대와 나,
계절은 언제나 겨울…….

이와세가 노래를 부르고 있었다.

"어이, 그것도 노래라고 부르냐? 차라리 염불을 외워라, 이와세. 소카가카이(創價學會. 1279년 니치렌 쇼슈日蓮正宗의 가르침을 따르는 신도들에 의해 시작된 신흥불교의 종파—옮긴이)에 들어가는 게 어때?"

제발 바보 같은 소리 좀 하지 마라, 하고 아다마가 나무랐다. 우리는 지금 이와세와 셋이서 축제를 만들자고 설득하러 왔잖아……. 탄광촌 출신은 사고 소식을 너무 자주 들어서인지 모든 일에 신중하기 짝이 없는 게 흠이라면 흠이다.

아다마는 창문을 가볍게 두드렸다. 이와세가 겸연쩍게 웃으면서 얼굴을 내밀었다.

"협력은 할게."

이와세는 의외로 밝은 표정이었다. 영화에도 나갈 것이고, 티켓도 팔 것이고, 공연장 정리도 하겠지만, 주최자로 이름만은 내고 싶지 않다고 말했다.

"겐과 아다마에게는 아무 책임도 없어."

아다마는 이와세의 편지에 부담을 느끼고 있었다. 자신이 끼어들어서 나와 이와세 사이가 갈라진 거라 생각하고 있었다. 성당에서 짙고 달콤한 시간을 보낸 다음, 우리는 찻집 '길'에 앉아 이와세를 찾아가서 이야야에 참가하도록 설득기로 결정했다.

"그런데 이와세, 영화에도 나가잖아? 겐이나 나에게 딱히 불만도 없잖아? 그만두겠다는 게 무슨 뜻인지 도무지 모르겠다."

아다마는 탄광촌 출신답게 착 가라앉은 어조로 그렇게 말했다.

"아다마, 그건 아니야. 내 자신이 싫어졌을 뿐이야."

나와 아다마는 얼굴을 마주 보았다. 자신이 싫어졌다. 그것은 열일곱 살 소년이 여고생에게 사랑을 구걸할 때 이외에는 결코 입 밖에 내어서는 안 될 대사다. 누구든 그 정도는 생각하고 있다. 경제력도 없고 아내도 없는 지방도시의 이름 없는 열일곱이라면, 누구라도 그런 생각을 가지고 있다. 선별되어 가축이 되느냐 마느냐 하는 귀로에 선 순간이므로 그것은 너무도 당연하다. 말해서는 안 될 것을 말하면, 그 후의 인생이 어두워질 뿐이다.

"겐이나 아다마와 함께 있으면, 왠지 내 머리가 좋아진 듯한 느낌이 들어. 확실히 기분은 좋아. 하지만 무슨 일을 하건 나와는 사실 관계가 없잖아? 괜히 나까지 위대해진 듯한 기분이 들어. 그러나 그런 나 자신이 너무 처량하다는 생각에 견딜 수가 없을 뿐이야."

알았어, 하고 나는 말했다. 이와세의 말이 옳았고, 이해할 수도 있었지만, 올바르게 이해한다는 것이 반드시 상대방에게 용기를 주는 것만은 아니다. 나는 더 이상 거기에 대해 이야기하고 싶지 않았다.

"아, 그리고 겐, 공고에 다니는 내 친구에게 들은 이야긴데, 그 있잖아, 나가야마 미에, 오프닝 세리머니에 출연하잖아? 그래서 말이야, 나가야마에게 푹 빠진 그 공고의 두목이 겐을 반쯤 죽여놓겠다고 매일 찾아다닌다고 하더라. 그만두는 게 어때? 나가야마 미에 말이야."

헤어질 때쯤에 이와세는 그런 말을 했다. 공고의 두목은 검도부의 주장이라고 했다.

나와 아다마는 말없이 강변길을 걸었다. 이와세는 마음이 어두운 사람이었다. 어두운 인간은 타인의 에너지를 빨아들이면서 살아가기 때문에 상대하기가 힘들다. 농담도 통하지 않는다.

"겐, 마음에 두지 마."

"언젠가, 아다마, 내가 이 가방 마음에 안 든다는 말 했잖니?" 하고 나는 크게 'KEN, 儉介'라고 적힌 오렌지색 가방을 가리켰다.

"어때, 니 가방하고 바꾸는 게."

어처구니없다는 표정으로 아다마는 나를 바라보았다. 내 가방을 들게 하여 공고의 두목이 습격했을 때 나를 대신하여 맞게 하려는 의도를 꿰뚫어본 것이다.

찻집 '길'까지 왔을 때였다.

목도를 든 고등학생 여섯 명이 눈 깜짝할 사이에 나와 아다마를 에워쌌다.

사월이 오면 그녀는

목도를 든 사나이 여섯이 나와 아다마를 포위했다. 걸레보다 더 너덜너덜한 모자에는 공고의 마크가 달려 있었다. 거무스름하게 빛을 발하는 목도는 너무도 단단해 보였다. 아다마는 이미 사색이 되어 있었다.

"네가 북고의 야자키냐?"

머리가 나빠 보이는 여드름투성이의 덩치가 내게 말했다. 그 말에 긍정하는 순간 목도가 날아오는 것은 아닌가 하고 다리가 후들후들 떨렸다. 떨림을 멈추려고 은밀히 심호흡을 했다. 겁먹은 것을 알면 상대는 점점 기고만장해져 반격의 기회를 잃고 만다.

일본에서도 거칠기로 손꼽히는 광부들에 둘러싸여 자란 데 비해 아다마는 나약하기 짝이 없었다. 지금 우리들은 흥행사의 신분이니만큼 싸움 잘하는 측근을 거느리고 다녔어야 했다고 나는 후회했지만, 이미 때는 늦었다.

나도 중학교 때까지는 가끔 싸움질도 했지만, 그것은 단순히 어린애들 장난에 지나지 않았다. 목도나 체인이나 나이프를 들고 휘두르는 싸움은 《소년 매거진》 속에만 있었다.

"야자키 맞지?"

여드름은 다시 한번 음침하게 힘주어 말했다.

"그렇습니다. 아, 공고 친구들? 야, 나도 기다리던 참이었어요. 우리도 좀 할 이야기가 있었어요. 저기 찻집에서 이야기를 나누는 게 어때요?"

통행인들이 다 들을 수 있도록 큰 목소리로 말하고 나는 찻집 '길' 쪽으로 걸어갔다. 여드름은 나의 어깨를 잡고 멈추게 했다.

"기다려."

내려다보는 듯 째려보는 눈길. 스윽 턱을 내밀고, 눈을 약간 아래로 내린 듯이 노려보는 모습은 이전에 유행하던 액션 영화 주인공을 흉내낸 것이 틀림없다. 지방도시에는 그런 폼이 아직 남아 있는 것이다.

"할 이야기가 있잖아요?"

다리는 여전히 떨리고 있었지만, 네놈 따위에 떨 내가 아니다, 하고 나는 마음을 단단히 먹고 말했다. 침착하고 정중하게. 아버지에게 들은 적이 있다. 야쿠자를 만나거든 일단 정중하게 그리고 위엄을 잃지 않고 대해야 한다고 아버지는 말했다. 옛날, 아버지가 이십 대였을 때 그 거리의 보스이기도 육성회 회장을 몽둥이로 두들겨 팼고, 그 때문에 아버지는 그 부하들에 포위당하고 비수로 위협받은 적이 있었다고 했다. 비수에 찔리면 죽어, 겐짱도 아직 어렸고, 어머니와 단둘이만 사는 결손가정을 만들어서는 안 되겠다는 생각이 들어서 일단 사과를 했지, 그렇지만 비굴하게 머리를 숙이면 저쪽에서도 마음 놓고 두들겨 팰 것 같아서, 사과를 하면서도 담임인 나를 패면 아들의 장래가 어떻게 될지 모르잖느냐고 당당하게 협박을 했지, 그랬더니 놈들도 나에게 손을 대지 않았어, 운이 좋았던 거지.

우리는 찻집 '길'의 어두컴컴한 가게 안, 가장 구석자리로 갔다. 목도와 교복은 찻집 안을 흐르는 시벨리우스의 〈핀란디아〉와는 너무도 어울리지 않았다.

여드름 일행은 벽을 뒤로하고 제일 구석자리에 앉은 나와 아다마를 포위하듯이 4인용 테이블 두 개를 차지하고 앉았다. 목도를 벽 한곳에 나란히 세워두고서.

적어도 지금 당장 머리가 깨질 염려는 없었다.

"여러분, 커피가 좋겠죠?"

나는 그렇게 말하면서 여드름 일행의 얼굴을 휙 둘러보았다. 정말 미미하기는 하지만, 힘의 역학관계에 변화가 일어났다. 땀에 절어 반짝반짝 빛을 발하고, 여기저기 찢어진 교복을 보면 알 수 있듯이, 여드름 일행은 고풍스러운 강경파 불량배였다. 게임 센터나 찻집에도 안 가고, 또 돈도 없다.

그 때문에 분위기가 어색한지 안절부절못했다. 나는 단골 웨이트리스에게 카페로열을 여덟 잔 주문했다.

"저, 여러 가지로 오해가 많은 것 같은데, 우리도 나가야마 씨 일로 공고의 보스와 한번 만나서 이야기를 나눌 생각이었어요."

그렇게 말하자 여드름 일행은 저희들끼리 얼굴을 바라보았다.

"나가야마 일로 무슨 할 이야기가 있다고?"

여드름이 덕지덕지 난 덩치가 내 눈앞에 앉아 있다.

"나가야마 씨를 우리 페스티벌에 참가시키기 위해서는 일단 공고 사람들에게 이야기를 해야 할 거라고 생각했지요."

"이 자식이, 사람 놀리고 있어. 가게 안이라고 안심하고 있는 모양인데, 밖에 나가면 두고 봐. 어깨뼈 하나쯤 각오하는 게 좋을 거야."

다시 다리가 후들거리기 시작했다. 여드름의 말투는 강경파답게 사실적이었다.

"너희들, 파티권 팔고 있다면서?"

파티권이란 아마도 아침에 서는 축제의 티켓을 말하는 것이리라.

"예."

"고교생이 그런 사업을 해도 좋단 말이야?"

"딱히 돈을 벌 생각은 없어요. 단지 공연장을 빌리는 비용, 앰프와 영사기 빌리는 비용, 여러 가지로 돈이 들어가니까요."

카페로열이 나왔다. 스푼 속에 담긴 브랜디 속에서 각설탕이 청백색 불꽃을 내고 있었다. 아마 여드름들은 이런 커피를 구경도 못 해봤을 것이다. 처음으로 코끼리를 본 옛날 도쿠가와 시대의 에도 사람들처럼 입을 헤벌리고 있었다. 아다마까지 같은 표정이었다. 내가 오히려 어이가 없었다. 역시 탄광촌 출신에게 이런 고급스러운 연출은 어울리지 않는다. 두 사람이 함께 유유히 카페로열을 마시지 않으면 아무런 의미도 없는 것이다.

"이것 말예요, 카페로열이란 건데, 불이 붙어 있잖아요? 이 불을 혀로 싹 핥으면서 그 아래 담긴 커피를 단숨에 들이키면 돼요" 하고 농담을 했는데, 여드름 가운데서도 가장 머리가 나빠 보이는 한 녀석이 정말로 스푼의 불을 혀로 핥아버렸다. 그러고는 앗 뜨거, 하고 비명을 지르면서 스푼을 내동댕이치더니 급하게 물을 들이켰다.

"이 자식이, 우리를 놀릴 생각이야?"

덩치가 목도에 손을 댔다. 카페로열 작전은 완전히 실패로 돌아가고 역효과만 냈다.

"나가야마에게 네글리제를 사주었지! 무슨 수작이야?"

이미 8만 엔 정도의 티켓 값이 우리 수중에 들어왔으므로, 나가야마 미에의 무대의상 겸 영화 속 레이디 제인의 의상으로 7200엔이나 하는 순백색 네글리제를 산 것이다. 그리고 바로 어제, 그것을 나가야마 미에에게 보여주자, 와, 고마워, 한번 입고 자볼게, 이삼 일 빌려주지 않을래, 하면서 들고 가버린 것이다.

"아, 그것은 단순한 무대의상에 지나지 않아요."

"사람 놀리지 마, 속이 훤히 비치던데."

"아니, 봤어요? 설마 화가 난다고 찢어버린 건 아니겠지요? 그 네글리제 7200엔이나 투자한 건데."

그렇게 말하고는 아차, 싶어 후회했지만 이미 때는 늦었다. 아다마가 이 바보, 하는 표정으로 나를 바라보았다. 덩치가 단춧 구멍 같은 눈을 치켜뜨고 당장이라도 일어서서 목도를 잡고 휘 두를 것처럼 화를 냈다.

"아니, 아니, 그 네글리제는 벌거벗고 입는 것이 아니라, 준와 의 제복을 입은 다음 그 위에 걸치는 것인데, 즉 순진한 소녀의 아름다운 마음과, 그러니까, 그와 동시에 섹스에 대한 동경을 표 현하기 위한 의상일 뿐이라구요."

아다마는 이제 틀렸다고 고개를 저었다. 7200엔짜리 네글리 제를 쫘쫘 찢어버린 것은 아닐까 하는 치졸한 계산이 상대의 울 화통을 건드린 것이다. 나도 이제는 틀렸다 여기고 그만 침착성 을 잃어버렸다.

여드름 일행은 일어섰다.

"그 커피 잘 음미하면서 마셔. 당분간 그 입 속이 까칠까칠해 서 아무것도 먹지 못하게 만들어줄 테니까. 밖에서 기다릴 테니 천천히 커피 맛이나 즐기다 나와, 각오하고."

그런 말을 남기고 여드름 일행은 자리를 박차고 나갔다. 우 리는 도무지 카페로열을 음미할 기분이 아니었다. 새파랗게 질 려 말없이 앉아 있는 우리 쪽으로 웨이트리스가 다가와서, 경찰에 전화를 걸어줄까? 하고 말했다. 저도 모르게 응, 하고 대답하려다, 경찰이나 학교에서 알게 되면 아침에 서는 축제는 물거품이 될 게 뻔하니, 그만두라고 말하지 않을 수 없었다.

우리가 어디다 연락이라도 하여 응원군이 올지도 모른다고 생각했는지, 여드름 일행의 숫자는 더 늘어나 있었다.

아다마의 제안으로 나는 시로쿠시 유지에게 전화를 걸었다.

"겐, 그렇게 화려하게 파티권 팔 때 알아봤지. 내가 듣기로도 아사히고, 남고, 상고 애들까지 겐을 잡아서 반쯤 죽여놓겠다고 벼르고 있다고 해."

"지금 밖에서 기다리고 있어."

"몇이나?"

"처음에는 여섯이었는데, 지금은 열대여섯은 될 것 같아."

"모두 검도부야?"

"목도를 들고 있어."

"겐, 공고의 검도부는 전국 6위의 실력이야. 그 보스라는 놈은 2학년 때 규슈대회에서 우승한 경력도 있어."

"그래서?"

"우리가 열 명, 아니 스무 명 데리고 가봐야 상대가 안 돼."

"그렇다고 경찰을 부를 수는 없는 노릇이잖아."

"돈 가진 것 있니?"

"돈?"

"2만 엔 정도 있어?"

"티켓 판 돈이 있는데."

"잠깐, 내가 아는 야쿠자에게 전화를 걸어볼 테니 거기서 그냥 기다려봐."

"아, 잠깐, 시로쿠시."

"뭔데?"

"가능하면 싸게 해줘."

"머리가 깨지면 공부도 못 해, 불알이 깨지면 그게 서지도 않을 거고."

시로쿠시 유지로부터 OK 전화가 오고 난 다음, 보무당당하게 야쿠자 하나가 나타났다. 우연히도 그는 아버지의 제자였다. 흑인 혼혈아인 그 야쿠자는 여드름들을 거느리고 '길'로 들어왔다. 여드름은 갈증이 났는지 소다수를 단숨에 들이켠 다음, 이런 깡패하고도 알고 지내느냐는 듯이 놀란 눈길을 한번 던진 후, 조용히 물러났다.

야쿠자는 새끼손가락이 없는 오른손으로 2만 엔을 받아든 다음, 아버지는 건강하셔?라고 물었다.

"많이 맞긴 했지만, 정말 좋은 선생님이셨지. 한번은 성당 그림을 그렸더니 칭찬을 해주시더라구. 아버지는 아직도 파친코 좋아하시니?"

"예, 가끔씩 하는 모양이던데요."

"교초의 중앙회관으로 오시라고 전해줘, 중앙회관에 오기만 하면 앉자마자 터지는 기계를 가르쳐드리겠다고 말이야."

놈들이 다시는 너를 괴롭히지 않겠지만, 만일 이런 일이 또 있으면 연락해, 라고 말한 다음, 검은 양복 자락이 펄럭이도록 기세등등하게 슬리퍼를 끌며, 야쿠자는 떠나갔다.

영화 〈인형과 남고생을 위한 에튀드〉가 크랭크인 되었다. 8밀리 스탠더드 파트 컬러 초대작이다.

크랭크인 첫날, 이와세 키의 반쯤 되는 앰프와 네글리제를 입고 기다란 복도를 걸어가는 레이디 제인의 실루엣을 찍었다. 스토리는 없다. 밀크를 마시는 인형에게만 사랑을 느끼는 남고생의 일상을 쉬르리얼리즘적인 기법으로 표현한 것이다.

이와세가 연기하는 타락한 남고생이 할아버지 묘 앞에서 밀크를 마시는 인형을 줍는다. 사랑이 움튼다. 그 인형은 남고생에게 꿈을 보여준다. 그 꿈의 부분에 천사 레이디 제인이 등장하는 것이다.

마스가키에게 빌린 베르하우엘은 달달달달, 하고 기분 좋게 잘 돌아가주었다. 첫 필름과 두 번째 필름은 노출을 잘못 맞추어 아무것도 찍히지 않았지만, 영화 제작은 정말 즐거웠다.

레이디 제인이 하얀 말을 타고 아침의 고원에 등장하는 장면은, 야쿠자에게 2만 엔이나 지불하는 바람에 경제적인 부담이 되어서 결국 흰 말을 포기하지 않을 수 없었다. 아다마는 흰 털 아키다 견을 강력하게 추천했지만, 그것만은 허락할 수 없었다.

결국 아다마의 이웃에서 기르는 하얀 염소로 대체하기로 하고, 모두 버스를 타고 로케이션을 위해 탄광촌으로 갔다.

"나, 도시락 싸왔어" 하고 천사는 달걀 내음이 나는 스파게티를 보여주었다. 도시락은 둘이서만 먹고 싶은데, 하고 생각하면서 못생긴 차장이 지켜보는 찻간에서 '고릴라 코딱지'를 하면서 놀았다. 그대의 이름은? 그대가 좋아하는 것은? 그대의 취미는? 라는 질문에 반드시 '고릴라 코딱지'라고 대답해야 하고, 먼저 웃는 쪽이 지는 어처구니없는 놀이였다. 레이디 제인과 앤 마가렛은 첫 질문부터 몸을 비틀면서 웃었고, 냉정 침착한 아다마는 늘 이겼다. 이런 놀이가 뭐 재미있다고, 라는 표정으로 아다마는 열심히 '고릴라 코딱지'라고 대답했다.

시가지를 벗어나, 버스는 강변을 달려 산길로 접어들었다. 가을 햇빛을 받아 레이디 제인의 머리카락이 반짝였고, 블라우스에 감싸인 앤 마가렛의 부드러운 유방은 살랑살랑 흔들렸다. 즐겁게 재잘거리는 우리를, 우둔하고 못생긴 차장이 증오에 찬 눈길로 바라보고 있었다. 그 시선이 무척 마음에 들었다. 옛날 영화에서 본 미국이나 유럽의 고등학생 같다는 생각이 들었다.

강물이 유유히 흐르고 억새풀이 바람에 나부끼는 들판에서, 그 염소가 풀을 뜯고 있었다. 언덕 위에 카메라를 설치하고, 네글리제를 입은 레이디 제인이 하얀 염소를 따라 걸어가는 모습을 찍을 참이었는데, 염소는 카메라를 향해 똥구멍을 드러내며 풍풍 하고 똥을 싸는가 하면, 갑자기 달려서 레이디 제인을 넘어지게 하기도 하였다. 그러고는 줄을 풀고 도망치는 바람에 당황한 아다마가 5백 미터를 추격하여 포획하는 해프닝도 벌어졌다.

강변에서 레이디 제인이 싸온 도시락을 먹었다. 주먹밥과 계란 부침과 프라이드치킨과 콜리플라워와 단무지, 거기에 배까지 들어 있는 도시락이었다.

새들이 지저귀는 소리를 들으며, 이와세가 기타를 치고 우리들은 사이먼 앤드 가펑클의 〈에이프릴 컴 쉬 윌〉을 노래했다.

'아침에 서는 축제'가 일주일 앞으로 다가온 어느 날, 나는 드디어 레이디 제인과 둘만의 시간을 가질 기회를 잡았다. '시라칸스'로부터 연주 중에 투사하는 슬라이드 제작을 의뢰받아, 레이디 제인의 사진을 찍게 되었던 것이다.

우리는 '길'에서 만나, 애수의 밀크티를 마신 다음, 미군 기지로 향했다. 기지 안에는 들어갈 수 없지만, 부근에 멋진 건물이 많아서 레이디 제인의 배경으로서 더없이 좋았다. 성당처럼 보이는 크림색 영화관, 벽에 넝쿨이 뒤엉킨 장교 숙소, 미키마우스 시계탑, 핑크와 블루로 채색된 첨탑이 달린 교회, 잘 손질된 잔디 야구장, 개가 산책하는 돌길, 바람에 낙엽이 흔들리는 플라타너스 가로수길, 벽돌로 지은 창고들…….

"영화 다 만들었다면서?"

가느다란 손가락으로 머리카락을 쓸어 올리면서 렌즈 저편에서 레이디 제인은 미소 지었다.

"응, 편집만 하면 돼."

"나, 이상하지 않았니?"

"아니, 잘 나왔어."

"염소가 나오는 장면도 살릴 거야?"

"염소는 그만뒀어. 이미지가 전혀 맞지 않아서."

겨울이 오면 우리 바닷가로 가지 않을래, 하고 레이디 제인은 말했다.

"겨울? 추울 텐데."

"응, 그렇지만 겨울 바다, 아직 본 적이 없거든."

찬바람이 불어오는 겨울 바닷가에서 천사를 안는 장면을 상상하자 가슴이 두근거렸다. 나는 시간 감각을 잃어버렸다. 문득 정신을 차려보니 공기는 저녁나절의 엷은 보라색으로 물들어 있었다.

"나 이런 시간을 좋아해."

도로의 선을 따라 걸으며, 레이디 제인은 양손을 뒤로 잡고 그렇게 말했다. 나는 그 그림자를 밟지 않으려고 애쓰면서 뒤를 따랐다.

"낮은 금방 끝나잖니? 밤도 금방 찾아오잖아? 그렇지만 너무 아름다워. 우리 마음도 그런 것일까? 금방 변해버릴까?"

"마음이라니?"

"야자키, 너무해. 내가 장미꽃을 보낼 때 분명히 말했잖아."

나는 우뚝 멈추어 서서 카메라를 눈에다 대고, 좋아, 라고 말하고, 해, 를 덧붙이면서 셔터를 눌렀다. 부끄러운 듯 레이디 제인은 미소 지었지만, 그 완벽한 미소는 석양에 지워져, 필름에는 남지 않았다.

벨벳 언더그라운드

"닭?"

아다마는 외쳤다. '모닝 이렉션 페스티벌, 아침에 서는 축제' 를 나흘 앞둔 점심시간의 일이다.

거의 모든 준비가 끝났다. 사부로 신부의 부당한 간섭과 앤 마 가렛 유미 사토의 눈물 짜는 신파적인 연기로 인해 내가 의도한 이미지는 크게 손상되긴 했지만, 연극 〈거부와 반항의 저편〉은 막이 오르기만을 기다리고 있었다.

영화 편집이 끝나고, 프로젝트도, 악기나 앰프와 스피커도 모 두 마련되어 있었다.

"닭?"

아다마는 다시 한번 물었다.

"그래. 스무 마리면 딱 좋겠는데. 여덟 마리라도 괜찮아. 어쨌든 어디 닭 파는 데 모르니?"

나는 공연장에 닭을 풀어놓을 생각이었다.

"닭고기라면 시장에 가면 있겠지만, 여덟 마리나 어떻게 먹으려고?"

아다마는 페스티벌이 끝나고, 파티 때 닭고기를 먹는 줄로 착각하고 있었다.

아니, 아니, 하고 나는 고개를 저었다.

"산 닭."

"산 닭으로 뭘 하려고? 설마 목을 비틀어서 그 피를 마시려는 것은 아니겠지?"

아다마에게 사진 한 장을 보여주었다. 《미술수첩》의 첫 페이지, 뉴욕에서 행해진 벨벳 언더그라운드의 콘서트 풍경. 공연장에는 소와 돼지, 유리 상자에 가득 든 쥐, 앵무새, 사슬에 묶인 침팬지, 우리에 갇힌 호랑이까지 있었다.

"어때, 멋있잖아?"

그 사진을 가리키면서 나는 말했다.

"호랑이나 앵무새, 침팬지 같은 것은 멋있을지 모르겠지만,

닭을 풀어놓았다가는 양계장으로 오해받기 십상이야."

"넌 잘못 생각하고 있어."

논리적으로 말을 할 때는 반드시 표준어를 쓰게 되는 이 습관은 무엇 때문일까?

"중요한 건 그 정신을 이어받는 것이야. 루 리드는 이 세상의 혼돈을 표현하기 위해 콘서트에서 새와 동물을 사용했어. 그 정신만이라도 배울 필요가 있어."

아다마는 그런 식으로 사람을 어르는 나의 버릇을 잘 알고 있었기 때문에, 흥, 하고 코웃음쳤다.

"닭이라고? 세계의 혼돈을 표현한다고?"

그러나 아다마는 친절한 사나이였다. 보타산 기슭에 잘 아는 사람이 양계장을 하고 있는데 전화를 걸어볼게, 라고 말했던 것이다. 아다마는 충실한 사나이다. 물론 나를 믿는 것은 아니다. 아다마는 1960년대 말에 충만하였던 그 무엇인가를 믿고 있었기에 그 무엇인가에 충실했던 것이다. 그 무엇인가를 설명하기는 어렵다.

그 무엇인가가 우리를 자유롭게 한다. 단일한 가치관에 목 매어 있는 우리를 자유롭게 해주는 것이다.

그날 밤, 우리는 양계장을 찾아갔다.

그 양계장은 보타산 기슭, 감자밭 한가운데 있었다. 닭똥 냄새가 나고, 몇백 마리의 닭들이 한꺼번에 울어젖히자 그 소리는 마치 멀리서 들려오는 라디오의 잡음 같았다.

"어디 쓰려고?"

어디를 보나 양계업자처럼 생긴, 작은 키에 머리가 벗어진 중년 남자가 우리에게 물었다.

"연극에요."

내가 대답했다.

"연극이라고? 그럼 닭 장사 이야기니?"

계사 안을 걷다가 이상한 학생들이라는 표정으로 중년 남자는 그렇게 말했다.

"아니오, 셰익스피어 연극인데, 무대 장치에 꼭 필요해서요."

중년 남자는 셰익스피어를 모른다. 계사 구석에 어두컴컴한 곳이 있었다. 힘없이 늘어진 스무 마리 정도의 닭이 머리를 아래로 늘어뜨리고 졸고 있었다. 중년 남자는 그 닭들의 다리를 잡고 사료 포대에 두 마리씩 밀어넣기 시작했다. 닭들은 두세 번 날갯짓을 했을 뿐 아무런 저항도 하지 않았다. 그냥 늘어진 채 가만있었다.

"아주 얌전한 닭이네요."

아다마가 말했다.

"병들어서 그래."

중년 남자가 말했다.

"병?"

"그래, 힘이 없잖니."

"저, 사람에게 옮는 전염병은 아니겠지요."

내가 그렇게 말하자 중년 남자는 웃었다.

"그럴 염려는 없어. 연극이 끝나면 잡아먹어도 괜찮아. 병이래야 인간으로 치자면, 뭐랄까, 노이로제라고나 할까."

극히 소수이긴 하지만, 갑자기 모이를 먹지 않는 닭이 있다고 중년 남자는 가르쳐주었다.

해 저무는 버스 정류장, 나와 아다마의 그림자가 도로에 길게 뻗어 있었다. 좌우에 내려놓은 네 개의 사료 포대에서 가끔씩 푸드득하고 닭이 움직이는 소리가 들려왔다.

"아다마, 싸다고 하더니만, 이렇게 힘없는 닭일 줄이야."

노이로제에 걸린 닭의 영향을 받아서인지, 우리도 힘이 쭉 빠져 있었다. 밝게 빛나지 않는 것은 닭이건, 돼지건, 개건, 함께 있는 존재를 의기소침하게 만든다.

"겐, 너 구두쇠 다 되었구나. 돈을 쓰지 않으려고 그렇게 애를 쓰다니. 페스티벌 끝나고 마쓰이와 스테이크 먹으러 가자는 약속을 한 다음부터 그렇게 된 것 같은데."

"아니, 누가 그랬어?"

"사토."

"아, 난 아다마와 사토도 꼭 데리고 갈 생각이었어."

"거짓말, 티켓 판 돈으로 마쓰이와 단둘이서 스테이크 먹으러 갈 꿈만 꾸어놓고."

"아, 그건 오해야."

"그런 변명 안 해도 돼, 모두 함께 가면 되니까."

"모두 함께라고? 스테이크가 얼마나 비싼데."

"월금에 가면 돼. 벌써 예약해두었어."

월금이란 특제 고기만두로 유명한 중국음식점이다. 나의 꿈은 꿈으로 끝나고 말았다. 나는 동경하는 연인과 스테이크와 와인을 앞에 두고 앉아 있는 꿈을 꾸었다. 사진을 찍던 그 아름다웠던 저녁에, 페스티벌이 끝나면 사세보의 가장 호화로운 레스토랑에서 스테이크를 먹자고 천사를 유혹했던 것이다. 천사는 미소 지으며 얼굴을 숙였기 때문에 나는 승낙한 것으로 생각했다. 그런데 그것을 앤 마가렛에게 말해버리다니, 너무하다.

"겐!"

"왜?"

"넌 정말 특별한 재능을 가진 것 같아."

"고마워. 사실은 아다마와 사토도 데리고 넷이서 갈 생각이었
어."

"이와세는?"

"아, 그렇지, 이와세도 우리 일에 협력해주었지."

"후쿠는? 후쿠 덕분에 앰프도 스피커도 빌렸잖아."

"그렇지, 그렇지."

"시로쿠시는? 시로쿠시는 티켓을 90장이나 팔아주었어. 공고
애들에게 잡혔을 때도 도와주었고. 마스가키도 8밀리 카메라를
빌려주지 않았니? 나리시마와 오다키와 나카무라도 티켓을 팔
고, 공연장 일을 도와주겠다고 했잖아."

"모두들 정말 고마운 친구들이야."

"일이 끝나면. 도와준 사람들을 모두 불러 모아 감사하다고
인사를 하는 게 예의 아니니? 안 그래? 늘 그랬지만, 이번에도
사토에게 그 말을 듣고 나 섭섭했어. 물론 이 일은 모두 겐의 아
이디어긴 하지만, 다른 사람들이 도와주지 않았더라면 시작도
못 했을 거야."

아아, 나는 정말 어처구니없을 만큼 이기주의자로구나 싶은 생각에 갑자기 내 자신이 싫어져 눈물이 나왔다, 고 하면 거짓말이고, 나의 뇌리에는 아직도 새하얀 테이블크로스와 빨간 장미 한 송이가 꽂힌 꽃병과 은 식기와 김이 무럭무럭 나는 스테이크, 화려하고 우아한 와인글라스 그리고 발갛게 볼이 상기된 레이디 제인의 얼굴이 또렷이 새겨져 있었다. 가끔씩 숨어서 마시는 싸구려 적포도주가 아니라 핏빛의 진짜 적포도주는 여자의 이성을 마비시킨다고 어느 소설에서 읽은 기억이 있다. 이성을 마비시킨다! 이성이 마비된 레이디 제인은……

"너 이 자식, 싱글거리면서 뭘 생각하는 거야. 너 지금 마쓰이에게 포도주 마시게 하고 키스하는 상상 하는 거지?"

가슴이 뜨끔했다. 아다마는 독자적인 사고 패턴을 창조하는 재능은 없지만, 타인의 사고 패턴을 읽어내는 데는 천재적인 재능을 가진 사나이였다.

"아냐, 난 지금 반성하고 있어."

표준어로 약간 당황한 듯이 내가 그렇게 말했지만 아다마는 웃지 않았다.

스테이크와 와인의 꿈이 깨진 탓인지, 나는 서서히 어두워져 가는 하늘을 올려다보며 감상에 젖었다. 내가 왜 이런 일을 꾸몄을까, 라는 생각을 하고 말았다.

폐광이 임박한 탄광촌의 버스 정류장이 풍기는 분위기 탓도 있었을 것이다. 물론 아다마에게 속마음을 들켜버린 건지도 모른다는 불안도 있었다.

"쳇, 할 수 없군."

맥이 빠진 나를 보고, 스스로를 위로하는 듯이 아다마가 중얼거렸다.

"겐은 O형이지?"

나는 고개를 끄덕였다.

"O형은 다른 사람 입장을 별로 생각하지 않는대. 아, 그리고 물고기자리 맞지? 물고기자리의 사람은 어리광을 잘 부리고 제멋대로래. 아, 그리고 장남이지? 아래로 터울이 많은 여동생 하나뿐인 외동아들. 그런 것들을 모두 한몸에 지녔으니 어쩔 수 없지."

아다마는 한 가지는 모르고 있었다. 물고기자리, O형, 외동아들에다 나는 할머니의 손에서 자란 아들이었다.

"너 같은 인간은 제멋대로 하게 내버려두지 않으면 오히려 타락하고 말 거야."

아다마는 그런 말을 하면서 바스락거리는 소리가 나는 사료

230

포대를 내려다보았다.

"나 정말 아다마와 사토에게 같이 가자고 말하려 했어."

"이제 그건 됐어. 그런데 저 닭들, 외롭지 않았을까?"

아다마는 계사 한구석에 격리되어 있던 스무 마리의 닭에 대해 말하고 있는 것이다. 좁은 계사에서 강제로 먹이를 먹어야만 하는 브로일러들. 닭이건 인간이건 조금이라도 거부의 자세를 보이면 격리되고 만다.

"페스티벌이 끝나면 닭집에 팔지 말고 어디 산에라도 풀어주자."

아다마는 사료 포대를 보면서 그렇게 말했다.

쾌청하게 갠 노동감사일, 5백 명 가까운 고교생들이 노동회관에 모여들었다.

오다키와 나리시마, 마스가키, 구 북고전공투는 회장 입구에서 '졸업식 분쇄'라 적힌 전단을 나누어주었고, 때때로 헬멧을 쓴 채 연설도 했다. 시로쿠시 유지 일파는 포마드로 머리카락을 착 붙이고 양복을 입었고, 준와와 야마노테와 여상과 아사히고 여학생들을 거느리고 포켓 사이즈 위스키를 돌려가며 마셨다. 여고생들의 패션은 다양했다. 교복을 입은 여학생들이 많았지만,

머리카락을 물들이거나 매니큐어, 립스틱, 타이트 스커트, 프리츠 스커트, 핑크색 카디건, 꽃무늬 원피스, 청바지 등 여러 가지였다.

이와세는 우리에게는 알리지도 않고 등사판으로 민 시집을 십 엔에 판매하고 있었다. 오프닝 세리머니에 참가하는 나가야마 미에를 감시할 목적이겠지만, 공고의 보스가 부하들을 이끌고, 목도 없이 나타났다. 매니큐어를 칠한 손가락에 담배를 낀 야마노테학원 여학생들이 말을 걸자, 그들은 얼굴을 붉혔다. 흑인 GI 네 명이 들어가고 싶다고 하여 나는 허락해주었다. 페스티벌에서는 살인 이외에는 모든 것이 허락되어야 한다. '포 비트'의 마스터, '길'의 웨이트리스도 왔다. 웨이트리스는 아다마에게 줄 꽃다발을 들고 왔다. 북고 영어연극부의 여학생들은 풍선을 가득 사들고 와서 공연장 안에 풀어놓았다. 공고의 보스를 물리쳐주었던 야쿠자는 동료 둘과 포장마차를 끌고 와서 삶은 오징어와 사과 과자를 팔았다.

수영복 위에 네글리제를 입고, 스포트라이트를 받으며 〈브란덴부르크협주곡 3번〉과 함께 등장한 나가야마 미에는 베니어판과 두꺼운 종이로 만든 사토 에이사쿠(佐藤榮作. 당시 일본 수상. 후에 노벨평화상을 받음—옮긴이)와 린든 존슨과 도쿄대학 정문의 모형을 도끼로 갈가리 찢어놓았다.

시라칸스는 레드 제플린의 〈홀 로타 러브〉를 첫 곡으로 연주를 시작하였다. 후쿠는 여전히, 돈추노 돈추노를 외쳐댔다. 맨 먼저 춤을 춘 사람은 앤 마가렛이었다. 연극 공연 전에 몸을 풀기 위해서라고, 앤 마가렛은 파란 운동복 차림으로 유방을 흔들면서 춤을 추었다. 흑인 병사가 휘파람을 불었다. 그것을 신호로 나가야마 미에가 늘 입고 다니는 검은 새틴의 착 달라붙는 슬랙스 차림으로 몸을 흔들기 시작했다. 나는 두 사람에게 조명을 비추었다. 나가야마 미에의 은빛 블라우스가 라이트를 받고 번쩍였다. 그 빛에 이끌린 듯 천천히 춤의 파도가 퍼져나가기 시작했다. 여기저기서 풍선 터지는 소리가 들렸다. 연극과 영화 사이에 시라칸스는 세 번 연주를 했다. 자신의 머리가 화면에 가득히 나타나자 이와세는 겸연쩍게 웃었다. 혼혈아 야쿠자는 내 곁에 다가와서, 이런 영화는 도대체 뭐가 뭔지 알 수가 없어, 라고 중얼거렸다. 그렇지만 혼혈아 야쿠자는 나가지 않았다. 아무도 자리를 뜨지 않았다. 천사는 줄곧 내 곁에 있어주었다. 시라칸스는 두 번째 쇼를 〈에즈 티어스 고 바이〉로 시작했다. 그때 나와 천사는 서로를 바라보면서 몸을 흔들기 시작했다.

즐겁지 않은 것은 놀라서 공연장 바닥을 뒤뚱뒤뚱 도망 다니는 닭들뿐이었다.

우리는 입이 찢어져라 웃으며 페스티벌의 성공을 자축했다. 특제 고기만두와 맥주를 곁들인 연회가 끝난 다음, 나와 천사는 단둘이서 강변의 오솔길을 걸었다. 두 사람만의 시간을 만들어 준 것도 아다마였다. 아다마는 스테이크와 와인 대신에 두 사람만의 가을밤을 선물해준 것이다.

강물에 달이 비치고 있었다.

"정말 눈 깜짝할 사이에 끝나고 말았어."

천사는 그렇게 말했다.

"나, 이상하지 않았니?"

"영화에서?"

"응, 이상했지?"

"아니……."

정말 예뻤어, 라고 말하고 싶었지만, 목이 타서 말이 나오지 않았다. 강변 오솔길에는 시소와 그네가 설치된 작은 공원이 있었다. 우리는 나란히 그네를 탔다. 그네의 삐걱거리는 소리가 나에게는 지미 페이지의 기타 솔로보다 더 관능적으로 들렸다.

"야자키랑 누구랑 닮았다고 늘 생각하고 있었는데, 오늘 그 사람이 누구인지 알았어."

"누구?"

"**나카하라 주야**(中原中也. 근대 일본의 시인—옮긴이)."

머리가 혼란스러워졌다. 나카하라 주야가 누구인지 금방 생각이 나지 않았다. 그런 배우가 있었던가? 하고 생각했다. 배우와 닮았다는 말은 들어본 적이 없었다. 문득 생각이 떠올랐다. 그는 요절한 시인이었다.

"그런데 말이야."

금방이라도 터질 것만 같은 가슴을 억누르며, 나는 벼르던 말을 기어이 끄집어내고 말았다.

"키스해본 적 있니?"

천사는 웃었다. 나는 수치심으로 머리끝에서 발끝까지 발갛게 물들었다. 천사는 천천히 웃음을 멈추고, 똑바로 나를 바라보면서 고개를 저었다.

"내 질문이 이상하니" 하고 말했다.

"모두들 키스해보았을까?"

잘 모르겠어, 나는 그런 바보 같은 대답밖에 할 수 없었다.

"난 키스 못 해봤어. 키스도 못 해본 주제에 딜런이나 도노반의 사랑 노래만 좋아해."

그리고 천사는 눈을 감았다. 빨리, 빨리, 빨리, 빨리, 빨리, 빨리, 빨리, 하고 심장이 고동쳤다. 나는 그네에서 내려 천사 앞에 섰다. 떨리는 것은 무릎뿐만이 아니었다. 온몸이 강물에 비친 달빛의 흔들림과 함께 떨리고 있었다. 숨이 가빠서 그 자리에서 도망치고 싶었다. 나는 쭈그리고 앉아 천사의 입술을 뚫어져라 바라보았다. 지금껏 본 적이 없는 불가사의한 형태의 생물처럼 보였다. 그 아름다운 생물은 달과 가로등의 희미한 불빛 아래에서 핑크빛으로 숨 쉬며 가늘게 떨고 있었다. 도저히 용기가 나지 않았다.

"마쓰이" 하고 부르자 천사가 눈을 떴다.

"겨울이 되면 우리 바다로 가자."

나는 겨우 그 말만 할 수 있었다.

천사는 웃으며 고개를 끄덕였다.

이츠 어 뷰티풀 데이

축제가 끝난 후, 나는 시간을 어떻게 보내야 할지를 몰랐다.

아버지가 들려준 이야기인데, 내가 세 살 적 여름, 처음으로 마을 축제를 보러 갔을 때였다. 세 살배기였던 나는 단상 위의 북에 마음을 빼앗겼다. 뒤뚱거리는 걸음으로 춤추는 사람들 틈을 뚫고 곧장 큰북을 향해 걸어간 것이다.

나는 나무 막대기로 팽팽한 가죽을 두른 큰북을 두드렸고, 규칙적으로 몸을 뒤흔드는 소리에 내 눈은 반짝였다. 그런 나를 보고 아버지는, 아, 이 녀석 축제광이 되는 건 아닐까, 라는 불길한 예감이 들었다고 한다.

1969년, 열일곱의 나이로 '아침에 서는 축제'를 벌인 때는 물론이고, 서른두 살 소설가인 지금도 나는 내내 축제만을 추구하며 살아온 듯한 느낌이 든다.

세 살배기 아이를 사로잡은 큰북의 울림은 1950년대의 재즈와 1960년대의 록으로 이어지고, 지구의 반대편까지 카니발 견학을 다니게 했다. 그것은 도대체 무엇일까?

그것은 아마도 **영원히** 즐기자는 것이 아닐까?

규슈 서쪽 끝, 파도 잔잔한 만에 면한 미군 기지의 거리, 사세보의 겨울은 어딘가 나사가 하나 풀린 듯한 분위기를 풍긴다.

축제를 무사히 마친 나는 겨울이 오기만을 기다렸다.

겨울 바다를 보러 가자, 라는 천사 레이디 제인과의 약속 때문이었다.

그날은 크리스마스이브였다.

우리는 시영버스의 출발지에서 만나기로 했다. 이날을 위해서 어머니의 어깨를 두 시간이나 안마하고, 대학? 꼭 들어갈게, 나, 두 사람 피를 이어받아 의외로 선생이 될 자질이 있을지 몰라, 그런데 어머니는 저학년만 가르쳐서 그런지 너무 젊어 보여, 있잖아, 야마다 말이야, 걔가 그러던데, 어머니는 〈누구를 위하여 좋은 울리나〉에 나오는 잉그리드 버그만과 닮았대, 하고 말했다. 너 참 바보 같은 말만 하는구나. 아, 엄마, 아들한테 바보가 뭐야, 버그만은 정말 예뻐, 옛날에 아버지와 함께 보았지, 험프리 보가트와 마지막에 비행장에서 안녕 하는 영화 있잖아. 아, 그 영화, 〈카사블랑카〉. 그래, 그래, 있잖아, 유치원 때 소풍 가서 같이 찍은 사진, 그 사진 속의 엄마는 정말로 버그만을 쏙 빼닮았더라. 그런 모습 어디가 버그만을 닮았다는 거니? 그런 대화를 나누고, 맥그리거 코트를 얻어 입었던 것이다.

크림색으로 안에는 오렌지색 보아가 붙어 있고, 앞은 더블 지퍼가 달려 있었다. VAN의 구두와 양말, 바지, 스웨터 위에 그 코트를 걸쳐 입었다. 이런 차림으로 해변가의 작은 마을로 가서 표준어로, 이 고기는 가자미인가요? 아니면 날치?라고 물으면, 어부들은 내가 도쿄에서 온 줄 알 것이다. 나는 득의에 찬 미소를 지으며 아버지가 쓰는 바이탈리스를 얼굴에 발랐다.

천사는 짙은 감색 코트와 끈이 달린 부츠를 신고, 바구니를 들고 기다리고 있었다. 혼잡한 버스 출발지에서 디즈니의 아기사슴 밤비 같은 눈동자를 보았을 때, 나는 마치 영화 속에 들어간 듯한 기분이 들었다. 어디선가 카메라가 우리를 주목하고 있는 것 같았다. 내 곁을, 징글벨, 징글벨 하고 노래 부르며 지나치는 어린아이의 머리를 나는 어른스럽게 쓰다듬어주었다. 크리스마스 이브와 VAN 스웨터와 맥그리거 코트 그리고 아기사슴 같은 눈동자를 가진 여자친구와의 작은 여행. 모든 사람들이 이때의 내 기분을 공유할 수 있다면, 이 세상의 모순이라는 모순은 모두 사라지고 말 것이다. 전쟁조차 사라질 것이다. 부드러운 미소만이 유일한 질서가 될 것이다.

우리의 목적지는 가라즈였다.

버스는 텅 비어 있었다. 크리스마스이브에 바닷가로 가는 사람은 사이먼 앤드 가펑클을 좋아하는 서정적이고 지적인 고등학생 커플이거나, 설 쇠기가 힘들다고 동반 자살을 결심한 가난한 가족들 정도일 것이다.

가라즈는 멋진 소나무 숲과, 파도가 높은 해수욕장과 도자기로 유명한 곳이다.

"마쓰이는 대학에 갈 생각이지?"

"응, 갈 생각이야."

"벌써 정했니?"

"쓰다주쿠나 도쿄여대나. 그다음으로 도단."

나는 《고3시대》나 《형설시대》를 읽지 않았기 때문에 도단이라는 학교 이름은 처음 들어보았다. 그 말의 울림으로 보아 굉장

히 재미있는 학교일 것 같았다. 나도 한번 시험을 쳐볼까, 하고
말하자 천사는, 얘는! 도단은 도쿄여대에 속한 전문대학이야, 라
며 웃었다. 나는, 농담이야, 하고 얼굴을 붉혔다.

"야자키는? 야자키 반 친구들은 모두 의과대학 지망이지?"

"응, 구십 퍼센트는 의학부. 그런데 난 글렀어."

"그러니, 나, 야자키가 의사가 되면 진찰받고 싶었는데" 하고
말했다. 나는 무슨 뜻인지를 몰라 약간 긴장했다. 설마 블라우스
를 열고 몸을 만지거나 드러누워 다리를 벌리는……. 그런 망상
을 떨치기 위해 나는 머리를 세차게 흔들었다. 버스 속에서 이런
생각만 하다가는 심장에 좋지 않을 것 같아, 아다마를 상상 속에
등장시키고, '쓸데없는 생각하지 마'라고 말하게 하면서, 달아오
르는 몸을 진정시키려 애썼다.

버스 종점은 가라즈의 시내였다. 차장은 시즌이 아니라서 해
안가까지 가지 않는다고 했다. 우리 둘을 보고 질투심 때문에 심
술을 부리는 듯한 어투였다.

해변까지는 꽤 멀었다. 나는 생각했다. 지금이 오전 11시, 삼
십 분쯤 걸어서 해변가에 도착하면 11시 30분. 겨울 바닷가에
얼마나 오래 앉아 있을 수 있을까? 천사의 바구니에는 틀림없이
도시락이 들어 있을 것이다. 눈물이 날 만큼 맛있는 음식이 들어

있겠지만, 정오에 그것을 먹어치우면 할 일이 없어지고 말 테니, 차가운 바람과 추위를 견디다 못해 얼마 안 가, 그만 돌아가자, 라는 말이 나올 것이 뻔하다. 우리가 추구하지 않으면 안 되는 것은 낭만적인 겨울 바다의 저녁노을이다. 모든 것이 부드럽게 녹아드는 듯한 엷은 보라색 공기다. 그 공기는 인류에게 아무런 소용없는 이성이라는 것을 빼앗아버리고 말 것이다.

"마쓰이는 영화 좋아하니?"

가라즈 시내의 아케이드 입구에 영화 간판이 걸려 있었다. '냉혈冷血.' 망할 그 제목이 나의 꿈을 송두리째 날려버렸다.

"응, 좋아해" 하고 천사가 대답했다.

"저기 봐, 〈냉혈〉. 아는 영화니?"

치명적인 아는 체 병이 도졌다.

"저 영화 말이야, 트루먼 캐포티라는 사람이 원작자인데, 명작 중의 명작이라 할 수 있어."

그렇게 하여 바닷가의 저녁노을을 즐기기 위해 우리는 〈냉혈〉을 보기로 했지만, 그 캐포티 원작의 사회파 영화는 달콤한 키스의 시간을 맞이할지도 모를 열일곱 살의 커플에게는 도무지 어울리지 않았다. 불행한 과거를 가진 두 남자가 어느 가족을 모두 참살하고 전기의자에 앉기까지를 다큐멘터리풍으로 극명하게 그린 영화였다. 범인 역의 배우는 이가 빠져 있었고, 화면은 흑백이었고, 교실 장면은 불필요할 정도로 리얼하여 나조차 눈을 감고 싶을 정도였고, 영화관은 오줌 냄새로 가득하였고, 시트 등받이는 넝마 같았다. 〈냉혈〉은 천사를 피로하게 만들고 말았다. 더없이 리얼한 범죄 다큐멘터리로, 상연 시간은 두 시간하고도 삼십 분이나 되었다. 천사는 몇 번이나 눈을 감으며, 무서워! 싫어! 하고 작은 소리로 외쳤던 것이다.

피로와 반성과 후회로 나는 천사에게 말도 걸 수 없었다.

"야자키, 도시락 먹을래?"

바람이 드센 해변가에 도착하자 천사는 그렇게 말하고, 바구니 속에서 알루미늄 호일로 감싼 샌드위치를 끄집어냈다. 치즈와 햄과 달걀과 야채가 든 샌드위치, 물수건과 파슬리도 있었고, 프라이드치킨까지 곁들어져 있었다. 프라이드치킨은 손으로 잡기 편하게 알루미늄 호일로 감쌌고, 핑크빛 리본으로 치장까지 하고 있었다.

"와! 정말 맛있겠다" 하고 나는 호들갑스럽게 말했지만, 〈냉혈〉의 충격이 아직도 가시지 않아, 입 속도 식도도 위장도 바싹 마른 듯한 느낌이었다. 그렇지만 나는 샌드위치를 볼 가득 밀어 넣었다.

세찬 바람이 불고, 현해탄 저 멀리 하얀 파도가 일고 있었다. 때때로 모래바람이 불어와 우리는 얼굴과 바구니를 가리지 않으면 안 되었다.

　"그 영화 굉장하더라."

　포트에서 홍차를 따르면서 천사는 말했다.

　"피곤했지?"

　"응, 조금."

　"미안해."

　"왜?"

　"모처럼 데이트에서 그런 영화를 보게 해서."

　"그렇지만 명작이잖아?"

　"응, 어떤 잡지에 소개되어 있더라."

　"과연 필요한 것일까?"

　"어, 뭐라구?"

　"그런 명작이 필요 있을까 말이야."

　"무슨 의미?"

　"그 사건 정말로 있었던 일이라며?"

　"응, 실제로 있었던 이야기."

　"왜 그런 이야기를 일부러 영화로 만들지? 난 알고 있는데."

"알고 있다고?"

"이 세상에는 잔혹한 일이 있다는 것을 난 알아. 베트남이나 유대인 수용소라든지, 그렇지만 난 일부러 그런 영화 만들지 않아도 된다고 생각해. 왜 그런 이야기를 영화로 만들어야만 할까?"

나는 할말이 없었다. 천사의 말뜻은 잘 알 수 있었다. '무엇 때문에 보기 싫은 것, 더러운 것을 일부러 보여주는 것일까?' 아기 사슴 같은 눈동자에게 그런 말을 들으면 대답할 말을 잃고 만다.

마쓰이 가즈코는 상냥하고, 예쁘고, 머리 좋고, 사랑받으며 자란 사람이다. 〈냉혈〉에서 묘사된 세계가 평화로운 생활과 무척 가까운 곳에 잠복해 있다고 해도, 또 그것을 직시할 필요가 있다고 해도, 역시 무엇보다 중요한 것은 마지막에 천사가 한 말, "난 브라이언 존스의 쳄발로 소리 같은 느낌으로 살아가고 싶어"라는 것이다.

샌드위치에는 거의 손을 대지 않은 채, 우리는 겨울 바다를 뒤로했다.

키스가 문제가 아니었다.

그렇게 하여 1969년은 지나갔다.

아다마는 현재 후쿠오카에서 프로모터를 하고 있다. 시골 탄광촌 출신이라서 그런지 영어를 쓰는 직업에 집착하는 경향이 강했다. 내가 구 년 전에 소설가로 데뷔하고, 그 데뷔작이 베스트셀러가 되어 세상을 떠들썩하게 했을 때, 그가 아카사카의 호텔에 있는 나를 찾아온 적이 있었다. 지금은 전혀 그렇지 않지만, 그때는 그의 방문이 나에게 무척 고통스러운 것이었다. 나는 갑자기 유명해져서 무척 긴장해 있었고, 아다마와 놀던 시절로 회귀하지 않으려고 조심하고 있었다. 거의 대화도 없이, 미지근한 커피를 한 잔 마신 다음 아다마는 돌아갔다. 나중에 그 커피를 마셔보고, 열일곱 살을 함께 보낸 그 친구에게 그런 커피를 마시게 한 나 자신을 야박한 사내라고 생각했다.

'시라칸스'의 베이스와 보컬을 맡았던 후쿠는 지금도 후쿠오카에 살면서 레코드 가게를 운영하고 있다. 재즈 레코드 가게다. 때때로 콘서트를 기획하기도 한다. 좋은 살사와 레게 레코드가 들어오면 나에게 보내주곤 한다. 우린 만나면 제니스 조플린을 노래한다. 가사를 잊어먹으면, 여전히 돈추노, 돈추노다.

북고 전공투의 오다키와 나리시마는 지금은 서로 연락이 없지만, 상경했을 때 한 번 하숙집을 찾아간 적이 있었다. 그 둘은 검정시험을 쳐서 도립대학에 진학했다. 하숙방에는 헬멧과 각목과 전단이 있었고, 화장을 하지 않은 얼굴에 블라우스와 청바지 차림의 여자도 있었다. 우리는 요시다 다쿠로를 들으면서 삿포로 소금라면을 먹었다.

시로쿠시 유지는 의사가 되었다. 의학부 학생일 때 한 번 만났다. 의학부 학생증을 보여주고 하룻밤 즐기자는 말에 거절한 술집 여자는 아직 둘밖에 없었다고 시로쿠시는 자랑스럽게 말했다.

요부 앤 마가렛, 사토 유미는 행복한 결혼을 하여 사세보에서 살고 있을 것이다.

이와세와는 상경 당시는 자주 만났지만, 요 몇 년 동안 연락이 두절되었다. 이케부쿠로의 카바레에서 음유시인으로 활동하고 있다는 소문이 있었지만, 사실인지 확인할 길이 없다. 화가 지망생 여자와 동거하고 있었는데 마지막으로 만났을 때는 이미 헤어졌다고 말했다.

나가야마 미에는 미용사가 되었다.

재즈 클럽 '포 비트'의 마스터 아다치는 자살하고 말았다.

나를 취조한 사사키 형사는 전근하여 지금 가고시마에 있다. 매년 연하장을 보내온다.

"새해 복 많이 받으세요. 요즘의 불량학생들은 도통 정이 안 가요……."

공고의 보스는 사세보 중공업에 근무하다가 프레스에 끼어 오른손가락 네 개를 잃고 검도를 포기했다.

혼혈아 야쿠자는 그 세계에서 발을 씻고, 사세보에서 찻집을 경영하고 있다. 그 찻집에는 내 사인이 든 두꺼운 종이가 걸려 있다.

가와사키와 아이하라, 두 체육선생은 전근하여 지금 사세보에 없다.

담임 마쓰나가는 북고를 퇴직하고, 어느 여고에서 강사를 하고 있다 한다. 소설가가 된 후 나는 그에게 고교 시절과 다름없는 말투로 딱 한 번 설교를 들었다.

"야자키, 보기 흉하니까 그 머리 좀 깎아라."

바리케이드 봉쇄 다음 날, 나의 멱살을 잡고 울먹였던 학생회장은 교토대학 재학 중에 적군파에 가담했다가 싱가포르에서 체포되었다.

교장실 책상에 똥을 싼 나카무라는 나가사키에서 이벤트 기획회사를 하고 있다. 한번 강연을 하러 갔을 때, "언젠가 똥 이야기를 쓰는 게 아닌가 하고 겁을 먹고 있었는데, 기어이 쓰고 말았군요" 하고 기쁜 표정으로 말했다.

천사 레이디 제인, 마쓰이 가즈코와의 사랑은 1970년 2월, 비가 내리던 일요일에 그녀의 일방적인 변심으로 끝나고 말았다.

천사에게 연상의 남자친구가 생긴 것이다.

그 남자친구는 규슈대 의학부에 입학한 사람이었다. 천사는 도단에 입학하였다. 우리는 기치조지를 중심으로, 싸늘한 관계가 되고 나서도 몇 번 데이트를 했다. 이노가시라 공원에 벚꽃이 질 무렵, 천사는 남자친구와 결혼할 생각이라고 말했다. 그날 밤 나는 산토리 위스키 한 병과 백포도주 반 병과 적포도주 한 병을 마시고, 카레라이스와 소고기 덮밥을 두 그릇씩 비운 다음, 밤중에 플루트를 마구 불다가 같은 연립주택에 사는 야쿠자에게 뺨을 왕복으로 네 대나 맞았다.

내가 소설가가 되고 나서 몇 번 편지가 있었고, 전화도 한 통 받았다. 전화가 왔을 때, 나는 보즈 스캑스의 〈위 아 올 얼론〉을 듣고 있었다.

"아, 보즈 스캑스로구나?"

"응, 그래."

"아직도 폴 사이먼 좋아하니?"

"아니, 이젠 듣지 않아."

"그러니? 나는 아직도 듣고 있는데."

"잘 지내?"

천사는 대답하지 않았다. 그 전화 이후, 편지가 왔다.

보즈 스캑스가 흐르고, 야자키 씨의 목소리를 들으니, 문득 고교 시절로 돌아간 듯한 기분이 들었어요. 나도 보즈 스캑스를 좋아하지만, 듣지 않아요. 작년부터 올해에 걸쳐 좋지 않은 일만 일어났어요. 그래서 지금은 자주 톰 웨이츠를 들어요. 괴로운 일들을 잊어버리고 싶지만, 정말로 괴로운 일을 잊기 위해서라면 다른 삶을 찾아야 하지 않을까요?

그녀의 편지 마지막에는 폴 사이먼의 노래 가사가 타이핑되어 있었다.

Still crazy after all these years……

레이디 제인은 브라이언 존스의 쳄발로 소리 같은 느낌으로 살아갈 것이다.

'아침에 서는 축제'에 협력을 아끼지 않았던 닭들은 아다마의 손에 의해 폐광 후의 탄광촌 산에 방사되었고, 한번은 지방 신문에 기사로 실린 적이 있다.

"건강합니다. 야성화한 닭 10미터 점프!"

지은이의 말

이 책은 1969년 고등학생이었던 내 주변에서 일어난 일을 일부 기록한 것이다.

1969년에 태어난 사람들은 지금쯤 고등학교를 졸업하고 대학을 마치고 사회인이 되어 있을 것이다. 가능하다면 그런 사람들이 이 소설을 읽어주길 바란다. 이 책은 정말 즐거운 소설이다. 이렇게 즐거운 소설은 다시는 쓸 수 없을 것이다.

이 소설의 등장인물은 거의 다 실제 인물뿐이지만, 당시 즐겁게 살았던 사람은 좋게, 즐겁게 살지 않았던 사람들(선생, 형사, 그 외의 어른들 그리고 말 잘 듣는 학생들)에 대해서는 철저히 나쁘게 썼다.

즐겁게 살지 않는 것은 죄다.

나는 고등학교 시절에 내게 상처를 준 선생들을 아직도 잊지 않고 있다. 소수의 예외적인 선생을 제외하고, 그들은 정말로 소중한 것을 내게서 빼앗아가버렸다. 그들은 인간을 가축으로 개조하는 일을 질리지도 않게 열심히 수행하는 '지겨움'의 상징이었다.

그런 상황은 지금도 변함이 없고, 오히려 옛날보다 더 심해졌을 것이다. 그러나 어느 시대건, 선생이나 형사라는 권력의 앞잡이는 힘이 세다. 그들을 두들겨 패보아야 결국 손해를 보는 것은 우리 쪽이다.

유일한 복수 방법은 그들보다 즐겁게 사는 것이다. 즐겁게 살기 위해서는 에너지가 필요하다. 싸움이다. 나는 그 싸움을 지금도 계속하고 있다. 지겨운 사람들에게 나의 웃음소리를 들려주기 위한 싸움을, 나는 죽을 때까지 결코 멈추지 않을 것이다.

무라카미 류

작품 해설

무라키미 류만큼 행복한 작가도 없을 것이다. 많은 팬들이 언제일까 하고 그의 신간이 나오기를 기다린다. 수많은 여자들과 출판사의 편집자들이 그를 사랑한다.

만들었다 하면 실패를 거듭하지만, 그가 영화를 만든다면 얼마든 투자하겠다는 사람이 줄을 선다. 텔레비전 방송에 고정 프로그램을 가지고 있고, 시청률도 높다. 여느 사람이 이런 식으로 활동했더라면 잡스럽다는 평을 받기 십상이겠지만, 류는 문단에서 당당한 자신의 위치를 가지고 있다. 아니, 좀 더 정확히 말하자면, 일본을 대표하는 작가다. 나는 외국의 도서관에서 그것을 확인한 터다.

무엇보다 부러운 것은, 여러 장르를 넘나들며 다양한 활동을 펼치면서도 그 특유의 경쾌한 풋워크를 잊지 않는다는 점이다. 작가에게서 흔히 찾아볼 수 있는 굴절된 심리와 뒤틀린 고집도 없다. 테니스에서 스매싱을 하듯 역작을 내놓고, 그러는 동안에도 재미있는 일이 일어나는 곳이면 세계 어디라도 얼굴을 내밀고 다닌다. F1, 윔블던, 월드컵이 열리는 곳에는 반드시 무라카미 류가 있다.

"난 일하는 게 싫어서 빨리 써놓고 놀러 가."

이런 말이 허용되고, 또한 어울리는 작가가 무라카미 류다.

『69』는 이런 무라카미 류의 정체를 알기에 가장 적합한 소설이다. 그러나 그의 소설을 즐겨 읽는 사람이라면 『69』가 어딘지 모르게 낯선 소설임을 알 수 있을 것이다. 『69』의 이러한 낯섦은 아마도 이 소설의 밝은 분위기 때문일 것이다. 작가 자신의 본질을 적확히 묘사한 작품이라 말할 수 있는 것이다.

물론 무라카미 류의 소설은 어둡지 않다.

그러나 눈에 보이지 않는 함정을 가진 다른 소설과는 그 밝음의 성격이 다르다. 아슬아슬하고 위험한 풍자와 무서운 독을 품은, 언뜻 유쾌해 보이는 비유들은 『69』의 가장 큰 힘이며 즐거움이다.

류는 후기에 이렇게 적고 있다.

"이 책은 정말 즐거운 소설이다. 이렇게 즐거운 소설은 다시는 쓸 수 없을 것이다."

우선, '69'라는 제목부터가 자극적이다. 이것을 지적이며 화사한 여성지에 실은 것도 무라카미 류답다.

좋아하는 여자에게 일부러 외설적인 말을 던지는 장난기 섞인 장치로, 무라카미 류는 여성 독자의 마음을 사로잡는 데 성공한다. 물론 그의 소설은 단행본으로 단장되자마자 베스트셀러가 될 것이 당연한 이치인 터라 남자들도 읽어볼 것이다. 그들에게도 '69'라는 제목은 기분 좋은 자극제가 될 것이다. 작가 류의 냄새가 물씬 풍기는 제목이다.

글 속에서도 류는 주도면밀하다. 연하의 사람들에게 자신의 청춘 이야기를 들려주는 것은 어딘지 모르게 노인스럽다. 원래 추억이라는 행위 자체가 노인의 영역에 속하기 때문이다.

그래서 무라카미 류는 1969년이라는 명확한 시간을 제시한다. 자신이 가장 재미있게 산 시절이었다고 하는데, 이건 그냥 우연만은 아니다.

그와 마찬가지로 시골의 중학생이었던 나도 당시의 눈부신 시간을 생생히 기억하고 있다. 텔레비전을 켜면, 미니스커트 차림의 여자애들이 고고를 추고 있었다. '해프닝'이란 것이 유행하고, 젊은 화가들이 닥치는 대로 황칠을 하는 광경이 잡지에 실렸다. 라디오 심야방송에서는 매일 밤 DJ들이 심각한 목소리로 말을 걸어왔다. 도쿄대학의 야스다 강당에서는 전쟁놀이가 벌어졌고, 텔레비전은 그 광경을 중계했다.

머리 좋고 세상 보는 눈을 가진 청년이라면 뭐든 할 수 있는 시대였다. 실제로 고등학교 졸업식을 저지하거나 보이콧하는 학생들도 있었다. 나는 그리 머리도 좋지 않고, 세상 보는 눈도 없는 아이였기에 그냥 만화를 보거나 친구들과 배구를 하면서 시간을 보냈다.

그러나 『69』의 겐은 다르다. 분명 고등학교 시절의 무라카미 류의 대변자인 이 소년은 몹시 현명하다. 세상을 바라보는 눈을 가지고 있다. 그리고 그런 소년들이 늘 그렇듯, 그 또한 무서울 정도로 잔혹하다.

그가 선생을 그렇게 미워하는 것은, 노처녀라는 이유 또는 지방대학 출신이기 때문이다. 아름답지 않은 것, 초라한 것은 악이며, 아름다운 것이 선이라는 명쾌한 기준. 이런 단순한 세계관 앞에 사상이 깃들 틈새는 없다.

겐은 레이디 제인이라는 아름다운 소녀를 위해 혁명을 일으키기로 결의한다. 그녀에게 잘 보이기 위해 낙서를 하고, 바리케이드를 치고, 플래카드를 건다. 이 불순한 동기, 그 대단한 에너지!

바로 여기에 우리를 매혹시키는 무라카미 류의 주제가 있다. 그에게는 손으로 잡고, 혀로 맛볼 수 있는 쾌락만이 유일한 가치다. 미녀의 감촉, 축제의 즐거움, 반체제라는 이름의 놀이를 통해 맛보는 즐거움……. 이에 비한다면 사상이란 건 머리에 달라붙은 비듬 정도밖에 되지 않는다. 사상은 인간을 어둡게 만든다. 무라카미 류에게, 어두운 인간만큼 살 가치가 없는 존재도 없다.

이런 어두운 인간의 이미지는, 이를테면 사가대학 국문과, 민족주의 계통의 대학이라는 명사로 나타난다. 이 얼마나 풍요롭고 잔혹한 고유명사인가. 이것은 일종의 언어폭력이다. 그러나 너무 재미있어 웃음을 자아내는 폭력이다.

이러한 오만함을 유지하기 위해 무라카미 류는 늘 강자이고자 한다. 바리케이드 봉쇄가 발각되어 정학을 당하게 된 겐은 갑자기 어떤 깨달음을 얻는다.

"비록 퇴학당하는 일이 있어도 나는 네놈들에게 지지 않아. 평생, 나의 즐거운 웃음소리를 들려줄 테다."

이 말과 후기를 읽어보면, 무라카미 류의 의도를 잘 알 수 있다. 그 편이, 나의 구질구질한 해설을 읽는 것보다 훨씬 빠를 것이다.

"즐겁게 살기 위해서는 에너지가 필요하다. 싸움이다. 나는 그 싸움을 지금도 계속하고 있다."

나는 이 싸움을 엿본 적이 있다. 둘이서 강연여행을 갔을 때 류는 정말 대단했다.

먼저, 맛있는 음식을 듬뿍 먹고, 그 지방의 특산주를 마시고, 그곳에서 가장 멋진 여자들이 있는 클럽에 간다. 이런 때의 그의 행동은 너무 멋들어진다. 상대를 마치 학교축제 문제로 의논하러 온 여학생 다루듯 한다. 몇 번 만난 호스티스를, "내 친구야" 하고 소개하기도 한다. 무라카미 류는 이런 행동이 너무도 잘 어울리는 사람이다.

나는 먼저 호텔로 돌아왔지만, 그는 새벽녘까지 노래방을 전전하고, 다음 날은 골프를 치러 갔다고 한다.

늘 유쾌한 표정에다 밝게 빛나는 얼굴을 하고 있다.

무라카미 류만큼 행복한 작가는 없을 것이다.

하야시 마리코(소설가)

69_ sixty nine

초판　1쇄　2004년　3월 15일
개정판 1쇄　2018년　11월　5일
개정2판 1쇄　2021년　4월 26일

지은이 무라카미 류
옮긴이 양억관
펴낸이 박진숙 | **펴낸곳** 작가정신
책임편집 황민지 김미래 | **디자인** 이아름
마케팅 김미숙 | **홍보** 조윤선 | **디지털콘텐츠** 김영란 | **재무** 오수정
인쇄 및 제본 한영문화사

주소 (10881) 경기도 파주시 문발로 314
대표전화 031-955-6230 | **팩스** 031-944-2858
이메일 editor@jakka.co.kr | **블로그** blog.naver.com/jakkapub
페이스북 facebook.com/jakkajungsin | **인스타그램** instagram.com/jakkajungsin
출판 등록 제406-2012-000021호

ISBN 979-11-6026-228-5 03830

미혼모의 탄생

추방된 어머니들의 역사

미혼모의 탄생

추방된 어머니들의 역사

The Invention of Unwed Mothers

A History of Exiled Mothers in Modern Korea

1판 1쇄 발행 2019년 12월 5일

지은이 권희정
편집 김효진
표지 디자인 서주성

펴낸곳 안토니아스
등록 2019년 2월 14일(제2019-000002호)
주소 인천시 동구 화도진로 35번길 11-4, 202호
전화 02-6085-1604
팩스 02-6455-1604
이메일 antoniasbooks@naver.com

ISBN 979-11-968604-0-0 93330

이 전자도서의 국립중앙도서관 출판시도서목록(CIP)
은 e-CIP 홈페이지(http://www.nl.go.kr/ecip)와 국가자
료공동목록시스템(http://www.nl.go.kr/kolisnet)에서 이
용하실 수 있습니다.

이 책의 제작비 일부는 한국미혼모지원네트워크 설립
자이자 초대 대표인 리차드 보아스 박사의 후원을 받았
으며, 수익금은 도움이 필요한 미/비혼 어머니들을 위
해 전액 기부합니다.

미혼모의 탄생

추방된 어머니들의 역사

권희정 지음

Antonia's

일러두기

* 인명, 지명 등 외국 고유명사의 표기는 국립국어원 외래어표기법을 기준으로 하되, 다른 표기가 일반화되어 있는 경우나 인용문에서 다른 표기를 채택한 경우 등은 해당 표기를 따랐다.
* 본 저서에 인용한 피면접자 사례는 필자의 박사논문 (2014)을 위해 수년 전 진행한 인터뷰에서 따왔다. 이사나 연락처 변경 등으로 연락이 닿지 않아 동의를 구할 수 없어 개인정보는 모두 삭제했으며, 인터뷰 내용 중 신상을 추측할 수 있는 부분은 원뜻을 왜곡하지 않는 범위에서 각색했음을 밝힌다.

감사의 글

이 책은 필자의 박사학위 논문을 보다 많은 대중들이 쉽게 읽었으면 하는 바람에서 출간하게 되었다. 2014년 학위 논문이 나왔으니 무려 5년의 시간이 지났다. 이렇게 긴 시간을 보내야 했던 수많은 사정을 일일이 열거할 수 없지만 이제라도 나오게 되었으니 다행이다. 왜냐하면 논문에 인용된 피면접자 중 한 명의 요청으로 필자의 박사논문은 비공개 상태에 있고 앞으로 계속 그러할 것이기 때문이다.

2008년부터 약 5년 남짓 필자는 한국미혼모지원네트워크의 사무국장으로 활동하며 수많은 미혼 엄마들을 만났다. 그리고 그들의 말과 행위를 인류학이란 분과학문에서 훈련받은 대로 사회적이고 역사적 맥락에 위치시켜 분석하고 미혼모의 자기 정체성과 자녀의 양육과 입양 선택에 근대 가족을 이상화하며 '미혼모'의 모성을 거세하는 근대 가족 정치 이데올로기와 당대의 사회사업 실천이 맞물려 있음을 밝히는 논문을 완성했다. 그런데 나온 지 몇 달 만에 논문은 비공개 처리되었다. 낭만적 사랑에 기초한 결혼이 신성시되는 이면에 '미혼모'에 대한 낙인이 상대적으로 더욱 심화되던 1980년대를 '미혼모'로 살아야 했던 한 미혼 엄마의 자기 정체성 형성에 당대의 담론이 얼마나 부정적 영향을 끼쳤는지 분석하는 부분을 당사자는 본인에 대한 비하로 받아들였으며 논문 비공개 처리를 요구했고 필자는 수용했다. 하지만 사회의 낙인과 비난 속에서 입양을 선택함으로써 모성을 포기하고 그리움과 죄책감 속에 힘겨워하거나, 낙인과 비난에도 불구하고 양육을 선택했지만 지지와 지원이 없는 상황에서 홀로 모성을 수행하며 외롭고 힘겨운 삶을 살아가던 수많은 미혼 엄마들의 이야기까지 묻을 수는 없었다. 그들의 거세된 모성을 기록을 통해 다시 소환해야 한다는 소명감을 떨칠 수 없었다. 논문 비공개를 요구한 미혼모 당사자와 그 가족이 제기한 길고 긴 소송을 거치며 단행본 출간 작업은 여러 번 중단되었다. 그리고 끝나지 않을 것 같던 소송은 마무리되었고, 단행본 작업도 마침내 끝났다. 이제 땅속에 묻혔던 그들의 이야기를 세상에 내놓으며 많은 분들이 귀 기울여 들어주길 희망한다.

우선 필자를 '미혼모'의 세계로 이끌어 준 한국미혼모지원네크워크 창립자이자 초대 대표 리처드 보아스 박사에게 감사를 드린다. 그분이 아니었으면 '미혼모'를 몰랐을 것이며 그들을 몰랐다면 그들의 삶을 통해 발견한 근대 가족의 아이러니와 사회 사업의 민낯을 보지 못했을 것이다. 또한 열정과 진심을 다해 함께 일했던 엘렌 퍼나리 자문, 사무국 활동가 한승희, 유지영, 강은주, 이슬기 모두에게 감사의 말을 전한다.

논문이 완성되기까지 세심하게 지도해주신 문옥표 지도교수님, 양영균 교수님, 김주희 교수님, 김은실 교수님, 김혜영 교수님께 진심으로 감사한 마음을 전하고 싶다. 교수님들의 애정 어린 조언으로 완성할 수 있었던 논문이 비공개 처리된 것에 대해서도 또 그로 인해 여러 번잡한 과정을 거치게 해 드린 점에 대해서도 심심한 사과의 말씀을 드린다.

그리고 언제 끝날지 모를 공부의 길에서 배회하는 삶을 살아온 엄마를 묵묵히 지지해 준 아들과 인내로 받아주신 부모님께도 감사드린다.

수많은 오탈자와 거친 문장들을 매만져 보기 좋은 단행본으로 완성시켜 준 리시올·플레이타임의 김효진, 김재훈 편집자, 필자의 의도를 표지에 잘 담아 준 서주성 디자이너, 책이 출간될 때까지 필요한 정보를 알려주고 마음의 안식처가 되어 준 여인독문 친구들, 여유로운 미소로 따뜻한 응원을 아끼지 않은 이혜진 선생님, 그리고 출판사 로고를 정성껏 만들어 준 최경환 님께도 감사의 마음을 전한다.

무엇보다 다시 돌아보고 싶지 않았을 아픈 순간의 기억을 떠올리며 누구에게도 쉽게 말할 수 없었을 이야기를 들려준 미혼 엄마들에게 고개 숙여 감사드린다. 비록 자신의 이야기 공개를 원치 않았던 한 분의 이야기를 이 책에 담을 수는 없었지만 그 어느 때보다 '미혼모'에 대한 낙인이 심했던 그 시절 어머니가 됨을 당당히 선택했던 용감한 분이었다. 그분의 용기에, 그리고 미혼모에 대한 낙인으로 인해 입양을 선택해야 했거나, 어려움 속에 자녀를 양육하고 있는 이 땅의 수많은 미혼의 엄마들에게 존경하는 마음을 담아 이 책을 바친다.

2019년 9월
두 개의 큰 태풍이 지난 어느 날
필자 권희정

차례

글을 시작하며

'미혼모'는 상당한 낙인감을 갖는 용어다. 필자가 '미혼모' 권익 옹호 단체 활동을 시작했을 때인 2008년 무렵, 결혼하지 않고 출산을 선택한 여성들의 주체성을 강조하고자 여성 단체를 중심으로 '미혼모'를 대신해 '비혼모'라는 용어를 사용하는 분위기가 형성되기 시작했다. 2011년 들어 서울시한부모가족지원센터는 '미혼모'를 대체할 새 이름 짓기 공모전을 통해 '두리모'라는 이름을 채택하기도 했다. 또한 같은 해 '미혼모' 및 입양인 단체 등은 정부가 입양을 활성화하고자 제정한 5월 11일 '입양의 날'을 반대하고, 미혼모의 자녀 양육 선택권을 지지하는 의미에서 같은 날을 '싱글맘의 날'로 제정했다. 당시 한 관계자로부터 "'미혼모'가 갖는 단어의 낙인감을 피하고자 '싱글맘'이라는 용어를 채택했다"고 들은 기억이 있다.

하지만 필자는 이 책에서 이 사회적 낙인감을 갖는 '미혼모'라는 용어를 그대로 사용한다. 이는 결혼하지 않고 아이를 낳은 수많은 여성들이 '미혼모'라는 집단으로 분류되며 그들의 자녀를 결혼한 가정으로 입양 보낼 수밖에 없었던 미혼 모성 억압 경험에 대한 역사적 탐구에 본 저서의 목적이 있기 때문이다. 따라서 여기에서 사용하는 '미혼모'는 낙인적 호칭으로서가 아니라 분석적 용어임을 우선 명확히 하고자 한다. 결혼 제도 밖의 임신과 출산을 통제하고 법률혼에 기초한 근대의 '가족'을 만들기 위한 정치적 의도에 의해 구성된 용어임을 강조하는 의미에서 경우에 따라 작은따옴표로 묶어 표기하였다.

이 글은 1부와 2부로 나뉘어 있다. 우선 1부에서는 필자가 '미혼모'를 사회적이고 역사적 사건으로 접근해야 함을 깨닫게 되는 데 결정적 계기가 되었던 서구의 '베이비 스쿱 시대'(Baby Scoop Era)와 그 시대를 관통한 서구 미혼모들의 경험에 대해 이야기하고 있다. 이어 국내 혼외 출생아 통계 및 입양에 있어서 미혼모 자녀가 차지하는 비율로부터 우리가 얻을 수 있는 통찰은 무엇인지 서술한다. 그리고 이 통계들과 서구의 '베이비 스쿱 시대'가 결코 무관할 수 없다는 합리적 의심을 제기한다. 이어 지난 반세기 동안 '미혼모'를 둘러싼 세 개의 특징적 관점들에 대해 정리하며 '아이를 버린 미혼모'라는 언설은 당대의 가족과 젠더 정치와 긴밀한 연관 속에 구성된 것임을 논한다. 하지만 한 시대의 사회적이고 문화적 현상은 결코 제도와 담론에 의해 일방적으로 결정되는 것이 아니란 점에서 '미혼모'를 행위자로 위치 지으며 그들이 다시 제도와 담론에 개입해 가는 과정에 대한 탐구 역시 필요함을 강조했다. 아울러 지난 5년간 미혼모 권익 옹호 단체에서 일하며 미혼모 당사자들을 만나게 된 경위와 본 연구를 위한 자료 수집 경위 등을 밝혔으며 1부 마지막 장에서는 우리 시대 '미혼모'의 현상을 이해하기 위해서는 '가족'과 '입양'의 지형 변화에 대한 이해가 반드시 수반되어야 한다는 의미에서 우리 사회에서 언제부터 '미혼모'가 문제적 범주로 등장하게 되었는지, 그리고 그에 맞물려 가족 및 입양 제도와 관련 담론이 어떻게 변화하였는지 개괄적으로 정리했다.

2부에서는 근대 이후 정비된 가족 제도와 입양 제도 그리고 가정에 관한 담론들과 입양 실천이 시대에 따라 미혼 모성을 어떻게 위치 짓고 의미화했는지, 또한 행위자로서의 '미혼모'는 자신의 모성을 어떻게 의미화하고 재해석하며 제도와 담론에 도전해 왔는지의 분석을 통해 '어머니'라는 경계에서 경합하고 있는 미혼 모성의 역사성을 탐구하고 있다.

먼저 1장에서는 근대 전환기의 가족 제도 및 이상적 가족 그리고 미혼 모성에 대한 당시의 이해와 실천에 대해 살펴본다. 근대 전환기라 함은 1948년 8월 15일 대한민국 정부 수립을 기점으로 하여 이후 정부가 지정한 4대 해외 입양 기관이 '미혼모' 상담 사업을 시작하는 1960년대 후반까지를 지칭한다. 이 시기 가족을 둘러싼 제도와 담론의 변화와 실천은 모순적이다. 즉 제도와 담론은 부부와 미혼자녀로 구성된 2세대 핵가족 모델을 지향했지만 현실적으로 법률혼에 기초한 일부일처제는 느슨하게 적용되고 있었고 일부다처제적 관행을 여전히 수용하는 사회 분위기였다. 비록 혼외 출산에 대한 비난과 혼외 출산을 한 여성에 대한 지탄은 있었지만 여성의 혼인 여부 자체가 자녀 양육 여부를 결정하지는 않았다. 이 시기에 특징적인 것은 '미혼모'라는 용어의 부재이다. 당시에는 서구의 사회복지학의 유입과 함께 들어온 'unwed mother'라는 용어를 사용했으며, 이는 혼혈 아동을 출산한 어머니들을 지칭하는 것이었다. 그리고 당대의 담론은 'unwed mother'가 출산한 혼혈 아동의 입양 필요성을 제기하는 것에 집중되어 있었다. 1장에서는 이러한 시대적 배경과 근대적 입양 실천이 혼혈 아동을 출산한 어머니 모성에 개입하는 과정, 그리고 당시 자녀를 입양으로 포기할 수밖에 없었던 혼혈 아동을 출산한 모성의 경험을 복원하며, 전후 발생한 고아 문제의 해결을 위해 인도적 차원에서 시작되었다는 근대 입양에 대한 낭만적 서사를 비판적으로 고찰한다.

2장에서 다루는 시기는 경제 발전과 함께 근대 국가로서의 면모를 갖추어 가던 1970년대에서 1980년대이다. 이 시기 근대의 법률혼주의는 더욱 정착되고, 혼전순결 및 부부와 자녀로 구성된 2세대 핵가족 모델을 이상화하며 근대 가족을 전형화하는 언설은 더욱 강화되고 대중화되어 간다. 전 시대에 혼혈 아동을 출산한 여성들을 호명하던 'unwed mother'는 '미혼모'라는 용어가 대체하는데, 그 의미는 혼인 외 관계에서 출산한 모든 여성들을 광범위하게 범주화하는 것으로 변한다. 이와 맞물려 1970년대 초에 들어서면 정부 지정 4대 해외 입양 기관이 본격적으로 '미혼모' 상담을 시작한다. 해외에서 미혼모 친권 포기 전문가를 초빙하여 세미나를 하는 등, 미혼모와 그들 자녀 사이에 적극적으로 개입하며 결과적으로 미혼모 자녀의 해외 입양률은 가파르게 상승하는 특징을 보인다. 2장에서는 어떻게 서구의 사회복지학이 국내에 도입되었는지에 대한 지적 경로를 추적하고, 미혼모와 그들 자녀의 분리를 전제로 한 입양이 사회적 당위성을 확보해 나가며 미혼모가 어머니의 범주에서 결과적으로 추방되어 '불우한 어머니'에서 '불우한 여성'으로 사회적 지위가 변모해 가는 역사를 복원한다. 또한 경제 성장과 더불어 확산된 중산층 가정 모델이 '미혼모'들로 하여금 입양과 양육을 선택하는 데 어떤 변수로 작용했는지를 살펴본다.

3장에서는 사회경제 구조 및 결혼과 가족 지형에 급격한 변화를 경험하게 되는 1990년대 이후부터 현재에 이르는 시기를 다룬다. 1990년대 후반부터 더욱 활발해진 호주제 폐지 운동과 맞물려 그간 어머니로서 침묵하고 있던 '미혼모'들은 모성권 보호에 대한 필요성을 사회적으로 표면화하기 시작한다. 2005년 호주제 폐지와 함께 미혼모의 친권은 법적으로 보호받을 수 있는 근거를 마련했다. 하지만 이와 더불어 입양 아동을 입양 가족의 친생자로 등록함으로써 친생부모와의 법적 관계를 단절하는 친양자제가 같은 해 도입되어 아동의 친권을 두고 친생부모와 입양부모의 권리가 서로 경쟁하는 구조에 놓이게 된다. 한편 2000년대에 들어서면 1970년대 이후 해외로 입양 보내졌던 아동들이 한국으로 귀환한다. 친부모를 찾는 데 어려움을 겪게 되는 이들의 경험은 자신들의 출생 기록에 대한 알권리를 보장받기 위한 입양인 당사자 조직화로 이어진다. 이들의 활동이 어떻게 미혼 모성의 양육권 문제를 사회적으로 드러내는 데 영향을 주었는지 3장에서 논의한다. 또한 이 시기 입양을 보낸 미혼모/부 당사자 조직 및 미혼 모성권 보호를 위해 활동하는 단체 및 당사자 조직의 활동이 우리 사회에 가져온 유의미한 변화들을 살펴본다.

1부

배제, 모성의 추방

1장
침묵의 역사

1. '베이비 스쿱 시대'

정규 교육을 받고 역사 및 세계사를 배우고 인문학 및 사회과학을 전공했어도 '베이비 스쿱 시대'에 대하여 들은 적도, 배운 적도 없었다. '베이비 스쿱 시대'를 간략히 이야기하면 "미국, 캐나다, 영국, 호주, 뉴질랜드에서 단지 결혼을 하지 않고 임신했다는 이유에서 수많은 '미혼모'들이 체계적이고 폭력적인 방식에 의해 아이를 입양 보내야 했던 시기"[1]를 지칭한다. 나라에 따라 다소 차이가 있지만 대체로 이 시기는 제2차 세계대전 이후부터 1970년대까지이다. 이 기간 동안 미국에서는 6백만에서 1천만 명에 이르는 미혼모(캐서린 조이스 2014: 150)가, 캐나다에서는 약 35만 명의 미혼모(Andrews 2018: 21-22)가 친권을 포기하고 아이를 떠나보낸 것으로 추정되고 있다. 혹은 나라에 따라 1980년대 초까지 결혼하지 않고 임신한 여성들에게서 태어난 아이들

---

1 '베이비 스쿱 시대'를 상세히 다루고 있는 연구로는 Brozinsky(1994), Solinger(2000), Fessler(2006), Andrews(2018) 등이 있다.

을 생모로부터 분리해, 입양 절차를 통해 결혼한 백인 중산층 가정으로 대거 이동시켰다. 마치 국자로 퍼내듯 아이들을 퍼갔다 해 '아기 퍼가기 시대' 또는 '아기국자시대'[2]로 번역되기도 한다.

1950년대 전후 영국에서는 수천 명의 '미혼모'가 출산한 아이들이 호주로 집단적으로 추방되기도 했다.[3] 하지만 1970년대 후반 들어 과거 입양 외에는 그 어떤 선택지도 없어 아이를 포기할 수밖에 없었던 영국, 미국, 캐나다, 호주 등지의 '미혼모'들이 자기 경험을 증언하기 시작했으며,[4] 최근까지 자신들의 잃어버린 모성권에 대한 국가적 사죄와 배상을 요구하고 있다.[5]

미혼 모성에 대한 집단적 탄압 시대라 할 수 있는 '베이비 스쿱 시대'에 대해서는 물론, 살면서 '미혼모'를 한 번도 만나본 적 없던 필자는 인류학 박사 과정 수료라는 학력과 여성 단체에서 일한 경력을 바탕으로 2008년 여름 '한국미혼모지원네크워크'에서 일하게 되었다. 젠더와 역사 그리고 소수자의 문제는 늘 나의 관심 영역이었지만 고백하건대 진정 '미혼모'를 둘러싼 쟁점이 무엇인지 전혀 알지 못하고 시작한 일이었다. 하지만 이후 '미

---

2 캐서린 조이스(2014)에서는 '아기 퍼가기 시대'로, 『프레시안』(2014.1.24.)에서는 '아기국자시대'로 번역되어 있으나 본 저서에서는 '베이비 스쿱 시대'로 사용한다.

3 이 역사적 사실은 2010년 「추방된 아이들」(Orange and Sunshine)로 영화화되었다.

4 조스 셔어(Joss Shawyer)의 *Death by Adoption*(입양으로 인한 죽음, Shawyer 1979)은 입양으로 아이와 헤어져야 했던 '미혼모' 당사자가 쓴 책으로, 입양을 미혼모의 관점에서 바라보게 한 기폭제가 된 책으로 평가받는다.

5 호주는 2013년 3월 21일 공식적인 사과의 날을 가졌으며, 그 외 각국 정부의 사과를 받기 위한 활동의 상세는 'Movement for Adoption Apology(https://movementforanadoptionapology.org/) 웹사이트를 통해 알 수 있다.

혼모'들을 만나게 되고 그들의 이야기를 들으며 사회에서 이야기하는 '미혼모' 문제는 '미혼모' 당사자가 문제적이기 때문이 아니라 결혼 중심적 시각에서 비혼 임신을 비정상적이고 비윤리적인 것으로 재단하고, 그러한 문제적 인식 체계에 기초해 만들어진 당시의 법과 제도, 사회복지 체제가 '문제'라는 생각이 어렴풋이 들기 시작했다. 결국 이 '문제적' 사회 구조는 '미혼모'들에게 여타의 선택들이 주어지지 않은 가운데 입양만이 최선의 '선택'이라고 믿게 해 결과적으로 우리 사회에 수많은 국내외 입양인을 양산하는 결과를 낳게 된 것이 아닐까 하는 생각하게 되었다. 이러한 이유에서 '미혼모' 단체에서 일하면서 해외 입양인 단체들과도 교류의 폭을 넓히고, 입양인 당사자들과도 친분을 쌓는 기회를 만들어 갔다.

그러던 어느 날 한 입양인이 사무실로 찾아왔다. 이런저런 이야기를 나누던 중 그녀는 내게 한 권의 책을 읽어 볼 것을 추천했다. 앤 페즐러의 *The Girls Who Went Away*(사라진 소녀들, Fessler, 2006)라는 책이었다. 번역본도 없고 국내에서는 책을 찾을 수 없어 해외 주문으로 책을 입수해 읽기 시작했다. 이 책은 1964년 미혼 엄마에게 태어나 입양 보내진 입양인 당사자 앤 페즐러가 1945년부터 1973년 이전까지 아이를 낳고 바로 입양 보내야 했던 '미혼모' 100명을 인터뷰한 뒤 그들의 경험을 기록한 책이다. 이 시기가 바로 앞서 언급한 '베이비 스쿱 시대'이다.[6]

---

6 미국이 1973년까지를 '베이비 스쿱 시대'로 보는 것은 같은 해 미연방 대법원이 임신 후 6개월까지 임신 중절을 선택할 헌법상 권리를 인정한 판결을 내렸기 때문이다. 일명 로 대 웨이드 사건(Roe v. Wade)이다. 이후 미국은 낙태 합법화로 인한 임신 중단, 피임약의 보급, 인권운동의 영향으로 양육을 선택하는 '미혼모' 증가와 같은 변화들을 겪으며 미국 내 입양이

책을 읽으며 나는 매우 혼란스러웠다. 이 시기는 민주주의 절정, 자유와 대항문화 그리고 사회적 마이너리티에 대한 인권 감수성이 폭발한 것으로 요약되는 시대가 아니던가. 그런데 이 책에 나오는 도로시, 애니, 낸시, 클라우디아 등등 수많은 여성들의 이야기는 내가 알고 있던 그 시대에 일어나리라고는 절대 상상하지 못한 이야기였다. 조이스 1이란 여성은 이렇게 이야기했다.

아이를 키우고 싶은지 아무도 묻지 않았어요. 제가 선택할 수 있는 것들이 무엇이 있는지 아무도 설명하지 않았죠. 미혼모 시설로 갔고, 아이를 낳았고, 사람들이 아이를 데려갔고 그리고 저는 집으로 왔어요. 아이를 키우는 건 허락되지 않았어요. 아이를 키우려 고집 부렸다면 아마도 부모님께서 인연을 끊자고 하셨을 거예요. 그때 미혼모가 아이를 키울 수 있도록 도와주는 그런 지원들이 있었는지는 모르겠어요. 뭐가 있었는지 도무지 알 수 없었죠. 다만 '제가 자초한 일'에 대해서, 그리고 가족과 친구들 앞에서 매우 수치심을 느끼게 만들 뿐이었죠. 모든 길은 다 막혀 있는 것 같았어요. 그런 분위기 속에서 '그래 나는 아이를 버리는 게 아니야, 엄마와 아빠가 있는 가정에 아이를 보내는 거야'라고 제 스스로에게 타일렀던 것 같아요. 책임을 회피하는 말일지도 모르겠지만 그렇게 생각하지 않고는 살 수 없었을 거예요.[7] (Fessler 2006: 11-12)

현저히 줄어든 시기로 접어든다(캐서린 조이스 2014, Fessler 2006, Solinger 1992, Wilson-Buternaugh 2017).

7 이하 한글 번역본이 없는 외국 문헌, 인터뷰 등 자료의 인용문은 모두 필자의 번역이다.

'베이비 스쿱 시대'를 살았던 이 여성의 이야기는 당시 일하며 만났던 우리 사회의 수많은 '미혼모'들이 들려준 이야기와 등장인물만 달랐을 뿐 매우 유사한 이야기였다. 나는 '미혼모' 차별의 문제를 한국에만 있는 후진적 문제라 생각하고서, 스스로 당당히 자기 아이를 키우는 해외 미혼모들의 사례나 지원 정책 등을 발굴하고 2011년 당시 미국에서 '미혼모'가 입양으로 아이를 포기하는 비율은 겨우 1%밖에 안 된다는 통계[8]를 제시하며 한국 사회의 변화를 촉구하고 있던 차였는데 말이다. 미국에도 이런 시절이 있었구나, 그렇다면 그 이유는 무엇일까 매우 궁금해지기 시작했다. 하여 나의 관심은 국내 '미혼모' 문제에서 해외 '미혼모' 문제로 확대되어 나갔다.

그러던 차에 2011년 '비혼모, 입양과 젠더법' 국제 학술 대회[9]에 초빙된 에블린 로빈슨을 만나 그녀의 이야기를 직접 듣고 또 그녀의 자전적 경험을 쓴 책을 읽으며 나는 서구의 '미혼모' 경험 속으로 더욱 깊이 들어가게 되었다.[10] 에블린은 대학에 다니던 1969년 데이트 성폭력을 통해 임신을 하게 된다. 하지만 당시 사회는 여성의 혼전 순결을 강조하고, 피임약은 오직 결혼한 여자만이 처방받을 수 있었으며, '데이트 성폭력'이란 개념이 없어 자

---

8 미국의 경우 1970년대 '미혼모' 자녀의 약 80%가 입양 보내졌으나, 1983년에는 그 수가 4%로 떨어졌고(Brozinsky 1994: 297) 1995년 그 수는 1% 이하로 떨어져(한국미혼모지원네트워크 자료집 2009: 3, 재인용) 현재에 이르고 있다.

9 이 국제 학술 대회는 이화여자대학교 '젠더법학연구소' 주최로 열렸으며, 해외 인사 초빙 관련 실무는 한국미혼모지원네트워크에서 담당했다.

10 이하 소개하는 에블린 로빈슨의 이야기는 그녀와 나눈 이야기와 그녀의 책을 통해 읽은 이야기를 종합하여 『미디어 일다』에 기고한 필자의 글 (2014.9.7.)을 재구성해 옮긴 것이다.

신이 겪은 일을 언어화할 방법이 없었다. 기독교 신자였던 에블린 스스로도 결혼 전까지는 순결을 지켜야 한다는 생각을 가지고 있었기에 혼전 임신은, 더구나 사랑하지 않는 사람과의 사이에서 생긴 아기는 견디기 힘든 사건이었다. 하지만 더 가슴 아팠던 일은 임신에 대한 주변 반응이었다.

오랫동안 나를 알던 사람들이 나에 대해 추측하기 시작했다. 많은 사람들이 내가 분명히 오랫동안 난잡한 생활을 했을 거라고 수군거렸다. 아이 아빠가 누군지는 아느냐고 물었을 때는 난 거의 돌아버릴 거 같았다. 아이 아버지가 누군지 알 뿐아니라 임신이 된 바로 그날까지 알고 있다. 교회 사람들은 마치 임신을 나 혼자서 할 수 있는 것처럼 반응했다. 아무도 어떻게 왜 그런 일이 일어났는지 궁금해하지 않았고, 아무도 아이아버지는 탓하지 않았다. 나 혼자 나를 곤경에 빠뜨릴 수 있다고 생각하다니 정말 놀라운 상상력이었다. 사람들은 마치 전염병 환자라도 되는 것처럼 나를 피하기 시작했다. 나의 모든 것은 사라지고 오로지 재생산 능력으로만 판단되고 있었다. 나는 무기력함 속에서 그저 그들의 태도에 분개할 뿐이었다. (Robinson 2000: 46)

에블린이 다니던 교회 사람들은 '죄를 속죄하는 방법은 결혼한 좋은 부부에게 아이를 입양시키는 것이라고 이야기했다. 그녀는 교회를 믿은 만큼 그들의 이야기를 온순하게 따르는 것이 상책이라 생각했다. 그러나 입양에 동의했으면서도 날이 갈수록 그녀가 확신하게 된 건, 자신이 임신했다는 사실도 받아들이기 싫었고 아이 아빠도 미웠지만, 한 번도 아기를 미워한 적이 없다는 것이었다. 에블린이 받을 수 있는 정부 보조금은 아무것도 없었고 가난한 학생이었기에 입양 결정을 번복할 수 없었다. 주변 사람들은 모든 걸 잊고 좋은 남자 만나서 결혼해서 새 출발하면 된다고 위로했다. 아이와 헤어지고 싶지 않다는 마음은 점점 더 강해졌지만, 아이를 혼외자라는 낙인으로부터 보호해야 한다고 생각했다. 이후 그녀는 한 번도 아이를 잊어 본 적이 없었다고 하며, 이후 결혼을 해서 아이를 셋이나 두었지만 그 세 명이 잃어버린 한 아이를 대신할 수는 없었다'(같은 책: 46-50)고 증언했다.

당시 국제 학술 대회는 언론의 관심을 받았으며, 해외에서 온 에이미 데본포트[11]와 에블린에 대한 인터뷰 요청이 있었다.[12] 에블린 인터뷰는 저녁 무렵부터 시작해 밤 11시 가까이 되어 끝났던 것으로 기억한다. 당시 에블린은 60대 초반이었고, 아이를 입양 보낸 일은 이미 40년도 더 된 과거의 일이었다. 또한 그녀는 첫 아이를 입양 보낸 이후 결혼도 했고 아이도 출산해서 가정을 꾸리고 살았다. 그럼에도 불구하고 에블린은 마치 어제 일어난 일처럼 40년 전 아이를 임신하고 출산 후 입양 보낸 일을 생생하게 증언하고 있었다. 그렇게 늦은 밤까지 초로의 에블린이 여전히 가슴 절절히 잃어버린 아이에 대해 증언하는 것을 들으며 페즐러의 책에서 만났던 수많은 여성들의 이야기들이 다시 떠올랐다. 그리고 '미혼모'가 아이를 출산하고 입양 보내야 했던 것을 특별한 개인들이 겪은 사적 경험이 아닌 역사적 사건으로 이해

---

11 버몬트주 고등법원 및 행정법원 판사, "미국 버몬트주의 입양법의 변화" 발표.
12 에블린 로빈슨과 에이미 데본포트 인터뷰 중 에이미 데본포트 인터뷰만 이 기사화되었고(『연합뉴스』 2011.5.29, "아이는 사회의 미래, 입양숙려제 꼭 필요."), 에블린의 인터뷰는 안타깝게도 기사화되지 못했다

해야 한다는 확신이 들었다.

그리고 나의 질문은 이렇게 요약되었다. "한국만의 문제라고 생각했던 '미혼모' 문제가 왜 서구에서도 발생하였는가?", "서구는 입양으로 아이를 포기하는 '미혼모'가 거의 없어졌을 뿐 아니라 '미혼모'에 해당하는 'unwed mother'란 단어조차도 생소해하는 사회로 변화했는데 왜 한국에서는 여전히 많은 여성들이 미혼 임신이란 이유로 입양을 선택하고 있는가?"

2. 신기한 통계, 통찰 그리고 합리적 의심들

이후 나는 미혼 임신을 둘러싸고 일어나는 일련의 일들을 사회복지적, 종교적, 윤리적 관점에서 바라보는 미혼모의 '문제'로서가 아닌 여성주의적 관점에서, 즉 근대[13] 가부장제 사회에서 젠더가 작동하는 방식 안에 놓인 '모성'의 문제로 탐구할 필요성을 느꼈다. 물론 젠더 권력관계 안에 놓인 근대 '모성'의 문제는 그간 여성주의적 관점에서 활발히 논의되어 왔다. 그럼에도 불구하고 기존 논의에는 결혼 제도 밖에서 임신과 출산을 경험한 미혼 여성의 모성이 충분히 다루어지지 않았기에 이를 '미혼 모성'unwed/unmarried motherhood으로 지칭하기로 했다. 즉 '미혼 모성'이라 함은 결혼 제도 밖에서 임신-출산을 하고 이후 입양으

---

13 근대라는 시대 구분은 논쟁적이지만, 여기서의 '근대'란 하나의 분석 틀로서 설정된 것이며, 시기로는 해방 후 제헌 국회를 구성해 이승만을 초대 대통령으로 추대하고 대한민국 정부를 수립한 뒤『대한민국 헌법』을 공포한 1948년부터 그 이후를 지칭한다. 이 기간 동안 대한민국은 서구 법체계의 도입을 통해 국가 주도로 국민국가를 형성하는 한편 자본주의적 경제 발전을 근간으로 해 근대 국가로서의 면모를 갖추었고, 이후 지구화 담론과 함께 함께 글로벌 경제체제에 통합되어 갔다.

로 인한 모성의 분리 또는 결혼 제도 밖에서 양육을 선택하는 과정을 경험하게 되는 어머니됨motherhood을 의미한다. 그리고 결혼 제도 밖 모성이 사회적으로 인정받지 못하고 입양 제도를 통해 아동과 분리되는 일련의 과정을 '탈모성화'demotherization의 경험으로 개념화해야겠다는 연구 관점과 방향을 설정했다.

이와 같이 미혼 모성에 대한 연구 관점과 방향을 설립하게 된 것은 앞서 언급한 서구의 '베이비 스쿱 시대'란 역사를 알게 된 것과 동시에, 비슷한 시기 OECD 국가들의 혼외 출산율을 접하게 된 것이 계기가 되었다고 할 수 있다. 우선 OECD 국가 중 한국의 혼외 출산율을 보면 1981년 1.1%를 오랫동안 유지하다 2009년 처음으로 2.0%에 진입했다. 그러다 2014년 다시 1.9%로 떨어진 뒤 2015년 현재 계속 1.9%를 유지하고 있다.[14] 하지만 서구의 경우는 한국과 다른 양상을 보인다. 가령 미국은 1960년 5.3%였던 혼외 출산율이 1980년에는 18.4%, 2014년 현재 40.2%로 급증했다. 영국의 경우는 같은 시기 5.2%, 11.5%, 47.6%, 프랑스는 6.1%, 11.4%, 56.7%, 독일은 7.6%, 11.9%, 35.0%를 보이고 있다. 캐나다의 경우는 1960년 4.3%에서 2014년 현재 33.0%, 호주의 경우 1980년 12.4%에서 2014년 현재 34.4%로 증가했다.[15]

이상과 같이 지난 반세기가 넘는 기간 동안 1% 대를 변함없이 유지하는 한국의 혼외 출산율과 달리, 서구 각국의 혼외 출산율은 1960년대 10% 이하에서 2000년대 30~50% 이상으로 급증

---

14 통계청_인구·가구_인구동향조사_출생_출생장소 및 법적혼인상태별 출생(1981-2016).

15 OECD STATISTICS의 Family Databases 중 share of births out of marriage, 1960-2014(http://stats.oecd.org/#) 참조. 단 이 통계에서 캐나다의 경우 1980년, 호주의 경우 1960년 통계는 누락되었음.

하는 공통점을 보이고 있다. 나는 이 통계가 매우 신기했다. '왜 서구의 경우 결혼하지 않은 여성에게서 태어난 자녀 출산율이 갈수록 증가할까?', '왜 한국의 경우는 과거나 지금이나 한결같이 낮은 수치를 유지하고 있는 걸까?', '한국의 낮은 혼외 출산율은 결혼하지 않은 여성이 임신을 하지 않거나 출산하지 않기 때문일까?'와 같은 질문들이 끊임없이 일어났다. 그러다 한국의 '혼외 출산율'은 출생 등록시 작성하는 '출생신고서'에서 '혼인 중의 자/혼인 외의 자'에 표시된 것을 근거로 파악한 것이므로, 오랜 입양 관행에 따라 출생 등록 없이 입양기관에 의해 입양 보내진 혼외 출생 아동 수는 포함되지 않는다는 것을 알게 되었다. 결국 이 수치는 한국의 혼외 출산율 일반이 아니라 단지 출생 등록된 혼외 출산만을 의미하는 것이었다. 그렇다면 누락된 한국의 혼외 출산율은 어디서 찾을 수 있을까?

또 하나의 신기한 통계는 국내외 입양 통계에서 차지하는 '미혼모' 자녀의 비율이다. 비혈연관계에서 일어나는 근대의 입양[16]은 종종 휴머니즘 차원에서 칭송되곤 한다. 그러나 자세히 들여다보면 아이러니 그 자체이다. '전쟁이나 빈곤으로 인해 태어난 가정에서 아동이 키워질 수 없을 때 아동복지의 차원에서 시작'되었다는 근대의 입양은, 한국전쟁이 끝나고 더 이상 전쟁 고아가 없는 상태에서 그리고 경제가 발전하기 시작하는 70년대부터 오히려 입양 아동 수가 증가하고 있기 때문이다. 그리고 그 가운데 '미혼모'에게서 태어난 아동의 입양 비율이 급격히 증가하고

---

16 이 책에서 말하는 '근대적 입양'이란 「민법」에서의 양자법과 별개로 만들어진 입양법에 따라 비혈연관계 아동을 자신의 '가'(家)에 입적시켜 양육하는 행위를 일컫는다.

있다. 이들 아동은 모두 국내외 결혼한 중산층 가정 안으로 배치되었다. 그렇다면 전쟁고아의 구제 차원에서 시작된 근대 입양[17]은 결국 근대 자본주의에 기초한 결혼 제도 확립을 공고화하기 위한 미혼 모성의 억압 또는 모계 혈연 가족의 비정상화라는 근대 가족 이데올로기와 긴밀하게 연결되어 더욱 활성화된 것이라는 합리적 추론을 가능하게 한다.

미혼모 자녀가 국내외 입양에서 차지하는 통계를 1960년대부터 2000년대까지 10년 단위로 보면 다음과 같다. 우선 1960년대 국내와 국외 각각 27.7%, 17.5%였던 것이 1970년대에는 59.3%와 36.5%, 1980년대에는 74.2%와 72.2%, 1990년대에는 75.0%와 92.5%, 2000년대에는 79.1%와 97.5%로 급증한다.[18]

한국 사회의 낮은 혼외 출산율에 대해 OECD 보고서는 "혼인과 아이 출산이 긴밀하게 관계를 가지고 있기 때문"(OECD 2009: 2)이라고 설명한다. 결국 낮은 혼외 출산율은 한국 사회에서 혼외 임신과 출산이 발생하지 않는다는 사실을 말하는 것이 아니라, 결혼하지 않은 상태에서의 임신과 출산을 경험하는 미혼 모성 및 그들에게 태어난 아동에 대한 억압을 말하고 있는 것이다. 입양 자녀 수에서 미혼모 자녀의 수가 급증하는 1970년대는 한국의 '베이비 스쿱 시대'의 시작이라고 볼 수 있을 것이다.

그리고 나는 다시 질문했다. 미혼 여성의 임신과 출산은 왜

---

17 한국에서 근대 입양의 시작은 전후 발생 혼혈 아동의 "아버지 나라로 보내기" 일환에서 시작되었다고 보는 것이 보다 타당하다. 이에 대한 상세한 논의는 이 책의 2부 1장을 참조할 것.

18 2017년 현재 '미혼모' 자녀의 비율은 국내 89.7%, 국외 99.7%로 여전히 높다. 2017년도 국내외 입양 통계는 다음 사이트에서 참조했다. www.kadoption.or.kr/board/board_view.jsp?no=218&listSize=10&pageNo=1&bcode=06_1&category=%ED%86%B5%EA%B3%84

연도	국내 입양			해외 입양		
	전체 입양아동 수	'미혼모' 자녀 수	비율	전체 입양아동 수	'미혼모' 자녀 수	비율
1958 ~ 1960	168	63	37.5	2,309	227	12
1961 ~ 1970	4,206	1,163	27.7	7,460	1,304	17.5
1971 ~ 1980	15,304	9,075	59.3	48,247	17,627	36.5
1981 ~ 1990	26,533	19,696	74.2	65,329	47,153	72.2
1991 ~ 2000	13,296	9,983	75.0	22,323	20,654	92.5
2001	1,770	1,428	80.7	2,436	2,434	99.9
2002	1,694	1,344	79.3	2,365	2,364	100
2003	1,564	1,181	75.5	2,287	2,283	99.8
2004	1,641	1,250	76.2	2,258	2,257	100
2005	1,461	1,095	74.9	2,101	2,069	98.5
2006	1,332	1,011	75.9	1,899	1,890	99.5
2007	1,388	1,045	75.3	1,264	1,251	99
2008	1,306	1,056	80.9	1,250	1,114	89.1
2009	1,314	1,116	84.9	1,125	1,005	89.3
2010	1,462	1,290	88.2	1,013	876	86.5
2001~2010	14,932	11,816	79.1	17,998	17,543	97.5

〈표 1〉 국내 및 해외 입양아 수 중 '미혼모' 자녀 수와 비율[19]

'모성'과 '가족'의 범주에 진입하지 못하고 어머니와 자녀의 분리를 전제한 입양 복지의 영역에 포섭되었는가? 근대의 어떠한 담론과 제도가 '미혼모'로 하여금 자신이 출산한 자녀를 키우지 못하고 효과적으로 포기하도록 지지했는가? 서구의 '베이비 스쿱 시대'는 끝났는데 왜 한국 사회는 여전히 미혼이라는 이유가 '미

---

19 이 도표는 중앙입양원, '자료실_통계'(현 '아동권리보장원'의 '입양정보_입양자료실_통계') 부분에 수록된 "(1958-2008) 미혼모_아동_입양현황" 자료와 보건복지가족부 통계(이미정 외 2009: 13)를 참조해 필자가 재구성한 것이다. 1958년 이전 해외 입양 통계는 1953년 4명, 1954년 8명, 1955년 59명, 1956년 671명, 1957년 496명(같은 책: 13)에 이른다.

혼모' 자녀의 입양을 정당화하는 언설로 소비되고 있는가? 나는 앤 페즐러의 책을 통해 알게 된 서구 '베이비 스쿱 시대'와 우연히 만난 두 개의 통계로부터 얻은 통찰과 합리적 의심을 가지고, 이러한 질문들에 대한 대답을 찾기 위해 지난 반세기가 넘는 기간 동안 미혼 상태에서 임신하고 출산한 여성들에게 무슨 일이 일어났는지 조금 더 깊숙이 들여다봐야겠다는 생각을 가지고 기존의 연구들을 찾아 읽어 나가기 시작했다.

3. 미혼 모성을 관통하는 세 가지 관점들

그간 미혼 모성은 여성의 임신과 출산이란 측면보다 성 문제로 인식되어 임신과 출산 담론에서 주변화되어 왔고(서정애 2009: 2), 제도화된 결혼 관계에 의한 임신과 출산만을 합법적인 것으로 규정해 온 사회 규범 속에서 미혼 여성의 성 경험과 이로 인한 자녀 출산은 공개될 수 없는 개인사인 동시에 여성에게 평생에 걸친 불명예의 낙인을 안겨 주는 중요한 사건으로 인식되었다 (김혜영 2009: 3).

하지만 앞서 살펴보았듯 서구에서 수십 년간 지속된 '베이비 스쿱 시대' 그리고 마찬가지로 오랜 기간 지속되고 있는 우리 사회의 낮은 혼외 출산율과 '미혼모' 출산 자녀의 높은 입양률은 미혼 여성의 임신과 출산을 둘러싼 문제를 사회문화적이고 역사적인 맥락으로 이동시켜 살펴보아야 함을 제안하는 것이라 하겠다. 하여 나는 '미혼모'에 대한 기존 연구들을 읽기 시작했다. 수많은 연구 자료들을 검토한 후 미혼 모성의 병리화 및 '미혼모'가 입양을 통해 양육을 포기하는 것의 정당화 그리고 미혼 모성권의 회복과 모계 혈연 가족의 정상화를 시도하는 움직임에는 다음과 같은 세 개의 관점들이 관통하고 있음을 알 수 있었다.

1) 정상가족 담론에 의해 추방된 병리적 모성

법률혼에 기초해 맺어진 부부와 그들 자녀로 구성된 근대의 핵가족 모델이 유일한 이상적 가정의 모델로 고착되어 오랫동안 유통된 데에는 진화론 및 기능주의적 관점이 큰 역할을 한 측면이 있다. 예를 들어 19세기 '가족'의 기원을 연구한 모건은 "인류의 경험은 동일한 경로를 거쳐 왔다"고 가정한 뒤 인류가 "지혜와 도덕심을 발달시켜 어떻게 장애물과 투쟁해 오며 문명을 발달시켰는지 그것을 가족 제도로부터 살펴볼 것"(루이스 헨리 모건 2000: 19-24)이라고 하며, 부부가 동일한 공간에 거주하느냐 아니냐, 성적 배타성이 확보되느냐 아니냐에 따라 분류해, 동일한 공간에서 배타적 성관계를 유지하는 서구 유럽 사회의 일부일처제에 입각한 근대의 가족을 가장 '지혜롭고 도덕적인 형태'라고 보았다.[20]

이후 1950년대 전후 영향력이 컸던 기능주의적 관점은 '가족'에 대한 진화론적 입장을 지지하며 일부일처제에 입각한 핵가족 형태에 이론적 정당성을 부여했다. 더 나아가 기능주의적 관점은 가족 내 성역할을 더욱 정교하게 발전시켜 남성의 부양자적 역할과 여성의 재생산 역할이 원활하게 수행되는 부부 중심 핵가족 이외의 형태는 모두 결핍 상태로 규정했다. 예를 들면, 구드(윌리엄 J. 구드, 1982)에 따르면 여섯 가지 '미완성 가족'이 있는데 그 첫 번째 형태가 '미혼모 가족'이다. 구드는 '미혼모 가족'을

---

20 모건은 일부다처제인 "모르몬교는 근대문명의 방해물이며 옛날 야만시대의 유물"(같은 책: 79)이라고 주장했다.

아버지-남편의 역할을 해야 할 존재가 결여되어 있는 상태의 가족이고, '미혼모'가 출산한 자녀는 합법적 결혼에 기반해 출산한 자녀가 아니므로 이 가족을 적법성을 결여한 가족이라고 규정했다. 구드는 특히 혼외 출생자 문제를 심각하게 다루며, "모든 사회는 그들 자녀들에게 대표자, 보호자, 관리자로서의 역할을 할 합법적 부친이 있어야 한다는 규칙을 가지고 있으며, 이 규칙에 위배되었을 때 사회는 위반자를 벌하는 것이며, 가족은 사회 구조의 안정과 유지를 위해 다음 세대를 생물학적으로, 사회적으로 재생산하는 기능을 사회적으로 위촉받는 용인된 집단이므로 결혼과 가족의 법제화가 필요하다"(같은 책: 27-31)고 주장했다.

이러한 서구의 가족에 대한 기능주의적 관점은 한국의 가족 이론에도 오랫동안 유효한 틀로서 일정한 영향력을 끼쳤다. 예를 들면 이광규는 "가족은 혼인으로 결합된 사람과 이들이 출산한 자녀로 이루어지는 집단이며, 경제적 단위로서 생산과 소비의 단위이고 정서집단으로 기능을 갖는다"(이광규 1990: 81)고 보았다. 그리고 "오늘날에도 정상적인 유형으로는 부부가족, 직계가족, 그리고 확대가족의 세 유형만으로도 족할 것"(같은 책: 87)이라고 하면서 근대의 부부와 자녀 또는 조부모가 포함된 가족의 유형만을 정상적인 것으로 보고 그 밖의 가족의 유형은 비정상의 영역으로 범주화했다.

이상과 같이 기능주의에 입각한 가족 이론을 통해 가족을 '정상'과 '비정상' 또는 '결핍'으로 차별화해 유형화하는 것은 근대 국가를 만들어 가는 과정에서 서구와 한국이 공통으로 경험한 현상이었다. 그리고 '비정상'으로 분류된 가족의 '정상성' 회복을 위해 근대의 많은 학문들이 생겨났는데, 그 중 하나가 정신분석학에 기초한 가족치료학이라고 할 수 있다. 가령 프로이트의 정신분석학은 아동이 유아기에 경험하는 가족과의 관계가 성인의 인성 형성에 밀접한 연관을 가진 것으로 보는데, 이는 이후 사회복지학의 케이스워크 이론에 있어서 주류적인 진단주의 케이스워크diagnosis casework 이론을 형성하게 된다.[21] 진단주의 케이스워크 이론에 의하면 '미혼모'는 문제적이다. 즉 '미혼모'는 신경증을 앓고 있으므로 이들에게서 태어난 아동의 입양은 신경증을 앓는 생모로부터 심리적으로, 또 다른 모든 자격에서 우월한 입양부모에게 보내는 창조적 행위로 이해될 수 있다. 그리고 다른 한편 결혼한 부부에게 불임은 기혼의 불임 여성에게 신경증을 유발할 수 있는 위험한 요소로서 파악된다.[22] 이러한 관점에서 신경증을 앓고 있는 '미혼모'가 출산한 아이를 신경증을 앓게 될 기혼의 불임 여성에게 입양 보내는 것은 '미혼모', '미혼모'의 자녀, 그리고 불임 기혼모 삼자 모두에게 이익이 되는 일로 이해될 수 있다.

이러한 프로이트 이론과 이에 영향받은 진단주의 케이스워크 이론은 20세기 후반 의사나 사회복지사뿐 아니라 당대의 예술인, 여성주의자들에 의해 광범위하게 수용되었고, 특히 미국에서는 프로이트 이론을 인성 적응personal adjustment, 성적 만족, 가족생활에서 발생하는 문제를 치료하는 수단이라는 입장에서 받아들였다. 그리고 '미혼모'의 문제에 있어서는 '비합법성'을 부각시키며 이러한 '비합법성'은 의식-무의식 수준에서 불행과 파괴적 관계에서 유발되는 것으로 본다.[23] 이러한 관점에서 '미혼

---

21 진단주의 및 진단주의 케이스워크에 대한 상세 논의는 장인협(1998), 이원숙(2014) 등을 참조할 것.
22 The Adoption History Project에서 참조함(http://pages.uoregon.edu/adoption/people/SigmundFreud.htm).
23 같은 곳.

모'의 문제를 분석하고 있는 대표적인 학자는 리오틴 영Leontine Young[24]이다.

영(1945)은 결혼하지 않은 임신은 신경증을 유발할 우려가 있어 신중한 정신분석학적 해석과 치료가 필요하다고 주장했다. 또한 '비합법성'은 아동 발달과 가족생활에 부정적 영향을 주는 것이라고 믿었다. 그리고 어떤 요소들과 환경적 특징들의 조합과 어떤 심리적 유형이 이러한 문제를 이끌고 있는지, 이러한 소녀들에게 공통된 점은 무엇인지, 그들 가족에게는 어떤 특징이 있고 어떤 과거 경험이 이런 성격 패턴을 만들게 되었는지에 대해 관심을 갖는다. 영은 이를 파악하기 위해 시설에 있는 미혼모 100명의 사례를 수집해 분석한 뒤 유형화했다. 영의 유형화에 따르면, 지배적 어머니와 유약한 아버지 조합의 가정, 지배적 아버지와 유약한 어머니 조합의 가정, 그리고 이혼/사별/별거 등의 해체 가족broken family 유형에서 미혼모가 발생한다고 진단했다. 이런 가정의 소녀들은 혼외 관계에서 아이를 갖는 방식으로 정서적 딜레마에서 빠져나가려 하지만 좋은 어머니가 될 수 있는 상황과 거리가 멀다고 주장한다.

이상 살펴본 바와 같이 가족과 '미혼모'에 대한 기능주의적 이론과 정신분석학에 기초한 진단주의 케이스워크 이론은 '미혼모'로부터 모성을 분리시켜 비정상성으로 범주화하고, 병리적 모성으로 규정한다. 이러한 관점은 결과적으로 미혼 모성을 억압해야 하는 것, 치료해야 하는 대상으로 귀결시킨다.

24 영은 미국에서 프로이트 이론이 최고의 전성기를 구가했을 때 그 영향을 받아 '미혼모'의 패턴과 성향을 신경증과 연관시켜 분석한 최초의 미혼모 연구자이다(같은 곳 참조).

이러한 서구의 이론은 오랫동안 우리 사회에서 사회복지학 뿐 아니라 사회학 및 여성학에 있어서까지 널리 수용되고 있었고 이후 '미혼모'에 대한 정책·제도를 수립하고 언론의 관점과 일반인들, 더 나아가 '미혼모' 스스로가 자신을 바라보고 규정하는 인식 틀로서 작동했다. 1990년대 이후 여성의 성적 자기결정권을 강조하고, 결혼과 이혼은 생애 과정 중 일어날 수 있는 하나의 '선택'이며 가족의 다양성을 실천하려는 사회적 의지가 뚜렷해지는 가운데에서도 '미혼모'를 '어머니'로서, 미혼모 가정을 다양한 가정 중 하나로 받아들이는 일이 여전히 어려움으로 남아 있는 것은 '미혼모'에 대한 이러한 관점이 아직 잔존하고 있기 때문일 것이다.

2) '모성' 논의에서 배제된 '미혼 모성'

20세기 중반 근대 산업 자본주의 정점을 지나 후기 근대 사회로 진입해 가던 전환기의 서구 사회는 일부일처제를 낭만화하고 성역할 특히 모성의 역할을 여성의 천부적 역할로서 규정하는 사회진화론 및 기능주의 가족 이론에 대한 총체적인 비판을 시작한다. 특히 서구 여성운동 제2의 물결이라 기록되는 1970년대를 전후해 많은 여성학자들이 사회와 가족 안에서 남성/아버지의 역할과 대비되어 규정되는 여성/어머니의 본성 및 역할 담론이 갖는 여성에 대한 억압성에 대해 주요한 문제 제기를 시작했다.

이들 중 일부는 남성과 여성의 권력 불평등이 여성의 재생산 능력에서 온다고 보고 그것으로부터 해방의 길을 모색하기도 했고(파이어스톤 1983), 다른 한편에서는 여성과 남성이 문화적으로 어떻게 다르게 규정되고 있는지를 살피며 젠더의 사회적 구성성을 밝히려 했다(Rosaldo & Ramphere eds. 1974). 나아가 성역할에 기초한 근대의 핵가족을 이상화하는 제도와 언설을 남성중심의 근대 국가 형성과 관련된 이데올로기적인 구조물로 파악하며 가족과 모성에 대한 질문을 던진다(콜리어·로잘도·야나기사코 1988; Coontz 1992, 1997; Kaplan 1992; 섀리 엘 서러 1995; 린 헌트 1999; 에이드리언 리치 2002). 이들 연구에 따르면 서구에서는 16세기경 남편과 아내 그리고 부모와 자녀들의 친밀하고 다정한 관계의 발전을 요구하는 핵가족이 출현했고, 이때부터 사람들은 결혼을 독신보다 나은 일로 여기게 되었다(섀리 엘 서러 1995: 209).

특히 린 헌트는 프랑스 혁명을 전후하여 권력이 왕으로부터 근대 국가로 이동하는 과정에서 어떻게 여성이 그들의 공적 능력은 거세당하고 모성만이 정교하게 부각되며 가정 안으로 배치되어 가는지를 많은 사료를 통해 상세히 살핀다. 헌트에 의하면 1794년 이전까지는 가족 안에서의 어머니와 아버지의 구체적인 역할에 대한 적극적이고 규정적인 논평이 놀랄 정도로 적었으나, 프랑스의 근대 헌법이 공포된 1793년 "가족의 아버지, 어머니들이 진정한 시민이다"를 천명한 전후로 여성의 공적 정치 활동은 금지되고, 여성을 모성으로 환원시키는 수많은 언설들이 등장하기 시작했다(린 헌트 1999: 212-213). 당시 등장한 언설들은 다음과 같다.

자연에 의해 여성에게 운명 지워진 사적 기능은 사회의 일반적 질서이고 이 사회적 질서는 남성과 여성 사이의 차이에 근원한다. 남성은 강하고 튼튼하고 … 여성은 고양된 사고와 심각한 명상의 능력이 없다. (같은 책: 168)

인권선언은 양성에 공통되며, 의무만 차이가 날 뿐이다. 남성들은 특히 공적인 의무를 수행할 것을 요구받는다. … 반대로 여성은 사적인 의무를 최우선으로 갖는다. 아내와 어머니라는 온화한 기능이 그들에게 위탁되어 있는 것이다. (같은 책: 213)

결혼은 가족의 통치를 준비하고 사회 질서를 가져온다. 결혼은 질서에 필수적인 복종을 확립시킨다. 아버지는 힘에 의하여 우두머리가 된다. 어머니는 온화함과 설득력으로 중개자가 된다. 어린이들은 신민이고 자신들의 다음 차례가 되면 우두머리가 된다. 여기에 모든 정부의 원형이 있다. (같은 책: 225)

헌트는 남성 형제애에 기반을 둔 프랑스 혁명을 기점으로 여성은 자연적 질서를 재확립한다는 명분하에 가정으로 추방되었다(같은 책: 171-172)고 주장했다. 서러와 헌트의 모성에 대한 역사적 관점에서의 연구는 자연적이고 본질적인 것으로 여겨지던 모성이 갖는 이데올로기적 측면에 대한 근본적인 질문을 던지는 것이었지만, 결혼과 가족 제도 안으로 포획되어 가는 모성에 논의와 분석이 집중된다. 이들 연구를 통해 결혼 제도 및 '근대 가정'에 편입되지 못한 여성들의 모성의 향방을 가늠하긴 힘들다.

한편 "여성의 육체야말로 가부장제가 세워진 토대"(에이드리언 리치 2002: 64)라고 강조하며 모성을 경험적 모성과 제도적 모성으로 구분해 제도적 모성이 갖는 억압성에 문제를 제기한 리치의 경우, "제도로서의 모성이 작동하는 사회에서 사생아 출산, 낙태, 여성 간의 동성애와 같이 제도를 위협하는 행동은 일탈 행위 혹은 범죄 행위"(같은 책: 47)가 될 수 있다고 지적했으나 이에 대한 분석과 논의는 뒤따르지 않았다.

한국에서도 성역할에 근간한 근대 핵가족이 갖는 이데올로기적 측면과 희생적 어머니상에 기반한 이상적 모성이 갖는 억압적 측면에 대한 비판적 논의가 서구에서와 유사한 과정을 거쳐 진행된다.[25] 그리고 서구에서 제도 밖 모성의 탈모성화에 대한 논의가 누락되었던 것처럼 한국 가족의 근대 가부장성을 비판하는 여러 유의미한 연구들에서는 미혼 모성을 오히려 비정상적인 것으로 보거나, 모성의 영역 안으로 가져와 고찰하는 연구는 이루어지지 않았다. 예를 들면, 이효재는 미래의 이상적 가정을 전망하며 남녀를 가정 안팎으로 분리하여 역할을 분담케 한 기존 현실을 마치 자연적이며 당연한 것인 양 용납하는 가족관념을 타파하고 결혼 및 모성은 여성의 운명이 아니라 각자의 능력에 따라 선택할 수 있을 때 다양한 가족의 형태가 나타나고 동지들의 생활공동체로서의 가족공동체를 창출할 수 있을 것(이효재 1983: 41-42)이라고 주장하며 성역할에 기초한 근대 가부장 가족에 대한 비판을 했으나, '미혼모'에 대해서는 "정서적으로 깊이 개입되지 않고 주로 성관계만 가진 이성 관계로 인해 사생아가 태어나게 되고 남자가 책임을 회피함에 따라 '미혼모'가 발생한다"(같은 책: 355)는 구드의 관점을 그대로 받아들였다. 그리고 한국에서도 서구와 같이 '미혼모'들을 기숙시켜 분만하기까지 돌보는 시설과 아이를 입양 보낸 후 사회생활 재적응을 돕는 서비스 기관이 등장하게 된 배경을 산업화의 맥락에서 설명할 뿐

25 한국 사회에서 낭만적 사랑의 도입과 성역할 이데올로기에 기초한 근대 핵가족 제도의 가부장성 및 모성 억압에 대한 여성주의적 입장의 비판은 이효재(1983), 조혜정(1990), 조형(1991), 조은·이정옥·조주현(1997), 심영희·정진성·윤정로(1999), 윤택림(2001), 김혜경(2006, 2009) 이재경(2003) 등을 참조할 것.

이다(같은 책: 355). 즉, '미혼모'와 아동을 입양을 통해 분리하는 것 자체에 대한 비판적 주목은 하지 못한 것이다.

1990년대 후반을 지나며 대량 실업, 고용 불안, 만혼화 등의 후기 근대적 현상과 함께 한국에도 한부모 가족, 재혼 가족, 다문화 가족 등 다양한 가족 유형이 등장하기 시작했다. 이와 더불어 가족 연구는 근대의 성역할에 기초한 핵가족이 더 이상 기능할 수 없으며, 새로운 가족 유형에 대한 사회적 관용과 새로운 가족 가치와 규범 및 정책의 필요성을 강조하기 시작했다.[26] 그런데 후기근대 담론에서 여러 다양한 가족의 형태들이 거론되는 가운데에서도 '미혼모'의 가족구성권에 대한 논의는 이별 또는 사별한부모 가족 논의에서 충분히 담론화되지 못하거나, 대부분이 '미혼모'에게서 태어나는 자녀를 입양함으로써 가족을 구성하게 되는 입양 가족이 혈연을 넘어서는 대안적 가족 형태로서 부각됨에 따라 '미혼모'가 가족을 구성할 수 있는 정당성은 입양으로 가족을 구성할 수 있다는 정당성에 압도되었다.[27]

3) 비모성에서 모성의 범주 안으로

출산은 생물학적 과정으로서가 아니라 사회문화적 제도들과 여성의 몸의 실천 사이에서 이루어지는 사회적 사건(김은실 2001: 11)임에도 불구하고 결혼 제도 밖 여성의 임신과 출산에 대한 학문적 관심은 최근까지 거의 이루어지지 않고 있었다. 그간 미혼

---

26 이동원 외(1997), 김승권 외(2001), 이동원 외(2001), 여성민우회 가족과 성상담소(2001), 또하나의문화(2003), 한국가족문화원(2005) 등이 있다.
27 예를 들면 이동원 외(1997, 2001) 및 한국가족문화원(2005) 등에서는 대안 가족의 한 형태로 입양 가족은 포함되었으나 '미혼모' 가족은 포함되지 않았다.

의 임신과 출산에 관한 연구는 '모성'이란 사회학적 측면보다 '비
정상적' 출산이란 측면이 부각되어 성윤리와 성도덕적 관점에서
비난의 대상이 되거나, 자선 행위나 복지적 측면에서 구제나 교
정의 대상으로서 탈시간·탈공간화되어 왔다.

　하지만 서구 사회에서는 1970년대 후반 입양모[28] 당사자인
쇼여를 비롯하여 많은 '미혼모'들이 입양을 보낸 당사자로서의
경험을 자신들의 언어로 언설화하기 시작하며,[29] 입양의 문제
를 입양하는 측에서 자신의 자녀를 포기해야 하는 모성의 문제
로 이동해 보기 시작하는 관점 전환에 기여했다. 그리고 1990년
대 이후부터 미혼 모성의 문제를 젠더적 관점에서 성찰하는 의
미 있는 학술적 연구물들이 지속적으로 축적되고 있다(Solinger
1992; Kunzel 1993; Berebitsky 2001; Hübinette 2005; Fessler 2006;
Pien 2007; 캐서린 조이스 2014; Wilson-Buterbaugh 2017; Andrews
2018).

　이 중 솔린저(1992), 쿤젤(1993), 비레비스키(2001) 등의 연구
는 '미혼모'를 둘러싼 쟁점을 탈시간적·탈공간적 프레임에서 벗
어나 공시적이고 통시적 관점으로 접근해야 할 필요성이 있음을
통찰력 있게 보여 주었기에 그들 연구에 대해 조금 더 상세히 소
개하고자 한다.

　우선 비레비스키는 미국에서 근대적 입양 제도가 시작되면
서 입양을 둘러싼 담론과 실천이 그 이전 세대와는 달리 중산층
가족 규범을 옹호하며 혼인한 부부의 '미혼모' 자녀 입양을 정당

28　입양모라 함은 미혼 상태에서 자신이 출산한 자녀를 입양 보낸 '미혼모'
　　를 지칭한다.
29　Shawyer(1979), Riben(1988), Musser(1992), Robinson(2000, 2010) 등이
　　있다.

화하는 방향으로 가고 있음을 추적한다. 비레비스키에 따르면, 19세기 초 입양을 하는 측은 한부모single parent, 아프리카계 미국인, 노인, 또는 다른 소수자 집단 등으로 다양하게 구성되어 있었다. 하지만 1851년 입양법이 최초로 만들어지고, 이후 전후 베이비 붐 시대를 거치면서 입양이 규정하는 '가정'의 의미가 점점 협소해짐에 따라 입양부모를 구성하는 집단의 다양함은 점차 사라진다. 1851년 메사추세츠주에서 입양법을 최초로 통과시켰고 이후 1900년대까지는 대부분의 주에서 입양법을 통과시켰다. 이 기간 동안 미국에는 중산층 핵가족에 대한 이상이 만들어지고 점차 일상적 수준으로까지 확산되었는데 그것은 부부간 성적으로 만족하고 정서적으로 건강한 생활을 유지하는 이성애적 부부가 계획하에 아이를 갖고 함께 즐거운 삶을 산다는 것(Berebitsky 2000: 3)이다. 이와 함께 모성과 어머니의 희생은 찬미되었으며, "모든 '정상적인 여성'들은 엄마가 되기를 원하며, 모성에 대한 욕망은 '자연스러운 것'이라는 모성 담론이 만들어지기 시작했다"(같은 책: 75).

이상적 가정과 이상적 모성이 어떻게 혈연관계를 갖지 않는 아동의 입양을 실천하도록 했는가 하는 의문에 대한 해답을 비레비스키는 당시 근대적 직업군으로 대거 출현하기 시작한 가족 전문가와 사회복지사들에게서 찾고 있다. 이 전문가 집단은 아동의 발달은 유전보다 환경적 요소가 더욱 중요하고, 좋은 부모는, 특히 좋은 엄마는 태어나는 것이 아니라 만들어지며 전문가의 조언과 도움으로 얼마든지 입양을 통해 생물학적 가정과 다름없는 가정을 만들 수 있고, 입양한 아동은 내 자식과 진배없는 아이로 성장할 수 있음을 확신했다(같은 책: 30).

한편 20세기 초반을 지나며 중산층 가족 이상이 모든 가족에 대한 준거 틀로 굳건히 자리 잡아 가는 가운데 입양 기관들은 점점 더 많은 부모들을 부적합한 부모군으로 분류해 제외시켰다. 가령 35세 이상 커플은 너무 나이가 많다는 이유에서, 독신 여성과 독신 남성도 '양 부모' 가족이 아니란 이유에서 제외되었다. 그리고 생물학적 매칭을 하려는 노력이 발견되는데, 즉 입양 아동과 입양 부모의 신체적 유사함, 친생부모와 양부모의 비슷한 지적 능력과 유사한 종교적·문화적 배경 등이 모두 입양 과정에서 고려되었다. 그리고 좋은 가정을 제공할 수 있는 능력에 입양 가족의 수입에 대한 고려가 포함되었다.

한편으로는 전문가의 '지식'에 지지받으며, 다른 한편으로는 도움이 필요한 아이를 구했다는 미디어의 칭찬과 아이를 입양함으로써 심리적 보상을 받을 것이라는 사회적 격려를 받으며 혈연관계가 전혀 없는 아동의 입양에 대한 인식은 점점 더 긍정적인 가치로 변화했고, 베이비 붐 시대인 1940년에서 1960대까지 입양의 인기는 하늘을 치솟았다. 하지만 입양을 원하는 부모는 많았지만 입양 보내려는 아이들의 수는 미치지 못했다. 더욱이 교육이 좋은 아이를 만드는 데 중요하다는 논리는 입양 부모로 하여금 더욱 나이 어린 영아를 찾게 만들었다. 이로써 공급은 더 제한적이 되고, 결국 중산층 가정 일반은 동일한 인종과 유사한 가정 환경을 찾는 것을 포기하고 많은 논쟁 속에서 다인종 국제 입양으로 옮겨갔다. 이와 더불어 한국전쟁으로 인한 고아 입양이 가능해지면서 다인종 해외 입양은 점차 미국 사회에 일반화되었다(같은 책: 178). 비레비스키 연구는 입양이 근대 복지에 관한 지식과 중산층 가족규범 특히 모성과 양육에 대한 언설이 긴밀히 작동해, 혈연 밖 아동뿐 아니라 다인종 입양으로 옮겨간 역사적 공간이었다는 것을 통찰력 있게 보여 주고 있다.

한편 쿤젤은 20세기 전문직업인으로서의 사회복지사 등장과 함께 '미혼모' 담론이 19세기 복음주의 개혁 여성들evangelical reform women[30] 시대와 어떻게 차별화되는지 추적한다. 연구에 따르면, 여성 자선가들의 오랜 전통을 잇는 복음주의 개혁 여성들은 19세기 여성 개혁 노력의 일환으로 자매애에 기초해 미혼모에 대해 동적적 태도를 가지고 신앙 생활을 하도록 하고 기술 교육을 실시함으로써 미혼모 시설을 갱생과 개종의 장소로 만들었다. 1920년대까지 이들은 미국 전역에 걸쳐 200개의 미혼모 시설을 세우는 데는 성공했지만, 미혼 모성에 대한 정의와 그들이 설립한 시설에 대한 통제권을 계속 확보하기 위해 새로운 직업군으로 등장한 사회복지사 집단과 힘겨운 경쟁을 해야 했다.

한편 사회복지사들은 복음적 개혁가들로부터 자신들을 차별화하기 위해 그들의 박애주의적인 행위들은 너무 '여성적'이라고 비판했다. 그리고 '혼외 출생'illegitimacy이라는 개념을 부각시키며 미혼모 시설은 적법하지 않는 출산 문제를 다루어야 하는 곳이어야 하며, 이를 해결하기 위해서는 '객관적', '이성적', '과학적'인 언어가 필요하다고 주장하며 미혼모 및 미혼모 시설을 새롭게 정의하기 시작했다. 이로서 한때 '타락한 여성들'을 구제하고 회복시키기 위한 쉼터였던 '미혼모' 시설은 과학적 치료를 하는 장소로 재정의되었고, '미혼모'는 '구원되어야 할 불행한 자

30 '복음주의 개혁 여성들'이란 19세기 후반 미혼모 시설을 세운 일군의 여성들과 1940년대까지 그 시설을 위해 일한 여성들을 지칭한다. 이들은 개종에 대한 믿음을 공유하며, 미혼모들이 종교적으로 영감을 얻고 동기화되도록 헌신해야 한다는 생각을 가지고 있었다. 그들은 연대감을 확대된 친족 관계로 표시했는데, 그것은 주로 절제, 사회 정결 개혁(social purity reform), 선교 활동을 하는 백인 청교도 중산층 여성들과의 관계였다(Kunzel 1993: 173).

매들'에서 '치료되어야 할 문제 있는 소녀들'이 되었다(Kunzel 1993: 2).

또한 쿤젤은 인종적이고 계급적으로 단일한 집단으로 이해되던 '미혼모'가 1950년대에 이르러 "20대 중반의 상당히 매력적이고, 옷도 잘 갖추어 입고 부드러운 목소리와 교양 있는 말투로 이야기하는"(같은 책: 146) 중산층 표식들로 가득해지자, 이 새로운 집단의 여성들을 이해하기 위해 사회학·범죄학·성과학에 기초한 사생아에 대한 설명을 버리고 정신의학적 방법을 채택했음을 지적한다. 1940년대부터 사회복지사들은 백인 중산층 소녀 및 여성들의 사생아 출산을 "비행, 도덕적 타락, 또는 매춘"이라고 보지 않고 무의식적 욕구와 욕망의 증상, 또는 신경증을 앓고 있는 집단으로 이들을 진단하기 시작했다. 따라서 당시 사회복지사들은 이러한 신경증을 앓고 있는 여성들을 중산층의 이상적 모델에 부합하지 않은 여성들로 분류하며 이들이 낳은 아이들을 입양 보내도록 격려하는 데 더욱 적극적인 행동을 취했다(같은 책: 147).

쿤젤의 연구는 복음주의 여성들과 사회복지사들의 미혼 모성을 두고 담론과 실천에 있어서 경합하는 과정과 미혼모 집단을 '비정상' 또는 '사회적 불안 요소'로 규정하며 미혼모의 자녀를 결혼한 중산층 가정에 입양시킴으로써 근대 미국 가족의 정상성을 지키고자 입양이 실천된 맥락을 잘 보여 준다. 즉 중산층 가족 이상의 실천과 입양 실천, 그리고 미혼모의 모성 억압은 긴밀하게 연결되어 있는 것이다.

솔린저의 연구 역시 비슷한 시기 미국 중산층 가족 만들기 과정과 맞물리며 혼외 임신과 출산이 입양으로 통제되고 있음을 잘 보여 주고 있다. 솔린저에 따르면, 20세기 초반 사람들은 미혼모는 "지적으로 발달이 덜 되어" 성관계에 탐닉하다 임신하게 된다고 믿었지만 전후에는 "무의식의 가장 깊은 곳의 표현으로서의 성"이란 신프로이트주의 관점을 받아들이게 되었다. 이로써 미혼 여성이 성관계를 가지고 임신을 하게 되면 성 관계를 가져서는 안 되는 남자와의 관계를 제어하지 못하는 여성의 심리적 무능력 상태에서 비롯된 결과로 진단되었다. 이런 진단을 받은 여성은 결혼을 하거나, 결혼을 할 만한 사람으로 준비시켜 비정상성을 극복해야 하는 대상으로 여겨졌다. 즉, 이들의 임신이 비정상으로 규정되고 치료 및 교정의 대상으로 다루어진 것은 가족은 남편 없이 이루어질 수 없다는 전제하에 '모성'이 정의되었던 전형적인 중산층 가족 규범과 밀접한 관계가 있다는 것이다. 따라서 혼외자 아이들에게 정상적인 가족을 제공하는 차원에서 입양이 실천되었으며, 미혼모는 자신의 아이를 중산층 가정에 줌으로써 정상적 삶으로 돌아갈 수 있는 자격을 획득한 것으로 미혼모 자녀들이 대거 입양 보내진 역사적 맥락을 해석했다(Solinger 1992: 16-17).

그밖에 입양인 당사자로 100명 이상의 미혼모들을 만나 직접 인터뷰를 통해 경험적 연구를 시도한 페즐러(Fessler 2006)와 역시 입양인 당사자로서 입양과 미혼모 문제를 탈식민지적 관점에서 접근한 휘비네트(Hübinette 2005)의 연구 등이 있다. 휘비네트의 연구는 입양을 통해 자녀를 확보함으로써 모성의 정당성을 획득한 자와 입양을 보냄으로써 자녀를 잃고 모성을 박탈당한 양자 사이의 불평등한 권력관계를 보여 준다.

이상과 같이 젠더적·계급적 관점을 가진 학문적 결과들이 서구에서 축적되고 있는 것과 달리 국내 미혼 모성에 대한 연구는 현저하게 척박한 상황이다. 오랫동안 학문적 영역에서 소외되었던 미혼 모성에 대한 관심은 2000년대에 들어서야 비로소 조금씩 언설화되기 시작한다.

윤택림은 비록 미혼 모성의 문제를 본격적으로 다룬 것은 아니지만 입양의 문화정치학을 논하는 가운데 '미혼모' 자녀들이 주 입양 대상이 되는 현상에 대해 "미혼모들이 아이를 키울 수 없다고 판단하는 것은 한국사회의 성에 대한 인식과 모성이데올로기와 관련된다"(윤택림 2004: 93-94)고 하며 미혼 모성이 놓인 사회 문화적 맥락에 대한 질문을 던진 바 있다.

이어 김호수(2003)는 입양을 보낸 생모들이 모여 활동하고 있는 인터넷 커뮤니티 연구를 통해 그간 한국 사회에서 비가시화되던 이들의 경험을 언설화하고자 시도했다. 이 연구는 입양으로 자녀를 상실한 이후임에도 불구하고 '모성' 담론을 통해 '가상의 어머니'virtual mothering로 스스로 자리 잡아 가는 과정을 추적하며 생모들의 경험을 고려하지 않고 입양을 윤리적인 것으로 정당화하는 한국 사회의 입양 담론과 실천에 대해 비판적인 질문을 던졌다.

한편 필자는 입양 부모의 부모권이 '미혼모'의 모성권을 압도한 결과 '미혼모'가 모성과 가족의 영역에서 소외되는 문제를 지적하며(권희정 2009), '미혼모'를 둘러싼 쟁점들을 인권과 모성권 그리고 아동복리적 측면에서 볼 것을 제안했다(권희정 2011). 그리고 역사적 관점을 도입해 근대 이후 미혼 모성의 사회적 지위가 어머니에서 불우 여성으로 변화되어 가는 과정을 가족법과 입양법의 변화의 맥락에서 추적했다(권희정 2014).

또한 정책 제안 및 법학 분야에서도 '미혼모' 문제를 모성권 및 가족구성권 관점에서 접근하는 연구들이 다수 등장한다. 예를 들면 '미혼모'에 대한 우리 사회의 편견이 가족 및 성의식과 어떤 관련성을 갖는지 살펴보며 향후 '미혼모(미혼부)'에 대한 사회적 편견 해소와 사회 통합 방안에 대한 다양한 정책을 제안하는 연구(김혜영 외 2009a; 김혜영 외 2009b) 및 헌법에서의 가족에 대한 정의를 검토하고 새로운 가족 형태의 출현과 그에 맞는 사회적 복지와 법리 적용을 제안하며 미혼 모성을 가족 정의 안에 포함시켜 확장해야 한다고 주장하는 연구(이준일 2012) 등이다. 이미정 외(2009)는 입양이 미혼모의 모성에 개입한 지점들에 대해 문제 제기를 하며 '미혼모'가 스스로 아이를 양육하는 데 필요한 정책들을 제안한다. 그 밖에 미혼 모성의 양육 환경 개선을 위한 미혼부의 책임 강화 방안을 제안하는 연구들이 있다(이미정 외 2010; 이미정 외 2011; 오영나 2011; 이미정 2012).

한편 서정애(2009)는 10대 '미혼모'의 모성 경험을 여성의 섹슈얼리티와 재생산권이란 측면에서 이들이 양육 또는 입양을 결정하는 과정에 영향을 주는 사회적 맥락과 자원 등을 분석한다. 연구를 통해 저자는 십대의 섹슈얼리티를 성적 이슈로 제한하기보다는 임신/출산의 영역을 포괄하는 일련의 섹슈얼리티의 확장과 모성이 다른 방식으로 범주화되는 것으로 보고 향후 한국 사회에서 십대 여성들의 임신/모성 관련 지식 체계에 대한 보다 다면적이고 복잡한 고민을 할 것과 이들을 둘러싼 교육, 노동시장 등 자원의 형평성을 높이는 방안을 강구할 필요성이 있음을 주장한다.

이상의 연구들은 이제 막 시작된 연구들이며, 그 의의는 '모성'의 영역 밖으로 추방되어 오랫동안 비가시화되던 미혼 모성의 문제를 다시 '모성'의 범주 안으로 소환해 여성의 섹슈얼리티와 재생산권의 문제, 그리고 '가족'의 정의와 규범 및 입양 실천의 문제에 대해 광범위한 질문을 던지고 있다는 점에 있다. 즉,

우리 사회에서 오랫동안 침묵되었던 미혼 모성을 둘러싼 문제는 이제 막 발화되기 시작했다. 하지만 서구에서는 1970년대 후반부터 미혼모 당사자가 입양을 보낸 자신의 경험을 적극적으로 드러내며 잃어버린 모성권에 대한 국가적 배상을 이끌어 냈을 뿐 아니라 '베이비 스쿱 시대'라는 역사를 기록으로 남기는 데 기여했던 것과 달리, 한국 사회에서는 입양을 보내야 했던 수많은 미혼모 당사자들의 경험이 가족의 정상성과 성 이데올로기의 무게에 가려 여전히 소수의 목소리로 그친다는 점에서 미혼모의 추방된 모성은 아직 역사의 사각 지대에 있다 할 것이다.

2장

역사적 장으로서의 미혼 모성

1. 구성된 '모성', 행위자로서의 '미혼모'

'모성'은 여성의 임신과 출산과 관련된 육체적·정서적 특질과 사회적 역할 등에 관한 총칭이다. 이에 대한 관점으로는 여성이 타고난 고유한 것이라는 생물학적 관점과 사회문화적으로 구성된 것이라고 보는 구성주의적 관점이 있다. 먼저 생물학적 관점에서는 '모성'을 여성이 타고난 천부적 특질로 보며 임신과 출산을 거치는 과정에 일어나는 호르몬의 변화를 아동 양육을 위한 역할까지 당연히 하는 것으로 규정해 왔다. 한편 구성주의적 관점은 모성은 그 시대의 이데올로기를 반영하며 천부적으로 타고난 것이 아니라 만들어진 것이라는 입장에 선다. 이러한 입장에서 모성은 시대적으로 다르게 규정되었으며(신경아 1998; 심영희 외 1999; 윤택림 2001) 여성을 억압하는 기제(Kaplan 1992)로 작동한다.

이 글에서 필자는, 여성의 임신·출산·양육 여부가 혼인 상태에 따라 다르게 규정된다는 점에서 사회구성주의적 입장을 취한다. 왜냐하면 우리 사회에서 오랫동안 '미혼모'나 기혼 여성이나 동일한 임신과 출산이라는 생물학적 과정을 거치지만, 기혼 여성에게는 자신의 삶보다 '양육'을 우선시하는 사회적 담론이, 결혼 제도 밖에서 출산한 여성에게는 아동의 '양육'은 포기하고 자신의 삶을 살아야 한다는 사회적 담론이 당위성을 갖고 작동해왔기 때문이다. 또한 한 아이를 임신하고 출산하는 과정에서 느낄 수 있는 다양한 감정 중 기혼 여성에게는 특히 기쁨과 희열의 감정만이 자연스러운 것으로, 미혼 여성에게서는 죄책감과 우울감이 자연스러운 것으로 언설화된 측면도 모성의 사회구성성을 정당화한다 하겠다. 즉 에이드리언 리치(Rich 2002)가 지적한 것처럼[1] 우리 사회에는 경험적 모성과 제도적 모성 사이의 커다란 괴리가 있다.

또한 모성이 본질적이지 않은 것처럼 미혼모 역시 단일하고 고정된 집단은 아니다. 근대의 특정한 조건들이 이전에는 존재하지 않던 '미혼모'라는 용어로 그들을 하나의 사회적 집단으로 범주화하며[2] 미혼모는 오랫동안 자신의 모성을 억압하고 부정하며 침묵하도록 기대되었던 존재였다. 하지만 오늘날 '미혼모'는 더 이상 침묵하려 하지 않는다. 특히 양육을 선택한 미혼모들을 중심으로 자신들의 권익을 옹호하는 당사자 조직을 만들고 어머니로서, 또 하나의 가족 형태로서 자신들의 목소리를 내기 시작하고 있다. 따라서 '미혼모'는 사회적으로 구성되는 모성 담

---

1 에이드리언 리치(Rich 2002)는 아이와의 유대감에서 자연스럽게 오는 기쁨과 희열과 사회적으로 강요된 모성에 오는 억압, 고통을 분리하여 경험적 모성과 제도적 모성을 구분했다.

2 우리 사회에서 '미혼모'라는 단어가 등장한 것은 1970년대 전후이다. 1960년대 서구의 사회복지학이 들어왔을 때 'unwed mother'는 번역어 없이 영어 그대로 사용되었는데 60년대에는 혼혈아를 출산한 여성을, 70년대에는 결혼하지 않고 출산한 여성 일반을 호칭하는 것으로 변화한다. 이에 대한 상세한 논의는 2부 1장 및 2장 참조할 것.

론 안에 사회적 행위자로서 제도와 담론의 담지자carrier일 수도 있지만, 그것을 재해석하고 비껴 나가며 저항하는 주체agent이기도 하다.

따라서 문화적 의미가 만들어지고 저항하는 주체에 의해 수정되는 과정을 거치는 역사적 공간으로서 미혼 모성을 이해하기 위해서는 제도 및 담론의 변화와 실천의 측면 모두에 대한 이해가 필요하다. 즉, 미혼 모성을 규정하고 사회적 지위를 부여하는 데 있어 또 다른 축으로 긴밀하게 작동했던 근대의 가족과 입양 제도 및 이를 둘러싼 담론들, 그리고 그것을 담지하거나 저항하는 미혼모 당사자의 경험에 대한 이해와 분석이 복잡한 층위에서 이루어져야 한다.

2. 자료 수집, 그리고 미혼모들과의 만남

젠더적 관점을 가지고 역사적 맥락에서 한국 미혼 모성사의 변천 과정을 추적하는 일은 우선 광범위한 문헌 조사를 필요로 했다. 먼저 근대의 가정과 모성이 정의되는 방식과 근대 이후 가족 제도와 가족을 둘러싼 담론의 변화를 알기 위해 「민법」과 해당 연도 「인구주택총조사」 및 관련 보고서 등을 찾아보고 국가기록원을 통해 당시 정부의 정책 등을 수집했다. 또한 미혼 모성의 쟁점과 긴밀하게 맞물려 있는 입양에 대한 이해를 위해 「고아입양특례법」과 이후 개정된 「입양촉진 및 절차에 관한 특례법」, 「입양특례법」 등을 살펴보며 각각의 법 개정에 있어서 미혼 모성이 어떻게 의미화되고 위치 지어졌는지 분석했다. 아울러 네이버 포털 사이트가 제공하는 뉴스 아카이브를 이용해 관련 기사를 수집했다. '미혼모', '사생아', '처녀 임신', '혼외 임신', '이상적 가정', '입양', '고아', '전쟁고아' 등을 키워드로 검색했으며 400개 이상의 기사가 수집되었다. 이것을 다시 시대별·주제별로 분류해 정리한 뒤 각 시대별로 미혼 모성의 위치와 의미가 어떻게 변화되어 왔는지 분석했다. 이와 함께 기독교 자선 단체의 활동, 입양 기관의 상담 일지, 입양 단체 관계자들이 남긴 기록, 그리고 '미혼모' 당사자의 경험을 다양한 통로로 수집했다. 특히 필자가 2008년 8월부터 2012년 5월까지 한국미혼모지원네트워크(이후 '네트워크'와 혼용해 사용) 사무국장으로 일하며 만난 많은 미혼 엄마들과 나눈 대화들, 그리고 재정 지원 사업 및 대외 활동 일환으로 학회나 세미나 등에 참석하거나 관련 부처 및 기관들을 방문할 때마다 주고받은 업무 이메일, 업무 활동일지나 회의록, 개인적 메모까지 주요 자료로 분석했다.

앞서 언급했듯, 필자는 '미혼모'에 대한 사전 이해가 충분하지 못한 가운데 미혼모 권익 향상을 위한 단체에서 일을 시작했다. 이전 여성 단체에서 일했을 때의 연장선상에서 미혼모 문제 역시 젠더 평등의 문제이고, 장애인 운동에서 당사자주의를 이끌어낸 "우리가 없이 우리에 대해 이야기 할 수 없다"Nothing about Us without Us란 구호처럼 미혼모 당사자들의 임파워먼트를 통해 사회적 변화를 가져올 수 있으리라는 막연한 그림만 그리고 있었다. 하지만 일을 시작하고 한참이 지나도 '미혼모'는 어디에서도 만나 볼 수 없었다. 미혼모 실태를 파악하기 위해 시설을 방문해도 원장과 사회복지사들만을 만날 뿐이었다. '미혼모' 정책 토론회나 포럼을 가도 학자, 전문가, 보건복지부나 여성가족부 공무원들만 보았다. 간혹 사례 발표로 '미혼모'가 한두 명 등장하긴 했지만, 자료집엔 그들의 이름도 소속도 없이 '사례 발표'라고만 되어 있고, 이들이 나와 발표할 때는 '사진 촬영 금지' 안내가 있었다. 어떤 경우 이들은 얼굴을 드러내지 않고 파티션 뒤에서 발표를 했고, 누구도 그들에게 말을 걸어서는 안 된다고 하지 않았지만 가까이 다가가서는 안 될 것만 같은 어떤 장벽을 느꼈다.

그러던 중 2008년 12월 '네트워크'의 지원[3]으로 한국의 미혼모 양육지원 복지 확대를 연구하고 있던 한국여성정책연구원이 2008년 '해외입양인과 미혼모의 만남'이라는 연말 모임을 기획했다. 필자는 이 모임이 '미혼모들이 자기 권리를 알고 스스로 목소리를 내는 것이 중요하다는 메시지를 전달할 수 있는 좋은 계기가 될 것'이라고 생각했다. 미국에 있는 단체 대표인 보아스 박사로부터 축하 메시지가 도착했다. 몇 번의 수정이 오고 간 끝에 "사회적 변화는 쉽지도 또 빨리 되는 것도 아니지만 우리 모두의 행동이 한국 사회를 변화시키고 '미혼모'에 대한 관용과 인정으로 이끌 것이며 모두가 평등하게 살 수 있는 사회를 만들게 될 것"이라는 요지의 축하 메시지가 완성되었다. 그리고 당일 대표의 메시지를 전달하며 필자는 "관련된 사람들 특히 미혼모와 시민단체와 보호 시설의 보다 긴밀한 연대가 필요하고, 미혼모와 아기들의 행복할 권리를 위해 함께 움직이고 목소리를 내는 것이 중요하다"고 덧붙였다. 당시 모임에는 시의원, 한국여성정책연구원 원장 및 연구원들, 미혼모 시설 및 관련 단체 그리고 입양

---

3 한국미혼모지원네트워크 초대 대표 리차드 보아스 박사의 재단(The Carl Marks Foundation) 기금으로 한국여성정책연구원의 미혼모 정책 연구 지원, 애란원의 양육 미혼모 자립지원 사업지원, 한국여성재단 '양육 미혼모 삶의 질 향상을 위한 지원사업' 기금 조성을 통해 양육 미혼모를 위한 다양한 자립지원 사업이 이루어졌다. 이를 통해 두리홈의 양육 미혼모 자립 사업 및 미혼모 자조 모임이었던 '미스맘마미아'가 현 한국미혼모가족협회로 조직화하는 데 일정 기간 기금을 지원하기도 했으며, 미혼모 긴급 주거 시설 '히터'가 탄생하는 데 일정한 기여를 했다.

인 단체의 대표들과 미혼모 및 입양인 당사자들이 참여했다. 이 자리에서 이들 모두는 미혼모와 그들 자녀가 입양으로 헤어지지 않고 함께 행복할 권리를 위한 연대의 필요성에 공감했다. 특히 한국여성정책연구원의 한 연구원이 호주의 입양 보낸 미혼모들이 당사자 조직을 만들어 자신들의 잃어버린 모성권을 위해 지난 40년간 싸워 미혼모 자녀들의 강제 입양 문제를 사회적으로 가시화한 사례를 소개하자, 이에 대해 미혼모 당사자 중 한 명은 대표로 인사말을 하며 "호주에서 40년 걸린 일을 우리는 10년 안에 끝내자"(활동일지 중에서)고 화답했다.

필자는 당일 참석자 모두의 동의하에 받은 이메일 주소로 송년회가 끝난 후 다음과 같은 감사 메일을 보냈다.

그날 적어주신 여러분의 이메일 주소를 모든 분들과 공유합니다. 이메일을 통해 서로 도움이 되는 정보들, 기사들, 그리고 신변의 이야기까지 함께 나누며, 어디에 계시든 무엇을 하시든, 그날 밤 함께 나누었던 생각과 바람을 함께 이루어나가는 소중한 끈을 이어나갈 수 있기를 바랍니다. (활동일지 중에서)

그리고 행사 당일 받은 이메일 리스트와 행사장을 스케치하기 위해 찍은 세 장의 사진(멀리서 잡은 전체 사진 한 장, 나머지 두 장은 사회자와 기타를 연주하는 입양인을 찍은 것인데 그 앞에서 아이 한두 명이 노는 모습이 잡힌 사진)을 첨부해 보냈다. 하지만 생각지 못한 답장을 받게 되었다. 그것은 미혼모 당사자들로부터 '연락처나 사진을 함부로 공유하지 말라'는 내용의 메일이었다.

안녕하세요. 금요일에는 수고 많으셨습니다. 사진 잘 받았습니다. 고맙습니다. 그런데 올 미혼 엄마들이 약간 화가 나 있다고 해야 될까 황당하다고 해야 될까 저희 미혼 엄마들은 자기 사진에 대해 매우 민감해요. 아시다시피 아직 가족 또는 친지, 친구, 직장에 이야기 못 하신 분들도 많거든요…. 그래서 얼굴 나가는 것을 아주 꺼려하고 있습니다. 다음에는 모자이크를 해서 보내주시던가 미혼모들에게 확인 받고 촬영이 필요 할 것 같습니다. 그럼 저희를 위해 수고 많으셨습니다. (활동일지 중에서)

그리고 또 한 통의 메일이 왔는데 역시 '사진'이 문제가 되었으며, 이는 '얼굴이 노출된 사진 발송은 지원단체 간의 신뢰를 쌓는 데 문제가 될 것'이라는 요지였다.

첨부하신 사진으로 인해 저희가 있는 ○○ 시설을 신뢰하여 행사에 참석하였던 엄마들이 놀라서 시설로 연락을 드린 걸로 알고 있습니다. 이 일로 선생님들께서도 당황하셨으리라 생각됩니다. 일부러 그러신 것이 아니라는 것을 잘 알고 있기에 … 저희 시설에서 주최하는 행사가 아니면 드러나는 것이 불편하여서 거의 참석하지 않는 것을 원장님께서도 잘 알고 계셔서 몇 번이나 확인하셨다고 하시더군요. 원장님을 19년째 뵙고 있지만 우리의 보호 권리[4]를 언제나 배려해 주시고 울타리가 되어 주셔서 작지만 당당히 우리의 목소리를 사회에 전달할 수 있었던 게 아닌가 생각합니다. … 이번 일을 통해 아셨겠지만 강한듯하지만 한없이 약한 우리들입니다. 사진 한 장에도 예

---

4 이하 인용문 중 강조 표시는 모두 필자의 것이다.

민할 만큼 … 행사 때 호주에서는 40년 걸린 일을 우리는 10년 안에 해내자고 이야기 하던 양육모[5]의 바램처럼 신뢰가 무너지지만 않는다면 언제라도 같은 마음으로 세상을 향해 목소리를 낼 준비가 되어있습니다. (활동일지 중에서)

이 이메일은 당시 참석했던 ○○ 미혼모 생활 시설 원장에게도 참조로 공유되어 있어, 혹시 시설 원장의 입장이 이 미혼모를 통해 전달된 것은 아닌가 하는 느낌도 들었다. 당일 미혼모 당사자가 호주에서 40년 걸린 일을 우리는 10년에 이루어 내자며 의지를 보였던 일과 사진 한 장에 두려워하던 모습 사이에서 괴리를 느끼며 그 괴리는 무엇인가 필자는 혼란에 빠졌다. 첨부한 사진은 원거리 촬영이라 굳이 확대해서 보지 않으면 알아보기 힘든 모습이었고, 미혼모의 자녀가 기타를 연주하는 입양인 앞에서 뛰어노는 모습이 사진에 잡히긴 하였지만, 행사를 알리는 현수막이 배경에 있었던 것도 아니고 누가 봐도 그냥 기타를 치는 연주자 앞에서 뛰어노는 아이들의 모습일 뿐이었다. 더구나 외부에 알리거나 기자들에게 보내는 메일도 아니었고 당일 참석했던 당사자들에게 '오늘 모아진 이메일 주소로 행사 소식과 사진을 보내겠다'는 공지도 했던 터였기 때문이다. 행사 당일에 보여준 당당함과 행사 이후에 보인 극도의 두려움, 이 둘 사이의 괴리가 무엇인지 또 한동안 고민에 빠져 있었다.

그러다 이후 이메일을 보낸 미혼모 중 한 명이었던 A가 당사자 조직을 만들기 위해 노력하던 중 ○○ 시설과 갈등을 겪으며

---

5 미혼모 복지 현장에서는 아이를 포기하고 입양 보낸 미혼모를 입양모, 포기하지 않고 기르는 미혼모를 양육모로 부르고 있다.

시설 자조 모임에서 탈퇴하고 홀로 조직화의 길을 모색하고자 했을 때 사무실 공간이 필요했고, 그때 필자가 근무하고 있던 '네트워크'에서 함께 사무실을 사용하자는 결정을 내렸다. 이후 A와 뜻을 함께한 미혼모들과 사무실을 같이 사용하며 시설과 미혼모 당사자의 관계에 대해 조금 더 통찰할 기회를 가질 수 있었다. 당시 시설밖에 어떤 지원도 없던 미혼모들은 당사자 권익 운동을 하려 해도 시설의 보호자적 입장을 존중하지 않을 수 없었던 것이다. 그제야 앞서 한 미혼모가 보낸 이메일 중 '우리들의 보호 권리를 지켜 주는 시설'이라는 모순된 표현이 이해되는 것 같았다. 즉 이는 '보호'를 필요로 하면서도 당당히 독립된 모성으로 스스로 설 '권리'를 희망하는 두 개의 서로 다른 욕구 사이에 놓인 당시 미혼모들이 처한 상황을 반증해 주고 있었던 것이다.

이후 필자는 1년여간 미혼모 A 씨 및 또 다른 여러 미혼모들과 함께 사무실을 사용하며 당사자 조직화를 위한 모임에 참석하고 또 캠프에 따라가며 이들의 삶을 좀 더 가까이서 지켜볼 수 있었고, 이러한 과정을 통해 더 많은 미혼모 당사자들을 알게 되었다. 2011년에는 '네트워크'가 또 다른 보호 시설의 양육 미혼모 자립 매장 사업을 지원하게 되었는데, 이를 계기로 미혼모들과의 네트워크는 더욱 확장되었다.

이렇게 해서 많은 미혼모를 만났지만 과거를 거슬러 해방 이후까지의 미혼모의 경험을 인터뷰를 통해 수집하는 데는 한계가 있었다. 따라서 전후 미혼모의 경험을 기록한 자료 및 심층 기사, 과거 입양 기관의 상담 사례집 등을 도서관과 인터넷 등을 통해 수집했다. 따라서 본 저서는 역사적 연구와 경험적 연구 두 가지 방식을 통해 완성된 결과물이다.

2011년 6월부터 약 1년간 자료 수집과 분석을 진행했고 2012

년 6월부터 다시 1년간 약 24명의 미혼 엄마들의 인터뷰를 진행했다. '미혼모' 연구의 어려움 중 하나로 지목되는 미혼모에 대한 접근성의 어려움(노승미 2002), 연구 대상으로 타자화되는 것에 대한 거부감(서정애 2009)에도 불구하고 5년 가까운 미혼모 권익 활동을 통해 형성된 관계 덕분에 접근성 및 거부감으로 인한 어려움은 완화된 상태에서 연구를 진행할 수 있고, 대부분의 미혼 엄마들이 인터뷰에 호의적이었다. 그리고 기존의 편견에 찬 '미혼모' 연구들에 불만을 표시하며 '우리의 입장을 고려한 공정한 연구'를 진행해 주길 당부하는 것도 잊지 않았다.

인터뷰는 대부분 그들의 집이나 식당에서 이루어졌다. 가능한 한 아이가 어린이집에 가거나 자는 시간을 이용했지만 간혹 불가피하게 아이가 옆에서 뛰노는 가운데 이루어진 경우도 있다. 어떤 경우는 아예 1박 2일로 하겠노라고 짐을 싸 와서 아이가 잠든 후 다음 날 새벽까지 인터뷰를 하기도 했다.

19살에 임신해 아이를 입양 보내야 했던 한 미혼 엄마는 필자와 2010년 □□ 시설의 '친정부모 맺어주기' 사업을 통해 '엄마와 딸'로 맺어지며 알게 되었다. 함께 1박 2일 캠프를 다녀오고 이후 간혹 문자를 주고받으며 서로의 안부를 묻고 지냈는데 막상 인터뷰는 3년 후에 이루어졌다. 당시 부모의 반대로 아이를 입양 보낼 수밖에 없었던 아픔을 알고 있었기에 인터뷰 요청이 매우 망설여졌다. 하지만 용기를 내어 조심스럽게 이야기했고 그녀는 응해 주었다. 시간이 지나 그때의 이야기를 다시 회고하게 하는 아픔을 주는 것이 마음이 아팠지만, 3년이란 시간이 그녀의 심경과 생활에 어떠한 변화를 가져왔는지 알 수 있게 하는 소중한 이야기를 얻은 시간이기도 했다. 그녀는 자신이 낳은 아이는 입양 기관을 통해 아이를 원하고 있던 '가정'에 주었으며, 필자에게는 연구가 가능하도록 포기할 수밖에 없었던 아이에 대한 '이야기'를 들려주었다. 이 지면을 통해 그녀를 포함한 자신의 가장 아픈 순간을 기억하며 증언해 준, 결혼 제도 밖에서 임신을 하고 출산을 경험한 어머니들에게 무한한 감사의 마음을 전한다. 하지만 장기간 알고 지낸 관계였다고 모두 인터뷰에 응하거나 인터뷰가 원활하게 이루어진 것은 아니었다. 한 어머니의 경우 임신 8개월 때 '무작정' 사무실 문을 열고 들어와 눈물부터 쏟아내며 부모에게도 아무에게도 이야기하지 못하고 직장을 그만두고 혼자 벌어둔 몇 푼의 돈을 쓰며 아기 양육을 선택할 수밖에 없다는 수많은 이야기들을 구구절절 했음에도 불구하고, 이후 아기 백일이 지났을 즈음 인터뷰를 요청하려고 만났는데, "전 뭐 별로 힘든 거는 없었어요"라며 지난 일을 모두 긍정적으로 해석하고 있어 인터뷰를 시도할 수 없었던 경우도 있다. 또 한 명의 엄마는 오랜 고민 끝에 결국 인터뷰를 거절하기도 했다.

필자의 연구를 위해 인터뷰를 해 준 미혼 엄마 24명 중 본 연구를 위해 분석된 23명의 인구학적 배경은 다음과 같다. 연령대는 1960년대생(1명), 1970년대생(12명), 1980년대생(7명), 1990년대생(3명)이었고, 자녀 출생 나이는 10대(2명), 20대(9명), 30대(12명)였으며, 학력은 중학교 자퇴 및 중졸(5명), 고졸 및 고등학교 자퇴(5명), 전문대, 대학교 자퇴 및 대졸(12명), 석사(1명) 등이다. 임신 당시 직업으로는 학교 행정직원, 회사원, 자영업, 시험 준비, 공장, 전문직, 단순 사무직, 아르바이트, 강사, 연구직, 검정고시 준비 등으로 다양하다. 이 중 2명만이 입양을 보낸 미혼모이며, 나머지는 모두 양육을 선택한 미혼모들이다.

본 저서에서 분석하는 문헌 및 인터뷰 자료가 미혼모 연구에 있어서 대표성을 갖는다고 할 수 없고, 또한 오랜 기간 형성된 라포rapport를 토대로 인터뷰했다 하더라도 필자의 정체성은 여전히 '그들'과 '나' 사이의 경계를 만들었으며, 수집한 자료를 재구성하는 입장에서 필자의 주관과 견해가 개입하고 있음을 인정하지 않을 수 없다. 그럼에도 불구하고 필자는 '미혼모'의 임신과 출산 그리고 양육 또는 입양 선택을 결과가 아닌 과정으로 보고 수집한 자료들을 토대로, 지난 50여 년간 '미혼모'가 자신들의 임신과 출산을 어떻게 받아들였는지, 그들의 양육/입양 선택에 영향을 끼친 변수는 무엇인지, 그리고 그것이 당시 '가정'이 규정되는 방식 및 '입양'이 실천되는 맥락과 어떤 영향 관계에 있는지 살펴보고자 한다. 그리고 이들이, '사생아'를 낳은 어머니 또는 '미혼모'로 자신들을 범주화하는 당대의 제도와 담론을 어떻게 담지하는지 혹은 어떻게 저항하는지 살펴보며 '미혼모'라는 역사의 장에서 이들이 어머니와 어머니가 아닌 경계를 오가는 행위성과 그것이 만들어 온 변화를 살피고, 또 만들어 갈 변화 방향에 대한 전망을 하고자 한다.

3장

세 개의 퍼즐 맞추기

'미혼모', '가족', '입양'

미혼 모성의 사회적 지위와 의미는 저 홀로 규정되지 않는다. 이는 근대의 '가족' 및 '입양' 제도와 그 담론, 그리고 그것의 실천 맥락과 서로 맞물리며 상호작용해 온 결과이다. 따라서 근대 이후 '미혼모'가 어떤 과정을 통해 하나의 '문제적' 사회 범주로 등장하게 되는지, 또한 이와 함께 '가족'과 '입양' 관련 제도 및 담론은 어떤 변화 과정을 거쳐 왔는지 살펴보는 것은 중요하다.

1. '미혼모'라는 문제적 범주의 등장

근대 이전 여성의 신분은 결혼을 기준으로 '기혼'과 '미혼'으로 나뉘지 않았으며, 처나 어머니로 신분 지위가 부여되었다. 예를 들면 고려 시대에는 적처 외에 "첩, 시첩, 애첩, 폐첩, 기첩, 비첩, 천첩" 등이 있었고(최재석 1983: 228), 조선 시대 종례와 가례에 따르면 어머니로서의 신분도 등급화되어 팔모八母가 있었다(윤택림 2004: 39, 재인용). 여성 신분에 있어서 결혼 여부가 중요한 역할을 하게 된 것은 법률혼주의에 기반한 일부일처제를 제도화해 나가는 근대에 이르러서인 것으로 보인다.

물론 근대 국가 성립 이전에도 결혼하지 않고 임신한 여성의 수치감, 그에 대한 낙인과 비난은 있었다. 예를 들면, "日人色魔(일인색마)에 蹂躪(유린)되야 강제로 당하고 運命(운명)에 우는 女性(여성), 他關(타관)에서 私生兒(사생아), 옵바가 면직될가 두려워서 처녀의 뎡조를 허락햇섯다"(『동아일보』 1926.1.14.), "미혼녀 임신 자동차로 도주, 세상 사람들의 이목이 부끄러워"(『동아일보』 1935.6.26.), "處女(처녀)로 妊娠(임신) 三個月(삼개월), 여아를 분만 후 살해"(『동아일보』 1940.7.31.)와 같은 기사를 통해 미루어 알 수 있다. 하지만 "사생아", "미혼녀", "처녀로 임신"과 같은 표현은 있어도 '미혼모'라는 용어의 사용은 발견되지 않으며, 어머니로서의 자격 자체를 문제시하는 언설 역시 발견되지 않는다.

예를 들면, 동아일보에 결혼 전 처녀로 임신하게 된 고민을 상담하는 기사가 두 건이 실렸다. 첫 번째 독자의 고민에 대해 전문가는 "형식상 결혼을 안 했을 뿐 사실상 그 남자의 아내가 된 사람이고, 만약 그 남자에게 아내가 있으면 첩이 된 것이니 이제 와서 결혼을 하고 안 하고가 없을 것이나 남자가 돌아보지 않거든 그 남자와 산다 해도 이익이 없을 것이니 정조유린으로 배상 청구 소송을 하던지, 독신으로 직업부인이 되거나 수도원으로 들어가라"(『동아일보』 1926.8.2.)고 조언한다. 또한 두 번째 고민은 18세 미혼 여자로 주인집 아들의 아이를 갖게 되었다는 내용인데 이에 대해 전문가는 죽을 각오로 저항하지 못한 것을 비난하며 "이제 죽으려 하면 죄 없는 생명에게 죄이니 당사자와 의논해 보던지 그 집에서 해결해야지 외가에 가서 아이를 낳고 양육비를 청구해서는 안 될 것"(『동아일보』 1939.10.14.)이라고 조언한다. 두 개의 조언 모두 아이의 생부로부터 지원을 받아 양육할 수 있는 방법을 모색하는 것을 하나의 해결책으로 제시하고 있지, 어머니로서의 자격이나 양육 권리를 부정하지는 않는다.

이러한 경향은 1960년대까지 계속되다 1970년 전후로 변화하기 시작한다. 이 시기는 '미혼모'라는 용어가 우리 사회에서 처음으로 등장한 때이기도 하다. 국내 입양 기관인 한국기독교양자회가 해외의 친권 포기 상담 전문가를 초빙하며 미혼모 상담 사업을 도입하고[1] 이어 정부 인가 해외 입양 기관인 홀트아동복지회, 대한사회복지회, 동방사회복지회 등이 본격적으로 미혼모 상담 및 보호 사업을 시작[2]한 것을 그 계기로 볼 수 있다. 미혼모 용어의 등장, 미혼모를 대상으로 한 상담과 보호 사업이 실시되는 것과 맞물려 '미혼모'에 대한 대중매체 보도 역시 증가한다.[3] 그런데 당시 대중매체의 보도는 다음과 같은 공통점을 보인다. 첫째, 모두 입양 기관과 연계된 미혼모 보호 시설에 머물고 있는 미혼모를 대상으로 조사한 통계에 기초하고 있으며 둘째, 미혼모의 인구학적 구성이 연령별, 학력별, 직업별로 고루 분포되어 있음에도 불구하고 '공장 지대 청소년'이나 '10대 미혼모'로 전형화하고 있고, 셋째, 미혼 모성 보호가 아닌 성교육 등을 통한 미혼모 예방의 관점을 취하고 있다는 것이다. 예를 들어, 1973년 보

1 한국기독교양자회가 미혼모 상담 사업을 시작한 것은 한 신문 기사에 따르면 1968년부터이고(『경향신문』 1973.3.30.), 1975년 보사부 부녀과장이었던 이옥순에 따르면 1969년부터 '미혼모' 상담 사업을 시작한 것(이옥순 1975: 26)으로 나타난다. 따라서 정확한 시기는 알 수 없으나 1960년대 후반으로 보는 것은 타당하다.
2 각 기관 홈페이지의 연혁에 따르면 세 개 기관 모두 1972년 '미혼모 상담' 사업을 시작했다.
3 가령 "늘어나는 미혼엄마 아기 양육이 큰 문제"(『경향신문』 1973.3.30.), "늘어나는 미혼모"(『경향신문』 1973.10.3.), "날로 늘어나는 10대 미혼모"(『동아일보』 1974.1.19.), "미혼모는 늘어만 간다"(『경향신문』 1975.1.17.) 등이 있다.

도된 한 기사를 보면, 한국기독교양자회에 상담 의뢰한 미혼모들의 연령 구성은 10대가 20%였고 나머지 80%는 20대 이상이었다. 하지만 이 기사는 '미혼모'가 처한 어려움을 10대의 문제로 한정시키고 있다(『경향신문』 1973.10.3.). 또한 이들 10대 미혼모의 직업 역시 가정부 26%, 여직공 24%, 무직 10%, 접대부 8%, 미용사와 상업이 각각 5%, 사무원 7%, 학생 4%로 다양하게 분포되어 있음에도 불구하고 "공장지대 미혼모 급증"(『동아일보』 1974.1.19.)으로 보도한다. 아울러 의학 전문가 인터뷰를 통해 10대 임신의 위험과 성교육 및 가정교육의 중요성을 강조하고(『경향신문』 1973.10.3.; 1974.4.26.), 미혼모가 되는 원인은 "무지, 반발, 호기심, 환상"(『매일경제』 1974.5.31.; 『경향신문』 1974.4.26.)이라고 진단하고 있다. 즉 당시 매체를 통해 이미지화되는 미혼모는 미혼모 상담 시설을 찾아온 미혼모 중 무지하거나 반발적인 또는 호기심과 환상에 찬 10대, 공장 지대 미혼모로 전형화된다.

한편 이러한 전형을 반박하는 기사도 등장하는데, 『동아일보』(1974.2.11.)의 "공순이는 과연 타락했는가: 도색조의 선정적 보도는 보다 큰 사회문제를 은폐한다"[4]와 같은 기사가 그것이다. 하지만 이 기사는 "공장지대 소녀들의 탈선은 부분적이며 대부분 청소년 근로자들이 박봉에 생존을 위해 애쓰고 … 여유 있는 계층의 여성들이 자발적으로 타락하는 것과 달리, 여성근로자들은 남성 반장이나 상급자들에 의해 다분히 타의적으로 강요된 탈선일 것"이라고 보도했다. 이러한 방식의 언설은 공장 지대

---

4 이 기사에는 "공순이 공돌이들의 숨결로 안양 둑방 일대가 뜨겁다"느니 "구로공단 주변의 여관, 여인숙이 10대 공원들로 초만원"이라는 등의 선정적 기사들이 그 예로 소개되어 있다.

〈그림 1〉 『경향신문』(1982.7.2.), "미혼모가 늘고 있다"

여성을 성실한 근로자로 묘사하며 일견 옹호하는 듯하지만, 여전히 '난잡'과 '문란' 또는 성적 자기결정권을 결여한 피해자라는 성모럴에 미혼 임신의 경험을 가두고 있다.

1980년대에 들어서는 여성 단체나 여성 전문 연구 기관에서 미혼모 실태에 관한 연구를 다수 실시한다. 하지만 이들 연구 역시 모두 입양 상담을 의뢰하는 미혼모나 미혼모 보호 시설에 수용되어 있는 미혼모들을 대상으로 하고 있어[5] 미혼모의 인구학

---

5 한국부인회는 1981년부터 1984년까지 5회에 걸쳐 전국 입양 상담 기관과 보호 시설의 미혼모들을 중심으로 현황 조사를 실시하고 매해 결과 보고 세미나를 가졌다(한국부인회 홈페이지 및 1980년대 이후 신문기사 자료를 참조함). 또한 숙명여자대학교 아세아문제연구소도 1976년 홀트양자회를 대상으로 "한국미혼모 현황 분석"(『동아일보』 1976.5.15.)을 했다. 한국여성개발원(현 한국여성정책연구원)도 보호 시설 수용 미혼모 중심으로 1983년 "미혼모 실태에 관한 연구: 발생요인 규명과 복지대책을 중심으로"라는 연구를 실시했다.

적 특징, 통계를 읽는 방식과 이를 보도하는 관점 모두 이전 시대와 다르지 않다. 즉 여전히 10대 청소년, 공장 지대 미혼모들을 부각시키며 미혼모 이슈를 병리적 사회 문제로 다루고 있는 것이다. 예를 들면, 1982년 한국부인회의 실태 조사에 나타난 미혼모의 인구학적 분포는 15~19세 24%, 20~24세 55%, 25~30세 17%, 30세 이상이 4%로 집계되었다(『경향신문』1982.7.2.). 전년도인 1981년도에 비해 10대 미혼모가 28%에서 24%로 떨어졌고, 20~24세 미혼모 비율도 59%에서 55%로 떨어졌음에도 불구하고, 매체는 15~24세의 연령대를 묶은 '79%'라는 비율을 부각시키며 미혼모들의 어린 연령대를 강조하고 있다(『동아일보』1982.6.28.).

또 이 조사에서 미혼모 학력이 국졸 30%, 중졸 34%, 고졸 28%, 무학과 대학 이상이 각각 4%로, 무학과 대졸 미혼모의 비율이 같고, 그 외에는 거의 비슷한 수준으로 나타났다. 이 통계를 국졸 이하로 보면 34%, 고졸 이상으로 보면 32%로 학력의 낮고 높음에 거의 차이가 없음에도 불구하고 학력이 낮은 쪽을 강조해 보도했다(『경향신문』1982.7.2.). 또한 미혼모 가정환경 조사 결과는 친부모 생존과 그렇지 않은 경우가 46%와 54%로 친부모 없는 가정환경의 미혼모가 8% 정도 더 많은 것으로 조사되었으나, 매체는 "절반 이상이 정상이 아닌 가족관계로 불안정한 상태"에서 미혼모가 된다고 보도했다(같은 기사). 더구나 해당 매체는 자료 사진에 젊은 남녀의 '바캉스 물놀이' 사진을 실어, '미혼 모성'을 '낮은 연령의, 학력이 낮고, 친부모가 없는 가정'과 같은 전형화된 언설 안에 가둔 것에 더해 성적으로 개방된 젊은이의 문제인 것으로 부각시킨다.

비슷한 시기 한국여성개발원에 의해 실시된 미혼모 실태

조사에서는 미혼모 연령대가 15~19세 24.8%, 20~24세 59.8%, 25~29세 13.4%, 30세 이상 1.9%로 나타나 10대보다 20대 이상의 성인 미혼모의 비율이 더 많았음에도 불구하고, 이들의 양육 지원에 대한 고려 없이 '입양이 좀 더 쉽도록 법 보완을 해 입양 활성화'를 '미혼모 문제'의 해결책으로 제시했다(한국여성정책연구원 1984: 98).

이상과 같이 1970년대와 1980년대를 거치며 '미혼모'의 다양한 인구학적 특성은 '10대의 문제'로 축소되고, 사회적 계층이 낮은 여성의 문제로 전형화되는 동시에 성적 문란이란 낙인까지 더해져, '미혼모'는 점점 모성의 영역에서 추방당한다. 결과적으로 이들 자녀의 '고아' 신분은 정당화되고 입양으로 이들을 어머니로부터 분리시켜 '정상가족'에 입양시키는 일이 윤리적이란 인식이 확산된다.

이러한 가운데 1988년 서울올림픽을 즈음해 해외 언론으로부터 '고아 수출'에 대한 비난이 쏟아졌다. 이러한 분위기 속에 '미혼모가 스스로 아이를 키우도록 지원해야 한다'는 언설이 처음으로 등장하기도 했다. 하지만 이는 해외 입양의 대안으로 등장한 국내 입양 활성화 언설에 압도된다. 이후 미혼모의 양육권이 사회적으로 다시 공론화된 계기는 2000년대 전후 활발해진 호주제 폐지 운동, 2000년대 초중반 등장한 귀환 입양인 당사자 조직들, 미혼모 권익 옹호를 위한 단체 및 미혼모 당사자 조직의 등장이다. 이들의 활동은 그간 탈모성화되었던 미혼 모성을 다시금 친권 및 양육권 보호의 관점에서 보도록 하는 관점의 전환을 가져왔다.[6]

---

6 이들 단체의 활동은 2부 3장에서 구체적으로 논의한다.

현재 미혼 모성은 '국내 입양 활성화'와 '미혼모 당사자 권익 보호'라는 두 가지 언설 사이에 놓여 있다. 물론 이 두 개의 언설은 서로 충돌한다. 왜냐하면 국내 입양 대상이 되는 아동 대부분이 미혼모가 출산한 자녀들이기 때문이다. 따라서 국내 입양을 활성화하면 미혼모의 양육권이 침해되고, 미혼모의 양육권을 보호하면 국내 입양은 감소하게 된다. 하지만 2018년 5월 11일 현재, 정부가 국내 입양을 활성화하기 위해 제정한 '입양의 날'은 13회째 행사를, 미혼모의 양육권 보호의 필요성을 알리기 위해 입양인 단체와 미혼모 권익 옹호 단체가 자체적으로 지정한 '싱글맘의 날'은 8회째 행사를 각각 치르며, '정상가족'으로 미혼모 자녀를 입양 보내야 한다는 언설과 미혼모와 자녀로 이루어진 가정 역시 정상 가정으로 인정해야 한다는 언설은 서로 경쟁하고 있다.

2. 가족 제도[7]와 담론

법은 고정된 실체가 아니라 그 시대의 가족 규범과 이상적 가족에 대한 사회적 지향 및 합의에 따라 제정되는 한편, 변화하는 현실과 새로운 가치관에 의해 도전받으며 수정되어 왔다. 근대 민법 역시 1958년에 공포된 이래 2018년 현재까지 약 60년의 기간동안 수많은 개정을 거쳤다. 우선 미혼 모성의 변화와 관련해 주

---

7 여기서의 '가족 제도'는 통상 '가족법'이라고 지칭되는 「민법」 제4편 친족편의 제1장 총칙, 제2장 호주와 가족, 제3장 혼인, 제4장 부모와 자, 제5장 후견, 제6장 친족회, 제7장 부양, 제8장 호주 승계와 제5편 상속의 제1장 상속, 제2장 유언, 제3장 유류분 그리고 13항목의 부칙 등에 규정된 법령들과 통계청의 가족 관련 통계들을 가리킨다.

목할 만한 사항은 1962년 개정된 가족법에 국가 주도의 핵가족화 의지가 발견된다는 것이다. 즉, 1962.12.29.(시행 1963.3.1.) 개정 사유를 보면 "우리나라의 대가족제도는 개인의 자유 활동을 위축시킬 뿐만 아니라 사회전체의 발전을 저해하는바 크므로 이를 부부중심의 소가족제도로 전환하기 위하여 현행 민법상 임의분가와 강제분가 제도 외에 새로이 법정분가제도를 창설하여 차남 이하의 자는 혼인하면 법률상 당연히 분가되도록 한다"고 명시하고 있다. 이와 같이 부계 혈연을 중심으로 한 대가족에서 일부일처에 기초한 부부 중심 핵가족 구조로의 변화는, 결혼 제도 밖 임신과 출생을 둘러싼 사회적 낙인이 심해지고 미혼모와 그들 자녀의 사회적 입지가 모호해지거나 협소해지는 결과를 가져올 수 있음을 의미한다.

이와 동시에 언론 매체를 통해서도 부부와 자녀로 구성된 핵가족 형태를 '행복한 가정'과 동일시하고 이러한 '가정'이 아동 양육을 위한 최선의 환경이라는 언설 역시 활발하게 등장한다. 예를 들면 『경향신문』 기사(1958.12.8.)에서는 "가정이란 두 남녀가 단위가 되어 자손을 양육하며 인격을 길러주는 곳인 동시에 가족에게 휴양을 주며 내일의 생활력을 불어넣는 곳"이라고 정의해, 전형적인 근대 중산층 핵가족 모델을 이상적인 것으로 언설화한다.

또한 부부에게는 '자녀'가 있어야 하며, 아동에게는 '사랑이 있는 가정'이 있어야 한다는 논리를 정당화하는 사회적 움직임도 발견된다. 1957년 제정된 「어린이 헌장」에는 "어린이는 따뜻한 가정에서 사랑 속에 자라야 하며, 가정이 없는 어린이에게는 이를 대신할 수 있는 알맞은 환경을 마련해 주어야 한다"고 명시하고 있다. 이어 1962년 정부는 보호 시설에 있던 아동 10,730명에게 가정을 찾아 주는 '새가정찾기운동'을 벌여 기존에 "고아원 시설에서 보호되고 있던 어린이들에게 의젓한 가정을 갖게 해 주었으며"(『경향신문』 1962.10.17.), 1963년 서울시는 각 구를 통해 고아원에 수용되어 있는 고아들을 입양시키기 위해 무자녀 가구를 조사해 입양을 권장하기도 했다(『경향신문』 1963.4.18.). 그리고 점차 자본주의 경제 성장과 함께 '의젓한 가정'은 부부간 성역할이 원만하게 수행되는 중산층 가정을 의미하게 된다. 이로써 '성역할이 원만히 수행되고 자녀를 중심'으로 한 근대 중산층 핵가족 모델 외 형태의 가정은 '비정상'의 영역에 배치되게 된다.[8]

가족법에 있어서 미혼 모성과 관련해 또 하나 주목할 만한 변화는 2005년 호주제가 폐지됨과 동시에 친양자제가 도입된 것이다.[9] 이 변화가 주목할 만한 이유는 호주제 폐지로 인해 미혼모의 친권이 보호되는 근거가 마련되게 되었지만, 동시에 다른 가정에 양자로 가는 아동은 자신의 친생부모와는 완전히 단절되고, 양부모의 친자식으로 온전히 입적됨으로써 양부모의 부모권 또한 강화되었기 때문이다. 즉 모성권의 맥락에서 미혼모의 모성은 법적으로 보호되었지만 입양의 맥락에서는 온전히 박탈되는 모순적 구조에 놓이게 된 것이다.

이러한 변화와 함께 한국 사회가 최근 경험하고 있는 인구 구성 특징 및 가구 형태의 다양화로 미혼모와 그 자녀로 구성된 가구에 대한 수용 가능성은 점차 높아질 것임을 전망해 볼 수 있다. 한국 사회는 1990년대 후반부터 후기 근대 양상으로 주목되는

8 이에 대해서는 2부 3장에서 구체적으로 논의한다.
9 2005년 3월 31일 개정 가족법 시행으로 친양자제가 실시되었다.

특징들, 즉 저출산, 만혼화, 이혼 및 1인 가구 증가 등이 특징적으로 나타난다. 통계청의 「인구주택총조사」 각 해당 연도의 평균 가구원 수, 1인 가구 비율, 혼인 및 출산 통계의 변화 추이를 보면 다음과 같다.

첫째, 평균 가구원 수는 1970년 5.2명, 1980년 4.5명, 1990년 3.7명, 2000년 3.1명으로 줄었다. 그리고 2005년에는 2명대로 떨어진 후(2.9명), 2016년 현재 2.5명을 유지하고 있다.

둘째, 1인 가구 비율은 1970년 3.7%, 1980년 4.8%, 1990년 9.0%, 2000년 15.5%, 2010년 23.9%, 2016년 현재 27.2%로 지속적인 증가 추세에 있다.

셋째, 혼인 연령은 1972년 남자 26.7세, 여자 22.6세였던 것이 점점 증가하여 2003년 남자가 30.1세로 처음 30세를 넘었으며(당시 여자는 27.3세), 2016년 현재 남자 32.8세, 여자 30.0세로 남녀 공히 30대를 넘었다. 관련 통계를 미혼율이라는 측면에서 검토해 보면[10] 20~24세 여성의 미혼율은 1970년 57.2%에서 2000년 89.1%로 급증한 뒤 2015년 현재 96.8%에 이른다. 25~29세 여성 미혼율 역시 1970년 불과 9.7%였던 것이 2015년 현재 40.0%로 급증한 뒤 2015년 현재 77.3%에 이르렀고, 30~34세 여성 미혼율 역시 1970년 불과 1.4%에서 2015년 현재 37.5%로 증가했다. 남성의 경우 1970년대 25~29세 연령대의 미혼율이 43.4%였던 것이 1985년에 이르면 50.7%로 절반을 넘은 뒤 2015년 현재 90.0%로 증가했다. 30~34세의 미혼율을 보면 1970년대 6.4%에서 2015년 현재 55.8%에 이르렀다. 35세 이후 미혼율도 1970년

---

10 1970년대 통계는 고행준(2002) 연구를 참조했고, 1980년대 이후 통계는 통계청 인구총조사 자료를 참조했다.

대 불과 1.2%에서 2015년 현재 33.0%에 이르렀다. 여성 및 남성의 결혼 및 가임 적령기를 통상적 관점에서 여성 20세에서 34세까지, 남성 25세에서 39세라고 가정할 경우, 여성의 58.1%가, 남성의 59.6%가 미혼의 상태인 것이다.

한편 한국 사회의 성생활은 매우 개방적으로 변해 왔는데, "남성의 3분의 2, 여성의 절반이 20대 후반 혼전 성경험"을 하는 것으로 나타났다. 그럼에도 불구하고 피임 실태는 매우 저조한 것으로 나타났는데 전국 19-30세 미혼 남녀 3천 600명을 상대로 조사한 결과, 응답자 3천 84명 중 지난 1년간 피임하지 않은 상태로 성관계를 한 경험이 있다는 응답이 남성의 경우 19~24세 35.1%, 25~30세 51.8%, 여성 19~24세 28.4%, 25~30세 여성은 43.2%인 것으로 나타났다(『한겨레』 2010.1.24.).

이상 살펴본 인구 구성 특징 및 다양한 가구 형태의 증가는 우리 사회가 전형적 핵가족 중심 사회를 벗어나 미혼모의 선택이 입양에서 양육으로 변화할 여지를 주고 미혼모와 그들 자녀로 구성된 가구에 좀 더 수용적인 사회 구조로 이동해 가고 있음을 의미하는 것이라고 전망해 볼 수 있을 것이다.

3. 입양 제도와 실천

우리나라에서 근대적 입양은 한국전쟁 이후 발생한 고아 및 혼혈 아동의 복리를 위해 실시한 해외 입양을 그 시작으로 보고 있다. 하지만 과거 자료를 살펴보면 한국전쟁 이후 바로 해외 입양이 시작된 것은 아니다. 전후 일정 기간 동안 고아, 기아, 혼혈 아동들은 대부분 필요한 지원을 국내에서 받았다. 그러나 전후 해외 원조 기관이 떠나고 재원이 바닥남에 따라 이승만 정부는 구호가 필요한 아동 발생 문제를 해외 입양을 통해 해결하고자 했다. 그리고 해외 입양 대상으로 혼혈 아동에 주목했다. 1954년 정부는 이들을 해외로 입양 보내기 위해 필요한 입국·입적 수속을 전담하는 기구로 보건사회부 내 한국아동양호회를 설치했다. 한국아동양호회는 현 대한사회복지회의 전신으로 대한사회복지회 기관 소개에는 "전쟁고아 및 혼혈아동 입양을 위해 한국아동양호회가 처음 설립"된 것으로 기록되어 있지만,[11] 당시 매체 보도를 보면 한국아동양호회는 "혼혈아동 해외입양 전담기구"로 설립된 것임을 알 수 있다.

> 정부의 대책 = 앞서 미국무성에서 한국 혼혈아 4백 명을 미국 내 양자녀로서 입국시킬 것이라고 한 바 있어 보건사회부 내에 아동양호회가 조직되어 전국 혼혈아에 대한 양육과 보호 그리고 양자녀로 외국에 가는 혼혈아의 입국·입적 수속을 취급하고 있다. (『경향신문』 1955.8.12.)

한국아동양호회 설치 다음 해인 1955년 8월, 이승만 전 대통령은 '혼혈 아동은 아버지의 나라로 보내야 한다'는 신념에 입각해 대통령 특별령을 내렸으며(『동아일보』 2004.6.13.; 『주간경향』 2006.2.8.; 『경남도민일보』 2012.5.23.), 같은 해 9월 국내에서 혼혈 아동 해외 입양 사업을 하고 있던 해리 홀트Harry Holt로부터 9천만 원의 기부를 받고 "미국 입양 전 혼혈아동들의 대기 또는 훈련을 위한 '리씨빙 홈'"을 서울 상도동에 건립한다(『경향신문』 1955.9.19.).

---

11 대한사회복지회 연혁 참조(https://sws.or.kr/intro/history).

이와 같이 부계 중심 순혈주의에 입각한 혼혈 아동 생부의 나라 보내기의 일환으로 시작된 근대 입양은 곧 전후 발생한 요보호 아동의 문제를 해결하는 일환으로 비혼혈 아동으로까지 확대되어 간다. 이러한 가운데 "고아와 혼혈아를 우선 구해 놓고 보자는 성급한 마음에 양부모가 될 사람을 구해 놓지 않고 미국으로 데려가는 일이 문제시되고 미국 내 사회복지 관련자들 사이의 해외 입양 반대의 우려"가 커지자 입양 아동의 장래를 위해서는 입양 가정의 사전 조사와 선정이 극히 중요하다는 주장이 등장한다(『경향신문』 1972.9.20.). 이에 정부는 1961년 9월 외국인이 한국인 요보호 아동을 입양하는 절차 등을 규정한 「고아입양특례법」을 제정했다. 이 법은 모두 8개의 조항으로 구성되어 있는데 아동의 복리와 비혈연관계 간 입양 그리고 양부모의 조건을 법제화[12]한 최초의 근대적 입양법이라고 할 수 있을 것이다. 이 중 제3조에 '양친될 자는 아동을 부양함에 충분한 재산이 있을 것'이라는 규정을 포함함으로써 아동 복지와 부양하는 자의 재산을 동일한 이해선상에 배치시켰다. 즉, 아동 복지에 있어 근대 중산층 가정의 자본이 부계 혈연의 논리에 우선하는 복지 개념으로 법제화되며 향후 비혈연관계의 아동 입양을 더욱 정당화할 수 있는 법적 근거가 마련된 것이다. 「고아입양특례법」이 정비되며 국내에서는 고아원에 대한 비판적 기사가 유독 많이 등장한다. 이와 함께 빈번히 등장하는 매체의 또 하나의 언설은 아동은 가정에서 사랑을 받고 자라야 한다는 것이다.

---

12   국가기록원, 「고아입양특례법」 참조(theme.archives.go.kr/next/gazette/viewGazetteDetail.do?gazetteEventId=0027990050&actionType=keyword).

찬마루 바닥에서 외롭게 자라오던 5천 3백여 명의 고아들이 보건사회부의 알선으로 입양위탁 또는 거택구호되어 따스한 가정의 맛을 보게 되었다. 고아보호 사업을 시설구호에서 거택구호로 바꾼 보사부는 전국 고아 5만 9천 명 중 올해 1만 7백 30명의 고아들을 연고자에게 입양위탁 … 해주기로 방침을 세워 이들을 각 도에 배정했었는데 22일 현재 5천 3백여 명을 연고자, 독지가 등에 맡겨 오랜만에 온돌의 맛을 보게 하였다. (『경향신문』 1962.6.23.)

이렇게 자본과 아동복지가 동일선상에서 이해되고, '가정'이 아동을 양육하는 최적의 장소라는 언설이 지배적이 되어 가는 가운데 1960년대를 맞이한다. 그리고 1962년 정부는 여성 사업 계획상의 구호 사업 방침을 '시설구호에서 거택구호로!'로 바꾸고, 고아원 아동들을 "가정 분위기에 휘감기게 한다"(『동아일보』 1962.1.13.)는 취지하에 양자 맺어 주기 운동을 시작했다. 하지만 정부와 언론의 노력에도 불구하고 국내 입양 위탁 실적은 부진했고, 고아에 대한 해외 원조가 끊어질 것이라는 전망[13] 속에 정

---

13 『동아일보』(1969.1.10.), "올해 만여 고아 원조 끊겨"라는 기사는, "금년 초 CCF(기독교아동복리기금)와 선명회 등 원조 단체들이 금년 중 약 1만 여 명의 우리 고아에 대한 원조를 중단하고 월남, 인도, 인도네시아, 아프리카 등지로 전환할 방침을 굳혔다. 현재 보호시설에 수용된 66,084명의 아동 중 외원단체에서 6~10달러씩 정기적 혜택을 받고 있는 아동 수는 62,287명인데 보조가 끊기면 우리 정부가 최소한 연간 1,152,000 달러의 추가재원을 마련해야 하는데 정부는 현재 재원을 확보치 못하고 있다. 국내 입양과 위탁보호사업을 벌이고 있으나 지난해 새로 발생된 고아는 모두 19,993명(부랑아, 기아)인 데 비해 입양위탁실적은 불과 3,124명으로 현상조차 유지하지 못하고, 불량아들에 의한 사회불안이 가중되고 있다. 정부도 최선의 보호책을 강구할 것이며 국내 입양 운동을 진작부터

부는 계속 해외 입양에 의존한 결과 그 수는 꾸준히 증가 추세를 보였다.[14]

그러나 1970년대에 들어 북한이 남한에 대해 경제 성장에도 불구하고 해외 입양이 증가하는 현상을 "'새로운 수출품'이라고 비난하자"(『동아일보』 2004.6.13.) 정부는 북유럽 국가를 대상으로 한 해외 입양을 중단하는 조치를 취하고,[15] 1985년까지 전면 중단을 목표로 해외 입양의 단계별 감축 계획을 세웠다.[16] 그리고 국내 입양을 촉진한다는 취지에서 기존의 「고아입양특례법」을 「입양특례법」으로 개정했다(1976년). 개정법에는 "보호시설에서 보호를 받고 있는 자의 입양 촉진"(제1조)을 위해 '민법상 성과 본 불변칙 원칙이 입양을 저해하는 요소라고 보고 "양친의 성을 따를 수 있게"(제7조) 했다[17]는 내용을 포함했다. 이와 같이 한국 사회는 1970년대에 이르기까지 경제 성장과 함께 근대 국가로서의 면모를 갖추어 가는 기간 동안 요보호 아동에 관한 정책에 있어서는 친생부모의 양육권 보호보다 입양법 정비를 통해

벌이고 있으나 적극적인 국민의 호응이 없는 것이 유감이다"라며 저조한 입양 실적과 원조 지원 중단에 대한 우려를 보도했다.

14 1963년 442건에서 1970년 1,932건으로 약 5배 증가했다. 보건사회부(1975.10.7.), "국무회의 안건철 - 북구3개국에 대한 해외입양재개보고(69회)", 국가기록원(http://theme.archives.go.kr/next/cabinet/keywordSearchResultDescription.do?level=2&docid=0028737741).

15 1970년과 1974년 두 차례 "북한 및 좌익단체의 역선전으로 국위선양에 저해된다"는 이유로 북유럽국에 한해 중단한 바 있다(보건사회부, 「국무회의 안건철 - 북구3개국에 대한 해외입양재개보고(69회)」, 1975.10.7.).

16 1976년부터 해외 입양을 10%씩 줄여 1985년부터 해외 입양을 완전히 중단한다는 계획이었다(「입양사업개선대책 국무회의 보고」, 1982.2.18.).

17 국가법령정보센터, 「입양특례법」(1976 제정, 1977 시행) 부분 참조(http://www.law.go.kr/lsInfoP.do?lsiSeq=3547&ancYd=19761231&ancNo=02977&efYd=19770131&nwJoYnInfo=N&efGubun=Y&chrClsCd=010202#0000).

입양부모의 양육권을 정당화하는 방향으로 정책을 펼쳤다.

한편 1985년까지 중단을 목표로 했던 해외 입양은 1980년 전두환 정권이 시작되며 완전 개방 정책으로 바뀐다.[18] 정부의 개방 정책과 미국과 유럽 등지에서의 한국 고아 입양 요청의 증가 (『동아일보』1982.3.8.) 및 높은 입양 수수료가 형성되며 입양 기관 간 경쟁이 일어나(『동아일보』1982.3.9.) 우리나라 역사상 가장 많은 수의 아동을 해외로 입양시키게 되는 결과를 가져왔다. 이러한 해외 입양의 증가 추세는 1988년 올림픽 시점, 미국의 『더 프로그레시브』(1988.1.)와 『뉴욕 타임즈』(1988.4.21.) 등이 각각 "Babies for Export"(수출용 아기들), "Babies for Sale"(판매용 아기들)과 같은 제목으로 미국과 한국 간의 아기의 입양을 '수요'와 '공급'이란 용어를 사용해 'adoption market'(입양 시장)이라고 비판적으로 보도하며 감소하기 시작한다. 특히 『더 프로그레시브』는 '입양 시장'이 작동하는 원리를 '정부와 연계된 입양 기관,[19] 입양 기관과 연계된 미혼모 보호 시설, 아기를 포기하도록 훈련받은 사회복지사들이 친모들에게 양육 포기를 권유하는 사회복지 관행, 미혼 임신과 출산에 대한 사회적 낙인, 해외 입양이 국내 입양이나 친생모가 키우는 것보다 낫다고 보는 입양 재단

18 「입양사업개선대책 국무회의 보고」(1982.2.18.)에 따르면 해외 입양 전면 개방 이유는 박정희 정부 시절의 해외 입양 단계별 축소 계획에 따라 해외 입양을 억제하고 국내 입양을 촉진했으나 국내 입양 정체로 인해 시설 보호 아동 수가 늘어남에 따라 정부의 재정적 부담이 늘어난 것에 대한 해결책으로 해외 입양 아동 수 제한 규정을 철회한 것으로 보인다.

19 정부의 인가를 받은 대한사회복지회, 홀트아동복지회, 동방사회복지회, 한국입양홍보회 등 4대 입양 기관은 정부에 의해 예산 및 운영에 관한 승인, 인사관리, 입양아의 수까지 배분받고 있어 『더 프로그레시브』는 이들 기관을 '준정부'quasi-government라고 표현했다.

관계자들의 기독교 선교 원리에 기초한 가치관 등이 당시 미국에서 아이를 원하는 가정 수의 급증과 만나면서 눈부신 경제 성장에도 불구하고 해외 입양을 급증시켜 입양 아동 한 명당 5,000불에 이르는 수수료가 형성되어 '아동 거래 입양 시장'을 형성한 점을 지적했다.

해외 언론의 보도 이후 입양 기관이 "미혼모 분만 보조비를 3만원에서 15만원까지 올려 산부인과에 지급하며 더 많은 아이를 경쟁적으로 확보하려 했다"(『경향신문』 1989.1.30.)는 자성의 소리와 함께 국내 입양이 저조한 원인을 찾기 시작했다. 그리고 국내 입양 촉진을 위한 전략으로 '전통 대 근대', '부모 중심의 구습 대 아동 중심의 복지'라는 이분법적 언설이 확산되기 시작한다.[20] 또한 해외 입양을 고아 수출로 비난할 것이 아니라 사랑, 봉사, 박애 정신이 깃든 행위로 봐야 한다는 언설도 다수 발견된다.

이들의[21] 사랑과 봉사의 기독교적 박애주의 깔려 있어 무조건 혈통을 중요시하는 한국적 사고방식으로는 도저히 이해할 수 없으며, 남의 자식 양육에 헌신적인 사랑과 봉사정신을 발휘하고 있다. 또한 온전한 사람이건 신체장애자건 백인이건 흑인이건 황색인종이건 차별 없이 사랑한다는 평등사상에 기초하고 있다. (『동아일보』 1989.10.5.)

---

20 『경향신문』(1989.1.30.), "매년 8천 명 '고아수출' 세계 1위"; 한겨레 (1989.2.10.), "아기 수출 오명 씻을 수 없나"; 『동아일보』(1989.10.5.), "고아들도 행복 누릴 권리 있어요. 한국 어린이 3천 명 이상 입양주선" 등을 보면 매체의 정치적 지향성과 상관없이 입양에 한해서는 근대적 입양과 아동복지를 동일시하는 관점을 공유한다.
21 미네소타주의 입양 기관 CHSM Children's Home Society of Minnesota를 지칭한다.

비난이 거세지며 '국가적 수치인 해외 입양을 없애자'는 공감대는 형성되었으나, 비혈연 간 입양이 '사랑', '봉사', '박애정신'과 같은 윤리적 정당성을 얻으며 요보호 아동의 친생 가족이 아동을 양육할 권리는 주변화된다. 그리고 정부와 언론은 물론 학자 그리고 여성계까지 국내 입양 활성화를 위한 길을 활발하게 모색한다.

가령 한국여성단체협의회는 '민간운동 차원에서 국내 입양을 활성화할 것, 국내 입양 전문 기관 육성, 전문 종사자 양성, 국내 입양 기관 운영비 지원, 가정 위탁 보호 사업의 확대, 국내 입양 가정에 세제 및 가족수당 혜택 여부 협의의 필요성, 아동복지 차원의 입양관 확립의 필요성' 등을 요청했다(『한겨레』 1990.12.6.).

그리고 MBC와 KBS는 각각 "PD수첩: 고아수출국 1위 국내 입양 활성화 방안은 없는가?"(1993.12.7.), "고아 국내입양방법 모색 입체분석 한국병 진단 '핏줄이 다른가요?'"(1994.5.2.) 등을 방영하며 해외 입양에 대한 문제 인식과 국내 입양의 필요성을 고취했다. 1995년에는 대학논술 72회 주제로 "우리나라 고아 수출에 대한 당신의 입장을 밝히시오"라는 문제도 출제되었다. 당시 한 신문은 우수작을 선정해 발표했는데, 대개 성 개방 풍조로 인한 무책임한 사생아의 대량 탄생을 원인으로, 도덕 교육 및 성교육 강화, 그리고 혈연 중심 사고에서 벗어나 시험관 아기 대신 고아를 입양할 것 등을 대안으로 제시(『경향신문』 1995.12.24.)한 답안들이 우수작으로 선정되었다.

2005년 들어 정부는 보다 적극적인 국내 입양 장려 정책을 취했다. 입양장려금 지원, 입양휴가제, 입양 아동 보육료 지원 정책 등을 도입하였으며, '입양의 날'을 제정했다. 한 가정(1)에서 한 아이(1)를 입양한다는 취지에서 5월 11일을 '입양의 날'로 정하고 그로부터 일주일을 '입양주간'으로 제정했다(「입양촉진 및 절차에 관한 특례법」, 제3조의 2). 또한 입양의 날이 제정되며 사회 각계 유명 인사, 국내 유명 연예인들이 대거 국내 입양 홍보에 나서며 2007년 처음으로 국내 입양(1,388건)이 해외 입양(1,264건)을 넘어, 2011년 현재 국내 입양 1,548건, 해외 입양 916건을 기록하고 있다. 최근까지도 전통적으로 내려오는 혈연 중심 가족 이기주의를 국내 입양 저조의 원인으로 진단하고 '근대적 입양'을 사랑의 실천이라 하는 언설은 여전히 유통되고 있다. 그리고 이러한 전통과 근대, 가족 이기주의와 사랑이라는 이분법적 담론은 입양 대상이 되는 아동의 친생 가족, 특히 친생모의 존재를 비가시화한다. 그리고 아동복지와 '자본', '정상가족' 모델을 동일시하는 담론과 입양에 윤리적 정당성을 부여하는 사회적 분위기가 계속된다면 미혼모의 양육권은 입양부모의 그것보다 정당성을 지지받고 필요한 지원을 받는 데 있어 구조적으로 열악한 위치에 놓일 수밖에 없는 것은 자명한 일일 것이다.

2부

기록, 모성의 소환

2부는 근대 이후 정비된 가족 제도와 입양 제도 그리고 가정에 관한 담론들과 입양 실천이 시대에 따라 미혼 모성을 어떻게 위치 짓고 의미화했는지, 또한 행위자로서의 '미혼모'는 자신의 모성을 어떻게 의미화하고 재해석하며 제도와 담론에 도전해 왔는지의 분석을 통해 '어머니'라는 경계에서 경합하고 있는 미혼 모성의 역사성을 탐구하고 있다.

우선 1장에서는 근대 전환기의 가족 제도 및 이상적 가족 그리고 미혼 모성에 대한 당시의 이해와 실천에 대해 살펴본다. 근대 전환기라 함은 1948년 8월 15일 대한민국 정부 수립을 기점으로 해 이후 정부가 지정한 4대 해외 입양 기관이 '미혼모' 상담 사업을 시작하는 1960년대 후반까지를 지칭한다. 이 시기 가족을 둘러싼 제도 및 담론의 변화와 실천은 모순적이다. 즉 제도와 담론은 부부와 미혼 자녀로 구성된 2세대 핵가족 모델을 지향했지만 현실적으로 법률혼에 기초한 일부일처제는 느슨하게 적용되고 있었고 일부다처제의 관행이 여전히 수용적인 사회 분위기였다. 비록 혼인 외 관계에서의 출산으로 인해 여성은 수치감을 느끼고 지탄을 받았으나 여성의 혼인 여부가 자녀 양육 여부를 결정하지는 않았다. 이 시기에 특징적인 것은 '미혼모'라는 용어가 아직 등장하지 않았고, 서구 사회복지학의 유입과 함께 들어온 'unwed mother'란 용어를 사용하고 있다는 점이다. 그리고 당시 'unwed mother'는 혼혈 아동을 출산한 어머니들을 지칭하는 것 이었고, 이들이 출산한 혼혈 아동의 입양 필요성 제기가 이 시기 의 전반적 특징이다. 1장에서는 이러한 시대적 배경과 근대적 입 양 실천이 혼혈 아동을 출산한 어머니 모성에 개입하는 과정, 그 리고 당시 자녀를 입양으로 포기할 수밖에 없었던 혼혈 아동 출 산 모성의 경험을 복원하며 근대 입양의 시작을 비판적으로 고 찰한다.

2장에서는 경제 발전과 함께 근대 국가로서의 면모를 갖추어 가던 1970년대에서 1980년대 시기를 다룬다. 이 시기에 근대의 법률혼주의는 정착되고, 혼전 순결 및 부부와 자녀로 구성된 2세 대 핵가족 모델을 이상화하는 언설은 더욱 강화되고 대중화되어 간다. 이 시기에 들어서면 이전 시대에 혼혈 아동을 출산한 여성 들을 호명하던 'unwed mother'는 '미혼모'라는 용어로 대체된다. 그리고 그 의미는 혼인 외 관계에서 출산한 모든 여성들을 광범 위하게 범주화하는 것으로 변한다. 또한 1970년대 초에 들어서 면 정부 지정 4대 해외 입양 기관이 본격적으로 '미혼모' 상담을 시작한다. 해외에서 미혼모 친권 포기 전문가를 초빙하여 세미 나를 하는 등, 미혼모와 그들 자녀 사이에 적극적으로 개입하며 결과적으로 미혼모 자녀의 해외 입양률은 가파르게 상승한다. 2 장에서는 서구 사회복지학의 국내 유입에 대한 지적 경로의 추 적을 통해 미혼모와 그들 자녀의 분리를 전제로 한 입양이 어떻 게 사회적 당위성을 확보해 가는지, 그 결과 미혼모가 어떻게 어 머니의 범주에서 추방되어 '불우한 여성'으로 사회적 지위를 변모해 가는지에 대한 역사를 복원한다. 또한 경제 성장과 더불어 확산된 중산층 가정 모델이 '미혼모'들로 하여금 입양과 양육을 선택하는데 어떤 변수로 작용하고 있는지를 살펴본다.

3장에서는 사회경제 구조 및 결혼과 가족 지형에 급격한 변화를 경험하게 되는 1990년대 이후부터 현재에 이르는 시기를 다룬다. 1990년대 후반부터 더욱 활발해진 호주제 폐지 운동과 맞물려 그간 어머니로서 침묵하고 있던 '미혼모'들은 모성권 보호에 대한 필요성을 사회적으로 표면화하기 시작한다. 2005년 호주제 폐지와 함께 미혼모의 친권은 법적 보호의 근거를 마련했다. 하지만 이와 더불어 같은 해 입양 아동을 입양 가족의 친생자로 등록함으로써 친생부모와의 법적 관계를 단절하는 친양자제가 도입되어 아동의 친권을 두고 친생부모와 입양부모의 권리가 서로 경쟁하는 구조에 놓이게 된다. 한편 2000년대에 들어서면 1970년대 이후 해외로 입양 보내졌던 아동들이 한국으로 귀환한다. 친부모를 찾는 데 어려움을 겪은 이들의 경험은 자신들의 출생 기록에 대해 알 권리를 보장받기 위한 입양인 당사자 조직화로 이어진다. 이들의 활동이 어떻게 미혼 모성의 양육권 문제를 사회적으로 드러내는 데 영향을 주었는지 3장에서 논의한다. 또한 이 시기에 입양을 보낸 미혼모/부 당사자 조직인 민들레회, 미혼 모성권을 위한 조직 한국미혼모지원네트워크, 양육 미혼모 당사자 조직인 한국미혼모가족협회 등[1]이 만들어지며 우리 사회에 미혼 모성권의 문제가 공론화되기 시작하는데, 이

---

1 이 글에서 언급하고 있는 것보다 더 많은 기관 및 단체들이 미혼모 양육권 보호를 위해 활동하고 있으나 지면상 다루지 못함에 대해 관련 기관 및 단체에 송구한 말씀을 전한다.

들의 활동이 우리 사회에 가져온 유의미한 변화들을 살펴본다.

1장

근대의 전환기

요보호 아동의 재배치와 '양육할 수 없는 어머니' 경계 만들기

1. 요보호 아동의 재배치

1) '가족공동체'에서 '비혈연 가정'으로

대한민국 정부 수립을 전후해 아동복지에 있어서 '가정'을 이상화하는 근대적 담론이 신문지상에 빈번히 등장하기 시작한다. 가령 1947년 2월 경향신문과 후생관 공동 주최 '고아구제 사업 검토를 위한 좌담회'의 소식이 신문에 실렸다(『경향신문』 1947.2.2.). 당 좌담회에는 후생국 공무원, 국립 시설 과장, 사회사업연맹, 국립육아원 및 여러 사설 보육원 관계자들이 참석했다. 기사에 따르면 해방 "전 34개소에 2,238명의 아동이 수용보호되고 있었으며, 1947년 12월 현재 국립 1개소에 134명, 사설 65개소에 3,875명의 아동이 수용보호"되고 있었다. 기사는 당시 좌담회에서 토론된 내용을 전면에 걸쳐 상세히 보도하고 있다. 안건은 "고아원과 고아아동에 관한 통계 보고, 고아보호에 있어서 국립시설과 사립시설이 갖는 장단점, 고아들을 지도할 때 종교적으로 하는 것과 무종교로 하는 것 중 어느 것이 더 효과적인지, 영아들을 어떻게 보호해야 가장 이상적인지에 관한 것"이었다.

당 좌담회에서는 고아 양육에 있어 "국립의 관료적 분위기"보다 "가정적 분위기가 있는 사립"이 더 나아 보이나, "가정의탁"의 경우는 "조선에서는 [정착하기] 어려울 것"이라고 전망하고 있다. 그 이유로 다음과 같은 사례들이 소개되고 있다. 첫째, 영아의 경우 가정 의탁을 하려면 "젖이 나오는지 안 나오는지 사정(査定)해야 하는데 (당사자들이) 그것을 싫어하여 외관으로 보고 그만하면 젖도 괜찮겠다 생각하는 사람에게 위탁하나 실제 젖이 나오지 않는 사람들이 돈을 보고 지원"함, 둘째, "아이의 영양과 발육상태를 보기 위해 한 달에 한 번 가정방문을 해야 하나 탁아모들이 이를 기피"함, 셋째, "기생의 아이들은 (위탁) 돈도 많이 주는 데 (아이를 보기 위해) 자주 방문하여 (위탁모들이) 이를 싫어하며 (위탁모가) 5년 정도 키우면 정이 들어 내어놓기 싫어"함 등이다. 따라서 고아 문제에 대한 최선의 해결책은 "사립시설이 가장 이상적이나 시설비용을 감당하기 어려우므로 국립 탁아소가 절실히 요구된다"고 의견을 모았다.

하지만 1950년대 중후반부터 아동의 이상적 양육 장소는 '가정'이라는 서구적 담론이 빈번히 등장하며 요보호 아동에 대한 언설은 변하기 시작한다. 가령 "가정은 인간이 가족생활을 영위하는 중심이며 … 아동으로서는 … 부모를 중심으로 한 육친 간의 사랑에 의해서만 심신 공히 건전하고 훌륭한 사회인과 국민으로서 성장할 수 있다는 사실은 전문가 간에 이미 인정된 바 … 시설 수용 아동은 가족만이 줄 수 있는 따뜻한 애정을 받기 어렵기 때문에 대부분 적응성이 떨어지고 감격성이 적은[1] 개인을 육

---

1 "감격성이 적은"이라는 표현은 문맥상 '정서가 풍부하지 못한' 또는 '정서가 메마른' 등으로 이해된다.

성하므로, 아동의 보육과 올바른 인격 형성의 장소로서 가정보다 나은 곳이 없다"(백근칠 1955: 100)와 같은 주장이 등장한다. 이 글은 1955년 『새벽』지 5월호에 실린 글인데, 글 기고자인 백근칠은 당시 미국 미네소타 대학 사회사업학과에 재학하고 있었고,[2] 자신의 주장을 뒷받침하는 자료로 미국 허버트 후버 대통령 재임 시절 '아동보건과 보호를 위한 백악관 전문위원회' 보고서를 인용하고 있음으로 보아 당시 미국의 주류적 아동 양육 및 보호 관점이 적극 수용된 것임을 미루어 짐작할 수 있다.

아울러 건전한 아동 양육을 위한 가정의 조건도 다음과 같이 매우 상세히 제시되고 있다.

첫째, 의학, 심리학, 생리학 등 아동 본질의 이해에 관련된 학문이 발달된 오늘날, 부모 또는 성인 본위의 봉건적 아동관보다 아동 본위로 아동의 본질에 입각한 과학적 아동관이 근본적으로 요청된다. 둘째, 가장 중요한 조건으로서 일가의 원만, 특히 부모의 융화를 필요로 한다. 가정의 원만과 부모의 융화는 생후 영아로부터 대학생에 이르기까지 전 연령 아동의 안전감을 보증하는 절대적 조건이다. 융화하지 못한 가정에 있어서는 아동은 자연 불안감을 느끼게 되며 우인友人 간에도 열등감을 느끼게 된다. 셋째, 가정은 아동을 본위로 한 시설과 설비를 필요로 한다. 다소 여유가 있는 주택에서는 아동만을 위한 방을 계획하고 그렇지 못한 주택에서는 아동 자신이 성인의 방해 없이 자유롭게 놀 수

2 한국전쟁 후 미국의 사회사업을 배우기 위해 국내에서 3인의 장학생(김학묵, 백근칠, 하상락)이 선발되었으며 이들은 1955년 3월부터 1957년 7월까지 미국 미네소타대학 사회사업학과에서 수학한 뒤 국내에 돌아와 서울대학교에 사회사업학과를 창설했다. 이에 대해서는 2부 2장에서 상세하게 논의한다.

있고 공부할 수 있도록 방의 일부라도 아동을 위해서만 사용해야 한다. 그리고 마지막으로 청결한 가정과 그림 그리기, 그림책 보기, 꽃이나 채소 재배, 음악 감상 등 풍부한 취미 생활을 영위할 것, 아동 자신이 열등감이나 불안을 느끼지 않을 정도의 경제적 생활의 안정을 도모하되, 검소한 태도를 유지하고 자녀를 잘 키우기 위해 부단히 연구해야 한다(같은 글: 100-102).

이러한 주장을 정리해 보면 '부모가 융화하는', '경제적으로 건실한 가정에서', '아동의 개별적 영역이 확보되고', '다양한 취미 생활'을 하는 등의 전형적인 근대 산업 사회의 중산층 핵가족 모델을 아동에게 적합한 양육 장소로 이상화하고 있는 것이다. 이러한 이상적 가정 담론의 확산과 맞물려 정부는 1957년 「어린이 헌장」을 제정 선포했으며, "어린이는 따뜻한 가정에서 사랑 속에 자라야 하며, 가정이 없는 어린이에게는 이를 대신할 수 있는 알맞은 환경을 마련해 주어야 한다"고 명시했다.

또한 서울대학교 사회사업학과 창설과 같은 해인 1958년 3월 서울아동상담소가 설립되었다. 당 상담소는 ① 아동의 정서 발육 도모, ② 비정상적 행동 지도, ③ 반사회적 행동의 원인, ④학력 증진과 진학 문제, ⑤ 일반 의사가 발견할 수 없는 육체적 징후, ⑥ 아동에 관한 법률적 문제, ⑦ 아동 및 그 가정에 대한 필요한 조사 및 의학/심리학/교육학/사회학적 정신위생적 판정에 근거해 지도함을 목적으로 발족된 곳이다(『경향신문』 1958.2.26.). 당 상담소 소장은 도쿄에서 열린 제9회 국제사회사업회에 참석해 "아내가 직업을 가질 경우 부모와 자녀의 접촉이 감소되고 이는 청소년 범죄와 정신병 증가의 원인이 되는 것이 현대 가족의 문제라고 강조하며, 부부간의 애정과 부모와 자녀 사이의 우정적인 관계를 통해 원만한 가족 관계를 만들 때 비로소 자녀의 건강한 지적 수준을 달성할 수 있을 것"(『동아일보』 1959.1.22.)이라고 주장했는데, 이 역시 전형적인 성역할에 기반한 중산층 가정과 아동복지를 동일시하는 관점을 잘 보여 주는 것이다. 바야흐로 '성역할에 기반한 중산층 가정'은 건강한 아동 성장을 위한 시대의 키워드가 된 것이다. 이와 같이 아동 보호를 위한 최적의 장소로서 '이상적 가정'이 지배적 담론으로 자리 잡음에 따라 향후 시설 보호 아동들을 개별 가정으로, 그리고 더 나아가 '이상적'이란 거울 뒤에 있는 '비이상적' 가정의 아이들을 '이상적 중산층 가정'으로 적극 이동 배치시키는 시대의 도래를 어렵지 않게 예측할 수 있을 것이다.

과연 정부는 1960년 「민법」 개정으로 기존의 양자에 관한 법을 대폭 수정해 성이 같지 않은 자녀를 양자녀로 삼는 것을 허용하면서 비혈연 간 입양의 토대를 만들어 "일대개혁"으로 평가되었다(『동아일보』 1960.1.17.). 수정된 내용은 다음과 같다.[3] 기존에는 기혼자로서 호주 상속을 할 아들이 없을 경우, 반드시 동성동본 가내에서만 양자를 들일 수 있었지만 새 민법에서는 아들이 있어도, 성이 달라도 남의 아이를 양자로 들이는 것이 가능해졌다. 또한 입양한 때부터 양부모의 적출 자녀의 신분을 얻으며, 양부의 혈족 인척에 대해서도 친족 관계가 성립한다고 규정했다. 단 동성동본이 아닐 경우 호주 상속을 할 수 없고 이성 양자의 경우 자신의 성을 유지하며 생부생모에 대한 혈족, 인척 관계도 그대로 유지하는 것을 인정해 원 가족과의 관계 단절이 전제되지 않은 개방적 입양의 형태였다. 따라서 당시 개정 새 민법은

---

3 이하 "새 민법" 분석 내용은 『동아일보』(1960.1.17.), "새 민법 해설"을 참조함.

여전히 부계 중심의 호주 개념을 유지하면서도 아동이 혈연관계가 없는 '가정'에 입양되는 것이 가능하도록 법적 근거를 마련한 것이다. 그리고 "새 민법의 양자 제도는 근대적 의미에 있어서의 '자녀의 복리를 위한 양자' 제도이며, 서구 사회가 앞서 실시한 사회복지적 색채가 농후해진 것이며, 시대의 추이에 맞는 진보적인 규정"(같은 기사)이라고 이해되었다.

같은 해 보건사회부 장관은 "이성 양자도 가능하게 되어 양연 제도의 폭이 넓어졌으므로, 5만 7천 명에 달하는 요구호 대상 아동을 건전하게 육성하기 위하여 일반 가정에 수양 또는 입양시키는 방향으로 나가라고 지시"(『동아일보』 1960.2.7.)했다. 서구의 사회사업[4] 지식의 유입, 언론의 '건강한 가정'에 대한 언설 유포, 정부의 제도 마련과 함께 1962년 마침내 보건사회부는 경제개발 5개년 계획의 근간으로써 아동구호의 방침을 "시설구호에서 거택구호로!" 바꾼다. 그리고 건전가정생활운동[5]을 전국적으로 실시함과 동시에 시설 아동들을 가정으로 정착시키기 위한 정착비 1억 4천 1백만 환의 예산을 책정했다(『경향신문』 1962.1.18.; 『동아일보』 1962.1.13.). 아울러 시설 아동의 가정 배치를 효과적으로 시행하기 위해 정부는 1961년 제정된 「아동복리법」에 의거, 아동복지지도원을 훈련시켜 "이들로 하여금 직접 가

---

4 이 글에서 '사회사업'이라 함은 'social work'의 번역어로 '사회복지'와 같은 의미이며 시대적 문맥에 따라 '사회사업'과 '사회복지'를 혼용한다. 즉 서구의 사회복지학이 국내에 들어왔을 초기 '사회사업'으로 칭해지다 후기 '사회복지'라는 말로 대체된 것이다.
5 보건사회부 부녀국을 통해 주부의 합리적 가정 운영에 필요한 지식을 보급하기 위해 전국에 배치되어 있던 부녀복지원 181명과 재건국민운동촉진회 직원들은 계몽영화, 잡지 등을 통해 '건전가정생활운동'을 펼쳤다(『동아일보』 1962.1.13.).

정 등을 방문하여 양곡 등을 보조해 주면서 어린이를 위탁시키
도록 권하였는데 이와 같은 일은 정부 수립 후 처음 있는 일"(『경
향신문』 1962.2.23.)이었다. 시설 아동을 가정으로 보내는 운동은
'새가정찾기운동'으로 명명되었으며 같은 해 6월 말 현재 "찬마
루 바닥에서 외롭게 자라오던 5천 3백여 명의 고아들이 보건사
회부의 알선으로 입양위탁 또는 거택구호되어 따스한 가정의 맛
을 보게 되었으며"(같은 기사) 9월 말 현재 그 배에 가까운 "9천
6백 76명의 고아들이 새엄마 아빠의 품에 안겼다"(『경향신문』
1962.10.17.).

이와 같이 당시 거택구호는 '아동은 가정에서 자라게 해야 한
다'는 「어린이 헌장」의 정신을 따르고, 입양을 통해 '가정이 필
요한 아동에게 가정을 찾아주는' 근대적 언설을 실천하고 있는
것처럼 보인다. 그리고 대한양연회 본부와 지부 등에서 훈련받
은 '케이스워커'와 '부녀복지원'들로 하여금 수탁 희망 가정을
사전 조사하고 일정한 적응 기간을 거친 후 입양이 이루어지도
록 하는 근대적 입양 절차를 따랐다. 또한 수탁 가정의 조건으로
도 "부유한 가족일 필요는 없고 가족 전체가 원만하고 단란한 가
정, '스위트홈'이어야 한다"고 하며, "가정이 빈곤하다고 보호 양
육해야 할 아동을 고아원에 맡겨 기르게 하는 것은 아동으로 가
정이 결합되고 화목해질 수 있는 것이 분산될 우려가 많고 고아
원의 쌀밥보다 가정의 보리죽을 먹고 자라는 것이 아동 생활에
건전을 꾀하는 길"이기 때문에 "가정은 아동복지의 보금자리라
는 원리에 맞추어 구호와 지도 등 모든 복지 혜택을 베풀어야 할
것"(같은 기사)이라며 '단란', '화목', '스위트홈'을 강조했다.

그런데 이 시기 이루어진 '거택구호'의 형태를 보면, 연고자
가 확인이 되지 않는 아동을 혈연관계가 없는 가정에 위탁하는

유료 위탁[6]과 무료 위탁 그리고 연고자가 확인되는 아동을 부양 의무자[7]에게 돌려보내 아동의 원 가족에게 금전적 지원을 하는 거택구호 등으로 나뉘어져 있었는데, 그 수를 보면 유료 위탁이 845건, 무료 위탁이 904건에 그치고 있는 반면 거택구호는 6,085 건으로 전체 위탁 건수 중 대부분을 차지하고 있었다. 즉 당시 분위기는 '가정'의 우월성을 강조하며 '이성 양자' 제도까지 도입했으나 1960년대 초반까지 대부분의 요보호 아동은 비혈연관계의 가정이 아닌 아동의 원가족인 친부모나 친족 공동체에 돌려보내 양육하도록 하고 필요한 지원을 했던 것이다.

그러나 1960년대 후반에 들어서면 아동 위탁 유형에서 거택구호 유형은 사라졌다(『경향신문』 1969.5.5.). 그리고 "자녀가 없는 가정에서 정식으로 입적시켜 키우는 (입양 위탁이) 가장 행복한 케이스"라는 언설이 등장한다(같은 기사). 이 시기는 다음 장에 구체적으로 언급되지만, 4대 해외 입양 기관이 해외에서 미혼모 친권 포기 전문가를 초빙하고 미혼모 상담 사업을 시작한 시기와 맞물린다.

요컨대 1940년대 후반 요보호 아동들에게 비용적 측면에서 가장 이상적이라고 여겨지던 국립 시설 보호 담론은, 1960년대에 들어서 '이상적 가정' 담론으로 대체된 후 정부에 의해 요보호 아동들을 시설에서 '가정'으로 보내는 사업으로 현실화되었다. 하지만 1960년대 초반까지 요보호 아동들은 '이상적 중산층

---

6 부양의무자 및 연고자가 없는 아동을 수탁 희망 가정에 금품을 지원(한 달에 정부 지출 3백 원, 외원비外援費 5~8달러, 쌀 배급)하고 위탁하게 했다(『경향신문』 1962.10.17.).

7 「구민법」 7장 974에 따르면, 부양의무자는 1. 직계혈족 및 그 배우자 간, 2. 호주와 가족 간, 3. 기타 생계를 같이 하는 친족을 의미한다.

가정' 여부와 상관없이 대부분 친부부 및 친족 공동체의 연고자에게 보내 필요한 지원을 하며 혈연 가족 공동체 내에서 자라날 수 있도록 했다. 하지만 1960년대 후반 최적의 양육 형태로서 '입양 위탁 제도'가 '거택구호'를 대신하며 '이상적 가정'의 정의에서 혈연 가족 공동체적 이해는 사라진다. 이는 1960년대 후반으로 갈수록 아동이 친족 공동체에 의해 보호받을 수 있는 가능성이 점차 희박해진 것을 의미한다.

2) '국내'에서 '해외'로

한국전쟁 이후 '고아'에 관한 많은 기사들이 발견된다. 대부분 고아들의 실태나 이를 돕기 위한 미군이나 외국인, 그리고 국제 자선 단체나 기독교 자선 단체들의 선행들을 소개하는 기사들이다. 가령 "변변히 먹지도 못하고 외롭게 지내는 국립육아원에 있는 145명의 고아들에게 생선, 참치와 방어를 선물한 미군 장교"(『경향신문』 1946.10.27.), "인류애 한 토막, 미군이 고아를 구제"(『동아일보』 1950.11.6.), "고마운 미군아저씨 봉급 털어 고아를 육성"(『동아일보』 1952.9.30.) 등과 같은 기사는 미군들의 개인적 선행을 미담으로 전하고 있다. 또한 미군뿐 아니라 종군 목사나 국내에 있던 구호 활동가와 외신 기자들의 자선적 행위는 개별 고아들을 돕는 것에서 더 나아가 고아원을 짓는 자선으로까지 이어졌다. 예를 들면 "미군인 맥킨 소령은 집 없는 전재고아들의 보금자리인 행복산 보육원을 창설"(『경향신문』 1952.4.9.)했으며, "미 종군목사 6명과 구호위원 3명은 서울시가 중앙고아원을 짓도록 원조"(『동아일보』 1950.11.5.)했고, "기자 엘맨 씨는 다대포에 고아원을 창설했다"(『동아일보』 1953.6.26.).

이들의 자선적 행위 중 "생사를 걸고 편 국경을 초월한 인간

애의 아름다운 결정"(『동아일보』 1956.1.28.)으로 한국뿐 아니라 미국에까지 널리 알려지며 미국에서 영화로 제작된 사례도 있다. 미공군 목사인 부라이스델 씨[8]가 전쟁통에 부모를 잃고 서울 거리에서 헤매던 고아 900여 명을 피난시키기 위해 18대의 군용 '추럭'에 그들을 나누어 태우고 피난시키기 위해 인천 부두까지 왔으나, 사정이 여의치 않아 7명의 아동이 동사했다. 이를 전해 들은 헤쓰 중령은 규슈에 있던 미공군 수송대대에 연락했고 즉시 47대의 대형 수송기가 동원되어 이들 모두를 제주도의 한국 보육원으로 피난시켰다(『동아일보』 1956.1.28.). 이는 일명 '고아 작전'이라고 불렸으며, 헤쓰 중령은 이후 미국으로 돌아가 이 경험을 『군가』라는 자서전으로 편찬했다. 이후 그의 자서전은 미국 내 신문과 잡지를 통해 널리 알려졌으며[9] 당시 "유니버살 인터내쇼날 영화회사에서 Battle Hymn이라는 제목으로 영화화되었다"(『동아일보』 1956.1.28.). 한국보육원으로 옮겨져 보호받던 고아 중 5살에서 10살까지의 고아 24명은 1956년 2월 14일 영화 출연을 위해 미국에서 6개월가량 머물다 돌아왔고 이 사건은 당시 여러 매체를 통해 사진과 함께 대대적으로 보도되었다.

헤쓰 중령의 '고아 작전'은 영화를 비롯한 매체들을 통해 미국 내에서도 널리 알려졌는데 그때는 미국에서 입양에 대한 인기가 치솟고, 입양 대상 아이는 줄어들었으며, 2차 세계대전 이후 전쟁으로 곤경에 처한 고아 문제에 대한 미국인의 관심이 증대해 19세기 후반 '고아 기차'orphan train[10]의 시대를 특징짓는 '구

8 이하의 인명은 당시 언론 보도 등에 쓰인 표기를 따른다.
9 『경향신문』(1956.10.3.), "헤쓰씨의 꿈을 통한 고아문제의 재인식" 등
10 1854년에서 1929년 사이 약 25만 명의 아동이 뉴욕과 동부 여러 도시에서 중서부와 서부의 주, 그리고 캐나다와 멕시코로 기차에 태워 보내졌

〈그림 2〉『동아일보』(1956.1.28.), "수송기까지 동원 구호한 한국
고아들 영화 촬영차 도미"

〈그림 3〉『경향신문』(1956.3.8.), "이 대통령에 출발인사, 영화
출연차 도미하는 고아"

〈그림 4〉『동아일보』(1956.3.7.), "전재(戰災)고아영화-'전송가' 촬영차 15고아 어제 도미"

원'으로서의 '입양'이란 정서가 다시 강해지던 때였다.[11] 이를 반영하듯 영화 촬영을 위해 미국을 방문한 이들 고아들을 입양하

다. 이 고아들에게 관심이 있는 가족들은 기차역으로 나가 기차가 설 때 아이들을 훑어보고 마음에 드는 아이를 입양했다. 이 프로젝트는 뉴욕아동지원회New York Children's Aid Society에 의해 조직되었으며 사회개혁가인 찰스 로링 브레이스Charles Loring Brace에 의해 실시되었는데, 가난한 가톨릭과 유대교 출신의 죄 없는 아동들이 그들의 열악한 도시 환경에서 영원히 분리되어 생활 수준이 나은 앵글로 프로테스탄트 농가에 입양되면 구원받아 진정한 미국인이 될 수 있다는 이론에 뒷받침되었다(Adoption History Project 홈페이지).

11 이에 대한 상세한 논의는 쿤젤(1992) 및 The Adoption History Project 홈페이지 참조할 것.

겠다는 미국인 가정의 요청이 쇄도했다(『동아일보』 1956.3.15.).
당시 기사에 따르면 "로스엔젤레스 주재 한국 부영사 임창수 씨
는 현재 유니버살 인터내쇼날 영화회사에서 출연 중인 고아들
을 양자 혹은 양녀로 삼겠다는 다수의 제안을 받았지만, 동 아동
들은 친선 사절들로서 할리우도로 파견된 것이며 한국에 귀환
후 미국에 관하여 알려줄 것이기 때문에 거부하지 않을 수 없었
다"(같은 기사)고 전하고 있다.

하지만 당시 한국 내 고아원 실정은 "KCAC(Korean Civil
Assistance Corporation, 한국민사원조처)의 폐지와 유엔 원조의
감소, 군의 철퇴로 말미암아 대부분이 외국 원조에 의해 운영되
던 국내 540개 후생시설은 최근 극도의 운영난에 빠져 … 매일
같이 보건사회부 당국자에게 강력한 원조액을 애원하고 있는 형
편이고 이틈을 타서 수용 고아들은 각 후생시설에서 탈출하여
거리에서 부랑아로 변하고 있다"는 기사(『경향신문』 1955.11.11.)
에 나타나듯 재정적 어려움에 봉착했고 고아 문제에 대한 정부
의 관심과 재원 마련 등이 사회적으로 요청되었다(『동아일보』
1956.10.3.).[12] 이에 이승만 정부는 혼혈 요보호 아동에 주목해 이
들을 해외 입양 보냄으로써 국내 요보호 아동의 '문제'를 해결하
고자 했다. 예를 들면 1954년부터 1957년 『국무회의록』에는 "혼
혈고아를 양자, 양녀로 원하는 외국인이 있는 경우 여차한 외국

---

12 "헤쓰씨의 꿈을 통한 고아문제의 재인식"이fksms 제목의 해당 기사는
"이제 우리 자신으로써 고아문제를 해결한 계기에 도달한 사실이므로,
사회유지들의 고아보육도 상기한 원조에 대한 의존성을 버리고 자력으
로 기초를 세우고 발전해 나갈 각오를 굳게 할 것이고 정부의 사회시책
에 있어서도 보육원을 정상한 궤도 위에서 (고아를) 보호 육성하는데 더
욱 주력해야 할 것"이라고 정부의 관심과 재원 마련 등을 촉구했다.

인의 원망에 부응토록 조치하여라"(1954.1.15), "혼혈아해들을 미국에 보내는 것이 가할 것이다"(1956.10.5), "보내도록 하라. 「혼혈아도미에 관한 건」"(1957.1.16)과 같이 해외 입양 독려에 관한 문서가 발견된다(김아람 2009: 30, 재인용).

또한 이 시기는 앞서 언급했던 바와 같이 미국의 '구원으로서의 입양 정서'가 강해지고, 미국 내 입양 대상 아동 수가 줄어 다인종 국제 입양으로 그 관심을 옮겨가던 때(Berebitsky 2000: 178)였다. 이러한 미국 내 사정을 반영하듯 미 국무성은 한국의 '혼혈 아동' 400여 명을 미국 내에 양자녀로 입국시킬 것이라고 밝혔다. 이에 가톨릭전재부흥구제위원회로부터 백만 환의 운영 기금 기부를 얻어"(『경향신문』 1954.9.24.), 1954년 1월 보건사회부 내에 한국아동양호회를 설치해 전국 혼혈아에 대한 양육과 보호 그리고 양자녀로 외국에 가는 혼혈아의 입국 입적 수속을 취급하도록 했다(『경향신문』 1955.8.12.). 앞서 언급한 바와 같이 한국아동양호회는 현재의 대한사회복지회의 전신으로 애초에 혼혈 아동의 해외 입양 절차를 위해 설립된 곳이다. 이러한 사실은 『경향신문』(1955.9.19.), "혼혈아에 낭보, 상도동에 보호원 건립"이란 기사에 "한국아동양호회(혼혈아주선기관)"이라고 명시된 부분에도 확인할 수 있다.

이후 한국아동양호회는 한미재단으로부터 재정적 지원을 받으며[13] 반민반관 단체로서 안정적 운영을 해 나간다. 그리고 같은 해 8월 6일 미 국무성의 '피난민원조관계회합'에서는 "그간

---

13 한미재단은 한국아동양호회에 1955년 경상사업비로 6천 불을 기증했다 (『경향신문』 1955.2.1.).

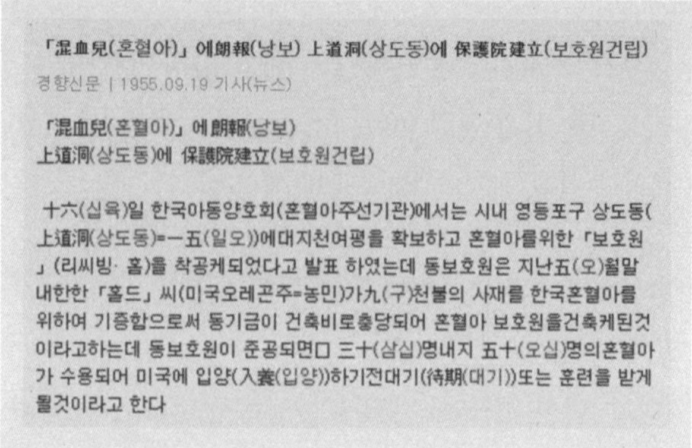

「混血兒(혼혈아)」에 朗報(낭보) 上道洞(상도동)에 保護院建立(보호원건립)

경향신문 | 1955.09.19 기사(뉴스)

「混血兒(혼혈아)」에 朗報(낭보)
上道洞(상도동)에 保護院建立(보호원건립)

十六(십육)일 한국아동양호회(혼혈아주선기관)에서는 시내 영등포구 상도동(
上道洞(상도동)=一五(일오))에대지천여평을 확보하고 혼혈아를위한 「보호원
」(리씨빙·홈)를 착공케되었다고 발표 하였는데 동보호원은 지난五(오)월말
내한한 「홀드」씨(미국오레곤주=농민)가九(구)천불의 사재를 한국혼혈아를
위하여 기증함으로서 동기금이 건축비로충당되어 혼혈아 보호원을건축케된것
이라고하는데 동보호원이 준공되면□ 三十(삼십)명내지 五十(오십)명의혼혈아
가 수용되어 미국에 입양(入養(입양))하기전대기(待期(대기))또는 훈련을 받게
될것이라고 한다

〈그림 5〉 『경향신문』(1955.9.19.), "혼혈아에 낭보, 상도동에 보호원 건립"

부진 상태에 있던 혼혈아 전원[14]의 미국 이민을 위한 절차 간소
화"(『경향신문』 1954.8.8.) 계획을 발표하고, 이듬해인 1955년 한
국아동양호회는 고아 가운데 혼혈아만을 300여 명 선발해 미국
을 비롯한 외국으로 양자를 보내기 위한 수속을 추진한다.

이렇듯 '혼혈 아동'들을 미국으로 보내기 위한 미국과 한국
사이의 활발한 공조가 이루어지던 시기 등장한 주요 인물이 바
로 해리 홀트이다. 그의 등장으로 애초에 혼혈 아동을 대상으로
했던 입양은 더욱 활성화되어 국내 비혼혈 아동으로까지 확대된
다. 이로써 입양을 보내는 국가Placing Country와 입양을 받는 국가
Adoptive Country 사이에 해외 입양이 하나의 제도로서 정착되어
가는 계기를 마련했다.

그렇다면 어떠한 경위에서 미국 오지의 한 개인이 '고아'를
'구원'하기 위해 한국에 오게 되었을까? 그 경위를 살펴보면 여

---

14 기사에 따르면 여기서 '전원'이란 전국에 있는 모든 혼혈아를 의미한다.

러 번 언급된 바와 같이 미국 내 팽배했던 '구원으로서의 입양'이
라는 당시 사회적 정서에 해리 홀트 역시 큰 영향을 받았음을 알
수 있다.

해리 홀트는 1954년 한국전쟁이 막 끝난 시기에 미국 포틀랜
드에서 목재공장과 농장으로 큰돈을 번 사업가였다. 백만장자
가 된 그는 한국으로 오게 된 동기를 이렇게 말했다. "병석에
누워 지난날을 곰곰이 생각해보니 부끄러운 생각밖에 들지 않
는 겁니다. 죽어서 하나님 앞에 끌려가 '일생 동안 무엇을 했느
냐'는 질문을 받으면 '평생 열심히 일해서 가족을 먹여 살렸습
니다'라는 말밖에는 할 말이 없었기 때문이죠. 그래서 '살려주
시면 내가 아닌 남을 위해 살겠습니다'라고 간절히 기도를 올
렸더니 정말 기적처럼 살아난 것입니다."
해리 홀트를 한국으로 이끈 결정적 계기는 기록영화 한 편이
었다. 밥 피어선 목사가 보여 준 영상물에는 한강에 버려진 채
살아가는 전쟁고아와 혼혈아들의 비참한 생활이 고스란히 담
겨 있었다.[15] 해리 홀트는 이 영상을 보고 비로소 하나님이 자
신을 되살려준 이유를 깨달았다고 한다. 그 길로 바로 한국으
로 건너와 혼혈 전쟁고아를 입양했으며, 이미 6명의 자녀가 있
었던 그가 8명의 아이들을 입양했다는 사실은 당시 미국에서
큰 뉴스가 되었다.[16]

---

15 해리 홀트는 1954년 선명회(현 월드비전)가 주최한 강연회에서 「잃어버
    린 양」Lost Sheep이라는 다큐멘터리를 봤고 선명회 창설자인 피어스Pierce
    목사 강연에 영향을 받았다(이삼돌 2008: 78).
16 "50년간의 사랑의 실천Love in Action"(홀트아동복지회 2013년 홈페이지 게재
    자료).

처음에 미국의 복음주의 기독교evangelism적 믿음을 신봉하고 있던 홀트 부부가 한국의 고아를 돕는 방식은 한국으로 돈을 보내는 것이었다(이삼돌 2009: 78). 하지만 곧 이들은 "이 아이들은 가정이 필요하고 자신들이 바로 그들의 부모가 되기를 원한다"[17]며 한국으로 와서 12명의 혼혈 아동을 데리고 1955년 10월 17일 미국으로 돌아갔다(『경향신문』 1955.10.17.). 그리고 이중 8명을 자신의 아이들로 입양했다. 하지만 당시 미국에는 해외입양법이 존재하지 않았고 1953년 제정된 '난민구제법'Refugee Relief Act이라는 임시 법령이 있어 외국인으로서 전화를 입은 사람들을 비교적 쉽게 입국시킬 수 있었으나, 입양은 한 가정에 2명까지만 허용을 하고 있었다.[18]

그럼에도 불구하고 8명의 혼혈 아동을 홀트 부부가 입양할 수 있었던 것은 해리 홀트가 한국에 있는 동안 미국에 있던 그의 아내 버사 홀트가 미 국회에 편지를 쓰고 주변인들과 연대해 자신들이 8명의 아이를 입양할 수 있도록 허락해달라고 국회를 상대로 싸운 결과, 1955년 초 국회에서 이들의 요구가 '홀트 법안'Holt Bill으로 명명되며 통과되었기 때문이다(Joanne Lee 2006). 이후 홀트 부부가 자신들의 아이가 있음에도 불구하고 8명의 한국의 '혼혈 고아'를 입양했다는 사실은 '인류애적 사랑'의 실천으로 널리 보도되었고, 이에 감동한 미국 시민들로부터 각지에서 홀트 부부에게 편지를 보내 '어떻게 하면 한국에서 아동을 입양

17　Joanne Lee(2006), "The Holt Adoption Agency: Changing the Face of America's Social and Ethnic Relations"(www.dartmouth.edu/~hist32/History/S29%20-%20Holt%20Agency.htm).

18　Refugee Relief Act of 1953(https://loveman.sdsu.edu/docs/1953RefugeeReliefAct.pdf).

할 수 있는지' 문의가 쇄도했다.[19]

한국에서도 해리 홀트는 '한국 고아의 아버지'라 불리며 그의 행적은 세세히 보도되었다. 1955년 5월 "미국 입양 전 혼혈아동들의 대기 또는 훈련을 위한 「리씨빙 홈」"을 서울 상도동에 건립하도록 한국 정부에 9천 불을 기부했고, 이듬해 1956년 2월 "우리나라에서 처음으로 개원한 혼혈아동만을 수용하는 선명회보육원이 상도동에 지어졌다. 개원식에는 그래함 전도사 및 주한 종교대표들 그리고 한국아동양호회 직원들이 참석했다"(『동아일보』 1956.2.28.). 이처럼 혼혈 아동을 특별 보호 관리하는 '리씨빙 홈'의 역할을 하는 고아원까지 설립하고 한국과 미국의 공조 속에 홀트 부부가 한국에서 혼혈 아동을 데려가기 시작한 후 1년 만에 236명의 혼혈 아동이 입양되고(『동아일보』 1956.12.13.), 홀트가 사망하던 해인 1964년까지 약 8년간 2,809명의 '혼혈 고아'들이 미국에 입양되어 한국을 떠났다(『경향신문』 1964.2.26.).

하지만 더욱 중요한 사실은 이 시기에 혼혈 아동만이 해외로 입양된 것이 아니라는 사실이다. 미국으로부터의 입양 요청이 쇄도하는 분위기 속에서 아버지가 부재하거나 확인되지 않는 비혼혈 아동의 경우 어머니가 있음에도 불구하고 '고아'로 규정되어 해외로 보내졌다.

박정원(14) 군은 6.25 전 안성군 삼죽면 마전리 외가에서 형 준원

---

19 "당시 홀트 씨의 한국 혼혈아동의 입양 사실은 미국의 『타임』, 『라이프』를 통해 보도되어 미국 각주에 넓게 퍼진바 있다. 그러자 자녀가 없는 사람 또는 양자를 얻고 싶은 미국인 부부들이 홀트 씨에게 어떻게 하면 나도 양자를 얻을 수 있겠는가 혹은 나도 양자를 얻도록 알선해달라는 등의 편지가 무려 500여 통이나 답지해왔다"(『동아일보』 1956.3.24.)고 한다.

(17)과 지내오다가 사변이 발생하여 1.4 후퇴 당시 형과 같이 있다가 작별이 되어 시내 청량리에 있는 미군 58병기중대 스미스 상사의 하우스뽀이로서 현재까지 지내오게 되었는데, 그간 스미스 상사는 귀국하고 가족과의 소식도 알 길 없이 지내오던 중 스미스 상사 가정이 정원군을 양자로 맞이하기 위해 수속절차를 밟아 사회부에 있는 한국아동양호회에 조회해온 것이 인연이 되어 수일 전 양호회 직원이 정원군의 고향인 안성에 가서 신원을 조사하던 중 형 준원을 알게 되어 준원 군이 춘천에 있는 모친 이종덕(38) 씨에게 기별하여 7일 이 씨가 사회부에 달려와 정원 군과 대면을 하게 된 것이다. 그런데 정원 군은 이미 양자 수속이 되어 미국으로 가게 되었으며 홀어머니인 이 씨는 장성해서 미국으로 가게 되면 모르되 지금은 보내고 싶지 않다고 애끓는 모성애를 토로했다. (『경향신문』 1955.2.8.)

당시 "고아란 취적의 여부가 불명하고 부모 또는 후견인이나 기타 보호자가 없는 자, 또는 호적의 소재는 명백하나 부모 또는 후견인이나 기타 보호자가 없는 자를 말한다"(『동아일보』 1954.6.15.)라는 법적 명시가 있었다. 그럼에도 불구하고, 친모가 확인된 비혼혈 아동을 '고아'로 간주해 해외로 보낸 이 사례는 입양 결정된 김설자가 나중에 친부가 나타나 입양 결정이 번복된 사례(Kim 2009: 13-14, 재인용)와 극명하게 대비되는 것으로서 당시 해외 입양 관행에 부계 혈연 중심 가족 개념이 반영되었음을 보여 준다.

이렇듯 한국의 부계 혈연 가족 정서와 미국의 '구원으로서의 고아 입양' 정서의 만남은 1953년 4명, 1954년 8명에 불과하던 해외 입양 아동 수를 1955명 59명으로, 그리고 1956년에는 671명

(이미정 외 2009: 3, 재인용)으로까지 급격히 상승시켰다. 바야흐로 해외 입양은 시위를 벗어난 활처럼 더 이상 멈출 수 없는 운동성을 가지게 되었는데, 설상가상으로 미국은 1956년 제정된 '비제한 이민법', 즉 고아인 경우 이민 쿼터제에 상관없이 미국에 입국시킬 수 있는 법적 효력을 1961년 무제한 연기했다(『경향신문』 1961.7.28.). 이로써 순혈 부계 혈통 질서에서 벗어났다고 판단되는 혼혈 아동과 아버지가 부재하거나 미확인되는 아동들은 사회적으로 '고아' 신분을 부여한 뒤 모두 순조롭게 해외로 송출시킬 수 있는 제도적 장치가 갖추어졌다. 해외 입양을 통해 미국은 아동을 구원한다는 사명감을 달성했으며, 한국은 요보호 아동에 지출되는 비용 부담을 줄이고, 사회적 문제로 지목한 '혼혈 아동'의 문제와 부계 혈연 가족 개념에서 벗어나 있던 비혼혈 아동의 문제까지 해결할 수 있었다. 요컨대 전후 고아 문제를 해결하기 위해 시작되었다는 해외 입양은 사실 당시 서구 사회에 만연했던 고아 구원 정서와 국내의 순혈 부계 혈통 질서에서 벗어났다고 판단되는 아동 문제를 해결하고자 한 의지가 만난 결과이다. 그리고 1970년대 이후 근대 자본주의 중산층 가정에 대한 욕망이 점차 일반화되며 입양의 대상 범위는 미혼모 자녀 전체로 확대되어 간다.

3) 빈곤함에서 부유함으로

해외 입양이 단시일에 기하급수적으로 증가한 배경에는 국가적 차원의 입양 정책 및 국가 간 입양 제도의 정비뿐 아니라 해외 입양 사례에 대한 호의적인 보도 역시 큰 역할을 한 것으로 보인다. 그리고 매체의 '호의적' 보도의 언설 기저에는 '빈곤'과 '부유'가 대비되고, 자본과 성역할이 교차하는 근대 자본주의 중산층 가정에 대한 욕망이 흐르고 있다. 예를 들면 1957년 『동아일보』에 "양연 맺고 도미한 우리 혼혈고아 소식"(1957.3.11.)이란 기사가 실렸는데 이 기사는 "새 이름 얻고 행복한 생활, 여왕 같은 차림, 소꿉장난으로 소일"이란 소제목을 달고 있다. 기사에 의하면 "1954년 이래 약 1천 명에 달하는 한국혼혈아들이 양연을 맺고 미국으로 건너간 이후 그들의 소식이 적이 궁금하던 중 한국아동양호회 대표가 약 1개월에 걸친 미국시찰을 마치고 그 소식을 전하고 있다"며 미국 캘리포니아주에 살고 있는 한국 혼혈아 2명의 소식을 다음과 같이 전하고 있다.

김옥주: 4세 여, 돈버그 킴 양. 55년 9월에 도미하여 샌프란시스코 시에 사는 은행가 핸리 돈버그 씨 부처의 양녀로서 행복스럽게 자라고 있다. 돈버그 씨 부처 밑에 간 양은 한국아동양호회에서 최초로 주선하여 미국에 보낸 혼혈고아이다. 홍 여사가 찾았을 때 킴 양은 동네 어린이들을 모아놓고 무어라고 지껄이며 소꿉장난을 하고 있었다고. 화려한 옷을 휘감은 킴 양은 전에 한국에 있을 때와는 딴판으로 생기가 있어 보였으며 어린이들 틈바구니에 앉아 있는 폼이 마치 조끄만 여왕처럼 보였다고 한다. 돈버그 씨는 본래 자녀가 없던 사람으로 이번 킴 양을 맞이하게 되자 그 기쁨을 감추지 못해 온 동네에 자랑을 했고 또 친척들은 멀리 뉴욕에서까지 찾아와서 킴 양을 보고 간다고 한다. 이렇듯 킴 양은 지금 돈버그 씨 집에 없어서는 아니 될 존재로서 행복스럽게 자라고 있다는 것이다. 킴 양은 사변 때 남편이 군인으로 나간 후 생활이 어렵게 되자 동두천 방면을 다니며 딸라 장사를 하던 어떤 여인과 모 미국인과의 사이에서 생긴 혼혈아이다.

<그림 6> 『동아일보』(1957.3.11.)에 실린 돈버그 킴 양(오른쪽)과 그의 친구

최춘애: 4세, 여. 백인과의 혼혈아로 1954년 3월에 미국 로스안 젤스시 거주 크럿사(아파트멘트 경영) 여사와 양연을 맺고 도미. 쉬릴런 크럿사라고 이름을 바꾼 최 양은 54년 1월 아동양호회가 그의 생모(성명 미상)로부터 인계받았다. 그때 최 양은 돌이 지냈을 가 말가하는 젖먹이였는데 그 후 양호회의 주선으로 시내 청량리 소재 위생병원에서 양육되었다. 젖먹이로서 어머니를 떨어져 있었던 만큼 젖이 먹고 싶을 때는 몹시 울기도 하고 또 몸도 극도로 쇠약해 있었기 때문에 그곳 간호원들은 그를 불러 '불쌍이'라고 이름 지었다고. 3년 후인 지금 건강하고 행복스럽게 자라고 있다는 것. 홍 여사가 전하는 바에 의하면 최 양은 그의 양모 그럿사 여사의 귀여움을 독차지하면서 온갖 재롱을 다 부리고 있다고 한다. 홍 여사를 만난 최 양은 반갑다는 인사를 하기가 무섭게 자기 방으로 홍 여사를 안내하고 자기가 여러 사람으로부터 선물받은 장난감을 하나하나 꺼내서 자랑도 하고 또 가지가지의 옷을 보여주더라고 하는데 이때 최 양은 정녕 행복스럽게 보이더라고 한다.

〈그림 7〉『동아일보』(1957. 3. 11)에 실린 최춘애 양

　　이러한 기사의 내용은 앞에서 언급한 '건전한 아동 양육을 위한 최선의 장소는 가정'이며, 그 가정의 조건으로 '스위트 홈'일 것, 또한 '아동을 위한 방이나 성인의 방해 없이 자유롭게 놀 수 있고 공부할 수 있는 시설과 설비'를 갖출 것 등의 조건과 잘 부합하는 것으로 보인다. 이어 2년 후인 1959년 8월 16일자『동아일보』기사에도 "혼혈고아들이나 순 한국인 고아들을 막론하고 미국에 입양한 고아들은 그들의 새로운 생활과 가정에서 놀라울 만큼 잘 적응하고 있으며 그들 중 입양된 지 불과 1년 만에 유치원에서 영어에 최우등을 한 아이도 있고 2년 만에 입양 가정이 살고 있는 동네에서 소양검사 상을 탄 아이도 있다. 입양한 부모들은 고아를 입양했다는 사실을 자랑으로 삼고 있으며 입양고

아들의 조속한 발육에 경탄을 표시하고 있다. 전반적으로 새 가정에서 가족들의 사랑을 받아가면서 빨리 자라나고 있다."(『동아일보』1959.8.16.)와 같이 해외 입양에 대한 긍정적 보도가 실렸다. 또한 같은 해『동아일보』3월 20일자 기사는 3월 8일자로 정식 미국 시민이 된 90명 중 하나인 "벡키 메이 양"이라는 당시 4세의 소녀가 연방지방판사인 린드버그 씨와 악수를 나누는 사진 기사를 실었다.

〈그림 8〉『동아일보』(1959.3.20.)에 실린 벡키 메이 양과 린드버그 씨

이와 같이 혼혈 아동을 '아버지의 나라'로 보내기 위해 시작된 해외 입양은 서구의 '구원 정서', 국내의 부계 혈연 가족 질서에서 벗어난 '사회적 고아' 문제 해결이라는 양자 간의 필요와 이해가 맞물리고, '장난감으로 소일하며, 여왕처럼 지낸다'는 중산층 가정에 대한 욕망을 충족시키는 매체의 언설에 힘입어, 결과적으로 아동이 입양되는 사회적 맥락에 대한 고려 없이 아동은 "감상적이고 탈정치화되며"(Kim 2009), 우리 사회에서 입양은 윤리적 정당성을 확보해 갔다.

한편 일찍이 1959년 말 한미아동복지위원회[20]는 7차 월례회의에서 전국 각 고아원에서 빠져나온 고아, 즉 전출 아동 실태에 대한 토의를 가졌다. 여기에서 한미아동복지위원회는 "종래의 고아대책에 일대변혁을 가져오도록 정부에 촉구할 것"(『동아일보』: 1959.12.6.)이라고 밝혔는데 그 내용은 고아원 육성에서 위탁가정 양성책으로의 전환이었다. 이러한 계획은 1961년 한국아동양호회가 대한양연회로 거듭나며 기존의 해외 입양 업무에 국내 입양 및 가정 위탁 보호 업무를 추가 신설하는 것으로 현실화된다. 명실공히 혼혈/비혼열 아동 모두가 공식적으로 입양이 될 수 있는 제도가 갖추어진 것이다. 이러한 친입양 정책의 흐름에 따라, 정부는 1962년 "시설에서 거택구호로!"라는 슬로건 아래 '새 가정 찾기 운동'을 실시했으며, 1964년에 "홀트아동복지재단에

20 한미아동복지회는 6.25 이후 아동과 소년 문제 등을 전문적으로 연구하고 활동하는 미국인과 한국인들이 모여 조직했는데, 멤버로는 권순영(서울지법 소년부 판사), 김운초(한국기독교대학 교수), 김재만(한미재단), 로버트 쎄이지(양친회 한국사무소), 버지니아 범가트나(국제사회봉사회), 월랴 핸리(기독교아동복지회), 한미윤(보건사회부아동과), 홍옥순(한국아동양호회) 등이 있다(『동아일보』 1959.12.6.).

필적할 토종 입양기관으로" 만들겠다는 의지에 따라 한국사회 봉사회가 설립된다. 전쟁은 끝난 지 오래 되었지만, 자본주의 중산층 '정상가정'의 행복 표상을 달성하는 하나의 수단으로 자리 잡은 입양은 이후 오랫동안 그 어떤 이념적 도전으로부터도 안전하고 자유로운 공간에서 윤리적 정당성을 확보할 수 있었고, 입양되는 아동과 아동의 원가족은 탈정치화, 탈이념화되며 윤리적 진공 상태에 놓이게 되었다. 서구의 구원 정서, 한국 사회의 부계 혈연 가족 개념, 그리고 자본주의 중산층 가정 표상에 대한 열망, 이것이 바로 전후 '빈곤과 가난으로부터 요보호 아동을 보호하기 위한 수단으로 시작되었다'는 입양에 대한 진부한 설명과 '경제 발전을 이루며 더 활성화되어 가는 입양'이라는 모순된 사실 사이에 있는 커다란 간극을 설명하는 연결고리이다.

2. '양육할 수 없는 어머니' 담론의 등장과 지식 생산

1) '아버지의 나라' 대 '어머니의 나라'

이승만 대통령 취임 전에도 이미 사회적으로 혼혈 아동은 아버지의 국가로 보내야 한다는 정서가 공유되고 있었다. 이는 앞서 언급한 '고아구제사업 검토 좌담회'(『경향신문』 1947.2.2.)에도 잘 드러나고 있다.

> **주최측** 근자 해방 후에 불의의 애들이 많이 나온다는 소문이 있는데 사실입니까?
> **후생국시설국** 거, 참 두통거립니다. … 동양도덕과 우리나라 부덕婦德을 더럽히는 일부 여성들의 반성과 회개가 없이는 이 불상사는 근절할 길이 업다고 봅니다.

향린원 방 언젠가 경향신문에 문제 해결에 관한 자미있는 글이 났습니다. 흑인병 아저씨 가실 적에는 총대 메고 어린애 안고 가소. (일동 소)

주최측 보화원 김 선생님 영아 취급을 많이 하시니 검둥이 어린애도 있을 듯싶은데-

보화원 김 현재는 1명입니다. 시청 알선으로 왔기에 받아 기르고 있습니다.

주최측 통계는 없습니까?

후생국시설국 송 확실한 숫자는 없습니다.

향린원 방 시내에만 한 20명은 잘 될 걸. 흑인병 아저씨가 가실 적에 안고 안 가면 새로운 고아의 씨가 이 땅에 뿌려지겠는데 생긴 건 어쩔 수 없는 일이지만 정조를 생명보다 더 아낀다는 우리나라 부도婦道로 볼 때 여간 유감스러운 일이 아닙니다. 여성들의 정조관념이 한층 앙양되어야 할 때라고 믿습니다.

주최측 당국에서는 이 문제에 대해 무슨 대책이 없습니까?

후생국시설국 송 자연발생적 현상인데 무슨 도리가 있겠습니까. 다만 쌍방의 절조와 인류와 나라의 체면으로 다시 그런 일이 없기를 바랄 뿐입니다.

이상 좌담회의 내용을 살펴보면 미군정기 당시 혼혈 아동은 '문제'로는 인식되고 있었지만 이는 여성의 정조에 관련해서였고 그 대책 또한 '여성의 정조 관념 함양' 또는 '쌍방의 절조'와 같이 개인적 수준에서 그 해결책을 찾고 있었다.

한국전쟁 이후에도 이러한 혼혈 아동에 대한 문제적 인식은 계승되었다. 하지만 전 시대와 다른 것은 개인적 수준에서의 해결이 아니라 해외 입양을 통해 그 아동들을 '아버지의 나라'로 보내야 한다는 인식이 확산된 것이다. 그 예로 이승만 대통령은 1954년 8월 "전국의 혼혈아 미국 이민키로 결정하고, 과거 8개월이나 소요된 이속기한을 2, 3개월로 단축하기로 했다"(『경향신문』1954.8.8.). 그리고 앞서 언급한 바와 같이 혼혈 아동만을 따로 수용하기 위한 "리씨빙 홈"을 설치할 것이라 밝히고 1956년 2월 홀트 부부의 기금을 받아 선명회보육원을 설립했다. 이는 아동을 전적으로 부계 혈연과 동일시하는 가족에 대한 이해를 보여주는 것이고 이러한 부계 혈연 중심적 사고는 혼혈 아동에 관련된 언론 매체의 보도에도 일상적으로 발견된다.

가령 『동아일보』(1955.8.12.)의 한 보도에 따르면, 한국 어머니와 서구 아버지 사이에 태어나 한국에서 보호를 받고 있던 아동들임에도 불구하고 그들의 행동이나 인성적 특징을 전적으로 아버지 쪽인 '서구적' 특징을 가진 것으로 묘사하고 있다. 다음은 혼혈 아동만을 위한 선명회보육원이 지어지기 전, 혼혈 아동과 비혼혈 아동들과 함께 보호하던 충현영아원[21]의 '혼혈아의 생활상'에 나타난 혼혈 아동들에 대한 묘사이다.

해방과 전쟁으로 미군과 유엔군이 이 땅에 주둔하게 되자 부수적인 산물로 혼혈아가 생기기 시작했다. … 혼혈아동수용소에서의 혼혈아의 생활상=시내 남산기슭에는 혼혈아와 일반고아를 수용하고 있는 충현영아원이 있다. 이곳에는 한 살부터 5, 6세까지의 혼혈아가 수용되어 있으며 얼굴빛갈도 흰색, 황색, 흑색인데 흰색아이가 대부분을 차지하고 있다. 혼혈아들은 개개인의 성격이 판이하여 아이들의 비위를 맞추기에는 여간한

21 현 장애인 복지 시설인 '동천의 집' 전신.

힘이 안 든다는 것이다. 그러나 혼혈아들의 노는 모습은 아버지가 외국인이어서 독특한 개성을 가지고 있기 때문에 좀체로 남의 간섭을 받기를 싫어하고 있다. (『경향신문』 1955. 8. 12.)

이 밖에도 "백인혼혈아들은 특히 활발하고 표정이 크고 행동이 적극적이지만 허풍도 대단"(『동아일보』 1955. 10. 10.)하다거나 "혼혈아들은 일반 어린이들에 비해 동적인 대륙성 기질을 가지고 있어 활발하고 명랑"(『동아일보』 1966. 4. 28.)하다는 등 서구인의 특성이라고 일반적으로 인식되고 있던 특징을 혼혈 아동의 기질로 설명한다. 이와 같은 언설은 부계 혈연 중심적 사고가 기저에 흐르고 있음을 반증하는 것인데, 이러한 인식에 기초해 국내에 있는 모든 혼혈 아동들을 '아버지의 나라'로 보내야 한다는 사회적 공감대가 형성되었으며, 따라서 해외 입양 사례 중 부계 혈연 연고와 연락이 되어 입양 가는 아동을 가장 행복한 사례로 보았다.

22일 하오 NWA기편으로 부모를 찾아 미국 가는 다른 8명의 고아들보다 4살짜리 혼혈고아 정종식 군은 더욱 생기가 돋보였다. 정군은 양부모가 아니라 친할아버지 존 . E. V프로워 씨(54, 뉴요크)의 품에 안기러 가기 때문이란다. 종식 군은 4년 전 주한 미8군에 근무하던 프로워 상등병과 한국 아가씨 사이에 태어난 혼혈고아. 프로워 상등병은 갓 태어난 종식 군을 두고 미국으로 떠났고 고향에서 늘 고민 속에 나날을 보냈다. 이런 사실을 안 프로워 할아버지가 아들 몰래 한국에 수소문한지 3년 그의 후계 혈연인 종식 군을 찾아 데리고 가게 된 것이다. (『경향신문』 1966. 11. 23.)

〈그림 9〉『경향신문』(1966.3.30.), "장죽 물고 아빠나라로"

한편 친조부와 살기 위해 미국으로 떠나는 혼혈 아동의 사례도 있다.

29일 하오 미국에 있는 할아버지를 찾아 수만 리 여행길에 오른 세 살 난 꼬마가 긴 장죽을 물고 공항에 나타나 재롱을 떨었다. 꼬마 메리(3) 양은 한국에 근무하고 있던 미군 넬슨 씨와 김순임(29) 씨와 사이에 태어난 혼혈아. 아버지의 전근으로 시카고에서 RCA회사 텔레비전 기술자로 근무하고 있는 할아버지 H. G. 넬슨(57) 씨와 함께 살려고 엄마를 따라 여행길에 오른 것. "할아버지 줄 거야"하며 한국의 냄새가 물씬 풍기는 장죽을 입에 물고 메리 양은 이별하는 한국 땅이 그리운 듯 한참이나 서 있다가 트

렙을 올랐다. (『경향신문』 1966.3.30.)

'아버지' 또는 '친할아버지'의 부계 혈연을 따라, 또는 '아버지의 나라'라는 부계 친족의 표상을 따라 많은 혼혈 아동들이 국내를 떠났다. 그리고 '아동은 가정에서 자라야 한다'는 근대에 유입된 새로운 '중산층 가정' 중심의 아동복지 개념은 또 다른 한편에서 이들의 해외 입양을 정당화했다. 그러나 이와 같은 부계 혈연 가족 개념과 근대 아동복지의 최상의 장소로서의 '가정'이란 개념 그 어디에도 혼혈 아동을 출산한 '어머니'의 자리는 없었다. 그들은 부계가족 논리에 의해서는 아동을 포기해야 하는 비주체로, 새로 유입된 서구의 '중산층 가정'을 이상으로 표방하는 사회복지 개념에 의해서는 'unwed mother'라는 범주에 포획되어 자신이 출산한 아동을 포기해야 하는 사회적 기대와 압력하에 놓여 있었다. 이들 아동에게 '어머니의 나라'는 없었다.

2) '모성화'motherization 대 '탈모성화'demotherization

일제 강점기 시대부터 형성되기 시작한 양육자로서, 또 현명한 아내로서의 모성을 강조하는 근대적 모성 이데올로기(김혜경 2000; 2006)는 전후 국가 재건기 여러 매체들을 통해 유사한 언설로 강화·확대되고 있었다. 가령 1956년 『女性界』에는 "맥도오널드 재상[22]과 그의 아내", "슈봐이쳐-박사와 어머니", "디스레리-재상과 메리-안누 부인"[23]의 세 명의 사례가 현모양처의 미

---

22 제임스 램지 맥도널드(James Ramsay MacDonald, 1866~1937). 영국 최초의 노동당 출신 수상이다.
23 벤저민 디즈레일리(Benjamin Disraeli, 1804~1881)는 영국 수상을 두 번 지냈는데 12살 연상의 이혼한 메리 앤 부인과 결혼해 화제가 되었다.

담으로 소개되고 있다.

… 아프리카의 흑렬한 밀림 속에 근대적 병고의 정복과 신의 진도를 위하여 헌신한 그의 건강은 대체 어디서 솟아났을 것인가! 그것은 두 말 할 것 없이 그의 자서전에 역역히 기록되어 있는 어머니의 눈물과 기도와 빈틈없는 교육에서 은혜 받음은 재언을 요하지 않을 것이다. (병약하던 그가) 두 살 되는 해부터 무럭무럭 자라나기 시작했던 것이다. (여성계 편집부, 1956.4.: 191)

또한 보건사회부는 1955년 8월 27일 '어머니 날'을 제정하기 위해 국무회의에 상정하는데 그 이유는 다음과 같다.

고래로 어머니의 자녀에 대한 사랑은 모든 욕망을 초월한 절대적인 것이고 비할데없이 높고 위대한 것이었다. 특히 한국 어머니들의 자녀에 대한 사랑과 희생적 정신은 세계만방에 자랑할만한 것이다. 외국에서는 오래전부터 어머니날을 국가적 행사일로 제정하여 어머니의 공로를 찬양하고 감사하는 날로 직혀왔으나 우리나라에서는 8.15 해방 이후 일부 소수인이 교회를 중심으로 하여 5월 8일을 어머니날로 직혀왔을뿐, 일반에게 널리 알려지지 않았다. 그러므로 5월 8일 어머니날을 국가적 행사일로 제정하여 전 국민이 어머니의 공로를 찬양하고 감사와 성심을 표하는 날로 하기 위함이다.[24]

24 국가기록원 '어머니 날 제정' 문건(생산기관: 총무처 의정국 의사과 생산년
    도 :1955년, 관리번호 :BA0084201, pp.650-651, http://contents.archives.go.kr/).

그리고 별첨으로 대통령 비서실에서 문교부 장관 및 서울특별시장 앞으로 보내는 '대통령 각하의 유지'가 다음과 같은 요지로 첨부되었다.

… 어머니의 날은 전국의 남녀노소가 직히며 각 지방의 공무원과 문교당국이 주장해서 전국적으로 선전하고 만히 모여서 이날 큰 도회에서는 큰 회를 하고 대대적으로 기념해서 어머니가 살어있는 사람은 남의 나라의 전례대로 붉은 카내숀 한 송이식을 단추에 채고 부인들은 핀으로 찔러 꼬즈며 어머니가 돌아가신 사람은 힌 카내숀을 달어서 어머니를 기념하는 성심을 표하는 것이 올켓스며 만일 카내숀이 업스면 다른 붉은 꽃과 힌 꽃으로 경축하고 또 대대적으로 회를 할 수 업슬 때는 집안에서 아이들이 모여안저 어머니날을 기념하고 치하하고 예식을 모든 사람들이 해마다 행해서 어머니날을 경축하기를 바라는 바이다.[25]

1960년대 들어 사랑을 중심으로 한 가정과 희생적 모성에 관한 언설이 지속적으로 강화되는 일종의 '모성화'motherization 현상이 목격된다. 예를 들어 『女像』(1967.10.)에는 "남녀가 결합하여 이룬 것이 가정이라고 하면 그 선행조건이 사랑이 아닐 수 없다. 사랑이 없이는 이상적이며 합리적인 가정을 이룰 수 없을뿐더러 자녀의 가정교육조차 제대로 해낼 수 없다"며 사랑이 기초가 된 가정의 중요성을 강조하는 한편, 모성의 위대함을 생물학적 수태와 출산 능력으로부터 도출해 낸다.

25 같은 문건, pp.653-653-1E.

… 동물에서 인간에 이르기까지 모성애는 얼마나 존귀한 것인가! 모체에서 수태되었을 때부터 성장해 가는 양상을 어머니는 몸소 감지할 수 있고 체험할 수 있다. … 모성에 대하여 아이는 하나의 분신으로 볼 수 있다. 모성애의 강함은 동물에 있어서도 매 일반이다. 시골집에서 갑자기 불이 일어나서 집 한 채를 삽시간에 날려 보냈다. … 타다 남은 잿더미를 정리하는 가운데 암탉이 제 품속에 다섯 마리 병아리를 품은 채 죽은 것을 발견했다. 어미 닭의 날개를 들쳐 보니까 그 속에서 병아리 다섯 마리가 소리를 지르며 뛰쳐나왔다. 모성애란 무서운 것이다. … 이렇게 보면 어머니 사랑은 한 나라보다 강하다. 아들에게 향한 일편단심과 그 뜨거운 사랑에는 무엇이나 당해낼 도리가 없다. 그 사랑의 불길은 언제나 좋은 열매를 맺고 마는 법이다. (신태양사 1967.10.: 149-150)

이상과 같이 1950, 60년대를 거치며 '사랑의 가정'과 '모성의 위대함'이 정부의 '어머니 날' 제정과 함께 매체를 통해 강화·확산되었고, 모성의 위대함은 바로 자녀를 낳고 출산한 능력에서 자연스럽게 온다는 생물학적 근거에 입각한 모성론에 의해 모든 어머니들은 자식을 훌륭하게 키울 것이 촉구되었다.

하지만 이 시기 혼혈 아동을 출산한 여성들은 어머니가 된 다른 여성들과 동일하게 수태를 거쳐 출산을 했음에도 불구하고 '모성'의 범주에 진입할 수 없었다. 당시 혼혈 아동들은 모두 기지촌 여성에게서 태어나는 것으로 간주되고 있었고, 혼혈 아동을 출산한 어머니가 '미군'과 결혼을 했건 하지 않았건 상관없이 혼혈 아동은 사회적으로 '사생아'와 동일시되었다. 예를 들면 "혼혈아는 전쟁의 부산물로써 우리 사회에 출현한 것이라 하겠다.

대부분 그들의 아버지를 보지도 못하고 알지도 못하는 사생아들"(하상락 1962: 249)이라거나, "한국동란으로 유발된 혼혈아 문제는 갖가지 사회문제 중 새로운 문제다. 외국 군인에게 몸을 팔아 호구지책을 강구하는 한국 여성의 몸에서 태어난 이들 혼혈아는 외국군이 국내에 주둔하지 않든가, 한국의 경제적 빈곤이 퇴출되지 않는 한 계속 출산 될 것이다. 이들 대부분은 사생아이기 때문"(탁연택 1965: 59-60)과 같은 혼혈아에 대한 단정적 기술들이 일반적이었다. 게다가 혼혈 아동을 출산한 여성은 '아동에게 충분한 애정을 줄 수 없는 모성'으로 규정되어 이들이 출산한 아동이 장차 사회적 문제를 일으키기 전에 해외 입양을 보내야 한다는 언설이 팽배했다.

… 혼혈아의 해외입양은 혼혈아 문제 해결에 있어 가장 용이한 방법이면서 혼혈아 자신의 복지를 위해서는 최선의 길이라고 본다. … 혼혈아가 국내에 많이 남는 것은 우리 사회의 인종문제, 윤리문제 및 사회문제 등 어느 각도로 보나 복잡한 문제를 야기시키는 것이므로 혼혈아는 가능한 해외로 입양시켜야 한다는 결론에 도달하기 마련이다. (탁연택 1965: 59)

이렇게 해 혼혈 아동은 부모의 생사 여부나 어머니의 양육 의사 여부를 불문하고 고아 신분으로 해외 입양 대상 아동의 범주에 포함되어 1950, 60년대에 대거 해외로 입양 보내지게 된다.[26]

---

26 박경태가 재구성한 재외동포재단의 집계(박경태 2007: 12)에 따르면, 1958년에서 2005년 사이 해외로 보내진 혼혈 아동 수는 총 5,487명인데 그 중 60%를 상회하는 3,417명이 1958년에서 1970년까지 12년 동안에 입양 보내졌다.

하지만 같은 시기 비혼혈 사생아에 대해서는 사회적으로 완전히 다른 언설이 존재했다. 어머니의 양육권을 문제시하는 것이 아니라, 자녀를 입적하지 않고 버려 두는 아버지 측의 문제를 더욱 심각하게 보고 있는 것이다.

멀쩡한 자식 입적시키지 않고 사생아로 버려두는 아버지도 있다고 하니 어버이의 사랑도 이제는 변해가고 있는 걸까? 어린이를 보호하자는 계몽주간이 설치되지 않을 수 없게끔 된 세상에 마음이 우울해진다. (『경향신문』 1962.8.7.)

이렇게 동일한 출산 과정을 거쳐 어머니가 되었지만 비혼혈 아동을 출산한 어머니와 혼혈 아동을 출산한 어머니에 대한 언설은 차별화된다. 부계 질서 안에서 출산한 어머니에게는 생물학적 진화론에 기반한 '모성화'가, 혼혈 아동을 출산함으로써 순혈 부계 질서를 위반한 것이 명백한 것으로 보이는 어머니에 대해서는 서구 사회복지학의 지적 전통에 기반해 이들을 'unmarried mother'로 범주화하는 '탈모성화'가 실천되고 있었다.

3) 위험한 모성, 'unmarried mother'는 누구인가?

1955년 3월부터 1957년 7월까지 미국 미네소타대학 사회사업학과에서 수학한 후 돌아온 백근칠, 하상락, 김학묵에 의해 1958년 서울대학교에 사회사업학과가 창설된다. 이어 1961년 서울대학교 발행 『사회사업학보』 창간호가 출간되었고 바로 이 창간호에 「Unmarried Mother에 대한 고찰」(장인협 1961)이란 글이 실렸는데 이는 처음으로 미혼모 문제를 국내 학제 안에서 다룬 연구로 보인다. 이 글에서 '미혼모'라는 용어는 사용되지 않았고 'unmarried mother'라는 영어가 그대로 사용되었는데, 이는 1960년대 '미혼모'라는 용어는 아직 사회적으로 등장하지 않았음을 보여 주는 것이다. 이 글은 'unmarried mother'를 법적 혼인 제도를 거치지 않고 출산한 여성이라고 정의하며 이들을 혼혈 아동을 낳은 여성과 동일시하고 있다. 그리고 그 여성과 자녀의 불행한 미래는 해외 입양을 통해 구원될 수 있으며, 이런 일을 하는 것이 'social worker'의 본분이므로 우리나라에도 'case worker'의 배출과 'agency'를 조속히 설립할 것을 촉구하고 있다.

　… 우리나라에서도 어떠한 법적인 결혼 없이 아이를 갖는다는 것은 행실이 바르지 못한 여인으로 손가락질하며 냉대하고 있는 것이다. 법적으로 물론 이러한 어린아이에 대한 보호책이 거의 없다고 해도 과언은 아닐 것이다. 특히 한국의 6.25 동란으로 말미암아 특수적인 혼혈아를 갖인 Unmarried Mother가 많이 나타났지만 불행 중 다행하게도 이들 어린이들은 미국에로 입양할 수 있는 보호를 받게 되었다. 나타난 통계에 의하면 1956년부터 1961년 5월까지 근 5년간 홀트 씨 해외양자회, 한국아동양호회 등의 알선으로 4,000여 명의 혼혈아들의 입양 조치가 임이 끝났고, 앞으로도 나머지 약 1500명도 금년 6월 말까지에는 전원 입양 예정이라는 소식이 들려오고 있다. 대체로 이런 아이들의 출생은 사생아나 불법적인 것으로 등록되며 아버지의 이름은 출생신고서에서 빠지게 된다. 아이의 불행도 불행이려니와 어머니의 이러한 비행이 세상에 알려지게 된다면 그의 가족이나 친구나 이웃은 말할 것도 없거니와 온 사회가 그녀에게 꾸짖는 눈초리로 대하게 됨으로 Unmarried Mother는 급기야 불안과 불확실한 사회적인 위치에 떨어져

두려움과 죄의식으로 그 가슴이 찢어지는 듯 고통의 생활을 나날이 겪어야만 되는 비운에 빠지고 마는 것이다. 이러한 환경하에 있는 즉 불안 속에 허덕이고 있는 어머니나 어린이들에게 도움을 주어 새로운 삶의 용기와 희망을 갖게 해 준다는 것은 지극히 중요한 과제인바 우리 social worker로서는 경시할 수 없는 중차대한 책임이라 아니할 수 없다. 더욱이나 case work나 또한 어떠한 agency조차도 충족되지 못하고 있는 현실임으로 조속한 시일 내에 이들을 도아줄 수 있는 agency 및 case worker의 배출을 갈망하는 바이다. (장인협 1961: 71-72)

이어 장인협은 unmarried mother가 되는 소녀들의 성격 패턴과 가정환경 유형을 분석함에 있어 앞서 언급한 영(1945)의 분석 틀을 그대로 차용했다. 이는 우리나라에서 처음 시작된 미혼모 연구가 서구의 '베이비 스쿱 시대'에 지배적이었던 미혼모에 대한 관점과 지식을 그대로 수용했음을 보여 주는 것이다.

그렇다면 어떠한 성격형性格型 소녀들이 Unmarried Mother가 되는 것일까? 우리는 이와 같은 Unmarried Mother의 Personality Pattern을 분석 연구함으로써 올바른 해결책을 강구할 수 있는 것으로 사료된다. … 우선 한마디로 해서 Ego의 ○○○[27] 즉 reality sense의 부족이 저들 문제의 가장 기본이 되는 것 같다. … Ego는 우리들의 강한 충동, 양심, 현실 및 알록적인 욕구에 어떠한 조화를 이루워 우리들을 앞으로 이끌고 나가는 것이다. anxiety를 참거나 욕구의 만족을 연기하거나

---

27 글자가 지워지거나 명확하지 않은 단어는 동그라미표로 표기했다.

포기 혹은 대용되는 것을 받아드리게 하는 것은 우리가 잘 아는 바와 같이 ego의 힘인 것이다. … 많은 unmarried mother들은 그 년령이 여하튼 자신들이 어떠한 조화를 찾지 못하고 방황하거나 알륵에 잠겨 사춘기에 이르는 상태에서 이러났다고 볼 수 있다. 이 시기의 Psychosexual development상 어린 소녀들의 자연스러운 욕망 즉 그 자신이 어린이를 갖이려는 생각을 강하게 해주고 있다. … 그러나 Unmarried mother ○ 사전의 생각 없이 관습이나 혹은 다른 사실적인 생각이 없이 행동으로 옮기는 것이다. 이러한 점은 확실히 성숙하지 못하거나 제대로 발전하지 못한 ego의 특징적인 행동인 것으로 이런 소녀들은 저들이 받는 고통스런 억압이나 Deprivation(뺏기움)에 대해 투쟁하지 못하고 마침내 충동의 희생자가 되고 마는 것이다. (장인협 1961: 72-74)

이 밖에도 장인협은 'Dominating Mother나 Dominating Father의 딸들이 unmarried mother가 될 가능성이 많으며, Broken Home의 경우 … 타인과의 관계에서 몰이해, 불신, 사랑의 결핍 등이 unmarried mother의 결정적 요인이 되는 것'이라고 강조했다.

이와 같이 1950년대 전후 '베이비 스쿱 시대'를 풍미했던 서구의 사회과학적 지식에 기초한 미혼모에 대한 이해는 정확히 4년 후인 1965년 이화여자대학교 사회사업학과 학회지 『사회사업』 창간호에 실린 이원자(1965)의 「Student Social Worker로서 Unmarried Mother와 Illegitimacy에 관한 小考」에서 좀 더 구체화된다.

Unmarried mother의 槪念(개념)은 一般的(일반적)으로 明確(명확)한 限界(한계)가 있는 것이 아니며, 社會問題化(사회문제화)되는 範圍內(범위내)에서 規定(규정)해 보는 槪念(개념)이다. … 좀 더 개념의 明白化(명백화)를 위하여 分析(분석)해 보면 첫째 事實婚(사실혼)과도 相異(상이)한 槪念(개념)이다. … 事實婚(사실혼)이란 事實上(사실상) 結婚生活(결혼생활)을 하고 있으면서 … 혼인신고가 없기 때문에 법률상 婚姻(혼인)으로써 認定(인정)되지 않는 부부관계이다. 그러므로 正常的(정상적)인 過程(과정)을 밟긴 했으나 法的節次(법적절차)의 不備(불비)로 인하여 이러한 事實婚(사실혼)의 問題(문제)는 一種(일종)의 國法(국법) 秩序問題(질서문제)이다. … 두째로 소위 남의 소실로 있는 婦女子(부자녀)들과는 다른 槪念(개념)이다. 왜냐하면 비록 소실이라 하여도 그 夫婦關係(부부관계)가 반드시 思春期(사춘기)의 非正常的(비정상적)인 關係(관계)로 因(인)하여 生(생)긴 것이라고는 볼 수 없으며 또한 반드시 한편으로는 結婚(결혼)하지 않았다고 볼 수 없기 때문이다. … 셋째 … 離婚(이혼) 또는 相對方(상대방)의 死亡(사망) 기타로 因(인)하여 과부가 된 婦女子(부녀자)도 除外(제외)된다. (이원자 1965: 2장)[28]

앞서 장인협은 법적 결혼 없이 아이를 가진 여성, 그 중 특히 혼혈 아동을 출산한 여성을 unmarried mother로 정의하고, 이원자의 경우는 특별히 혼혈 아동을 출산한 여성을 지목하지는 않았으나 사실혼 관계, 소실로 있는 부자녀 모두를 제외하고 사

28 이 자료는 국립중앙도서관 원문 서비스로 다운로드했으나 쪽 번호가 누락되어 인용 해당 장으로 표시했다(한자어의 한글 병기 및 강조는 필자).

춘기의 비정상적 관계에서 출산한 여성만을 unmarried mother
로 규정했다. 그리고 특히 unmarried mother가 "명확한 개념이
아니고 사회문제화되는 범위 내에서 규정"되는 것이라는 언급
으로 미루어, 1960년대 당시 사회 문제가 되는 '어머니'의 범주가
지금보다 훨씬 좁았음을 알 수 있다. 즉 이 시기의 미혼모에 대한
이해는 '결혼하지 않고 출산한 여성'이란 서구의 정의를 그대로
인용하면서도 당시 일부다처에 대해 관용적이며 부계 혈연 중심
적 한국 사회 현상을 반영하듯 사실혼이든 소실이든 남자의 보
호를 받고 있다고 인정되는 경우는 제외했다. 이는 1960년대까
지 입양 대상 아동이 제한적일 수 있다는 것을 의미한다.

그럼에도 불구하고 이원자(1965) 역시 미혼모에 대한 관점을
서구의 지식을 그대로 수용해 영(1945)과 유사한 분석에 기초해
unmarried mother는 다음과 같은 이유에서 아동에게 부정적인
영향을 줄 수 있다고 주장한다.

正統(정통)의 關係(관계)가 아니라 임신 중과 출산 후 문제가 많
고, 어린아이는 實質的(실질적)인 面(면)에서 出生(출생)하기
前(전), 그의 아버지로부터 버림을 당한 것이므로 … 安定感(안
정감)을 주는 사랑 즉, 自然的(자연적)인 보호자로 나타나는 아
버지, (특히) 女子(여자)아이에게 아버지는 장래 사랑의 對相(대
상)의 symbol인데 … 이런 아버지의 symbol이 상실이 되었을 때
兒童(아동)이 어리면 어릴수록 그 影響(영향)은 심하다. … 兒童
(아동)이 아버지에 emotional tie가 없으면 어머니가 아마 完全
(완전)히 所有(소유)하려는 兒童(아동)의 유아적 wish를 극도
로 혼란하게 하는 것이다. 이것은 兒童(아동)의 development에
하나의 파멸이 되는 것이다. … oedipus complex에 있어서 부모

에게 가졌던 질투 격노와 갈등의 감정을 가진 兒童(아동)은 自己自身(자기 자신)을 父母(부모)와 同一化(동일화)시킴으로써 自己(자기)의 問題(문제)를 解決(해결)할 수 있을 것이다. …그러므로 어린아이일수록 아버지가 없어서는 않된다. 아버지는 安定(안정)을 주기 위해 세워진 big figure이다. … (아버지는) 소년에게는 모방 …, 少女(소녀)에게는 feminity에 대한 homo attitude를 達成(달성)하는 수단이며 어머니에게 尊敬(존경)과 사랑을 보이는 者(자)다. 兒童(아동)의 生活(생활)에 아버지의 상실은 큰 不安(불안)을 일으킨다. (이원자 1965: 3장)

마지막 결론 부분에서 이원자는 'unmarried mother'에 대한 구제 방법으로 미국에서 실시되고 있는 새 양친 마련해 주기 사업, 즉 입양 제도가 있다는 것을 소개하며, 'unmarried mother가 정신적·물질적으로 자활하도록 지원하고, 사생아는 가능한 foster home에 보내 지속적이 관찰을 통해 탈선의 길을 가지 않도록 보살펴야 함'을 강조하고 있다.

美國(미국)에서 이 사업은 本來(본래) 私生兒(사생아)에 對(대)하여 새 양친을 마련해 주는 사업으로부터 始作(시작)되었으나 이제 와서는 새 양친에게 그 子女(자녀)에 대한 責任(책임)을 완수할 수 있도록 원조해 주는 일과 … 産前保護(산전보호)를 받고자 願(원)할 경우에는 産院(산원) 또는 병원에서 出産(출산)을 위하여 入院(입원)을 하기 앞서 一旦(일단) 一種(일종)의 收養家(수양가)에 滯在(체재)할 수 있도록 주선하는 사업이 또한 發達(발달)하고 있다. … unmarried mother 자신이 自活(자활)할 수 있도록 精神的(정신적) 物質的(물질적)으로 도와주며 그의

私生兒(사생아)는 시설(institution)이나 Faster[29] home에 보내는데 institution(시설)보다 Foster home(위탁가)으로 보내어 家庭的(가정적)인 분위기에서 成長(성장)하도록 도와주며 이들이 成長(성장)하여 學校(학교)에 갈 경우 學校先生任(학교 선생님)과 Foster home의 양친과 social worker와 계속적인 관찰을 하여 탈선적인 길을 걷지 않도록 보살펴야 한다. (같은 글)

서울대학교와 이화여자대학교 사회복지 저널 창간호 모두에 unmarried mother의 이슈가 다루어졌다는 것은 '모성'이 사회과학 지식의 장에 포섭이 되었음을 의미한다. 그리고 근대 초기 사회과학은 선진국으로 가기 위해 꼭 필요한 지식이란 인식이 있었는데 이는 서울대 『사회사업학보』 창간사를 통해서도 잘 나타나고 있다.

오늘날 우리나라는 후진국 또는 저개발국이란 환경을 벗어나지 못하고 있다. 이 명예롭지 못한 "렛텔"을 벗어버리기 위해서 우리들은 각 과학 분야에 있어 지식을 널리 구해서 교양을 높이고 또 생활을 풍부하게 만들어야 한다. 이는 우리 생활에 얼마나 중요한 일인지 알 수 없다. 이러한 우리들의 활동을 가능하게 만들 수 있는 것은 지식을 나누어주는 사람이 있고 또 나누어 줄 수 있는 매개체가 있어야 한다. 우리나라의 사회사업은 유구한 역사를 가지고 있으나 전쟁고아 상태를 버서나지 못하고 또 우리 사회의 허다하고 시급한 개인 또는 사회적 문제해결에 그다지 공헌도 못하고 있는 현실이라 하겠다. 이 사

29 Foster의 오기.

업의 조속한 성장과 우리사회의 병리적 현상의 해결은 국가재건도상에 있어 무엇보다 절실한 요청이라 하겠다. 이러한 때에 ○○○ 사회사업을 널리 그리고 정확하게 일반에 알려서 이 사업을 다 같이 이해하고 육성 지원하도록 하는 것은 우리들 사회사업학도에 부과된 하나의 의무라고 믿는다. 이러한 사명을 다 하고자 "사회사업학보"가 메마른 우리 학계에 슬기를 주는 매개체로서 창간을 보게 됨은 이 사업에 종사하는 사람으로서 무한한 기쁜 일이라 하겠다. 이제 기대하야 마지않는 것은 이와 같은 간행물을 통하야 보다 진정한 사회사업의 지식과 기술의 향상이 우리 사회에 이루어지기를 바라는 바이다. (하상락 1961)

후진국을 벗어나기 위한 필수 지식으로서 사회과학이 표방되고, 서구의 '베이비 스쿱 시대'를 풍미했던 사회복지학이 근대 전환기 한국에 들어와, 당시 "사회문제화되는" 어머니들을 범주화해 'unmarried mother'로 명명하며 어머니의 범주에서 추방했다. 그리고 근대적 입양은 경계 밖에 놓인 '위험한 모성'에 개입해 그들이 출산한 자녀를 입양시키는 윤리적 제도로서 우리 사회에 정착하기 시작한다.

3. 근대 모성의 장에서 추방된 '혼혈 사생아' 어머니의 경험

1) '혼혈' 사생아를 출산한 어머니의 경험

앞서 홀어머니의 존재가 확인되었음에도 불구하고 해외로 입양 보내진 박정원 군의 사례와 아버지가 나타나자 해외 입양이 취소된 김설자의 사례에서 보았듯, 근대 전환기 비혼혈 아동의 경우 해외 입양 여부를 결정하는 것은 아버지의 존재 또는 인지 여부였지 이들의 어머니에 대한 양육 자격은 논하지는 않았다. 하지만 혼혈 아동을 출산한 어머니의 경우는 달랐다. 이들 모성은 잠재적 위험을 내재한 '위험한 모성'으로 언설화되고 있었고, 이들 자녀는 '사생아'와 동일시되며 혼혈 아동을 출산한 어머니와 그 자녀 사이에 해외 입양이 적극적으로 개입하며 전국에 있는 혼혈아동 해외 입양이 국가적 목표로 책정되기까지 했다. 이렇듯 '혼혈 아동'을 '사생아'와 동일시하며 국가가 적극 개입한 배경에는 한국전쟁 이후 미국 문화의 유입에 따라 '진정한 우리'를 탐색하기 위해 한국인이 아닌 부계를 인정하지 않는 단일 민족 신화(김은경 2006)가 존재했기 때문일 수도 있고, 혼혈 아동을 출산한 여성은 모두 기지촌 여성일 것이라는 전제가 작동하는 사회적 맥락(여지연 2007)에서, 소수자 중 가장 소수자(타자 중 타자other others)이며 인종과 섹슈얼리티가 교차하는 이중으로 '더럽혀진 몸'으로서 성매매 여성 중에서도 가장 '최하층'으로 취급받아 온 '기지촌 여성'(이나영 2008)에 대한 낙인이 아동에 대한 낙인으로 이어진 것일 수도 있다.

그렇다면 혼혈 아동을 출산한 어머니들은 이러한 담론을 수동적으로 수용하고 해외 입양을 자발적으로 선택하고 있었을까. 1960년 14세 이하 고아들의 이민을 허용한 '미국특별이민법'의 시효가 6월 말로 종료됨을 알리는 한 기사에 따르면 "현재 우리나라에는 약 8백 명의 혼혈아가 있는데 그중 3백여 명이 6월 중 미국 입양 수속을 밟고 있으며 나머지 5백여 명은 그들의 어머니가 양자로 내놓기를 싫어하고 있다"고 보도하고 있어(『경향신문』 1960.6.30.), 해외 입양을 보내지 않으려는 어머니들이 더 많았음을 알 수 있다. 그럼에도 불구하고 위의 기사에서는 "혼혈아

입양문제에 대해서는 미국의 펄벅 여사를 비롯하여 유력인사들이 지대한 관심을 표명하고 있으므로 앞으로도 미국특별이민법의 연장조치가 취해질 것"이라고 희망적인 관측을 하고 있는데, 이는 당시 "혼혈아동을 내놓지 않으려는 어머니들"의 의사는 전혀 참작하지 않았음을 보여 주는 것이다.

당시 혼혈 아동을 둔 어머니들의 경험을 다루는 매체가 거의 없어 그들의 경험을 구체적으로 알기는 힘들지만 "(자신의 아이를) 양자로 내 놓는 어머니들"에게도 해외 입양 선택은 쉬운 결정이 아니었음을 보여 주는 몇몇 기사들이 있다.

장마비 내리는 날 혼혈고아 86명이 미국양부모가 있는 포오트랜드 시를 향하여 떠났다. 이들을 싣고 비행기가 비에 젖은 활주로를 미끄러져 나가자 차마 자기의 신분을 꺼리던 30세 남짓한 10여 명의 여성들이 숨겨온 모정에 못 이겨 기어코 이별의 서러운 울음보를 터뜨리고 말았다. (『경향신문』 1961.7.10.)

거리의 뒷골목에서 버림받아오던 혼혈아 9명이 미국인 가정에 입양되어 4일 하오 NWA 편으로 미국으로 떠났다. 이날 조국을 떠난 혼혈아들은 김방순 양(14), 이용수 군(6) 등 9명, 이날 공항에는 혈연을 끊고 떠나는 아들·딸을 보겠다고 나온 비정의 어머니들이 문이 닫힌 비행기에 손을 흔들며 말없이 흐느끼고 있었다. (『매일경제』 1967.4.5.)

이상의 기사에서 보듯 혼혈 아동의 어머니들이 적어도 흔쾌히 아동의 복지를 생각하며 능동적으로 자녀 양육을 포기한 것은 아니었음을 짐작해 볼 수 있다. 그러면 이들은 왜 "서러운 울음보"를 터뜨리며 아이를 해외로 보내는 "비정의 어머니"가 되기를 선택했을까? 안타깝게도 근대적 전환기인 1950년대와 1960년대 한국에서 혼혈 아동을 출산해 해외로 입양을 보낸 어머니들의 경험적 자료는 거의 전무했다. 이러한 가운데 그나마 몇몇 보도 자료나 연구 자료에서 그들의 경험을 수집할 수 있었다. 이는 2006년 이후 미군 부대 이전의 여파로 과거 성매매를 통해 생계를 유지하며 살던 할머니들이 갈 곳 없이 쫓겨나게 되자 학자, 시민단체, 미디어 등이 할머니들의 삶에 관심을 갖고 경험적인 연구 및 탐사보도를 위해 심층 인터뷰를 시도한 결과 나온 자료들이다.[30] 여기에 실린 혼혈 아동을 출산하고 입양 보내야 했던 어머니들의 이야기들은 다음과 같은 공통점을 갖는다. 첫째, 혼혈 아동의 어머니들은 아이 출산 이후 본국으로 떠난 아이 아버지와 연락이 닿지 않게 된다. 둘째, 아이 아버지와 연락이 끊어지더라도 바로 해외 입양을 결정하지 않고 몇 해 동안 아이를 키웠다. 셋째, 이웃들로부터 아이를 '아버지 나라'로 보내라는 말을 듣거나 입양 기관 사람들로부터 해외 입양을 권유받았다. 넷째, 대개 3, 4살이나 초등학교 입학을 하게 되는 8살 전후로 아이가 받는 차별로 인해 해외 입양을 결정하게 된다.

한국기자협회에서 수상하는 제201회 이달의 기자상을 수상한 "한 많은 음지 인생: 기지촌 할머니들의 고단한 삶" 기사에는 "사랑하는 흑인 병사 사이에서 혼혈아를 낳았으나" 아들이 초등학교 다니던 때 해외 입양을 보낸 "빼벌"[31] 최초의 기지촌 여성으

---

30 SBS 2006.10.21., 『경인일보』 2007.4.23.~5.11., 『노컷뉴스』 2007.8.23., 『한겨레21』 2008.1.29., MBC PD수첩, 2009.6.23., 『평택시민신문』 2008.11.5., 『한국일보』 2011.6.8., MBC 뉴스, 2012.12.14., 이나영 2011, 『여성신문』 2012.5.11. 등이 있다.

로 알려진 윤순자(가명, 83) 할머니의 사연이 나온다.

윤순자 씨는 한국전 당시 고향인 평안북도 신의주에서 남편과 시댁 식구를 모두 잃고 혼자 서울로 내려와 거리를 전전하다 23살 때 먹고살기 위해 빼벌에 들어왔다. 아들을 낳았지만 아이 아버지는 미국으로 떠나고 혼자 힘겹게 아들을 키웠다. 하지만 주위의 손가락질과 놀림에 고통스러워하는 아들을 보는 것이 힘들었던 윤 할머니는 결국 초등학교 때 하나뿐인 혈육을 미국으로 입양 보냈다. 정말 키워보고 싶었어. 하지만 나와 있는 것보다는 차라리 미국이 낫다고 생각했지." 아들 이야기만 나오면 금세 눈시울이 붉어지는 윤 할머니는 위궤양 때문에 일주일에 서너 번씩 의료원을 다니고 있다. (『경인일보』 2007.5.1.)

『한겨레21』은 2008년도 1월호에 기지촌 할머니에 관한 특집을 실었다. 평택 안정리 캠프 험프리가 있는 주변 기지촌에 젊을 때 들어와 평생을 살고 있는 59명의 할머니들을 인터뷰했다. 기사에 따르면 많은 할머니들의 큰 상처 중 하나는 '아이'다. 51명 조사 할머니 중 17명이 미군의 아이를 낳은 적이 있었고, 이 중 14명이 입양을 보냈다'.

"우리 아기는 흑인 혼혈이었어. 우여곡절 끝에 낳았는데 키울 길이 막막한 거야. 애를 포대기에 싸서 친정 엄마한테 갔어. 근데 그때 나를 경멸하던 엄마의 눈빛을 잊을 수가 없어"라고 했다. "내 엄마부터 그렇게 우리를 업수이 보는데 세상은 오죽하겠어? 용기가 없어서 입양

---

31 캠프 스탠리가 있는 의정부시 고산동의 별칭이다.

보냈지."(황정숙, 63) (『한겨레21』 2008.1.29.: 23)

정은님(69) 할머니도 아이가 다 큰 중학교 때 입양 보냈다. "내가
끼고 살고 싶었어. 기를 쓰고 키웠지. 근데 학교 생활이 문제였어. 아이들
이 화장실 갈 때마다 놀리니까 애가 화장실을 못 가고 책상에만 앉아 있
었던 거야. 한겨울이었어. 학교 화장실을 못 가서 바지에 오줌을 쌌나봐.
집에 왔는데 그 추운 겨울에 글쎄 바지가 꽁꽁 얼어가지고는 … 어떡해.
(입양) 보내야지." 주변에서도 다 입양을 권유했다. 아이를 낳으면
펄벅재단이나 대한사회복지회 같은 곳에서 찾아와 "한국에서 혼
혈아를 잘 키우기란 힘들다"라며 입양을 권유하기도 했다. (같은
기사)

이나영은 2008년 여름부터 2009년 봄까지 경기도에 있는 한
기지촌 할머니들을 위한 복지센터를 정기적으로 방문해 자원봉
사 및 연구 활동을 한 후, 이 조사에 기초해 「기지촌 여성의 경험
과 윤리적 재현의 불/가능성: 탈식민주의 페미니스트 역사 쓰
기」[32]라는 연구를 발표했다. 여기에는 김명수(1938년생) 씨의 구
술이 나온다. 그녀는 1959년 21살의 나이로 혼혈아를 낳았다. 하
지만 아이 아버지는 기혼자였고 이후 미국으로 돌아갔다. 김명
수 씨는 아이를 아버지에게로 보내려고 했다.

아이가 3살 때 7사단으로 찾아갔지. 애 아버지에게 보내려고… 군변
호사가 나와서 내가 아는 데까지 말하라고 해서 말하는데 "너는 애

32 『여성학논집』 제28집 제1호, 이화여자대학교 한국여성연구원. pp.79-
120.

가 1명이고 그는 아이가 3명 ··· 너와 그 애 때문에 그 집 가정이 파탄이 나면 애 3명 있는 집이 파탄이 나야 하나? 1명 있는 집이 파탄 나야 되나?" 그러니까 내가 딱 나와 버렸지 ··· (이나영 2011: 107, 재인용)

그러고는 혼자서 키우려고 "사랑이 뭔지도 모르고 ··· 아주 구렁이 같이 싫지만 않으면 (미군들과) 같이 살면서"(같은 글: 104, 재인용) 아이를 키웠지만 결국 중학교 다닐 무렵 아이가 차별받는 것을 견디지 못하고 해외로 입양을 보냈다.

나는 혼혈아를 가진 여자니까 ··· 아이가 나가면 노이로제가 걸려 ··· 아이들 안 놀리니? ··· 아이가 노상 맞고 와, 왜 맞고 왔니, 나보다 큰 아인데 어떻게 때려? 나보다 쪼그만 아인데 어떻게 때려 ··· 혼혈아 데리고 있는 사람은 너나 할 것 없이 간을 졸이고 사는 거야 ··· 그래서 입양을 보낸 거야 ··· 그 뒤에도 아이가 많이 생겼지 ··· 근데 내가 애를 낳으면 또 혼혈아를 낳잖아. 그리고 또 애를 낳으면 다른 아이가 구박덩어리가 되잖아. 그래서 내가 애를 (더 이상) 안 낳은 거야. (같은 글: 108-109, 재인용)

한국전쟁 이후 근대적 전환기에 혼혈로 태어난 아이들이 받았던 차별은 1965년 출판된 에니 박이라는 한 혼혈인의 수기에도 잘 나타나고 있다. 에니 박은 1946년생으로 한국인 어머니와 단지 '미군 병사'라고만 알고 있는 아버지 사이에서 태어나 파주 용주골의 '양공주'가 된 후 그간의 삶을 수기로 썼다.

튀기라는 말이 나를 깔보고 업수히 여기는 뜻임을 안 것은 초등학교에 들어 갈 무렵 동네 아이들, 창호, 복실이, 숙자, 영수들이 떼를 지어 나를 놀려대면서부터였습니다. (에니 박 1965: 3)

한편 MBC PD 수첩 "기지촌 할머니 그들에게 남은 것"에는 평택 안정리에 살고 있는 정후남(가명, 80) 할머니 육성 인터뷰가 나오는데 할머니 역시 미군과 사이에서 혼혈아를 낳았고 아이 아버지는 미국으로 돌아갔다. 혼자서 아이를 6살까지 키우다 결국은 입양을 보냈다. 할머니 나이 34살의 일이었다. "개나 돼지나 새끼 낳아서 남을 주지 어떻게 사람으로서 새끼를 남을 주나 싶어서 에이 까짓 거 죽어 버리자"하고 자살을 기도하기도 했다. 할머니가 왜 해외 입양을 결정했는지는 알 수 없지만 할머니는 이후 아이를 찾으러 입양 기관에 갔고 그곳에서 아이에 대한 것을 알려주지 않아 포기해야 했다.

내가 돈 벌어서 어린애 보낸 곳으로 찾아갔어요. 돈 좀 쓰고 어떻게 해 보려고요. 그런데 안 가르쳐줘요. 그래 가지고 (포기했죠). (MBC PD수첩, 2009.6.23.)

이렇듯 혼혈 아동을 둔 어머니들은 모두 "혼자서 키우려" 하다가 아이가 커 가면서 받는 "놀림", "차별"에 가슴 아파 아이들을 해외 입양 보냈다. 또 몇몇 기사에서는 "'김일성이 쳐들어오면 혼혈부터 죽인다'는 말에 해외 입양을 결정하기도 했다"는 이야기도 등장한다.[33]

---

33 엄 모(64) 할머니는 홀트를 통해 입양을 보냈는데, 당시 많은 기지촌 여성들은 '김일성이 남한에 오면 제일 먼저 혼혈아를 죽인다'는 소문에 아

비록 혼혈 아동의 어머니들, 흔히 기지촌 여성이라고 상정되는 여성들의 경험은 다층적이고 단일하지도 고정되지도 않으며 때로는 분절적인 정체성을 구성하지만(이나영: 2008), 그럼에도 불구하고 1950, 60년대 혼혈 아동을 출산한 어머니들은 양육할 수 있는 모성의 측면이 사회적으로 온전히 부정되는 가운데 어려움 속에 아이를 키우다 고통 속에 아이를 입양으로 포기한 경험을 공유한다.

하지만 1960년대 중반 이후 변화하는 입양 국가의 욕구—더욱 어린 아이를 원하는 것—에 부합하는 혼혈 아동 수의 감소와 펄벅재단과 같은 곳에서 혼혈 모자 가정에 생계 지원을 하면서 서서히 '혼혈 아동들도 어머니의 땅에서 자라야 한다'는 언설이 힘을 얻으며 1970년대를 맞이한다. '혼혈 아동 및 전쟁고아의 문제'를 해결하기 위해 근대적 입양이 시작되었다면 혼혈 아동 수가 감소하고 전쟁이 끝나고 경제 발전을 이루어 가는 1970년대 이후 입양은 중단되었어야 했다. 하지만 1970년대 이후 국내외 입양 아동 수는 더욱 증가한다. 이는 '양육할 수 없는 모성' 담론이 혼혈 아동을 출산한 어머니에서 다른 어머니의 범주로 이동했음을 의미한다.

이를 입양 보내는 일이 많았다고 한다(『한국일보』 2011.6.8.). 또 "배 할머니는 아들을 6, 7살 때 보냈는데 할머니 말씀으로는 그 당시에는 공산당이 쳐들어온다고, 그러면 혼혈아들을 먼저 못살게 굴 것이라고 하는데 어떤 애미가 아들이 힘들게 세상을 떠날지도 모른다는 이야기를 들었는데 그걸 어떻게 보겠느냐고 해서 그 마을에서 입양을 많이 보냈다고 해요"(『노컷뉴스』 2007.8.23.)라는 증언 등이 있다.

2) 변화하는 담론과 '양육할 수 없는 어머니' 경계의 이동

1956년 12월 31일로 종료 예정이었던 '난민구제법'은 하지만 1957년 9월 14세 이하 고아의 이민을 허용하는 '미국이민특별법' 이 제정됨으로써 해외 입양의 길은 계속 확보되었다. 1958년 혼혈 아동의 해외 입양이 시작된 이래 가장 많은 수인 930명이 해외로 입양된다. 전체 해외 입양 혼혈 아동 중 한국아동양호회가 249명을, 홀트씨양자회가 546명을 해외로 입양 보냈다. 하지만 이후 한국아동양호회의 혼혈 아동 입양 건수는 100여 건으로 떨어지고 1961년 이후에는 60여 건으로 급감했다. 이에 비해 홀트씨양자회는 1961년까지 매해 400~500여 명의 혼혈 아동을 해외 입양 보냈는데, 1962년 들어서는 한국아동양호회와 마찬가지로 100여 건으로 급속히 감소했다.[34]

1962년의 혼혈 아동 해외 입양 감소는 1961년 미국 측에서 '대리양자제'Proxy Adoption[35]를 폐지한 것에 영향을 받은 것으로 보인다. 해외 입양과 관련해 미국에서 새롭게 시행한 절차는 "1. 한국과 같은 해외에서 양자를 삼는 경우에는 양부모가 입양 전이나 입양 수속 중에 양자를 삼으려는 아이를 만난 일이 있어야 한다. 2. 무할당 이민여권의 특별신청서는 특별이민 소정 양식에 따라 기입해야 한다. 이 신청서는 양부모 두 사람의 서명이 있어야 하며 양부모 중 한 사람이 미국영사관 직원 앞에서 선서해야 한다"(『경향신문』 1961.10.20.)와 같이, 이전보다 엄격한 것이었

---

34 이상의 통계 수치는 김아람(2009: 32)이 재구성한 통계를 참조함.
35 '대리양자제'란 입양할 부모가 아동과의 사전 교류 없이 모든 권리를 한국 내의 특정한 기관에 위탁하고 법적 절차를 마친 후 아동을 데려가는 방식이다. 입양을 원하는 부모가 희망 조건을 제시하면 기관에서 적당한 아동을 찾아 법적 절차를 통해 입양이 이루어진다.

다. 한국에서 아동들을 직접 대면한 후 미국으로 데려오게 하는 새로운 제도의 시행으로 인해 "1963년에는 50쌍의 미국 부부가 '고아' 입양차 한국에 들어와 4일간 워커힐 호텔에 머문 뒤 귀국 시 고아 1명씩 데려가기 위해 관광단으로 들어오는"(『동아일보』 1963.11.26.) 진풍경을 연출하기도 한다.

또한 같은 시기 한국에서는 「고아입양특례법」이 제정 및 시행되었다. 이 법은 1955년 처음으로 상정되었으나 1957년 자유당 의원총회의 결정에 따라 폐기되었다(『동아일보』 1957.5.2.). 이후 다시 상정되었으나 통과되지 못하고 있다가 1961년 9월 30일자로 몇 가지 문안이 수정되어 통과, 시행된 것이다. 가령 1955년 상정된 법안 제1조(목적)는 "본 법은 외국인이 대한민국 국민인 고아를 양자로 함에 있어서 간이簡易한 조치들을 취함으로써 고아의 보호와 국제협조의 증진을 도모함을 목적으로 한다"로 명시했으나, 1961년 통과된 법안에는 "고아의 복리 증진을 도모함을 목적으로 한다"로 변경하며 '고아'의 해외 입양이 아동복지의 일환임을 표방했다. 또한 제2조에 "양자될 자격"[36] 및 제3조에 "양친될 자격"[37]을 규정했고, 제4조에 부양의무자가 확인되지 않은 고아의 경우 20일간 2회에 걸쳐 신문지와 법원 게시장에 신고할 것을 권고(제4조 2항)함으로써 "해외입양 절차를 간이하게 함

---

36 ① 부양의무자가 알려져 있지 아니한 18세 미만의 자 ② 부양의무자의 동의를 얻은 18세 미만의 자
37 ① 본국 법에 의하여 양친이 될 수 있을 것 ② 양자를 부양함에 충분한 재산이 있을 것 ③ 품행이 단정하고 악질이 없을 것 ④ 양자를 천업고역 기타 인권유린의 우려 있는 직업을 위해 매매 또는 사용하지 아니할 것 ⑤ 양자에 대하여 종교의 자유를 인정하고 교육과 보호에 있어서 그 지역사회의 한 성원으로 대우를 받도록 하겠다는 서약과 본국공공기관 또는 그 위촉을 받은 자의 보증이 있는 것 등을 골자로 하고 있다.

을 목적"³⁸으로 했지만, '대리양자제' 폐지와 함께 해외 입양 절차
는 상대적으로 까다로워진 것이었다.

그런데 이와 함께 혼혈 아동의 해외 입양 수가 감소 추세로
전환된 배경에는 1960년대까지 가장 많은 수의 '고아' 및 혼혈 아
동을 입양해 가던 미국이 "갈수록 어린 연령의 아동을 원하는"
추세로 바뀌고 있었고,³⁹ 한국 측에서는 혼혈 아동의 발생을 '한
국전쟁의 산물'로만 보고 전후 발생한 혼혈 아동이 성장해 더 이
상 입양될 가능성이 낮다고 판단함으로써, 정책 방향을 해외 입
양보다 국내 적응 정책으로 전환할 필요성이 대두되었던 것에
영향받은 것으로 보인다. 예를 들면 서울대 사회사업학과 교수
하상락(1962)은 혼혈 아동에 대해 "피부색(色), 眼色(안색)이 다
른 … 혼혈아들과 그들의 어머니들은 인종적 사회적으로 허다
한 문제를 제기하여… 전쟁의 부산물로써 우리 사회에 출현한
것"(하상락 1962: 249)으로 판단하고, "여러 사정으로 그들의 인
격성장의 원동력이 되는 부모의 사랑을 결핍당한"(같은 글: 250)
존재로 여전히 사회문제적 요소로 보고 있다. 하지만 문제 해결

---

38 국가기록원, "고아입양특례법안(제46회)"(생산기관: 총무처 의정국 의사
   과, 생산년도: 1961년, 관리번호: BA0085212). http://contents.archives.
   go.kr/

39 Berebitsky(2000) 연구에서도 미국 내 입양부모가 점차 더 어린 아동을
   원하게 되었다고 언급하고 있는데, 국내에도 이를 뒷받침하는 기사들이
   다수 있다. 예를 들면, "생후 몇 개월짜리들만 입양되어 가는 현실성을
   보더라도 국민학교 취학연령이 되면 일단 입양가능성이 없는 것으로 보
   아야 한다"(『동아일보』 1963.3.20., "보호권 외 혼혈아"), "(혼혈아동은) 해외
   입양이 최선의 해결책이지만 실제로는 2,3세 때 신청이 가장 많이 들어
   온다"(『동아일보』 1966.4.28., "또 하나의 사회문제 혼혈아 성년"), "양부모 측
   도 7세 이하 혼혈아만 원한다"(『동아일보』 1967.6.3., "설 땅 찾는 응달의 혼
   혈아")와 같은 기사는 해외의 양부모 측에서 점점 더 어린 아이를 원하는
   현실을 보여 주고 있다.

방안에 있어서는 그 전과 차별화된 제안을 하고 있는데 바로 이
들에 대한 양육 지원의 필요를 강조하고 편견 해소의 필요성을
강조한다.

혼혈아 모친이 택할 수 있는 길은 첫째 혼혈아를 이해하고 사
랑할 수 있는 사람과 다시 결혼하거나, 둘째 혼혈아와 이별하
고 새 결혼생활을 하거나, 셋째 혼혈아와 더불어 한 평생 독신
으로 사는 것이라 하겠다. 그러나 현실적으로 세 가지 문제가
다 곤란을 개재하고 있으며 일반 우리 사회에 있어서는 용이
한 일이 아니다. … (따라서) 혼혈아를 가진 여성들이 생활난에
빠져 있을 때는 모자보호시책의 일부로서 공공부조의 원조가 적
용되어야 하며, 경우에 따라서는 직업지도의 도움을 주어야 한
다. 이러한 여성들을 위한 모자원과 탁아소 등도 설치되어야 한
다. 이러한 사회적 국가적 노력에 의하여 혼혈아를 가진 여성 자
신이 심적·가정적 문제를 먼저 해결하도록 돕고 그들에게 건전
한 아동양육에 대한 보다 나은 보호를 줄 수 있게 될 것이다. …
다음, 사생아의 건전한 교육성장을 위하여서는 이들의 환경의 정
화와 모친의 정상생활과 경제적 원조 등이 있어야 하고 그들의 특
수성을 충분히 고려하여 보호대책이 수립되어야 할 것이다. 끝으
로 일반 사회의 혼혈아에 대한 몰이해를 계몽하여 사회인의 많은
원조를 얻지 않고서는 이 문제를 단독으로 해결할 수 없다. 그러므
로 혼혈아에 대한 일반인의 이해를 넓히기 위해 TV·래디오·신
문·잡지 등의 메스콤의 이기利器를 이용해야 하겠고 또 이웃·학
교·교회 등은 선두에 서서 이들이 당면하고 있는 곤란을 일반인
에 설명시켜서 세계인류동포화 운동의 선구자인 이들 혼혈아의
전도에 광명을 주어야 할 것이다. 국민학교 교과서에는 혼혈아와

한국 어린이들과 우정미담, 또 상호 우호적인 대인관계 등을 평이한 글로 기술 삽입하여 상호이해를 촉구하게 해야 할 것이다. 세계 각 처의 혼혈아가 용이하게 수용될 때 전쟁 없는 평화시대가 방문하게 될 것이다. (하상락 1962: 252-253)

이상에서 나타나는 바와 같이 1960년대 초반 사회복지 전문가에 의해 혼혈 아동에 대한 국내 교육 기회의 제공, 어머니들을 위한 경제적 지원 및 혼혈아 모자 가정에 대한 사회 인식 전환을 위한 정부 차원의 캠페인의 필요성 등이 제기되었고 비슷한 시기 정부 역시 혼혈 아동의 해외 입양이 점점 어려워질 것이란 판단에 혼혈 아동만을 위한 영화국민학교를 세워 혼혈 아동들이 가능한 차별이 없는 환경에서 교육을 받을 수 있는 정책을 펼치기 시작했다.[40]

한편 혼혈 아동의 해외 입양이 감소 추세로 전환하는 계기가 되었던 것은 전쟁 또는 아시아 지역의 미군 주둔으로 인해 미국인과 아시아 여성 사이에 태어난 아동들을 지원하는 데 관심을 가지고 있던 펄벅의 혼혈 아동 및 그들 어머니들을 지원하기 위한 국내 지원 활동이다. 펄벅은 1950년대 후반 한국에서 혼혈 아동 8명을 미국으로 입양해 가기도 했는데(피터 콘 2004), 1967년에는 혼혈 아동과 그 어머니들의 자립을 지원하기 위해 경기도 부천에 소사희망원Sosa Opportunity Center을 설립했다. 이로써 혼혈 아동의 어머니들이 자신의 아이를 키우고자 할 경우 지원받을

40 혼혈 아동을 위한 영화국민학교는 영등포구에 위치해 있었는데 학교에서 멀리 살고 있는 아동들은 다니기 힘든 관계로 교장 등은 국가에 통학버스를 요구하기도 했지만 이루어지지 않았고 입학 아동이 적어 개교 2년 후 일반 학교로 전환했다(『동아일보』 1963.3.20.).

기회가 마련되어 혼혈 아동들이 해외로 입양 보내질 가능성이 상대적으로 감소했다. 소사희망원은 백만 달러의 비용을 들여 5백 명의 혼혈 아동과 어머니 들을 수용할 수 있는 시설을 갖추고 (『경향신문』1967.5.31.), 1969년 정부로부터 기금 운영의 문제 등이 제기되어 인가가 취소될 때까지 활발하게 혼혈 아동의 교육과 어머니들의 자립 지원을 위한 활동을 벌였다.[41]

1960년대 초반 혼혈 아동을 둘러싸고 국내 보호 및 지원이라는 새로운 관점에서의 지식이 창출되고, 그들이 놓인 사회적 환경에 조금씩 변화가 목격되지만, 혼혈 아동 중심의 해외 입양에 의존하던 입양 기관 측의 기존 믿음, 즉 혼혈 아동을 위한 최선의 복지는 해외 입양이라는 신념이 완전히 사라진 것은 아니다. 오히려 펄벅재단의 지원으로 혼혈 아동의 양육 기회가 증대함에 따라 혼혈 아동의 해외 입양 감소라는 결과가 초래될 것을 우려하는 다음과 같은 주장도 여전히 존재하고 있었다.

혼혈아 어머니들은 몇천 원의 양육비를 수입할 목적으로 그들 자녀의 해외 입양을 거부하고 있다. 혼혈 아동의 문제는 돈만으로는 해결이 안 되는 문제가 있다. 해외 입양은 모자간의 애정을 크게 훼손할 가능성이 있으나 어떤 경우라도 적극 해외의 훌륭한 가정으로 입양시켜야 한다. 짧은 안목으로 볼 때 해외 입양은 모자간의 애정이 크게 희생될지 모르나 혼혈아가

---

41 『동아일보』에는 "펄벅여사의 후광이 있던 때는 130명이나 되는 혼혈아들을 수용 인근의 국민학교와 중고등학교 학교에 취학하게 하여 이름난 야구선수들을 길러냈을 뿐 아니라 무용단을 구성, 서울에서 화려한 공연을 가졌고 세계무대에까지 꿈꾸던 곳"(1971.5.22.)이라고 묘사되어 당시 지원 사업이 활발했음을 짐작할 수 있다.

해외에 입양되어 행복하게 되고 그들 어머니가 갱생의 길을 찾기 용이하게 되며는 이 길이 대승적인 입장에서 보아 도리어 모자간의 애정을 높은 차원에서 승화시키는 것이다." (탁연택 1965: 63-64)

또한 홀트씨양자회도 입양지를 미국에서 파라과이로까지 확대하며 1965년 450명의 혼혈 아동을 파라과이로 입양시킬 계획을 추진하고 있었고(『경향신문』1964.2.26.) 정부 역시 이에 동의하는 분위기였지만,[42] 1960년대 말 당시 혼혈 아동에 대한 사회적 분위기는 혼혈 아동과 그들 어머니를 위한 자립 지원의 필요성이란 문제가 대두하고 있었고 그 실효성 여부를 떠나 실제 혼혈 아동의 해외 입양 수는 1962년 전년도 대비 급속히 감속한 이후 1960년대 후반 소폭 상승 이후 지속적으로 감소[43]한 것으로 나타난다.

이러한 추이 변화와 함께 사회적으로 국제 결혼이 증가하는 변화와 맞물리면서 혼혈 아동의 사회적 담론은 '아버지의 나라로'에서 '어머니의 나라에서'라는 언설로 바뀐다.

---

42 "보건사회부 부녀국에서는 국내혼혈아의 주 입양국인 미국의 고아 이민법의 시효가 1965년 6월말로 끝남에 따라 잔여 혼혈아들의 입양을 서두르고 있다. 보사부는 1965년 미국 아이젠하워 대통령에 의해 제정된 고아이민법에 의거해서 금년 5월말 현재까지 미국을 비롯한 3개국에 3,800명의 혼혈고아를 입양시켰는데 아직도 국내에는 1455명의 혼혈아가 남아 보사부는 이달 안으로 이들을 전원 입양시키기 위해 서류상의 수속에 분망하고 있다"(『동아일보』1965.6.15., "혼혈아의 미국입양 서둘러")와 같은 기사는 정부의 이러한 의지를 잘 보여 준다 하겠다.
43 이상의 통계수치는 박경태(2007: 11)가 재구성한 '해외입양된 혼혈 아동의 수'를 참조함.

해방과 6.25를 거치면서 푸른 눈의 아버지들이 마구 생겨났다. 역사가 잉태한 슬픈 유산 혼혈아 '트기'라고 놀림을 당하고 응달과 천시 속에서 사회문제화되곤 했다. 현대인들이 이들에게 쏟는 마음이나 그들 스스로가 갖는 마음의 자세는 이젠 다른 차원으로 옮아가고 있다. 전쟁이 낳은 혼혈아도 벌써 성년. 그들도 한국현대인으로서 현실사회에 참여하려고 애쓰고 있다. 성년이 된 김영식 군(20)은 푸른 눈의 이방인을 닮았지만 자랑스러운 한국인 서울 모 대학 2년생이다. 김 군은 늘 아버지의 나라 미국으로 가겠다는 외고집으로 살아왔다. 그러나 김 군은 현실타파의 필요성을 느꼈다. 그는 트기가 아니라는 결심을 했다. "어머니의 나라 한국은 내 피가 흐르고 나를 키워 준 조국입니다. 모든 사람이 나를 버리더라도 내가 설 땅은 한국뿐이란 말입니다." 김 군은 장학금도 받고 있다고 전한 김 군의 케이스워커 황 양은 사회의 포용력만이 남은 문제라고 했다. 지금까지 한국의 전쟁 혼혈아는 그 책임을 외국에 두고 해외 입양이란 돌파구를 찾아 헤매었다. 그러나 혼혈아는 계속 늘고 성년이 되어 가는 혼혈아 문제는 새로운 사회문제로 번질 가능성마저 있는 것. … 시내 각 혼혈아 취급 기관에는 이들 국제결혼한 부부들이 찾아와 불우한 혼혈아를 돕고 있는 일이 늘어가고. 더욱 지식층의 국제결혼도 상당수. 이들 사이에서 태어날 2세 혼혈아들은 곧잘 사회에 적응하고 있어 혼혈아에 대한 관념이 차차 차원을 달리하게 된 것이다. (『경향신문』 1967.8.29.)

이로써 1950년대 근대 모성의 장에서 추방되었던 혼혈 아동 출산 어머니들은 1960년대 후반 다시 '어머니'의 경계 안으로 서서히 진입하는 변화를 거친다. 이들에 대한 양육 지원이 실제 이루어졌는지, 혼혈 아동에 대한 차별이 실제 사라졌는지에 대한 문제는 차치하고, 혼혈 아동 입양 수가 점차 감소하는 1970년대에 들어 국내외 입양이 그 전보다 더욱 증가했다는 것은 "사회문제화되는 범위"의 모성에 대한 개념에 변화가 생겼음을 의미한다. 그리고 사실혼 또는 소실로서 자녀를 양육하던 어머니들을 제외했던 'unmarried mother'가 아닌 결혼 제도 밖에서 출산한 모든 여성을 포괄하는 더 넓은 범주의 '미혼모'로 호명되기 시작한다. 바야흐로 1970년대 입양 제도는 새롭게 범주화되는 '미혼모'의 모성을 '어머니의 경계'에서 밀어내며 그들과 그들 자녀 사이에 적극 개입해 간다. 즉 '위험한 모성' 범주의 변화가 일어난 것이다.

2장

근대 국가로의 성장기

'어머니'에서 '불우 여성'으로

1. '순결'과 '성역할'로 지어진 근대의 '가정'

1) '부계' 중심 확대 가족에서 '부부' 중심 핵가족 사회로

한국전쟁 이후 대한민국 정부는 전후 복구 및 새로운 사회 질서 확립을 위해 한편으로는 자본주의에 기반한 경제 발전을 추진하고 다른 한편으로는 핵가족화를 추진해 나갈 것임을 민법에 명시했다. 이와 더불어 일부일처제에 입각한 결혼과 가족의 가치가 강조되었으며 사회 지도층 및 언론매체를 통해 이는 널리 지지를 받는다. 예를 들면 1958년 가족법 관련 조항들이 개정될 즈음 '결혼은 만복의 근원'이라든가 '이상적 결혼'과 같은 언설들이 등장하고 있는데 이러한 기사들은 '일부일처제' 또는 '애정을 통해 이룬 가정'이 민족과 국가 발전의 근간이란 내용을 그 핵심으로 한다.

결혼 없는 인생은 행복도 희망도 완전한 것이 아니리라. 일남 일녀의 결합으로서 한 가정을 이룩함은 즉 국가조직의 단위일 것이니 결혼은 진실한 인생의 첫 걸음인 것이다. 그러므로 성실한 결혼관과 신분에 상응하는 배우자 선택에서 평화로운 가정을 유지케 하며 나아가서는 국가장래와 건실한 민족발전에 공헌함으로써 결혼의 의의가 있다고 하겠다(필자 송정례: 한국전재부인회 임원). (『동아일보』1957.4.9.)

또한 결혼은 개인의 건강과 수명에도 긍정적인 영향을 끼친다는 해외 연구를 소개하는 기사도 발견된다. 예를 들면『동아일보』(1959.2.1.)의 "결혼은 만복의 근원"이란 기사는 "壽命(수명)에도 큰 影響(영향), 統計(통계)로 본 旣(기) 未婚男女(미혼남녀)의 幸不幸(행불행)"이란 부제를 달고 있는데 그 내용은 다음과 같다.

미국의 국립인구동태 통계사무소의 전문가들이 블란서의 권위 있는 통계당국의 협조를 얻어 수집한 여러 가지 자료를 검토 분석한 결과에 따르면, '결혼한 남자는 모든 유혹에 빠질 가능성이 적다, 위궤양과 같은 병에 걸리는 일이 분명 드물다. 총각보다 과도 긴장으로 인한 고혈압 등으로 죽는 경우가 적다. 홀아비로 늙는 남자들은 살해당하는 기회가 많고 폐염, 폐결핵, 폐암 및 심장병 등으로 죽는 경우가 훨씬 많고, … 과부 여성은 결혼한 친구들보다 자살율이 3배나 많다. 과부가 되거나 이혼한 여자는 몸을 망치고 술을 폭음하는 율이 급속도로 높아진다. 이혼한 남자들은 다른 남자들에 비해 빈혈 증세에 걸리는 일이 많다. 모든 연령대의 남자들은 독신일 경우 자동차 사고와 같은 교통사고로 사망하는 기회가 두 배나 더 많다. 과부도 교통사고를 면하는 기회가 결혼한 여성들보다 적다.

1960년대에 들어서면 구체적으로 이상적 결혼은 자유연애를 통해 사랑을 느끼고 약혼 기간을 거친 후 결혼을 통해 가정을 이루는 것이 가장 행복하고 정신건강에 좋다는 요지의 시민 강좌가 열리기도 한다. 가령 1961년 3월 18일 시립부녀사업관에서는 정신과 의사 오석환 씨의 "정신건강 월례강좌"가 열렸는데, 이 강좌에서 "젊은 사람들의 자유스러운 교제 속에서 싹튼 사랑이 약혼으로 발전하고 드디어 결혼하게 되어 한 가정을 이루었을 때의 그 행복감이란 이루 말할 수 없이 클 것이다. 반면에 연애와 약혼, 결혼의 세 단계를 성공적으로 이끌지 못했을 때에는 비애도 그만큼 크며 따라서 거기에는 엉키는 문제가 정신건강의 위생분야에 있어서 문제가 되는 것"(『경향신문』 1961.3.31.)이라며, 결혼에 실패하지 않는 방법으로 "자기에게 정이 깊이 들고 사랑하고 있나? 안정감을 줄 수 있는 사람인가? 성적으로 만족시킬 수 있는 사람인가?"(같은 기사)와 같은 조건들을 들고 있는데 이는 애정 및 성적 배타성을 특징으로 하는 근대 가족의 이념이 정신의학이란 지식에 의해 정당성을 확보하며 일반 대중에게 유포되고 있음을 보여 준다.

하지만 1960년대는 이와 동시에 부계 중심적이고 일부다처에 수용적인 태도를 보이는 일종의 전환기였다. 예를 들어 「한국 가족의 갈등과 그 요인」(하상락 1962)을 보면 계모뿐 아니라 서모, 즉 첩의 존재도 가족의 범위 안에서 이해하고 있다.

… 흔히 계모나 서모들은 '남의 아들은 성의껏 길러도 소용없다'라고 말하고 있다. 성의껏 양육하면 인간은 누구나 감득하고 통하게 되는 것이다. …아버지가 전처나 본처에 의식적 또는 무의식적 죄책감을 갖고 그 죄책감을 정당화하기 위해 (자녀들에 대해) 권력을 사용하거나 편애를 하지 말고 공평하게 대

할 것과 계모나 서모는 자녀들을 중심으로 하여 자신들의 자녀와 적자녀들과의 차별대우를 가급적 적게 하여 원만한 가족을 이룰 것 … (같은 글: 257-259)

이상과 같은 예는 1960년대 일부일처제에 입각한 부부 중심의 '근대 가족'에 대한 이상은 활발히 유포되고 있었지만 여전히 일부다처에 수용적인 부계 혈연 가족 개념이 일상적 수준에서 작동하고 있던 당시 사회적 상황을 반영하는 것이다. 따라서 앞서 인용했던 "멀쩡한 자식 입적시키지 않고 사생아로 버려두는 아버지"(『경향신문』 1962.8.7.)를 비난하는 기사가 가능했던 것이고, 또한 이원자(1965) 연구에서 'unmarried mother'를 사실혼 관계에서 자녀를 키우고 있거나 소실인 경우는 해당하지 않는다는 정의가 가능했던 것이다.

하지만 1970년대에 들어서면 근대 핵가족 가치에 대한 긍정적 언설은 더욱 강화되고 일부일처에 입각한 부부간의 배타적 사랑, 게다가 혼전 순결이 행복한 결혼에 대한 전제조건이라는, 즉 '사랑=성=결혼'이라는 근대의 가족 만들기 공식이 일상 수준으로까지 더욱 확산된다. 이러한 가운데 혼전 임신은 '행복한 가정'으로 가기 위한 전제 조건인 혼전 순결을 위반한 것이 되고, 근대의 가부장성은 남성이 아닌 혼전 임신을 한여성에게 낙인을 찍었다. 이와 동시에 서구 '베이비 스쿱 시대'의 사회복지학으로 훈련받는 사회복지 전문가들이 국내 각처에서 지식인으로, 행정가로, 현장 복지 전문가로 활동하기 시작하며 혼전 임신 여성들은 '미혼모'라는 병리적 집단으로 범주화되고, 어머니로서 자격이 문제시되며 전 시대 입양 아동의 대부분을 차지하던 혼혈 아동의 자리는 미혼모 자녀로 대체된다.

2) '혼전 순결' 교육으로서의 '성교육' 시작

사실혼과 소실의 존재까지 인정하던 1960년대를 지나 1970년대에 들어서면 부부간 배타적 사랑과 혼전 순결은 사회적 언설 등을 통해 더욱 광범위하게 유포되고 드디어 '성교육'이 교과 과정에 도입된다. 성교육 실시의 필요성 여부에 대한 논의는 오래 전부터 있어 왔다. 예를 들어 일제 강점기 시절인 1929년『별건곤』에는 「학교와 가정의 시급 문제: 성교육 실시 방책」이란 기획 기사(『별건곤』 4/2(19), 1929.2)가 실렸다. 여기에는 언론인과 교육인으로 구성된 7명의 필자가 각자 의견을 개진하고 있는데, 그중 동아일보의 주요한은 "성교육은 참으로 필요한 문제이고 우리 신문에도 그 문제를 취급하고 십흔 생각은 벌서부터 잇었습니다만은 아즉까지 일반사회에서 이해를 하지 못하는 까닭에 용기를 내지 못하얏습니다"라고 하며 "반듯이 학교에서" 성교육을 실시할 것을 주장했다. 또한 보성고보普成高普의 구중회 교사도 가정과 학교에서 "춘기발동 전에" 성교육을 실시해야 함을 주장하였다. 그러나 중외일보사의 이상협, 불교전수교佛教傳受校의 김법린, 중동교의 최규동 등은 신중한 입장을 취하며 "가정에서 이약이(이야기)로 시작하거나 서적으로 먼저 가르치는 것"을 제안하였다. 한편 진명여고의 남상찬은 "여학교에서 성교육을 식힌다하면 당장에 퇴학청구서를 써가지고 그 부모가 학생을 데리고 와서 곳 야단이 날 것"이라며 '성교육은 시기상조'라는 입장을 보였고, 이화여고보의 안형중 역시 "청년남녀가 기혈과 감정을 자제하지 못한 결과 일생을 비참한 함정에 빠지게 되는 것은 대개 이 성에 대한 지식과 이성을 비판하지 못하는 까닭이다. 결국 성교육이 업는 까닭"이라며 성교육의 필요성은 인정하나 아직 "시기상조"라는 입장을 취하고 있다.

그런데 당시 7명의 필자들이 이해하고 있는 '성교육' 내용이란 남녀 생식기, 여성 생리, 임신과 성병 등의 위험을 가르쳐 '춘기의 성정을 통제해 풍기문란이나 맹목적 연애 등을 막아 고상한 인격자로 만들고 결혼에 대한 이해와 남녀의 지위나 본분을 알린다'로 요약할 수 있다. 즉 성교육 실시 찬성파도, 시기상조라 우려하는 반대파도, 학교가 아닌 가정에서 먼저 시작하자는 온건파도 '성'을 사회 및 가정의 질서를 지키거나 파괴하거나 가정의 본분을 지키는 일과 결부해 이해하는 선상에 있었다. 바야흐로 '성'을 사회와 가정의 안전과 결부된 것으로 보는 근대의 성의 정치가 시작된 것이다. 다음은 각각 '찬성', '반대', '온건'파 의견이다.

> 구중회(찬성파, 보성고보, "춘기발동 전에"): 生의 눈이 뜨고 정의 싹이 트는 춘정기에 이 성에 대한 이해가 업기 때문에 희망을 두엇든 압길이 캄캄해지고 일생의 파멸을 사는 일이 얼마나 만습닛가. … 춘기발동기 즉전부터 이에 대한 지식을 너허주고 … 혹은 '有田뜨락크상회'에 만드러 노흔 성병의 표본가튼 것을 보혀주며 성의 대한 것을 알여주는 한편으로 그러한 무서운 것도 보혀서 그 설명을 간단히 하여 어려서부터라도 심상하게 넉이도록하고 성욕의 발동기에 가서도 함부로 감정의 지배를 밧지 안토록 이해를 가진 한편 그에 대한 일조 **공포심**도 갓게하며 자제하는 마음을 가지게 할 것입니다. … 어느 교육연구가는 중학교교육은 手淫을 하지 안케만 가르키면 족하다고 했습니다. 좀 과한 말 갓지만 대단히 절실한 말입니다. (같은 글: 54~56, 이하 강조 필자 표시)

> 안형중(반대파, 이화여고보, "시기상조"): 남녀교제가 더우기 빈

다하여 질 것은 사실이오 그에 대한 폐단도 늘어갈 것이 사실이나 청년남녀가 기혈과 감정을 자제하지 못한 결과 일생을 비참한 함정에 빠지게 되는 것은 대개 이 성에 대한 지식과 이성을 비판하지 못하는 까닭이다. 결국 성교육이 업는 까닭이다. (같은 글: 58)

최규동(온건파, 중동교, "가정으로부터"): … 나는 늘 내 시간을 이용하여서 결혼 기에 잇는 상급학생에게는 결혼에 대한 이해와 남녀의 지위나 본분에 대하야 늘 이약이를 하여 줍니다. 그리고 집에서도 아즉 딸아희에게는 일러준 일이 업스나 아들에게는 틈틈히 결혼에 대한 관념과 혹은 연애문제라든가 남성에 대한 이해를 하도록 말하여줍니다. 그러나 학교에 잇서서는 따로 과목을 정하야가지고 순전히 성교육시간을 작정해논는다는 것은 아즉 좀 생각할 여지가 잇지안니한가함니다. (같은 글: 60)

이와 같이 오랫동안 합일점에 이르지 못하고 있던 성교육 실시는 1960년 교과 과정에 포함된다. 하지만 '성'을 결혼의 성공과 실패 또는 화목한 가정의 조건으로 보는 관점은 전 시대와 동일하다. 이는 문교부가 밝히 성교육 실시 취지에 잘 나타나 있다.

그간 생물시간, 보건시간, 가사 시간에 중고등학교 학생은 남녀신체구조와 생리현상을 아주 어색한 분위기 아니면 서로 긴장된 분위기에서 조금씩 익혀 왔지만, 이번에는 생물학적인 교육에다 도덕적이고 사회적인 의의를 부가하여 성문란으로 인한 악폐를 방지하고 … 후일 가정생활영위에 비뚤임 없도록 미리 손쓴다는 의도에서 성교육을 실시한다. (『동아일보』 1968.7.11.)

1970년대 들어 이화여자대학교의 인간발달연구소와 대한가족협회에서 각각 초·중·고교생을 위한 성교육 교재를 출간하는데,[1] 두 교재는 각각 다른 기관에서 5년의 차이를 두고 편찬된 것이지만 성교육의 필요성과 내용에 대한 이해는 이전 시대와 큰 차이점을 보이지 않는다. 즉 성에 대한 생물학적 지식, 혼전 순결 강조, 성·임신·출산은 결혼 제도 안에서 일어나는 것이 '정상적'이라는 것을 의학 및 정신분석학을 근거로 교육하는 내용을 담고 있다. 이러한 교육을 통해 개인들은 성에 대한 지식을 습득하고, 연애 감정-사랑-약혼-결혼 그리고 성과 출산에 이르는 생애 주기를 '정상적인 것'으로 받아들이는 감정과 몸의 훈육을 경험하게 된다.

예를 들면 앞서 언급한 두 권의 교재는 "성을 숨기거나 금기의 대상으로만 삼고 있을 수 없을 만큼 우리의 상황이 크게 변하였다"(이화여자대학교 인간발달연구소 1971: 5), "성을 인정하라"(대한가족계획협회 1976)와 같은 제목을 내세워 마치 청소년들의 개방적 성 문화를 수용하는 것처럼 보이지만, 그 내용을 살펴보면 '성'을 '근대 가족' 제도 안으로의 귀속시키려는 의도가 명백히 나타난다.

성 행동에 들어가기 전에 두 사람은 결혼해야 하며, 자식을 위한 책임을 가질 수 있어야 하며, 규정연령에 도달해야 한다. 여기서는 세 가지 점을 강조하고 있는데 첫째, 결혼 전의 성 행동

---

1 이화여자대학교 인간발달연구소, 『중고교생을 위한 성교육: 계획과 실제』, 교육출판사, 1971; 대한가족계획협회, 『나하나 별하나』, 미래산업사, 1976.

〈그림 10〉 근대 핵가족 이미지를 표지 또는 내지 모델로 사용한 1970년대 성교육 교재들. 『결혼과 가족』(이화여자대학교 출판부, 상단), 『중고교생을 위한 성교육』의 표지와 내지 이미지(교육출판사, 하단)

의 부당성이고, 둘째 자식에 대한 책임이며, 셋째 일정한 연령을 규정하고 있다. 이중 최근 결혼 전의 성 행동의 부당성에 관하여 의식이 희박한 사람들이 있는데 이것은 조심해야 할 일이다. 특히 결혼을 빙자하고 성 행동을 한다는 것은 두 사람의 양심에 의해서 억제되어야 할 일이다. (이화여자대학교 인간발달연구소 1971: 211)

결혼을 통하여 싹튼 남녀 간의 사랑을 소중히 여기고 또한 생활 속에서 새로운 사랑을 창조할 수 있는 것이기 때문이다. …
우리의 성 생활을 이러한 사회의 테두리 안에서 지켜야 할 변함없는 가
치관이 따로이 있는 것이며 외국의 어떤 풍조와도 바꿀 수 없
는 생활의 기준이 있는 것이다. (대한가족계획협회 1976: 133)

이와 같이 사실혼과 소실의 존재까지 인정하던 1960년대 결
혼 제도 밖의 성과 출산은 1970년대로 접어들어 근대 가족 안으
로 들어왔다. 즉 '결혼-성-출산'의 과정은 개인들의 정상적 생애
주기로 자리 잡기 시작한 것이다.

3) '성모럴'과 '성역할'로 지은 집, 근대의 '가정'과 그 균열

1970년대를 통해 사실혼과 소실의 존재는 가정의 정의에서 사
라지고, 순결을 전제로 맺어진 일부일처제 법률혼이 점차 제도
적으로 정착되어 간다. 1980년대에 들어 이러한 가족의 모습은
'민주 가족'을 표방하며 우리 사회에서 온전한 '정상성'을 획득
하게 된다. 하지만 '부부 중심'의 민주 가족이란 친권에 있어서는
'부' 우선 원칙을 고수하고, 성에 있어서는 여성의 순결만을 전제
하고, 부계/남성 중심 이념의 산물이었다.

가령 1977년 「민법」 개정을 통해 미성년자에 대한 친권은 기
존 "부가 행사한다"에서 "부부 공동에게 있다"로 개정되었으나,
"단, 부모의 의견이 일치하지 아니하는 경우에는 부가 행사한
다"(「민법」 909조)라는 단서를 달아 친권의 '부' 우선 원칙을 지
지한다. 또한 "계모자관계로 인한 친계와 촌수, 전처의 출생자와
계모 및 그 혈족, 인척사이의 친계와 촌수는 출생자와 동일한 것
으로 본다"(「민법」 773조), "혼인 외의 출생자의 부의 배우자 및
그 혈족, 인척 사이의 친계와 촌수는 그 배우자의 출생자와 동일

한 것으로 본다"(「민법」774조)와 같은 규정들은 전처 및 혼외 관계에서 발생한 자녀의 친족 관계를 모두 부계로 수렴한다.

이러한 부계 중심의 법 규정들이 사회적으로 문제시되기 시작한 것은 1984년 여성계가 「유엔여성차별철폐협약」 정부 서명을 앞두고 전국적으로 연합해 가족법 개정을 위한 여성연합회를 발족하고 가족법의 봉건적 잔재 청산을 요구하면서부터이다. 당시 한국여성단체협의회 소속 25개 단체와 기타 30여 개 단체들은 '친족 범위를 부계 및 모계 평등하게 할 것', '호주제 폐지', '동성동본금혼 폐지', '적모와 서자' 관계 및 '계모와 적자' 사이에 모자 관계가 자동으로 성립하는 것 등에 대한 폐지를 요구하였다(『동아일보』 1984.7.20.). 이러한 가족법 개정에 대한 공감대는 사회 저변으로 확산되었으나 법 개정 자체는 1990년에 들어서야 이루어진다.[2] 따라서 1980년대는 부부간 배타적 사랑에 기초한 평등하고 민주적 가족의 모습을 표방하면서 법적으로는 부계 중심이라는 모순을 안고 있던 시대라고 할 수 있다.

이러한 모순 속에 1980년대 성에 대한 언설과 지식은 전 시대에 비해 더욱 넘쳐났다. 하지만 '성'을 성역할에 기초한 '가정'을 완성시키는 성윤리 및 성도덕으로 갈무리하려는 경향은 이전 세대와 다름없었다. 가령 1989년 서울특별시교육연구원의 기관지(1989)에는 "성교육의 새로운 방향"에 관한 전문가들의 특집 기고[3]가 실렸는데, 그 내용을 보면 각각의 전문가들이 사용하

2　1990년 1월 13일 자로 친족의 범위를 혈족의 경우는 부계 또는 모계혈족 구분 없이 각 8촌 이내로 하였으며, 법정친자관계로서의 계모자관계, 적모서자관계를 폐지하였다.

3　서울특별시교육연구원이 출판한 『수도교육』이며, 이 잡지 114호에 정동철(1989.9.)의 「성교육의 새로운 방향」, 김영의(1989.9.)의 「고등학교에서

는 용어에는 차별성이 있지만 핵심은 전 세대와 동일하다. 즉 여전히 '성'은 "정절, 성별 역할에 대한 기대, 통제하고 억제해야 할 가치"로서 교육되었다. 또한 연애-약혼-결혼-성관계-임신-출산-양육이라는 생애 과정을 '정상' 또는 '행복'으로 표방하고, 이 과정 중 한 가지가 누락되거나, 절차가 뒤바뀌거나, 달성되지 않을 경우 '실패' 또는 '도덕적 결함'이라는 관점을 공유한다.

이와 같이 '성'을 '성모럴'화해 근대 가족의 영역으로 견인한 뒤 '성역할'이란 규범을 덧씌워 통제하는 작업은 1980년대 유행했던 '결혼예비학교', '신부교실', '규수반' 등을 통해 일반 대중에게 확산되어 간다. 일찍이 1960년대 후반부터 '주부교실'이란 이름의 교육은 일반 여성 대중을 대상으로 실시되고 있었다. 가령 1967년 서울시는 시민의 교양과 시민 의식 고취를 위해 시민대학을 열어 종교, 문학, 심리학 등을 강의하고 "생활과학은 시민 및 기술자"를 대상으로 한 반면 "가정 강좌는 여성"에 한해 강의를 실시했고(『매일경제』 1967.3.20.), 같은 해 YWCA는 가정대학을 열어 고등학교 졸업 이상의 학력을 가진 여성을 대상으로 종교, 문학, 심리학 및 에티켓, 가정공예, 수예 등의 교육을 실시하는(『동아일보』 1967.4.12.) 등 일반 대중을 상대로 한 가정의 젠더화 교육은 그 전 세대에도 존재했다. 하지만 1970년대에 들어서면 교양의 일환으로 일반 여성 대중을 위해 실시된 '가정강좌'는 결혼을 앞둔 여성들만을 대상으로 '신부교실' 또는 '규수반' 등이라는 이름으로 특화된다. 예를 들면 1972년 시민대학의 '신부교실'(『경향신문』 1972.2.22.), 1977년 전국주부교실 중앙회의 '예비신부 및 여대생을 대상으로 한 규수반'(『매일경제』 1977.6.4.)뿐

의 성교육 방향」과 같은 글이 실려 있다.

아니라 같은 해 '여성문제연구회'는 '신부 수업'을 목적으로 한국 여성의 집을 개관하고 예의범절, 차도, 향토 요리를 가르치는 '신부교실' 신청자를 모집했다(『경향신문』 1977.9.1.). 한편 1970년 '규수교실'을 연 YWCA(『동아일보』 1970.9.8.)는, 1979년 '규수학당'으로 개칭하고 교육 과정을 2~3개월로 단축했다(『동아일보』 1985.4.5.).

1980년대에 들어서면 '신부교실' 강의 경쟁은 더욱 심해지는데 일부에서는 연예인까지 동원하며 상업성을 띠게 된다(같은 기사). "'여성 안보세미나', '여성 충효대회' 등을 열며 여성의 소양과 지도적 역할을 위해 1974년 발족한 예지원"(『경향신문』 1975.9.15.)도 1983년 혼인을 앞둔 여성들 만을 대상으로 한 규수반을 신설(『매일경제』 1983.8.24.)했다. 1985년 현재 "예비신부를 위한 결혼 강좌를 실시하고 있는 기관은 서울 YWCA의 '규수학당', 주부클럽의 '사임당학당', 예지원의 '규수반', 운정문화센터의 '신부대학', 호텔신라의 '레이디스 서클' 등 10여 곳 안팎이며, 이들 기관에서는 결혼을 앞둔 여성들을 대상으로 요리, 혼례 준비, 가족관계, 생활 예절 교육, 가정의학, 대화법 등을 가르치고 수강하려는 예비 주부들로 수강 붐" 현상을 일으켰다.

"조강지처, 가정부, 가정교사, 비서의 역할을 다 해 주는 여자를 남자들은 좋아하지요." "남자들은 먹는 걸 굉장히 중요하게 생각해요. 여기 오신 여러분 중에 밥을 한 번도 안 해 본 사람도 있겠지만, 자신 있게 만들 줄 아는 요리 몇 가지는 가지고 있어야 해요. 그래야 사랑받아요." (『동아일보』 1985.4.5.)

이러한 '신부교실'의 확산과 일반 대중의 호응은 1980년대 자본주의 경제의 급격한 성장과 맞물려 성역할에 기반한 중산층 핵가족에 대한 열망 역시 정점에 달했음을 보여 준다. 결혼을 앞둔 여성의 교양으로 시작된 신부교실은 이제 결혼의 필요조건이 되었으며 더 나아가 "상류층의 새로운 결혼 조건"(『매일경제』 1985.9.5.)으로 등장하기까지 했다. 바야흐로 1980년대 지식의 영역에서는 '순결-결혼-출산'이 정상적 생애 주기로 교육되고 있었고, 일상의 영역에서는 결혼 전 모든 여성을 '신부화'하는 신부교실 등의 범람 속에 당시 여성들은 포획되어 있었다. 이러한 가운데 비혼 여성들에게는 결혼 외의 다른 삶의 선택지가 거의 없었다. 행복의 표상인 '근대 가족' 안으로 진입하기 위해 결혼을 선택하거나 선택해야 했으며, 행복한 결혼을 위해 '순결'해야 했다. 당시 '순결'을 포장하기 위해 "일부 유명 산부인과에는 처녀의 표지를 재생하려는 사람들로 붐비는"(『매일경제』 1985.1.16.) 풍속을 낳은 것도 우연이 아니었다.

하지만 1980년대 후반부터 일반 대중들 사이에서 혼전 성 개방에 대한 수용적 태도는 확산되어 가는 분위기였다. 예를 들면 1973년 서울대, 연대, 고대, 단국대 4개 대학생 106명을 대상으로 한 성에 대한 인식 조사에서 남녀 대학생 68.6%가 '정조를 꼭 지켜야 한다', 12.4%가 '서로 믿으면 허락해도 된다'고 나타났으나(『매일경제』 1973.5.7.), 1989년 서울 거주 미혼 남녀 대학생 80명을 대상으로 한 조사에서는 '사랑한다면 혼전 성관계가 무방하다'는 인식이 남자 73%, 여자 52%로 조사되었다(『동아일보』 1989.12.19.). 이러한 조사는 1980년대 후반으로 갈수록 혼전순결에 대한 생각이 점차 개방적으로 변화했음을 보여 준다. 그럼에도 불구하고 여성의 혼전 관계가 부부 갈등을 일으키는 사례 등은 여전히 존재했다. 가령 제주 여성의 전화에서 1988년 1월에서

9월까지 신혼부부 282명을 대상으로 한 상담 결과에 따르면, 이 중 38%가 "처녀성을 의심하며 밤새도록 남자관계를 추궁당했다", "신랑이 서로 과거를 고백하고 새출발하자고 해서 중3 때 성 피해 사실 말하자 구타했다"는 등 여성의 순결 문제로 인한 부부 갈등을 경험한 것으로 나타났다(『한겨레』 1989.9.24.).

이처럼 성에 대한 인식의 변화가 아직 현실의 변화를 이끌어 내지는 못하고 있었지만, 조금씩 변화하는 성에 대한 인식과 전 시대보다 더욱 다양해지고 활발해진 여성 단체의 활동은 성윤리와 성역할로 지은 근대의 '집'에 작은 균열들을 만들기 시작한다. 1980년대 등장한 여성 단체를 보면, 1983년 사무직 여성, 중산층 주부, 노동 여성의 권익을 위한 여성평우회가 창립되었으며, 같은 해 매 맞는 여성 문제를 해결하기 위한 여성의 전화가 개통되었고, 여성 해방 이론의 실제를 체계화하고 시각을 정립하기 위한 한국여성학회가 조직되었다(『동아일보』 1989.12.6.). 또한 1984년 "남녀가 진정으로 벗으로 협력하고 아이들이 성적 불평등이나 고정관념에서 벗어나 자유롭게 자랄 수 있는 방법들을 모색하려는 여성들 모임인 또 하나의 문화가 등장하여 한 남자의 마음에 들거나, 남자들보다 뛰어나야 살 수 있는 여성"이 놓인 삶의 조건들을 변화시키기 위한 문화운동을 시작했다(『동아일보』 1984.12.11.).

한편, 1985년 사회적으로 큰 파문을 일으킨 '이경숙 사건'은 여성의 삶의 선택지를 취업-퇴사-결혼-가정이라는 단일성으로 규정하려는 것에 대한 부정의함을 사회적으로 알리는 계기가 되었다. 이 사건은 이경숙 씨가 교통사고를 당해 택시 회사에 손해배상을 청구했는데 재판부가 여성 정년을 평균 결혼 연령인 25세로 보고, 26세 이후 가사노동 일당을 4천 원으로 계산해 보상금을 지급하라고 판결한 것에 각 여성 단체가 여성 조기 정년 철폐 운동을 벌여 결국 1986년 미혼 여성의 정년은 55세라는 판결로 마무리되고, 결과적으로 여성들의 결혼 퇴직제가 사실상 없어지게 된 계기가 되었던 사건(『동아일보』 1989.12.4.)이다. 이어 1987년대 후반 민주화 영역에서 소외된 여성의 문제를 개선하기 위한 여성민우회가 창단되어 "여성 스스로가 직장을 결혼 전 임시로 거쳐 가는 곳이라는 생각을 버리고 주체적 삶을 살아야 함을 교육하기 시작"(『경향신문』 1987.12.19.)했으며, 같은 해 혼인·임신·출산이 퇴직 사유가 되는 근로계약 금지 등의 내용을 포함한 남녀고용평등법이 제정되었다. 또한 1930년대 일시적으로 진행되었다 중단된 '한국여성대회'가 1986년 20개 여성 단체에 의해 50년 만에 열리는 등(『동아일보』 1986.3.10.), 가정과 사회의 성평등을 달성하기 위해 인식 및 제도를 변화시키려는 시도가 활발히 이루어졌다. 하지만 이러한 시도들이 현실화되기에 1980년대 성윤리와 성역할의 벽은 여전히 견고했다. 남녀고용평등법의 실효성은 어둡게 전망되고 있었고(『동아일보』 1989.12.4.), 1980년대 후반까지 가족법 개정은 국회 법사위에 계류 중이었으며, 당시 인기리에 방영된 드라마를 통해 "여성들은 대외적인 활동보다 집안일을 더욱 중시해야 한다는 방향으로 여권의 한계를 긋고 끝을 맺어 시청자들의 공감을 자아내고, … 일부 선진국에서처럼 '여성은 해방되고 가정은 파괴'되는 우를 우리는 결코 범해서는 안 된다"(『경향신문』 1986.8.26.)는 성역할을 신성시하는 메시지가 지속적으로 생산·유통되고 있었다.

이렇듯 1980년대는 성과 사랑 그리고 가족에 있어서 한마디로 '평등'과 '차별'이 공존한 모순의 시대로 요약할 수 있을 것이다. 현실적으로는 사랑이 전제된 성관계에 대한 수용성은 점차 높아지고 그에 따라 결혼 전 임신의 가능성은 이전 시대에 비해 높아졌다. 그리고 '성'과 '가정'의 평등에 대한 사회적 요구는 높아지고 있었지만 '근대의 집'은 순결, 성역할 및 아버지 중심의 법이란 제도에 지지를 받고 있었다. 이러한 사회적 맥락에서 결혼 전 임신을 하거나 출산을 경험한 여성이 만약 자녀의 생부와 다양한 이유에서 결혼을 할 수 없는 상황에 놓였다면 어떤 선택을 할 수 있었을까? 부의 인지 없이 한부모 가정으로서 자녀와 함께 가정을 꾸려 사회의 일원으로 사는 것이 거의 불가능했음은 쉽게 짐작할 수 있다. 또한 과거 사실혼 관계, 소실 관계까지 모두 부계 가족의 일원으로 보던 가족의 범위가 부부간의 배타적 성관계를 전제로 한 일부일처제로 축소됨에 따라 자녀의 생부가 이미 자신의 가족을 구성하고 있는 상황이라면 혼인 외 관계에서 생긴 자녀를 인지하고 양육을 책임질 가능성은 전 시대에 비해 더욱 낮아졌음도 또한 쉽게 짐작할 수 있다. 즉 결혼 제도 밖에서 태어난 자녀가 사생아가 될 가능성, 그리고 그 자녀와 어머니 모두에게 사회로부터 부여된 '비정상'의 낙인이 찍힐 가능성은 더욱 높아졌다고 볼 수 있다. 바로 이러한 지점에 입양이 '구제'와 '구원', 사회의 '정상상' 회복이라는 담론으로 더욱 활발하게 개입하게 되는 것이다. 그 결과 1980년대 미혼모 자녀의 국내외 입양은 1970년대 26,702건에서 1980년대 66,849건으로 거의 150%의 놀라운 증가를 가져왔다. 이 시기 '미혼모'는 더 이상 '어머니'가 아닌 '불우 여성'으로 범주화되며 모성의 경계 밖으로 추방된다. '불우 여성'이 된 미혼 어머니는 더 이상 자신의 어머니됨을 인정받지 못한 상태에서 자녀를 입양으로 포기하게 된다. 이로써 사회가 인정하는 '정상성'을 회복하고 근대의 '가정'에 진입하기 위한 자격을 획득하도록 종용하던 것이 이 시대 젠더 정치였다. 그렇다면 서구의 사회사업학은 어떠한 경로로 어떻게 한국 사회에 들어와 어떤 가치에 기반해 엄연히 어머니가 있는 아동들에게 고아의 신분을 부여하고 이들을 대거 비혈연 가족 관계 안으로 이동시켰는지 살펴보겠다.

2. 서구 사회사업학의 실천과 '미혼모' 자녀의 고아 만들기

1) '키드나이 플랜'과 CHSM

우리나라에 근대적 사회사업이 유입된 것은 일제 강점기라고 할 수 있지만,[4] 대학에 사회사업학과가 개설되며 본격적으로 교육되기 시작한 것은 해방 후이다. 미군정청이 해방으로 귀국한 귀환 동포들과 분단으로 월남한 월남 동포들, 식민 지배의 여파로 핍진한 생을 이어 가던 많은 토착 빈궁민들에 대해 응급 구호를 제공하면서 미국식 사회사업의 필요성이 인식되기 시작했다(서울대학교 사회복지학과 50년사 편찬위원회 2009: 20). 이미 제1차 세계대전 이래 군대에 사회복지사social worker를 배치했던 미군의 방식에 따라 1945년 이후 3년여 동안 시행된 주한미군정 시기에 몇 명의 미국 사회사업가들이 활동하고 있었다. 미군정 기간 동안 이들은 한국에서 응급 구호 사업 이외에 보다 체계적인 사회사업이 필요하다는 판단하에 이화여자대학에서 야간 강좌 형식으로 사회사업에 관한 강좌를 개설하게 된다. 이를 계기로 1947년에 기독교사회사업학과가 이화여자대학교에 설치되어 사회사업에 관한 대학 교육이 시작되었다. 또 1953년에는

---

4   일제 강점기 사회사업 내용의 상세는 전북대학교 산학협력단(2007.12.)을 참조할 것.

YMCA연맹의 후원으로 중앙신학교(현 강남대학교의 전신)에 사회사업학과가 설치되었고, 1956년에는 대구에 한국사회사업학교(현 대구대학교의 전신)가 설립되었다(같은 글: 22-23).

하지만 이화여대의 경우 "기독교학 과목을 더 많이 설치하여 교양인을 길러 내는 것"(이화여자대학교 사회복지학과 50년사 편찬위원회 1997: 43)이 목적이었으며 "여타 대학도 학문으로서 사회사업의 체계는 갖추어지지 않았던 것으로 보인다"(서울대학교 사회복지학과 2009: 22-23). 따라서 본격적인 근대적 학문으로서 사회과학을 표방한 사회사업학이 우리나라에 도입된 것은 서울대학교에 사회사업학과가 설치된 이후이고, 이후 서울대 사회사업학과가 가르쳤던 학문적 이론과 이에 의해 훈련받는 전문 인력들이 우리나라 사회복지의 방향과 성격 그리고 틀을 잡는 데 중심적인 역할을 했다는 견해[5]는 타당한 것으로 보인다.

서울대학교에 사회사업학과가 설립된 배경은 한국전쟁 후 해외 원조 기관 중 하나였던 유니테리언연합회Unitarian Service Committee의 전후 복구 활동과 긴밀한 관계를 갖는다. USC는 UN의 초청으로 1952년에 한국에 들어와 1955년 5월 2일자로 보건사회부에 외원 기관으로 등록했고(등록번호 73번), 1958년 8월

---

5 『서울대사회복지학과 50년사』에서는 서울대 사회복지학과 창립멤버 3인이 미국 미네소타대학에서 사회사업 석사학위 취득 후 한국으로 돌아온 것을 "이들의 귀국은 서울대학교 사회복지학과뿐 아니라 한국사회복지 교육전체에 중요한 영향을 미치게 되는 사건"(서울대학교 사회복지학과 2009: 23)이었는데 "현재의 한국사회복지협의회, 한국사회복지교육협의회, 한국사회복지사협회 등 대표적인 조직들이 본 학과의 교수 및 동문들의 손으로 만들어지고 성장해온 조직이며 또한 사회복지 교육현장과 실천 현장에 나간 동문들의 활동을 통해 한국 사회복지의 성장이 이루어졌기 때문"(같은 책: 26)이라고 기록하고 있다.

에는 외국민간원조단체한국연합회(KAVA: Korea Association of Voluntary Agencies)에 가입했다. USC는 한국전쟁으로 황폐화된 한국 사회의 재건과 발전을 위해 사회사업가를 교육할 방법을 모색하기 위해 미네소타대학 사회사업대학원 원장인 키드나이 존Kidneigh John 박사를 파견했다(같은 책: 255). 키드나이 박사는 한국에 본격적인 사회사업학이 존재하지 않는다고 판단하고 한국에 사회사업학과를 설립할 필요성을 USC에 보고했다. 이후 그는 한국에 있는 각 대학에 접촉해 사회사업학과 설립 가능성을 타진한다. 당시 보건사회부 박술음 장관은 고려대학교나 연세대학교가 적절할 것이라 추천했으나 고려대학교 유진오 총장으로부터는 긍정적 대답을 듣지 못했고, 연세대학교 백낙준 총장은 신학부에 사회사업학과를 설치하려 했고 키드나이 박사는 신학부로부터 독립된 학과 설치가 필요하다고 주장해 둘 사이의 의견이 좁혀지지 않아 무산되었다. 이후 키드나이 박사는 서울대학교 최규남 총장을 만나 사회사업학과 신설에 대한 의견에 합의하고 구체적 계획을 착수하게 되었는데 이는 '키드나이 플랜'이라 명명되었다. 키드나이 플랜에는 교과 과정의 개요 및 교수 요원을 선발해 미국에 유학시키는 내용이 포함되어 있었다. 그리고 이 모든 비용은 USC가 지불하는 것이었다(같은 책: 256).

교수 요원 선발 조건과 선발된 자들에 대한 대우는 "사회사업 또는 사회지원서비스 등에 대한 직무 경험이 있을 것, (선발된 자는) 미국의 사회사업대학에서 1955년 3월 1일부터 1957년 7월까지 사회사업에 관한 학습과정을 이수하고 귀국 후 서울대학교의 교수진으로 임명되고 그에 알맞은 봉급을 받는다"와 같이 되어 있었고, 이러한 조건에 합당하다고 판단된 하상락, 김학묵, 백근칠 3인이 선발되었다(같은 책: 260). 이들은 미네소타 대학에서 사회사업 석사 과정을 취득하고 1957년 귀국, 1958년 서울대학교 사회사업학 대학원 과정을 설치해 조교수 및 대우 전임 강사로 후학을 가르친다. 이듬해 1959년 사회사업학과 학부 과정에 10명의 신입생이 입학했다.[6]

이후 사회사업학과 창립 주요 3인은 각각 교수로 취임하거나, 아동 입양 현장으로 나가 활발한 활동을 펼친다. 하상락은 서울대 교수로, 입양 현장으로 나간 백근칠은 1964년 "홀트아동복지재단에 필적할 토종입양기관"[7]을 만들겠다는 취지로 한국사회봉사회를 설립해 아동 입양 사업의 중심에서 활동하고, 김학묵은 1960년 보건사회부 차관으로 임명되어 서울대 사회사업학과를 설립한 초기 3인은 사회사업 학문과 실천 분야의 주요 지점에 두루 배치된다. 1960년 서울대학교 사회사업대학원 석사 1호가 배출되고 이후 사회사업을 공부하는 많은 인재들은 미네소타대학 및 미국의 다양한 대학에 유학하며 당시 미국 사회를 풍미하던 사회복지학을 배워 국내에 전수한다. 1980년대까지 실시된 서울대의 사회복지에 대한 이해 및 교육 내용은 "미국식 전문사회사업으로서의 성격을 유지하고 있었던 것"(서울대학교 사회사업학과 2009: 285)으로 평가되고 있다.

특히 사회사업학과의 지적 전통에 있어서 미네소타대학의 사회사업학과 교육 내용이 그대로 서울대학교 사회사업학과 창

---

6 1기 모집에 경쟁률은 12:1로 상당히 높은 편이었고 1기 졸업생 전원은 이후 방향을 바꾼 사람도 있지만 대부분 교수 및 사회복지프로그램 책임자로 활동했다(서울대학교 사회복지학과 2009, 385).

7 『뉴시스』(2013.3.18.), "[뉴시스아이즈] 정구훈 자광재단이사장 혈세 아끼려면 '맞춤형 복지' 펼쳐…"

립 인원 3인에 의해 국내에 이식되었음은 매우 의미 있다.[8] 미네소타대학이 있는 미네소타주는 "미국에 입양된 한국 아동의 10%에 해당하는 약 1만 명이 입양된 주로 한국입양인 사회가 형성"[9]되어 있을 정도로 입양을 보내는 나라Placing Country와 입양하는 나라Adoptive Country로서의 긴밀한 관계를 가지고 있는 지역이다. 그리고 그 중심에는 CHSFAChildren's Home Society and Family Service[10]라는 미네소타주 사회복지기관이 있다. 설립자인 에드워드 세비지Edward P. Savage 목사는 1886년 "'부모 잃은 고아들은 새 부모를 만나 가정에서 키워져야 한다'며 호소하고 다니던 미국의 아동운동가 데일리의 연설을 들었다".[11] 이 강연을 들은 후 세비지 목사는 1889년 미네소타대학 원장을 대표로 초대해 아동입양 기관을 설립하게 된다. 설립 후 CHSM은 입양 절차를 합법

8 미네소타대학 유학 3인은 1955년부터 1957년까지 미네소타대학 사회사업대학원에서 당시 미국 사회사업학계에서 설정된 사회사업 5대 기본 방법을 배웠는데, 이는 각각 ① 사회개별지도사업Social Casework, ② 사회집단지도사업Social Group Work, ③ 지역사회조직사업Community Organization, ④ 사회사업시설운영, ⑤ 사회사업조사Social Work Research로 서울대학교 사회사업학과를 비롯한 한국의 모든 사회사업학과 교과 과정들에서 핵심 영역을 이루고 있다(서울대학교 사회사업학과: 2009, 264-265).

9 최영호(보건복지부 가정·아동복지과 행정사무관) 작성, 「제4회 한미 입양인 및 입양가족회의(KANN) 참가보고서: 2002.7.26.~7.28., 미국 미네소타주」 인용.

10 설립 당시 기관명은 Children's Aid Society of Minnesota였다. 1896년 Children's Home Society of Minnesota로 변경 후 백 년 가까이 이 이름을 유지하다 2004년 현재 이름인 Children's Home Society and Family Service로 다시 변경했다(Social Welfare History Archives 홈페이지의 "Children's Home Society of Minnesota 기록편" 참조). 여기서는 이 기관이 백 년 이상 사용한 이름인 Children's Home Society of Minnesota의 약자 CHSM을 사용한다.

11 『동아일보』(1989.10.5.), "고아들도 행복 누릴 권리 있어요. 한국 어린이 3천 명 이산 입양 주선".

화하기 위해 노력했는데, 그 결과 1907년 입양 가능한 아동의 나이를 10세에서 14세로 연장했으며, 친생부모가 법정에 출두하지 않아도 기관의 권한하에 아동이 입양될 수 있는 법적 근거를 마련했다. 이로써 더 많은 아동들이 보다 간소화된 절차에 의해 입양될 수 있게 되었다. 이후 1950년대에 이르기까지 사회사업 훈련을 받은 전문 인력이 기존 인력을 대체하며 입양 기관으로의 전문성도 갖추었다. 초기에는 입양 전 아동들을 돌보기 위한 탁아 시설도 운영했지만, 1948년 입양될 아이와 양부모는 되도록 빨리 한 가족으로 합쳐져야 한다는 믿음에 따라 가능한 한 어린 유아만을 받아들이기로 하고 모든 탁아 시설을 폐쇄했다. 그리고 1950년 해외로부터 아동들을 미국 내 '가정'으로 입양해 오기 위해 'Baby from Abroad'라는 프로그램을 시작한다. 처음에는 독일에서 아동들을 데려왔고, 1967년에는 최초로 한국에서 아이들을 데려왔다. 이후[12] 동방사회복지회와 연계되며 미국에서 가장 많은 한국 아동을 입양하는 결과를 가져왔다.[13]

기록에 따르면, 1969년 로저 투굿Roger W. Toogood이 대표가 되면서 기관의 활동은 "입양을 넘어선 서비스들, 즉 지원이 필요한 가족 대상 서비스, 데이케어 센터, 가정학대 피해자를 위한 프로그램을 실시하며 지속가능한 안전, 사랑이 넘치는 가족, 개인성장을 위한 기회제공 등으로 진화되었다"[14]고 하지만, 오늘날의

---

12 동방사회복지회의 전신인 한국기독교십자군연맹이 1971년에 설립된 것으로 미루어 동방사회복지회가 CHSM과 연계되어 입양을 보내기 시작한 것은 1970년대 이후로 추측된다.

13 Social Welfare History Archives 홈페이지의 "Children's Home Society of Minnesota 기록편" 참조.

14 같은 글.

Children's Home Society and Family Service의 주요 활동 역시 국제 입양, 국내 입양, 입양 사후 서비스, 입양 사전 교육, 입양부모 모임, 입양 대기 부모 모임 등을 중심으로 하고 있어 미국 내 취약한 가족을 지원하는 성격보다는 취약한 국내외 가정 아동을 그들의 가정으로부터 미국 내 '사랑이 충만한 가족'loving family으로 입양시키는 것을 우선으로 하는 입양 중심 아동복지를 실천하는 기관으로서 전통을 유지하고 있는 것으로 보인다. 2013년 현재 기관 홈페이지에 소개되어 있는 해외 입양에 대한 "우리의 철학"Our Philosophies은 다음과 같다.

CHSM은 120년이 넘는 기간 동안 입양에 있어서 선두적이며 개혁적 위치에 있었다. 우리는 모든 아동이 안전, 기회, 항상성 및 사랑에 넘치는 가족을 가질 권리를 가지고 있다고 믿고 있다. 아동들이 친생부모나 자신이 태어난 국가에 그대로 남아 자라도록 지원하는 것이 성공적이지 않았음을 우리는 경험을 통해 배웠다. 해외 입양은 시설 보호를 피할 수 있는 가장 필수적인 선택이다.

하지만 2018년 현재 홈페이지는 개편되어 〈그림 11〉의 화면은 사라지고, '우리의 철학' 내용 역시 "아동은 그들이 태어난 가족, 친족, 공동체, 국가에서 가능한 한 보호를 받고 해외 입양은 마지막 선택지"라는 내용으로 변경되었다(〈그림 12〉). 이러한 변화는 늦었지만 「헤이그 국제 아동 입양 협약」[15]에 영향을 받아

---

15 헤이그국제사법회의에서 1993년 5월 채택하고 1995년 5월 발효한 협약으로 "원가족 내 아동 보호에 대한 모든 조치를 취할 것을 최우선으로 하

〈그림 11〉 Children's Home Society and Family Service, 2013년 9
월 현재 홈페이지 화면

향후 변화의 가능성을 예고하는 것이겠으나, 여전히 세부 사업
으로 '영아 입양', '해외 입양', '입양 지원' 등을 실시하고 있어 '입
양'은 이 기관의 중심 사업 중 하나임에는 변화가 없는 것으로 보
인다.

이상에서 살펴본 바와 같이 미네소타주는 우리나라 초기 사
회복지의 틀을 만드는 데 있어 핵심이 된 지식 제공처였을 뿐 아
니라, 지식 실천의 장으로서도 중요한 역할을 한 곳이다. 1950년
대 '키드나이 플랜'을 통해 미네소타대학으로부터 들여온 미국
식 사회사업학이 서울대학교에 의해 학제화되고 전문 인력을 배
출하기 시작하던 것과 비슷한 시기, 이화여자대학교도 1958년

고, 자국 내 가정을 찾을 수 없을 경우 해외 입양을 고려"할 것을 명시하
고 있다.

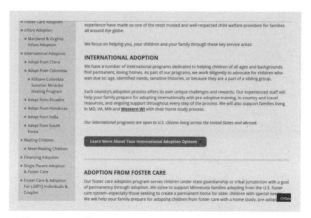

〈그림 12〉 Children's Home Society and Family Service, 2018년 12월
현재 홈페이지

기존의 기독교사회사업과에서 기독교 교육을 분리시킨 후 사회
사업학과로 명칭을 변경하며 사회과학적 측면을 부각시켰다. 1
기 졸업생이 미국 콜롬비아대학에서 사회사업학 박사를 받고
교수로 임명되는 등 미국에서 학위를 한 교수들로 속속 충원된
다.[16] 이 밖에도 1960년대 들어 1961년 한국사회사업대학(현 대
구대학), 1961년 중앙대학교, 1964년 성심여자대학교, 1968년 서
울여자대학교, 1969년 부산대학교 및 숭실대학교에 사회사업학
과가 설치되는데, 이곳의 교육 역시 미국식 사회사업의 영향을
강하게 받은 것이었다(남찬섭 2005: 58). 그리고 이들이 당시 미
혼 모성을 이해하고 접근하는 방식은, 앞서 언급했던 1950년대

---

16 『경향신문』(1975.11.27.), "대학선택, 어디로 갈 것인가〈11〉 인문, 사회계
열(6) 사회사업학과"에 따르면 1975년 당시 교수진은 "오하이오 주립대,
조지어대, 스커릿대" 등에서 학위를 받은 것으로 나타난다.

서구의 사회사업학, 즉 '미혼모'를 '병리적 모성'으로 규정하고 그들의 아이를 아이가 없는 중산층 가정으로 보냄으로써 '미혼모'의 '병적 모성'을 치유한 뒤 '정상인'으로 사회에 복귀시키고, 아이가 없는 가정에 아이를 만들어 줌으로써 가정의 '정상성'을 회복시킨 '베이비 스쿱 시대'의 실천적 지식에 기초하고 있었다. 결과적으로 "2차 세계 대전 이후 발생된 50만여 건의 해외 입양 중 절반 이상의 아동이 한국에서 발생하고, 가장 많은 아동을 해외로부터 입양받은 국가가 미국"(『세계일보』 2018.2.17.)으로 나타난 것은 우연한 일이 아니었다.

2) 사회복지 실천과 '미혼모' 탄생의 역학

1960년대 이후 앞서 언급한 교육 기관을 중심으로 사회복지학을 전공한 전문 인력들이 1960년대 중후반 본격적으로 국내 및 해외 입양 기관에 대거 투입된다. 그중 "입양의 선구자이며 개척자 심현숙"[17]은 이화여자대학교 사회사업학과 10기생으로 1967년 미국의 개혁교회가 창설한 한국기독교양자회의 대표를 맡고 2년 후인 1969년 국내 최초로 '미혼모 상담 사업'을 시작(『동아일보』 1974.1.19.)한다. 그리고 다음 해 1970년 "미혼모 친권포기 상담을 지도하기 위해" 해외 전문가를 초청(『동아일보』 1970.3.17.)한다.

우리나라 미혼모를 위한 친권포기 상담을 지도하기 위해 시드니 바이마(28, 캐나다)씨가 지난 12일 내한 한국기독교양자회를

---

17 Land of Gazillion Adoptees 홈페이지, Asian American NEWS (2010.9.4.).

통해 본격적인 활동을 벌이게 된다. 한국내의 고아나 기아들을 한국가정에 입양시키는 일을 1967년부터 큰 사업으로 벌여온 한 국기독교 양자회가 특별히 친권포기상담 전문가를 초청해온 이 유는 우리나라에서 길에 버리는 아기보다 처녀가 낳기만 하고 버 리지도 기르지도 못하는 아기가 많아진 때문인데 미혼모가 늘어 난다는 것은 사회적으로 커다란 문제를 제기해주고 있다. … 한 국기독교양자회에서는 요즘 하루 두세 건의 미혼모친권포기 상 담을 받고 있다. (같은 기사)

이로써 서구 '베이비 스쿱 시대'를 가능하게 했던 사회복지 실천이 국내 사회복지 실천 현장에 그대로 이식되게 된 것이다. 그리고 "이별을 잘 하도록 설득하는 괴로운 직업"(『동아일보』 1972.11.29.)을 가진 해외 전문가들이 속속 국내에 들어와 '미혼 모 = 자녀포기'를 사회복지 실천 과정으로 정착시키는 데 기여한 다.

서울 마포구 합정동에 있는 한국기독교양자회 책임자인 시드 니 바이마(31) 씨는 지난 2년 반 동안 미혼모문제를 앞장서 도와 온 캐나다 태생의 사회사업가다. 3년 전 그가 속한 기독교 개혁교 회에서 한국에 보낼 미혼모상담전문가를 구한다는 광고를 우연 히 발견하고 이 일을 해보려 결심했을 때만 해도 바이마 씨는 한 국의 미혼모가 어느 정도 문제되는지 아무 것도 알 수가 없었다. 막상 와보니 미혼모에게 아무런 권리나 혜택이 주어지지 않고 있 다는 것을 알았고 모든 것이 막연하기만 했다. … 그는 다만 그가 배운 사회사업의 원칙과 지식을 동원하여 미혼모를 직접 만나 상 담을 해낼 수 있는 한국인 직원들을 처음부터 하나하나 훈련해나갔다. "미혼모는 죄책감과 정서적 혼란으로 아기 하나가 자신의 삶을 옭아매고 파멸시키는 것으로 문제를 크게 생각합니다. 아기를 무턱대고 낳아서 길에 내다버리기 보다는 갓 낳아서 아기가 필요한 집에 양자로 주는 것이 그 아기에겐 백배나 더 낫다고 봅니다. 이별하지 않을 수 없을 때 이별을 잘 하는 것이 미혼모나 아기 서로가 행복해지는 길입니다." 이별을 잘 하도록 설득하는 괴로운 직업을 가진 바이마씨는 미혼모가 스스로 자각해서 그 아기의 존재와 관계없이 미래를 살아가도록 이끌어 간다는 것이다. (같은 기사)

앞서 언급했던 바와 같이 1970년대 가족법은 여전히 부계 혈연 중심 가족 제도를 옹호함으로써 혼외 관계에서 태어난 '사생아'들이 생부가 인지할 경우 부계 혈연 가족 내에 보호를 받고 자랄 여지는 있었으나, 당시는 사회적으로는 순결 및 성적 배타성이 전제된 부부 중심적 핵가족이 '행복'이라는 언설로 도덕적 우위를 점하며 빠르게 유포되던 시대였다. 따라서 '사생아'가 '부'에 의해 인지되거나 부계 혈연 가족 내 보호 가능성은 점차 희박해지고, 혼전관계에 대한 사회적 낙인은 점차 심화되고 결혼 제도 밖에서 출산한 여성들과 그들 자녀들이 운신할 수 있는positioning 사회적 공간은 점차 협소해지고 있었다. 이러한 분위기 속에 한 국기독교양자회의 '미혼모' 아동을 대상으로 하는 입양 활동이 국내 언론에 의해 긍정적으로 보도되며 미혼모 대상 상담 사업 필요성은 사회적으로 더욱 활발히 유포된다.

미혼모 상담을 통해 1,000여 명의 영아들을 사전에 친권이양 받아 국내에 입양시켜온 기독교양자회 심현숙씨(34)는 앞으

로 늘어날 미혼모의 영아유기에 대한 사회 상담기구를 설치해 자
칫 전락하기 쉬운 미혼모들에게 새로운 삶의 계획을 주고, 아이
들은 아이들대로 건강하게 양육, 입양시켜야 할 것이라고 말했
다. (『동아일보』 1972.4.27.)

1972년 마침내 홀트아동복지회[18], 대한사회복지회[19], 한국기
독교십자군연맹[20], 한국사회봉사회[21], 기독교 아동복지회[22] 모두
미혼모 상담 사업을 실시한다.[23] 비슷한 시기 서구 '베이비 스쿱
시대'의 전형적 담론 즉 '미혼모가 출산한 아동의 문제와 기혼 무
자녀 가족의 문제는 입양을 통해 풀어 나갈 수 있다'는 관점이 국
내에 유포되며 입양을 전제로 한 '미혼모 상담 사업'에 더욱 정당
성을 부여한다.

…다 같은 여성인데 미혼모와 무자녀 가정의 아내는 아기의
출생을 놓고 정반대의 입장에서 곤혹을 느낀다. 성의 자유화,
자녀로부터의 해방이 운위되고 있는 현대 사회에서도 이 두

---

18 1972년 홀트씨양자회에서 홀트아동복지회로 명칭을 변경하며 그해부
    터 미혼모 상담 사업을 시작했다.
19 1954년 혼혈 아동 전담 기구로 보건사회부에 설치된 한국아동양호회가
    1965년에 사단법인화해 대한양연회로 명칭을 변경했고 다시 1971년 사
    단법인 대한사회복지회로 변경되었다.
20 현 동방사회복지회의 전신. 1971년 설립되었으며, 1972년 입양사업 정부
    인가 취득함 (동방사회복지회 홈페이지 연혁 참조).
21 미네소타 대 유학 후 돌아와 서울대 사회사업과 창립멤버 중 1인인 백근
    칠에 의해 1964년 설립.
22 Christian Children's Fund 한국 지부로 현 초록우산 어린이재단의 모
    태임(초록우산 어린이재단 홈페이지 연혁 참조).
23 『매일경제』(1976.4.15.), "늘어나는 미혼모 상담을 통해 본 청소년 문제"

〈그림 13〉『경향신문』(1974.4.15.), "엇갈린 사회문제: 미혼모와 무자녀" 신문 기사 이미지

가지 여성은 골치 아픈 사회문제로 되고 있는 것. 미혼모와 무
자녀 가정문제를 함께 다루고 있는 한국기독교양자회 회장 심
현숙 씨로부터 최근의 실태를 알아본다. … 심씨는 3대를 내려
가는 동안 한 계통의 피가 흐른다는 것은 기대하기 어려운 일
인 바에야 굳이 혈통을 고집할 필요가 어디 있겠느냐면서 소
실까지 두어 자식을 낳아 대를 잇게 하는 우매함보다 양자제
도를 선용하는 것이 좋을 것이라고 권하고 있다. … (『경향신
문』1974.4.15.)

앞서 언급했듯 1960년대까지 '미혼모'는 일상적 용어가 아니
었다. 당시 일부다처제적 관습의 잔존으로 여성의 혼인 여부와
출산은 사회적으로 큰 문제가 되지 않았고, 이를 반영하듯 사회
과학 용어로 유입된 'unmarried mother'의 범주에도 사실혼 또
는 소실 관계에서 출산한 여성들은 포함하지 않았다. 앞서 언급
했던 바와 같이 당시 'unwed mother'는 혼혈아동을 출산한 여
성들을 호명하는 것이었다. 하지만 1960년대 후반부터 '미혼모'

라는 용어가 사용되기 시작하며 법률혼에 기초한 결혼 제도 밖에서 출산한 모든 여성들을 의미하며 '미혼모'의 범위는 더 광범위해진다. 즉 생모가 자녀의 생부와 혼인을 했는지 여부가 아이를 기를 수 있는 어머니의 자격을 결정하는 주요한 요인이 된 것이다. 이는 근대화의 진행에 따라 일부일처제에 입각한 법률혼 제도가 더욱 강화된 것과 맞물린 결과라고 볼 수 있다. 하지만 서 1970년대 초 사회복지 전문가들이나 언론 매체를 통해 '미혼모'라는 개념은 활발하게 확산되고는 있었으나 일반인 수준에서는 여전히 낯선 개념이었다. 이는 당시 상황을 증언하는 소진택(1980년대 대한사회복지회 전남분실장)의 증언에도 잘 나타나고 있다.

 … 근데 우리 현실은 미혼모들이 많이 생겨가지고 애기들은 많이 나오는데 우리 관청에서나 이해를 못하는 거지. 그런 프로그램을 한다고. 일부 사회에 있는 지성인이라고 하는 사람들은 '아 소실장이 그런 프로그램을 하니까 우리 사회에 미혼모가 많이 생긴다'고 그렇게 몰아붙이고. 그러나 우리 현실은 그게 아니란 말이야. 인자 그래서 복지부에 '미혼모 상담' 프로그램을 만들어가지고 복지부에 사업계획서를 냈더니 그때 담당인 아동과장이라든가 아동계장인가 나한테 전화가 왔어. '미혼모란 말이 뭐시냐? 미혼모란 말이.' '아니 혼전에 관계를 가져가지고 애기를 나서, 기를 수 없는 것을 미혼모라고 한 거시라'고 그렇게 설명을 했더니, 우리 사회에 국어사전에도 없었고 사실은 그랬지, 그땐 미혼모란 말이 없었으니까. '사회복지에서 그런 말을 쓰면 안 된다'고 그러면서 그 사업계획서를 반려해 부렸어. … 각종 매스컴에서는 그 미혼모 많이 생긴다

고 신문, 방송, 라디오에서 보도를 해싸니까 그때부터 행정관 청에서 이해를 하는 거야. 그래서 신문에 미혼모란 말이 많이 나가고 언론계에서도 나가고 하니까 공무원들이 그때부터 이 해를 하고 미혼모라고 보고를 해도 그때사 받아주고 그렇게 했는데 …[24]

이와 같이 아직 '미혼모'라는 개념이 낯설던 1970년대 초반, 입양 기관들은 결혼 제도 밖에서 출산한 여성들을 대상으로 '친 권 포기'를 전제한 상담 사업을 활발히 펼치기 시작한다. 또한 비 슷한 시기 이들 기관들은 해외의 입양 기관과 입양 협력 체결을 맺기 시작한다. "아동복지 증진과 미혼모들 사이에서 태어난 소외 받은 아동들을 좋은 가정에 입양시키기기 위해 미국, 호주 등지의 사회사업기관과 독지가들로부터 약 130억 원에 이르는 재원 모 금"(오용주 1995: 11-12, 강조는 필자)을 통해 설립된 한국기독교 십자군연맹(동방사회복지회 전신)은 1971년 설립 후 앞서 언급한 미국 미네소타주의 CHSM과 입양 체결을 해 활발한 사업을 펼 친 결과 CHSM가 미국 내 가장 많은 한국 아동을 입양받는 기관 이 되도록 하는 데 일정한 역할을 했다. 또한 1975년 대한사회복 지회 역시 미국 미시건주 최초의 공인된 국제 아동 입양 기관인 Americans for International Aid and Adoption AIAA과 입양 협

---

24 2013년 연구 당시 소리아카이브에 수록된 녹취록 "〈복지1세대탐방〉 소 진택 선생님(2004.1.6.) http://soriarchive.net/66660"을 참조했으나, 현재 녹취록은 없어지고 소리아카이브 "[복지1세대] 소진택선생님(1/6)- 광주 삼광어린이집 원장님"(http://soriarchive.net/?s=%EC%86%8C%EC %A7%84%ED%83%9D&lang=en) 음성 파일을 통해 증언 내용을 확인할 수 있다.

정을 맺는다.[25] 이처럼 '전쟁 고아의 복리 차원에서 시작'한 근대 입양이 전쟁이 끝나고 오히려 더욱 증가한 아이러니는 근대의 사회과학적 지식이 창조한 새로운 '미혼모'의 개념, 즉 '부'를 중심으로 한 법률혼 가족 제도 밖에서 출산한 여성과 아동의 억압이 그 배경에 있는 것이다.

3) '어머니'를 '불우 여성'으로, '미혼모'의 자녀는 '고아'로

1960년대 서구의 사회사업학이 국내에 들어오며 정립된 미혼모에 대한 지식과 이론은 앞서 살펴본 바와 같이 1970년대를 전후로 해외 입양 기관들의 미혼모 상담 사업을 통해 현장에서 실천된다. 그리고 '미혼모'에 대한 인식이 전혀 없던 정부도 '미혼모'는 '갱생' 교육을 통해 사회에 복귀시키고, 그들 자녀는 입양을 통해 어머니로부터 분리해 '정상가족'으로 보내는 미혼모 복지의 기본 틀을 정책적으로 지지한다. 예를 들면 1977년 보건사회부 사회보장심의위원회에서 출간한 『요보호 여성의 복지향상을 위한 연구』의 내용을 보면 당시 미혼모에 대한 사회복지적 지식과 담론을 그대로 반영되어 있다. 즉 미혼모는 "빈곤과 가족파괴 그리고 성관계 문란"(보건사회부 사회보장심의회 1977: 63)으로 발생하고 있으며 서구의 경우 "미혼모를 위한 써비스는 임신 중 이들을 위한 임시시설수용 및 상담사업, 미혼부와의 상담사업, 출산 후 출생아에 대한 상담 및 친권포기 등이 중심이 된다"(같은 책: 75)고 소개한 뒤, "보건사회부는 미혼모 보호를 위하여 산실과 직업보도시설이 병설된 미혼모 보호시설을 서울에 1개소 설치운영 중에 있고 년차적으로 각 시도에 1개소씩 증설하여 미

---

25 대한사회복지회 웹진 25호 "민지의 작은 소망"

혼모의 생활안정과 자립을 도모하고자 한다"(같은 책: 76)와 같은 정책 방향을 밝히고 있다.

1980년대 들어서면 서구 사회는 'unmarried mother'란 용어를 'single mother'로 대체하며 이들에 대한 양육 지원으로 사회복지 정책의 전환이 일어난다. 또한 아동복지의 개념도 해외 입양보다는 원가정 보호 쪽으로 옮겨가던 시점[26]이었다. 예를 들어 유엔은 1986년 '아동복지'를 강화하는 측면에서 국가 간 입양에 관한 규칙을 만들어 「국제적·국내적 양육위탁과 입양 아동의 보호 및 복지에 관한 사회적·법률적 제 원칙에 관한 유엔 선언」Declaration on Social and Legal Principles Relating to the Protection and Welfare of Children, with Special Reference to Foster Placement and Adoption Nationally and Internationally이라는 선언서를 발표한다. 이 선언은 "아동을 위한 최우선 선택은 자신의 부모에 의해 양육되는 것이다"(Article 3), "자신의 부모에 의해 양육될 수 없을 경우 부모의 친척, 위탁 가정, 입양부모나 시설이 고려되어야 한다"(Article 4), "아동은 위탁이나 입양을 통해 자신의 이름과 국적 등이 박탈되어서는 안 된다"(Article 8), "아동의 이익에 위배되지 않는 한 양육책임자는 위탁이나 입양되는 아동이 자신의 출생배경을 아는 것이 필요하다는 것을 인지해야 한다"(Article 9)와 같은 조항들을 마련함으로써 아동이 자신의 친부모에 의해 양육되고 자신의 출생 배경에 대해 알 권리를 우선 보장하는 것을 원칙으로 하고 있다. 또한 "아동의 친부모에게 충분한 시간과 상담이 주어져야 한다"(Article 15)라는 조항을 마련함으로써 아동의 친부모의 양육권을 보장하기 위해 노력하고 있었다.

---

26 『여성신문』(2011.10.28.); 『세계일보』(2009.2.27.) 등 참조함.

이러한 선언이 국제 사회에 의해 마련되고 있을 즈음 국내에서 그 초안이 검토되기도 했는데 "'부모가 알려지지 않았을 때 아동의 부모를 찾기 위해 관계 당국이나 기관이 노력을 해야 한다'라고 되어 있지만 우리나라의 경우 (…) 대중매체도 기업이기에 부모를 찾는 기사를 무료로 매일 신문에 공고해 줄 리 없을 것이며 설령 신문에 실려준다 하더라도 스스로 개심하여 버려진 아동을 찾아가지 않는 한 부모가 나타날 리 없다"(탁연택, 1984.10.26.)며 심각하게 받아들이지 않았다. 그리고 해외 입양은 아동의 복지 증진과 문화 외교에 긍정적 효과가 있다는 요지의 주장은 계속된다.

한국의 현실에 비추어 해외입양은 불가피한 아동복지의 한 측면이며 우리 국민의 기우와 달리 외국에 입양된 우리 아동들이 잘 적응하고 있다. 이번 올림픽 경기 때도 입양된 나라의 선수와 우리나라 선수가 맞서 시합할 때 양부모 앞에서 우리나라에서 입양된 아동들이 거리낌 없이 우리나라 선수가 승리하기를 바라면서 열심히 응원하더라는 양부모들의 이야기를 많이 들었다. 이런 사실에 비추어 보면 해외입양은 아동복지 차원 외에 민간외교, 국제적 유대강화에도 크게 기여할 뿐 아니라 그들의 우수한 적응으로 우리 국민의 뛰어난 잠재력을 국제적으로 나타내 보이기도 한다는 것을 알 수 있다. (같은 글: 21)

한편 이 선언에 이어 1989년에는 「유엔아동권리협약」, 1993년에는 「국가 간 입양에 관한 헤이그협약」(일명 '헤이그협약')등이 만들어지며 국제 사회는 점차 '아동을 위한 해외 입양'이라는 인식에서 '아동의 복지를 위해 최후의 선택으로서 고려되어야하는 해외 입양'이란 인식으로 옮겨 갔다. 우리나라의 경우 1991년 「유엔아동권리협약」에 가입은 하지만 "아동의 입양은 법에따라 믿을 만한 정보에 기초해 이루어져야 하고, 관계당국에 의해서만 허가되도록 보장되어야 하며, 관계당국은 아동의 신분상태와 부모·친척 등 관계자들이 입양에 동의했는가를 고려해입양의 허용 여부를 결정해야 한다"는 제21조(가)와 당사국이"부모의 한쪽이나 양쪽 모두로부터 떨어진 아동이 부모와 관계를 갖고 만남을 유지할 권리"를 존중해야 한다고 명시한 제9조 3항을 유보한 채 가입했다. 하지만 헤이그협약에는 오랫동안 가입을 하지 않고 있다가 2013년 5월 비로소 서명은 했으나 2019년현재까지 비준이 되지 않은 채 국회에 계류 중이다.[27]

뿐만 아니라 1980년대 미혼모에 대한 지식과 이론은 여전히이전 세대의 미혼모에 대한 관점을 고수하고 있었다. 예를 들면1988년 「미혼모의 가정환경과 성태도에 대한 연구」(이정덕·김부자 1988: 663-707)는 프로이트식 정신분석학에 기초해 미혼모'문제'에 접근한 영(1945)의 방법을 그대로 사용한다. 즉, 연구자들은 시설에 있는 '미혼모'들을 대상으로 설문조사를 실시해 자신들이 세운 가설을 확인하고 예방책을 제시한다. 이들이 세운가설은 "핵가족/결손가족일수록, 부모의 양육태도가 거부형-지배형-맹종형 등일수록, 혼전 성에 대한 태도가 개방적일수록,피임지식이 낮을수록 미혼모가 된다"(같은 책: 675)는 것이다. 그리고 "성교육 및 순결교육을 실시하여 혼전임신과 출산을 줄여

---

27 『프레시안』(2017.12.21.); 중앙입양원 웹사이트 '헤이그국제아동입양협약 등 참조함.

야 한다"(같은 글: 702)는 방안을 제시하고 있다. 미혼모에 대한 이러한 이해와 접근 방식은 서구 사회의 '베이비 스쿱 시대'를 지지한 그것과 동일하다. 비록 1980년대부터 우리 사회에 여성학이나 비판사회학 등이 등장해 이들을 중심으로 '모성' 이데올로기나 가족 내 성역할 문제가 쟁점화되고 중산층 중심의 가족 가치관이 비판되는 등 비판가족학이 등장했지만 양육권이 억압되는 미혼모의 모성 문제는 근대적 입양을 '아동복지'로 담론화하는 언설에 가려 전혀 주목받지 못하게 된다.

이렇듯 1980년대에 들어서도 '입양은 곧 아동복지'라는 근대 초기 도입된 아동복지 시각을 견지하고 있었고 결혼과 중산층 핵가족에 대한 이상이 행복과 동일시되는 가운데 '미혼모'에 대한 낙인적 시선은 더욱 공고해지고 급기야 미혼모의 자녀는 "키울 수 없는 아이"(필자 강조)라는 언설이 유포된다.

인간이 존재하는 한 키울 수 없는 아기를 탄생시키는 성문제라든지 남녀가 아프게 헤어지는 고통과 좌절도 존재할 수밖에 없는 것일까. 오랫동안 수많은 미혼모와 산산이 부서진 가정의 슬픈 여주인공들이 자신의 혈육을 입양기관에 맡기면서 달랠 수도 없는 눈물을 쏟을 때마다 나는 예방교육의 필요성을 절실히 느껴왔다. 마침내 접객업소에 종사하는 여성들에 대한 미혼모예방교육이 홀트아동복지회의 중요사업으로 결정되어 13개 시도에서 교육을 실시한 지 3년째.
첫해에는 그 여성들의 지독하리만큼 짙은 화장과 험한 말씨, 화장실이 자욱하도록 담배연기를 뿜으면서 3~4시간의 교육을 견디지 못해 소란피우는 등 어떻게 해야 좋을지 정말 암담했다. … 세 해째인 올해는 그 여성들이 어쩐지 친자매처럼 느껴졌다. 먼저 가슴을 열고 보면 이토록 아름답고 다정한 사람들인 것을 우리는 돈과 술에 찌든 삶의 한가운데로 그들의 속마음마저 몰아붙여온 게 아닌가 싶기도 했다. (홀트아동복지회 상담부장 박영옥, 『동아일보』 1984.7.3.)

위의 칼럼에서 "미혼모" 및 "산산이 부서진 가정의 슬픈 여주인공" 그리고 "접객업소에 종사하는 여성"들은 서로 경험이 다르고 처한 어려움이 같지 않은 사회적 집단에 속하는 여성들이다. 그럼에도 불구하고 이들을 하나의 동일한 집단으로 묶고 있는데, 이는 성과 사랑, 그리고 가족에 대한 가치가 '근대'의 '성도덕' 및 '가정윤리'에 기초하고 있기 때문이다. 즉 당시 사회는 이들 모두 '혼전순결-결혼-근대 핵가족'이라는 틀에서 벗어난 위반자라는 시각으로 바라보았고, 따라서 이들 모두는 '성교육'을 통해 '예방'되어야 할 대상으로 진단되었던 것이다.

미혼모에 대한 사회적 언설은 점점 더 '성도덕'과 '가정윤리'의 틀에 갇혀 가는 가운데, 1970년대 이후 한국전쟁 후 해외로 입양 보내졌다 성인이 되어 돌아온 "성공"한 입양인의 보도[28]와 입양 가족의 '재력'을 강조하는 기사[29] 등이 미혼모의 탈모성화와

28　앞 장에서 살펴보았듯 전쟁 고아 및 혼혈 아동의 입양에 대한 긍정적 보도는 1960년대에도 있었지만 1970년대 이후에는 보다 빈번히 등장하고 있다. 예를 들면 6.25 때 시력을 잃은 채 입양되었던 소녀가 "음악천재"가 되어 "금의환향"(『매일경제』 1974.8.9., "21년 만에 아버지 품에 음악석사가 돼 돌아온 맹인 김양"), 시애틀 소어라인대학에서 세계문화사를 가르치는 입양인 교수의 성공 사례(『동아일보』 1978.4.11., 한국과 미국 '백년지교'를 넘어서(7) 입양아), "쓰라린 그날 털고 기쁨 속 밝은 환국한 6.25 고아 대학생이 되어 돌아왔다"(『경향신문』 1975.6.14., "6.25는 살아있다(3) 포성 속에서 태어난 슬픔 씻고 성년의 환향") 등이다.

〈그림 14〉『경향신문』(1975.6.14.), "成年의 還鄉";『경향신문』(1982.6.18.), "홀트회 통해 입양한 47명 성인이 되어 모국 땅 되밟아" 등에서는 입양인들 모두 명문대 재학 중이거나 중산층 이상 가정에 입양이 되었다고 하며 '성공'과 '행복'을 강조하고 있다.

미혼모 자녀의 '고아 만들기'를 더욱 정당화한다.

또한 1980년대에 들어서면 국내 입양 맥락에서도 '입양을 통해 더욱 행복한 가정을 이루게 되었다'는 관점의 기사들도 다수 발견된다.

자녀를 대 잇기 위해 꼭 필요한 존재라기보다 '완전한 가정을 이루는데 없어서는 안 될 구성원'으로 여기고 미혼모나 결손 가정의 아기를 데려다 키우는 양부모가 늘고 있다. 부모 없는 아기는 부모를, 자녀 없는 부모는 자녀를 갖게 됨으로써 보다 안정되고 단란한 '2세대 가정'을 이루려는 방향으로 국내입양이 점차 자리 잡히고 있는 것. ··· 지난 5월 30일 대한사회복지

---

29 (한국기독교양자회를 통해) 1972년의 경우 165명의 아기가 양자로 들어갔는데 이중 96명의 양부모들이 매달 수입 3만 원에서 6만 원 사이의 경제력을 갖고 있고, 6만 원 이상의 집안이 35명, 3만 원 이하의 집안은 23명, 기타 11명이다(『경향신문』1973.3.30., 강조는 필자).

회가 마련한 제6회 양부모모임에서 입양부모들은 입양에 관한 여러 가지 정보를 나눴는데… 대개는 친자녀가 없어 입양한 경우이나 지영숙씨(38)는 자신이 낳은 외아들이 혼자 크는 것보다 남매가 자라도록 하는 것이 성격형성에 도움이 되고 집안 분위기도 좋아질 것 같아 여자아이를 입양했다. … "언제나 술에 취해 밤늦게 퇴근하던 남편이 요즘은 점심시간에도 집에 들러서 아기한테 뽀뽀해주고 가요."(이수현 28) … 이정희씨(29)는 집안 분위기가 어찌나 좋아졌는지 '자녀 없이 지내는 쓸쓸한 가정에도 입양을 권하고 싶다"고. (『동아일보』 1984.6.1.)

이상과 같이 '성공한 입양인'과 입양을 통해 더욱 '완전'하고 '행복'한 '이상적 가정'이 되었다는 기사의 풍요 속에 그 누구도 '미혼모'가 어머니란 사실과 그들 자녀는 '어머니'가 있는 고아가 아니란 사실을 인지하지 못한다. 특히 1980년대에 들어서면 '미혼모'의 '불우 여성' 만들기는 더욱 자극적으로 재현되고 있다. 1970년대 "미혼엄마가 기르기를 포기한 아기를 입양 보내는 일을 하는…"(『경향신문』 1973.3.30.)과 같은 언설은, 1980년대에 들어서면 앞서 언급했던 바와 같이 "기를 수 없는 아이"라든가 "입양의 근본목적은 미혼모가 낳아 버리거나 … "(『동아일보』 1982.3.8.)와 같은 언설로 변했다. 즉 1970년대의 '아이를 기르기를 포기한 미혼모'는 1980년대에는 '아이를 낳아버린 미혼모'가 되었다. 이와 같은 언설의 변화는 1980년대 들어서며 더 많은 미혼모들이 아이를 낳아 버렸기 때문일 수도 있지만, 1970년대보다 더 많은 미혼모들이 아이를 포기할 수밖에 없는 사회적 언설에 포획되어 있음을 오히려 반증하는 것일지도 모든다. 즉 1970년대에서 1980년대로 이동하며 미혼모에 관한 언설은 '미

〈그림 15〉『동아일보』(1974.1.19.), "날로 늘어가는 10대 미혼모"

〈그림 16〉『매일경제』(1982.3.18.), "애란복지회"

혼모', '아동유기', '입양'이란 별개의 항목들을 '미혼모'='아동유기' ⇒ '입양'이란 공식을 정당화하는 데 기여했다고 볼 수 있다. 따라서 1980년대의 미혼모가 1970년대보다 '모성'의 영역에서 더욱 멀어지며 이들에 대한 사회적 낙인은 더욱 심해졌음을 미루어 짐작할 수 있다. 이는 위 사진 자료(〈그림 15, 16〉)에서 상징적으로 나타난다.

이 사진들을 보면 1970년대의 아기를 안고 있는 '미혼모'는 자신의 어려움을 상담하고 있는 '어머니'로서의 모습이지만, 1980년대에 들어서면 '미혼모'들의 모습에서 어머니의 모습은 완전히 사라지고 '불우한 여성'의 모습만 남아 있다. 이는 앞서 언급했듯 일부일처제 법률혼에 기초한 가족이 '행복'과 동일시되고, '입양은 아동복지'라는 복지 관행이 고수되며, '성공한 입양인', '행복한 입양 가족' 등의 대한 언설과 이미지가 확산되는 가운데 '미혼모'의 재생산권은 임신과 출산의 문제로서가 아니라 '성도덕'과 '가정윤리' 영역의 문제로 치부되었음을 보여 주는 것이다. 하지만 1988년 해외 언론에서 한국의 입양 관행에 대해 비판적으로 보도하자 이를 계기로 처음 우리 사회에 '미혼모 양육권'에 관한 언설이 등장하며 1990년대를 맞이한다.

3. '미혼모'의 선택과 '정상가족' 담론의 실천

그렇다면 '성공한 입양인'의 언설과 '행복한 가정'의 표상에 포획된 '미혼모'는 어떤 과정을 통해 어떤 경험을 했을까. 입양을 선택한 미혼모, 그리고 양육을 선택한 미혼모, 두 개의 서로 다른 경험을 통해 1970년대와 1980년대를 관통했던 미혼 모성의 경험을 살펴본다.

1) 입양 실천에서 나타나는 정상가족 담론

① 서수자 할머니가 양육을 포기한 맥락

서수자 할머니[30]는 미국인과의 사이에서 혼혈아를 출산했고 아이가 태어난 이후 아이 아버지는 미국으로 돌아가 연락이 두절

되었다. 이러한 점에서는 앞선 시대의 혼혈아를 출산한 어머니들의 경험과 그다지 다른 이야기는 아니다. 단, 다르다면 서 할머니가 아이를 출산한 시기가 1970년대 중반이란 점, 그리고 그 전 시대 어머니들과 다른 이유로 아기 양육을 포기하고 있다는 점이다. 앞서 살펴보았듯 1950, 1960년대에 '혼혈 사생아'를 출산했던 어머니들은 아이를 입양 보낼 수밖에 없었던 이유로 '아버지의 나라'로 보내야 한다는 주변의 권유, '아이가 받는 차별', '북한이 쳐들어 오면 혼혈부터 죽인다'는 유언비어 등을 언급했다. 하지만 서수자 할머니의 경우, 자신의 '가난'과 대비되는 '인텔리' 미군과 결혼하여 '행복'하게 사는 친구의 모습을 본 것이 양육을 포기하고 입양을 선택한 결정적 이유가 되었다. 이는 1970년대 중산층 가정에 대한 이상이 일상 수준으로 더욱 확산되었음을 보여 주는 사례라 하겠다. 즉 비순혈 차별에 대한 두려움이 비혼 가정의 불행에 대한 두려움으로 이동하였다.

서 할머니는 1972년부터 1976년까지 서울 독산동과 시흥 사이에 있던 미국 부대 주변 아리랑클럽에서 일했다. 1975년 아들을 출산하고 아이 아빠는 미국으로 떠난 뒤 연락이 닿지 않았다. 아들을 레이라는 이름으로 불렀지만 호적에는 올리지 못했다. 혼자 아이를 키우며 부딪친 첫 번째 고통은 일하는 동안 아이를 맡긴 이웃 집이 동네 사랑방 같은 곳이라 그곳에 모여든 사람들이 피우는 담배 때문에 콜록거리는 아이를 봐야 한다는 것이었

---

30 서수자 할머니(1939년생, 74세)의 생애사는 『평택/안성 교차로』(2005.12.16.), "어릴 적 입양 보낸 자식 찾는 기지촌 할머니의 애끓는 모정"; 『대자보』(2006.8.23.), "기지촌 여성 "언제 죽을지 모르는데 한 번 봤으면""; SBS 그것이 알고 싶다(2006.10.21.), "기지촌 할머니, 누가 그들에게 낙인을 찍었나"를 토대로 분석된 것이다.

다. 하지만 이것은 서 할머니가 양육을 포기한 이유는 될 수 없었다. 전쟁 고아로 '외롭게 자라' '엄마가 되어 보고 싶었고' 어떻게든 레이를 키우고 싶었기 때문이다.

내가 이렇게 (고아로) 홀로 살아 왔는데 아기라도 낳고 싶더라고요. 하나 낳아서 뭐 어떻게 해서든지 무슨 짓을 해서라도 애를 기르고 싶은 그런 마음이 들더라고. 혼자 외롭게 살았기 때문에 …

하지만 돈을 버느라 아이를 제대로 돌볼 수 없고, 가난하고, 주변에 도움이 없는 힘든 상황이 계속되며 아이를 키우려는 게 자기 욕심은 아닌지 의심하게 된다.

화분의 흙을 막 먹고 있더라고. 얼마나 가슴이 아픈지. 막 씻기는데 막 울고 그래. 그냥 정신이 돌아버리는 거야. 누가 좀 필요한데 아무도 없고. 힘은 없고. … 배고파서 울고 나는 아무 돕는 사람 없고, 그러면 참 가엾잖아요. 내가 내 욕심 차리고 이 아이까지 고생시키고 …

이러한 상황에서 서수자 할머니는 예전에 함께 클럽에서 일했던 친구가 미군과 결혼해 살고 있는데 3년이 지나도록 아이가 없어 입양을 원한다는 소식을 전해 들었다. 할머니는 친구의 '안정된' 집을 떠올리고 "인텔리인 미군과 정식 결혼하여 모든 것이 완벽하게 갖추어진 상태에서 행복하게 사는 … 그 집이면 아이가 행복하겠다"는 생각에 아이를 보낼 결심을 했다.

나는 불행하더라도 이 아이만은 불행하지 말아야 된다는 그거 하나만 생각하고 내가 그렇게 보낸 거지. … 지금도 눈에 선해. 조금 있으면 돌이 될 무렵이어서 막 상이나 탁자를 짚고 일어날 무렵이었어. 보내는 날 내 등에서 곤히 잠자고 있었는데 포대기째로 아이를 그 친구 집에 보냈지.

아이를 키울 때는 가난 속에 '내 욕심 채운다'는 죄책감에 시달리던 서 할머니는 아이를 보내고 나서는 '키우지 못하고 보냈다'는 죄책감에 시달린다. 그리고 당시 일하던 클럽을 떠나 "남양을 거쳐 송탄 그리고 마지막으로 87년 안정리에 들어와 살 때까지 방탕과 무절제한 삶으로 자신을 학대하며 가슴에 뻥 뚫린 상처와 죄책감을 견디며 살아왔다"고 말했다.

솔직히 말해서 내가 떳떳하지가 못 하잖아요. 낳기만 하고 남한테 보냈으니까 잘 못 생각하면 이해 못 하면 내가 아들을 버린 거나 마찬가지잖아. ⋯ 이거는 갓난아기 때 아주 갓 낳았을 때. (아기 옷을 보여 주면서) 나 죽으면 태워버리든가. 이 옷만 갖고 이 사진만 갖고 여태껏 산 거야. 30 얼마 동안을. 기가 막혀⋯ 머리가 정상이 아니야 그래서 내가.

서수자 할머니는 아들을 찾고 싶은 마음에 2005년 『평택/안성 교차로』의 기자를 '붙잡고' 자신의 사연을 호소했고, 이후 할머니의 사연은 여러 매체를 통해 보도되면서 알려지게 되었다. 이런 과정 중에 할머니는 1971년 네 살의 나이로 미국에 입양 보내져 어머니를 찾고 있는 한 입양인을 만나게 되었다. 그는 '대부분 입양인들은 친모가 원치 않는 출산을 했고 자신의 삶을 위해 아기를 버렸다'는 부정적인 생각을 가지고 있었다. 서 할머니는 이 생각이 잘못되었음을 알려주기 위해 자신의 아들에 대한 사

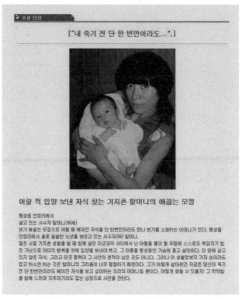

⟨그림 17⟩ 『평택·교차로』에 실린 서수자 할머니의 사연과 입양 보내기 전 아들과의 사진.

랑과 그리움을 그 입양인에게 이해시키기 위해 애썼다.

나는 내 아기를 사랑했어. 그런데 지켜주지 못했어. Baby, I love you baby, baby. but I couldn't keep." (영어로 말하기를 멈추고 통역사에게 통역을 부탁하며), "가장 내가 사랑하고 가장 귀한 아들인데 내가 몸도 아팠고 또 아이를 내가 제대로 기를 수가 없어서 잘못 생각을 했는지… 아이의 앞날을 위해서 보낸 것이지, 내가 평생토록 후회하고 슬픈 마음, 30년이 넘게 여전히 그때 그 아기 모습을 안고 살고 있다고… 이 사람 엄마도 그럴지도 모른다고 얘기해 주세요.

서수자 할머니는 1950년대와 1960년대 자신이 출산한 아동

보기나, 한번 만나만 보면 이 아픈, 슬픔이
다 사라진다면 편안히 내가 눈을 감고 죽을 수 있지만

〈그림 18〉 'SBS 그것이 알고 싶다'에서 자신의 사연을 이야기하고
있는 서수자 할머니.

이 당하는 '차별'을 견디지 못해 입양을 보내야 했던 어머니들과
달리, '가난' 속에서 충분한 '사랑'을 받지 못하고 자라게 될 아들
의 미래를 생각해 죄책감을 느끼고, '인텔리' 남편과 살고 있는
'행복'한 친구의 가정으로 입양을 보냈다. 그러나 입양을 보낸 이
후에는 다시 아들을 포기했다는 죄책감과 그리움으로 고통을 받
고 있었다. 서 할머니의 서사는 1970년대 들어서 중산층 가족 모
델이 아동복지와 행복의 윤리적 잣대로서 입양의 맥락에서 작동
하고 있었음을 잘 보여 준다.

  그렇다면 같은 시기 다른 '미혼모'들의 양육 포기 경험은 어
떠했을까. 안타깝게도 얼마나 많은 미혼모들이 어떠한 맥락에서
양육을 포기했는지에 관한 자료는 거의 찾을 수 없다. 이 시기 미
혼모에 관한 대부분의 연구는 입양 기관에 상담을 의뢰하거나,
시설에 수용된 미혼모들을 중심으로 양적 연구에 치중되어 있었
고, 미혼모가 아기를 포기하는 맥락보다 어떤 유형의 여성들이
미혼모가 되는지 파악하고 그 예방책을 모색하는 데에만 관심

이 있었기 때문이다. 이러한 가운데 필자는 홀트아동복지회에서 1987년에 편찬한『상담사례집』을 발견하게 되었는데, 여기에는 '미혼모'와 사회복지 상담사의 상호작용, 입양 전후 '미혼모'의 심경 변화 등이 구체적으로 드러나 있어 분석 텍스트로서의 가치가 높다고 생각해 이 사례집을 중심으로 입양을 선택한 미혼모의 경험을 분석하고자 한다.

② 10개 사례 속 '미혼모들'이 양육을 포기하는 맥락

홀트아동복지회『상담사례집』(1987)은 13명의 상담사가 상담한 14개의 사례를 수록하고 있다. 일관된 양식에 의해 기록된 것은 아니지만 대부분 친모의 이름, 나이, 직업, 가족 환경, 성장 배경, 친부의 신상 정보, 친모와 친부가 만나게 된 경위 등을 기록하고, 친부와 친모의 애정 정도와 아이에 대한 애착 정도까지 파악하고 있다. 또한 거의 한 번 이상[31]의 상담 내용을 기록하고 있어 각 단계마다 친모의 생각과 심경이 어떻게 변화했는지 알려 주는 의미 있는 자료이다. 14개의 사례 중 4건은 이혼과 사별로 인해 입양을 결정하게 된 친모의 사례이고 나머지 10개 사례가 '미혼모'의 사례이다. 상담 기간은 1978년에서 1987년에 이르고 연령대는 10대 3명, 20대 초반 4명, 20대 후반 2명, 30대 4명으로 20대가 다수[32]이나 비교적 골고루 분포되어 있었다. 이 중 3명은 형부나 직장 상사의 강압에 의해 성관계를 가진 후 임신해 출산했고 나머지는 모두 교제 상태 중이거나 결혼을 전제로 동거 상태

---

31 단, 두 건의 사례는 여러 차례의 상담 중 대표적으로 한 번의 상담 사례만 수록하고 있다.
32 한 명은 나이 불명.

에 있다 출산했다. 연령대도 다양하고 임신과 출산 배경도 다르지만 이 『상담사례집』에 "클라이언트"로 호명되는 '미혼모'들의 경험은 몇 가지 공통된 특징을 보인다.

첫째, 상담사들의 상담 방법과 목표는 질문을 통해 친모(또는 친부나 주변의 가족들이) 스스로가 자신이 처한 '비정상성'을 깨닫게 해서 스스로 최선의 방식 즉 입양을 선택하도록 유도하는 데 초점이 맞춰져 있다. 둘째, 상담 기록에 나타난 모든 미혼모들[33]은 강압적 성관계의 결과로 해 출산을 했든 자발적 연애 관계에서 출산을 했든, 입양 결정 후 자신의 결정을 후회하고 아동과의 분리로 인한 고통과 슬픔, 죄책감을 느끼고 있다.[34] 셋째, 상담사는 친모에게 아이와의 이별 이후 슬픔이 찾아온다는 것을 알린 후 친모가 이를 수용하고, 견뎌내고, 안정성을 찾고 사회 복귀를 위해 삶을 계획하는 태도를 보였을 때 성공적 케이스로 상담을 종료하고 있다. 마지막으로 연애 관계나 동거 관계에 있던 미혼모들은 아이 아버지가 자신과의 관계에 헌신하지 않는 모습을 보이거나 임신을 외면하고 책임지지 않으려는 행동을 보이는 것에 심한 상처를 받고서, 아버지가 될 자격을 박탈하고 아이 아버지와의 관계를 정리한다는 의미에서, 그리고 부모가 있는 다른 '온전한 가정'에서 아동이 행복하게 자라게 한다는 의미에서 입

---

33 〈사례 1〉의 경우는 여러 회의 상담 기록 중 1회만 기록이 되어 있고 그것도 매우 압축적으로 표현되어, 친모의 심경이나 상담사와의 상호관계 등은 구체적으로 나타나 있지 않아 아이 포기 이후의 심정을 알 수 없으므로 두 번째 사례에서는 제외했다.

34 이러한 특징들은 '생모증후군'(Robinson 2010; 베리어 2013)으로 명명되며 아이 아빠와의 관계나 임신의 경위와 상관없이 나타나는 것으로, 서구에서는 1970년대 후반부터 심리학이나 사회복지 상담 분야 등에서 보편적인 것으로 받아들여지고 있다.

양을 결정하고 있음이 특징적으로 나타난다.

첫째, 상담사의 질문을 통해 친모(또는 친부나 주변 가족들) 스스로가 자신이 처한 '비정상성'을 깨닫게 해서 스스로 최선의 방법인 입양을 선택하도록 유도하는 예를 보면 다음과 같다.

- 〈사례 1〉의 박정미[35](18)는 형부로부터 '겁탈'을 당한 경우이다. 상담사는 '어머니들은 더 어린 나이에도 아기를 낳았는데 클라이언트와 어떤 차이가 있냐'는 질문을 했으며 박정미로부터 '결혼한 사람과는 입장이 다르다'는 대답을 끌어낸다. 이에 상담사는 '18세이지만 신체적으로 성장한 여인으로 애기를 갖는다는 점은 정상이지만 미혼 상태임을 창피하게 느끼는 것'이라고 말했고 박정미로부터 '그렇지요'라는 대답을 받아냄으로써 자신의 임신이 '창피한 일'임을 스스로 인지하도록 한다(사례집: 12). 박정미의 아이는 출산 후 바로 입양이 되었다.

- 〈사례 2〉의 이명희(18)는 직장 상사의 강압적 요구에 의해 성관계를 가진 후 임신이 되어 출산한 경우이다. 상담사는 이명희에게 '홀트에서 왜 이런 도움을 준다고 생각하느냐'는 질문을 했고 이에 이명희는 '사람은 누구나 살면서 실수나 잘못을 저지르지만 그것을 깨닫고 뉘우치는 사람에게 다시 사회에 바로 설 수 있도록 해서 다시금 올바르게 살아갈 수 있도록 하기 위해서인 듯하다'란 대답을 했다.[36] 이명희는 직장 상사의 강압에 의한

---

35 『상담사례집』에 등장하는 인물들의 이름은 가명으로 되어 있거나 익명 (〈사례 3〉의 경우) 또는 부분 익명(〈사례 11〉의 경우)으로 되어 있다.

성관계의 결과로 임신하게 된 것을 자신의 잘못으로 받아들이고 다시 '올바르게 살아가기' 위해 아이의 입양을 결정한다.

· • 〈사례 8〉의 송영미(23)는 기혼인 아이 친부가 이혼하고 송영미와 결혼하겠다는 약속하에 동거 생활을 하다 임신한 경우인데 나중에 남자가 약속을 지키지 않자 남자와 갈등을 겪다 아이의 입양 문제를 상담하게 된다. 기록에 나타난 1986년 4월 25일에서 7월 31일까지 진행된 약 3개월간의 '치료' 전략은 "두 사람의 결합이 현실적으로 불가능하다는 것을 인식시켜 원만하게 이별하도록 하며, 지혜(둘 사이에 태어난 아동, 여아, 6개월)의 행복을 위해 최상의 방법이 무엇인가 모색하고, 친모의 정서적 안정을 위해 힘쓰고 사회 복귀에 중점"(사례집: 87)을 두는 것이었다. 그리고 상담 과정 중 상담사는 '책임질 수 없고 무분별한 관계로 인해 한 가정이 파괴된다면 S(친모)와 J(친부) 자신들의 씻을 수 없는 고통과 번민으로 남아 있을 것이란 것'을 이해시켰으며 친모의 입양 동의를 얻었다(사례집: 87).

둘째, 강압에 의한 성관계로 인해 출산했든 자발적 연애 관계에서 출산을 했든, 입양 후 자신의 결정을 후회하고 고통과 슬픔, 죄책감을 느끼고 있는 예를 보면 다음과 같다.

• 〈사례 2〉의 이명희는 "아이를 포기한 후 우울해서 혼자 백

---

36 〈사례 1〉과 〈사례 2〉는 모두 강압적 관계로 인해 임신을 하게 되나 상담 과정 중 성폭력에 의한 임신을 '부끄러운 일'(〈사례 1〉), 또는 '실수나 잘못'(〈사례 2〉)과 같이 개인적 맥락에서 받아들여지도록 격려되고 있음을 볼 수 있다.

화점으로 돌아다니거나 … 긴 시간 괴로웠다"(사례집: 20)고 증언하고 있다.

• 〈사례 3〉 ○○○(22)의 경우는 형부가 자신을 거부하면 '언니와 이혼하겠다'고 협박해 강제적으로 관계를 갖고 임신했다. 뒤늦게 임신중절을 하기 위해 형부를 찾아 비용을 요구했지만 형부는 자신의 아이가 아니라고 부인하였다. 이후 ○○○는 자신의 부모에게 임신 사실을 알리고 아이를 출산했다. 병원에서 출산 후 바로 입양 동의가 이루어졌고 아이는 1983년 4월 12일 입양 기관으로 보내졌다. ○○○는 출산으로부터 약 한 달 후 아기가 보고 싶어 입양 기관으로 찾아가려 했다. 하지만 출산 후 바로 이루어진 동의라 정신이 없는 상태였고 어느 입양 기관인지 기억을 못해 병원을 찾아가 물어 보았으나 병원에서는 알려주지 않았다. 그래서 무조건 택시를 타고 가장 가까운 입양 기관으로 가달라고 부탁해 아기를 데려간 입양 기관인 홀트아동복지회를 찾았고 상담사와 상담이 시작되었다. 1983년 5월 10일부터 시작한 상담은 6월 13일까지 약 두 달 동안 4번에 거쳐 이루어졌다. 첫 면접에서 ○○○는 "아기를 맡기고 난 후 심한 죄의식을 느끼며 갑자기 아기가 보고 싶어 아무도 모르게 찾아왔다며 한 번만 아기를 만나게 해 줄 수 없겠느냐고 간곡히 호소"(사례집: 26)했으며, 3차 면접시(1983년 5월 18일)에는 "아무도 몰래 잠깐 들렀다며 아기의 선물을 전해달라고 한다. Ct[37]는 심한 죄의식을 느끼고 있었으며 앞으로도 계속해서 아기가 떠나기 전까지 아기

---

37 당 상담집에서는 아이의 생모를 '친모', '클라이언트' 또는 영어의 약자인 'Ct'로 표기하고 있다.

를 위해서 도와주고 싶다. 그러는 것이 자신의 죄를 조금이라도 사죄하는 길이 아니겠냐며 눈물을 흘렸다"(사례집: 27).

• 〈사례 6〉의 ○○○(나이 표기 안 됨)는 직장인으로 아이의 아빠를 만나 동거하다 1984년 2월 20일 아이를 출산했다. 이후 둘 사이에 갈등이 생겨 헤어지고 ○○○는 같은 해 9월 1일 입양 기관을 찾았다. 이후 3번의 상담을 거친 후 1984년 11월 5일 입양 기관에서 아이를 인수했다. 3일 후 ○○○는 "워커[38]가 전에 느끼지 못했던 인상을 주면서 정장을 하고 내방하여 자신의 최선을 다하지 못하고 무책임하게 아동을 맡겼다는 죄책감과 모성애 때문에 견디기가 힘들다고 호소"(사례집: 58-59)했다.

• 〈사례 7〉의 장순화(30)는 5살 연상인 친부를 중매로 만나 결혼을 전제로 동거를 하다 임신했다. 하지만 임신 9개월 때 친부가 전과자에 노름 중독자라는 사실을 알게 되었다. 또 친부는 사기죄로 고소되어 복역하게 된다. 장순화는 '혼자 아이를 키워 사생아로 만들어 친부처럼 불행한 아이를 만들 수는 없다'고 생각해 친정 식구들에게는 유산했다고 거짓말을 한 후 임신 9개월인 1985년 5월 1일 입양을 의뢰하면서부터 1986년 10월 5일까지 10차례의 상담을 받는다. 아기는 1985년 6월 20일에 태어났으며 출산 후 바로 입양 기관에 인수되었다. 이후 이듬해 10월까지 상담을 받았으니 장순화는 출산 후 1년 이상을 상담받은 케이스이

38　당 상담집에서는 사회복지사라는 용어는 사용하지 않고 영어인 social worker를 한국어로 표기하여 '워커' 또는 영어 'worker'를 줄여 'W'er'라고 칭하고 있다.

다. 출산 직전 이루어진 상담(1985년 6월 15일)에서 장순화는 '(출산 후) 몸이 회복되면 자신의 과거를 전혀 알지 못하는 집으로 가서 가정부로 일할 계획이며 여유가 생기면 동양 자수도 다시 할 계획'이라 담담하게 이야기하였다. 하지만, 1985년 6월 20일 출산 후 아이가 바로 인수되어 가자 장순화는 "친부에게 받은 상처가 크기에 아기 포기를 담담하게 할 수 있으리라 생각했는데 왜 이리 마음이 아프고 가슴이 미어지는지 모르겠다 하며 워커에게 무책임하게 아기를 포기한 친부나 자신은 후에 죄의 댓가를 받게 될 것이라 하며 슬피 울었다"(사례집: 71). 약 한 달 후(1985년 7월 10일) 상담에서 장순화는 다시 "아기 포기에 대한 죄책감으로 인해 괴로워하고 있는 것처럼"(사례집: 72) 보였으며, 약 1년 후(1986년 6월 26일) 상담에서는 "1년 전 아기를 포기한 사실이 죄의식으로 자신을 괴롭히고 있고 그 악몽을 쫓기 위해 동양 자수를 열심히 한 탓으로 시력이 나빠지고 몸도 허약해졌다"(사례집: 76)고 진술하고 있다.

• 〈사례 8〉의 송영미(23)는 이혼남이라는 남자와 사귀게 되었으나 나중에 결혼한 사람이란 것을 알고 헤어지려 했다. 하지만 남자는 아내와 이혼하고 결혼하겠다며 끈질기게 구애했고 송영미는 임신하게 된다. 하지만 남자는 약속을 지키지 않았고 남자의 부인이 송영미의 임신 사실을 알며 둘 사이의 갈등이 깊어져 아이(정지혜, 딸, 6개월) 양육을 포기하며 아이를 입양 기관에 넘겼다. 하지만 일주일 만에 "지혜를 보고 싶은 마음과 갈등을 호소해왔다"(사례집: 88) 또한 상담 종료 시점에도 "아동이 보고 싶지만 아동의 장래를 생각하여 참고 있는 것"(사례집: 89)으로 나타났다.

• 〈사례 10〉 정순미(17)는 가출 후 '무절제한 생활'을 하다 임신한 경우인 것으로 기록되어 있는데 자신의 임신에 대해 "세상에 태어나지 않아야 할 아이라며 매우 신경질적인 태도를 보였으나"(사례집: 110), 출산 후 "아동은 건강하냐며 전에 보이지 않던 모성애를 보이며 아동을 부탁"(사례집: 113)하는 것으로 나타난다.

• 〈사례 11〉의 강○○(21)는 전문대생으로 당구장에서 아르바이트를 하다 대학생인 아이의 아빠를 만났다. 어느 정도 교제하다 임신을 하게 되었는데 임신 후 아이 아빠는 관계에 더 이상 헌신하지 않았으며 아이에 대한 책임도 회피했다. 강○○는 혼자서 아이를 키우기 위해 노력했으나 결국 입양을 결정한다. 하지만 상담사가 아이를 인수하기 위해 찾았을 때 "그동안 많은 시간을 갖고 결정을 내렸음에도 K(강○○)는 아이에 대한 애착을 여전히 강하게 나타내고 있어 아이와의 Separation에 대한 슬픔으로 눈물을 흘리는 상태로 대화가 제대로 되지 못했다"(사례집: 124)고 한다.

셋째, 친모에게 아이와 이별 후 슬픔이 찾아온다는 것을 알린 후 친모가 이를 수용하고, 견뎌내고, 안정성을 찾고 사회 복귀를 위해 삶을 계획하는 태도를 발견했을 때 성공적인 케이스로서 상담을 종료한 예를 보면 다음과 같다.

• 〈사례 2〉의 이명희(18) 사례는 "어떤 여직원을 보면 철없이 꼭 잘못될 것 같아 마음이 불안하며 자기와 같은 길을 밟지 않을까 안쓰럽다며 친모는 자신이 얼마나 어리고 세상을 몰랐는지

모르겠다고 했으며 자신도 이제는 자기보다 더 어려운 사람들에게 도움을 줄 수 있기를 바란다고 했다. 몇 회의 상담을 통해서 초기 워커가 계획했던 목표대로 클라이언트의 감정이 안정되었고, 직장에서도 긴장하지 않고 적응하게 되었다고 생각되며, 이제는 스스로 문제를 처리하려고 노력할 수 있는 self-identity와 판단력이 강해졌다고 판단되어 이 case를 종결함"(사례집: 20-22)과 같이 기록하며, 입양 후 아이를 잊고 원만한 사회생활을 하게 된 것을 성공적인 상담 케이스로 평가하고 있다.

• 〈사례 3〉○○○(22)는 3차 면접(1983년 5월 18일 실시)시 아이를 포기한 데 대한 심한 죄책감을 느낀다고 어려움을 호소했는데, 이에 상담사는 친모에게 종교가 있는지 물어보고 종교를 권한다. 이후 4차 면접은 ○○○이 자신의 아버지로부터 "원수보다도 나쁜 년이다. 형부와 또 만나는 것이 아니냐. 너 때문에 우리 집안 망했다"(사례집: 27)는 심한 욕설을 들은 후 죄의식으로 인해 괴롭다는 고충을 상담했는데 상담사는 "현재 갈등이 심한 것은 당연하며 고통을 극복하고 부모님께 좋은 딸이 되도록 노력하자"(사례집: 27-28)며 격려한다. 한 달 후 ○○○이 다시 찾아와 "… 기도를 하니까 마음이 안정되고 가벼워지는 것을 느낄 수 있다며 앞으로도 마음이 우울하고 답답할 때는 자주 기도원에 다닐 계획"이라고 했고한다. … 이에 "W'er는 기도하는 자세에 지지를 해 주었고 앞으로 어려운 일이 있으면 서로 만나 의논하기로 하고'"(사례집: 28) 상담을 끝냈다.

• 〈사례 6〉의 상담사는 아기 포기로 견디기 힘들어하는 ○○○에게 "아동에게 부딪혀 오는 장래를 객관적으로 보도록 이

야기해 주었으며 자신과 아동을 생각할 수 있는 여유를 좀 더 갖도록"(사례집: 59) 설득했다. 그리고 한 달 후 ○○○는 "워커와의 상담 덕분에 정신적 생활이 안정되어 … 공장에서 열심히 일하고"(사례집: 59) 있다고 말했으며 이틀 후에는 상담사에게 감사의 카드도 보냈다. 전반적인 상담을 평가하며 상담사는 "친모가 … 아동에 대한 집념도 강하여 친모 자신을 조절하기엔 힘들지 않았으나, 친모는 워커의 의견을 존중하였고 자기 자신에 대하여 신앙적으로 해결해 나가고 있었고 …"(사례집: 60)와 같이 기록하며 상담이 종료되었다.

• 〈사례 7〉 장순화(30)는 출산 직전 이루어진 상담(1985년 6월 15일)에서 아이를 보낸 후의 자신의 미래를 계획했다. 이를 보고 상담사는 "친모가 자신의 과거에 집착하여 괴로워만 하지 않고 자기 자신을 자제하며 어려움을 극복하려는 면이 있었기에 … 과거를 잊고 … 잘 극복해 내리라 기대해 본다"(사례집: 70)고 예상했지만 막상 출산 후(1985년 6월 20일) 슬픔에 겨워 울었다. 이에 상담사는 "아기를 홀로 키울 경우에 친부같이 될까 두려워하고 있고 앞으로 닥칠 험난한 일을 감당해 낼 자신이 없어 아기의 장래를 위해 내린 결정"이었다는 것을 환기시킨다. 그리고 "지나간 일에 너무 집착치 말고 용기와 자신을 갖고 살아야 되지 않겠는가"(사례집: 71)하며 위로한다. 또한 "친모에게 삶이란 한 사람 한 사람이 비행기를 타고 비행하는 것과 같으며 편대를 짜고 비행할 때에 어느 한 비행기에 고장이 생기거나 조정사가 다쳤을 때에 다른 비행기가 대신해서 조종해 주지는 못하며 기껏해야 옆에 바싹 붙어서 격려해 줄 정도밖에 되지 않는다"고 하며 "결국 자기 혼자밖에 없는 것"이니 "친모도 이러한 생활을

극복하여 미래를 위해 열심히 살아야 하는 것"이라며 격려한다. 이 말을 듣고 장순화는 "악몽과 같은 지난날을 잊도록 노력하겠다"(사례집: 71-72)고 아이를 포기한 사실을 수용했고, 상담사는 신생아실에서 아기를 인수해 갔다. 이후 한 달이 채 못 된 1985년 7월 10일 7차 면접시 장순화는 "긴 머리를 짧게 커드하고 화사한 옷차림으로" 나타나 "비행사의 얘기가 많은 느낌과 도움을 주었다 하며 자신이 괴로움 속에서 방황하는 것은 시간 낭비일 뿐이며 회복할 수 없는 과거에 마음 아파하지 않기로 하였다"(사례집: 72)고 했다. 그러나 1986년 6월 26일 9차 면접시엔 다시 "1년 전 아기 포기한 사실이 죄의식으로 자신을 괴롭히고 있고 그 악몽을 좇기 위해 동양 자수를 열심히 한 탓으로 시력이 나빠지고 몸도 많이 약해졌다"(사례집: 76)고 현 상황을 상담사에게 이야기했다. 하지만 상담사는 친모의 고통을 친부에 대한 그리움의 문제로 축소시킨 후 "친모가 꿋꿋한 의지가 있는 … 사람이고 … 그동안의 면접 과정에 있어 고통을 잘 견뎌 냈고 판단력도 있으며 가족들과 친부를 놓고 비교한다면 친모가 어느 쪽을 더 소중하게 여길 것인가를 워커는 알고 있기에 잘 극복하여 올바른 삶을 살아가리라 본다"(사례집: 77)고 평가하고, "친모는 친부에 대한 작은 미련도 없이 미래를 추구하며 자신의 테두리 안에서 열심히 살아 갈 것이다"(사례집: 79)라고 최종 결론을 내리며 상담을 종료했다.

• 〈사례 8〉의 송영미(23)는 아동 인수 후 일주일 만에 아이에 대한 그리움을 호소했는데 이에 대해 상담사는 "갈등과 고통 당하는 것은 당연한 것이며 S(송영미)가 지혜(딸)와 J(아이 아빠)에게서 완전히 분리되었다는 것을 인식토록 하였고" 이후 "자

신의 고통을 인생의 전환점으로 받아들이기 위해 노력"했으며 "아이가 보고 싶지만 참고 관광회사에 취직한 것"을 "상담의 진전"(사례집: 88-89)으로 보고 긍정적 사례로 케이스를 종료한다.

- 〈사례 10〉의 정순미(17)는 아이 입양 후 죄책감을 느꼈으나 상담사는 "죄책감을 책임감으로 전환"시켜 주려 노력했고 이후 정순미가 "미용실에 취직하여 독립심을 기르며 사회에 대한 경험을 쌓고 책임감 있는 생활을 한다는 계획"을 말한 것을 "상담목표에 어느 정도 접근했다"(사례집: 114)고 평가하며 상담을 종료한다.

- 〈사례 11〉 강○○(21)은 매우 힘들어하며 오랫동안 입양 결정을 못하고 있다 결국 마지막 단계에서 입양을 결정하게 된다. 그리고 상담사에게 "아이의 장래를 위해 입양 결정한 것이 잘된 일"이라 하고, "새롭게 출발할 생각을 갖게 되었다"고 하자 상담사는 상담을 종결한다(사례집: 125-126).

마지막으로 연애 관계나 동거 관계에 있던 미혼모들은 아이 아버지가 관계에 헌신하지 않는 모습을 보이거나 임신을 외면하고 책임지지 않으려는 행동을 보이는 것에 심한 상처를 받고, 아버지가 될 자격을 박탈하고 아이 아버지와의 관계를 정리한다는 의미에서, 그리고 부모가 있는 다른 '온전한 가정'에서 아동이 행복하게 자라게 한다는 의미에서 입양을 결정하는 것이 특징적으로 나타나는 사례들이다.

- 〈사례 5〉의 강영희(26)는 아이의 아버지를 만나 2년 정도

교제하다 서로 좋아하는 감정이 생겨 동거를 시작했고 1982년 11월 아들을 낳았으나 이후 여러 가지 갈등으로 가출했다. 입양 상담은 친부에 의해 시작되었으며 이 과정에서 친모도 함께 상담하게 되었다. 상담사는 이들 사이의 갈등을 "친부의 사업실패로 인한 경제문제"가 원인이 된 것으로 진단했으나 상담 과정 중 드러난 더 근본적 이유는 아이 아버지에 대한 불만이었다. 즉 강영희는 "친부의 우유부단한 성격과 결단력 없는 태도"에 정이 떨어졌으며, "형편이 더 나아진다고 해도 다시 친부와 결합할 의사는 없으며, 아동은 본인이 낳았지만, 아동을 원하는 좋은 가정으로 가는 것이 낫다고 생각한다"고 했던 것이다. 또한 친부가 재혼할 경우 아동이 "새 엄마의 손에서 키워지는 것을 원치 않는다"고 하였다. 그러면서 강영희는 또 다시 "엄마로서 역할을 못해서 미안한 마음이 들지만 마지막 부탁으로 꼭 좋은 가정으로 보내주길 재차 간절히 원했다". 친부 역시 "친모가 없는 상황에서 아동 양육은 불가피하다고 생각하고" 아동 입양에 동의하였다(사례집: 47-48). 1984년 9월 5일에서 1985년 2월 7일까지 상담된 이 사례는 친모가 친부에 대한 실망감으로 인해 결혼을 포기하고, 남자를 떠나며, 자신의 아이가 계모자 관계에 놓이는 상황을 차단하고, '아동'을 아버지로부터 분리해 새로운 '온전한 가정'에 보내기를 희망한 사례라고 정리해 볼 수 있다. 당시 가족법은 계모자 관계도 인정하고 있었지만, 강영희 사례를 통해 나타난 입양 실천은 '부'나 '모'가 없거나 계모에 의해 길러지는 것의 '비정상성'에서 법적 혼인을 한 부부가 있는 '정상가족'으로의 이동이라는 의미를 갖는 것으로 해석할 수 있다.

• 〈사례 6〉의 ○○○도 표면적으로 드러난 문제는 '동성동

본'이었으나 입양을 결정하게 된 것은 친부 개인에 대한 실망감이 그 이유인 것으로 보인다. 즉, ○○○는 "친부는 너무나 비현실성이고[39] 경제적 사회적으로 무능하여 친모를 보호하지 못하였기에 이제는 별다른 기대와 의미를 갖고 있지 않고 미워하고 있다"(사례집: 57)고 하였다. ○○○는 아동을 포기한 후 고통스러운 과정을 거치면서도 이러한 친부에 대한 미움과 미련 없음은 상담사가 의도한 대로의 결과, 즉 슬픔을 견디고 사회로 복귀하는 데 일정한 역할을 한 것으로 보인다.

• 〈사례 7〉의 장순화가 태어나지도 않은 아이를 입양시키기로 결심한 것은 아이 아빠가 전과자에 노름 중독자이며, 결국 사기로 구치소에 수감된 이후이다. 장순화는 아이 친부가 "입양을 완강히 거절하리라 기대"하고 면회를 갔는데 "친모의 뜻에 따르겠노라"했다. 이에 장순화는 "배반감과 증오심으로" 입양 결심을 더욱 확고히 한다(사례집: 68-69). 이후에도 장순화는 친부가 얼마나 아이에게 무책임했는가를 생각하며 "아이를 포기한 것"에 대해서는 "죄책감"을 느끼고 있으나 "입양한 판단"은 "옳았다"고 "스스로를 위로"한다(사례집: 72-73).

• 〈사례 8〉의 송영미는 친부의 부인이 찾아와 "자신은 두 자녀가 있고 남편과는 절대 헤어질 수 없으며 남편은 전에도 3번씩이나 이런 행동을 한 사실이 있으니 단념하고 새 출발하라"고 하자, 아이 아빠를 만나 진심을 떠보기 위해 "적절한 보상을 해주면 지혜를 입양시키고 깨끗이 물러나 주겠다"고 말했는데 아이

---

39 '비현실적이고'의 오타인 것으로 보임.

의 아빠는 "그것도 좋은 방법"(사례집: 86)이라 말했다. 이 말에 배신감을 느껴 입양 상담을 받기로 결심했고, 이후 자신과 아이 아빠의 관계가 '비정상적 관계'임을 수용하고 아이 아빠의 가정을 지켜 주는 것이 '정상적인 일'로 받아들이며 아이의 입양을 결정한다.

- 〈사례 11〉의 강○○ 역시 친부에 대한 "강한 배신감과 원망을 갖고 혼인빙자 간음죄로 친부를 고소"(사례집: 118)했다. 이후 사건은 둘 사이에서 합의하라는 판결을 받고 기각되었다. 이후 상담을 받으며 입양을 결정한다.

이상의 사례들은 '미혼모가 버린 아이'라는 언론에서의 표현은 '버리기'까지의 복잡한 정황이 생략되어 있고 아이가 '버려지기'까지 작동했던 요인들, 즉 부부 중심 중산층 핵가족만을 정상적인 것으로 보는 근대 사회복지학 이론에 의해 훈련받은 복지사의 상담과 이를 정상적인 것으로 수용한 미혼모 당사자 및 아이의 생부가 상호작용한 결과로 발생한 문제인 것이다. 다시 말하면 '미혼모가 자녀를 버리는 것'은 일대일로 대응하는 것이 아니라, '자녀는 아버지의 것'이라는 부계 혈연 가족 관념은 점차 약화되고, 부부 중심 중산층 핵가족이 '정상'이라는 인식이 팽배해진 사회 분위기 속에 결혼 제도 밖에서 출산한 아동의 입지는 모호해지며, '아이를 포기하고 자신의 삶을 사는 것'이 정상적 선택임을 고무받은 결혼 제도 밖의 모성이 억압된 과정으로서의 문제인 것이다.

이와 같은 과정에 대한 성찰은 '미혼모'가 단순히 경제적으로 궁핍한 상황에 놓여 아이를 버린다는 경제 논리에 기반한 주장의 타당성에 의문을 제기하는 것이며, 더 큰 사회적이고 문화적인 맥락의 질문을 제기하는 것이다. 왜냐하면 미혼모가 아이를 포기하는 과정에는 이상 살펴본 바와 같이 당대 가족 제도 및 가족에 대한 가치, 그리고 그것을 지지하는 근대 입양 제도 및 언설과 이를 수용하는 당사자들의 선택이 복합적으로 작동하고 있기 때문이다. 그렇다면 정상가족에 대한 이상은 양육을 선택한 '미혼모'의 경험에서는 어떻게 나타나고 있을까.

2) 양육 선택에서 나타나는 '정상가족' 담론

2009년 필자는 1980년대 결혼하지 않고 아이를 출산, 양육해 온 두 명의 여성을 알게 되었다. 둘 다 1989년 같은 해에 출산했다. 2013년 연구에서 두 명의 사례를 분석하였으나, 그중 한 분의 사례는 인용할 수 없음은 서문에서 밝힌 바와 같다. 나머지 한 분인 A 씨의 양육 경험을 통해 '정상가족' 담론이 양육 결정 과정에 어떻게 작동하고 있는지 살펴본다.

A 씨는 한 지방 도시에서 태어나 자랐다. 집은 살 만했지만 시골 생활이 싫어서 서울로 와 취업을 했다. 야간대학이라도 다니며 성악가의 꿈을 이루고 싶었다. 그러나 20살 때 연하의 아이 아빠를 만나 7년간의 연애를 한다. 연애 6년차 20대 중후반 나이에 출산했다.

하지만 임신 즈음 아이 아빠는 자신이 원하던 공부를 하기 위해 대학에 입학한다. 입학한 대학은 지방에 있었다. 아이 아빠와 A 씨는 지방으로 내려가기 전 부모님께 임신 사실을 말씀드리고 같이 살자고 했다. 하지만 남자는 그냥 지방으로 내려가 버렸다. 나중에 남자 쪽 부모님과의 자리가 마련되긴 했지만 결혼 승낙은커녕 심한 비난만 받아야 했다.

그런데 내가 그때 임신 사실을 알고 얘한테 얘기했는데. 그럼 부모님한테 이야기하고 같이 살자 그랬는데 결국 부모님한테 이야기 못 하고 지방으로 회피해 버리더라고요. 나중에 만났는데 부모님이 난리인거예요. 지 앞가림도 못 하는 놈이 뭘 어떻게 하겠냐고. 절 막 욕하는거죠. 그것도 누나가 되어 가지고 공부하는 애를 꼬드겨서 공부도 못하게 하고. 다 모든 잘못을 저한테 돌아온 거죠. 전 그게 너무 싫은 거예요. 부모님이 그런다고 그걸 핑계 대는 걔도 싫고. 저는 부모님이 반대해도 제가 옳다고 생각하면 하는 거지. 마음은 아프지만. (2013년 3월 21일 인터뷰 중. 이하 같은 곳.)

A 씨는 남자가 지방으로 떠나고 결혼은 성사되지 않자 낙태를 하기 위해 병원을 찾았다. 하지만 아이 심장 소리를 들으며 "이 아이는 나"라는 생각을 했다. 더구나 "사랑하는 사람의 아이였기 때문"에 출산 이후 아이 양육을 결정했다. A 씨의 부모님이 아이를 "아버지한테 보내라"고 성화했지만 갖은 일을 하며 혼자 아이를 꿋꿋이 길러 냈다.

애는 나라고 생각했죠. 내가 죽으면 얘는 같이 함께 죽어야 할 사람. 같이 따라. '내 생명이다. 내 분신이다'란 생각했죠.

아이 아빠를 떠나보냈지만 A 씨가 아이 아빠를 포기한 것은 아니다. 아이 아빠에 대한 사랑을 지키며 아이를 홀로 양육하며 아이 아빠가 돌아오기만을 기다렸다.

(성은) 제 성으로 했어요. 걔(아이 아빠)를 자유롭게 해 주고 싶었어요. 일단 걔를 보호해 주고 싶었어요. 나한테서 스트레스 그런 거. 걔는 그런

거 힘들어했거든요. 어린 나이에 애 아빠 되고 그런 거. 부모한테서도 너 호적에서 판다 그러니까는. 그래서 자유로움을 주고 싶었고. 전 그게 사랑이라고 생각해요. … 그러면서도 마음속으로는 기도를 하죠. 애기 아빠랑 잘 살게 해 달라. 만나게 해 달라.

그런데 A씨는 아이 아빠를 기다리는 시점을 7년으로 정했다. 초등학교 입학 전 아이의 호적 문제가 있었기 때문이다.

7년이라고 한 건 애가 학교 가기 전에 호적을 바꿔 주려고. 이 애의 호적을, 제 성으로 하면 티가 나니까.

그리고 7년이 되어 아이 아빠를 찾으려고 주변 사람들에게 수소문했는데 결혼했다는 소식을 듣게 되었다.

7년 되었으니까 여기서 이제 만나서 뭔가 정리를 해야겠다. 결혼 안 했으면 결혼하자고도 해야겠다 내가 용기를 내서. 나 이렇게 열심히 살았다. 나 이제 부끄럽지 않다. 그 당시엔 부끄러웠지만. … 나 이 정도면 너의 짝으로 부족하지 않다. 그땐 내가 내 스스로를 인정해 줬어요. 그 전에는 내가 나를 부끄러워서 숨은 거 같아요. 그때 자존심이라 그랬지만 돌이켜보면 그 앞에 서기가 부끄러웠던 거야. 7년 후에는 아이 학교도 보내야 되고. 호적을 정리해야겠고. 이왕이면 아이 아빠 성으로 해야겠고. 여기가 한계다 해서 맘먹고 만나려 했는데…

하지만 모든 건 뜻대로 되지 않았다. 이후 이혼 후 아이를 혼자 키우고 있던 남자를 만나 A 씨는 재혼하기로 결심한다. 자신도 아이를 혼자 키우고 있고 그 사람도 혼자 아이를 키우고 있고 둘이 합쳐서 가정을 꾸려 자기 아이의 호적 문제도 해결하고, 엄마 없이 크고 있던 그 남자 딸에게도 사랑을 주는 엄마가 되리라 생각했다.

내가 결혼을 선택한 이유는 남편 사랑 그런 거 보다 우리 애가 불쌍하듯이 그 애도 불쌍했고, 또 이 애의 호적을 정리해야 했고. 그래서 우리 신랑이 얘를 자기 호적에 올려주겠다. 나는 또 그 애 딸, 엄마처럼 잘해 주겠다 그러고 결혼을 했는데 (남편은) 계속 사업에 실패하고…

문제의 해결 방편으로 선택한 결혼은 이후 A 씨에게 "미혼모가 되었던 것보다 더욱 어려운 고난"을 주었다. 하지만 "미혼모에다 이혼녀가 될 수 없다"는 이유에서 현재까지 결혼 생활을 유지하고 있다. A 씨는 아이의 생부가 언젠가는 돌아와 줄 거라는 '정상가족'에 대한 기대로 싱글맘으로서의 양육을 선택했으나, 결국 그 꿈은 이루어지지 않았다. 그리고 1980년대 여전히 부계 혈연 중심적 가족 제도로부터 자유롭지 못해 아이의 '호주'가 되어 줄 다른 남성과 결혼을 하고 마침내 '정상가족'을 이루었으나, "미혼모가 되었던 것보다 더 어려운 고난"을 감내하는 삶을 살았는데 이 또한 '정상가족'의 틀을 유지하기 위함이었다.

이상 살펴본 것과 같이 윤리적 정당성을 확보하고 행복과 동일시되는 가족의 '정상성', 즉 법적 혼인, 양부모 및 자녀로 구성된 근대 '완성체 가정'에 대한 기대는 입양 결정과 양육 결정 모두 유의미하게 작동하고 있음을 알 수 있다.

3장

후기 근대 '가족'과 '입양', 경합하는 담론 속의 '미혼 모성'

1. '미혼 모성'을 둘러싼 지형의 변화

1) 가족법의 변화와 경쟁하는 '친권'

1984년 「유엔여성차별철폐협약」 서명을 앞두고 가족법에서 '남녀평등정신'에 위배되는 '봉건적 요소'로 간주되는 조항의 폐지에 대한 여성계 및 사회 지도 인사들의 목소리가 높아졌다. 그리고 이를 지지하는 여론도 형성되었다. 하지만 가족법 개정은 1980년대를 지나 1990년에 이루어진다.[1] '호주제를 존치'하되 조금 더 '남녀평등정신'을 구현하기 위함이었다.[2] 구체적으로 보면, 부부간 친인척 범위를 동등하게 하고, 친족 공동체에 주어진 양자 입적에 대한 권한이 부부 공동에게 주어졌으며, 이혼이나 사별에 의한 부부간 인척 관계 소멸을 명시했고, 서자의 부계 가족 자동 입적을 막았으며, 계모자 및 적모 서자 관계가 친척 관계에서 인척 관계로 변경되었다. 이로써 민법의 가족 범위는 '부'에서 '부부' 중심으로 바뀌어 법률혼으로 맺어진 부부의 적법성은 더

---

1 1990년 1월 13일 개정, 1991년 1월 1일 시행.
2 국가법령정보센터(www.law.go.kr), "민법(4199호) 제정·개정이유" 참조.

욱 강화되었다. 결과적으로 기존의 첩이나 사실혼 관계가 법적으로 보호받을 수 있는 근거는 완전히 사라졌다.

그런데 '호주제'를 여전히 유지하는 개정 민법은 '혼인외 자'에 관한 조항을 다루는 909조와 782조가 상충한다. 가령 909조의 "혼인외 출생자에 대해 부가 친권을 행사하고 부가 없을 시에는 (적)모가, (적)모가 없을 경우 생모가 친권자가 된다", "부모가 이혼하거나 부의 사망 후 모가 친가에 복적 또는 재혼한 때에는 그 모는 전 혼인 중에 출생한 자의 친권자가 되지 못한다"는 조항은 "부모의 일방이 친권을 행사할 수 없을 때에는 다른 일방이 이를 행사한다", "혼인외 자가 인지된 경우와, 부모가 이혼한 경우에는 부모의 협의로 친권을 행사할 자를 정하고, 협의할 수 없을 경우 가정법원이 이를 정한다"로 개정되어 부 일방의 친권 행사는 더 이상 가능하지 않게 되었다. 하지만 「민법」 782조 '혼인외 자'의 입적 우선순위를 보면, "① 부의 가에 입적한다. ② 부의 가에 입적이 안 될 경우 모의 가에 입적한다. ③ 모의 가에 입적할 수 없을 때에는 일가를 창립한다"라고 명시하며 '부'가의 입적을 '모'가의 입적보다 우선시한다. 따라서 909조에 따르면 '부'는 '혼인외 자'에 대해 '친권자'임을 거부할 수도 있고, 782조에 따르면 '모'에 우선해 자신의 '가'에 입적시켜 '모'의 친권을 박탈할 수도 있는 것이다. '모'의 입장에서도 909조에 따라 '부'의 친권에 도전할 수 있지만, 782조에 따라 친권자로서의 권한은 다시 도전받게 되었다. 이러한 모순은 2005년 호주제가 폐지되며 782조가 삭제될 때까지 유지되었다. 2005년 이후 오늘날까지 혼인외 자에 대한 친권은 '부'와 '모'의 '합의'라는 상호 경쟁하는 구도 안에 놓여 있다.

한편 2005년에는 '친양자제도'가 신설된다. 이는 "입양제도의 현실을 반영하고 종전 양자제도를 그대로 유지하면서 양자의 복리를 더욱 증진시키기 위해, 양친과 양자를 친생자관계로 보아 종전의 친족관계를 종료시키고 양친과의 친족관계만을 인정하며 양친의 성과 본을 따르도록"(908조의 2, 908조의 8 신설) 하기 위함이었다. 또한 친권 행사의 기준이 신설(912조)되었는데 부모 등 친권자가 친권을 행사함에 있어서는 자의 복리를 우선적으로 고려해야 한다는 의무규정을 마련했다. 이러한 법 개정은 친권 주장자가 '부' 또는 '모' 뿐만이 아니라 '입양부모'로까지 확장되었음을 의미한다. 따라서 2005년 이후 '호주제 폐지'와 '친양자제' 도입은 '아동 복리'라는 해석을 두고 '부', '모', '입양부모'가 상호 경쟁하고 갈등하는 관계에 놓이게 되었음을 의미한다.

아동의 친권을 둘러싼 '부', '모', '입양부모'의 이해관계가 복잡하게 전개되는 과정 속에서도 1990년대 가족법의 변화는 혼인 여부와 상관없이 친생모의 모성을 법적으로 인정했다는 측면에서 획기적이다. 아래 기사(『한겨레』 1991.3.14.)는 미혼모의 법적 지위가 1990년대를 전후로 어떻게 바뀌게 되었는지를 잘 보여 준다.

문 14살 된 아들을 키우고 직장에 다니는 미혼모입니다. 생활이 넉넉하지 않지만 자그마한 아파트라도 마련하기 위해 열심히 저축도 했습니다. 그런데 얼마 전 직장에서 조합주택을 짓는다고 문의했더니 저는 주민등록상 부양가족이 없는 단독세대라 조합원 자격이 없다고 합니다. 가족법이 개정돼 주민등록상 동거인으로 올랐던 제 아들이 부양가족으로서 세대원이 될 수 있다고 들었는데 동사무소에서는 모르는 일이라고 합니다. 제가 잘못 알고 있는 것인지요? (김혜자 39. 수원시 세류동)

답 현행 주민등록법 시행령에는 동일 호적 내에 있는 사람만 부양가족으로 인정하는 규정이 있다. 따라서 자녀와 호적을 달리하게 된 이혼한 어머니나 혼외자를 둔 생모가 자녀를 부양하더라도 주민등록상으로는 가족부양이 아닌 단순 동거로 다뤄진다. 그러나 올해부터 시행되는 가족법에서는 아이와 동일 호적 내 있지 않은 이혼한 어머니와 혼인외자를 둔 생모도 친권자가 될 수 있도록 개정되었다. 따라서 주민등록법 시행규칙 역시 개정된 가족법에 비추어 볼 때 생모가 자녀를 부양하는 경우에는 반드시 동일호적 내에 있지 않더라도 세대원 자격을 인정한다. 개정가족법은 89년 12월 국회 통과, 올해 1월 1일 시행되었는데 아직 관계부처 간 업무 유대가 제대로 이루어지지 않는 결과로 보인다. 주민등록법 담당 부서인 내무부 지도과에 의하면 올해 4월 중 주민등록법 및 그 시행령이 개정되어 실시된다고 하니 조금 더 기다려 주십시오.

한편 7살 난 딸을 키우고 있는 한 미혼모(35)는 처음에는 입적을 거부하던 친부가 이제와 아버지 노릇을 하겠다고 아이를 데려가려는데 생모로서 친권 행사가 가능한지, 또 친부에게 양육비도 청구할 수 있는지 물었다. 이에 대해 "과거에는 혼인외자가 아버지 호적에 올라가면 아버지와 호적상 적모가 친권행사를 하고 생모에게는 친권이 없었으나 개정된 법에 의하면 혼인외자는 아버지와 생모가 협의해 친권자로 정하게 했고 협의가 이뤄지지 않을 땐 가정법원에서 부모와 자녀의 친밀도, 자녀의 나이, 아버지와 생모의 경제력 등을 참조해 친권자 결정"이라는 안내와 함께 "귀하가 아이를 길러왔기에 지정받기 유리하며, 친권지정 받은 뒤에는 아버지에게 양육비를 청구할 수 있다"(『한겨레』

(1991.7.28.)며 미혼모 친권이 법에 의해 보장될 수 있음을 강조하고 있다.

이와 같이 미혼모의 친권을 보장하는 법적 변화 속에 혼전 순결과 애정을 기초로 한 결혼 및 근대 핵가족의 정상성은 여전히 이 시대를 풍미하고 있었지만, 현실적으로 부부 및 자녀로 구성된 2세대 가족이 차지하는 비율은 1980년대를 정점으로 해 점차 그 비율이 줄어들고 있었다. 그리고 1990년대는 그 감소폭이 1980년대보다 더 큰 것으로 나타난다.[3] 따라서 1980년대 정점에 달했던 것으로 보이는 근대 '정상가족'에 대한 이상은 1990년대에도 계속되었을 여지는 있지만, 현실적으로 '근대 가족'이라고 하는 '정상가족'의 모델은 그 수에 있어서 감소 추세로 전환하고 다양한 가족, 예를 들면 '한부모 가족'이나 '입양가족'의 등장을 예고하는 상황으로 이동해 가고 있었다. 이와 같이 가족에 대한 가치와 형태가 다양해지고, 법적으로 미혼모의 친권이 보장받게 되었다는 것은 이전 시대보다 더 많은 미혼모들이 양육을 선택할 가능성이 높아진 사회로 이동하고 있음을 의미한다.

2) 입양관련법의 변화와 저항

1961년 '아동의 복리'를 강조한 '근대적' 의미의 최초의 입양법이라고 할 수 있는 「고아입양특례법」이 제정되었다. 1976년 이 법

---

3 1980년도 이후 각 해당 년도 통계청 통계자료 분석에 의하면, 부부 및 자녀로 구성된 가구의 비율은 다음과 같다. 1980년(68.5%), 1985년(67%), 1990년(66.3%), 1995년(63.3%) 2000년(60.8%), 2005년(55.4%), 2010년(51.3%). 평균 가구원 수 역시 1980년대는 4.62명(1980년), 4.16명(1985년)으로 4명 선을 유지했으나 1990년에는 3.77명과 3.4명으로 감소하고 2005년에는 2.8명, 2010년에는 2.69명으로 감소했다.

은 '불우 아동'의 해외 입양을 촉진함과 동시에 국내 입양을 촉진한다는 취지에서 「입양특례법」으로 바뀌어 1977년부터 시행에 들어갔다. 이 법의 골자는 입양 촉진을 위해 입양 절차를 간소화하고, 국내 입양의 경우 아동 복리를 위해 양자의 성을 양친의 성에 따라 변경할 수 있도록 한 것이다.[4] 이후 국내 입양 건수는 증가했다. 1961년에서 1970년까지 국내 입양 아동 수는 4,206명이었는데, 1971년에서 1980년까지 15,304명으로 집계된 것이다. 즉 10년간 4배 가까이 증가했다.[5] 한편 해외 입양 아동 수의 경우 「입양특례법」 시행 이후 소폭 감소하다 1982년부터 급격히 상승한다.[6] 해외 입양의 소폭 감소는 국내 입양 수를 채운 후 해외 입양을 보낼 수 있도록 국내 입양 우선 정책을 실시한 결과[7]로 보인다. 하지만 1981년 전두환 정부의 시작과 함께 해외 입양은 전면 개방으로 바뀌었다. 따라서 1982년 해외 입양은 급격히 상승했고, 1985년과 1986년 근대 입양 역사상 가장 많은 수의 아동이 해외로 입양되었다.

1980년대 해외 입양의 전면 개방과 함께 아동 한 명당 미화 5천 불에 달하는 수수료(『동아일보』 1982.3.9.)를 형성하면서 정부 인가 4대 해외 입양 기관은 입양 보낼 아동 확보를 위해 "산부인

---

4 국가법령정보센터(www.law.go.kr), 1976년 제정 「입양특례법」 참조

5 이미정 외(2009: 20)에 수록된 "입양현황통계"(보건복지가족부) 참조.

6 1977년 6,159명에서 1978년 5,917명, 1979년 4,148명, 1980년 4,144명으로 계속 줄어들다 1981년 4,628명으로 소폭 상승한 뒤 1982년 6,434명으로 급격히 상승한다. 이후 해외 입양 아동 수는 1988년 서울올림픽을 계기로 한국의 고아 입양이 해외 언론에 비판받을 때까지 빠르게 증가했다(이미정 외 2009: 13).

7 1976년 실시된 「입양특례법」은 매년 해외 입양을 10~20%씩 줄이고 1985년에는 완전 중단하는 것(『동아일보』 1980.2.20.)을 목표로 했다.

과 병원이나 미혼모들과 연락하여 입양 대상을 확보하려"(『경향신문』1980.1.21.)했는데, 가령 대한사회복지회의 경우 지방 각 분실로 "아동선정업무지침(1986년 7월 21일자)"을 보내 입양 대상 아동 확보를 위해 병의원 및 조산원에 필요한 홍보용품을 제작해 공급하라고 지시하기도 했다(『한겨레』1989.2.10.). 또한 입양 기관들은 일부 의료 기관에 신생아 1명당 7~9만 원씩, 총액으로는 최하 5천만 원에서 최고 1억 7천만 원여에 이르는 지원금을 주었으며, 입양 수수료를 통해 연 약 30억 원의 수익을 올리기까지 했다(『동아일보』1989.11.3.). 심지어 부모가 애타게 찾고 있는 아동들도 '미아'와 '기아'로 처리되어 입양 보내진 사례가 보도되어 사회적 물의를 일으키기도 했다.[8]

이러한 가운데 앞서 언급한 바와 같이 1988년 서울올림픽을 앞두고 한국 고아 입양 시장을 비판하는 해외 언론의 보도가 이어지자 다시 해외 입양 중단 및 국내 입양 촉진으로 방향을 바꾼다. 그리고 정부, 입양 기관, 언론뿐 아니라 지식인, 예술가, 여성 단체 모두는 "우리의 아이는 우리가 키우자"라는 한 목소리를 내기 시작했다. "4대 입양 기관들은 아동 선정을 위한 홍보용품 제작 금지, 섭외 활동 금지, 아동 선정에 직간접으로 영향을 줄 수 있는 공공활동에 함께 참여하지 말 것 등을 결의"(『한겨레』1989.2.10.)했으며, "미혼모들이 아기 양육을 포기하거나 아기를 버리지 않도록 도와주는 복지 정책을 시급히 세워야 한다"(『한겨레』1989.2.16.)는 사회적 요청이 등장하기도 했다. 하지만 정

8 1983년 10월 3일 대영 군은 오산에서 실종된 다음 날 서울 용산경찰서 동자파출소에 미아로 신고 됐을 때 서울시립아동보호소로 넘겨졌어야 했으나 대한사회복지회 기아일시보호소로 곧바로 넘겨진 후 해외로 입양 보내져 사회적 물의를 일으켰다(『동아일보』1986.10.4.).

작 미혼모 양육 지원을 위한 정부 정책은 뒤따르지 않았다. 민간 단위에서 미혼모 생활 보호 시설인 애란원이 1989년 처음으로 양육을 원하는 미혼모의 자녀를 맡아 주는 탁아소 운영을 시작했고(『한겨레』 1991.12.12.), 같은 해 시인, 아동문학가, 변호사 등이 모인 '사람 사는 정을 심는 사람들'에서 미혼모 양육 지원을 시작한 것이 유일했다(『동아일보』 1989.3.29.). '사람 사는 정을 심는 사람들'은 2004년 결식아동 및 독거노인 후원 사업으로 전환하기까지 약 240여 명의 미혼모의 양육을 도왔다(『문화일보』 2005.6.16.).

하지만 이러한 민간 수준의 사업은 미혼모 양육권 보호라는 사회적 변화는 이끌어내지 못했다. 해외 입양 문제의 해결책으로 미혼모가 자녀를 키울 수 있도록 하는 양육 지원보다 국내 입양 촉진에 대한 목소리가 더 광범위한 사회적 공감대를 형성해 나갔다. 정부, 입양 기관, 언론 및 종교 단체뿐 아니라 여성계까지, 그리고 보수/진보, 계급과 성별에 관계 없이 혈연관계 간 양자 입양 문화는 봉건적 잔재, 비혈연관계 간 입양 문화는 사랑의 실천이라는 이분법적 입장에서 전자를 비난하며 후자를 옹호했다.[9] 이러한 가운데 미혼모가 자녀를 포기하는 맥락에 대한 고민, 미혼모 스스로가 자녀를 키우도록 지원하는 방안에 대한 모색은 이루어지지 않는다.

1980년대 후반부터 국내 입양 촉진을 위한 노력의 일환으로 정부는 국내 입양 전문 알선 기관으로 서울가톨릭사회복지회의

---

9 가령 『한겨레』(1989.2.16.), "'수출'되는 아기들과 민족의 자존"; 『동아일보』(1993.2.23.), "늦둥이와 입양아"; 『한겨레』(1997.11.20.), "고아수출은 나라창피 핏줄중시 편견 버려야" 등.

성가정입양원을 인가했다(1988년 11월). 성가정입양원은 1989년 6월 '입양결연 추진결의대회'를 열어 "국내 입양 사례를 공개해 국내 입양 사실을 숨기려는 사회 분위기 변화의 한 계기를 마련하고, 국내 입양 붐을 일으키기 위한 활동을 계속해 나가겠다고 밝혔다"(『한겨레』1989.6.25.). 이어 1990년 한국여성단체협의회는 '국내입양권장세미나'를 열어 여성계, 학계, 입양 기관, 정부 관계자들이 모여 국내 입양 활성화를 위한 대책을 모색하고 시민의 입양 의식 변화를 촉구했다. 이 세미나에서 서울대 장인협 명예교수는 '이제 우리 문제는 우리의 힘으로 해결해야 할 때'라고 하며 '일반 시민의 입양 의식 변화와 함께 입양을 위한 법적 규정과 조치 보장, 양자의 제도적 장치 등 바람직한 입양 풍토 조성을 강조'했다. 또한 보건사회부의 김기업 가족복지국장은 '미혼모의 기아 발생 예방 사업을 적극 추진하는 것을 기본으로 국내 입양 전문 기관 육성, 가정 위탁 보호 사업의 확대, 양부모자격 기준 완화, 국내 입양 가정에 대한 세제 및 수당 혜택 부여 등의 실시를 추진하고 있다'고 밝혔다. 성영혜 숙명여자대학교 교수도 '국내 입양을 성공적으로 활성화시키려면 아동 중심 입양, 입양 기관 전문가들의 재교육 및 입양부모의 노후 생활에 대한 사회보장책 마련…' 등이 필요하다고 강조했다. 한편 홀트 이지숙 국내입양부장은 '국민의 이해와 참여가 가장 중요하다'고 지적하고 '소외되고 버려진 어린 생명에게 필요한 것은 따뜻한 가정임'을 강조했다(『매일경제』1990.12.10.).

이와 같이 국내 입양 활성화 분위기로 인해 당시 대두되던 미혼모 양육 지원의 필요성은 공론장에서 큰 주목을 받지 못하게 된다. 더구나 미혼모 양육 지원 필요성을 요청하는 독자 투고가 언론에 의해 '미혼모 예방'이란 제목으로 보도되기도 한다. 예를 들면 한 독자는 "미혼모를 위해 정부가 의료 보험 혜택, 아이 양육비 지급해야 한다. … 미혼모가 아이를 낳았다고 이상한 눈으로 보는 우리 인식을 바꿔야 한다"는 내용의 미혼모 양육 지원의 필요성에 대한 글을 투고를 했는데, 언론은 "조기성교육, '미혼모' 막자"(『동아일보』 1993.12.17.)라는 제목으로 보도했다. 이는 당시 미혼모 및 미혼모의 양육권 보호에 대해서 언론이 심각하게 인식하지 못하고 있었음을 단적으로 보여 주는 사례라 할 것이다.

또 다른 많은 언론 보도들도 미혼모 양육권 보호보다 국내 입양 촉진을 해외 입양 문제에 대한 최선의 해결책으로 제시하고 있다. 예를 들면 "고아 수출국 1위 국내 입양 활성화 방안은 없는가?"(MBC PD수첩, 1993.12.7.), "고아 국내입양방법 모색 입체분석 한국병 진단 '핏줄이 다른가요?'"(KBS, 1994.5.2), 그리고 "자신의 피붙이만 고집하지 말고 시야를 넓히고 철학을 가져라"(『동아일보』 1993.2.23.) 등을 통해 국내 입양의 중요성이 집중적으로 보도된다. 한편 정부는 1994년 국내 입양 활성화를 위해 "미국, 유럽 등 오래 전부터 입양아를 친자 호적에 입적하고 있으며 일본도 88년에 법 개정을 했는데 우리도 법을 개정하여 친자 입적의 길을 보장하고, 입양 가정에 대한 세제 혜택, 전세, 주택 구입 자금 융자 등 양육보조금 제도를 도입해 입양 가정에 매달 일정액의 양육보조금을 주는 방안을 적극 추진할 수 있는 방법을 검토하겠다"(『한겨레』 1994.6.3.)고 밝혔는데 이는 1995년 1월 5일 「입양촉진 및 절차에 관한 특례법」(1996.1.6. 시행)을 통해 현실화되었다.

이 법은 "① 아동복지법 제2조 제3호에 의한 요보호아동이 가정에서 보호·양육되도록 국가와 지방자치단체는 필요한 조치 및 지원을 하도록 함. ② 입양아동의 건전한 양육을 위하여 양부모의 자격요건에 가정이 화목하고 정신적·신체적으로 양자를 부양함에 현저한 장애가 없을 것을 명시하여 추가함. ③ 입양기관의 장은 양부모에 대한 사전교육과 입양 후 적응상태에 대한 사후관리를 실시하도록 함으로써 국내입양의 내실화를 기함. … ⑤ 보건사회부장관은 입양될 아동이 미아등인 경우에는 국외입양을 위한 해외이주허가를 제한하여 국외입양에 신중을 기하도록 함. ⑥ 입양기관의 알선을 받아 장애아동을 입양하는 가정에 대하여 양육보조금을 지급할 수 있도록 하여 국내입양의 활성화를 도모함"[10]을 골자로 하고 있다.

이후에도 상당 기간 국내 입양 성공 사례의 보도가 이어지며 국내 입양 활성화를 위한 대국민 홍보가 지속된다. 예를 들면 『경향신문』(1997.12.13.), "버려진 천사 껴안는 '사랑의 가정'" 기사에서는 '성가정입양원을 통한 국내 입양이 1,000명을 돌파했다'며 '1남 1녀를 둔 40대 주부가 성가정입양원을 통해 입양한 장애아를 7년간 양육한 체험 수기를 발표'하고, '입양부모들이 홈커밍데이 행사를 갖고 입양에 대한 체험을 나누고 선진화된 입양 의식의 방향을 모색했다'고 보도했으며, 그밖에도 SBS 생방송 행복찾기, "입양 이제는 기쁨입니다"(1997.12.13. 방송), 『한겨레』(1997.8.23.), "당신이 자랑스럽습니다: 국내 입양으로 큰 사랑 펼치는 사람들"과 같은 기사 등에서는 국내 입양은 '선진화된 문화'이며 '사랑의 실천'이라는 담론으로 미혼모는 여전히 '사회 문제'로 남겨둔 채 입양에 윤리적 정당성을 실어 주었다.

---

10 국가법령정보센터(www.law.go.kr), 1995년 개정 「입양촉진 및 절차에 관한 특례법」 참조.

〈그림 19〉 『경향신문』(1997.12.13.), "'버려진 천사' 껴안는 '사랑의 가정'"

2000년에 들어서면 "입양은 가슴이 낳은 사랑"이란 언설이 크게 확산된다.[11] 이로써 미혼모의 '자궁'은 입양모의 '가슴'으로 대체된다. 앞 장에서 살펴보았듯이 1990년대 「민법」 개정과 함께 미혼모가 아동에 대한 친권을 주장할 수 있는 법적 근거가 마련되었고, 2000년대 활발하게 전개된 호주제 폐지 운동 속에 미혼모 친권 보장 문제가 사회적으로 가시화되기도 했지만, 입양은 사랑의 실천이란 언설이 대중화되어 가는 가운데 미혼모는 여전히 사회적 문제로 남고 미혼모 양육 지원을 위한 사회적 인프라는 여전히 열악한 상태에 남게 되었다.

11 "입양은 가슴으로 낳은 사랑"이란 표현은 2003년 개봉해 크게 인기를 끌었던 임상수 감독의 영화 「바람난 가족」의 여주인공이 자신이 입양한 아들에게 한 대사이다. 영화의 인기와 함께 이 대사는 일반 대중들뿐 아니라 당시 다양한 가족 담론의 확산과 함께 새로운 대안 가족을 모색하던 진보 단체 및 여성 단체들의 큰 호응을 받으며 우리 사회에 널리 확산되었다. 이후 이 표현은 입양 기관들이 즐겨 사용하는 대표적인 슬로건이 되었다.

한편 2002년부터 과거 해외로 입양되어 나갔던 입양인들이 성인이 되어 한국으로 돌아와 해외 입양 중단과 미혼모들의양육권 보호를 요청하는 목소리를 내기 시작한다. 예를 들어 2002년 토비아스 휘비네트(Tobias Hübinette, 31, 한국 이름 이삼돌)는 스웨덴에 입양된 성인 1만 7천 명을 현지인과 비교 연구한 조사 결과[12]를 통해 밝힌 해외 입양인들의 비극적 삶을 국내 언론에 알리기 시작했다. 가령 『한겨레』(2002.9.15.)의 "해외입양 중단해야 합니다" 기사를 통해 "입양인들의 자살률 현지인의 5배 이상, 결혼률 현지인의 60%에 비해 절반인 30% 수준, 정신병원을 찾는 사람과 범죄율은 현지인의 3배, 입양인 취업률은 60%로 현지인의 80%에 비해 뒤쳐져 있으며 그 중 50%가 최저임금에도 못 미치는 급여를 받고, 여성의 경우 식당·호텔 등 주로 서비스직에 종사하고 있다"는 사실 등이 알려졌다. 이러한 개인적 차원의 활동을 넘어 귀환 입양인들은 스스로의 조직을 만들어[13] 해외 입양 중단 및 미혼모의 모성권 보호 활동을 활발히 펼친다. 결과적으로 국내 입양 지형에 주목할 만한 변화를 가져왔는데 그 중 하나가 2011년 「입양촉진 및 절차에 관한 특례법」의 개정을 이끌어 낸 것이다.[14]

---

12 이삼돌은 *Comforting an Orphaned Nation: Representations of international adoption and adopted Korean in Korean popular culture* 로 2005년 스톡홀름 대학에서 박사학위를 받았다.

13 해외 입양인의 당사자 운동 조직화의 상세에 대해서는 3장 2절 참조.

14 2011년 8월 4일 개정, 2012년 8월 5일 시행. 이 법의 개정은 입양인 당사자 단체뿐 아니라 뿌리의 집(입양인 권익 옹호 단체), 한국미혼모가족협회 (미혼모 당사자 단체), 민들레회(입양으로 보낸 친부/모 모임), 전국한부모연합 등과 이들과 뜻을 함께 한 정부 공무원, 국회의원 및 각계 지도자들의 협력으로 이루어졌다.

당 법은 입양은 촉진할 일이 아니라는 취지에서 「입양촉진 및 절차에 관한 특례법」이라는 기존의 명칭을 「입양특례법」으로 변경했다. 그리고 "아동 복리를 중심으로 입양이 이루어질 수 있도록 잉양 절차에 대한 국가의 관리·감독을 강화하고, 최선의 아동 보호는 출신가정과 출신국가 내에서의 양육임을 기본 패러다임으로 국가 입양 정책을 수립해야 할 것"[15]을 명시했다. 하지만 입양 기관 및 입양 부모들 그리고 그들의 입장을 지지하는 국회의원 및 방송인들을 중심으로 '출생 등록을 의무화한 조항이 오히려 미혼모의 영아 유기를 조장하므로 재개정해야 한다'는 반대의 목소리가 나왔다. 국민권익위원회 역시 "개정된 입양특례법 때문에 출생 신고 기록이 남을 것을 우려한 미혼모들이 입양을 기피하고 아이를 유기하는 사례가 발생하고 있다"면서 입양법 재개정을 촉구했다(『국민일보』 2013.5.10.). 입양특례법 재개정 위한 추진위원회가 구성되어 "유기영아의 생명권보호를 위한 입양특례법 개정촉구" 기자 회견을 가졌으며(『뉴시스』 2013.2.19.), 같은 해 4월 '영아유기방지 입양법'에 관한 공청회를 열기도 했다. 그런데 '공청회'임에도 불구하고 입양법 재개정으로 '버려진 아이를 우선 살려야 한다'는 의견에 찬성하는 패널이 '아이가 버려지지 않도록 지원이 필요하다'는 패널보다 훨씬 많은 수로 구성되어 공청회 개최 측의 「입양특례법」 개정에 대한

15 개정 골자는 "① 국내외 입양 모두 법원의 허가를 받도록 한다. ② 아동의 출생등록을 의무화한다. ③ 친생부모에게 양육에 관한 충분한 상담 및 양육정보를 제공하는 등 부모의 직접 양육을 지원한다. ④ 아동이 출생일부터 1주일이 지나고 나서 입양동의가 이루어지도록 입양숙려제를 도입한다. ⑤ 양자가 된 사람에게 자신에 대한 입양정보 접근권을 부여한다"와 같다. 국가법령정보센터(www.law.go.kr), 2011년 개정 "입양특례법" 참조.

의지를 짐작케 했다. 2019년 현재까지도 "입양특례법"에 대한 재개정 요구는 계속되고 있다.[16]

3) 재생산권으로의 미혼 모성: '모성화'와 '탈모성화'의 경계 넘나들기

앞서 언급한 바와 같이 신뢰나 사랑을 바탕으로 한 혼전 성관계에 대한 관용적인 생각이 1970년대 초반 소수 나타나기 시작해 1980년대 후반에는 남성의 대다수, 여성의 절반 이상이 사랑이 전제된 성관계에 대한 수용적 태도를 보였다. 그러나 이러한 변화가 혼전 임신과 출산을 경험한 여성에 대한 수용도까지 높아졌음을 의미하는 것은 아니었다. 정보화 사회로의 전환이 시작된 1990년대 PC 통신이 새로운 커뮤니케이션 수단으로 등장하며 젊은 세대를 중심으로 확산되었다. 이때 한 통신업체는 거의 선구적이라고 할 수 있는 온라인 데이트 시스템인 "데이트 라인"을 개발해 화제를 모았다. "이용자가 3천 원을 내고 나이, 직업, 학력 등을 검색한 후 데이트 상대를 선택하는 것이다. 2달 간 남자 1만 명, 여자 백 명을 모았는데 이때 유부남과 미혼모는 탈락시켰다"(『매일경제』 1993.6.1.)는 기사가 이를 반증하는 사례가 될 것이다.

2000년대에 들어서는 성에 대해 더욱 개방적으로 변해, "일부 젊은 세대에서는 애정이 동반되지 않을지라도 당사자의 합의에 의해 성관계 할 수 있다는 인식이 점차 확산됨으로써 혼전 성관계를 도덕적 차원에서 단죄하거나 부정시하는 경향은 크게 약화되었다"(김혜영 2009: 3). 그럼에도 불구하고 미혼 상태의 임

16　가령 MBC 뉴스(2019.5.11.)의 ""영아 유기 막겠다" 법 개정했지만…입양은 줄어"와 같은 보도가 있다.

신과 출산에 대한 사회적 시선은 여전히 지난 세대와 유사한 경향을 보였다. 김혜영(2009)은 현대 한국인들의 미혼모를 둘러싼 다양한 편견들, 예를 들면 미혼모에 대한 인식, 이웃으로서의 친밀감 또는 거부감 등을 조사했다. 조사 결과는 다음과 같다. 우선 미혼모는 '① 성적으로 부도덕하다, ② 성격에 결함이 있다, ③ 판단력이 부족하다, ④ 책임감이 부족하다, ⑤ 사회성에 문제가 있다, ⑥ 자활능력이 떨어진다'와 같은 6개의 항목 중 '③ 판단력이 부족하다'가 가장 높이 나왔고 '④ 책임감이 부족하다'가 그다음으로, 그리고 ⑤와 ⑥이 거의 같은 수준으로 나왔다. 또한 '다음 가족의 형태가 내 이웃으로 살 경우 갖는 거부감 정도'를 조사하는 항목에 있어서는 '① 이혼가족, ② 재혼가족, ③ 미혼부모, ④ 동성애, ⑤ 결혼이주, ⑥ 외도' 중 '④ 동성애'와 '⑥ 외도'로 갈등하는 가족이 3.27점으로 가장 높고, 그다음 '③ 미혼부모' 가족이 2.32점으로 조사되었다(같은 글: 37-38).

이러한 결과를 반영하듯, 2013년 연구 조사 당시 필자가 발견한 국내 유명 포털에 실린 미혼모에 대한 정의는 다음과 같다.

미혼 여성이 아이를 출산해 모친이 되는 것을 말하고 있으나 보통 미성년자의 경우를 말한다. 산업화와 도시화가 급속도로 진전되면서 성 가치관의 타락과 성개방 등으로 인한 미혼모 발생이 우리사회에 심각한 문제로 야기되고 있으며, 정부는 미혼모 발생을 막기 위해 1982년부터 기업체 근로여성과 접객업소 종사자들을 대상으로 전국 규모로 교육을 실시하고 있다. 미혼모를 보호하는 시설은 전국에 10개 정도 있으며, 이들을 수용하여 생계보호를 행하는 한편 직업보도 교육을 실시하여 사회인으로 복귀하도록 도와주고 있다.

이 정보는 현재 더 이상 검색되지 않는다. 하지만 2019년 현재 네이버 지식백과의 "재미있는 법률여행 2: 민법 가족법"에 '미혼모'는 다음과 같이 서술되어 있다. 가족 관계에 대한 정보를 안내하는 이 글은 "미혼모가 버린 아이"라는 제목을 달고 있다.

성도덕의 문란, 성에 대한 무지, 청춘 남녀의 한때의 불장난, 이루어질 수 없는 사랑 등 갖가지 사유로 미혼모가 점점 늘고 있다. 미혼모의 증가는 낙태, 버리는 아이의 증가를 가져오고, … 어쨌거나 미혼모가 버린 아이를 법률에서는 '기아'라고 하는데 … [17]

사회복지학 연구에서도 여전히 병리적 관점의 미혼 모성 연구들은 지속적으로 생산되고 있다.

미혼모 자신이 아기를 키우는 경우 아기는 아버지 없는 가정에서 자라나게 되고 어머니들이 스스로의 역할을 제대로 수행하는 데 필요한 정서적·교육적·경제적 준비가 되어 있지 못하기 때문에 정상적이고 안정된 가족관계 속에서 자라날 수 없게 되며 이것이 결과적으로 청소년 비행이라는 또 다른 사회문제를 가져올 가능성을 높여주게 되는 것 … (송광수 2012: 7)

이와 같이 미혼모에 대한 편견이 여전한 가운데에서도 1990년대 이후 미혼 모성에 대한 새로운 관점과 담론이 시작되는 변화가 목격된다. 그 계기가 되었던 것은 1990년대 호주제 폐지 운

---

17 네이버 지식백과, "미혼모가 버린 아이"에서 재인용.

동이었으며, 2000년대 들어서는 저출산 문제, 낙태 문제, 그리고 귀환 입양인들이 활발하게 벌인 해외 입양 반대 및 알권리 운동, 미혼모 당사자 및 권익 옹호 단체들의 활동 등을 통해 미혼모의 모성권 및 재생산권 보호 필요성은 오늘날까지 꾸준히 제기되고 있다.

우선 호주제 폐지 맥락에서 미혼모의 모성권을 세상에 알리게 된 계기가 된 사건은 진현숙 씨의 사례이다. 이는 1990년대 후반 친권 행사에 있어서 '부'의 전횡적 횡포를 알리며 호주제 폐지의 공감대를 끌어내는 데 일정한 기여를 한 것으로 보이며, "미혼모 양육권 문제를 본격적으로 쟁점화한 사건"(『여성신문』 1999.4.16.)으로 평가받는다. 당시 언론을 통해 보도된 진 씨의 사례는 다음과 같다.

… 2년 넘게 동거를 해온 ㅈ(40) 씨는 임신했다는 말을 듣자 폭언을 하며 아이를 낳지 말 것을 강요했다. 그러나 도저히 아이를 뗄 수 없었다. … 식당 종업원 등을 전전하다 98년 결국 아이를 낳았다. 진 씨의 연락을 받고 온 ㅈ 씨는 9월 자기가 키우겠다며 아이를 데려갔다. 그러나 그것이 긴 이별의 시작이었다. ㅈ 씨가 그날 곧바로 … 한 부부에게 넘겨준 것이다. 2주가 지난 뒤 그 사실을 알게 된 진 씨는 그때부터 험난한 '딸 찾기 투쟁'을 시작했다. … 변호사 사무실, 법원, 상담기관 등을 뛰어다니며 도움을 호소했지만 자기의 처지를 이해해 주는 곳은 한 곳도 없었다. … "좋은 곳으로 보내졌으니 딸을 위해서라도 그만 포기하라"는 말만 들었을 뿐이었다.[18] (『한겨레』 1999.7.28.)

18 진현숙 씨의 경험은 『여성신문』(1999.4.16.), "왜 모두 '친부'편만 들죠?";

진현숙 씨의 사례와 함께 2002년 정미경이라는 가명의 여성
도 독자 투고를 통해 미혼모로서 아이를 길러 왔던 어려움을 밝
히며 "미혼모 인권에 지속적 관심 가져주길" 호소했다(『한겨레』
2002.9.1.).

"미혼모만 있고 미혼부는 없는 사회"라는 제목의 기사(19일치
17면)를 읽었다. 나도 과거에 임신 8개월까지 미혼모였다. 그래
서인지 아직도 미혼모 이야기만 들으면 목이 메어 온다. 한 달 남
짓 미혼모 보호 시설에 있을 때의 느낌은 정말 우리는 국가에서
버림받은 사람이라는 것이었다. … 사랑하는 사람과 사랑의 결과
로 생긴 생명이기에 낙태를 원하지 않는다. 나 역시 낙태는 살인
이라고 배웠다. 그리고 스스로 아이를 키우길 원하는 미혼모들도
많다. 그런데도 대부분 입양을 시켜야 한다. 미혼모 보호 시설 입
소 조건이 입양을 원칙으로 하기도 한다. 아이를 낳고도 거의가
한 번도 보지 못한다. 세상의 모든 편견을 다 받아야 했다. 그리고
평생 지고 가야 하는 주홍글씨다. … 나 역시 미혼부였던 남편이
그 당시 아이를 거부했기에 나 스스로 생명을 지키기 위한 절대
절명의 선택이었다.
… 미혼모들이 자립할 수 있는 대안과 법 개정에도 관심을 가
져주기 바란다. 같은 여성들의 미혼모에 대한 편견도 바뀌어
야 한다. 취재를 통해 미혼모는 결코 쾌락을 위해서 몸을 잘못

『한겨레』(1999.7.28.), "미혼모의 권리 모두 비웃더군요"; 『국민일보』
(2000.11.16.), "[우리가 다시 쓰는 행복일기] ③ 미혼모 가족" 등을 통해 보
도되었으며, 「피해자의 증언: 독신모(미혼모)의 모성과 여성성, 그 자녀
들의 권리는 현실적으로 존재하는가」라는 글로 『일상의 억압과 소수자
의 인권』(2000)에 실리기도 했다.

굴린 헤프고 나쁜 여자가 아니라는 사실을 보여주는 심층적인 기사를 부탁한다. 미혼모 보호 시설에서는 아이와 함께 자립을 원하는 여성들에게 직업교육과 취업을 위한 미래 교육도 함께 해 준다면 더욱 좋을 것이다. 당연히 국가의 지원금 혜택도 필요하다. 내가 과거에 있었던 보호시설도 오로지 후원회원들과 자원봉사자들의 도움으로만 운영되었다. 한겨레 독자들만이라도 미혼모에 대한 편견을 벗을 수 있는 기사를 부탁드린다. (정미경〈가명〉, 부산시 금정구 구서2동)

이와 같이 미혼모 개인들이 목소리를 내기 시작하고 이에 공감하는 사회 분위기가 형성되며 결과적으로 2002년 정부는 처음으로 미혼모 양육 사업 예산을 책정했는데, 이는 미혼모 양육지원을 위해 '중간의 집'[19]을 운영하기로 결정한 것이다. 정부는 양육을 원하는 미혼모들을 지원하기 위해 공동 주거 공간인 '중간의 집'을 서울에 1곳, 지방에 4곳 등 5곳에 세워, 운영에 필요한 상담원 인건비와 경비, 아동양육비 및 미혼모의 자립을 위한 교육비 등의 지원하기로 했다(『연합뉴스』 2002.9.24.). 앞서 통계에서 보았듯, 2002년과 2004년 해외로 입양되는 아동의 100%가 미혼모 아동이었고, 또한 미혼모 양육권 보호 문제는 국내 입양 활성화 언설에 압도된 측면은 있으나 이러한 일련의 사건은 미혼모의 모성권을 공론화하는 데 기여한다.

또한 미혼 모성이 위치한 사회적 맥락에 또 하나의 의미 있는

---

19 관례적으로 미혼모 보호 시설에 입소한 여성들은 출산 후 아동을 입양보내고 자신은 퇴소했으나, 양육을 원하는 미혼모의 경우 퇴소 후 아동의 연령 제한으로 인해 바로 '모자원'에 갈 수 없기에 그에 대한 대책으로 마련된 것이 '중간의 집' 사업이다.

변화를 가져온 계기가 된 것이 저출산과 낙태 문제였다. 저출산 문제는 1990년대 후반부터 사회적 의제로 떠오르기 시작했는데 2000년에 들어서며 정부 및 사회 각계에서는 본격적으로 정책 포럼, 토론, 사설, 시평 등을 통해 저출산 해결책을 모색하기 시작한다. 이를 통해 미혼모 양육권 보호 문제 역시 주목을 받기 시작한다. 예를 들면 2002년 "출산율 1.30 진단과 대안"이라는 포럼이 한국여성정책연구원에 의해 열렸는데 "높은 가족 수당을 받는 이탈리아의 미혼모"의 사례가 소개(『한겨레』 2002.11.27.)되며, 저출산 해결을 위한 미혼모 양육권 보호의 필요성에 대한 사회적 관심을 환기시켰다. 또한 서울여자기독청년회관에서 열린 "여성의 눈으로 본 저출산" 포럼에서 이미정 연구원(한국여성정책연구원)은 "결혼 제도 밖에서 태어난 아이들을 우리 사회가 얼마나 수용하느냐가 저출산 문제 해결과 연관되어 있으며 부모의 혼인 지위에 따른 아이의 차별은 인권의 문제로 접근해야 한다"(『한겨레』 2005.5.31.)고 미혼 모성에 대한 인식 전환을 요구했다. 이러한 관점은 '미혼모를 양성하는 대책'(『경향신문』 2003.9.1.)이라든가 '가정을 파괴하는 요소'로 지목되며(『국민일보』 2005.4.21.) 비판받기도 하지만 저출산 문제를 해결하는 방안으로 미혼모 양육권을 보호해야 한다는 관점은 2019년 현재까지도 꾸준히 이어지고 있다.

한편 산부인과 의사들의 낙태 근절 캠페인은 저출산 의제와 물리며 사회적 파장을 불러일으켰으며 이를 통해 미혼모의 모성권 문제가 공론화되는 계기가 되었다. '진정으로 산부인과를 걱정하는 의사들 모임'(진오비GYNOB)은 2009년 11월 1일 '낙태 근절 캠페인' 선포식을 갖고 "생명을 살리는 일을 하는 의사로서 낙태를 거부하는 캠페인을 펼칠 것이며, 모든 불법 낙태에 대해 사법부에 엄정한 법집행을 촉구하고 정부에 대해 출산하는 임산부에 대한 지원을 우선 시행할 것과 미혼모 임신을 차별하지 말 것"을 요구하며 다음과 같은 결의문을 발표했다.[20]

> [결의문]
> 낙태 근절을 위하여 우리는 다음과 같이 결의하며 호소합니다.
> 1. 산부인과 의사는 산모 구명 차원 이외의 낙태 시술을 일체 중단하자.
> 1. 임신한 여성은 건강하게 출산할 권리와 자식을 지켜야 할 의무를 잊지 말자.
> 1. 국민은 미혼모와 태아 이상 등 어떠한 임신도 차별하지 말고 소중한 생명으로 보호하자.
> 1. 정부는 낙태 위기의 여성과 태아를 구할 수 있도록 모든 정책에 우선하여 이들을 즉각 지원하라.

이와 같이 저출산 문제나 낙태 반대 운동은 그간 우리 사회에서 온전히 탈모성화되어 온 미혼 모성의 재생산권을 공론화시키는 데 일정한 역할을 한 점은 있다. 하지만 또 다른 측면에서는 미혼모의 출산 및 양육권이 저출산 해결 방안의 일환으로 도구화되거나 낙태 금지 대상으로 출산권이 통제되는 가운데 미혼모의 모성은 다시 '본질적 모성'으로 환원되어 오히려 근대적 모성

---

20 『의협신문』(2009.10.12.), "'첫 낙태 그리고 …' 산부인과 의사의 고백";
『연합뉴스』(2009.10.18.), "불법낙태 계속 땐 산부인과 수사해달라"; 『의협신문』(2009.11.1.), "진오비 '낙태근절' 일요일마다 가두캠페인" 및 필자 참여관찰 일지를 참조했다.

〈그림 20〉 진오비 선포식(2009.11.1., 출처: 필자)

담론 안에 포획되는 모순적 상황에 놓이게 되는 측면도 간과할
수는 없다. 요컨대 2000년대 이후 미혼모는 모성의 자격이 없다
는 '탈모성화'의 언설과 자연적 어머니로 그들의 모성을 본질화
하는 '모성화'의 담론 사이에서 자신의 임신과 출산 그리고 양육
과 관련된 일련의 선택들을 고민해야 하는 경계에 위치해 있다.

2. 귀환 입양인들의 알권리 운동

해외 입양인들이 한국으로부터 공식적 초청을 받고 집단적으로 방한하기 시작한 것은 1975년부터이다(송재천 1998: 80). 1980 년대에는 그 수가 많아졌으며, 1995년 입양인 사후 관리의 일환으로 입양인들의 모국 방문 사업 추진 의무화를 명문화한「입양 촉진 및 절차에 관한 특례법」의 시행, 해외 입양인을 재외 동포에 포함할 수 있는 근거가 된「재외동포의 출입국과 법적지위에 관한 법률」제정(1999년 9월 2일)은 해외 입양인의 귀환이 본격화되는 계기가 되었다(이예원 2008: 1). 그런데 오랫동안 우리 사회에서 해외 입양인은 언제나 '성공한 입양인'으로 전형화되어 왔다. 가령, "할리우드의 교포 고아 노만 박 금의환향"(『동아일보』 1967.1.12.)을 비롯해 최근까지도 "교수가 되어 돌아온 입양 아들"(『조선일보』 2008.10.21.), "한국 입양인 출신, 프랑스 상원의원 됐다"(『경향신문』 2011.9.26.), "입양아 출신, 팰르랭 장관"(KBS TV, 2013.3.23.) 등 '해외 입양'과 '성공'을 등치하는 언설은 우리에게 낯선 것이 아니다.

하지만 1990년대 후반 귀환 입양인들에게 이러한 언설은 매우 '낯선 것'이었다. 해외 입양을 '성공'으로 포장하는 언설은 자신의 뿌리를 알지 못하고 살아왔던 그들의 삶과 동떨어진 모습이고, 누구에게 태어나 어떻게 해외로 가게 되었는지를 아는 데 아무런 도움이 되지 않았기 때문이다. 이들은 한국 사회에서 만들어지고 있는 해외 입양인들에 대한 '환상' 뒤에 전적으로 방치되고, 관리되지 않는 자신들의 출생과 친부모에 관한 기록 등에 대해 문제 제기를 시작한다. 이 절에서는 입양인 당사자 조직의 활동 및 사회 변혁 운동을 통해 미혼모 문제가 어떻게 쟁점화되었으며 이것이 사회적 차원뿐 아니라 미혼모 당사자들에게 어떠한 변화를 가져오게 되었는지 살펴본다.

1) GOA´L(Global Overseas Adoptees' Link, 해외입양인연대)

GOA'L은 1998년 3월, 12명의 미국과 유럽 출신 해외 입양인들이 '입양인에 의한, 입양인을 위한' 입양인 운동을 주창하는 12명의 미국과 유럽 출신 해외 입양인들에 의해, 입양인은 자신의 출생에 대한 알권리를 가진다는 믿음을 바탕으로 설립되었다. 2002년 2월 사단법인으로 출범해서 2004년 3월 해외 입양인이 운영하는 자생 단체 중 처음으로 비정부 기구NGO라는 법적 지위를 획득했다. 그간 GOA'L은 '한국인들과 세계 전역에서 온 입양인들 사이의 완충 지대로서 양자 간의 만남에 있어서 첫 단추를 잘 끼울 수 있도록 한다'는 철학을 가지고, '한국인의 정체성 찾기'를 모토로 '모국을 찾는 해외 입양인들을 위한 친부모 찾기, 한국 문화와 사회에 대한 이해를 도와 한국에서의 적응과 체류를 돕는 활동, 해외 입양인들이 출생정보 관리 부실로 인해 친부모 찾기에 어려움을 겪는 현실'(GOA'L 홈페이지)[21]을 알리며 해외 입양 사업의 친생부모 관련 정보관리 부실 문제점을 사회적으로 공론화했다.

구체적으로 GOA'L이 해 왔던 활동들을 보면 입양인과 친부모 간 주고받는 편지를 번역하거나, 입양인들이 F-4 비자[22]를 신청하기 위해 출입국사무소를 가거나, 입양 기관을 방문하거나 방송에 출연할 때 그리고 친부모와 상봉했을 때 통역을 도와주거나, 한국어를 가르치는 일 등을 해 왔다. 이러한 활동들은 GOA'L을 정치적 의제를 가지고 움직이는 비정부 기구라기보다

---

21 2008년 현재 한국을 찾은 해외 입양인 중 친부모 찾기를 원하는 입양인의 10%만 친부모를 찾을 수 있었다(YTN 뉴스, 2008.5.11.).

22 국내에서의 취업, 창업, 경제 활동 및 지속적 거주를 보장하는 비자이다.

〈그림 21〉 GOA'L 로고(출처: 홈페이지)

입양 후 서비스 단체에 가까운 활동을 한 것처럼 보이게 한다. 하지만 GOA'L 활동 이전의 입양인들이 한국 사회에 의해 '재현되는 대상' 또는 정부나 입양 기관의 초대를 받은 '게스트'의 입장이었다면, GOA'L 이후의 입양인들은 자신들의 경험을 이야기하고 목소리를 내는 '활동하는 주체'란 점에서 차별화된다. 따라서 이들의 활동을 단순한 사후 입양 서비스 차원을 넘어서는 것으로 평가할 수 있는데 이는 다음과 같은 이유에서이다.

이들은 우선 '친가족 찾기 운동'[23]을 활발하게 전개했다. 입양인의 친가족 찾기 운동은 자주 언론에서 신파화되며 '불행'했던 '과거'의 일이란 방식으로 재현되어 왔지만, GOA'L에 의해 '입양'은 출생 등록의 문제, 국가 간 입양으로 빚어진 입양인 정체성의 문제 등이 얽혀 있는 것이며, 또한 그것은 과거의 일이 아니라 현재에도 진행되고 있는 문제임을 드러내 보였다. 다음은 F-4 비자 취득 운동이다. GOA'L을 필두로 한 귀환 입양인 공동체가 지속적으로 정부에 요구한 결과 '재외동포의 출입국과 법적지위에 관한 법률'이 제정(1999.9.2.)되었으며 비로소 이들은 재외동포

---

23 GOA'L은 친가족 찾기를 위해 입양인들의 유전자 정보를 수집하고 저장해 놓은 유전자 뱅크를 운영하고 있다(이예원 2008: 76).

〈그림 22〉 GOA'L의 '친가족 찾기' 캠페인(출처: GOA'L 자료실)

로서의 자격을 갖고 F-4 비자를 받게 되었다(이예원 2008: 68, 재인용). 이로써 입양인의 신분은 '외국인'에서 '재외동포'로 바뀌었다. 마지막으로 GOA'L의 활동은 그간 비가시화되었던 입양인의 친생부모, 특히 미혼모를 포함한 어머니의 이야기를 우리 사회에 드러내 보였다. 그 중 하나는 2000년 건국대학교에서 개최된 GOA'L 제2차 국제 컨퍼런스이다. 이 행사는 약 일주일간 열렸으며 입양인 50명과 관계자 200여 명이 참석했고, "해외 입양인들에게 사랑과 용기를 주는 행사"(『국민일보』 2000.8.6.)로 보도되며 사회적 관심을 끌었다. 그런데 이 행사에 한 명의 친모가 예고 없이 나타났다.

입양인들의 정체성 찾기 강의가 끝나자 … 가난했던 시절 미혼모들을 대하는 차가운 시선, 한국 여성들이 지닌 열등한 사회적 지위 등을 깨달으며 (입양인들은) 엷은 미소를 보였다. … 마침 지난 74년 외아들을 스위스로 보냈다는 50대 여인이 나타나 입양 직전 찍었다는 아들의 사진을 들고 행사장을 누비고 다녔으나 결국 아들이 행사에 참여하지 않은 것을 알고는 총총히 행사장을 빠져나가 장내를 숙연케 했다. (같은 기사)

이 같은 기사는 그간 '입양'의 장에서 입양부모의 사랑과 아동복지 담론에 의해 완전히 비가시화되었던 '어머니'의 존재를 드러내 보여 준 것이다. 2000년 이후 GOA'L의 '친부모 찾기' 행사가 좀 더 활성화되면서 아이를 포기한 어머니들의 이야기도 더욱 활발하게 알려진다.

7년 전 미국으로 입양된 칼리 조이 데숀 양(8·한국명 최혜숙)이 가족을 찾고 있다. 1992년 9월 22일 대구 제일모자원에서 태어났다고 입양 서류에 기록돼 있다. 동방사회복지회 대구 지부를 통해 1993년 5월 6일 미국 가톨릭 사회복지회로 입양됐다. 공장 동료였던 아버지가 임신 사실을 알고 연락을 끊자 어머니가 아이의 장래를 위해 입양을 결정했다고 한다. (『국민일보』 2000.8.27.)

시카고에 거주하는 음악교사 타일러 버그(25) 씨는 2007년부터 올 6월까지 지속적으로 GOA'L에 친가족을 찾아달라며 요청했으나 메아리가 없어 애만 태워 온 사례다. 그는 1987년 7월 18일 부산시 남구 망미2동의 최은선 조산소에서 태어났다. 기록에 따르면 생부는 군복무 중인데다 친모가 미혼이어서 양육이 어려워 홀트에 입양을 의뢰했고, 해외 입양 전까지 서울의 위탁 가정에서 자랐다. (『한국일보』 2012.9.17.)

한편, GOA'L은 친부모 찾기 활동뿐 아니라 "국내든 해외든 입양이 생기지 않도록 한국사회가 형편이 어려운 가정이나 미혼모, 양부모 사망한 가정 등에 대해 특별한 지원을 해야 한다고 강조"하며 "활동 내용에 미혼모의 인식 개선을 위한 프로그램 도입을 계획"(『연합뉴스』 2006.6.24.)하는 등 해외 입양의 경험에서 미혼 모성의 경험을 맥락화하고자 노력했다. 하지만 GOA'L은 동시에 '국내 입양 촉진'도 주장했는데[24] 이러한 측면은 미혼모가 아동을 포기하는 경험을 맥락화하며 사회적으로 미혼모의 지위와 인식 개선의 필요성을 쟁점화했다는 의미는 있지만 결국 국내 입양의 대상이 되는 아동 역시 대부분 미혼모의 자녀라는 점은 간과했다고 볼 수 있다. 그럼에도 불구하고 GOA'L의 활동은 오랫동안 인류애 및 아동복지 실천이란 담론 속에 온전히 사라졌던 미혼 어머니들의 존재를 표면화한 계기를 만들었음은 분명하다.

2) ASK

ASK(Adoptee Solidarity Korea, 국외입양인연대)는 해외 입양 중단을 최종 목표로 하고, 입양인들 스스로가 목소리를 내어 한국 입양 현실을 바꿀 수 있는 주체가 되도록 당사자 교육과 인식 개선을 위해 힘썼다. 이를 통해 한국 사회에 미혼모들이 아이를 포기하지 않도록 관련 정책을 마련할 것을 요구하고, 미혼모 당사자들과의 접촉을 통해 입양의 현실에 대해 새롭게 볼 수 있도록 힘썼다는 점에서 앞서 살펴본 GOA'L과는 차별화된다. 특히 당

---

24 GOA'L의 인터네셔널 어드바이저는 인터뷰에서 "미혼모를 위한 프로그램과 국내입양 촉진을 위한 캠페인을 펼칠 예정"(『연합뉴스』 2006.6.24.)이라고 밝혔으며, 2007년 개최된 '입양인들의 월드컵 대회'에서 주최 측은 바자회 수입은 "국내입양 활성화를 위해 미혼모 시설에 기증될 것"(『오마이뉴스』 2007.8.3.)이라고 밝혔다.

사자주의와 여성주의적 관점에서 입양인과 미혼모들의 입양에 대한 인식 개선과 셀프 임파워먼트를 시도했다는 점에서 ASK는 입양인 공동체 안에서도 "급진적, 전투적, 페미니스트적이라는 꼬리표"를 달고 있기도 하다(이예원 2008: 87-89).

ASK는 2004년 설립된 이래 국내외로 활발한 활동을 펼쳐 왔다. 하지만 2017년 11월로 창립 13년 만에 단체는 공식 해산한다.[25] ASK가 활동 당시 가장 중시했던 것은 입양을 새로운 관점에서 보도록 하는 의식화였다.[26] 매월 입양 관련 논문이나 신문 기사 또는 책을 읽고 토론하는 모임을 갖기도 하고, 미혼모들과의 만남의 기회를 마련하고자 미혼모 영어 교실, 미혼모와의 좌담회[27] 등을 열기도 했다. 또한 해외의 입양 관련 행사에도 참여하며 단체의 존재와 활동 및 미션 등을 알렸다. 예를 들면 2004년 International Korean Adoptees Association(세계한인입양인대회, 이하 IKAA)[28]에 참석했으며, 입양부모와 입양인이 모이는 국제 회의인 Korean American Adoptee Adoptive Family

25 "ASK 공식 해산 편지"(https://www.facebook.com/AdopteeSolidarity Korea/).

26 ASK 구 홈페이지 및 홍보물 참조.

27 이 좌담회의 성과 중 하나는 입양인 감독 태미 추(Tammy Chu)가 「회복의 길」Resilience(2009)이란 다큐멘터리를 완성한 것이다. 「회복의 길」은 아들을 입양 보내야 했던 어머니와 미국으로 입양 보내진 아들이 30년 만에 만나 그들의 끊어진 모자 관계를 어떻게 회복할 수 있는지 질문을 던지는 다큐멘터리이다. 2010년 「나를 닮은 얼굴」로 극장에서 개봉되었다. 태미 추는 ASK의 멤버였으며 좌담회 등을 계기로 많은 입양인들과 미혼모들을 만나 이 작품을 완성할 수 있었다.

28 Gathering이라고 불린다. 해외 입양인들에 의해 조직되어, 1999년 미국 워싱턴에서 첫 대회가 개최되었다. 2~3년마다 열리는 이 대회는 노르웨이 오슬로에서 제2회(2001)가 개최된 이래 계속 서울에서 열리고 있다.

Network KANN[29]에도 참석하며 입양에 대한 관점을 입양하는 쪽에서 입양 보내지는 아동과 그의 원가족 쪽에서 보도록 관점을 바꾸기 위한 활동을 활발하게 펼쳤다. 2007년 4월에는 국회에 '해외입양중단 촉구 탄원서'를 제출하며 "어머니가 자신의 아이를 포기하도록 강압을 받는 것 또한 어머니로서의 권리에 대한 침해"임을 사회적으로 알리기 위해 노력했다.

ASK가 이처럼 해외 입양인의 다양한 경험 중 여성, 어머니 또는 미혼모에 집중했던 데에는 창립 멤버 중 한 명인 캐시(가명)의 경험이 그 배경으로 작용한 것으로 보인다.

우리 엄마는 돌아가시기 바로 전까지 우리를 입양 보낸 것에 대해서 스스로를 용서하지 못하셨다. … 그녀는 슬퍼하고 후회하면서 돌아가셨는데 그것은 내가 원치 않는 것이었다. 나는 친엄마를 통해 얼마나 아이를 포기하는 것이 힘든 것인지, 어떻게 그녀가 이런 결정을 하게끔 상황이 만들어졌는지를 보고 들을 수 있었다. 그리고 그 결정으로 인해 그녀가 한평생 얼마나 고통을 받았는지도. (이예원 2008: 105, 재인용)

2005년에는 ASK 멤버인 입양인 박수웅 씨(미국명 로스 오크)[30] 역시 자신의 친모가 충분히 누리지 못한 미혼모 모성권 회복을 위해 활발한 활동을 펼쳤다. 그는 "미혼모와 입양인 문제는 개인적 차원을 떠나 구조적으로 해결돼야 할 사안임"을 한국 사

---

29 미국 내 한인 입양인과 입양인 가족 간의 친교의 장을 마련하고 네트워크를 강화하는 목적으로 1998년에 만들어진 미국의 비영리 단체이다.
30 박수웅 씨는 2013년 12월 현재 제인 정 트렌카와 함께 TRACK의 공동대표를 맡았다.

회에 알리기 위해 글[31]을 쓰기도 하고 입양 단체 인사나 대학 교수 등 전문가를 찾아다니며 미혼모 양육 지원 마련을 촉구하기도 했다. 그는 자신의 활동을 "냄새도, 소리도, 얼굴도 모르는 친엄마에 대한 보답이자 용서라고 여긴다"(『한국일보』 2005.2.21.)고 했다.

또 한편 ASK의 제니 나Jenny Na는 2007년 해외 입양과 미혼모의 문제를 사회문화적 맥락과 국가 간 입양이 소비되는 맥락에서 비판하며 '입양'과 '미혼모'에 대한 근본적인 질문을 우리 사회에 던졌다.

전 세계에서 온 한국 출신 입양인 700여 명이 이번 주 서울에서 모인다. 이번 Gathering[32]은 역사상 가장 큰 입양인 대회가 될 것으로 전망된다. … 우리를 해외로 내보낸 사람들은 우리가 되돌아올 것을 예상하지 못했을 것이다. 그렇지만 우리는 돌아왔고 그 수는 해마다 늘어나고 있다. … 수요일 개회식에서는 보건복지부 대표가 환영사를 읽을 것이다. 점잖게 빼입고 언론이 바라는 완벽한 성공 이미지를 연출하고 있는 우리에게 "미안합니다" 또는 "사랑합니다" 따위의 입에 발린 소리를 늘어놓을 것이라고 상상하는 것은 불가능한 일이 아니다. … 한국 정부가 해외 입양을 지지하는 것은 바로 아무 힘없고

---

31 박수웅 씨는 다른 입양인들과 함께 친엄마를 생각하며 보내는 편지를 썼고, 이는 『부치지 않은 편지』(2005)라는 책으로 국제교육문화교류협회(IECEF)에 의해 발간이 되었다.
32 한국어로 번역된 기사 본문에는 '모임'이라는 일반 명사를 사용했으나 원문 검토 결과 '세계한인입양인대회'의 별칭 Gathering을 지칭하는 것으로 확인되어 수정해 실었다.

소외된 … 여성들에게서 자신의 아이들을 스스로 돌보겠다는 의지와 자신감을 빼앗아가는 것이나 마찬가지다. … 정부는 해외 입양 사업으로부터 재정적으로 수혜를 받을 뿐 아니라 국민의 기초적인 사회복지에 지출해야 할 비용을 아끼는 이득을 얻고 있다.

한국에서 해외 입양 중단 목소리는 1979년부터 나왔다. 그러나 바뀐 것은 없다. 오히려 가족을 지킬 권리는 점점 특정 사회계층의 특권처럼 돼 가는 것 같다. … 입양인들의 모습과 경험, 성취는 매우 다양하고 광범하다. 그럼에도 대부분의 사람들은 이처럼 풍부한 입양인 이미지에 무심하다. … 이번 주 언론매체는 우리가 얼마나 김치를 잘 먹는지, 또는 한국을 어떻게 생각하는지 따위에 초점을 맞출 것이다. (그리고) 왜 우리가 해외로 보내졌는가에 대한 질문이나 이와 관련된 문제를 심층적으로 점검하는 일은 잊혀질 것이다.

한국은 세계 4위의 아이 수출국이다. 이렇게 많은 아어를 해외로 내보내는 요인은 간단하지 않다. 불충분한 사회복지, 미혼모 편부모 입양인 가족과 아이들에 대한 사회적 편견, 제대로 보호받지 못하는 여성 인권, 강압이 아닌 실질적인 도움을 받을 수 있는 상담기관의 부족과 입양주선기관의 개입, 피임 등 성과 관련된 상담을 받을 수 있는 시설의 부족, 아이 아버지에게 아이의 양육 또는 양육비 지원을 의무화하는 법의 미비, 아이와 가족을 돌볼 대체수단의 부족, 해외입양과 국내 입양의 비용 차이, 서양의 어린이 수요, 이런 것들은 단지 몇 가지 사례다.

문화와 언어, 가족의 상실은 입양인들이 결코 완전히 회복할 수 있는 것이 아니다. 생모와 그 가족한테도, 잃어버린 아이를 대체할 수 있는 것은 어디에도 없다. 상상할 수 있겠는가, … 당신은 당신의 어머니, 누이, 이모, 친구에게 그런 일을 하라고 생각으로나마 권할 수 있겠는가? 그럼에도 그런 일은 여전히 일어나고 있다. 정부가 수요일 개회식 연설에서 이런 이야기를 할 것이라고 예상하는 것은 비현실적일 것이다. … 어린 아이의 슬픔과 상실, 생모와의 이별은, 아무것도 잘못된 것이 없다고 시치미 떼는 나라에서 섹시한 뉴스거리가 아니다. 정부가 나서서 어린 아이들과 그 가족의 생이별을 막는 일은 언제나 가능할까? (『한겨레』 2007.8.1.)

그리고 다음 해 가정의 달 5월 ASK 회원들은 한강시민공원에서 해외 입양 중단 및 "어려운 가정이나 미혼모 가정을 우리 사회가 분리할 것이 아니라 따뜻하게 끌어안아야 한다"는 주장을 하며 퍼포먼스를 펼쳤다. '입양 없는 하루'라는 퍼포먼스에서 입양되는 어린이들을 실은 비행기를 상징하는 비행기 조형물을 땅바닥에 그리고 그 위를 따라 한 해 해외로 보내지는 아동들의 수와 그로 인해 얻는 수익을 상징하는 100원짜리 동전이 입양인들에 의해 놓였다.

한편 2015년 ASK 운영위원회 위원인 김애니는 자신의 친가족 찾기 사례를 국회 정책 토론회에 참여하여 발표했다. 그녀는 1989년 태어났으며 다음 해 미국으로 입양 보내졌다. 친부모에 대한 그리움과 자신의 뿌리를 알고자 하는 마음에 한 푼 두 푼 저축을 했으며 대학을 졸업하고 그간 모은 돈으로 한국에 왔다. 이후 중앙입양원과 접촉했으나 '친모에 대한 정보는 무엇도 제공할 수 없다'(김애니 2015.10.29.: 47)는 답변만 들었다. 할 수 없이 입양 파일이라도 가지고 있으려고 복사를 요청했는데 전달 받은

<그림 23> 『한겨레』(2008.5.7.), "입양 아이 태운 비행기는 이제 그만!"

서류 속에 친모의 소재를 파악할 수 있는 단서를 우연히 발견했다. 중앙입양원이 검정 펜으로 지운 등기우편 번호가 유리창에 비추어 보니 나타난 것이다. 이후 그녀는 우체국으로 가서 백방으로 수소문 한 끝에 친모와 재회하게 된다. 이러한 자신의 경험을 발표하며 다음과 같이 요청했다.

여러분 제발 입양인의 친가족 찾기에 관한 법이 바뀔 수 있도록 도와주세요. 그리고 입양인들이 본인들에 대해서 알 수 있는 정보를 알권리가 생길 수 있도록 해 주세요. 모든 사람들이 최소한 자기가 누구인지에 대해 알 수 있는 권리가 있도록 도와주세요. (같은 글: 50)

이상과 같이 ASK는 2017년 해산할 때까지 해외 입양이란 문제를 입양인과 친모의 입장에서 볼 수 있는 관점의 전환을 통해 관련법을 개정하고자 노력했다.

3) TRACK

ASK가 국회에 탄원서를 제출하던 같은 해인 2007년 또 다른 해외 입양인 당사자 단체인 TRACK(Truth and Reconciliation of the Adoption Community of Korea, 진실과 화해를 위한 입양인 모임)[33]이 만들어진다. 이 단체는 과거 입양 아동의 출생 기록이 뒤바뀌거나 사실과 다른 것에 대한 문제 제기를 하며 과거의 진실을 규명하고 관련자들의 사과를 받은 뒤 서로 위로하며 공동체의 미래를 열어간다는 취지에서 설립되었다.[34] 이후 이들은 입양인의 출생 기록 바로잡기와 입양 과정의 투명화, 그리고 미혼모 및 입양인 당사자 권익 증진을 위한 활동을 하고 있다. TRACK은 미혼모 및 아동의 원가족 지원 우선, 그리고 그것이 불가능한 상황일 경우 국내 입양, 마지막 선택으로 해외 입양을 추진하는 원칙을 지켜야 한다고 강력히 요구하며 미혼모 양육권 보호를 최우선으로 한다. 또한 입양인 단체들뿐 아니라 한국의 여러 시민 단체들과의 연대를 통해 미혼모 스스로 양육할 수 있는 정책을 만들고 그들의 양육권을 법적으로 보호하기 위한 다양한 노력을 하고 있다.

TRACK은 2007년 7월 유럽으로 입양된 3명의 입양인과 미국으로 입양된 2명의 입양인들에 의해 설립되었다. 2019년 현재 대표를 맡고 있는 제인 정 트렌카(Jane Jeong Trenka, 이하 '제인')[35]가 입양 보내진 맥락을 살펴보면[36] 과연 입양을 단순히 아

---

33 2005년 출범한 한국 정부 기구 '진실과 화해를 위한 과거사 정리 위원회'로부터 그 개념을 빌려왔다. 일제 식민주의나 군사독재 정부 하에서의 빈민주적, 반인권적 역사를 바로잡기 위해 정부 산하의 위원회가 주최가 되어 조사를 하듯, 해외입양인들의 역사에 대해서도 이러한 독립적이고 포괄적인 조사를 통한 진상규명이 이루어져야 한다는 주장을 하고 있다.

34 TRACK 홈페이지(www.adoptionjustice.com/).

35 설립 멤버 중 1인이면서 단체의 사무총장을 거쳐 현재 공동대표를 역임하고 있다.

동복지적 관점에서 바라볼 수 있는지 질문을 하게 된다. 제인의 입양 과정에는 제도적으로 보호받지 못한 모성의 문제, 취약한 가족복지와 제도화된 입양 시스템 안에서 고아의 신분을 획득하게 되는 아동의 문제 등이 포괄적으로 드러나기 때문이다.

제인은 1970년대 초반에 태어나 6개월 때 당시 4살이던 언니와 함께 미네소타에 자녀 없이 살고 있는 한 부부에게 입양 보내졌다. 제인이 입양 보내지게 된 배경에는 친부의 폭력이 있었다.

저희 친엄마가 첫 번째 결혼에서 오빠를 두었는데, 첫 남편이 한국전쟁에서 전사하면서 재가해 저희 아버지랑 결혼했어요. 아버지는 그 오빠가 있는지도 몰랐죠. 어릴 때 엄마랑 헤어진 오빠가 고등학생이 되었을 때 엄마를 만나고 싶어 찾아갔는데, 그 사실을 알게 된 아버지가 폭력이 심해지더니 결국은 엄마를 때려서 코뼈가 부러지는 일이 생겼어요. (『오마이뉴스』 2010.12.22.)

제인 친부의 폭력은 이미 제인이 태어날 때부터 시작되었다. 제인의 친모는 두 번째 부인으로 들어와 제인을 포함해 딸만 셋을 낳자, 친부는 폭력을 행사하기 시작했고 제인과 바로 위 언니를 입양 보내라 윽박질렀다. 어머니는 할 수 없이 입양 기관에 딸들을 보냈는데 이후 어머니의 동의 없이 제인과 언니는 입양 기관에 의해 입양이 보내진 것이다. 이후 제인은 "친척들로부터 두 딸이 입양 보내졌다는 이야기를 듣고 친엄마는 정신 나간 사

---

36 제인의 생애 이야기는 그녀의 자전소설 『피의 언어』, 제인의 블로그, TRACK 홈페이지, 신문 기사 등을 참조했다.

람처럼 개를 아기 업고 다니듯 포대기에 싸서 업고 다녔다"(*The New York Times* 2013.6.28.)고 들었다. 그러다 친엄마는 "바로 입양 기관에 달려가 겨우 입양된 집 주소를 알아내 한복도 보내고 편지도 보냈다. 하지만 양부모는 친엄마를 만나게 해 주려는 노력을 하지 않았다. 대신 제인은 자라며 '친엄마는 아이를 버린 무책임한 미혼모'라는 말을 들었다"(같은 기사).

1995년 제인은 CHSM의 모국 방문단을 통해 처음 한국을 방문했으며 그때 친모를 만났다. 양부모의 말과 달리 친모는 미혼모가 아니었다. 딸을 보자 친모는 "용서를 구하고 가슴을 내보이며 젖을 먹여 키웠노라고 했다"(같은 기사). 2000년 친모가 암으로 사망할 때까지 제인은 한국을 드나들며 어머니를 간호했다.

제인은 "친모가 살아생전 그녀를 입양 보낸 죄책감에 시달리는 것을 볼 때 '엄마 괜찮아요, 엄마는 옳은 결정을 내렸어요'라고 말해야 하는 압박을 느꼈다. 따라서 입양에 대한 긍정적 측면만이 아닌 부정적 측면도 공존한다는 것을 말할 수 없었다. 친모가 돌아가시고 나서야 비로소 자신의 진실한 이야기를 쓰기 시작했다"(이예원 2008: 49). 이것은 제인의 자전 소설 『피의 언어』[37]가 되었다.

2007년 제인은 'Gathering'에서 민들레회[38]의 친모들과 함께 "해외입양반대", "Korean babies not for export", "나의 아기 나의 손으로 Real choice for women and children"란 구호를 외치

---

37 『피의 언어』는 2003년 가을 반즈앤노블이 정한 '신인작가'에, 2004년 미네소타 북어워드 '자서전', '새로운 목소리' 부문 상을 받았으며 현재 미국 내 여러 대학에서 영문과 부교재로 채택하고 있다.

38 민들레회는 1970~80년대에 아이를 해외로 입양 보낸 어머니들의 모임이다. 다음 절에서 구체적으로 논의함.

며 거리 시위를 했다. '경찰이 곧 해산을 시켜 45분 정도 만에 시위가 종료되었지만 80명의 입양인들이 참여했고, 8개 신문사에서 보도했으며, 라디오 프로그램에도 소개가 되었다'(같은 책: 50). 이상과 같이 제인이 경험한 일련의 사건들―친모가 자신과 언니를 포기할 수밖에 없었던 일련의 과정과 어머니의 죽음―은 제인을 한국으로 오게 했고, 입양인들 및 입양을 보낸 친모들과의 활동은 TRACK을 만드는 계기가 되었다. 그런데 TRACK이 다른 입양인 단체와 달리 "입양 기록을 올바르게 할 것"을 미션으로 채택한 것은 바로 제인과 많은 다른 입양인의 입양 기록이 '거짓'임을 알게 된 것이 그 배경에 있다.

예를 들면, 호적에 기록된 제인의 한국 이름은 정○○이다. 아버지 정○○과 어머니 이○○ 사이에서 197○년 1월 용산구 ○○동에서 태어났다. 아버지 호적에는 어머니 이○○와 196○년 혼인하고 199○년 이혼한 것으로 나온다. 따라서 제인은 혼인한 부부 사이에서 태어난 딸이 확실하다. 하지만 한국 측인 한국사회봉사회에서 작성한 제인에 대한 기록은 호적에 나타난 사실과 다르다. 우선 생년월일이 197○년 3월 ○일로 변경되었으며, 가족상황Family Status에는 "친모는 출산 후 바로 아이를 유기한 것"으로 되어 있고, 친모의 혼인 상태Marital relationship with the child's father는 "정식으로 혼인하지 않고 5년간 동거하다 아이들을 출산"한 것으로 되어 있다. 추가 정보란에는 "정○○은 앞으로 아이들의 친모와 재결합할 가능성이 없고 자신은 아이들을 돌볼 능력이 없으며 키울 의지가 없다고 생각하고 있다"고 기록되어 있다. 호적에 엄연히 친부와 친모가 명시되어 있었음에도 불구하고 미국 법무부 이민 허가서에 제인은 '고아'로 기록되었다.[39]

이렇듯 입양 과정을 거치며 혼인을 통해 정식 결혼 생활을 하던 제인의 어머니는 미혼모가 되었고, 법률적 가족관계에 있던 제인은 입양 과정을 통해 고아가 되었다. 그리고 어머니에게 부여된 '미혼모'라는 신분은 제인이 고아의 신분을 획득하는 데 걸림돌이 되지 않았으며, 국가 간 입양의 합법성을 보장했다. 이는 해외 입양이라는 맥락에서 입양을 보내는 국가와 입양을 받는 국가 간 미혼 모성은 온전하게 모성 및 가족의 범주 밖에서 이해되고 있었음을 보여 주는 사례가 될 것이다.

제인은 다른 많은 입양인들의 입양 기록도 이와 같이 정확한 정보가 아니거나 거짓 정보에 의해 '고아'로 기록된 것을 발견한다.[40] 이것이 다른 단체와 차별화된 TRACK의 운동성의 방향을 정했으며, "기록을 바로 잡자!"Setting the Record Straight라는 슬로건이 탄생하게 된 배경이다. 설립 이후 국민권익위원회에 입양인의 고충 민원 제기, 국회의원 보좌관들과의 접촉, 공익변호사그룹 공감 및 여성·시민 단체 등과의 협력 관계를 구축했으며, 입양법 개정 청문회에 참석해 "입양인 없는 입양법 개정은 무효"라는 캠페인을 진행하기도 했다.

TRACK과 연대 단체들의 활발한 활동은 2009년 10월 국민

---

39 이상은 2013년 제인의 블로그 Angry Ajuma에 공개된 호적에 기초해 작성했다. 2018년 현재 홈페이지는 운영 중지 중이어서 호적 캡처 이미지는 게재할 수 없음을 밝힌다. 제인 및 입양인들의 '신분 세탁' 문제를 다루는 기사로는 『경향신문』(2009.11.11.), 『연합뉴스』(2012.10.10.), 『프레시안』(2017.7.17.) 등을 참조할 것.

40 데이비드 스몰린David Smolin은 "회유, 강압, 또는 금전 등을 받고 아동을 확보한 뒤 고아로 바꾼 다음 입양"시키는 일련의 과정을 "아동 세탁"이라고 부른다. 그는 특히 국가 간 입양에서 "아동 세탁"이 빈번히 일어남을 밝히고 이는 "일종의 아동에 대한 착취이며 인신매매"라고 주장한다(Smolin 2007).

〈그림 24〉 제1회 '싱글맘의 날' 거리 캠페인(2010, 좌), 제3회 '싱
글맘의 날' 개회인사를 하는 제인 정 트렌카(2013, 우)
(출처: 뿌리의 집)

권익위원회가 "입양인 권익 증진방안"이라는 제도개선권고문
(민원제도개선 2009-64호)에 "1. 아동양육환경 조성분야(양육수
당, 양육보조금 지원 등 미혼모에 대한 지원강화, 입양결정숙려제 강
화 등 입양의사 결정방식 개선)"를 포함하고, 2012년 '입양숙려제
도입'과 '아동 출생등록 의무화'를 골자로 하는 입양법 개정에 주
요한 영향을 끼치는 데 기여했다.[41]

3. 미혼모의 양육권 및 권익 보호 운동

1) 민들레회[42]: 입양을 보낸 친생 부·모들의 모임

민들레회는 입양을 보낸 네 명의 엄마가 자녀의 상실을 위로하는 자조 모임으로 시작했다. 이들은 2005년부터 만남을 가져오다 2007년 8월 1일 공식 출범했는데 이 모임을 처음 제안한 노명자(52) 씨의 의하면 모임의 시작 경위는 다음과 같다.

입양 보낸 지 수십 년 만에 '내 새끼'를 만났는데 아무것도 해줄 게 없는 거예요. 말도 안 통하고, 좋아하는 것도 모르고, 마냥 울 순 없었어요. 얼마나 보고 싶었는데, 그래서 입양인 엄마들의 모임을 만들자고 생각했어요. 엄마들끼리 만나서 같은 아픔을 서로 보듬고 다시 만난 아이들에겐 어떻게 할지를 함께 공유해 보자는 것이었죠. (『샘터』 2010.12.: 72, 재인용)

노명자 씨는 단체의 사무총장을 거쳐 2018년 현재 대표를 역임하고 있다. 그리고 입양 보낸 아들과 재회하는 과정을 담은 다큐멘터리 「회복의 길」(추후 「나를 닮은 얼굴」로 개봉, 감독 태미추)의 주인공이기도 하다.

2007년 공식 출범 이후 민들레 회원들은 'Gathering'에 참석

---

41 미혼 모성과 입양인의 권익을 위한 법적, 제도적 변화를 위해 함께 협력한 더 많은 개인들과 단체들이 있지만 지면상의 이유로 다 언급할 수 없음을 밝힌다.

42 민들레라는 단체 이름은 세상에 흩뿌려진 민들레 홀씨가 꽃을 피우듯 이역만리로 떨어져 있는 아이들이 훌륭하게 크길 바라는 친부모들의 작은 소망에서 비롯됐다(『미주 한국일보』 2007.8.14.).

하기 위해 방한한 해외 한인 입양인 30여 명과 뜻을 모아 해외 입양 반대 캠페인을 벌였는데, 해외 입양인들과 연대한 생모들의 해외 반대 운동은 당시 언론의 주목을 받았으며, 입양 대상 아동 대부분인 미혼모의 자녀라는 사실, 미혼모의 양육권과 아동의 권리가 입양 제도에 의해 구조적으로 침해당하고 있다는 쟁점들이 사회적으로 알려졌다.

어린 아들·딸을 외국으로 입양 보냈던 엄마들의 모임인 '민들레' 회원들이 4일 세계한인입양인대회 주간을 맞아 전국 곳곳에서 모인다. '우리 아이는, 우리 손으로'라는 구호 아래 '국외 입양에 반대한다'는 시민들의 서명을 받기 위해서다. 핏덩이 아이를 미국으로, 프랑스로, 노르웨이로 보낸 뒤, 평생 씻지 못할 그리움을 안고 산 엄마 회원 10여 명은 대회 기간 한국을 찾은 입양인 30여 명과 함께 100만 명 서명 운동에 나선다. … 2005년부터 한국에서 살고 있는 미국 입양인 정경아(35) 씨도 국외 입양 반대 운동에 참여했다. 자전적 소설인 『피의 언어』를 국내에서 출간한 그는 민들레 엄마들과 입양인들의 '연대'를 돕고 있다. … 정 씨는 국외 입양에 대해 "한국 사회가 외국으로 '문제' 아이들을 입양 보냄으로써 사회 문제를 은폐하고 있다"고 말한다. 1970~80년대까지는 '빈곤', 이후로는 '미혼모'라는 사회 문제를 외국 입양으로 손쉽게 쓸어내 버리고 있다는 것이다. … 지난해(2006년) 국외입양아 1899명 중 9명을 뺀 나머지 모두가 미혼모의 아이였으며, 한국은 중국, 러시아, 과테말라에 이어 국외 입양을 가장 많이 보내는 나라다. (『한겨레』 2007.8.2.)

민들레회의 첫 공식 활동이 된 '해외 입양 반대' 캠페인은

2007년 8월 4일 오후 서울 장충동 지하철 3호선 동대입구역에서 열렸다. 해외 입양인들과 함께 "나의 아기 나의 손으로"라는 내용이 적힌 팻말을 들고 해외 입양 금지 촉구 서명 운동을 전개하며 "예전에는 힘든 사연이 있어 아이들을 외국으로 보내는 경우가 많았지만 이제는 어려운 처지의 엄마가 직접 아이를 키울 수 있는 사회적 시스템이 만들어져 고아 수출국의 불명예를 씻어야 한다"(『연합뉴스』 2007.8.4.)는 메시지를 전달했다.

이들의 활동은 해외의 한인 언론에도 보도되며 현지의 입양 부모 및 한인 입양인들의 관심을 끌기도 했다.

이역만리에 갓 낳은 핏덩이를 넘길 수밖에 없었던 회한과 죄책감. 이 때문에 속으로 눈물만 삼킨 채 아이를 찾을 수도 없었던 생부모들이 세상과 소통하며 아이들을 애타게 부르고 있다. 1일 출범한 민들레 친부모 모임에는 벌써부터 미국에서 한국 아기를 입양한 푸른 눈의 양부모, 그리고 이들의 활동을 지원하는 한인들이 글을 남기며 용기 있게 세상에 고개를 든 친부모들의 용기를 칭찬하고 있다. 한국 아기를 입양한 마사 크로포드는 "선택이란 것이 불가항력의 상황에 자주 놓이게 되는 것을 안다"며 자식을 입양 보낸 친부모를 위로했고 2004년 한국 여아를 입양했다는 미국인 엄마는 익명으로 "매일 내 아이의 생모가 누구일까? 어떻게 아이가 생겼을까 궁금해 할 그 엄마를 상상한다"며 "미국에서 당신의 아이가 사랑받고 있다는 것을 알면 좋겠다"며 돕고 싶다는 마음을 글로 남겼다. '서드 맘'이란 아이디로 글을 올린 입양부모는 "당신들의 용기에 대해 존경심과 사랑을 보낸다"며 해외 입양 반대를 지지한다고 말했다. (『미주 한국일보』 2007.8.14.)

'민들레회'는 캠페인 이후 곧바로 온라인 카페 '민들레 향기 방'을 열고[43] 보다 활발한 활동을 준비한다.

다시는 이 땅에 버려지는 아이를 없게 하겠다는 의지를 가지고 미혼모 생활시설 자원봉사 활동을 하며 입양 보내려는 미혼모를 만나 오랜 시간 설득했다. 겪어 봤기에 할 수 있는 이야기였다. 잊히는 게 아니라 살수록 가슴을 후벼 파는 고통이라고 말해줬어요. 그리고 말했죠. "내 자식인데 누가 더 잘 키운다고 보내?" 노 씨를 비롯한 민들레 엄마들의 합심으로 80%가 넘는 '젊은 엄마'들이 마음을 바꿨다. (『샘터』 2010.12.: 72)

그리고 "한국에서 생활하는 국외입양인에게 김치며 밑반찬을 만들어 먹이고 싶고, 국외 입양율이 0%가 되게끔 만들고 싶고, 한국에 부모를 찾으러 온 입양인을 위한 편의시설도 만들고 싶다"(같은 기사: 73)는 계획을 세우고, 2011년 제1회 '싱글맘의 날' 국제 컨퍼런스를 공동 주최하는 등 지속적으로 움직였다. 하지만 점차 회원 활동은 침체기에 들어섰다. 그러다가 2012년 10월 이 모임을 다시 활성화시키기 위한 대책 회의가 뿌리의 집에서 열렸으며 그 일환으로 11월 체계적인 조직화를 위해 전문가를 섭외해 회원 교육을 진행했다. 같은 해 11월 24일 뿌리의 집 '연대의 날' 행사에 참여해 해외 입양인과 미혼모 단체들과의 동반자 관계를 다지고 12월 「유엔아동권리협약」에 관련한 인권 교육을 받았다. 2012년까지 '싱글맘의 날' 공동 주최 단체로 참여했

---

43 cafe.daum.net/1004adoption. 2007년 8월 8일 오픈. 2018년 현재 활발하진 않지만 여전히 카페는 운영되고 있다.

〈그림 25〉 2013년 5월 10일, 국회의원회관
제3회 '싱글맘의 날' 개회를 선언하는 민들레회의 정진달(좌), 노금주(우) 공동대표
(출처: 뿌리의 집)

으나 2013년 행사는 주관 단체로 역량을 발휘하기도 했고, 그밖에도 '입양특례법 및 베이비박스 관련 기자회견' 및 입양특례법 공청회에 토론자로 참가하는 등 활발한 활동을 펼쳤다.[44]

2) 한국미혼모지원네트워크

한국미혼모지원네트워크(Korean Unwed Mothers Support Network, 이하 '네트워크')는 2007년 3월에 설립되었다. 당시 GOA'L, ASK 그리고 해외 입양인들이 해외 입양 중단을 강력히 요구할 때였다. 이들의 활동을 통해 미혼모의 양육권 보호 필요성이 제기되는 계기가 마련되었지만 '해외 입양' 중단에 더 무게가 실려 있었고, 이에 압박을 받은 정부는 국내 입양 활성화를 대안으로 모색할 때였다. 이때 등장한 네트워크는 "미혼모의 현실과 제도 및 인식개선 필요성을 알리고 한국사회의 변화를 이끌어 낼 것"을 목표로 삼고, 국내 입양 활성화에 앞서 미혼모 양육권 보호가 최우선 과제가 되어야 함을 사회적으로 알리고자 설

44 민들레회 브로셔 및 뿌리의 집 뉴스레터(2012, NO.7)를 참조함.

립되었다.

네트워크는 2007년 미국 입양부 리처드 보아스Richard Boas 박사에 의해 시작되었다. 보아스 박사는 전직 안과 의사로 1988년 한국에서 여자아이를 입양했다. 2000년 초반 은퇴 이후 사회적으로 의미 있는 일을 하고자 입양을 원하는 미국의 부부들을 재정적으로 지원하기 위해 2005년 입양 재단을 설립했다.

미국에서 입양을 원하는 사람들이 비싼 수수료 때문에 입양을 하고 싶어도 하지 못하고 있다는 사실을 알았다. 특별한 돌봄이 필요한 아이들, 이미 입양한 아이들의 형제자매까지 입양하고 싶어 하는 그 사람들의 이야기를 들으며 매우 감동했다. 나는 내가 했던 것처럼 이들도 자신들이 원하는 것을 이룰 수 있도록 돕고 싶었다. … 우리는 입양재단을 만들어 기금을 지원했다.[45]

이와 같이 보아스 박사는 처음에는 아이가 입양되는 맥락보다 입양을 통해 구원해야 한다는 '백인의 의무'에 충실한 전형적인 '구원으로서의 입양'을 실천했다. 2006년 재단을 만든 사람들과 입양부모들과 처음으로 한국을 방문한다. 여러 일정 중 대구에 있는 미혼모 생활 시설인 혜림원을 방문하게 되었는데 여기서 만난 열서너 명의 미혼모 전원이 양육을 포기했음을 알고 충격을 받는다. 다음은 보아스 박사가 왜 입양 옹호자에서 미혼모권익 옹호자로 전향하게 되었는지 그 과정을 잘 보여 준다.

---

45 Richard Boas(2008), 'KANN Conference' 발표문에서(필자 번역).

나는 사명감으로 가득 차 있었고 재단활동을 알리는 데 열정을 쏟았다. 2006년 10월에는 재단 사회복지사들의 한국 방문에 동행했다. 그리고 그 여행은 내 인생을 송두리째 바꿔놓았다. 당시 대구의 한 미혼모 시설에서 젊은 여성과 아이들을 만났다. 미혼모들은 10대 후반에서 20대 초반의 나이에 뱃속에 든 아이들의 양육을 포기하기로 한 상태였다. 갑자기 그녀들에게서 20년 전 입양한 딸의 생모의 모습이 떠올랐다. …그녀들의 얼굴을 바라보면서 ○○○⁴⁶를 입양한 이래 항상 나를 괴롭혀 왔던 딜레마가 다시 뇌리를 스쳤다. 난 내 아이에게 생명을 준 여인의 존재를 한 번도 소리 내어 인정한 적이 없었다. 하지만 ○○○에겐 혈연으로 맺어져 있지만 아마 평생 만나지 못할 생모가 분명 있었다. 환자들의 "맹점blind spot만 진료하다 나의 맹점"⁴⁷을 발견한 기분이 들었다. 그동안 난 항상 입양을 찬성하는 입장이었고 물심양면으로 지원했다. 하지만 한국 미혼모와 그들의 자녀가 처한 상황에는 무지했다. 또 입양 과정, 특히 국제 입양이 생모와 아이에게 미칠 수 있는 부정적 영향에 대해 관심을 갖지 못했다. 한국 미혼모의 70%가 자신들의 아이를 포기한다. … 나는 ○○○가 내 자식이 된 데 감사하지만, 어떤 여성이라도 가족과 사회, 정부의 외면을 받고 자신의 아이를 포기해야 한다는 사실은 가슴 아픈 일이다. 한국 사회의 구성원이 아닌 내가 우선해서 할 수 있는 일은 미혼모 문제를 사회적 공론의 장으로 이끌어내는 것이다. 한국 미혼

---

46 보아스 박사의 입양한 딸은 부친이 한국에서 벌이고 있는 미혼모 권익 활동을 지지한다. 하지만 2010년경 언론에서 자신의 본명을 밝히지 않기를 원한다는 의사를 표명해 인용문에서는 익명으로 처리했다.

47 『뉴스위크』 기사가 의미를 충분히 전달하지 못해 필자가 재번역했다.

모와 자녀들이 겪는 어려운 현실을 널리 알리고 활발한 토론을 유도해서 한국만의 방식으로 문제를 풀어간다면 그것으로 족하다. (『뉴스위크 한국판』2008.11.19.: 64)

2007년 보아스 박사는 네트워크를 설립하고 사회복지 전문가인 엘렌 퍼나리Ellen Furnari가 자문을 맡았다. 2008년 9월 한국에서 활동을 보다 본격적으로 하기 위해 거점 기관으로서 한국 사무소를 오픈했고 필자는 사무국장으로 채용되어 홍보, 교육, 대외 협력 등을 총괄했다. 이후 2012년 5월 보아스 박사가 퇴임하기까지 네트워크는 한국 미혼모에 대한 인식과 그들이 처한 현실을 바꾸기 위한 대외 활동, 사업 개발 및 재정 지원을 했다. 전략 회의를 통해 미혼모 당사자의 역량 강화, 피해자적 또는 동정적 관점이 아닌 여성의 모성권 및 시민권으로 미혼 모성에 대한 관점을 바꾸어 나갈 것, 시설이 아닌 지역 사회에서 필요한 지원을 바꿀 수 있도록 변화를 모색해야 한다는 것 등이 주요 전략으로 채택되었다.

우선, 미혼모의 실태를 알리고 필요한 정책을 만들어 낼 수 있도록 3년간 한국여성정책연구원의 연구를 지원하고,[48] 지역 사회 미혼모 통합 지원 시스템이 안정적으로 정착해 미혼모 지원 사업의 모범이 될 수 있도록 애란원의 '나너우리센터' 사업을 2년간 지원했다. 또한 한국여성단체연합 및 협력 단체인 한국여성노동자회, 전국한부모연합의 한부모 운동 사업비를 지원했다. 하지만 2008년 필자가 채용된 후 2007년 진행되었던 한부모 운동 사업을 검토한 결과 이혼 및 사별 한부모를 대상으로 사

---

48 이미정 외(2009, 2010, 2011), 김혜영 외(2009) 등이 출간되었다.

업을 진행했음을 발견했다. 이는 네트워크 쪽에서 사용한 'single mother'란 용어가 '한부모'라 통역되어 전달되었고, 당시 '한부모'의 범주로 주로 이혼과 사별 한부모만을 인식하던 상황이 만들어 낸 오해의 결과였음을 알 수 있었다. 이후 네트워크 측에서는 '미혼 한부모' 역시 한부모 안에 통합되어야 함을 분명히 전달했고 전국한부모연합은 이혼·사별 한부모 운동에 미혼 한부모 사업이 통합될 수 있는 기반을 마련하고자 '한부모행복지수높이기' 사업을 3년간 진행했으며 네트워크는 이 사업을 지원했다. 그밖에도 미혼모 생활 시설인 구세군이 운영하는 커피 판매 및 재활용 매장 '엔젤스토리' 사업을 지원해 양육 미혼모들의 취업 기회를 확대하는 데 기여하고자 했다.

한편 기존의 미혼모에 대한 동정적 관점을 바꾸기 위한 작업의 일환으로 미혼모들의 일상생활을 밀착 촬영해 그들의 삶을 새로운 방식으로 해석한 「미쓰마마」[49] 영화 제작비 일부를 지원했다. 그러나 무엇보다도 미혼모 당사자들의 조직화 및 자기 권리 강화가 진정한 변화를 가져올 것을 확신하며 당사자 조직을 인큐베이팅하고 이들이 조직으로 성장할 수 있도록 초기 사무실 임대 및 사업비를 3년간 지원했다. 현재 이 단체는 한국미혼모가족협회로 활발한 활동을 펼치고 있다. 또한 홍보 효과를 높이고자 2010년에는 미국의 재단을 통해 직접 사업 지원을 하던 방식을 바꾸어 한국여성재단에 '미혼모 삶의 질 향상' 기금을 만들었다. 이것의 의미는 그간 독자적으로 존재하지 않던 양육 미혼모들을 위한 독립된 기금이 만들어졌다는 점과 한국여성재단을 통

---

49 2011년 「달콤한 농담」으로 상영되었다. 「미쓰마마」는 2012년 극장 개봉을 위해 재편집된 후 붙여진 타이틀이다.

한 미혼모 양육권 보호의 홍보 효과를 극대화했다는 점에 있다.

한편 네트워크는 기금 지원 및 사업 모니터링과 더불어 자체적으로도 언론, 홍보, 교육 활동을 수행했다. 우선 2009년 2월 26일 해외 전문가 초빙 워크숍을 주최했다. 미국에서 1980년대 전후 미혼모들의 양육 선택 비율이 높아질 때 지역 사회에 양육 미혼모 통합서비스 체계를 만들어 모범적으로 사업을 수행한 버몬트대학의 사회복지학 교수 셰릴 미첼Cheryl Mitchell 박사를 초빙해 해외전문가 초빙 워크숍 '지역사회 미혼모자 지원 성공사례'를 개최했다. 국내의 학자, 공무원, 시설 관계자 및 학생들, 미혼모 당사자 및 입양인까지 참석했고 여러 매체에서 보도되며 관심을 끌었다. 또한 2010년 여성문화이론연구소의 겨울 강좌를 기획했다. 이 강좌는 미혼모를 둘러싼 쟁점은 근대의 중산층 가족 이념이 형성되는 가운데 재생산권, 모성권 및 양육권이 배제된 여성의 문제임을 사회적으로, 특히 여성학 내에서 부각시키기 위한 목적으로 기획되었다. 강의 상세는 다음과 같다.

[강의 소개]

입양은 '가슴으로 낳은 사랑'이라고 한다. 부모에게 버림받은 아이들을 사랑으로 거두어 따뜻한 가정을 가져다주는 것이라고. 그런데 입양 아동의 수는 1980년대에 최고에 이른다. 한국전쟁이 막 끝난 것도, 새마을운동을 하고 있을 때도 아니었다. 왜 경제적 부흥기에 더 많은 아이들이 버려지고 있었던 것일까? 그리고 그들은 정말 버려진 것일까? 근대 가족 담론이 어떻게 출산을 구별지어 왔으며, 입양을 낭만화했는지에 대해 살펴볼 것이다. 미혼모와 입양인 당사자의 증언과 강의가 마련되어 있다.

2011년 네트워크는 이화여대 젠더법학연구소와 협력해 국제 학술 대회 '비혼모, 입양과 젠더법'(2011년 5월 27일 개최)에 참석할 해외 전문가를 섭외하는 역할을 담당해 미국 버몬트주 고등법원 및 행정법원 판사인 에이미 데본포트Amy Devenport와 호주에서 입양 미혼모로서 당사자 권익 증진을 위해 활동하고 있는 에블린 로빈슨Evelyn Robinson을 패널로 초빙했다. 또한 같은 해 12월 한국젠더법학회와 '미혼모의 인권과 법적 지위'라는 학술 대회를 공동 주최하고 토론자로 참석했다.

한편 입양에 대한 인식을 새롭게 하고 미혼 모성의 양육권 보호의 필요성을 환기시키고자 '나는 고아가 아니에요' 엽서 보내기 캠페인도 진행했다.

주지하다시피 입양되는 아동의 약 90%가 미혼모의 아이들, 즉 엄마가 있는 아이들이다. 그럼에도 불구하고 입양을 홍보하는 문구에서 우리는 흔히 "부모가 없는 아기 천사" 또는 "부모에게 버림받은 고아"라는 말을 쓰고 있는 것을 쉽게 볼 수

〈그림 26〉 인식 개선 캠페인 엽서(출처: 필자)

있다. '고아'의 사전적 의미는 부모가 죽었거나 부모에게 버림
받은 아이들을 지칭한다. 하지만 입양을 기다리고 있는 대부
분의 아이들은 미혼모가 낳은 아이들이다. 즉 이들에겐 살아
있는 엄마가 있으며, 이들 중 70% 이상이 사회적 낙인이 없고,
지원만 있다면 아이를 기르고 싶다고 말하기 때문에 미혼모의
양육 포기는 사회적으로 강요된 포기라고밖에 볼 수 없다. 그
럼에도 불구하고 아이를 낳은 엄마의 존재를 인정하지 않고
그들의 아이를 "부모 없는 아기 천사" 또는 "부모에게 버림받
는 고아"라 부르고 있다. 이에 한국미혼모지원네트워크에서
는 미혼모가 모성을 포기할 수밖에 없는 현실을 알리고, 미혼
모의 아이를 '고아'라 명명하며 입양을 홍보하기 이전 우선 미
혼모 가정에 대한 인식과 정책 개선의 필요성을 알리기 위해
다음과 같은 내용이 담긴 엽서 보내기 캠페인을 12월 한 달간
특별히 진행한다. ('나는 고아가 아니에요' 보도자료 일부)

이 밖에도 다양한 학회, 포럼, 정책토론회 등에 참석하고, 보도자료 발송, 뉴스레터 발송, 홈페이지 및 SNS 활동, 미혼모 당사자들의 네트워크, 임파워링과 힐링을 위한 행사 'Movie and Wine Night' 등을 진행했다.[50] 보아스 박사와 퍼나리 고문은 일년에 두 번 정기적으로 한국을 방문하여 미혼모 정책과 인식에 변화를 줄 수 있는 관련 인사, 학자, 언론인, 국회의원 등을 쉬지 않고 만나고 관계 부처나 단체와 활발하게 교류했다.

네트워크의 활발한 활동은 국내외 언론에 널리 소개되었으며, 입양법 개정 및 미혼모 양육 지원 필요성에 대한 사회적 공감대 형성과 미혼 모성을 바라보는 관점을 성윤리와 복지적 관점을 넘어서도록 하는 데 일정한 기여를 한 것으로 판단된다. 무엇보다도 한국여성재단에 '양육미혼모 삶의 질 향상을 위한 지원사업' 기금을 설립한 것은 그간 존재하지 않았던 '미혼모의 양육지원'을 위한 독자적 기금이 마련되었다는 데서 큰 의의를 갖는다는 것은 앞서 언급한 바와 같은데, 실제 이 기금을 통해 미혼모 당사자 조직화를 위한 재정 지원이 이루어졌으며, 미혼모를 둘러싼 쟁점들을 사회적으로 표면화하기 위한 효과적인 연구와 활동들에 대한 다수의 지원이 이루어졌다. 2012년 리차드 보아스 박사는 "미혼모의 권익 보호를 위한 헌신"으로 국민추천포상 수상자로 선정되었다.[51]

---

50 미혼모들이 자신의 삶을 당당하게 선택하고 살아가는 내용의 영화인 「모스코바는 눈물을 믿지 않는다」, 「안토니아스 라인」, 「초콜릿」을 미혼모 당사자들과 모여 함께 보는 시간을 가졌다.

51 〈국민추천포상 명예의 전당〉 수록 "리차드 보아스: 태평양을 오가며 한국 미혼모를 도운 '미혼모의 대부'"에서 관련 내용 확인(https://www.sanghun.go.kr/honor/honorPeopleView.do?sn=108)

2009년 2월 『코리아타임즈』 인터뷰　　2009년 8월 미혼모 당사자와의 간담회

2009년 8월 『뉴욕타임즈』 인터뷰　　2010년 2월 하자센터 탐방

2010년 11월 국민권익위원회 면담

2011년 3월 양육 미혼엄마들과 「안토니아스 라인」 관람(제2회 'Movie and Wine Night')

〈그림 27〉 네트워크 활동 사진들(출처: 필자)

2012년 5월 네트워크는 대표와 고문의 이임 그리고 사무국 해체로 공식적 활동을 끝냈다. 보아스 대표가 네트워크를 설립할 당시 일정 기간 활동 후 '한국의 리더십에 의해 한국인의 방식'으로 운영되기를 희망했는데, 그의 뜻이 이루어진 것이다. 한

국에 미혼모 사업에 뜻을 모은 사람들이 모여 2012년 6월 사단 법인으로 출범해 2019년 현재에도 네트워크는 미혼모 권익 옹호 활동을 지속하고 있다.[52]

3) 한국미혼모가족협회

한국미혼모가족협회(Korean Unwed Mothers' Family Association, 이하 '협회' 또는 '미스맘마미아'를 혼용한다)는 우리 나라에 처음 만들어진 미혼모 당사자 조직이다. 2000년 후반 미 혼모 보호 시설인 ○○ 시설에서 출산 후 지역 사회로 나와 아이 를 키우고 있던 미혼 엄마들은 지속적으로 ○○ 시설 자조 모임 에 참석하고 있었다. 2009년 전후로 이들 중 몇 명이 중심이 되 어 당사자 조직의 필요성 등을 논의했고 자조 모임을 당사자 조 직으로 만들고자 하는 움직임이 있었다.

> 그동안 미혼모 지원해야 한다고 말 많이 했어요. 원장님 따라다니며 공무원도 만나고 국회의원도 만나고. 정책토론회에서 미혼모 사례도 발표하고. 근데 시간이 지나 보니까 우리의 삶은 좋아지는 게 없고 시 설만 좋아지는 거예요. (B 씨, 2009.2.27.)

B 씨에 의하면, ○○ 시설 원장에게 당사자 조직을 만들고 싶 다는 뜻을 전달하고, 어느 날 약 80여 명이 모인 자조 모임 자리 에서 조직의 필요에 대해 이야기할 수 있는 기회를 갖게 되었다.

---

52 지면상 리차드 보아스 박사가 대표로 있고 필자가 사무국장으로 활동하 던 2012년까지의 활동 내용을 중심으로 정리하고, 이후 활동은 일일이 다 수록할 수 없었음을 밝힌다.

그리고 당시 참석자 거의 전원이 동참하겠다는 의사를 표시했다고 한다. 하지만 이후 원장은 사회적 낙인이 심하기 때문에 아직 시기상조라는 우려를 표명했고 시설 원장의 우려에 공감한 미혼 엄마들이 모두 동의 의사를 철회했다. 결국 B 씨를 포함해 2~3명만 뜻을 굽히지 않고 ○○ 시설과 관계없이 스스로 당사자 조직화를 위한 길을 모색하게 된다. 그리고 2009년 3월 이들은 한국여성단체연합 공동대표를 맡고 있던 박영미 대표와 만나게 된다. 한편으로는 박영미 대표의 리더십 교육을 받으며, 다른 한편으로는 네트워크와 한국여성정책연구원의 지지와 연대 속에 이들은 하나의 조직으로 성장하게 된다.

이들이 당사자 조직으로 성장하게 된 구체적 경위를 보면 다음과 같다. 2009년 3월 14일 박영미 대표와 B 씨는 네트워크 사무실에서 첫 만남을 가졌다. 이후 둘은 몇 차례 더 만나며 '왜 미혼모 당사자 조직이 필요한가?', '미혼모와 관련된 사회의 불합리란 무엇인가', '당사자의 운동 없이는 안 되나?', '누가 함께 참여할 수 있는가' 등의 질문과 대답을 주고받으며 조직화를 위한 당위성을 확인하고 향후 전략들을 구상했다. 당시 B 씨에 의해 제기된 미혼모가 경험하는 사회적 차별은, "우리가 선택한 것은 아이의 생명이고 양육을 하겠다는 것인데 사회에서는 죄인 취급한다. 예를 들면 직장과 학교에서 쫓겨난다. 부모들까지도 사회적 시선을 못 이겨 미혼모인 자식과 관계를 끊거나 숨긴다. 한부모 가정에 대한 지원보다 입양부모 가정에 대한 지원이 더 많다. 양육보다 입양을 권하는 사회다. 아이는 아빠, 엄마가 만든 것인데 미혼부는 아무런 책임도 비난도 받지 않고 미혼모만 모든 것을 뒤집어쓴다" 등이다. 그리고 이러한 문제는 미혼모 당사자들이 나서야 해결이 될 것이라는 결론에 이른다(한국미혼모가족협회 2010).

이후 박영미 대표는 B 씨와 뜻을 같이 한 미혼 엄마들을 모아 초동 모임을 구성했다. 초기 초동 모임에 참석한 미혼 엄마들은 B, C, D, E, F 등 5명이다. 모두 30대 전후, 신생아에서 세 살 정도 되는 아이들을 키우고 있었다. 이 중 세 명은 출산 후 신생아인 아이를 입양 기관에 맡겼다가 곧 다시 키우려고 아이를 돌려받고자 했으나 입양 기관이 아이를 돌려주지 않아 길게는 일 년까지 고생해 아이를 찾아온 엄마들이다. 즉 이들은 미혼모의 양육권보다 입양부모의 양육권을 우선시하는 사회의 모순을 경험하고 이를 바로잡아야 한다는 목표를 공유하고 있었다. 또한 이들 모두 미혼의 임신과 출산으로 부모와 가족들로부터 비난과 질타를 받고 가족과의 단절을 경험했거나 단절 중에 있었다. 모두 대학을 마쳤고, 졸업 후 사회생활을 하고 있던 중에 연애 중이거나 결혼을 전제로 사귀고 있던 상태에서 임신했다. 하지만 임신 도중이나 출산 후 남자들이 연락을 끊거나, 결혼 약속을 지키지 않아 홀로 출산하고 양육하고 있던 미혼 엄마들이었다.

2009년 4월 18일부터 5월 31일까지 초동 모임을 대상으로 한 리더십 교육이 시작되었다. 마침 '미혼모 초기지원망 운영'이라는 정부예산이 2008년도에 신설되고[53] 2009년 초 서울시한부모

---

[53] 2008년 처음으로 보건복지가족부 예산 "보육·가족 및 여성" 분야에 "가족기능 강화"를 목적으로 하는 "위기가정역량 지원" 항목이 신설되었다 (보건복지가족부 2008.11., "2009년도 보건복지가족부 소관 예산안 및 기금운용계획안 개요"). 이는 우리나라에서 처음으로 '시설'이 아닌 '지역'에 거주하는 미혼모가 임신, 출산, 양육에 있어서 응급시 지원받을 수 있는 정부 예산이 마련되었다는 데서 큰 의의를 갖는다. 예산은 불과 1억 6천만 원이었지만 기존의 '시설' 중심 지원 체계에서 '지역' 중심체계로 미혼모 지원이 확장되어 미혼모들에게 좀 더 양육 친화적 환경이 조성될 수 있

가족지원센터(이후 '센터')가 문을 열고 막 미혼모 지원 사업을 시작할 때였다. 네트워크는 센터를 방문해 미혼모 당사자 조직을 위한 초동 모임이 있다는 사실을 알렸고 센터는 이들의 리더십 교육을 위한 교육장을 제공해 주었다. 초동 모임에 참여한 미혼모들이 교육을 받는 동안 센터와 네트워크는 아이 돌보미 서비스를 제공했다. 이후 센터는 지역 사회 미혼모 역량 강화 프로그램을 실시하는데, 여기에 초동 모임 미혼모들이 참여하며 다른 미혼모들을 만나게 된다. 이들은 다른 미혼모들에게도 당사자 조직의 필요성을 적극적으로 알리며 2명의 미혼모가 초동 모임 멤버에 합류한다. 새롭게 참여한 2명의 미혼모는 육아 정보를 나누는 한 인터넷 카페에서 미혼모라는 공통점으로 친해진 사이다. 한 명은 7년 넘게 사귄 남자친구와의 사이에서 아기가 생겼는데 이후 헤어져 홀로 두 살 된 아이를 키우고 있었고, 또 다른 한 명 역시 임신으로 인해 사귀던 남자친구와 결혼식까지 올렸으나 혼인신고 전 헤어지고 혼자 세 살 된 아이를 키우고 있었다. 둘 다 팀장 및 연구직이란 경력을 가지고 있었지만 미혼 임신으로 인해 직장을 잃은 경험을 공유하고 국민기초생활수급권자로 사회적 계층이 하락한 경험을 공유하고 있었다.

초동 모임 리더십 교육을 마치고 이들은 2009년 6월 6~7일 제1회 미혼모 당사자 캠프를 열었다. 모두 8명의 미혼 엄마들이 참석했다. 이 캠프에서 모임 이름을 정하자는 논의가 있었고 여기서 초동 모임의 이름을 '미스맘마미아'[54]로 결정했다. 그리고

는 근거를 마련했기 때문이다. 이후 서울시뿐 아니라 전국적으로 미혼모 거점 기관이 지정된다.

54 필자는 캠프에 함께 참석하여 2008년 개봉되어 인기를 끌었던 미혼모가 주인공으로 나오는 영화 제목 '맘마미아'를 따서 '미스 맘마미아'라는 이

〈그림 28〉 '미혼모지원정책 바로알기' 세미나(2009.8.8.), 서울시한부모가
족지원센터에서. 좌측 앞줄의 3명이 초동 모임 멤버들로 이날 양육 당사자로
서 경험한 어려움과 필요한 지원 정책 등에 대해 토론했다. (출처: 필자)

필요한 사업에 대한 구상 및 단계별 실천 계획 등도 논의했다. 이
자리에서 결정한 바에 따라 2009년 6월 29일 온라인 카페 '미스
맘마미아'가 오픈되었다. 그리고 2009년 8월 8월 미스맘마미아
는 첫 행보로 네트워크와 서울시한부모가족지원센터와 함께 '미
혼모지원정책 바로알기' 세미나를 열었다. 이 행사는『한겨레』,
『여성신문』,『대한뉴스』의 기자들이 참석하며 언론의 주목을 받
았을 뿐 아니라 그간 지역 사회에 있던 엄마들도 참석해 자신들
의 '억울한 경험'들을 공유하며 연대의 기회를 확대했다. 예를 들
면 한 임신한 미혼모는 자신의 엄마와 함께 참석해 임신하게 된
경위를 말하다 울음을 터뜨렸다. 그러자 함께 참석했던 엄마가

름을 제안했다. 그리고 참석한 엄마들이 모두 영화처럼 '당당하고 유쾌
한 엄마'가 되자는 뜻에서 이를 초동 모임명으로 정했다.

"딸과 결혼할 사람이 여러 가지 중요한 약속을 지키지 않아 남편과 논의 끝에 딸을 위해 그 남자를 사위로 받아들이지 않기로 결정했는데 사회에서는 딸을 미혼모라 손가락질하니 답답해서 왔노라"[55]는 요지의 이야기를 했다. 다른 참석자들의 공감과 지지를 받으며 이 미혼 엄마는 초동 모임에 합류했고 협회 창립 이후 일정 기간 활발한 활동을 펼쳤다.

온라인 카페는 미혼모의 양육권 보호라는 문제를 공유한 지역 사회의 미혼모들이 더욱 효율적으로 집결할 수 있는 계기가 되었으며 그간 사회적으로 비가시화되어 왔던 양육을 선택한 미혼모들의 경험과 자신들의 권익 보호를 위한 목소리를 더욱 효율적으로 전달하는 역할을 했다. 이와 같이 미혼모 당사자 모임은 온·오프라인에서 활발한 활동을 펼쳤다. 하지만 거의 모두 직장에 다니며 아이를 키우는 직장맘들이라 주요한 자리에 함께할 수 없을 때는 연대 단체들을 통해 자신들의 의견을 전달해 줄 것을 부탁하기도 했다. 예를 들면 2009년 7월 1일 제54차 여성정책포럼 '입양촉진 및 절차에 관한 특례법 개정안 공청회'가 평일 낮에 열렸을 때 이들은 다음과 같은 내용을 전달해 줄 것을 네트워크에 요청해 왔다.

글구 내일 있을 공청회 … "친모와 아이가 함께 살 권리를 보장하라 (입양에 앞서 친엄마와 함께할 아이의 권리를 보장하라). 입양촉진을 할 것이 아니라 친모와 아이가 함께할 정책을 강구하라. 아이를 입양기구 목표를 위한 수단으로 보지 말라. 입양촉진 정책 속에 친모의 목소리는 어디에 있는가?"를 적어봤습니다. 괜찮은 문구로 써주시면 감사하겠습

---

55 필자의 행사참여 기록 일지 참조.

니다.[56]

당시 ASK, TRACK, 뿌리의 집과 공익인권법재단 공감 변호사 등이 연대해 「입양촉진 및 절차에 관한 특례법」 개정안에 "출산 후 72시간 동안 입양숙려시간을 갖고 이후 동의해야 유효하다", "입양 동의 이후에도 30일 이내는 취소가 가능하다"는 조항을 포함시켜야 한다는 의견을 발표하고자 공청회에 참석할 예정이었다. 이에 협회는 "출산 후 72시간을 30일 이후로", "30일 이내 취소를 120일 이내 취소 가능"으로 바꿔야 한다는 주장을 하기 위해 참석하고자 했으나 상황이 여의치 않아 네트워크를 통해 이들의 입장이 당일 공청회 자리에서 전달되었다. 이후 「입양특례법」으로 개정되기까지 3년이란 시간이 더 걸렸지만, 이때를 기점으로 미혼모 당사자들은 입양법 개정뿐 아니라 관련 정책 토론회 등에도 더욱 활발하게 참여하며 자신들의 존재를 가시화시키고, 당사자로서 목소리를 냈다. 이로써 오랫동안 비가시화되었던 미혼모의 존재를 가시화시키는 역할을 했는데, 가령 2009년 7월 30일 한국여성정책연구원에서 열린 '미혼모 자립을 위한 쟁점과 대책'을 위한 정책 토론회는 그 좋은 예가 된다.

당일 복지학자 및 정책 입안 관계자들이 발표를 마치고, 이후 플로어 질의응답 시간이 이어졌다. 한 청중은 '막 미혼모 복지 정책에 관한 박사학위 논문을 마쳤는데 자신이 만나 본 미혼모들은 거의 잘생긴 남자들에게 빠져 미혼모가 되더라'는 발언을 하며 추가적으로 필요한 정책들에 대해 자신이 연구한 결과를 발표했다. 그런데 이 자리에는 제1회 '미혼모 당사자' 캠프에 참여

56 협회가 2009년 6월 30일 네트워크에 보낸 이메일 중.

하며 협회 설립을 위한 초동 모임 멤버로 합류한 C 씨가 미스맘마미아를 대표해 자리하고 있었다. C 씨는 바로 손을 들고 "제가 잘생긴 남자를 만나 미혼모가 되어 어려운 삶을 살게 된 C입니다"라고 소개하며 미혼모에 대한 사회적 편견을 비판하고 필요한 정책에 대한 발언을 했다. 그간 미혼모 정책 토론회라 해도 학자, 시설 관계자 및 정부 공무원들을 중심으로 이루어지고 있었기에 그날 누구도 현장에 '미혼모'가 있으리라고는 상상하지 못한 상황에서 벌어진 일이었다. 이 일을 기점으로 이후 정책 토론회에는 미스맘마미아 회원이 발제자나 토론자로 초대되었고, 초대가 되지 않더라도 이들 스스로가 청중으로 참석해 열심히 자신들의 존재를 가시화하며 의견을 개진했다. 이로서 미혼모는 누군가에 의해 재현되는 객체에서 스스로의 입장을 표명하는 주체로서 자리매김해 나간다.

당시 정책 토론회 자리에는 네트워크가 접촉해 오게 된『뉴욕타임즈』기자가 현장에 있었다. 그는 이 토론회 참석 이후 미혼모 이슈에 지속적인 관심을 갖고 약 한 달간에 걸친 취재를 했고 네트워크는 인터뷰를 할 수 있는 미혼모들을 섭외하여 취재를 도왔다. 그리고 2010년 10월 8일『뉴욕타임즈』전면에 미스맘마미아와 네트워크, 그리고 입양인 단체들의 활동이 "미혼모에 대한 한국의 편견에 저항하는 사람들"(Group resists Korean Stigma for Unwed Mothers, 2010.10.8.)이라는 기사로 보도되었다. 이 기사는 국내외로 큰 반향을 일으켰다.

또한 당시 사회적으로 심각하게 논의되던 저출산 문제 해결을 위해 낙태 반대 운동을 하던 의사들의 모임 진오비 역시 미혼 여성들의 임신이 낙태로 이어지는 심각성을 지적하며 정부에 필요한 조치를 취하도록 압박을 가하고 있던 차였다. 이러한 사회

〈그림 29〉 시도 공무원 대상 미혼모 교육 실시(상단, 2010.10.1.), 입양법개정 촉구대회 당사자 발언(하단 좌측, 2010.5.10.), 국정감사 증인진술 준비 중(하단 우측, 2010.10.28.) (출처: 필자)

적 요청 속에 2009년 말 미혼모 양육 지원을 위한 2010년 예산이 121억 원이나 책정되는 성과를 올렸다. 하지만 이 예산은 '저출산 대책'의 일환이었기 때문에 엄밀히 말하면 미혼모 양육권 보호란 측면이 충분히 수렴된 것이라고 보기는 힘들다. 더구나 만 18세에서 24세 미만의 국민생활기초수급자인 청소년 미혼 한부모를 대상으로 양육비 지원, 검정고시비용 지원, 친자확인검사 비용 지원 등, 매우 특수하고 극히 어려운 상황에 있는 제한된 연령층의 미혼모만을 대상으로 책정된 예산이라 대부분 미혼모들

에게 혜택이 돌아가지 않는 아쉬움을 남겼다.[57]

미스맘마미아는 2009년 12월 19일 한국미혼모가족협회 설립을 위한 '준비위원회'를 발족하고 지속적으로 회원을 늘리고 연대 단체들과 활발한 활동을 펼친 결과, 2010년 정부로부터 미혼모 인식 개선을 위한 교육을 실시해 줄 것을 요청받는다. 2010년 6월 건강가족지원센터 실무자들을 대상으로, 2010년 9월부터 여성가족부 각 시도 동사무소 복지사들을 대상으로 미혼모에 대한 인식을 바로잡기 위한 교육을 실시했다.

미스맘마미아는 2011년 사무실을 개소해 그해 4월 11일 창립 총회를 열고 공식적으로 여성부 산하 단체 한국미혼모가족협회를 출범하게 된다. 그리고 2013년 10월 대구미혼모가족협회 지부를 설립해서 활동 영역을 확장했다. 한국미혼모가족협회는 2013년까지 '입양법 개정'을 위해 관련 단체들과 연대하고, 미혼모에 대한 인식과 사회적 지위의 개선을 위해 활동한 국내 유일의 미혼모 당사자 집단이었다. 하지만 2013년 말 협회의 초동 멤버 중 1인이 또 다른 미혼모 권익 옹호 단체인 인트리ㅅ· Tree를 만들어 창립식을 가졌으며, 2015년 12월 대구미혼모가족협회는 협회와 분리해 독자적으로 미혼모 권익 활동을 시작한다. 2009년 초동 멤버 5명으로 시작한 미혼모 권익 당사자 운동은 2019년 현재 3개 단체로 확장되었으며 수백 명이 넘는 회원 당사자들이 자신들의 권익 보호를 위해 다양한 방식으로 목소리를 내고 활동에 참여하고 있다.

---

57 당시 담당 공무원 증언에 따르면 2010년 10월 현재 전체 예산의 10%만 집행되고 나머지는 다음 해 국고로 반환되었다.

4. 미혼모의 선택과 정상가족 담론의 실천 및 변형

1990년대 이후 시작된 가족 제도의 변화, 입양법의 변화 및 이에 대한 저항, 그리고 입양인 및 미혼모 권익 보호 운동은 이전 세대와는 다른 역동적인 사회 문화적 환경에 미혼모들이 놓이게 되었음을 의미한다. 그렇다면 이러한 환경 속에서 행위자로서의 미혼모는 어떤 선택을 하고 있는 것일까. 입양을 선택하는 미혼모들과 양육을 선택하는 미혼모들의 경험을 통해 무엇이 이들로 하여금 입양 또는 양육을 선택하게 하는지 살펴본다.

1) '사랑'하지만 '사랑을 줄 수 없다'는 말의 의미와 입양 선택

1990년대 이후 비록 가족법이 개정되어 미혼모가 친권을 주장할 법적 근거가 확보되었고, 다양한 가족 담론이 확산되었으며, 호주제 폐지 운동과 함께 미혼모 양육권 보호를 위한 사회적 운동 등이 활발해졌지만 여전히 많은 미혼모들이 자녀 양육을 포기하고 있다. 그렇다면 왜 이들이 양육을 포기하고 입양을 선택했는지 1999년 미혼모 보호 시설인 애란원에서 입양을 보낸 미혼모들이 자신의 아기에게 쓴 편지를 묶어 출판한 책[58]을 통해 살펴보고자 한다. 이 책은 영어로 출판되었고, 36명의 미혼모가 입양 보낸 아기에게 쓴 편지 형식으로 되어 있다. 한결같이 편지는 "사랑하는 아가에게", "내 예쁜 공주에게", "사랑하는 아들아"와 같이 아이에 대한 깊은 사랑으로 시작하고 있다. 그리고 모두 영원히 사랑할 '엄마'라는 사실을 반복적으로 강조하며 '어머니'

---

58 영문으로 Aeranwon(1999), *I Wish for You a Beautiful Life*, Yeong & Yeong Book Company.

로서의 정체성을 강하게 표시하고 있다. 또한 사랑하지 않기 때문이 아니라, 다른 선택이 없었기 때문에, 또는 사랑하기 때문에 입양을 선택했음을 강조하며 아이 포기에 대한 심한 죄책감을 표시하고 있다. 단 어떤 미혼모의 경우는 자신을 용서하지 말 것을, 또 어떤 미혼모는 자신을 용서해 줄 것을 부탁하는 것이 다를 뿐이었다. 어쨌든 36명 모두 입양은 어쩔 수 없는 상황 때문에 한 최선의 선택이었다는 이야기를 하는데 그 '어쩔 수 없는 상황'이란 '사랑을 줄 수 있는 가정'을 아이에게 만들어 줄 수 없다는 것이다. 그리고 그들이 말하는 '사랑을 줄 수 있는 가정'과 '사랑을 줄 수 없는 가정'의 경계는 부와 모가 모두 있는지 아닌지의 여부였다. 즉, 근대의 정상가족 이데올로기가 바로 입양 선택을 정당화하는 언설이었다.

사랑하는 아들아,
… 널 사랑하지 않기 때문이 아니라 너를 위해 입양을 선택했어. 하지만 어려운 결정이었어. 너를 위한 올바른 선택을 했다고 생각해. … 니 아빠와 난 서로 어려울 때 만났어. 누군가 너무 필요했고 우린 사랑에 빠졌어. 우린 가장 멋진 시간을 함께 했고 너의 탄생이란 가장 멋진 일이 일어났지. 하지만 우리가 나눈 사랑, 꿈 모두 헛된 것을 알았어. 아름다운 삶을 함께 하기엔 우리 사랑이 충분하지 못하다는 걸 알았어. 하지만 후회는 없어. 너로 인해 행복해고 여전히 행복해. 병원에 있을 때 잠시 본 것이 전부였지만 내가 본 아이 중 넌 제일 예뻤어. 너의 아빠와 내가 함께 할 길은 없었어. 하지만 널 낳은 엄마였기에 너에게 멋진 환경을 주어야 할 책임도 나에겐 있었지. 너에게 더 좋은 환경을 줄 수 있다면 너와 살기로 결정하는 것보다

너에게 작별 인사를 하고 싶구나. 입양에 대해 알아보니 내가 줄 수 없는 걸 너에게 줄 수 있는 거야. 그건 바로 가족. 넌 가족에게 사랑을 받아야 해. 그리고 그 사랑은 바로 가족 안에 있을 때만 받을 수 있는 거야. 나 혼자서는 너에게 그런 사랑을 줄 수 없어. 그러니까 입양은 너를 위한 나의 선물이야. 네가 얼마나 행운이었는지 언제나 기억하길 바랄게. …널 보지 못하겠지만 마음으로는 항상 함께 할게. 내 사랑은 영원할거야. 널 낳고 3일을 함께 할 수 있었던 것에 감사한다. 그 순간을 영원히 기억할거야. 너를 영원히 사랑하는 엄마가. (Aeranwon 1999: 36-38, 이하 필자 번역)

그밖에도 많은 미혼모들이 "널 더 행복하게 해 줄 좋은 부모에게 너를 보낸다"(같은 책: 20), "니가 행복해질 수 있도록 더 좋은 환경에 보내야 했다"(같은 책: 29), "내가 너를 낳았지만 너에게 필요한 사랑이 충만한 환경을 만들어 줄 수가 없구나. 비록 너를 낳지는 않았지만 양부모는 너에게 필요한 사랑을 줄 수 있을거야"(같은 책: 45)와 같은 이유로 입양을 선택하고 있었다. '아기를 너무나 사랑해서 포기하기 고통스럽다'고 고백하는 미혼모들이 '부모가 있는 가정이 아니여서는 아이에게 충분한 사랑을 줄 수 없다'고 말하는 것은 1980년대 '사랑으로 맺어진 부부와 자녀 중심'이라는 근대 가족의 정상성에 대한 믿음이 얼마나 강했는지를 반증하는 것이다. 한 미혼모의 경우는 "자신이 키울 경우 (너는) 당연히 비뚤어질 것"(같은 책: 24-25)이란 논리를 펼치기도 했다. 이 편지집에 등장하는 36명의 미혼모 모두는 생모라는 맥락에서는 자신의 '사랑'을 정당화하며 '어머니'로서의 정체성을 긍정하지만, 결혼한 가정을 이루지 못했다는 맥락에서는 자신의 '사랑'과 '어머니'로서의 정체성을 부정한다. 그리고 '양부모'는 언제나 '사랑을 줄 수 있는 사람'으로 상정하며 그들의 '사랑'과 '부모됨'을 정당화한다. 즉 결혼 여부가 자녀의 사랑과 어머니됨을 정당화하는 기제로 작동하고 있는 것이다.

2000년 이후 미혼 모성권 보호를 위한 사회적 활동은 더 활발해졌지만 아이 양육을 포기하고 입양을 선택하는 미혼모들, 또는 입양을 선택하도록 미혼모를 설득하는 논리는 이전 시대와 다르지 않다. 입양을 보내는 쪽도, 입양을 주선하는 쪽도, 입양을 해 가는 쪽도, 입양을 '미혼모가 버린 아이를 구원하는 인류애적 행위'로 이해하며 입양을 지지하는 쪽도 생모의 모성권보다 입양부모의 사랑을 정당화하고 지지하는데 더 익숙하다. 필자는 2009년과 2010년 입양을 보낸 김○○(22)[59]과 이○○(18)를 인터뷰를 했다. 둘 다 사귀던 남자친구와의 사이에서 아이가 생겼다. 김○○은 남자친구가 처음에는 함께 양육할 뜻을 비쳤으나 배가 불러가며 연락이 소원해지다가 출산 즈음 완전히 소식을 끊었다. 책임을 회피하는 남자친구에 대한 실망감과 배신감으로 김○○은 아이를 출산한 이후 입양을 보내기로 결정했다. 하지만 인터뷰 결과 남자친구에 대한 실망과 배신 뒤에는 부모 없이 할머니에 의해 길러진 자신의 성장 경험이 입양 결정에 있어서 직접적인 원인으로 작용했음을 알게 되었다.

필자 그래도 요즘은 양육 지원도 좀 늘고 있고 미혼모라도 당

---

59 피면접자 이름 뒤에 표기된 숫자는 출산 당시의 나이이다. 개인정보 보호를 위해 성년은 성년의 범주 안에서 미성년은 미성년의 범주 안에서 약간의 나이를 가감하였음을 밝힌다.

당히 살자는 소리도 많이 들리는데 혼자 기를 생각을 안 해 봤어요?

김○○ 아니요… 제가 생각해 봤는데요… 저희 엄마 아빠가 사이가 안 좋았어요. 아빠가 엄마 때리고… 엄마가 저 어릴 때 집을 나갔어요. 그때 저는 하얀 이불 속에 누워 있었는데 잠은 안 잤어요. 밤에 엄마가 일어나서 나가는 뒷모습을 봤어요. 이불 속에서. 근데 무서운 생각이 들어서 묻지 않았어요. 어디 가냐고. 그러고 엄마를 보지 못했는데… 아빠랑 할머니랑 살았는데 어느 날 아빠도 돌아오지 않았어요. 제가 할머니한테서만 자라서 사랑을 못 받았거든요. 그래서 얘는 그래서 부모가 있는 집에서 사랑받고 자라라고…

필자 엄마도 사랑해 줄 수 있잖아요?

김○○ 근데 아빠가 없으니까… 안 돼요…

한편 이○○은 다음과 같은 경위에서 양육을 포기하게 된다. 이○○은 사귀던 남자친구와 헤어지고 임신 사실을 알았다. 낙태를 생각했지만 7개월이나 되어서 임신 사실을 알았기 때문에 낙태를 할 수 없었다. 평소 "불규칙한 생리와 조금 먹어도 금방 살이 찌는 체질이라서 살이 찌는 줄 알았지 임신인 줄 짐작도 하지 못했다"고 했다. 아빠와 남동생에게는 알리지 않았고 엄마는 출산 후 입양을 보내라고 이○○을 미혼모 보호 시설에 입소시켰다. 이○○ 역시 '사랑하던 남자와의 아이도 아니었고 입양만 보내면 복잡한 일의 일단락'이라고 생각했었다. 하지만 이○○은 뱃속의 아기를 느끼며 태명도 지어 주고 태교도 하며 아이와 교감을 나누었다. 그러면서 출산 후 양육하겠다는 마음으로 바뀌었다. 하지만 엄마의 반대는 완강했다. "혼자서 아이를 제대로 키울 수 없다"는 이유에서였다. 미혼모 보호 시설 역시 입소자가 미성년자일 경우 보호자의 말을 따르기에 아이를 출산한 생모인 이○○의 양육 의사는 현실화되지 못하고 아이는 입양 기관으로 넘겨졌다.

필자 7개월 때 배에서 꿀렁 할 때 느낌이 어땠어요?

이○○ 처음에 누워 있으면 뱃속에서 움직이는 느낌 그건 줄 알았어요. 그런데 너무 심하게 움직이니까 하하하. 이상했죠. 혼자 긴가민가하다가 아는 언니한테, 제가 그 테스트기 못 사겠다고, 언니한테 사 달라 그래서 지하철 화장실 가서 했어요. 그런데 두 줄이 나온 거예요. 근데 되게 당황스럽고 어이가 없으니까 웃음밖에 안 나오고. … 그때 바로 엄마한테 전화해서 이상하다고 병원 가 봐야 할 거 같다고 해서 그 주 토요일 날 갔죠.

필자 엄마랑 같이 가서 임신 확인한 거죠?

이○○ 네. 엄마는 누구 애냐고 계속 물어보고. 저 그냥 가만히 있었죠. 태동 소리 이런 거 다 들려줬죠. 전 되게 다 신기한 거죠. 처음이니까. …

필자 그래서 시설 들어갈 땐 입양 보내야겠다고 하고?

이○○ 예, (저는) 애를 그냥 별로 좋아하진 않았어요. 있으면 있고, 없으면 없고, 빨리 낳고 나가야겠다. 근데 낳죠. 낳고 나니까 달라지더라고요. 어차피 못 볼 텐데 한 번은 보자 해서 신생아실 들어가서 봤어요. 딱 애를 안고 오는데, 너무 궁금해서 이것저것 물어봤어요. 저는 애 목소리를 몰라도 애는 제 목소리를 안대요. 배에서 계속 엄마 목소리 들었으니까. 제가 (간호사한테) 이것저것 막 물어봤는데 애가 막 울기 시작하는 거예요. '아, 내 목소리를 알아듣는구나.' 눈물이 날 거 같아서, 사람들 앞에서 눈물 흘리기 싫어서 그만 보고 나가야 되겠다 해서 '저 갈게요' 그러고 나와서 그때부터 마음이 짠해서 (울먹이며) 그때부터 힘들어졌던 거 같아요. 그때 아마 모성애가 그런 거 …

필자 그러고 나서 혼자만 퇴원한 거고? 아기는 입양 기관 사람이 데려간 거구요?

이○○ 네.

필자 본인은 그때 눈으로 보고만 있고?

이○○ 안 안아 봤어요. 어떻게 할지 모르겠는 거예요. 너무 당황스럽고. 근데 못 안아본 게 좀 후회되긴 해요.

필자 젖은 어떻게? 약 먹었어요?

이○○ 나오니까 완전 이게 뭐지? 그랬죠. 계속 나오니까 '아, 이게 젖이구나' 알게 됐죠.

이○○는 2010년 4월 출산을 하고 5월에 필자와 한 미혼모 생활 보호 시설 행사에서 처음 만났다. 이후 이○○는 필자가 미혼모 권익 운동을 하고 있다는 사실을 알고 '아이를 찾아오고 싶은데 엄마가 허락하지 않으니 도와달라'는 부탁을 했다. 그러면서 아이를 키울 계획까지 구체적으로 이야기했다. 이○○의 보호자인 엄마가 입양동의서에 사인을 했고 여전히 반대 입장이기 때문에 '나에게 오지 말고 엄마를 설득해야 할 것'이라고 이야기해 주었으나 이○○는 필자에게 계속 매달렸다. 어느 날 필자는 혹시 무슨 도울 방법이 있지 않을까 하는 마음에 이○○를 데리고 아기를 데려간 입양 기관을 찾아갔다. 상담사에게 이○○가 있었던 미혼모 보호 시설의 이름과 아이의 생년월일 등을 알려주자 "아기는 입양을 가서 없다"고 이야기했다. 필자는 엄마가 키우고 싶어 하니 아이를 돌려받을 수 있는 방법은 없는지 물었고 상담사는 그런 방법은 전혀 없음을 강조했다. 그리고 상담사는 아이가 입양 보내지기 전 찍은 몇 장의 사진을 보여 주며 이○○에게 "아기는 좋은 양부모 만나서 갔으니 이제 아기를 위해 잊고 열심히 살라"고 말했다. 이○○는 눈물을 쏟았고 필자는 입양을 보낸 엄마들의 치유를 위한 프로그램은 없는지 물었다. 복지사로부터 "없다"는 대답이 돌아왔다.[60]

그로부터 약 3년이 지난 2013년 2월 필자는 인터뷰를 위해 이○○을 다시 만났다. 그녀는 "지금 다시 생각해 보니 그때 키웠어도 정말 대책이 없었을 것"이라고 하며 "빨리 잊어가는 쪽으로 마음을 먹고 살고 있다"고 했다.

> 징징대고 우는 것 보다 잊어가는 게 빠를 거 같다는 생각이 들었어요. 제가 말을 해도 이해해 주거나 알아주지 않잖아요. (사람들은) 제 마음이 어떤 줄 모르니까.

이렇듯 입양을 선택한 또는 선택할 수밖에 없는 미혼모들은 근대 핵가족 모델 안에서의 출산과 양육을 이상적으로 여기는 사회적 맥락 안에서 스스로 양육을 포기하거나 가족들에 의해 아기를 포기하도록 강요받고, 입양 기관은 미혼모의 양육 포기를 정당한 것으로 전제한 뒤 아동복지를 전면에 내세운 입양을 실천하고 있었다.

---

60 당시 장면은 오랫동안 필자 기억에서 지워지지 않았다. 본 저서의 표지는 아기 사진을 보고 울고 있던 이○○의 모습을 담아 낸 것이다.

2) 양육 선택 맥락에서 새롭게 만들어지는 임신, 출산, 가족의 의미

입양을 선택하는 미혼모의 경험에서는 변화하는 사회적 맥락에도 불구하고 근대 '정상가족' 모델이 여전히 강력하게 작동하고 있는 것과 달리, 양육을 선택하는 미혼모들의 경험에서는 이들 대부분이 근대의 가족과 미혼 모성에 대한 지배적 담론을 재해석하고 그에 도전하는 모습을 보여 주고 있다. 이를 유형별로 분류해 보면 다음과 같다. 첫째, 일부 미혼모들은 자신이 부모의 사랑을 받지 못하고 자랐다는 이유로 오히려 양육을 선택했다. 이들은 아이에게 자기가 받지 못한 사랑을 주며 '행복한 가족'을 만들고자 한다. 둘째, 남자친구와의 결별이나 결혼의 실패 등을 통해 상처를 받고 갈등을 겪기도 하지만, 그리고 남자친구와 헤어진 이후에도 한동안 '정상가족'을 이루지 못했음을 자책하지만, 임신-출산-양육 과정을 거치며 남편 또는 아이 아버지의 부재를 수용하고 아이와의 유대에서 생기는 관계를 '가족'으로 해석해 가고 있는 경우이다. 필자가 인터뷰한 미혼모들의 대다수는 이러한 과정을 거치고 있었다. 셋째, 몇몇 미혼모들은 자신의 의지와 달리 낙태 반대 운동 및 미혼 모성권 운동의 영향으로 자의반 타의반 양육을 선택하는 상황에 이르게 되었다. 하지만 이들은 입양을 선택한 미혼모들과 달리 자신의 선택에 대한 후회나 아이에 대한 죄책감은 없었고, 임신과 출산을 둘러싼 부정적 기억들과 아이에 대한 애정을 분리해 내며 어머니로서의 정체성을 받아들이고 주체적으로 가족의 의미를 해석해 내고 있었다. 마지막으로 아주 적은 수의 미혼모들이지만 이들에게는 가족을 만드는 충분조건은 오직 임신과 출산이었다. 남편이나 아이의 아버지는 아이 그리고 자신과의 관계에 헌신하는 모습을 보였을 때만 가족 구성원으로서 자격을 얻을 수 있다. 이들은 미혼 모성에 대한 지배적인 사회적 담론에 개의치 않거나 도전하는 모습으로 새로운 모계적 가족의 의미를 창조하고 있는 모습을 보여주었다. 이를 네 개의 항목으로 분류하여 좀 더 자세히 살펴보면 다음과 같다.

① 내가 받지 못한 '사랑'을 주며 행복한 '가족' 만들기

배○○(22)은 지방 한 소도시 출신이다. 고등학교를 졸업하고 대학에 붙었으나 학교를 다니지 않았다. 배○○의 성장 과정은 본인에 의하면 고통으로 점철되어 있었다.

> 저는 살면서 후회되는 게 딱 두 개 있어요. 유치원 때 엄마가 제 손에 약을 주며 같이 죽자고 먹으라고 했는데 그거 먹지 않은 거. 그리고 더 일찍 집 나오지 않은 거.

어릴 때부터 아버지는 어머니와 자신을 학대했으며 박○○에 대한 다른 가족들의 학대도 지속되었다. 배○○은 대학에 붙었으나 입학을 포기하고 다른 도시로 가서 직장에 다녔다. 이후 만난 남자친구와의 사이에서 아이가 생겼다. 남자친구와 헤어진 후 임신 사실을 알았는데 "자존심이 허락지 않아" 남자친구에게는 임신 사실을 알리지 않고 혼자 양육하기로 결정했다. 낙태와 입양은 생각하지 않았다.

> 내가 받지 못한 사랑 주려구요, 나처럼 안 키우려구요.

배○○은 자신의 아이에게 아빠의 존재나 '가족'을 주지 못했다는 자책감은 없었다. 그녀가 자녀를 선택하고 키우기로 한

것은 자신의 불행했던 성장 과정에 대해 보상이란 의미가 컸다. 2009년 출산 이후 현재까지 부모와 연락하지 않고 아이에게 아빠는 없는 존재라고 확실히 못을 밖에 두었다. 아이에게 자신이 한 번도 받아보지 못한 사랑을 주고 "나만의 가정"을 꾸리겠다고 마음먹었다고 생활고를 겪지 않는 것은 아니다. 배○○은 미혼모가 된 이후 미혼모 보호 시설, 중간의 집, 모자의 집을 거쳤다. 그리고 현재 단순사무직 일을 하면서 경제적 어려움과 단독 육아로 힘겨워하며 아이를 기르고 있다.

노○○(22)은 중학교를 중퇴했다. 어릴 때 부모님의 불화로 시골에 있던 친할아버지와 친할머니 집에 맡겨졌다. 친할머니가 돌아가시자 아이를 키우기 힘들었던 친할아버지는 서울로 노○○을 데려와 어느 식당에 두고는 사라졌다. 여섯 살 경의 일이라 당시를 어렴풋하게 기억한다. 그 식당은 부부가 운영하고 있었는데 이들은 노○○을 딸로 입양했다. 하지만 이후 양부모는 이혼하고 노○○은 양엄마와 둘이서 살게 되었다. 학교는 다녔으나 아이들 놀림이 심해 집을 나와 찜질방, 피시방을 옮겨 다니다 청소년 쉼터도 들어갔다 나오는 생활을 반복한다. 그러다 22살 때 지방에 갔다 한 남자를 사귀게 되었다. 한 달쯤 지나 노○○은 다시 서울로 왔다. 남자친구와는 계속 연락을 주고받았다. 서울에 와서 얼마 안 있다 임신 사실을 알게 되었다. 임신 7주였다. 남자친구에게 임신 사실을 알리자 그때부터 둘 사이의 갈등이 시작되었다. 이미 전 남자친구와의 사이에서 아기가 생겨 낙태를 한 경험이 있었고 두 번째 임신이라 또 다시 중절 수술을 받는 게 싫었다. 그리고 보호자나 남자친구가 있어야 낙태가 되는데 남자친구는 자기 아이가 아니니 책임이 없다고 연락을 끊어 보호자가 되어 줄 사람도 없었다. 그리고 소년원에 있을 때 '낙태가 법으로 금지되어 구속될 수 있다'는 사실도 배웠다. 노○○은 차라리 낳아서 입양을 보내자는 쪽으로 마음을 굳히고 양엄마 집에 다시 들어가 있다가 임신 7개월 때 미혼모 보호 시설에 입소했다. 양엄마와는 출산 후 입양 보내겠다고 약속했다. 그런데 어느 순간 양육하고 싶다는 마음이 입양을 보내야 한다는 마음과 똑같은 강도로 찾아왔다.

> **필자** 그래서 입소해서 하루하루 어떻게 지냈어요?
> **노○○** 하루하루 어떻게 지내는 그런 거 없었어요. 들어가자마자 계속 배가 아파 가지고. 7개월이 거의 다 됐을 땐데 시설에서 내진을 하니까 자궁문이 열렸대요. 너무 스트레스를 받고 막 온 신경이 애기한테 쓰인 거예요.
> **필자** 뭐가 제일 신경 쓰였어요?
> **노○○** 애기 낳을 때, 키워야 할지 입양을 보내야 할지. 그때 그게 제일 스트레슨 거예요. 엄마는 입양 보내라 그러고. 저는 키우고 싶고 그러니 뭘 어떻게 할지 모르겠는 거예요. 하루에 한 번, 이틀에 한 번, 일주일에 한 번 계속 생각이 바뀌니까.

그리고 출산 후 바로 양육하기로 마음을 굳혔다. 입양숙려제가 도입된 개정 입양특례법이 시행된 직후[61] 출산했기 때문에 개정법에 따라 일주일의 숙려 기간을 가졌다. 그러나 출산 후 결심했던 양육 결정은 바뀌지 않았다. 노○○이 양육을 결심한 중요한 이유는 양부모 밑에서 부모의 사랑을 모르고 자랐던 자신의 불행했던 어린 시절의 경험이었다.

---

61 2012년 8월 15일 시행.

필자 어떻게 양육을 결정하게 되었어요?

노○○ 저도 입양을 했으니까. … 엄마는 왜 입양 안 보내냐 그래서 내가 알아서 할 거니까 신경 끄라고. (엄마는) 입양 안 보낼 거면 연락하지 말라고 그랬어요.

필자 엄마는 왜 입양을 보내라는 거예요?

노○○ 집안 형편도 어렵고 같이 키우기도 그러니까.

필자 그럼 본인은 왜 그렇게 키우고 싶었어요?

노○○ 전 애기도 워낙 좋아하기도 하고. 그리고 애기도 나중에 입양 보낸 사실 알고 그러면 그렇잖아요. 사실. 형편도 안 좋고 해도 입양 보내는 거보다 차라리 제가 키우는 게 나을 거 같기도 해서.

필자 자신 있었어요? 잘 키울 자신이?

노○○ 그렇게 자신이 있는 건 아닌데 그렇게 많이는 없었어요. 근데 입양 보내도 만날 당시에만 좋은 부모일 수 있는 거잖아요. 계속 안 지켜보는 이상은 모르는 거잖아요. 그 사람들이 정말 좋은 부모인지. 그러니까 보내기가 안쓰러운 거예요. 또 보내고 나면 눈에 밟히고 하니까 그래서 안 보냈어요.

노○○은 이렇게 해서 아이 양육을 선택했고 인터뷰 당시 중간의 집에 머물며 8개월 된 딸을 키우고 있었다. 인터뷰를 하는 도중에도 노○○은 아기 돌 사진을 예쁘게 찍기 위해 여러 사람들과 채팅을 하며 정보를 주고받고 있었다.

② 갈등과 혼란을 통과하며 만들어 가는 '가족'

인터뷰를 했던 미혼모들 중 가장 많은 케이스는 임신 발견 후 남자친구와의 결혼을 성사시키기 위해 노력했지만 불발로 끝난 경우이다. 그러나 이들에게 아이 아빠의 연락 두절이나 결혼 회피가 고통스러운 경험이고 양육 여부에 있어서 갈등을 유발하는 요인이기는 하지만, 결국 아버지의 부재를 수용하면서 출산과 양육을 선택한다. 이들은 다른 남자와의 결혼 가능성에 대해서는 열어 두고 있지만, 반드시 결혼해 '가족'을 이루겠다는 생각은 없고, 양육 과정을 거치며 아이와 둘이서 만들어 가는 관계가 '가족'임을 점차 긍정하게 된다. 주위 사람들에게는 필요에 따라서는 미혼모라는 사실을 말하기도 하지만, 경우에 따라서는 말하지 않기도 한다. 처음에는 딸의 임신-출산-양육에 대한 비수용적 태도를 보이고 비난하던 부모들도 딸이 아이를 키우는 과정을 지켜보며 점차 수용하는 태도로 변화했다.

박○○(34)은 지방 소도시에서 맏딸로 태어났다. 이후 가족 모두 서울로 이사 와 친척집에 얹혀 살게 되었다. 고등학교 입학을 앞둘 무렵 하루 빨리 독립해서 일자리를 구해야겠다는 생각에 진학을 포기하고 일을 시작했다. 30살 무렵 같이 일하던 곳에서 남자를 만났다. 남자는 30대 후반이었고 박○○도 적은 나이가 아니라 일 년 뒤 결혼할 계획이었다. 하지만 남자는 사업을 시작하며 사업을 키울 때까지 결혼을 미루자고 했다. 사귄지 5년이 지나던 시점에 아이가 들어섰다. 박○○은 이제 당연히 결혼 이야기가 진행될 거라고 생각했는데 남자는 "아직 준비가 안 되었다"며 낙태를 원했다.

2010년도 봄이었는데 애 아빠가 같이 일하면 그러니 다른 곳으로 가서 일을 하라는 거예요. 그래서 내가 그랬어요. '지금 5개월인데 어떻게 일하냐?' 그랬더니 '당연히 애를 지워야지' 그래요. (울음) … 지금 병원 가도 늦지 않았다는 거예요. 5개월 되도 수술을 시켜준다는 거예요.

그래서 미쳤냐고 너. …

시간이 지나면 남자친구의 마음이 바뀔 거라고 생각했지만 남자는 얼마 후 다시 낙태를 강요했다. 이로써 박○○은 "얘랑 도저히 안 되겠다. … 너하고 연락하느니 스트레스 받고 … 애한텐 안 좋을 거 같아서" 혼자 키우리라 마음먹고 함께 살던 동생에게 사실을 말했다. 동생 역시 "(일) 그만두고 인연 끊고 우리끼리 조용히 살자"고 박**의 결정을 지지해 주었다. 이후 박○○은 단 한 번도 입양 가능성에 대해서는 생각하지 않고 아이를 낳았다.

> **필자** 결혼 깨지고 애기 낳으면 입양 보내는 엄마들 있는데 입양 전혀 생각 안 했어요?
> **박○○** 저하고 똑같이 생겨서. 낳았는데 저랑 너무 똑같이 생긴 거예요.
> **필자** 아니, 임신했을 동안은?
> **박○○** 임신했을 땐 자연분만해서 돈 아낄 생각만 했어요. … 그리고 이 나이에 '나랑 비슷한 애가 하나 정도 있어도 괜찮겠다' 그런 생각이 들더라구요. 또 언제 애를 낳을까 모르잖아요.

박○○은 아이 아빠가 다시 돌아와 주면 제일 좋겠지만 그렇지 않다면 다른 사람과 결혼할 생각은 현재는 없고 아이와 사는 지금의 삶도 괜찮다고 했다.

오○○(30)는 지방에서 대학을 나온 뒤 자격증 공부를 위해 서울로 올라왔다. 아버지는 회사원이고 어머니는 전업주부로 "오순도순한 가정"에서 자랐다. 어느 날 동호회에 나갔다가 거기서 아이 아빠를 만났다. 오○○의 나이 이십대 후반이었고 아이 아빠는 몇 살 연상이었다. 2년 가까이 사귀다 임신이 되었다. 하지만 둘 사이에서 아직 결혼 이야기를 진지하게 나눈 적도 없었고 그땐 "당연히 낳아서는 안 된다"는 생각에 낙태를 했다. 이후에도 남자는 계속 진지하게 만남을 발전시켜 나가려는 태도를 보이는 것도 아니고 헤어지자고 하는 것도 아닌 모호한 상태에서 만남을 지속하며 관계를 가지려 했다. 이러한 남자의 태도를 보고 오○○는 자신이 먼저 관계를 정리해야겠다고 생각하고 연락을 끊었다. 하지만 남자는 "내 마음을 어떻게 보여 줄 수 있냐"며 다시 사귀기를 원했고 곧 두 번째 임신이 되었다. 하지만 여전히 결혼 이야기는 없었고 임신했다는 오○○에 "어떻게 하고 싶냐"고 물었다.

> 근데 인제 임신이 되니 임신했다고 말을 못하겠는 거야. 왜냐면 한 번 그렇게 되고. 얘랑 상의할 필요가 없다고 생각한 거야. 그냥 모르겠어요. 왜 그렇게 생각했는지. 그래 가지고 고민을 했어. 한 한 달 고민을 했지. 3개월 반인가 그때쯤 말했나?… 나 임신인 거 같다 그랬더니, (애 아빠가) 나한테 묻겠다는 거야. 나는 그냥 눈물이 뚝뚝 나오는 거야. 진짜 기분이 더러운 거예요. 지가 기면 기고, 말면 말자는 거지 뭘 나한테 묻냐고. 어쨌든 간에 처단을 해야 하는 나한테 뭘 물어봐. 두 번 죽이는 거지. 없던 얘기로 하자. 그래도 니가 애 아빠니까, 그래서 내가 말을 해야 할 거 같아서 한다. 그러고 난 총총총 사라졌지. … 그게 서운하지도 않더라구 그런 거 자체는. 근데 참 허무했죠. 그 이 년 남짓한 세월이 너무 허한 거야.

이후 오○○는 아이 아빠와의 관계를 완전히 정리하려는 차원에서 아이 아빠한테는 낙태를 했노라 거짓말을 했다. 하지만 7

개월 즈음 아이 아빠는 오○○가 임신 상태란 것을 알고, 오○○의 부모도 딸의 임신을 알게 되었다. 오○○의 엄마는 "혼자 결정하지 말고 그 집에서도 기다렸던 손주일 수 있으니 그쪽에 일단은 이야기할 것"을 딸에게 부탁했다. 그러면서 두 집안 사이에 결혼 이야기가 오갔다. 하지만 시집이 될 집안은 오○○를 탐탁지 않게 생각했다. 있던 집안이었고 며느리 자리를 벼르고 있었는데 생각지도 않던 "전라도 여자"가 며느리감으로 나타났기 때문이었다. 그래도 한 번 살아 보기 위해 출산 후 아이와 함께 시집으로 들어가서 몇 달을 살았다. 그러나 끝내 시집은 오○○에게 "아이는 받아들이겠지만 며느리는 안 받아들이겠다"는 느낌을 주었다. 그 가운데 아이 아빠도 확고한 태도를 보이지 않아 결국 오○○는 아이를 데리고 나왔다.

> … 그런데 그것도 웃기지 않아요? 결혼도 안 할 거면서 뭘로 델고 살면서 시집 식구 행세는 다하고. 그래서 한 한 달이나 두 달 있다 야, 나 결혼할 거 아니면 나 나가면 안 되냐고 (하하) … 애는 맨날 정신없이 삑삑 울어쌌는데, 애 봐야 되는데, 이 관계들이, 상태가 되게 어색한 거예요. … 난 엄마한테 돌아버리겠다고 죽어버리고 싶다고. 애 아빠랑 안 살아도 된다고. 난 애기 너무 이쁘고 키울 수 있다고 …

이후 오○○의 부모님이 서울로 와서 사태를 수습하려 했지만 여의치 않아 부모님 역시 딸의 결혼을 포기한다. 현재 오○○는 "가정을 갖겠다는 생각은 다 떨치고 아이를 위해서 아빠만 유지해주고자" 가끔 아이가 아빠와 친가 식구들과 만나 함께 시간을 보내도록 하고 있다.

이 밖에 윤○○(18), 정○○(28), 최○○(31), 한○○(31)[62] 등
은 각각 출산한 나이가 10대 후반, 20대 후반, 30대 초반으로 다
르고, 양육을 선택할 당시 학력/경력이 고등학교 퇴학/무직, 대
졸/연구직, 중학교 중퇴/사원, 대학원(석사)/전문직 등으로 다
르며, 출신지도 다르지만, 남자친구와의 관계가 결혼으로 이어
지지 못한 것이 아이 양육 선택에 있어서 결정적 요인으로 작용
하지는 않았다는 점에서는 유사하다. 이들은 임신-출산-양육의
과정을 거치며 비록 쉽지 않았지만 남편과 아버지의 부재를 서
서히 인정하면서, 자신과 아이의 관계를 가족으로 받아들였다.

정○○(28)의 경우는 사귄 지 얼마 되지 않은 남자와의 사이
에 아기가 생겼다. 종교를 가진 집안에서 자랐고, 정○○ 자신도
"낙태는 죄"라는 생각을 갖고 "임신하면 결혼은 당연한 것"이라고
생각했다. 남자는 처음에는 낙태를 원했지만 결국 아이를 책임
지겠다며 결혼식까지는 올렸다. 하지만 "아버지 노릇"을 하겠다
는 약속과 달리 일을 구할 생각을 하지 않았다. 그러면서 남자는
정○○을 원망하고 정○○은 남자를 원망하며 둘 사이의 갈등
은 깊어졌다.

> 계속 지우라 그랬는데 제가 낳잖아요. (필자: 애 아빠 놓치면 안 되
> 겠다 그렇게 생각했어요?) 그런 건 아니고 '혼자라도 낳아야겠다' 그렇
> 게 생각했어요. 근데 애 아빠가 자기가 뭘 해서라도 저랑 아기 부양한다
> 고 했거든요. 근데 계속 일 안 했잖아요. 자기도 지가 하고 싶은 거 있는데
> 나랑 애한테 묶여서 부양하기 싫었던 거 같아요.

---

62 또 다른 6명의 사례도 있으나 유사하여 이들에 대한 사례는 분석에서 제
　외했다.

부모님 역시 낙태는 강요하지 않았다. 종교적 믿음 때문이다. 하지만 딸의 출산을 반대하지 않았다고 딸의 임신은 수용하고 지지한 것은 아니다.

낙태는 옳지 못하니까 애는 낳아야 되지만 너의 행동은 그릇됐다. … 그러니까 애는 당연히 낳아야 되지만 너는 죽을죄를 졌다. 임산부 스트레스 받으면 안 되는데 저한테 계속 그러는 거죠. 애도 너가 키워야 되지만 너는 잘못했다. 그러니까 애도 낳아야 되고 키워야 되는데 넌 잘못했다. … 그러니까 되게 힘들고, 사람들도 만나기 싫고, 동네도 되게 오랫동안 살고, 시골이고 그러니까 집에만 있고, 텔레비전만 보고, 유일하게 나오는 게 근처 대형마트 가는 정도, 그랬던 거 같아요.

갈등과 편잔 속에서 정○○은 "가능한 결혼하고 사는 것이 좋다"는 생각을 놓지 않고 있었다. 하지만 아이가 네 살 무렵 결혼에 대한 생각과 기대를 내려놓았다.

필자 처음에 아이 아빠하고 결혼할 생각이었잖아요? 그러다가 '아, 하지 말아야겠다. 미혼모로 그냥 살아야겠다' 선이 그어진 게 언제에요?

정○○ 애가 4살 께는 그 사람한테 뭔가를 바라지 말아야겠다. 마음이 힘들고 그랬던 거는 내가 그 사람한테 요구하는 게 있고 바라는 게 있는데 그게 충족이 되지 않으니까 제가 괴롭고 애기도 짐처럼 느껴지는 거야. '내가 혼자서 꿋꿋하게 살아야겠다' 그렇게 생각했던 거 같아요. 그러니까 그 시점이 협회 활동하기 시작했던 시점이었던 거 같아요. 그렇게 만나게 된 거 감사하게 생각하고 정보나 그런 것도 많이 받아서 모자원도 가게 되고.

정○○은 이후 협회 활동을 하며 비슷한 처지의 엄마들을 만나 미혼모로서의 삶을 온전히 긍정하게 되었다. 외할아버지에게 "엄마랑 집을 나가라"라는 소리를 듣던 여섯 살 된 아이는 엄마가 없는 동안 외할아버지와 외할머니의 돌봄을 받으며 유치원을 다니고 있다. 정○○은 자신의 경험과 협회에서 수많은 엄마들이 미혼모가 된 스토리를 들으며 "모든 남자가 다 괴물 같아 당분간 결혼 생각은 없을 것" 같다고 했다.

최○○(31)은 임신 초기 낙태하려 했으나 남자친구가 함께 키우자고 했는데 8개월 때 사라졌다. 황당해진 최○○은 임신 말기 출산 후 입양을 보내기 위해 입양 기관까지 갔다. 하지만 거기서 위탁모와 떨어지지 않으려고 우는 아이를 보고 입양을 포기한다.

홀트 입구까지 가본 적 있어요. 그때 너무 많이 울었어요. 지금 얘기해도 너무 눈물 날 거 같아요. 애기가 너무 불쌍한 거예요. 위탁모가 애를 데리고 왔는데 미국 사람이랑 한국 사람이 입양하러 온 거 같아요. 애기가 딱 이십 몇 개월 지금 우리 애만큼 된 거 같아요. (눈물을 흘리며) 위탁모 안 떨어지려 하는데 "아, 큐티, 큐티" 그러면서 자기는 이뻐 죽겠고. 애는 안 떨어지려 하는데 그런데 데려가는 것도 너무한 거 같아요. 그래도 시간을 갖고 데려가면 좋겠는데 이런 생각 들더라구요. 전화 상담하고 한 번 찾아가서 구체적인 거 보려는데 1층에서 그거 보는데 저건 좀 아니다. 집에 돌아와 버렸어요. 굳이 힘들어도 좀 키워 보자 …

부모는 일찍 이혼하고 아버지 역시 "자신에게 피해만 안 주면 다행"인 상태에서 살고 있으므로 정○○처럼 부모님으로부터 받은 압박은 없었다. 아이 아빠에 대한 미련은 있지만 지금이라도 "여자가 생겼다"고만 분명히 말해 주면 정리해 주고 아이와 둘이서만 살 마음은 있다.

> … 그 사람 없어도 이렇게 버텼고 이젠 없어도 살 거 같아요. 메일 최근에 보냈어요. 차라리 니가 못 올 것 같으면, 마지막으로 나를 배려한다면 상황을 솔직하게 이야기해 주라. 나 너 없어도 살았고 애기 너무 이쁘다고 답변만 달라고 그랬어요. (울음) 최근에 읽은 거 같아요. 저도 사람을 상대를 많이 하다 보니까 사람 구별은 하잖아요. 착하다는 걸 믿고 언젠가 올 거라고 생각은 하는데요. 여자 때문에 그런 거라면 보내 줘야 맞는 거잖아요. 돌아보는 미련만 그것만 없게 해 주면 좋을 거 같아요. … 우리 아들 너무 이쁘니까 둘이 잘 살면 될 거 같아요. 앞으로 이거보다 더 힘든 건 없을 거 아녜요?

한○○(31)의 경우는 일 년 정도 사귄 남자와의 사이에서 아이가 생겼다. 진지하게 결혼을 염두에 두고 사귄 사이는 아니지만 뱃속의 아이가 살아 있는 생명으로 느껴져 낙태하지 못하고 남자와 결혼하기 위해 노력했다. 하지만 "남자 빼고는 말도 안 되는 집안"이어서 결혼은 포기하고 홀로 출산하기로 결정했다. 한○○의 아버지는 종교인이었고 "공부도 시킬 만큼 시켰던" 딸에 대한 기대가 높았다. 그래서 '딸의 장래'를 생각해 입양을 보내도록 끝까지 강요했다. 한○○도 입양 기관과 상담까지 했지만 "아이와 떨어지는 생각만으로도 가슴이 메어져" 홀로 양육을 결정했다.

그렇다고 뱃속에서 자라는 애를 죽일 수도 없는 거고. 그리고 입양 기관에 문의도 했는데 되게 마음이 아프더라구요. 홀트에다가 전화했었는데 (울먹) 그 사람이 그러다라구요. '자기 친구도 실수로 임신을 해서 미국으로 입양 보냈는데 입양 보내도 잘 클 수 있으니까 걱정 말라'고 그러더라고요. 하지만 전 솔직히 그것도 되게 맘에 아파서 … 그리고 사람들이 시설에서 낳아서 입양 보내 잘된 케이스가 많다 이렇게 얘기하니까 괜히 (시설에) 들어가서 낳았다가는 애 뺏기겠다 그런 생각이 들어서. 몇 군데 해 봤는데 되게 눈물이 많이 나더라구요. 거기서 하는 얘기들이, … 그니까 뭐 자기 친구도 실수로 임신을 해서 여기서 낳아서 보냈는데 그 부모가 양부모랑 사진 교환을 하고 애 크는 거 잘 보고 있다 그러니까…, 내가 낳은 애를 다른 사람이 키운다는 생각을 하니까 (울음 터뜨림) 지금도 제가 잘해 주진 못하지만 키우길 잘했다는 생각이 들거든요 계속.

한○○ 어머니는 딸의 일을 되도록 지지해 주는 편이었지만, 이 일로 아버지는 심한 스트레스를 받았다. 결과적으로 이가 일곱 개나 빠지게 되었지만 지금은 "딸을 닮은 손녀를 예뻐하신다." 한○○는 이제 "결혼하겠다는 생각보다 성공한 미혼모로서 또 부끄럽지 않은 딸의 엄마"가 되기 위해 밤낮으로 일하며 정신없이 보내고 있다.

윤○○(18)의 경우는 임신으로 학교를 퇴학당한 후 서울 미혼모 보호 시설로 옮겨 왔다. 학교에서는 우등생이었지만 미혼모라는 이유로 전학이 되지 않아 검정고시 과정에 등록했다. 남자친구와의 관계도 끝나고 어린 나이였지만 이것이 어머니로서의 정체성을 구성해 나가는 데 있어 장애 요인은 아니었다.

미혼모로 살아오면서 느낀 점, 솔직히 너무 힘이 들었습니다. 그 중 사람들의 시선이 너무나 마음이 아팠습니다. 어려 보이는 얼굴에 쪼그만 아기를 안고 있는 나의 모습에 흥미로운 듯 말을 걸어 보고서 미혼모인 걸 알게 되면 표정이 바뀌어 버리는 그 사람들 때문에 정말 너무나도 속상했습니다. 저를 알게 된 사람들은 가끔 저에게 이런 질문을 합니다. 아이를 지울 생각은 없었는지 낳고 나서도 후회한 적이 정말 단한 번도 없었냐고, 저는 당당하게 얘기합니다. 꼭 낳을 생각이었고 후회한 적이 없었다고, 제가 이렇게 대답을 하면 사람들은 놀래면서 대단하다고 합니다. 왜 내 아이를 낳고 내 아이를 낳은 것에 대해 후회하지 않는 것이 대단한 일이어야 하는지 모르겠지만 아마도 그 사람들이 대단하다고 생각하는 것은 어린 나이에 그런 생각을 가지고 있다는 것 때문이 아닐까 하고 생각하고 있습니다. … 이렇듯 십대의 임신과 출산은 어느 누구에게도 인정받지 못합니다. 꼭 인정을 해 달라는 얘기가 아닙니다. 결혼해서 아이를 낳은 엄마와 다를 것 없는 한 아이의 엄마라는 것을 알아주셨으면 좋겠습니다. 미혼모로 살아온 제가 느낀 세상은 모든 사람들이 가해자라는 것이었습니다. 사회적 타살, 곱지 않은 시선으로 바라보는 이 사회에서 미혼모가 사랑스러운 자신의 아이를 마음 편하게 키울 수 있는 곳은 없었습니다. 이런 사회에서는 십대 미혼모들의 영아 유기와 살인이 사라질 수 없다고 생각합니다.[63]

③ 선택되어진 양육, 그러나 능동적으로 만들어 가는 '가족'

다음은 낙태 반대 운동으로 인해 불법 낙태 단속이 강화되자 낙

---

63 윤○○의 경우 (사)부스러기사랑나눔회 주최 '어린생명! 여린생명! 아동청소년의 사회적 타살을 막기 위한 3차 열린포럼'(2011.11.22.)에서 토론자로 발표했는데, 발표문에 미혼모가 된 경험과 어머니로서의 정체성이 압축적으로 잘 드러나 발표문을 인용했다.

태를 하지 못하고 출산에 이르렀거나, 출산 후 입양을 보내려다
가 미혼모 권익 운동을 하는 당사자들을 만나며 양육으로 마음
을 바꾸게 된 경우이다. 이들은 변하는 사회적 환경에 의해 자의
반 타의반으로 양육을 선택했지만, 입양 보낸 어머니들과는 달
리 자신의 선택을 후회하거나 아이에 대한 죄책감 등은 갖지 않
았다. 그리고 아이 아빠에 대한 부정적 느낌들과 아이에 대한 감
정을 분리해 내며, 어머니와 자녀로서 새로운 관계 맺기를 위한
노력을 하며 하나의 '가족'을 만들어 가고 있었다.

　서○○(24)은 중학교 때 갑자기 성적이 떨어진 것을 비관해
학교를 그만두었다. 이후 부모님이 이혼하고, 자신은 엄마와 함
께 서울로 이사를 왔다. 스무 살이 넘어 다시 공부해야겠다는 생
각을 갖고 검정고시 학원을 다니다 한 남자를 만나게 되었다. "맨
날 술 마시고 그러고 이러다 임신하겠다 해서 헤어졌는데" 헤어지고
보니 "진짜 임신"이었다. 임신 5주였고 엄마도 딸의 몸의 변화를
눈치 챘다. 엄마는 딸이 낙태하기를 원했다. 하지만 서○○은 중
학교 성교육 시간에 낙태가 안 좋다고 배웠고 또 친구가 낙태한
것을 보며 낙태는 절대 하지 않으리라 결심했었다. "다혈질이었던
남자와 다시 엮이고 싶지 않아" 출산해서 차라리 입양을 보내는 게
낫겠다고 생각해 엄마를 설득하고 미혼모 보호 시설에 입소했
다. 하지만 2011년 여름 임신 8개월쯤 미혼모 자립 양육 지원 프
로그램의 일환으로 실시되고 있던 '미스맘 컵케이크' 수업을 듣
게 되었다. 이 프로그램은 미혼모들이 입양을 보내지 않고 스스
로 기를 수 있도록 사회를 변화시켜야 한다는 믿음을 갖고 있던
강사 이샘이 실시한 교육이었다.[64] [서○○은] 여기에 참석한 다
른 미혼 엄마들과 또 강사로부터 '어렵지만 아이를 포기하지 않
고 키우는 게 낫다'는 말을 여러 번 들었다.

그런데 제가 그때 케이크 교육도 받고 언니들이 이런 정책이 있고 애 키워라 그렇게 설득하잖아요. 거기에 생각이 바뀌어서… 언니들 보고 듣고 영향을 받았어요. 시설 내부에서 그런 영향을 받은 게 아니고, 시설 밖으로 다니면서 제가 미혼모[65]도 보고 그러면서, 내가 몰랐던 정보를 알게 되고, 그리고 사는 게 미혼모들이 되게 구질구질하게 살 거라고 생각했거든요. 저는 애 키울 때 되게 힘들 줄 알았는데, 중간의 집도 있고, 모자원 있다는 거 알려주고 그러니까. … 8개월 때 (시설 상담 선생님과) 상담했을 때 전 '안 보내겠다' 그랬죠. 처음엔 (입양)하겠다고 들어온 건데. …

서○○은 아이를 낳았다고 아이 아빠와 꼭 연결되어야 한다고 생각하지 않는다. 그리고 앞으로 누구와도 결혼하지 않겠다고 생각하는 것도 아니다.

그리고 혹시 애기를 빌미로 저랑 결혼하려고 하고 그런 게 싫어요. 그 사람하곤 결혼할 생각 없죠. 다른 좋은 사람 만나서 결혼할 생각은 있지만. 결혼은…? 대학 가서? 졸업하지 않더라도 좋은 사람 만나면 애한테 아빠 얼른 만들어 줘야 하니까 학생이더라도 하고 싶어요. 저도 혼자는 못 살거든요. 외로움 타니까. 결혼 안 할 생각은 없어요.

---

64 이 수업은 2010년에 시작해 2기 수업까지 진행되었다. 2기 수업에 참여 했던 몇 명의 양육 미혼모는 이샘과 함께 아름다운재단 후원으로 컵케이크 매장까지 오픈했다. 이후 매장은 시행착오를 겪으며 닫게 되었지만 2011년 당시 사회적으로 미혼 모성의 양육권 보호 문제를 이슈화하는 데 중요한 역할을 했다.

65 시설에 있지 않고 지역 사회에 살면서 아이를 키우고 있는 미혼모들을 지칭한다.

아이는 인터뷰 당시 막 한 돌이 지났는데 서○○은 그동안 엄마가 된 느낌을 "아이와 함께 성장하고 있는 것" 같다고 했다.

민○○(34)은 일찍 부모를 여의고 언니들만 많이 있던 집 막내로 자랐다. 공부가 너무 하기 싫어 고등학교까지만 마쳤다. 일찍 사회생활을 시작했는데 32살 즈음 주변 소개로 아이 아빠를 만났다. 소개팅 자리에서 말이 통하고 호감이 생겨 술을 많이 마시게 되었고 정신이 없는 상태에서 잠자리를 했다. 이후 둘은 계속 호감을 가지고 교재를 했다. 하지만 관계가 깊어지자 서로 다른 종교가 문제가 되었다. 그래서 각자 인연이 아니려니 생각하고 헤어졌다. 하지만 헤어진 뒤 민○○은 임신 5개월 진단을 받는다.

> 솔직히 처음 그랬죠. '지울 수 없냐.' 그랬더니, 이건 불법이라서 안 된다고 그러더라구요. 얘가 2010년생이니까 2009년 완전 피크였어요. 이상하게 피크였어요. (필자: 그때 진오비 의사들 낙태 반대 운동 활발히 할 때예요.) 그때 선생님들이 잠깐만이라도 안 된다고 전체적으로 서명운동하고 난리였대요. 운명인가 봐요. 하하하 … 그때부터 혼자 고민을 한 거죠. 어떻게 해야 하나. 인터넷 찾아보니 불법이더라구요. 2백만 원 있으면 해 주고 막 그런 거예요.

임신한 몸이었지만 돈 때문에 임신 사실을 숨기고 막달까지 일을 다녔다. 출산 즈음 휴가를 내고 혼자 아이를 낳았다. 이후 갈 곳이 없자 급히 애란원에 아기와 함께 입소를 하게 되었다. 거기서 입양을 결정했다 찾아오는 엄마들의 모습도 보고 입양을 보내는 것이 맞는 선택인지 마음이 혼란스러웠다. 그리고 결정적으로 협회를 막 알고 미혼모 권익 운동에 대해 관심을 갖게 된

한 엄마를 만나고 나서 입양을 포기하고 양육을 결정하게 된다.

이제 보니까, 출산하고 딱 보니까, 그래도 (입양) 보내야지 그랬는데, 그때 미혼모 보호 시설에서 ○○을 만난 거예요. '나 도와달라. 나 일해야 한다.' 경제적인 게 너무 안 좋았던 상태였기 때문에. 그런데 ○○이가 같이 키울 수 있으면 키워줄게. 그랬는데, 입양 보냈다 찾아오는 애도 있고. 저두 입양 부낼까 구민했는데 ○○이가 옆에서 잡았어요. 진짜 후회할 거라고. 언니가 그냥 힘들어도 키우는 게 낫지. 그래서 요즘 내가 우리 아이 때문에 힘들어하면 되게 미안해해요. 지 말 듣고 안 보냈기 때문에, 저번에도 한 번 힘들어했더니, 미안하다고. 야, 아니라고 그랬죠.

민○○은 이후 시설에서의 단체 생활이 힘들어서 알고 있던 다른 미혼 엄마 집에 옮겨가며 양육하겠다는 생각을 더욱 굳히게 되었다. 그리고 아이 아버지에게 양육비를 받기 위해 연락을 했다. 그러면서 결혼 이야기가 오가기도 했지만 남자에게는 이미 결혼할 여자가 있었고, 남자의 어머니로부터 "혼자 아이를 낳은 독한 년"이라는 소리를 들어야 했다. 그리고 양육비를 주느니 "아이를 데려오겠다"고 했다. 결국 양육비 소송을 제기했다. 충분하지 못한 금액이었지만 경제적으로 너무 힘든 상황이어서 합의했다. 원치 않은 임신, 주변의 권유로 선택한 양육, 그리고 경제적 어려움을 겪고 있지만 민○○은 아이에 대한 원망은 없고 더 잘해 주지 못한 것만 미안하다고 했다.

필자 아이 보면 원망하거나 미워하는 마음 안 들어요? 혹시?
민○○ 지금은 전혀 없는데, 안 그런데. 저번에 한 번 너무 경제적으로 힘든데 그 집에선 나몰라라 하고. 그때 애를 딱 봤는데 너무 (아빠랑) 똑같이 닮았잖아요. 그 순간. 그때 한 번 딱 한 번 '싫다' 그랬는데. 아이가 싫다 그런 거 없어요. 오히려 제 마음 한 구석에는 저도 행복한 가정 그런 게 꿈이기 때문에 아이한테 못 해 주는 그런 마음이, 되게 그런 게 있어요. 오히려 마음이 아픈 구석이 많죠.

민○○은 누군가를 만나 가정을 꾸릴 생각보다 일단 경제적으로 자립하기 위해 열심히 일하고 아이와 더 많은 시간을 보내기 위해 노력할 계획이다. 그리고 나중에 아이가 자라 아빠에 대해 물어보면 주변 언니들이 그랬던 것처럼 "우린 이런 가정이야"라고 알려주려고 한다.

박○○(34)는 서른두 살 때 같이 일하던 곳에서 남자를 만났다. 사귀는 것도 아니고 안 사귀는 것도 아닌 상태의 만남이었다. 남자는 만나면 "너를 책임진다는 백 가지 이야기"도 했지만 헤어지면 연락도 안 되는 사람이었다. 하지만 자신도 알지 못하게 그 남자에게 끌려 다녔다. 그러다 원치 않는 성관계를 갖게 되었고 임신이 되었다. 남자는 낙태를 강요하며 폭력을 휘둘렀다. 그래도 그 남자를 떠나지 못했다.

그냥 거의 포기 상태였어요. 포기. … 직장에서도 너무 많이 치이고, 계속 그랬던 거 같아요. 사람들한테 너무 상처도 많이 받고 그래서 많이 지쳐 있었던 거 같기도 하고요. 그때도 거의 뭐, 걔가 저보다 공부를 많이 한 것도 아니었고, 돈을 많이 번 것도 아니었고, 걔네 집이 우리들보다 잘사는 것도 아니었고, 진짜 잘난 게 하나도 없었는데 왜 그렇게 내가 끌려 다녔는지. 그러니까, 한 번 강제로 탁 그렇게 하고 나니까 이게 저도 억수로, 디게 좀 쿨하고 그런 줄 알았어요. 그런데 그게 아니었나 봐요. 속으로 엄청 보수적이고…

하지만 낙태는 할 수 없었다.

그때 마침 또 막, 그 2010년 2월에 불법 낙태 이슈가 돼 가지고, 웃음, 각종 방송매체에서 모든 병원에서 (수술은) 안 한다고…

낙태는 안 되는 상황 속에서 시간이 흘렀고, 7개월 때 쯤 박○○의 동생이 낙태를 해 준다는 병원을 찾아내 병원에 갔으나 스트레스로 몸이 너무 약해져 있어 수술을 하면 죽는다는 소리를 듣고 낙태는 완전히 포기했다. 낙태는 안 되고, 아이 아빠는 종적이 묘연한 가운데 박○○ 집에서도 난리가 났다. 특히 아버지의 노여움은 더 심했다. 결국 집에서는 박○○에게 출산 후 입양할 것을 종용했다. 그리고 출산 후 병실로 한 입양 기관의 상담사가 찾아왔다. 박○○는 찾아온 복지사가 입양 기관 사람임을 알고 바로 기절했다. 상담사는 포기하고 돌아갔다. 이후 집에는 더 있을 수가 없어 집을 나왔다. 아이는 백일이 다가왔지만 그때까지 입양을 결정하지도 그렇다고 양육을 결정하지도 못하고 출생신고도 안 한 채 그냥 있었다. 그러다 입양을 보내는 것보다 "내가 키우는 게 맞을 것" 같아서 결국 출생신고를 하고 양육을 결정했다. 그리고 아이 아빠에 대한 불행했던 경험과 부정적 느낌들과 아이에 대한 감정은 온전히 분리해 내며 엄마와 아들과의 관계를 새롭게 맺어 나가며 그들만으로도 온전할 수 있는 '가족'을 만들어 가고 있다.

처음엔 정말 보기도 싫었어요. 첨엔 얘가 내 애가 맞는가 그런 생각했었고요. 근데 젖 먹이고 그러면서. 그러니까 모성 뭐 이런 건 아니고, 그냥 손을 놓으면 안 되겠다는 그런 생각? 누가 지켜줄까? 그러면서 아예 그 생각을 접어둔 거죠. 나한테 일어났던 모든 상황을 그냥 덮은 거죠. 콘크리트로 덮으려고 덮은 거죠. (웃음) 덮고 아이하고 나하고만 본 거죠. 그러니까 세상 사람들의 잣대로 보면 내가 이해가 안 되는 거죠. 어떻게 그렇게 바보 같은 짓을 하고, 그런 상황이면 니가 어떻게 그런 애를 키울 수 있냐. 그런데 뭐 스트레스를 받았든 어쨌든 내 뱃속에 열 달 동안 있었고, 내가 아파서 낳았고, 내가 젖도 먹였고, 어쨌든 나하고의 관계잖아요. 그 인간은 뭐 정자를 제공했을 뿐이지. 하하하. 생물학적으로 그렇잖아요. 그런 생각을 다 했으면 못 키웠을 수 있어요. 그런 생각을 덮은 거죠.

④ 임신과 출산은 '가족'의 충분조건

나○○(30)과 전○○(31)은 앞의 미혼모들과는 완전히 다른 방식으로 자신의 임신과 출산을 이해하고 있다. 낙태와 입양은 이들에게는 전혀 고려 대상이 아니었고 남자의 존재 역시 출산에 있어서 그다지 큰 고려 사항은 아니었다. 이들에게 남자는 자신과의 관계에 충실하지 않으면 '나'의 임신에 개의해서는 안 될 존재이며, '아이' 존재에 대해 아버지로서의 애정을 보이지 않는다면 나와 아이 사이에 들어와 가족을 구성할 자격이 없는 사람이다. 이들에게는 이러한 남자를 배제한 곳에서 비로소 온전한 또는 완전한 가족이 이루어진다. 자신들이 경제적으로 어렵다는 것 역시 가족 구성의 요건은 아니다. 즉 임신과 출산 외에 가족을 구성할 결정적 요소들은 이들에게는 없는 것으로 보였다.

나○○(30)의 경우는 외국에서 대학을 졸업했다. 졸업 후 여행도 하고 다양한 일도 하다 한국으로 돌아왔다. 아이 아빠와 만나게 된 건 2009년 나○○이 스물아홉 살 되던 해였다. 친구들과의 모임에서 만난 사람이었는데, 호감을 갖고 만나다 임신을 하게 되었다. 나○○은 아이 아빠가 얼마나 잘난 사람인지 그와 얼마나 사랑했는지 등의 여부와 상관없이 임신 그 자체가 축복 같았고, 너무도 신비로웠다. 낙태는 생각지도 않았다.

진짜 임신을 다시 해 보고 싶다는 게 완벽함이 있는 거예요. 혼자였을 때는 외로움이나 불완전함. (그런데) 임신을 함으로써 완전해지는 듯한. 너무 신기했어요. 남녀 간의 사랑도 되게 하나 되는 느낌이 있잖아요. 근데 이건 백 프로 내 몸에 있잖아요.

뱃속의 아이도 "엄마 나를 낳아 주세요"라고 말하는 것 같았다. 하지만 병원에 동행한 남자는 인기척조차 느낄 수 없었다.

병원에 같이 갔는데 되게 묘하게 느낌이 인기척이 없는 거예요. 애기 태동을 느끼는데 나는 감동을 받아서 거의 울 뻔 했는데 나도 모르게 이게 모성인가? 근데 이 남자는 없어요. 죽은 것처럼 사람이 옆에 앉아 있다는 게 느껴지지 않아요. 그게 너무 무섭고 섬뜩한 거예요. 너는 아니다. 너무 싫은 거예요. 싫은 게 아니라 혐오? 자기가 만든 생명인데 이렇게까지 아무 감정이 느껴지지 않는다면.

그리고 남자는 "얼마 있다가 놀러 가자고 하더니 애는 지우고 나랑 사귀 이런 식의 멘트를 날렸"다. 이로써 나○○은 자신과 아이 사이에서 "애 아빠를 완전히 떼어 버렸"다. 이후 일거리가 있으면 닥치는 대로 맡아 하며 돈을 모으고, 인권 분만 관련 책도 읽고, "애한테 좋은 느낌을 갖고 호감을 갖고 있는 사람들을 일부러 찾아가서 그

기운을 애한테 주려고 노력"하며 출산했다. 그리고 가족관계등록부에 있던 "내 이름과 애 이름을 봤는데 너무 행복"했다고 그 때를 회상했다.

'그래도 좋아하지도 않은 사람 아이인데 한 번씩 미운 감정이 들지 않느냐'는 필자의 질문에 나○○은 '자신도 그런 감정이 들까 봐 두려웠으나 초기에 끊어서 괜찮은 거 같다'고 했다. 그래서 자기와 같은 상황의 여성들에게는 가능한 한 초기에 관계를 끊을 것을 충고한다.

… 그래서 애초에 엄마들한테 어드바이스할 때 찌질한 거 같으면 바로 끊어라. 애만 보면 애랑 너랑 그걸로 관계만 형성이 되지, 밀고 땡기는 못된 녀석은 애한테도 불행이다. 이 말을 항상 해요.

나○○은 "싱글맘들이 연애에 목매다 잘못되는 경우를 많이 봤다"면서 "연애하면 안 되는 건 아니지만 일단 의식적으로 먼저 성숙"하려 노력하며 아이와의 가족을 꾸리고 있다.

전○○(31)은 중학교 때 가출한 이후 일찍 사회생활을 시작했다. 그리고 앞의 나○○과 같은 나이인 스물아홉 살에 아이 아빠를 만났다. 평소에 애는 낳아도 결혼은 안 할 거라는 생각을 했었는데 아이 아빠가 너무 잘해 줬고 결혼하기를 원했다. 전○○은 이 사람이면 되겠다 싶어서 결혼을 하기로 마음을 먹었다. 아이 아빠 집에서도 거의 며느리로 받아 주는 상황이었다. 하지만 임신이 되자 아이 아빠의 태도가 바뀌었다. 낙태를 강요했다. 하지만 나○○은 "사랑했을 때는 우리 애였지만 이제는 내 애"라며 낙태를 거부했다. 임신 12주 때 헤어지고 남자는 보름 만에 낙태를 설득하려고 또 만나자고 했다. 나○○은 "그럴 거면 굳이 만날 필요 없다. 넌 너대로 살아라 난 나대로 열심히 살란다"라고 하고 완전히 헤어진 후 "혼자서 수많은 태교들을 했다." 임신 7개월 때는 미혼모 시설에 들어갔다.

전○○은 임신 3개월부터 자신의 임신 사실을 주변 사람에게 널리 알렸다. 반응도 다양했다.

임신을 일찍 알았잖아요. 미혼모가 되기로 했을 때, 임신 3개월 때 제 주변 애들한테 다 공개 했어요. … 열 명 중에 두 명은 '지워라'. 나머지는 여덟 명은 '너라면 할 수 있어 힘내'" 지지자들이 많았죠. 그건 제 타고난 성향으로 인한 거긴 한데, 워낙에 제가 말투도 그렇고 강한 성향처럼 느껴지잖아요. 그래서 그렇게 받아들여진 거 같아요. 생활력이 강하거나 그런 건 아닌데. 어떤 사람들은 마치 제가 신부고 그 사람들이 고해성사를 하듯이 예전에 사귀던 여자친구 낙태시킬 수밖에 없었다, 난 수술을 했다, 입양을 보낼 수밖에 없었다. 그런 이야기들 많이 했어요. 그러면서 '너는 잘 해 내라'하면서. 되게 속상해하는 사람도 있었구요.

전○○은 주변의 다양한 반응들을 즐기며 "인생에서 가장 행복한 열 달"을 보냈다.

제 생애 10개월 동안 가장 많은 책을 읽었어요. 행복했던 순간이었어요. 다시 임신을 할 수 있다면 좋을 거 같아요. 임신했을 때 제 느낌은 제 몸과 마음이 순결한? 깨끗한? 애를 위해서 좋은 생각만 해야 하고 나쁜 거 안 들으려고 하니까 그게 습관화돼서 제가 정말 순결한 여자가 된 거 같더라구요. 10개월 동안 아무리 태교해도 진통할 때

소리 지르면 다 수포로 간다 해서 진통을 30시간 했는데 한 번도 소리 안 질렀어요.

이렇게 엄마가 된 전○○은 임신하자마자 검정고시 공부를 시작하고, 아이를 낳고 수능을 본 후 대학에 들어갔다. 이후 2013년 가을 무렵 필자를 만났을 때는 졸업 후 더 공부를 하고 싶다고 했다. 그리고 밤마다 아이에게 이렇게 말해 준다고 했다.

저는 자기 전 책을 읽어 주거나 중요한 말을 하면 애가 완전히 집중 잘하고 듣잖아요. 그때 이렇게 말해요. 미소야, 세상에는 가족들이 참 많아. 이러, 이러, 이러 쫙 말하고 물어요. 미소하고 엄마는 무슨 가족? 그러면 그래요. 엄마와 딸 가족.

나○○과 전○○이 어머니로서의 정체성과 싱글맘 가족으로서의 정체성을 적극 수용하고 있지만 이것이 홀로 양육하는 데 있어서 고단함과 외로움이 없다는 것을 의미하는 것은 아니다. 그럼에도 불구하고 이들은 근대의 '정상모성'과 '정상가족'에 대한 정의에 균열을 내며 스스로를 어머니의 범주에 당당히 위치시키고 있다. 이들이 자신들의 자녀와 함께 만들어 가는 삶은 새로운 형태의 가족의 탄생을 예고하는 것이라 하겠다.

글을 마치며

이 연구를 통해 필자는 결혼 제도 밖의 모성 경험을 고정된 실체로서가 아니라 가족과 입양의 역사적 전개와 맞물려 위치 지어지고 의미화된 과정으로 보고, 대한민국 정부 수립 이후부터 현재까지 미혼 모성이 의미화되고 실천된 맥락을 살펴보았다. 앞서 논한 바와 같이 대한민국 정부는 근대의 시작과 함께 가족법 개정을 통해 부부와 자녀로 구성된 2세대 핵가족 형태가 이상적인 가족 형태임을 명시하며 가족의 핵가족화를 국가적 의제로 채택했다. 이와 동시에 가족에 대한 사회적 언설 역시 혼전순결·부부애정·성역할에 기초한 중산층 핵가족 이념에 정당성을 부여하고 이를 강화하는 쪽으로 변화해 왔다.

먼저 시대적으로 근대 전환기라고 볼 수 있는 1960년대에는 근대적 가족 제도로의 정비가 활발히 이루어지고 부부 중심의 핵가족 담론이 이상적인 것으로 확산되고 있었지만, 입양을 통해 나타난 가족 이해와 실천은 여전히 부계 혈연 친족 공동체 중심적 사고에 기초해 있었다. 예를 들어 혼혈 아동의 경우 한국인 어머니에게서 태어나 길러지고 있었음에도 불구하고 '아버지의 나라'로 보내야 한다는 명분에 입각해 "전국의 혼혈아를 해외로 입양 보낸다"는 목표하에 해외 입양을 실천했다. 비혼혈 아동의 경우도 어머니가 양육 의사를 표시했음에도 불구하고 아버지의 존재가 확인되지 않은 경우는 고아의 신분을 부여해 해외로 입양 보냈다. 또한 부부 중심의 핵가족이 이상화되며 시설 아동에게 '가정의 맛'을 보게 하자는 언설이 확산되었지만 1960년대까지 비혈연 가족 내로의 국내 입양은 일반화되지 않았다. 대부분의 시설 수용 보호 아동들은 부양자가 있는 부계 혈연 및 친족 공동체에 속하는 가정으로 보내졌고 정부는 그 가정이 아동을 돌볼 수 있도록 지원했다. 이 시대에는 '미혼모'라는 용어 대신 서구 사회복지학을 통해 들어온 'unwed mother'란 용어가 사용되고 있었는데 그 의미는 '혼혈 아동을 출산한 여성'을 의미하는 것이었다. 그리고 당시의 정서는 혼외 관계에서 태어난 아동이 있는 경우 사회적 비난은 그 아동을 출산한 여성보다 양육을 책임지지 않는 '비정한 부정'을 향했다.

그러나 1960년대 후반부터 '가정'의 정의에서 부계 혈연 및 친족 공동체적 이해가 사라지고, 중산층 핵가족이 그 자리를 대신한다. 예를 들면 1960년대 후반 국내 입양에서 시설 아동을 부양자 및 혈연 공동체 가족으로 돌려보내던 '거택구호'는 사라지고 '입양위탁', 즉 경제적 여유가 있는 가정으로 보내지는 형태가 가장 이상적이라는 새로운 언설이 등장한다. 이 시기는 서구의 근대 사회복지학 이론에 훈련받은 사회복지사들이 배출되며 입양 현장에 실무자로 투입되는 때와 맞물린다. 이들은 서구의 정상 가족 개념을 중심으로 발달한 프로이트 정신분석학 및 가족치료학에서 배운 이론을 그대로 입양 현장에서 실천한다. 가령 1968년 한국기독교양자회가 한국에서 처음으로 미혼모 상담 사업을 도입하고 해외의 친권 포기 전문가를 초빙했다. 이어 1970

년대 초반, 미혼모 상담 사업이 4대 해외 입양 기관에 의해 전면적으로 실시되며 미혼모의 양육 포기 및 미혼모 자녀의 입양이 결혼 제도 밖 어머니와 자녀에 대한 전형적인 복지 실천 방식으로 제도화된다. 이와 함께 결혼 제도 밖에서 출산한 여성들은 병리적인 사회 집단으로 범주화되어 '미혼모'로 명명되기 시작한다. 언론 역시 미혼모를 바라보는 입양 기관의 시각을 기본적으로 공유해 '미혼모'를 '문제적'으로 보도한다. 이를 계기로 '미혼모'에 대한 인식이 전혀 없던 정부도 '미혼모'를 사회적 문제로 바라보며 '미혼모'와 그들 자녀의 분리를 기본 틀로 전제한 입양 사업을 지지하는 정책을 펼친다. 같은 시기 혼혈 아동 출생 수가 점차 줄어들고 있었고 게다가 어머니들이 직접 혼혈 아동을 양육할 수 있도록 돕는 민간 단체의 지원이 마련됨에 따라 해외 입양을 보낼 수 있는 혼혈 아동 수는 감소한다. 바로 그 자리를 미혼모의 자녀들이 대체하며 1970년대를 맞이하게 된다.

1970년대 이후 양육 포기의 맥락을 살펴보면 '정상가족'에 대한 이상이 더욱 일반화되었음을 알 수 있다. 즉 1970년대 이전의 혼혈 아동을 출산한 어머니들은 아이들이 차별 없는 아버지의 나라로 가서 편히 살 것을 기대하며 입양을 선택했지만, 1970년대에는 똑같이 혼혈 아동을 출산한 어머니라 하더라도 가령 '엘리트 장교와 결혼해 행복하게 사는 친구'의 모습을 보고 입양을 선택하는 등 '중산층 가족'에 대한 이상이 전 시대와 차별화되어 나타나고 있다. 이는 자본주의 경제의 발전에 따라 중산층 핵가족에 대한 이상이 더욱 확산되어 모성 포기와 입양 실천의 맥락에서 유의미하게 작동함을 보여 주는 것이다.

1980년대는 성·결혼·가족에 있어서 그 이상과 제도 그리고 실천이 가장 모순적인 시대였다고 할 수 있다. 가령 1970년대 성교육은 공교육 과정으로 채택되며 성에 대한 개방성을 표방하고 있으나 그 내용에 있어서는 전 세대와 다름없이 순결을 강조하며 성을 행복한 결혼과 중산층 가족으로 진입하기 위한 조건으로 강조하고 있었다. 하지만 '성'을 소재로 한 대중문화가 넘쳐나는 가운데 대학생들을 중심으로 사랑한다면 혼전 성관계도 무방하다는 방향으로 성에 대한 태도가 변화하게 된다. 한편 평등하고 민주적인 부부 중심 가족이 행복한 가족과 동일시되었지만 부부 관계에 있어서 평등과 민주는 성역할과 동일시되고 있었고, 가족법은 여전히 호주제를 포기하지 않은 채 부계 혈연 중심 및 일부다처제적 가족을 보호하고 있었다. 따라서 사랑을 전제한 성관계로 인한 임신 가능성은 어느 때보다 높아졌고, 결혼으로 이어지지 않을 경우 임신된 아동을 포기해야 할 가능성 역시 어느 때보다 높아진 시기였다고 할 수 있을 것이다. 더구나 이 시기에 국제 사회는 입양에 대해 '아동복지를 위한 최후의 선택'이라는 시각으로 변화하고 있었지만, 한국 정부는 변화하는 국제 정세와 무관하게 해외 입양을 전면 개방하고, 입양 기관은 여전히 미혼 모성의 양육 포기를 정당한 것으로 전제하는 근대적 입양을 실천해 나갔다. 이로써 1980년대 한국 사회에서 입양은 사회복지적 성격을 넘어 자본의 논리에 의해 지배되는 하나의 시장으로서의 성격을 띠며 우리나라 역사상 가장 많은 미혼모 자녀들이 국내외로 입양을 보내지는 결과를 낳게 되었다.

하지만 1980년대 후반 서울올림픽을 계기로 한국은 '고아 수출국'이라는 해외 언론의 비난을 받으며 해외 입양에 제동이 걸린다. 이후 정부의 정책 및 사회적 담론은 국내 입양 활성화로 전환된다. 이와 함께 국내에서 미혼모 스스로 아이를 키우도록 지원해야 한다는 사회적 요구가 등장하기도 했지만 이는 국내 입양 활성화 목소리에 가려 크게 주목받지 못했다. 그리고 미혼 모성 보호보다는 국내 입양 활성화 논리가 정부, 언론, 전문가, 학자, 여성계, 일반 시민들 사이에서까지 그 정당성을 확보하며 폭넓게 수용되었던 것이다. 국내 입양 활성화 논리가 일반 대중의 공감을 더욱 불러일으킨 데에는 혈연 공동체 안에서 입양이 이루어지는 전통 양자 제도는 봉건적 잔재로, 비혈연 아동을 입양하는 근대적 입양은 인류애적 사랑의 실천이라는 이분법적 논리에 기초하고 있었기 때문이다. 이로써 국민적 관심은 입양 문화를 어떻게 선진화할 것인가에 집중된 반면, 아동이 포기되는 맥락과 아동을 포기할 수밖에 없는 모성의 경험은 전혀 주목받지 못하게 된다. 그리고 미혼모의 양육권 문제는 해외 입양에 대항하는 국내 입양이라는 민족주의적 담론 안에 포획되며 더욱 사회의 음지로 들어간다. 더구나 '자본'과 '결혼'이 행복과 등치되는 중산층 가족 이상과 여전히 호주제를 지지하는 가족 제도 안에 포획된 미혼모의 삶은 이러한 시대적 가치와 제도로부터 결코 자유로울 수 없었음을 보여 준다.

1990년대에 들어서면서 가족에 대한 제도와 언설의 변화가 목격된다. 우선 가족법 개정에도 불구하고 그대로 남아 있던 '호주제'를 폐지하기 위한 호주제 폐지 운동은 그동안 비가시화되고 있던 미혼모의 친권이란 문제를 공론화했다. 2005년 호주제 폐지로 인해 친권이 '부'에게 전권적으로 인정되는 법적 기반은 사라진다. 한편 같은 해 국내 입양 활성화를 위해 도입된 친양자 제도로 인해 입양부모 역시 친권을 보호받게 된다. 이로써 미혼모의 친권은 법적 보호망 안에 들어오게 되었으나, 아동복리라는 문제를 두고 '입양부모'와의 그것과 경쟁하는 구조 안에 놓이게 된다.

1990년대 후반 미혼 모성을 둘러싼 지형에 변화를 가져오게 된 것 중 하나는 귀환 입양인의 조직화이다. 이들은 자신들의 친모가 누리지 못한 모성권 문제를 사회적으로 공론화하기 시작한다. 이어 비자발적 입양 선택으로 자식을 키우지 못하게 된 친생부모로 이루어진 당사자 조직이 입양인 조직과 연대하며 미혼모의 양육권 및 모성권 문제는 사회적으로 더욱 활발하게 공론화되었다. 여기에 2007년과 2008년에 각각 조직된 미혼모 권익 옹호 단체 및 미혼모 당사자 조직의 활동이 더해져 '출생등록 의무화' 및 '입양숙려제' 도입을 골자로 한 「입양특례법」 개정이 이루어졌다. 하지만 입양부모 및 입양 기관의 입장에서는 이러한 변화가 '아동 유기'를 오히려 조장하므로 까다로운 절차 없이 보다 쉽게 입양을 보내 아동을 보호해야 한다는 입장과 대립하게 되는 결과를 낳았다.

이 시대 가족과 입양을 둘러싸고 충돌하는 담론과 이해가 교차하는 가운데 미혼 모성의 입양과 양육 결정의 과정을 살펴보면 다음과 같은 특징이 발견된다. 입양을 선택한 미혼 모성의 경험에서는 여전히 중산층 가족 이념이 정당한 것으로 지지되고 있었다. 하지만 양육을 선택한 미혼 모성의 경험에서는 중산층 가족 이념을 비껴가거나 그것의 정당성에 도전하며 스스로의 모성을 긍정하고 자신과 자녀 사이의 유대를 새로운 가족으로 의미화하고 있었다. 이 중에는 행복하지 못했던 성장 과정을 기억하며 그 보상심리에서 양육을 선택해 '행복한 가정'을 이루려는 모습도 있고, 근대 핵가족의 이상을 실현하지 못했다는 주변의 비난과 자괴감 속에 임신-출산-양육의 고통스러운 과정을 거치지만, 점차 '정상가족' 만들기를 뒤로하고 자녀와의 관계를 새로운 가족의 모습으로 수용하는 모습도 있었다. 또한 낙태 금지 운동 및 미혼모 권익 운동 등과 같은 사회적 환경에 의해 양육을 선택할 수밖에 없었던 경우도 있다. 하지만 이들은 입양을 선택할 수밖에 없었던 미혼모와는 달리 아이를 선택했다는 것에 죄책감을 느끼지는 않았다. 이들은 양육 과정을 통해 어머니로서의 정체성과 아이와의 관계를 수용하며 능동적인 가족 만들기를 하는 모습을 보이고 있었다. 마지막으로 남편 또는 아버지로서의 남성은 가족 구성에서 선택적 요소이며, 임신 및 출산 자체가 가족 구성의 충분조건인 경우도 있었다. 이러한 미혼모의 경험을 후기 근대적 특징으로 전형화하는 데는 무리가 따르지만, '정상가족'을 모델로 자신의 정체성을 부정하거나 현재의 삶을 구속하는 이전 세대 양육 선택 미혼모들과는 명확히 차별화되는 지점은 주목할 만하다.

필자는 이 연구를 통해 근대 이후 미혼 모성의 사회적 지위와 의미는 가족 제도와 입양 제도 그리고 그 실천과 상호 긴밀한 영향 관계 안에 있었음을 보여 주고자 했다. 향후 미혼모 가족이 우리 사회에서 그 정당성을 확보하며 다양한 가족의 한 형태로 수용될지 여부는 정부와 입양 기관, 그리고 우리 사회가 미혼의 모성에 얼마나 정당성을 부여하고, 이들이 모성을 실현할 수 있도록 양육 및 상담 지원을 할 것인가에 따라 달라질 것이다. 또한 결혼 제도 밖에서 임신하고 출산한 여성들 스스로가 얼마나 비혼 임신에 따르는 낙인을 극복하고, 임신과 출산 그리고 가족에 대한 새로운 언설을 만들어 내는지에 따라서도 달라질 것이라고 본다. 이와 아울러 미혼 모성의 실현은 필연적으로 입양 산업의 축소를 가져오고 미혼 임신과 출산 그리고 양육에 대한 사회적 지원의 확대를 요하게 되므로 이에 대한 사회적 이해와 자원 마련이 필요하다 하겠다.

필자는 2008년에 만나게 된 미혼 모성의 문제를 사회적이고 역사적인 맥락에 위치시켜 이해하고자 했다. 따라서 미혼 모성을 1950년대부터 현재라는 시간 축 위에 놓고 각 시대의 가족과 입양을 둘러싼 제도와 담론이 어떻게 생산되고 변화했는지를 살펴보았다. 그리고 이러한 과정에서 어떻게 제도 밖에서 임신하고 출산한 여성들이 '어머니'에서 '미혼모'가 되었는지의 역사적 과정을 추적했다. 본 연구는 시기적으로 반세기가 넘는 기간을 다루고 있기 때문에 과거의 연구는 문헌 중심, 현재의 연구는 경험 중심으로 연구 방법에 일관성을 기할 수 없었다는 한계를 가지고 있다. 그리고 입양 미혼모와 양육 미혼모의 경험을 다루고 있음에도 불구하고 시대적으로 이들의 사례를 균등하게 확보할 수 없었고, 도시와 농촌에서의 경험을 고루 다루지 못했다는 점도 한계이다. 그럼에도 불구하고 반세기에 걸쳐 결혼 제도 밖에서 출산한 여성들이 어떻게 탈모성화되었는지, 그리고 후기 근대 이들의 모성성이 어떻게 긍정되면서 새로운 가족 형태의 하나로 등장하게 되었는지에 대한 과정을 살펴보았다는 데 의의가 있다고 생각한다. 추후 다양한 학제에서 더 많은 관심을 가지고 미혼 모성에 대한 역사적이고 사회사적인 연구, 그리고 비교 문화적 관점의 연구가 시도됨으로써 본 연구가 갖는 한계점들이 극복되기를 희망한다.

참고문헌

1. 한국 문헌

권희정, 2009, "사랑의 사각지대: 가슴으로 낳은 사랑!, 배 아파 낳은 사랑은?", 『여/성이론』제21호, 여이연, pp.99-111.

____, 2011, "인권, 모성권, 아동복지 측면에서 본 비혼모를 둘러싼 쟁점들", 『이화젠더법학』2(2), 이화여자대학교 젠더법학연구소, pp.53-78.

____, 2014, "한국의 미혼모성에 관한 연구: 근대 이후 가족과 입양제도의 변화 및 실천을 중심으로", 한국학중앙연구원 박사학위논문(비공개).

김덕준, 1983, "기독교와 사회사업의 접선: 그 역사적 배경과 한국적상황에 관한 연구", 『논문집』제10집, 강남사회복지대학, pp.169-189.

김승권·이태진·김유경·송수진, 2001, 『최근 가족해체의 실태와 정책방안에 관한 연구』, 한국보건사회연구원.

김아람, 2009, "1950-1960년대 전반 한국의 혼혈인 문제: 입양과 교육을 중심으로", 이화여자대학교 석사학위 논문.

김영의, 1989.9., "고등학교에서의 성교육 방향", 『수도교육』114, 서울특별시교육연구원, pp.35-41.

김은실, 2001, 『여성의 몸, 몸의 문화정치학』, 또하나의문화.

김혜경, 2006, 『식민지하 근대가족의 형성과 젠더』, 창작과비평사.

김혜영·이미정·홍승아·안상수·선보영, 2009a, 『미혼모와 그들 자녀에 대한 국민의식조사』, 한국여성정책연구원.

김혜영·선보영·김은영·정재훈, 2009b, 『미혼부모의 사회통합방안 연구』, 한국여성정책연구원.

김호수, 2008, "깜빡거리는 모성: 한국인 생모들의 인터넷 커뮤니티", 『여/성이론』제19호, 여이연, pp.126-145.

남찬섭, 2005.12, "1960년대의 사회복지-4", 『복지동향』86호, 참여연대 사회복지위원회, pp.57-62.

노승미, 2002, "미혼모가 된 과정과 경험에 대한 질적연구", 전남대학교 석사학위 논문.

두레방, 2003, 『기지촌 혼혈인 인권실태조사』, 국가인권위원회.

또하나의문화 편집부, 2003, 『누구와 함께 살 것인가』, 또하나의문화.

루이스 헨리 모건 지음, 최달곤·정동호 옮김, 2000, 『고대사회』, 문화문고.

린 헌트 지음, 조한욱 옮김, 1999, 『프랑스 혁명의 가족 로망스』, 새물결.

박경태a, 2007, 『미국 거주 한국계 혼혈인 실태조사』, 성공회대학교.

박경태b, 2009, "기지촌 출신 혼혈인의 '어머니 만들기'과 기억의 정치: 미국관련
    혼혈인 구술생애사를 중심으로", 동국대학교 석사학위 논문.

박수진, 2008.1.29., "잊을 수가 없어 나를 경멸하던 엄마의 눈빛을", 『한겨레21』
    695호, pp.18-23.

배다혜, 2010.12., "씨 뿌리는 사람들: 국외입양 반대하는 생모들의 모임 민들레
    회", 『샘터』, 샘터사.

백근칠, 1955, "아동보육과 가정환경", 『새벽』 5월호, pp.100~103.

개벽사, 1929.2., "학교와 가정의 시급 문제: 성교육 실시방책", 『별건곤』 4(2)통19
    호, pp.54-60.

보건사회부 사회보장 심의위원회, 1977, 『요보호 여성의 복지향상을 위한 연구』.

새리 엘 서러 지음, 박미경 옮김, 1995, 『어머니의 신화』, 까치.

서울대학교 사회복지학과 50년사 편찬위원회, 2009, 『서울대학교 사회복지학과
    50년사: 1959~2009』, 서울대학교 사회복지학과

서정애, 2009, "십대여성의 임신과 '모성선택'에 관한 연구", 이화여자대학교 박
    사학위 논문.

송재천, 1998, "해외입양인 사후관리 현황 및 발전을 위한 제안", 『입양인의 인권
    과 인권정책』, 국회인권포럼, pp.80-82.

신태양사, 1967.10., "부성애의 높음 모성애의 깊음", 『女像』, pp.146-151.

심영희·정진성·윤정로, 1999, 『모성의 담론과 현실: 어머니의 성, 삶, 정체성』, 나
    남출판.

에니 박, 1965, 『내 별은 어느 하늘에: 백인혼혈양공주의 수기』, 왕자출판사.

에이드리언 리치 지음, 김인성 옮김, 2002, 『더 이상 어머니는 없다』, 평민사.

여성계 편집부, 1956.4., "거성을 빛낸 위대한 모성·충실한 아내", 『女性界』 5(3),
    pp.184~194.

여성민우회 가족과성상담소, 2001, 『새로 짓는 우리 집』, 학민사.

여지연 지음, 임옥희 옮김, 2007, 『기지촌의 그늘을 넘어』, 삼인.

오영나, 2011, "미혼 한부모 가족의 양육비 이행절차와 이행확보 방안", 『법무사』
    532, pp.42-55.

오용주, 1995, "한국 아동복지기관 시설의 설립배경과 발전적 요인에 관한 연구",
    숭실대학교 석사학위 논문.

윌리암 J. 구드 지음, 최홍기 옮김, 1982,『家族과 社會』, 삼성문화문고.

윤택림, 2001,『한국의 모성』, 미래인력연구원, 지식마당.

___, 2004, "신량역천을 통해 본 신분과 여성",『조선 전기 가부장제와 여성』, 대우학술총서566, 아카넷.

___, 2005, "입양의 문화정치학: 비교문화적 접근을 위한 제언",『정신문화연구』 98(28, 1), pp.71-94.

이광규, 1990,『한국의 가족과 종족』, 민음사.

이나영, 2010, "기지촌 형성 과정과 여성들의 저항",『여성과 평화』 5, pp.170-197.

___, 2011, "기지촌 여성의 경험과 윤리적 재현의 불/가능성: 탈식민주의 페미니 스트 역사 쓰기",『여성학논집』 28(1), pp.79-120.

이동원·김현주·강득희·김모란·김미숙·김종숙·김혜장·박옥희·원영희·이경 아·함인희, 1997,『우리 이웃 열한 가족이야기』, 이화여자대학교 출판부.

이동원·함인희·이영봉·구자순·김종숙·김미숙·공선영·김혜경·장화경·원영 희·김현주·박옥희·최선희, 2001,『변화하는 사회, 다양한 가족』, 양서원.

이삼돌, 2008,『해외 입양과 한국 민족주의: 한국 대중문화에 나타난 해외입양과 입양 한국인의 모습』, 뿌리의 집.

이미정, 2009, "미혼모에 대한 한국사회 처우와 국제입양",『젠더리뷰』, 한국여성 정책연구원, pp.67-72.

___, 2012,『미혼부의 책임강화 방안』, 한국여성정책연구원.

이미정·김혜영·김승연·류연규, 2009,『한국의 미혼모 복지에 관한 연구: 해외입 양, 관련통계, 선진국의 복지정책을 중심으로』, 한국여성정책연구원.

이미정·김혜영·선보영, 2010,『양육미혼모 지원 복지서비스 개선방안』, 한국여 성정책연구원.

이미정·박복순·문미경·김영란·김혜영·강지원, 2011,『미혼부의 책임강화 방 안』, 한국여성정책연구원.

이예원, 2008,『귀환 해외입양인 조직화와 디아스포라운동』, 연세대학교 석사학 위논문.

이옥순, 1975, "미혼모 사업",『월간 여성』 117, p.26.

이원숙, 2014,『사회복지실천론』, 학지사.

이원자, 1965, "Student Social Worker로서 Unmarried Mother와 Illegitimacy 에 관한 小考",『사회사업』 1.

이재경, 2003,『가족의 이름으로: 한국 근대가족과 페미니즘』, 또하나의 문화.

이정덕·김부자, 1988, "미혼모의 가정환경과 성태도에 대한 연구",『동국대학교 논문집』 27, pp.663-707.

이준일, 2012,『가족의 탄생: 가족개념의 변화에 따른 미혼모와 입양인의 권리』, 고려대학교 출판부.

이효재, 1968,『가족과 사회』, 민조사.

___, 1983,『가족과 사회』, 경문사.

이화여자대학교 사회복지학과 50년사 편찬위원회, 1997,『이화여자대학교 사회복지학과 50년사: 1947-1997』.

장인협, 1961, "Unmarried Mother에 대한 고찰",『사회사업학보』창간호, pp.71-79.

___, 1998,『사회사업실천방법론』, 서울대학교.

정동철, 1989.9., "성교육의 새로운 방향",『수도교육』114, pp.17-21.

제인 정 트렌카, 2012,『피의 언어』, 송재평 옮김, 도마뱀출판사.

제인 콜리어·미셸 로잘도·실비아 야나기사코, 1988, "가족은 존재하는가", 이효재 엮음,『가족 연구의 관점과 쟁점』, 까치, pp.191-207.

조은·이정옥·조주현, 1997,『근대가족의 변모와 여성문제』, 서울대학교출판부.

조형, 1991, "자본주의와 가부장제 가족",『가족학논집』3, pp.161-180.

조혜정, 1990,『한국의 여성과 남성』, 문학과지성사.

진현숙, 2000, "피해자의 증언: 독신모(미혼모)의 모성과 여성성, 그 자녀들의 권리는 현실적으로 존재하는가",『일상의 억압과 소수자의 인권』, 사람생각.

최재석, 1983,『한국가족제도사연구』, 일지사.

캐서린 조이스, 2014,『구원과 밀매』, 뿌리의집.

탁연택, 1965, "한국 내 혼혈아를 중심으로 한 문제점",『국회보』49, pp.71-105.

피터 콘 지음, 이한음 옮김, 2004,『펄벅 평전』, 은행나무.

하상락, 1961, "한국가족의 갈등과 그 요인",『思想界』9(7), pp.252-259.

___, 1961, "축사",『사회사업학보』창간호, 서울대학교.

___, 1962, "혼혈아 문제의 사회적 과제",『新思潮』1(9), pp.249~253.

한국가족문화원, 2005,『21세기 한국가족: 문제와 대안』, 경문사.

한국인구학회, 2006,『인구대사전』, 통계청.

2. 외국 문헌

Aeranwon, 1999, *I wish for You a Beautiful Life*, St. Paul, Minn.: Yeong & Yeong Book Company.

Andrews, Velarie, 2018, *White Unwed Mother: The Adoption Mandate in Postwar Canada*, Bradford, ON: Demeter.

Berebitsky, Julie, 2001, *Like Our Very Own: Adoption and the Changing*

Culture of Motherhood 1851-1950, Lawrence: University Press of Kansas.

Brozinsky, A., 1994, "Surrendering an Infant for Adoption: The Birthmother Experience". In *The Psychology of Adoption*, D. Brozinsky and M. Schechter(Eds.). New York: Oxford University Press.

Coontz, Stephanie, 1992, *The Way We Never Were: American Families And The Nostalgia Trap*, New York: Basic Books.

____, 1997, *The Way We Really Are: Coming to Terms with America's Changing Families*, New York: Basic Books.

____, 2005, *Marriage, a History: How Love Conquered Marriage*, New York: Penguin Books.

Fessler, Ann, 2006, *The Girls Who Went Away: The hidden history of women who surrendered Children for adoption in the decades before Roe v. Wade*, New York: Penguin Books.

Hübinette, Tobias, 2005, *Comforting an Orphaned Nation: Representations of international adoption and adopted Korean in Korean popular culture*, Department of Oriental Languages, Stockholm: Stockholm University.

Kaplan, E. Ann, 1992, *Motherhood and Representation*, London: Routledge Press.

Kim, Eleana, 2009, *The Origins of Korean Adoption: Cold War Geopolitics and Intimate Diplomacy*, The U.S.-Korea Institue at SAIS.

Kunzel, Regina G., 1993, *Fallen Women, Problem Girls: Unmarried Mothers and the Professionalization of Social Work, 1890-1945*, New Haven: Yale University Press.

Musser, Sandra K., 1992, *I Would Have Searched Forever*, Jan Pub.

Pien, Bos, 2007, *Once a Mother: Relinquishment and adoption from the perspective of unmarried mothers in South India*, Nijmegen: Radboud University.

Riben, Mirah, 1988, *Shedding Light on the Dark Side of Adoption*, Detroit: Harlo Printing Co.

Robinson, Evelyn, 2000, *Adoption and Loss: The Hidden Grief*, Clova Publications.

____, 2010, *Adoption Separation: Then and now*, Clova Publications.

Rosaldo, Michelle & Lamphere, Louise, 1974, *Woman, Culture, and Society*, Stanford, Calif.: Stanford University Press.

Shawyer, Joss, 1979, *Death by Adoption*, Cicada.

Solinger, Rickie, 1992, *Wake Up Little Susie: Single Pregnancy and Race before Roe V. Wade*, New York: Routledge.

Wilson-Buterbaugh, Karen, 2017, *The Baby Scoop Era: Unwed Mothers, Infant Adoption, Forced Surrender*, Karen Wilson-Buterbaugh.

Young, Leontine R., 1945.12., "Personality Patterns in Unmarried Mothers", *The Family*, vol 26, issue 8, New York: Family Service Association of America, pp.296-303.

3. 자료

§일반 자료

고려대학교·보건복지부, 2005, "인공임신 실태조사 종합책 수립".

김애니, 2015.10.29., "입양인의 친가족 찾기 사례와 문제 진단", 〈친가족 찾기를 중심으로 한 입양특례법 개정을 위한 정책토론회〉 자료집, pp.45~54.

민들레회, 2013, 브로셔.

보건복지가족부, 2008.11., "2009년도 보건복지가족부 소관 예산안 및 기금운용 계획안 개요".

보건복지부·연세대학교, 2011, "전국 인공임신중절 변동 실태조사".

뿌리의 집, 2012, 〈뉴스레터〉 NO.7.

전북대학교 산학협력단, 2007.12., "2017년 서울시 사회복지협의회 조사연구사업 최종보고서: 서울의 사회복지 역사연구", 서울시 사회복지협의회.

소진택, 1984.10.26., "현장에서 본 한국의 국내입양", 〈'사랑의 손길펴기' 제3회 직원연찬회-한국 해외입양의 재조명〉 자료집, 대한사회복지회.

최영호, 2012.4.10., "제4회 한미 입양인 및 입양가족회의(KANN) 참가보고서: 2002.7.26.~7.28, 미국 미네소타주", 〈영아유기방지입양법 공청회〉 자료집.

탁연택, 1984.10.26., "주제발표: 한국 해외입양의 재조명", 〈'사랑의 손길 펴기' 제3회 직원연찬회-한국 해외입양의 재조명〉 자료집, 대한사회복지회.

해외입양인연대, 2003, 창립5주년 기념 자료집.

홀트아동복지회, 1987, 『상담사례집』.

한국미혼모가족협회, 2010, 〈미혼모 당사자조직의 역량 강화방안 모색〉 자료집.

한국미혼모지원네트워크, 2009, 자료집.

Richard Boas, 2008, 'KANN Conference' 발표문.

UN Convention on the Rights of the Child.

Hague Convention on the Civil Aspects of International Child Abduction.

§방송

MBC PD수첩(1993.12.7.), "고아수출국 1위 국내 입양 활성화 방안은 없는가?".

KBS(1994.5.2.), "고아 국내입양방법 모색 입체분석 한국병 진단 '핏줄이 다른가 요?'".

SBS 생방송 행복찾기(1997.12.13.), "입양 이제는 기쁨입니다".

SBS 그것이 알고 싶다(2006.10.21.), "기지촌 할머니, 누가 그들에게 낙인을 찍었나".

MBC PD수첩(2009.6.23.), "기지촌 할머니, 그들에게 남은 것은".

YTN 뉴스(2008.5.11.), "두 번 우는 해외입양인".

MBC 뉴스(2012.12.14.), "현장르포 냉대 속에 살아온 기지촌 할머니의 애환과 절규".

KBS 뉴스(2013.3.23.), "입양아 출신, 펠르랭 장관".

MBC 뉴스(2019.5.11.), "법 개정했지만… 입양은 줄어".

§인터넷

(* 이하 URL은 2019년 10월 현재 기준으로 확인한 것이다.)

국가기록원, www.archives.go.kr

　'고아입양특례법'

　'국무회의 안건철: 북구3개국에 대한 해외입양재개보고(69회)'

　'고아입양특례법안(제46회)' 문건(생산기관: 총무처 의정국 의사과, 생산년 도: 1961년, 관리번호: BA0085212)

　'어머니 날 제정' 문건(생산기관: 총무처 의정국 의사과, 생산년도 1955년, 관 리번호 : BA0084201), 입양사업개선대책 국무회의 보고(pp.488-501)

국가법령정보센터, www.law.go.kr

국민추천포상 명예의 전당, "리차드 보아스: 태평양을 오가며 한국 미혼 모를 도운 '미혼모의 대부'", https://www.sanghun.go.kr/honor/honorPeopleView.do?sn=108

네이버 지식백과-미혼모unmarried mother, http://terms.naver.com/entry.nhn?docId=470242&cid=473&categoryId=473

재미있는 법률여행2-민법 가족법 "미혼모가 버린 아이", https://terms.naver.com/entry.nhn?docId=5568310&cid=60366&categoryId=60368

대한사회복지회 연혁, https://sws.or.kr/intro/history

대한사회복지회 웹진25호 '민지의 작은 소망', http://happylog.naver.com/
lovefund/post/PostView.nhn?bbsSeq=24008&artclNo=123456795105

동방사회복지회 홈페이지 연혁, https://www.eastern.or.kr/introduce/history.
asp

법제처, '찾기 쉬운 생활정보 입양', http://oneclick.law.go.kr/CSP/CsmMain.
laf?csmSeq=656

소리아카이브, '〈복지1세대탐방〉 소진택선생님'(2004.1.6.), http://soriarchive.
net/66660

소리아카이브, "[복지1세대] 소진택선생님(1/6)-광주 삼광어린이집 원장님",
http://soriarchive.net/?s=%EC%86%8C%EC%A7%84%ED%83%9D&l
ang=en

'인구주택총조사 2010', www.census.go.kr/hcensus/ui/html/intro/
intro_030_010.jsp?q_menu=2&q_sub=3

중앙입양원(현 아동권리보장원), www.kadoption.or.kr

초록우산 어린이재단 '연혁', http://about.childfund.or.kr/intro/history.do

홀트아동복지회(1987), "50년간의 사랑의 실천(Love in Action)", http://www.
stls.co.kr/gnuboard4/bbs/board.php?bo_table=CSR&wr_id=2

ASK(Adoptee Solidarity Korea), http://www.adopteesolidarity.org/indexH.
html; https://www.facebook.com/AdopteeSolidarityKorea/

Bell Rose(2013), Mother and Baby Homes, http://www.motherandbabyhomes.
com/#

Child Welfare Information Gateway(2005), Voluntary Relinquishment for
Adoption: Numbers and Trends, www.childwelfare.gov/pubs/s_place.
cfm/

Children's Home Society and Family Service, https://chlss.org/adoption/

Eurostat(1996), Population Statistics, Luxembourg, http://demoblography.
blogspot.kr/2007/06/percentage-of-out-of-wedlock-births-in.html/

GOA'L(Global Overseas Adoptees' Link), http://goal.or.kr/

Jane's Blog Angry ajuma, 'My Adoption File', http://jjtrenka.wordpress.com/
about/adoption-file/

Joanne Lee(2006), The Holt Adoption Agency: Changing the Face of America's
Social and Ethnic Relations, www.dartmouth.edu/~hist32/History/
S29%20-%20Holt%20Agency.htm

Land of Gazillion Adoptees, http://landofgazillionadoptees.com/

Maza, P.L.(1984) Adoption trends: 1944-1975. Child Welfare Research Notes(9). Washington, D.C.: Administration for Children, Youth, and Families, http://pages.uoregon.edu/adoption/archive/MazaAT.htm

Monthly Labor Review(1990), The Changing Family in International Perspective, pp.41-58, www.bls.gov/OPUB/MLR/1990/03/art6full.pdf

Movement for Adoption Apology, https://movementforanadoptionapology.org/

OECD Share of births out of wedlock and teenage births, www.oecd.org/els/familiesandchildren/SF2.4_Births%20outside%20marriage%20and%20teenage%20births%20-%20updated%20240212.pdf

Refugee Relief Act of 1953, https://loveman.sdsu.edu/docs/1953RefugeeReliefAct.pdf

Smolin, David M.(2007) Child Laundering as Exploitation:Applying Anti-Tracfficking Norms to Intercountry Adoption Under the Coming Hague Regime, Vermont Law Review Vol.32:001, http://works.bepress.com/david_smolin/6

Social Welfare History Archives "Children's Home Society of Minnesota", https://archives.lib.umn.edu/repositories/11/resources/779

The Adoption History Project, http://pages.uoregon.edu/adoption/people/SigmundFreud.htm; http://pages.uoregon.edu/adoption/reading.html

TRACK(Truth and Reconciliation for the Adoption Community of Korea), www.adoptionjustice.com/; https://justicespeaking.wordpress.com/

4. 신문 보도

§ 결혼, 가정, 성, 여성, 신부

『경향신문』(1958.2.26.), "아동상담소 來 1일 발족".

『동아일보』(1959.2.1.), "결혼은 만복의 근원".

『동아일보』(1959.1.22.), "정신적인 요구에 중점을, 원만한 가정형성 문제".

『동아일보』(1960.1.17.), "새 민법 해설".

『경향신문』(1961.3.31.), "결혼과 정신건강".

『매일경제』(1967.3.20.), "'시민대학' 개강식.

『동아일보』(1968.7.11.), "중고생 성교육".

『동아일보』(1970.9.8.), "여성계 가을 맞이 열리는 '참여'의 문.

『동아일보』(1971.5.7.), "가족제도의 민주화 지향 종속 아닌 애정관계로".

『매일경제』(1973.5.7.), "싹트는 사랑의 계절, '외모 이뻐야'가 7.7% 결혼 약속은 11%선".

『경향신문』(1975.9.15.), "예지원 발족 1돌".

『경향신문』(1976.10.8.), "여성 안보 세미나".

『매일경제』(1977.6.4.), "20일 2기 주부대학 개강, 오는 15일까지 접수 마감".

『경향신문』(1977.9.1.), "한국여성의 집 개관".

『매일경제』(1978.1.20.), "여성충효대회".

『경향신문』(1980.3.4.), "예지원 가정대학 연수생 모집 나서".

『매일경제』(1983.8.24.), "문화로터리".

『동아일보』(1984.7.20.), "가족법 개정위해 여성계가 뭉쳤다".

『동아일보』(1984.12.11.), "성차별 없는 평등사회 실현, 여성모임 '또 하나의 문화' 탄생".

『매일경제』(1985.1.16.), "곽대희 칼럼〈74〉, 처녀막".

『동아일보』(1985.4.5.), "신부수업 '과외시대'".

『매일경제』(1985.9.5.), "결혼 시즌, 예비 주부들 신부대학 수강 붐".

『동아일보』(1986.3.10.), "여성운동은 생존권 확보 운동".

『경향신문』(1986.8.26.), "한국인 지금 (27), 여권신장".

『경향신문』(1987.12.19.), "직장 여성 재교육 기회 확대".

『한겨레』(1989.9.24.), "신혼여행서 혼전관계로 갈등 심해".

『동아일보』(1989.12.6.), "80년대 여성(2) 여련 부회장 이미경씨 산발적 여성운동 '힘'을 모았다".

『동아일보』(1989.12.4.), "80년대 여성 (1) 전화 교환원 김영희 씨".

『동아일보』(1989.12.19.), "사랑한다면 혼전성관계 무방".

『한겨레』(1991.3.14.), "부양가족 인정 법끼리 상충 주민등록법 4월 중 개정될 듯".

『한겨레』(1991.7.28.), "미혼어머니도 친권행사 가능".

『한겨레』(2010.1.24.), "남 2/3, 여 절반 20대 후반 혼전 성경험".

§ 사생아, 처녀임신

『동아일보』(1926.1.14.), "日人色魔에 蹂躪되야 강제로 당하고 運命에 우는 女性, 他關에서 私生兒, 옵바가 면직될가 두려워서 처녀의 덩조를 허락햇섯다".

『동아일보』(1926.6.17.), "私生兒를 斫殺, 시집가기전의 이팔소녀가 사생아를 돌로 죽여서 암장".

『동아일보』(1926.10.24.), "가뎡고문".

『동아일보』(1935.6.26.), "미혼녀 임신 자동차로 도주, 세상 사람들의 이목이 부끄러워".

『동아일보』(1940.7.31.), "處女로 妊娠三個月, 여아를 분만 후 살해(江西)".

『동아일보』(1959.8.6.), "不義의 姙娠하자 處女가 飮毒自殺(洪川)".

『동아일보』(1960.6.23.), "불의의 씨 암장 처녀를 구속문초".

『경향신문』(1960.8.31.), "임신비관자살".

『동아일보』(1962.2.21.), "영아살해 3건".

『경향신문』(1962.8.7.), "여적".

『동아일보』(1966.10.18.), "휴지통".

『경향신문』(1967.2.1.), "새 관례 진모가 기른 사생아 양육비 청구 못 한다".

§미혼모

『동아일보』(1970.3.17.), "사생아 입양의 길".

『동아일보』(1971.11.22.), "인터뷰 이한 앞둔 기독양자회 스폴스트라 여사".

『동아일보』(1972.4.27.), "해마다 느는 갓난애 유기 병사 27%".

『동아일보』(1972.11.29.), "그늘서 땀 흘리는 이 땅의 이방인들(7) 미혼모 상담역 바이마씨".

『경향신문』(1973.3.30.), "늘어나는 미혼엄마 아기 양육이 큰 문제".

『경향신문』(1973.10.3.), "늘어나는 미혼모".

『동아일보』(1974.1.19.), "날로 늘어나는 10대 미혼모".

『경향신문』(1974.4.15.), "엇갈린 사회문제 미혼모와 무자녀".

『동아일보』(1974.2.11.), "공순이는 과연 타락했는가 도색조의 선정적 보도는 보다 큰 사회문제를 은폐한다".

『경향신문』(1974.4.26.), "가족계획 등 적극 지도를".

『매일경제』(1974.5.31.), "10대 미혼모의 문제점. 가족계획 세미라르 발표 박경애 박사".

『경향신문』(1975.1.17.), "미혼모 늘어만 간다".

『경향신문』(1975.12.3.), "여성단체협 〈불우여성〉세미나".

『매일경제』(1976.4.15.), "늘어나는 미혼모 상담을 통해 본 청소년 문제".

『동아일보』(1976.4.6.), "(사설) 도덕의 빈곤".

『동아일보』(1976.5.15.), "(사설) 10대 미혼모".

『경향신문』(1977.1.27.), "성도덕 부재 속 위험한 성개방 미혼모가 늘어난다".

『매일경제』(1982.2.19.), "한국부인회서 실태조사 미성년 미혼모 28%".

『동아일보』(1982.3.9.), "알선 경쟁이 문제".

『매일경제』(1982.3.18.), "애란복지회".

『동아일보』(1982.6.28.), "한국부인회조사 미혼모 지방출신이 74%".

『경향신문』(1982.7.2.), "미혼모가 늘고 있다".

『경향신문』(1983.7.22.), "보사부 집계 미혼모 크게 늘고 있다".

『동아일보』(1984.7.3.), "키울 수 없는 아기".

『동아일보』(1985.3.22.), "미혼모 해마다 30%씩 늘어난다 사회복지 차원서 대책 서둘러야".

『경향신문』(1986.7.22.), "입양알선도 기업화".

『동아일보』(1986.10.4.), "해외입양 30년 생이별은 없나".

『경향신문』(1986.12.16.), "철부지 미혼모 급증".

『경향신문』(1988.11.30.), "고학력 미혼모가 늘고 있다".

『한겨레』(1989.2.8.), "미혼모 해마다 늘어, 보사부 실태조사".

『동아일보』(1989.3.29.), "고아수출국 부끄러움 씻자, 국내입양 운동활기".

『한겨레』(1989.6.25.), "버려진 아이들 우리가 키우자".

『한겨레』(1991.3.14.), "부양가족 인정 법끼리 상충 주민등록법 4월 중 개정될 듯".

『한겨레』(1991.7.28.), "미혼어머니도 친권행사 가능".

『한겨레』(1991.12.12.), "'미혼모 홀로서기' 탁아시설 큰 성과".

『동아일보』(1992.12.8.), "미혼모 고학력 정상가정 출신 많다".

『매일경제』(1993.6.1.), "남성이 여성 선택하는 컴퓨터 데이트업 착수 데이트라인".

『동아일보』(1993.12.17.), "조기 성교육 미혼모 막자".

『여성신문』(1999.4.16.), "내 딸 찾겠다는데 왜 '친부'편만 들죠?".

『동아일보』(1999.4.24.), "그것이 알고 싶다 '미혼모'라는 이름의 엄마들".

『한겨레』(1999.7.28.), "미혼모의 권리 모두 비웃더군요".

『동아일보』(1999.8.6.), "여권신장 멀고 험한 길".

『국민일보』(2000.11.16.), "[우리가 다시 쓰는 행복일기] ③ 미혼모 가족".

『국민일보』(2001.1.15.), "[급증하는 미혼모] 당신의 딸·누이가 未婚母가 되었다면…".

『국민일보』(2001.1.15.), "[급증하는 미혼모] 무엇보다 당당한 삶을…아이 포기는 잘못된 일".

『한겨레』(2002.9.1.), "[국민기자석]미혼모 인권에 지속적 관심 가져주길".

『한겨레』(2002.9.15.), "[입양]해외입양 중단해야 합니다".

『연합뉴스』(2002.9.24.), "〈내년 예산에 반영된 이색사업〉".

『한겨레』(2005.5.31.), "'출산장려' 용어 부적절하다".

『한겨레』(2007.8.1.), "언제까지 우리의 젖먹이들을 외국인 손에 맡길 것인가".

『한겨레』(2007.8.2.), "돌아온 입양인과 생모들 100만명 서명운동 나서".

『동아일보』(2007.10.6.), "'당당히 낳아 키워요' 양육 미혼모 늘었다".

『한겨레』(2008.5.1.), "입양아 떠나보낸 '비행기' 고국 땅에 날립니다".

『세계일보』(2009.2.27.), "미혼모 자녀교육 사회가 책임져야".

『여성신문』(2011.10.28.), "W오피니언: 미혼모 복지 패러다임 변화 필요해".

§ 고아, 입양, 양자, 혼혈

『경향신문』(1947.2.2.), "'버림받은 아이들'의 세계 孤兒救濟事業檢討座談會".

『동아일보』(1950.11.5.), "미종군 목사의 원조로 중앙고아원이 탄생".

『경향신문』(1952.4.9.), "고아의 구호주 『맥킨』씨 명일 귀국".

『경향신문』(1953.4.17.), "전재고아미국에 입양! 결실한 미국인과의 인연".

『동아일보』(1953.6.26.), "다대포에 고아원창설, UN기자 엘맨씨 美擧".

『동아일보』(1954.6.15.), "악덕고아원에 痛棒".

『경향신문』(1954.8.8.), "전국의 혼혈아 미국 이민키로".

『경향신문』(1955.2.1.), "한국아동양호금 한미재단서 6천불 기증".

『경향신문』(1955.2.8.), "5년 만에 모자극적대면, 아들은 미국양자로 결정".

『경향신문』(1955.5.21.), "외국 갈 혼혈아 선발 수용소 신설코 추진".

『경향신문』(1955.8.12.), "백안시 속의 동심".

『경향신문』(1955.9.19.), "혼혈아에 낭보, 상도동에 보호원건립".

『동아일보』(1955.10.10.), "나의 직업백서 (11) 17남매의 어머니".

『경향신문』(1955.10.17.), "한국혼혈아들 착미".

『경향신문』(1955.11.11.), "고아들 생애가 우려".

『경향신문』(1955.12.18.), "고아들에 구호금 대통령부인 전달".

『동아일보』(1956.1.28.), "수송기까지 동원 구호한 한국고아들 영화촬영차 도미".

『동아일보』(1956.2.28.), "혼혈아고아원개소 우리나라에서 처음".

『동아일보』(1956.3.7.), "전재고아영화-'전송가' 촬영차 15고아 어제 도미".

『경향신문』(1956.3.8.), "이대통령에 출발인사, 영화 출연차 도미하는 고아".

『동아일보』(1956.3.15.), "촬영차 도미한 15명의 고아 수양요청하나 아국서 거부".

『동아일보』(1956.3.24.), "미국의 진객".

『경향신문』(1956.10.3.), "헤쓰씨의 꿈을 통한 고아문제의 재인식".

『동아일보』(1956.11.2.), "전쟁고아들에 기쁜 소식 손쉽게 입국하도록".

『동아일보』(1956.12.13.), "또 88 고아를 미국에".

『동아일보』(1957.3.11.), "양연 맺고 도미한 우리혼혈고아 소식".

『동아일보』(1957.3.25.), "어린이와 구호단체".

『동아일보』(1957.5.2.), "상정 중의 101개 법안을 폐기".

『동아일보』(1959.1.22.), "정신적인 요구에 중점을, 원만한 가정형성 문제".

『동아일보』(1959.3.20.), "8일 정식으로 미국시민이 된 한국전쟁고아 90명 중 하나인 당년 4세의 벡키 메이양과 악수를 교환하는 연방지방판사 W·J 린드버그 씨".

『동아일보』(1959.8.16.), "놀랄만큼 환경에 적응".

『동아일보』(1959.12.6.), "고아대책 변경을 촉구".

『조선일보』(1959.12.8.), "울안에서 자란 아이 떳떳한 인간으로, 혼혈아들만 모여 배우는 '유엔학원'".

『동아일보』(1960.2.7.), "일반가정에 위탁".

『경향신문』(1960.6.30.), "고아이민기간 끝나".

『경향신문』(1961.7.10.), "가십".

『경향신문』(1961.7.28.), "혼혈아의 미국입양 앞으로도 계속".

『경향신문』(1961.10.20.), "대리양자제 폐지".

『동아일보』(1962.1.13.), "올해 여성 사업계획".

『경향신문』(1962.1.18.), "이민단행".

『경향신문』(1962.6.23.), "거센 세파 잊고 따듯한 가정에".

『경향신문』(1962.10.17.), "새가정찾기 운동의 실적".

『동아일보』(1963.11.26.), "미관광단 50쌍 부부 고아 입양차 서울에".

『경향신문』(1964.2.26.), "파라과이로도 입양 450명 목표로".

『동아일보』(1964.5.1.), "홀트씨 마지막 주선 입양고아 60명 떠나".

『동아일보』(1965.6.15.), "혼혈아의 미국입양 서둘러".

『경향신문』(1966.3.30.), "장죽물고 아빠 나라로, 미국 가는 혼혈꼬마".

『동아일보』(1966.4.28.), "또 하나의 사회문제 혼혈아 성년".

『경향신문』(1966.11.23.), "미국할아버지 찾아가는 혼혈꼬마".

『동아일보』(1967.6.3.), "설 땅 찾는 응달의 혼혈아".

『경향신문』(1967.8.29.), "현대인(5) 광복 22돌 시리즈, 혼혈아".

『동아일보』(1969.1.10.), "올해 만여 고아원조 끊겨".

『경향신문』(1969.5.5.), "어린이 만세(3) 맑고 밝고 따스한 5월의 햇살처럼".

『동아일보』(1970.3.17.), "사생아 입양의 길".

『동아일보』(1972.12.27.), "인터뷰 크리스마스 한국서 보낸 고아어머니 홀트여사 (65) 한국고아는 적응력 강해".

『동아일보』(1972.5.23.), "혈통보다 사람을".

『경향신문』(1972.9.8.), "해외양자주선기관 명칭과 주소는".

『경향신문』(1974.4.15.), "엇갈린 사회문제 미혼모와 무자녀".

『매일경제』(1974.8.9.), "21년 만에 아버지 품에 음악석사가 돼 돌아온 맹인 김양".

『동아일보』(1975.6.14.), "쓰라린 그날 털고 기쁨 속 밝은 환국".

『경향신문』(1975.6.14.), "6.25는 살아있다(3) 포성 속에서 태어난 슬픔 씻고 성년의 환향".

『동아일보』(1975.6.14.), "성년된 입양고아 울면서 갔던 길 웃으려고 왔다".

『동아일보』(1976.3.23.), "입양 뒤 친권자 나와도 무효".

『동아일보』(1978.4.11.), "한국과 미국 '백년지교'를 넘어서(7) 입양아".

『동아일보』(1982.3.8.), "85년까지 폐지서 슬그머니 바꿔 해외입양 억제서 개방으로".

『동아일보』(1982.3.9.), "알선경쟁이 문제 해외입양".

『매일경제』(1982.3.18.), "애란복지회".

『동아일보』(1982.6.14.), "한국 입양아들 미도착, 마중 나온 양부모 환호".

『경향신문』(1982.6.18.), "홀트회 통해 입양한 47명 성인이 되어 모국 땅 되밟아".

『경향신문』(1982.10.7.), "전 내무부차관 김득황씨 불우고아 복지 위해 여생을 사회사업에".

『동아일보』(1983.7.6.), "한국고아 프랑스 입양 늘어간다".

『동아일보』(1984.6.1.), "입양부모들의 모임—딸 기르는 재미 더 좋아요—대 잇기보다 밝은 가정 한층 신경".

『동아일보』(1985.2.23.), "프랑스 입양 한국고아 가장 많아".

『동아일보』(1986.10.4.), "해외입양 30년 생이별은 없나".

『동아일보』(1988.5.3.), "고아수출국 오명 벗는 길".

한겨레(1988.11.16.), "국내입양 전담기관 설치 추진".

『경향신문』(1989.1.30.), "매년 8천명 '고아수출' 세계1위".

『경향신문』(1989.2.2.), "입양기관 전면 감사".

『매일경제』(1989.2.2.), "고아 해외입양 축소".

『한겨레』(1989.2.10.), "아기수출 오명 씻을 수 없나".

『한겨레』(1989.2.16.), "'수출'되는 아기들과 민족의 자존".

『경향신문』(1989.3.18.), "유아해외입양 방관해선 안 된다".

『동아일보』(1989.3.29.), "고아수출국 부끄러움 씻자 '국내입양'운동 활기".

『경향신문』(1989.6.24.), "유아입양 국내서도 적극 호응".

『한겨레』(1989.6.25.), "버려진 아이들 우리가 키우자".

『동아일보』(1989.10.5.), "고아들도 행복누릴 권리 있어요. 한국 어린이 3천명 이산 입양주선".

『동아일보』(1989.10.14.), "고아국내입양 적극지원".

『동아일보』(1989.11.3.), "입양 알선, 영리목적 버려라".

『경향신문』(1990.11.26.), "한국고아 미국입양 지난해도 세계1위".

『한겨레』(1990.11.29.), "국내고아 해외입양 96년부터 중단".

『한겨레』(1990.12.6.), "국내입양 활성화 서두를 때, 96년부터 전면중단 해외입양 대책".

『매일경제』(1990.12.10.), "일반인 입양인식 개혁 필요".

『동아일보』(1993.2.23.), "늦둥이와 입양아".

『한겨레』(1994.6.3.), "입양기관 친자입적 길 열린다".

『경향신문』(1995.12.24.), "대입논술 72회 주제, 우리나라 고아수출에 대한 자신 의 입장을 밝히시오".

『한겨레』(1997.11.20.), "고아수출은 나라창피 핏줄중시 편견 버려야".

『한겨레』(1997.8.23.), "당신이 자랑스럽습니다─국내입양으로 큰 사람 펼치는 사람들".

『경향신문』(1997.12.13.), "성가정입양원 국내입양 1,000명 돌파 '버려진 천사' 껴 안는 '사랑의 가정'".

『국민일보』(2000.8.6.), "[GOA'L주최 2회 국제컨벤션] '되찾은 뿌리' 한국인으로 거듭나다".

『국민일보』(2000.8.27.), "[해외입양인 가족찾기] 92년 9월 대구 제일모자원서 출 생 최혜숙양".

『한겨레』(2002.9.15.), "해외입양 중단해야 합니다".

『동아일보』(2004.6.13.), "[반세기 전엔…] 『동아일보』로 본 6월 셋째 주".

『뉴시스』(2004.7.29.), "홀트아동복지회, '입양의 날' 신설 입법청원".

『평택/안성 교차로』(2005.12.16.), "어릴 적 입양 보낸 자식 찾는 기지촌 할머니의 애끓는 모정".

『동아일보』(2005.9.23.), "[2005 국정감사] 金복지 해외입양 4, 5년뒤 금지".

『한겨레』(2006.1.24.), "입양 부모가 진짜 부모랍니다".

『주간경향』(2006.2.8.), "[조명] 혼혈인 미국시민권 획득 '외로운 투쟁'".

『연합뉴스』(2006.6.24.), "〈사람들〉 우리 아이들 우리가 키워요".

『연합뉴스』(2006.6.27.), "〈다섯아이 입양한 70대 '김 계장'〉".

『대자보』(2006.8.23.), "기지촌 여성 "언제 죽을지 모르는데 한 번 봤으면"".

『연합뉴스』(2007.8.4.), "〈가슴 아픈 해외입양 '다신 없기를'〉".

『미주 한국일보』(2007.8.14.), "해외로 입양 간 내 아가, 어디 있니".

『한겨레 21』(2008.1.29.), "잊을 수가 없어 나를 경멸하던 엄마의 눈빛을".

『한겨레』(2008.5.7.), "입양 아이 태운 비행기는 이제 그만!".

『조선일보』(2008.10.21.), "교수가 되어 돌아온 입양아들".

『뉴스위크 한국판』(2008.11.19.), "***의 또 다른 어머니들을 위하여".

『노컷뉴스』(2009.10.23.), "더 이상 갈 사람도 올 사람도 없는 것이 최종목표".

『경향신문』(2009.11.11.), "〈특집: 유엔 총회 그 이후〉 '해외입양 권장하는 한국' 보육원서 호적까지 세탁".

『오마이뉴스』(2010.12.22.), "스타와 함께 한 영아들, '부모없는' 천사 아니다".

『경향신문』(2011.9.26.), "한국입양인 출신, 프랑스 상원의원 됐다".

『경남도민일보』(2012.5.23.), "고아수출 부끄럼 모르는 대한민국의 두 얼굴".

『연합뉴스』(2012.10.10.), "조작되는 입양아 신상정보".

『뉴시스』(2013.2.19.), "'유기영아 생명권보호 위한 입양특례법 개정촉구'".

『뉴시스』(2013.3.18.), "[뉴스스아이즈] 정구훈 자광재단 이사장 혈세 아끼려면 '맞춤형 복지' 펼쳐…".

『국민일보』(2013.5.10.), "권익위, 입양개정법 재개정 촉구".

『프레시안』(2014.1.24.), "'아기국자 시대', 이제 끝내자!".

『프레시안』(2017.12.21.), "한국과 미국, 헤이그협약을 어지럽히는 '미꾸라지'".

『프레시안』(2017.7.17.), "외교부의 거짓말, 美 "일부 한국입양아 자동시민권 못받아" [심층 취재-한국 해외입양 65년] 1. 추방 입양인 - ②".

『프레시안』(2018.2.2.), "문재인 정부 '헤이그협약 가입' 발목 잡히나?".

『세계일보』(2018.2.17.), "헤이그협약, 입양아 물론 보편적 아동권리 증진 위한 것".

『미디어오늘』(2019.5.11.), "해외 입양 미담? 우리가 좋아하는 '거짓말'".

§그외

『매일경제』(1993.6.1.), "남성이 여성 선택하는 컴퓨터 데이트업 착수 데이트라인".

『연합뉴스』(2002.9.24.), "내년 예산에 반영된 이색사업".

『한겨레』(2002.11.27.), "독일·이탈리아 '출산율 높이기' 정책 보니".

『경향신문』(2003.9.1.), "[행복@메일] 대책 없는 출산파업".

『국민일보』(2005.4.21.), "[바람직한 가정회복 위한 좌담회] 가정의 붕괴 방치하면 국가적 재앙초래".

『한겨레』(2005.5.31.), "'출산장려' 용어 부적절하다".

『경인일보』(2007.4.23.-5.11.), "「한 많은 음지인생: 기지촌 할머니들의 고단한 삶」기획기사 시리즈(제201회 이달의 '기자상' 수상작)".

『노컷뉴스』(2007.8.23.), "손숙의 아주 특별한 인터뷰──기지촌 할머니 돌보는 평택 햇살센터 우순덕 원장".

『평택시민신문』(2008.11.5.), "나는 엄마지만 엄마로 살 수가 없었다 [기지촌 할머니들의 과거와 현재 1]".

『의협신문』(2009.10.12.), "'첫 낙태 그리고 …' 산부인과 의사의 고백".

『연합뉴스』(2009.10.18.), "불법낙태 계속 땐 산부인과 수사해달라".

『의협신문』(2009.11.1.), "진오비 '낙태근절' 일요일마다 가두캠페인".

『한국일보』(2011.6.8.), "열여섯에 미군클럽에 팔려와 … 간첩으로 몰려 경찰서 가기도".

『천지일보』(2011.6.10.), "'미혼모' 새 이름 '두리모'로".

『여성신문』(2012.5.11.), "기고. 기지촌 할머니들의 아픔".

『메디컬투데이』(2012.11.8.), "부모와 동거하는 30대 미혼, 15년새 3.4배나 늘어".

『포커스신문』(2012.8.26.), "출생아 100명중 2.1명 혼외출산 … 결혼도 '서구화'".

§해외 언론

Asian American NEWS(2010.9.4.), "Korean Adoptees Ministry celebrates 10th Anniversary".

The Guardian(2013.3.22.), "Julia Gillard's adoption apology comes after an abyss of trauma".

The Independent(2012.5.26.), "Sin and the Single Mother: The History of Lone Parenthood".

The New York Times(1988.4.21.), "SEOUL JOURNAL, Babies for Export: And Now the Painful Questions".

____(2009.10.7.), "Group Resists Korean Stigma for Unwed Mothers".

____(2013.6.28.), "An Adoptee Returns to South Korea, and Changes Follow".

The Progressive(1988.1), "Babies for sale. South Koreans make them, Americans buy them".

The Star(2016.5.23.), "Inquiry into postwar adoption policies can start healing process".

The Sydney Morning Herald(2012.2.29.), "Say sorry: cheers and tears as inquiry ends on forced adoption".

Yale Global Online(2017.3.16.), "Out-of-Wedlock Births Rise Worldwide".

찾아보기